DOMINIK W. RETTINGER

DIE KLASSE

Thriller

Aus dem Polnischen von
Marta Kijowska

Paul Zsolnay Verlag

Die Originalausgabe erschien erstmals 2014 unter
dem Titel *Klasa* im Verlag Otwarte, Krakau.

Die Herausgabe dieses Buches wurde unterstützt von
Institut Książki – the ©POLAND Translation Program.

1 2 3 4 5 21 20 19 18 17

ISBN 978-3-552-05855-2

Satz: Eva Kaltenbrunner-Dorfinger, Wien
Druck und Bindung: GGP Media GmbH, Pößneck
Printed in Germany

FSC
www.fsc.org
MIX
Papier aus verantwortungsvollen Quellen
FSC® C014496

Alle Personen und Ereignisse in diesem Buch sind erfunden. Der Hintergrund der Handlung hingegen – die Existenz großer Vorkommen von verschiedenen Metallen, deren Wert auf über zwei Billionen Dollar geschätzt wird und die in den späten 1970er Jahren von Polen mithilfe der deutschen Regierung gefördert werden sollten – ist eine Realität, die immer noch auf ihre Fortsetzung wartet.

Dominik W. Rettinger

ER spürte, dass er den nächsten Schlag nicht mehr aushalten, dass er das Bewusstsein verlieren oder verrückt werden würde. Oder sterben. Der Schmerz wurde unerträglich. Die Schläge und Tritte trafen unentwegt seinen Körper und seinen Kopf, immer wieder an denselben Stellen. In Wellen breitete sich der Schmerz in den Muskeln und in den Knochen aus, erreichte das Herz und das Gehirn. Er biss die Zähne zusammen, um nicht zu schreien. Über sich hörte er den schnellen Atem und die Flüche der beiden Gangster, die ihn mit Fäusten und Füßen traktierten.

Er konnte nicht begreifen, woher sie so viel Hass nahmen. Sie hatten ihn mit einem Elektroschocker überwältigt, als er vor dem Haus, das er in einem Warschauer Vorort mietete, in sein Auto stieg. Sie hatten ihn hierhergebracht, in den dritten Stock geschleppt und auf den Fußboden eines leeren Zimmers geworfen; dann hatten sie sofort angefangen, ihn zu schlagen. Als er nach dem Schock zu sich kam, den der Stromschlag ausgelöst hatte, lag er zusammengekrümmt auf dem Boden und wurde immer wieder in die Luft gehoben durch die Tritte der schweren Stiefel. Er hatte keine Zeit, keine Chance gehabt zu fragen, wer sie waren und was sie von ihm wollten. Die Antwort auf die zweite Frage kannte er, aber wie sollte er sich mit ihnen verständigen, wenn die Schläge und Tritte ihm den Atem und die Sprechfähigkeit raubten.

Er fing an, die Sehkraft zu verlieren, seine geschwollenen und blutüberströmten Augen sahen nur die hellen Vierecke der Fenster und der geöffneten Balkontür. Mit letzter Willenskraft konzentrierte er seine ganze Aufmerksamkeit auf sie. Nach jedem Tritt versuchte er, ein Stück in Richtung Balkon zu rutschen. Seine Peiniger bemerkten es nicht, sie waren viel zu sehr damit beschäftigt, die richtigen Stellen für die nächsten Schläge auszumachen. Nieren, Schienbeine, Solarplexus, Kopf – sie beherrschten ihren Job wirklich gut. Er wusste nicht, wie lange das schon dauerte, vielleicht hatten sie ihm Rippen und Beine bereits gebrochen, vielleicht sollte er auf diese Weise sterben. Jedes Mal, wenn ein Tritt es ihm erlaubte und der Schmerz nicht zu lähmend war, zog er sich an den Händen hoch und kroch in Richtung Balkon. Auf diese Weise erreichte er die offene Balkontür; der letzte Tritt warf ihn an den Türrahmen. Dann hörten die Schläge plötzlich auf.

Er lag auf dem Bauch und sah undeutliche Lichtreflexe. Hörte ein schweres Atmen und das Knipsen eines Feuerzeugs, roch den Geruch des Zigarettenrauchs. Er nahm Schritte wahr – einer der Männer ging nach nebenan, und man konnte hören, wie er dort auf seinem Handy eine Nummer wählte. Also hatten sie nicht die Absicht, ihn zu töten, jetzt noch nicht. Oder sie warteten auf das endgültige Urteil.

Sein Körper war ein einziger Schmerz, er konnte kaum noch atmen. Er wollte unbedingt sehen, was die Lichtreflexe auf dem Balkon, direkt über seinem Kopf, bedeuteten, doch er war nicht imstande, den Blick darauf zu konzentrieren. Er hörte eine undeutliche Stimme aus dem Zimmer nebenan, verstand aber die Worte nicht, als wäre es kein Polnisch. Oder hatte vielleicht sein gemartertes Gehirn aufgehört, die Wortbedeutungen zu unterscheiden? Schließlich gelang es ihm zu erkennen, was die Sonnenstrahlen auf dem Betonboden des Balkons widerspiegelte: Es waren Splitter von zerbrochenem Glas. Er sah auch die Stäbe des Balkongeländers, doch sie lagen zu eng beieinander, es würde ihm nicht gelingen, sich da durchzupressen.

Als sie ihn aus dem Auto hierherschleppten, sah er auf dem Rasen vor dem Wohnblock ein dichtes Gebüsch; sein Gedächtnis hatte registriert, dass es etwa zwei Meter von der Betonwand des Gebäudes entfernt war. Wenn er sich am Balkongeländer abstoßen könnte, bestand die Chance, dass er auf das Gebüsch fiel. Und wenn ihm dies nicht gelingen sollte, dann war es besser, an dem Aufprall zu sterben, als noch eine Minute länger diese Schläge zu ertragen.

Langsam und vorsichtig zog er sich wieder an den Händen hoch und kroch über die Türschwelle. Das zerbrochene Glas knirschte unter seinen Fingern.

»Hey du! Wo willst du hin?«, ertönte hinter seinem Rücken eine primitiv klingende Stimme.

Er reagierte nicht, sondern kroch weiter, bis er das Geländer erreichte. Er hörte einige Schritte und die Stimme des Gangsters, der sich in der Balkontür postiert hatte und in Gelächter ausbrach.

»Nicht so schnell. Wir schmeißen dich sowieso hinunter, wenn die Zeit reif ist«, sagte er und trat ihn in den Unterschenkel.

Piotr schrie durch die zusammengebissenen Zähne auf und begann, sich am Geländer hochzuziehen, indem er mit größter Mühe seinen kraftlosen, schmerzenden Körper anhob. Es wurde still, und er stellte sich vor, wie der andere ihn neugierig betrachtete. Er richtete sich auf die Knie auf, hielt sich am Geländer fest und versuchte aufzustehen.

»Okay, das reicht.« Der Gangster packte seinen Arm. »Zurück mit dir, Kumpel.«

Er drehte sich so schnell um, wie seine gebrochenen Rippen es erlaubten, und stieß, vor Schmerz stöhnend, dem Mann einen großen Glassplitter ins Gesicht, den er mit der Hand fest umklammert hatte. Es ertönte ein Schrei, der Gangster griff sich mit beiden Händen an den Kopf. Piotr sah das Blut, das durch die dicken Finger spritzte, die herunterfließenden Reste des Auges und das aus der Augenhöhle ragende Glasdreieck.

Der Schrei verwandelte sich in ein Geheul der Verzweiflung. Der Verwundete trat einen Schritt zurück und fiel auf den Rücken. Der zweite Gangster stürzte ins Zimmer, sah verblüfft auf seinen sich windenden, schreienden und blutenden Kollegen hinunter, richtete seinen Blick auf den Balkon und zog blitzschnell eine Pistole unter dem Arm hervor.

Es galt, keine Sekunde zu verlieren. Piotr zog sich mühsam über das Geländer und stieß sich mit den Händen so weit ab, wie er konnte. Als er hinunterfiel, hörte er immer noch das Geschrei des Schmerzes und der Angst. Er sah, wie sich der zweite Gangster über das Balkongeländer lehnte und mit seiner Pistole auf ihn zielte.

Er presste die Augenlider zusammen und wartete auf den Zusammenstoß mit der Erde. Das Geräusch der brechenden Zweige und der reißenden Kleidung vermischte sich mit dem Knall zweier Schüsse. Er spürte einen heftigen Schlag an seinem Arm, fiel durch das dichte Gebüsch hindurch und prallte auf die Erde. Ein starker Schmerz durchdrang seinen ganzen Körper, dann umgab ihn die Dunkelheit. Das Letzte, was er hörte, waren die Rufe der erschrockenen Passanten, das Weinen eines Kindes und Hundegebell.

Es gibt Augenblicke, da sollte in einem Menschen die Intuition erwachen und ihn warnen: »Stopp, geh diesen Weg nicht!« Leider meldet sich diese Stimme erst dann, wenn in seinem Gehirn das Getöse der Ambitionen und Pläne verklungen ist und die Angst, die seine Gedanken und Taten begleitet, sich für einen Moment verflüchtigt hat. Wenn der Mensch sein immer hungriges Ego abgestellt hat.

Im Falle von Adam Wierzbicki, einem erfolgreichen Rundfunkjournalisten, war dies nicht möglich. Der dreiundvierzigjährige Liebling der Hörer, intelligent und gutaussehend, von Frau und Sohn geliebt, hätte sich gewundert, wenn ihn jemand gewarnt hätte, er solle innehalten und auf seine innere Stimme hören. Im Gegenteil, mit jedem Monat, mit jedem Jahr hatte Adam mehr das Gefühl, beschleunigen zu müssen, weil viele in seinem Alter schon weiter gekommen waren.

Auch an diesem Frühlingsvormittag tauchte in seinem Kopf keine Warnung auf. Es leuchtete nur das rote Licht über der Glasscheibe auf, hinter der Janek saß, der massige Tontechniker von Radio Wave, wo Adam seine Livesendung *Schnelle, wichtige Gespräche* moderierte. Die leuchtende Lampe bedeutete, dass Janek mit dem nächsten Hörer verbunden war.

Am Tisch, gegenüber von Adam, saß Professor Stanisław Berger, ein sechzigjähriger Guru der Psychotherapie. Schon seit einer halben Stunde lief ein lebhaftes Gespräch zwischen ihm und dem Journalisten, unterbrochen durch die Anrufe der Hörer, Informationen und Werbung. Adam liebte diese Arbeit; im Studio war er in seinem Element, fiel in eine Art Trance, jonglierte mit Argumenten, verzauberte und verführte sein Publikum. Er sprach schnell, genoss seine intelligent klingende und sinnliche Stimme. »Wir sind uns also einig, Herr Professor: Ohne Freunde kann man nicht viel erreichen. Sogar ein gebildeter und kreativer Mensch ist dann machtlos. Ob in der Geschäftswelt, Kunst oder Politik – unser Wert hängt davon ab, wie viele und was für Freunde wir haben.«

Berger beobachtete Adam aufmerksam und mit einem freundlichen Gesichtsausdruck. »Das ist zwar eine Verallgemeinerung, aber in den meisten Fällen ist es tatsächlich so. Eine Ausnahme bilden freilich die Genies.«

»Ja, die Verrückten«, sagte Adam mit ironischem Unterton.

Die Antwort des Professors klang ernst: »Sagen wir eher, freie Menschen, die keine Kompromisse eingehen.«

Adam, der solche Wortgefechte nur ungern verlor, gab keine Antwort. Zu Hilfe kam ihm Janek: »Ein Typ wartet in der Leitung. Er will sich nicht vorstellen, aber seine Stimme klingt seltsam. Vielleicht nehme ich lieber den nächsten?«

»Unser Glück also, dass es nur wenige Genies gibt, sonst wäre das Leben unerträglich«, sagte Adam und wandte sich, ohne Berger die Chance auf eine Replik zu geben, an den Hörer in der Leitung: »Willkommen auf Sendung. Sagen Sie bitte, kommen Sie dank Freunden zurecht oder ohne sie aus? Oder sind Sie vielleicht ein Genie?«

Aus dem Lautsprecher im Studio drang eine heisere Männerstimme, aus der große Anstrengung herauszuhören war: »Ich bin in Schwierigkeiten, ernsten Schwierigkeiten … Hilf mir … Stell keine Fragen … Gib mir deine Handynummer.«

Adam sah Janek überrascht an, dieser breitete die Arme in einer hilflosen Geste aus. Zwei Sekunden lang herrschte Stille, der Tontechniker machte hinter der Glasscheibe eine drehende Handbewegung – das Zeichen dafür, dass das Gespräch weiterlaufen sollte. Berger wartete mit professioneller Ruhe. Durch Adams Kopf schoss der Gedanke, dass der Psychologe hinter dem Anruf stehen könnte.

»Verzeihung, ich erkenne Ihre Stimme nicht«, sagte er in der Hoffnung, dass der Anrufer sich als Spaßvogel entpuppen würde. Gleichzeitig wurde ihm klar, dass er sehr wohl wusste, mit wem er sprach. Er spürte eine Aufwallung von Angst, eine widerliche Ohnmacht in der Gegend um den Solarplexus. Er sah das Gesicht eines Mannes, weiß wie Papier vor dem Hintergrund einer Betonwand, und den zitternden Lauf einer Pistole, unsicher umklammert von einer verschwitzten Hand. Er atmete tief durch, um Ruhe ringend. Er spürte Bergers aufmerksamen Blick.

»Doch, du erkennst sie«, stellte die heisere Stimme fest. »Gibst du mir deine Nummer? Ich habe keine Zeit … Gleich nehmen sie mir das Telefon weg …«

Adam hatte sich wieder im Griff. Er spürte wachsende Irritation. »Sorry, Alter, aber die Sendung hat viele Zuhörer und …«

»Dann wirst du eben die Nummer wechseln. Oder erzähl keine Märchen von Freundschaft, Wierzba.«

Adam versuchte, Zeit zu gewinnen. »Du hast mich überrascht, Piotr. Wir waren zwar mal eine Clique von Freunden, aber wir haben uns seit Jahren nicht gesehen. Ruf bitte nach der Sendung nochmal an. Der Aufnahmetechniker wird dir die Nummer der Zentrale geben.«

Im Studio wurde es still, man konnte nur den ungleichmäßigen Atem des Anrufers hören.

»Hallo?«, sagte Adam in der Hoffnung, dass das Gespräch beendet war.

Berger lächelte. »Ist die Telefonnummer wichtiger als die Freundschaft? Oder ist die Freundschaft wichtiger als die Nummer? Wir leben in einer Zeit, in der diese Frage durchaus einen Sinn ergibt.«

Adam hasste den Professor und seine ganze psychotherapeutische Selbstsicherheit jetzt. »Sechs, null, zwei, zwei, eins, fünf, hunderteins«, sagte er ins Mikrofon. Er war sich dessen bewusst, welche Unvorsichtigkeit er beging. »Bist du nun zufrieden? Gerade habe ich meine Nummer aufgegeben.«

Aus dem Lautsprecher ertönte das Besetztzeichen. Janek verspätete sich um eine Sekunde mit dem Beenden des Gesprächs und korrigierte den Fehler, indem er einen Werbeblock einschaltete. Dann sah er Adam an und tippte sich bedeutungsvoll an die Stirn.

Eine Viertelstunde später traten Adam und Professor Berger aus dem Studio auf den Flur. Hier wartete schon Adams Assistentin, die dreiundzwanzigjährige Beata. Ihr Gesichtsausdruck deutete darauf hin, dass sie nicht die geringste Ahnung hatte, was sie von dem Zwischenfall im Studio halten sollte. »Voll abgefahren, was?«, sagte sie vorsichtig, während sie Adams Reaktion durch die dicken Gläser ihrer Brille prüfte.

Der Journalist verzog das Gesicht und sah Berger an. Gleichzeitig ertönten die Vibration und das Signal einer SMS-Nachricht. Beata holte ein Handy aus der Tasche ihrer Jacke hervor und gab es Adam – er überließ ihr sein Telefon, wenn er die Sendung moderierte. Er warf einen Blick aufs Display und zeigte es Beata mit einem Seufzer.

»Komm in die Klinik an der Banach-Straße. Chirurgie, ITS. Jetzt! Lösch die SMS. Piotr«, las die Assistentin, und ihre Augen glänzten auf. »Nicht schlecht.«

»Piotr Lasota, ein Schulfreund. Ist vor fünfzehn oder sechzehn Jahren in die USA ausgewandert«, erklärte Adam.

»Nimm das Tonbandgerät und fahr hin«, sagte Beata mit aufgeregter Stimme. »ITS bedeutet Intensivstation, der Typ ist also in einem ernsten Zustand. Soll ich mitkommen?«, fügte sie hoffnungsvoll hinzu.

Adam warf Berger einen fragenden Blick zu.

»Ihre Rolle besteht in der Diskussion, nicht in der Intervention«, bemerkte der Psychologe. »Die Bitte um die Telefonnummer ging mit einer Erpressung einher.«

»Sie waren derjenige, der Adam erpresst hat«, rief ihm Beata in Erinnerung. »›Ist die Nummer wichtiger als die Freundschaft?‹ Vielleicht wäre es besser gewesen …«

Adam hielt sie mit einer Handbewegung zurück und sah das Telefon an, in dem die nächste Nachricht vibrierte. Nach einer Sekunde kam die nächste und die nächste …

»Ich habe diese Nummer seit zwölf Jahren.« Er seufzte resigniert.

Die Vibrationen und Signale nahmen kein Ende. Beata nahm das Telefon und begann zu lesen: »›Ich wollte dir schon lange sagen, dass du ein eingebildetes Arsch…‹ Sorry, Adam.« Sie brach verlegen ab. »Das ist wohl von einem Hörer.«

»Der Preis des Erfolgs.« Berger lächelte.

»Ich danke Ihnen vielmals für das Gespräch. Auf Wiedersehen, Herr Professor.« Der Journalist gab dem Psychologen die Hand.

»Auf Wiedersehen. Eine interessante Situation«, sagte der Professor.

Adam verzog das Gesicht zu einer Grimasse. »Das hoffe ich.«

Du aufgeblasener psychotherapeutischer Angeber, fügte er in Gedanken rachsüchtig hinzu und wandte sich an Beata: »Kümmere dich bitte um den Herrn Professor. Lass ihn den Vertrag unterschreiben und so weiter.« Er drehte sich um und ging in Richtung Ausgang. Das Handy, das immer noch vibrierte, versteckte er in der Tasche seiner Lederjacke. Seine Intuition schwieg, sein Gedächtnis arbeitete intensiv, aber erfolglos – weitere Bilder aus der Vergangenheit tauchten nicht auf. Seine Angst ließ nicht nach.

Die Fahrt durch die verstopfte Warschauer Innenstadt dauerte eine Ewigkeit. Die SMS-Nachrichten vibrierten weiter in seinem Smartphone in der Halterung neben der Handbremse. Adam schwor sich zum x-ten Mal, ein Motorrad zu kaufen, trotz der Versprechungen, die er Agata gegeben hatte. Was für einen Sinn hatte es, die Luft zu verschmutzen und im Stau zu stehen mit einem Audi A6 quattro, der in fünf Sekunden hundert Stundenkilometer erreichte? Welcher Teufel hatte ihn geritten, sich zum Testen dieses Wagens überreden zu lassen? Verdammte Eitelkeit.

Er hörte die nervenberuhigende vierzigste Symphonie von Mozart und überlegte, wie viele SMS wohl Sympathie und Unterstützung und wie viele einen Angriff bedeuteten. Es kam ihm in den Sinn, dass das eine gute Gelegenheit wäre, seine Beliebtheit zu testen, aber er gab den Gedanken schnell wieder auf. Er würde all diese Wortkaskaden löschen und die Nummer wechseln.

Nach dem Verlassen des Senders hatte er versucht, Piotr unter seiner Nummer zu erreichen, doch ohne Erfolg. Er hatte gehört, dass der Freund seit einem Jahr wieder in Polen war. Offenbar hatte er keine Zeit gefunden, sich einfach mal zu melden, erst jetzt rief er an, da er Hilfe brauchte und auf der Intensivstation lag.

Adam wusste, dass er ungerecht war – er hatte selbst seit einem Jahr die Entscheidung hinausgezögert, bei der amerikanischen Firma anzurufen, bei der Piotr beschäftigt war. Warum aber hatte seine Stimme eine Panikattacke bei ihm ausgelöst, diese Fetzen von Erinnerungen und Angst? Er wusste darauf keine Antwort. Vielleicht würde die Begegnung mit Piotr sein Gedächtnis beleben und beruhigen? Er kannte den Chefarzt der Chirurgischen Abteilung in diesem Krankenhaus – Professor Haus war auch schon Gast in den *Schnellen, wichtigen Gesprächen* gewesen.

Seit einiger Zeit fuhr seinem Audi ein schwarzer Van hinterher, dessen Fahrer durch die getönten Scheiben nicht zu sehen war. Er blieb auf Distanz, immer durch ein oder zwei Autos getrennt, doch er wechselte die Spur, wenn der Audi es tat, und er bog in dieselben Straßen ab.

Beide Autos hatten die Strecke zwischen der Jerozolimski-Allee und dem Platz der Verfassung zurückgelegt. Adam bog nach links ab, scherte am Erlöserplatz aus dem Stau aus, beschleunigte auf einer leeren Straße und bremste vor einem Mietshaus. Im Eingangsflur sah er drei Frauen, die rauchten und sich angeregt unterhielten. Eine von ihnen war Agata.

Er sah sie gern an, wenn sie es nicht bemerkte. Sie war groß und schlank und hatte dichtes, kastanienbraunes Haar, ein schmales Gesicht und dunkle, intelligente Augen. Sie sah den Gesprächspartner mit leicht gesenktem Kopf und einem verirrten Funken in den Augen an. Niemand konnte sie überzeugen, wenn sie anderer Meinung war, und niemand konnte ihr böse sein.

»Ihr Charme ist unwiderstehlich«, rechtfertigte sich ihr Chefredakteur vor den Besitzern des Blattes, als sie ihn zum ersten Mal zwang, ihren Text ohne Kürzungen und Korrekturen abzudrucken. Die Sache endete mit einem Prozess, den sie zum Glück gewannen.

Von dem Moment an, in dem Adam sie zum ersten Mal gesehen hatte, über das ganze Jahr, in dem er um ihre Liebe gekämpft hatte, und dann in den achtzehn Jahren ihrer Ehe sah er sie immer mit derselben Bewunderung an, manchmal mit Unruhe. Durch welch ein Wunder hatte ein Mädchen wie sie ausgerechnet ihn gewählt – einen schüchternen, arbeitslosen Absolventen der Polonistik?

An jenem Februarabend, an dem sie, dem kalten Wind von der Weichsel ausgeliefert und von einem Spaziergang durchgefroren, sich an ihn geschmiegt und ihm zugeflüstert hatte, sie sei einverstanden, mit ihm den Rest ihres Lebens zu verbringen, hatte Adam das Gefühl, klüger und stärker zu sein, als er je vermutet hätte. Seitdem gab es keine Hindernisse, die er nicht überwinden konnte, vor allem nach Rafałs Geburt. Wenn seine Zuversicht oder Energie nachließen, waren es Agatas Ruhe und Optimismus, die das Chaos und seine Angst vor der Welt minderten. Alles, was er erreicht hatte, verdankte er ihrer Liebe.

Eine der Frauen berührte Agatas Arm und zeigte mit dem Kinn auf Adams Wagen. Agata drehte sich überrascht um, lächelte und drückte ruhig ihre Zigarette im Aschenbecher am Eingang aus. Sie verabschiedete sich von den beiden Frauen und kam auf den Audi zu. Nachdem sie eingestiegen war, beugte sie sich vor und küsste ihren Mann auf die Wange. »Du hast mich erwischt.«

Adam roch den Duft von Nikotin. Er drückte mit einem Finger der linken Hand den Knopf an der Tür, die Fensterscheibe fuhr geräuschlos hinunter. Agata tat so, als würde sie seine Demonstration nicht bemerken, und schnallte sich an.

»Guten Tag, Liebling. Verzeih, dass du warten musstest«, sagte er. Er wollte sich jetzt nicht über ihr Versprechen unterhalten, das Rauchen aufzugeben. Der Gedanke an Piotrs Anruf kehrte in Form von Unruhe und Druck im Magen zurück.

»Du wirst mich doch nicht bei Rafał verpetzen?« Agata sah ihn aufmerksam an. »Okay? Ich habe heute nicht auf dich gehört, zu viel Arbeit.«

»Ist schon gut.« Adam legte den Gang ein und fädelte sich in den Straßenverkehr ein. Seinem immer schneller fahrenden Audi folgte der schwarze Van. Sein Telefon vibrierte weiter und empfing immer neue SMS-Nachrichten. »Ein alter Bekannter hat mich gezwungen, ihm während der Sendung meine Nummer zu nennen. Die Hörer können sich jetzt austoben«, sagte Adam, Agatas Frage zuvorkommend.

»Wirst du die Nummer wechseln? Bist du deswegen so angespannt?«

Adam nickte, drehte am Lenkrad und fuhr in die Ujazdowski-Allee ein. Im Rückspiegel sah er den hinter ihm abbiegenden schwarzen Van. Er hatte den Eindruck, diesen Wagen schon zum zweiten, vielleicht sogar dritten Mal zu sehen.

Agata zeigte ihm die Titelseite des Blattes, bei dem sie arbeitete, einer politischen Wochenzeitung: Die Anführer der wichtigsten Parteien standen auf einer Londoner Straße, in Arbeitskleidung und mit der Ausrüstung von Klempnern. Die Überschrift der Fotomontage lautete: *Und wann reisen sie aus?* Adam lächelte.

»Super! Deine Idee?«

»Nur der Text, nicht der ganze Entwurf.«

»Du hast vorgeschlagen, dass sie ausreisen? Alle?«

»Etwas in der Art. Mein Text ist eine genaue Analyse des Einflusses der Politiker auf den Staat in den letzten zwanzig Jahren. Schädliche Gesetze, allgegenwärtige Bürokratie, Zerstören von Unternehmen, Schwachstellen in Wissenschaft und Bildung, fehlende Strategien gegen Armut, Korruption und so weiter. Du weißt schon, es ist das, woran ich drei Wochen lang mit den Wirtschaftsexperten von der Zentralen Handelsschule gearbeitet habe. Das meiste habe ich von ihnen. Doch die zwei Millionen jungen Polen, die im Exil leben, sprechen schließlich auch für sich.«

»Wie willst du das bei deinem Chef durchbringen?«

»Wie immer.« Sie lächelte und versteckte den Cover-Entwurf in ihrer Tasche. »Er hat mir angedroht, dass ich diesmal alle Prozesse selbst bezahlen werde – gegen das Parlament, die Kanzlei des Premierministers und die Kanzlei des Präsidenten.«

»Wir schaffen das schon«, nickte Adam.

Agata legte die Hand auf seinen Oberschenkel und den Kopf an seine Schulter. Der Geruch ihrer Haare und ihrer Haut löste bei ihm einen Druck in der Brust aus. Er hatte Lust, die Augen zu schließen und aufzuhören zu existieren, genauso wie in den Momenten, in denen sie sich liebten. Einen Augenblick lang fuhren sie schweigend, erfasst von dem Gefühl der Nähe.

»Rafał hat wieder von Großbritannien gesprochen.«

Adam verzog das Gesicht. Agata sprach trotzdem weiter: »Er hat im Internet eine Schule gefunden, dort angerufen und sich nach den Bedingungen erkundigt. Sie sollen ihm ihr Angebot und ein Vertragsformular schicken. Eine Schule in Nordschottland, mit Internat. Prinz Charles gehört zu den Absolventen. Er hat unsere Einkünfte zusammengerechnet und gesagt, wir könnten es uns leisten.«

»Prinz Charles?«

Agata seufzte. »Rafał wird langsam erwachsen. Er wird mir sehr fehlen.«

»Moment mal«, protestierte Adam, »wir haben ja noch nichts entschieden.«

Er schielte zu Agatas Gesicht hinunter, das an seiner Schulter lehnte.

An den trotzig zusammengekniffenen Augen erkannte er, dass seine Proteste nichts bringen würden.

»Ich kann mir schon denken, wie viel sie uns für diese Schule berechnen. Und für Prinz Charles. Danach ein Studium in London, nehme ich an?«

»Du hast wohl nicht die Absicht, diesen Wagen zu kaufen?«, fragte Agata plötzlich.

Adam schüttelte missbilligend den Kopf – diese Frage war eindeutig unter der Gürtellinie. »Das ist nur ein Testwagen. Ich habe es dir schon erklärt: Sie geben ihn bekannten Leuten zum Ausprobieren.«

Agata streckte den Arm aus und berührte zärtlich seine Wange. »Ein bisschen schneller, du bekannter Mann. Ich habe eine Menge Arbeit.«

»Du hast leicht reden.« Adam beschleunigte. Ohne daran zu denken, dass er damit das Zerkratzen der Karosserie riskierte, drängte er sich zwischen einen anfahrenden Bus und einen Lieferwagen. Der Busfahrer drückte auf die Hupe und drohte ihm mit der Faust. Direkt hinter seinem Audi sprang der schwarze Van in die schmale Lücke hinein. Beide Autos fuhren hinab in Richtung Stadtautobahn, die zu einer Brücke über die Weichsel führte.

Der schwarze Van blieb am Ende der Straße stehen; von hier war der vor der Siedlungseinfahrt stehende Audi gut zu sehen.

Agata nahm den Gurt ab und sah ihren Mann fragend an.

»Ich muss noch arbeiten. Bin in zwei Stunden wieder da«, sagte Adam. Er wollte ihr nicht von der Angst erzählen, die er von dem Moment an empfand, in dem er Piotrs Stimme erkannt hatte. Wie sollte er sie auch erklären? Mit einem Albtraum in seinem Unterbewusstsein? Agatas aufmerksamer Blick aber sagte ihm, dass er sie nicht belügen sollte.

»Denkst du an Rafałs Spiel?«, fragte sie.

»Klar, das schaffe ich schon. Ich rede auch mit ihm, vielleicht gelingt es mir, ihm dieses Schottland auszureden. Denn was würden wir ohne ihn tun?«

Agata küsste ihn auf die Wange. »Verwechsle die Rollen nicht. Ich bin die leidende Mutter, du bist der strenge Vater. Bis dann. Hau ab.«

Adam verfolgte sie mit den Augen. Agata wackelte kurz mit den Hüften, löste ihr hochgestecktes Haar, drehte sich um, warf ihm einen verführerischen Blick zu und bog lächelnd in Richtung Eingang ab. Sie wollte ihn sichtlich dazu ermuntern, seine Pläne zu ändern. Er unterdrückte den Impuls, den Wagen zu parken und ihr ins Haus zu folgen – sie hätten einige Stunden für sich, bevor Rafał zurückkam. Er seufzte resigniert und fuhr los. Die Strecke bis zur nächsten Kreuzung legte er schnell zurück und bog mit quietschenden Reifen ab. Der schwarze Van fuhr scharf an, passierte die Umzäunung der Siedlung und folgte ihm.

Die verglaste, halb übermalte Tür im dritten Stock der Klinik war verschlossen. An der Wand hing eine Tafel mit der Aufschrift »Innenchirurgie – Intensivstation«. Aus der Gegensprechanlage kam eine weibliche Stimme: »Ja bitte?«

Adam beugte sich näher ans Mikrofon. »Mein Name ist Adam Wierzbicki. Hier liegt ein Bekannter von mir. Er hat mich gebeten, ihn dringend persönlich zu kontaktieren.«

»Name?«

»Piotr Lasota.«

Einen Moment lang herrschte Stille. Dann hörte er eine männliche Stimme, die von weitem, vermutlich zu der Krankenschwester, sagte: »Gestern eingeliefert, schwere Verletzungen, halb totgeprügelt.«

»Bitte.«

Als das Summen des Schlosses ertönte, spürte Adam plötzlich, dass er sich umdrehen und weggehen sollte. Wieder hörte er die Stimme der Krankenschwester, die schon ziemlich ungeduldig klang: »Kommen Sie nun herein oder nicht? Und haben Sie die Überschuhe an?«

»Habe ich.«

»Bitte.«

Ein erneutes Summen. Adam drückte gegen die Tür. In der Mitte des Flurs stand die Krankenschwester mit einem weißen Kittel in der Hand. »Sie müssen das anziehen. Hallo! Hören Sie mich?«

»Ja, Entschuldigung.« Er ging auf die Frau zu und nahm ihr den Kittel ab. »Ich bin ein Bekannter von Professor Haus.«

Diese Information machte auf die Krankenschwester nicht den geringsten Eindruck. »Fünf Minuten, nicht länger. Der Patient ist in einem sehr schlechten Zustand, man darf ihn nicht anstrengen. Und er hat schon einen Besucher. Dort ist der Saal.« Sie zeigte auf eine große Glasscheibe seitlich des Flurs, drehte sich um und verschwand im Bereitschaftsraum.

Adam ging auf die Glasscheibe zu. Aus dem Krankensaal kam ein kräftig gebauter Mann und nahm den weißen Kittel ab, unter dem er eine schwarze Lederjacke trug. Adam sah, dass einer der Patienten von seinem Bett auf den Fußboden gerutscht war und nun ratlos herumzappelte, indem er mit den Kabeln und Röhrchen kämpfte, die um seinen Hals gewickelt waren.

Es ertönte ein unterbrochenes Alarmsignal. Die Tür des Bereitschaftsraums ging auf, und die Krankenschwester erschien; aus dem nächsten Zimmer kam der diensthabende Arzt. Beiden liefen in Richtung des Krankensaals.

Adam und der Mann in der Lederjacke betrachteten den Raum durch die Glasscheibe. Der Arzt und die Krankenschwester wickelten schnell die Kabel auseinander, die dem Patienten die Luftzufuhr abschnitten, hoben ihn mühsam hoch und legten ihn aufs Bett. Die Krankenschwester legte ihm die Sauerstoffmaske wieder an, der Arzt überprüfte die Arbeit der Monitore. Der Mann in der Lederjacke zog einen kleinen Fotoapparat hervor und knipste ein paar Bilder. Das Blitzlicht der Kamera weckte die Aufmerksamkeit des Arztes, der auf den Flur herauskam. »Was tun Sie da? Und was ist hier passiert?«, fragte er in scharfem Ton und zeigte auf den Saal.

Der Mann steckte ruhig die Kamera ein. »Er fing an, sich auf dem Bett herumzuwerfen, und fiel hinunter. Ich versuchte, ihm zu helfen.«

»Sie hätten ihn töten können! Man darf weder die Patienten anfassen noch die Apparatur berühren!«

Der Mann hob die Hände in einer versöhnlichen Geste und sah dem Arzt lächelnd in die Augen. »Sorry, Doktor, ich tue es nie wieder. Es war nur ein menschlicher Reflex.«

Der Arzt unterdrückte seine Irritation und richtete den Blick auf Adam. »Und zu wem wollen Sie?«

»Ich wurde von Piotr Lasota herbestellt.«

»Nicht heute. Ende der Besuchszeit.«

»Ich bin Journalist und ein Bekannter von Herrn Lasota. Ich habe die Absicht, über seinen Fall zu berichten. Hat das Krankenhaus die Polizei gerufen?«

Der Arzt musterte Adam unzufrieden. »Ja, sie waren schon da. Der Patient weiß nicht, von wem oder warum er angegriffen wurde. Das ist alles. Bitte.« Er zeigte auf den Ausgang.

In der Tür der Intensivstation erschien die Krankenschwerster und wandte sich an Adam: »Herr Lasota möchte Sie sehen.«

Der Arzt verzog missbilligend das Gesicht. »Zwei Minuten. Die Apparatur darf nicht berührt werden. Und Sie lassen den Patienten nicht aus den Augen«, sagte er zu der Krankenschwester. »Wenn irgendwas ist, rufen Sie den Sicherheitsdienst.«

»Ja, Herr Doktor.«

Der Arzt drehte sich um und ging in sein Zimmer. Adam betrat den Saal. Der Mann in der Lederjacke blieb hinter der Glasscheibe neben der Krankenschwester stehen.

Zwei Patienten, beide im Koma versunken, atmeten schwer durch ihre Sauerstoffmasken. Die grünen Linien der Diagramme auf den Monitoren verfolgten die Arbeit ihrer Herzen. Adam ging auf das mittlere Bett mit dem dritten Patienten zu.

Er erkannte Piotr trotz der bläulichen Schwellungen im Gesicht und der dicken Augen. Sein Gesicht, sein Brustkorb sowie je ein Arm und eine Hand waren verbunden, sein vergipstes Bein war mit dünnen Metallbändern am Bettrahmen aufgehängt. Unter dem Laken hingen Kabel und Röhrchen hinunter, aus den Plastiksäckchen über seinem Kopf tröpfelten irgendwelche Substanzen. Seine Augen, die Adam über die Sauerstoffmaske hinweg ansahen, glänzten vor Fieber. Adam beugte sich über das Bett. Piotr hob mit der gesunden Hand den Rand der Sauerstoffmaske hoch und flüsterte mit abbrechender Stimme: »Heb das auf … Sei vorsichtig … Sag es niemandem.«

Seine Hand ließ die Sauerstoffmaske los und wanderte die Bettkante entlang. Adam spürte eine Berührung, senkte den Blick und sah das

Pappkärtchen eines U-Bahn-Fahrscheins. Er schielte in Richtung Flur – hinter der Glasscheibe sah er den Mann in der Lederjacke, der ihn anstarrte. Er richtete sich auf, versteckte den Fahrschein in seiner Tasche und fragte leise: »Was ist das? Wer hat dich zusammengeschlagen? Wer ist der Typ hinter der Scheibe?«

Piotr atmete schwer, ohne den Blick von Adams Gesicht abzuwenden. Nach einer Weile schloss er die Augen. Adam wartete, nicht sicher, ob er bleiben oder weggehen sollte. Plötzlich hörte er das Klacken hoher Absätze, drehte sich um – und erstarrte.

Den Saal betrat eine Frau in weißem Kittel, den sie über einem locker sitzenden Kleid und einem Blazer trug. Sie war etwas über vierzig, wirkte aber jünger. Ihr starkes Make-up und der Duft ihres Parfüms passten nicht zu diesem Ort. Sie nickte Adam zu und blieb an Piotrs Bett stehen. Ihre Haut unter dem Make-up war blass, ihre Augen waren voller Tränen. Sie beugte sich vor, ergriff Piotrs Hand und drückte sie an ihre Lippen. Piotr öffnete die Augen und lächelte.

»Lass uns allein«, sagte die Frau leise. »Warte draußen. Bitte.«

Adam nickte, drehte sich um und verließ den Saal. Der Flur hinter der Glasscheibe war leer, der Mann in der Lederjacke war verschwunden.

Nach etwa fünfzehn Minuten ging die Tür der Intensivstation auf, und die Frau, die Piotr besucht hatte, kam heraus. Sie wirkte aufgeregt, ihre Augen waren gerötet. Ohne Adam anzusehen, zog sie eine Zigarette aus einer Schachtel Marlboro.

»Hier darf man nicht rauchen«, sagte der Journalist.

Sie sah ihn geistesabwesend an und setzte sich schwerfällig auf eine Holzbank an der Wand, die Zigarette in der Hand. »Ich bin nicht mehr mit Karol zusammen«, sagte sie mit einer abwehrenden Geste, als wollte sie einer Beschuldigung zuvorkommen.

»Das wusste ich nicht.«

»Ich fürchte, dass er es war«, flüsterte sie.

Adam spürte wieder einen Anflug von Angst. »Du denkst wohl nicht, dass Piotr von Karol so zusammengeschlagen wurde?«, fragte er vorsichtig.

»Oder von jemandem, den er beauftragt hatte.«

Adam war verwirrt. Es konnte doch unmöglich Karol sein. Sie kannten sich seit siebenundzwanzig Jahren, hatten seit der ersten Gymnasialklasse eine unzertrennliche Clique gebildet. Anna wurde Karols Frau, nachdem Piotr ausgereist war.

»Hat Karol von euch gewusst? Euch gedroht?«

»Hör auf.« Anna holte tief Luft, als hätte sie Schwierigkeiten mit dem Atmen. »Du hast gesehen, wie Piotr aussieht … Es ist furchtbar.«

Sie schwiegen. Adam spürte, dass der Albtraum aus seinem Unterbewusstsein langsam begann, Wirklichkeit zu werden. Und dass er seit langem darauf gewartet hatte. Anna saß kraftlos da, mit gesenktem Kopf.

»Soll ich dir etwas zu trinken holen?«, fragte er, um die Stille zu unterbrechen.

Sie schüttelte den Kopf.

»Wer ist dieser Kerl?«

»Welcher?«

»Der in der schwarzen Lederjacke. Er stand vor dem Saal, als du kamst.«

»Ich habe ihn nicht bemerkt.«

»Er war bei Piotr und wollte ihm wohl etwas …«

»Was?«, unterbrach ihn Anna gereizt. »Ich will nichts von irgendeinem Kerl hören, hör auf.«

Es hatte keinen Sinn, dieses Gespräch fortzusetzen.

»Ruf mich an, wenn du dich beruhigt hast. Ich kann versuchen, mit Karol zu reden, aber dazu muss ich mehr wissen. Mach's gut.«

»Entschuldige bitte. Das ist zu viel für mich.« Anna hielt sich eine Hand vor den Mund, die Tränen zurückhaltend. »Wozu hat Piotr dich hergeholt?«

»Ich habe keine Ahnung. Wie lange geht das schon? Euer Verhältnis?«

Er bemerkte, dass Anna überlegte, was sie antworten sollte. Sie zog ihr Handy aus der Tasche und fing an, eine Nummer zu wählen. »Geh jetzt«, sagte sie ungeduldig. »Entschuldige mich.«

Adam unterdrückte einen Anflug von Zorn. Mit welchem Recht hatte sie sich zwischen zwei Freunde gestellt, indem sie den einen betrog und den anderen in Gefahr gebracht hatte? Er drehte sich um, betrat den

Fahrstuhl, den einige plaudernde Krankenschwestern verlassen hatten, und drückte auf Erdgeschoss. Er tastete mit den Fingern nach dem U-Bahn-Schein in seiner Tasche. Ein Stockwerk tiefer stieg der Mann in der schwarzen Lederjacke zu. Er wartete ab, bis die Fahrstuhltür zugegangen war, und sah Adam an. »Wozu hat Lasota dich herbestellt?«

Adam spürte eine Kältewelle und einen Druck im Solarplexus. Die Augen des Mannes waren ruhig, doch seine Gesichtsmuskeln wirkten angespannt. »Ich verstehe Ihre Frage nicht?«

»Tu nicht so. Er hat dich im Sender angerufen.«

»Wer sind Sie?« Adam versuchte, seiner Stimme einen harten Klang zu geben.

»Falls Lasota dir etwas gegeben hat, muss ich es haben.« Der Mann griff nach den Fahrstuhlknöpfen und drückte auf Stopp.

»Das darf doch nicht wahr sein!«

Adams Angst verwandelte sich in Zorn. Er streckte die Hand in Richtung Fahrstuhlknöpfe aus. Der Mann ergriff sein Handgelenk, mit der anderen Hand packte er ihn am Adamsapfel und stieß ihn gegen die Wand. Adams Hand und sein Hals waren vor Schmerz wie betäubt, er bekam keine Luft, war nicht imstande, sich zu bewegen. Der Mann durchsuchte mit der freien Hand die Taschen seiner Jacke. Adam sammelte seine schwindenden Kräfte und trat ihm mit dem Knie zwischen die Beine. Der Mann blockte mit einem Bein den Tritt ab und verpasste Adam zwei blitzschnelle Schläge mit der Handkante, einen auf den Nasenansatz und einen auf den Kehlkopf; der dritte Schlag traf seinen Unterleib. Adam verlor langsam die Orientierung, ihm wurde schwarz vor Augen. Er sank an der Fahrstuhlwand hinunter und setzte sich auf den Boden. Von weitem hörte er ein Klopfen und eine verärgerte Stimme, die nach dem Fahrstuhl verlangte.

Der Mann zog Adams Brieftasche aus dessen Jacke, sah sie durch und warf sie auf den Boden. Daneben landete der Inhalt der Jackentaschen: ein Päckchen Taschentücher, eine Schachtel Tic-Tac-Dragées und ein U-Bahn-Ticket. Dann sah er Adam aus nächster Nähe in die Augen. »Willst du auf dem Bett neben Lasota landen? Hör auf, dich hier herumzutreiben.«

Der Fahrstuhl fuhr nach unten und blieb im Erdgeschoss stehen. Die Tür ging auf, und der Mann drängte sich hastig zwischen den wartenden Personen hindurch und bog in Richtung Ausgang ab.

Adam holte mühsam Luft durch die schmerzende Kehle. Ein Arzt in weißem Kittel betrat den Fahrstuhl; er beugte sich über ihn und ergriff sein Handgelenk. »Geht's Ihnen nicht gut?«

Adam war nicht imstande, ihm zu antworten. Er bückte sich langsam, hob den U-Bahn-Schein auf und schob ihn in seine Tasche.

Agata betrat schnellen Schrittes das Behandlungszimmer. Adam lag auf einer Liege, er hatte einen Verband um die Nase und war sehr blass. Neben ihm, auf einem Stuhl, saß ein Mann Mitte dreißig, dunkles Haar und dunkle Haut, mit Notizblock und Kugelschreiber. Agata gefiel sein Gesichtsausdruck nicht. Ehrgeizig und aggressiv, beschrieb sie ihn in Gedanken. Sie setzte sich zu Adam auf die Liege und nahm seine Hand. »Was ist passiert? Wie fühlst du dich?«, fragte sie.

»Nichts Ernstes. Eine kleine Auseinandersetzung«, antwortete er, heiser knarzend durch den schmerzenden Hals. Er lächelte beruhigend und drückte ihre Hand.

Der Mann erhob sich und streckte Agata seine Hand entgegen. »Guten Tag. Ich bin Kommissar Marcos. Ihr Mann wurde in einem Fahrstuhl überfallen und verprügelt.«

»Verprügelt? Hier, im Krankenhaus?«

Marcos breitete die Arme aus. »Ich versuche gerade herauszufinden, was genau passiert ist, aber wir haben Verständigungsschwierigkeiten.«

»Wieso?«

Agata sah Adam fragend an. Sie verstanden sich sofort und ohne Worte – aus irgendeinem Grund wollte er mit diesem Polizisten nicht sprechen. Marcos beobachtete die beiden aufmerksam. »Ihr Mann verbirgt etwas vor mir.«

»Ich habe nichts hinzuzufügen.« Adam setzte sich auf und fasste sich stöhnend an den Kopf.

»Wie Sie wünschen. Hier ist meine Telefonnummer.« Er holte seine Visitenkarte hervor. »Warten Sie bitte auf die Vorladung.«

»Weswegen? Ich habe es Ihnen doch gesagt, es war vermutlich ein Bekannter von Piotr«, sagte Adam.

Marcos schüttelte bedauernd den Kopf. »Ich habe Herrn Lasota schon gefragt. Er kennt diesen Mann nicht.«

»Warum wurde er dann auf der Intensivstation hereingelassen?«

»Ähnlich wie Sie.«

»Aber ich überfalle keine Menschen.« Adams Irritation wuchs.

Marcos zuckte die Achseln. »Das Krankenhauspersonal ist nicht die Polizei. Und Herr Lasota hatte keinen Personenschutz, weil er nur das Opfer eines Überfalls ist.«

»Nur das Opfer eines Überfalls?!« Adam griff sich an den Hals und bekam einen Hustenanfall.

»Reg dich nicht auf.« Agata legte die Hand auf seine Schulter.

»Als ich auf die Intensivstation kam, lag Piotr Lasota neben seinem Bett und erstickte fast an einem Tropfkabel«, fuhr Adam fort. »Das war die Arbeit dieses Kerls. Vielleicht wird die Polizei jetzt über den Personenschutz für ihn nachdenken?«

Marcos sah ihn aufmerksam an. »Sagen Sie mir bitte, was der Angreifer von Ihnen wollte. Das ist wichtig für die Ermittlungen.«

»Ich habe keinen blassen Schimmer! Wie oft soll ich das noch wiederholen?«

Marcos schüttelte ungläubig den Kopf und sah in seinem Notizblock nach. »Piotr Lasota ist Direktor der polnischen Niederlassung eines amerikanischen Investmentfonds, er wohnt im Marriott Hotel. Er hat auch ein Haus außerhalb der Stadt gemietet, in Konstancin. Aus seinem Pass geht hervor, dass er seit einem Jahr in Polen lebt, aber immer wieder nach New York fliegt. Wozu hat er Sie ins Krankenhaus bestellt?«

Adam ließ die Beine von der Liege hinunter und rückte seine Kleidung zurecht. Agata nahm seine Jacke von einer Stuhllehne.

»Ich habe Ihnen eine Frage gestellt«, insistierte Marcos.

Adam zog seine Jacke an. Magen und Hals taten ihm weh. Er sagte in irritiertem Ton: »Sie verdächtigen mich, an dem Ganzen beteiligt gewesen zu sein? Soll ich meinen Anwalt anrufen? Ich sage Ihnen was: Ich habe mich mit meinem Komplizen um die Beute gestritten. Lasota versteckt den Tresor, den wir ausgeraubt haben, unter seinem Bett. Und ich habe die Kohle in meinen Hosenbeinen aus der Intensivstation geschafft und sie hinter dem Klo auf der Männertoilette versteckt. Ich komme in der Nacht zurück, um sie zu holen. Passt Ihnen diese Version?«

Marcos klappte seinen Notizblock zu.

»Machen Sie sich lieber auf die Suche nach dem Täter«, fuhr Adam fort. »Fangen Sie mit den Überwachungskameras an. Ist dieser Gedanke schon mal in Ihrem Polizistenkopf aufgetaucht?«

»Adam«, warf Agata mit einer weichen Stimme ein.

»Sorry, Liebling, aber Piotr ist in Gefahr, ich wurde überfallen, und der Herr Kommissar vergeudet seine Zeit mit merkwürdigen Fragen.«

Agata warf einen Blick auf Marcos' Gesicht und spürte plötzlich eine Unruhe. Der Polizist sah Adam mit einer Grimasse des Hasses an – als würde er sich nur mühsam beherrschen können, ihm keinen Schlag zu verpassen. Marcos bemerkte den Blick der Frau und nahm sich zusammen. »Wir bleiben in Verbindung. Sollten Sie sich entscheiden, doch mehr zu sagen, rufen Sie mich bitte an.«

Adam antwortete nicht, sondern stieß die Tür auf und betrat den nächsten Raum. Bei seinem Anblick erhob sich der diensthabende Arzt. »Ich möchte Sie noch eine Weile zur Beobachtung hierbehalten.«

»Danke, Herr Doktor, aber dieser Ort ist mir zu gefährlich«, gab Adam zurück und verließ das Behandlungszimmer. Agata nickte dem Arzt mit einem entschuldigenden Lächeln zu und folgte ihrem Mann.

Zwei Sekunden später klingelte das Telefon des Arztes, der sofort den Hörer abhob: »Behandlungszimmer.« Er hörte einige Sekunden lang zu. »Der Mann, der im Fahrstuhl verprügelt wurde, ist gerade gegangen. Gut, ich warte.« Er legte auf und sah Marcos fragend an. »Das war die Polizei … Sie werden gleich da sein.«

»Gut. Meine Leute werden nur noch die Spuren sichern. Auf Wiedersehen, Herr Doktor«, sagte Marcos, steckte seinen Notizblock ein, ging hinaus und machte die Tür hinter sich zu.

Der Arzt sah die Krankenschwester verwundert an. »Was für Spuren? Er hat doch nur eins auf die Rübe gekriegt.«

Agata lief neben Adam über den langen Krankenhausflur, an Patienten und Personal vorbei. Adam sah sich um, doch er konnte nirgendwo den Mann entdecken, der ihn im Fahrstuhl überfallen hatte.

»Sagst du mir, worum es geht?«, fragte Agata.

»Nicht hier.«

Sie verließen das Krankenhaus. Agata setzte sich ans Steuer des Audis. Sie erreichten die Schranke der Ausfahrt. Agata stieg aus, um fürs Parken zu bezahlen. Adam sah in den Seitenspiegel. Nach einer Weile bemerkte er, dass vor dem Krankenhaus ein schwarzer Van mit getönten Scheiben losfuhr. Jetzt war er sich sicher – er hatte den Wagen schon mehrmals gesehen. Er wandte sich an Agata, die wieder eingestiegen war: »Versuch, möglichst schnell wegzufahren. Der Typ, der mich verfolgt, schafft es nicht, den Parkschein zu lösen. Reg dich nicht auf. Es sind wohl Leute vom Geheimdienst. Sie haben Piotr im Visier.«

Agata warf einen Blick in den Rückspiegel. »Der schwarze Van?«

Adam nickte. Ihre Ruhe imponierte ihm.

»Schnall dich an«, sagte sie.

Adam griff nach dem Gurt; er spürte immer noch einen Schmerz in den Rippen. Agata schob den Parkschein in den Schlitz des Automaten, und die Schranke ging auf. Die plötzliche Beschleunigung des losfahrenden Wagens presste Adam in den Sitz hinein. Die Zentrifugalkraft warf ihn in einer scharfen Kurve so stark zur Seite, dass er nur mit Mühe die Gurtklammer in die Halterung schieben konnte.

Agata fuhr mit quietschenden Reifen in die Kreuzung an der Hauptstraße, kurz bevor die Ampel auf Rot umschaltete. Ein Passant sprang zurück und drohte ihnen mit der Faust. Agata beschleunigte erneut, legte die Entfernung bis zur nächsten Kreuzung in wenigen Sekunden zurück und bog wieder scharf ab.

Adam warf einen Blick nach hinten. Der schwarze Van fuhr gerade aus dem Parkplatz hinaus.

»Versteck dich, schnell!«

Agata gelang es, den Audi nach dem letzten Manöver zu stabilisieren. Der Van tauchte noch nicht an der Kreuzung auf.

»Jetzt!«

Sie bremste, fuhr in eine Haltebucht hinein und parkte blitzschnell hinter einem Lieferwagen. Nach einigen Sekunden raste der Van mit hoher Geschwindigkeit an ihnen vorbei.

»Uff, vielleicht solltest du diesen Wagen doch kaufen.« Agatas Wangen waren gerötet, ihre Augen glänzten vor Aufregung. »Aber jetzt sagst du mir, was hier gespielt wird.«

Adam lächelte, zog den U-Bahn-Schein aus der Tasche und hielt ihn sich direkt vor die Augen. Über dem schwarzen Magnetstreifen sah er eine Reihe kleiner Ziffern und Buchstaben. Kein Wunder, dass der Angreifer aus dem Fahrstuhl sie nicht bemerkt hatte. Er reichte Agata den Fahrschein. »Ohne ein Vergrößerungsglas werden wir es nicht lesen können«, sagte er.

»Was ist das? Irgendeine Chiffre? Hat Piotr dir das gegeben?«, fragte sie überrascht.

»Ja, aber ich habe keine Ahnung, worum es geht. Er war nicht imstande zu sprechen, hatte hohes Fieber. Er bat mich nur nachdrücklich, das aufzuheben.«

»Denkst du, dass der Kerl im Fahrstuhl danach suchte?«

Adam nickte. »Ich bin mir sicher.«

»Was macht Piotr wirklich?«

»Ich weiß es nicht, im Ernst.«

Agata verzog ungläubig das Gesicht.

»Hör auf, ich würde es doch vor dir nicht verbergen«, sagte Adam. »Piotr und ich hatten lange keinen Kontakt zueinander. Er ist vor Jahren weggegangen, in den Staaten antwortete er auf E-Mails nur selten, dann verstummte er ganz.«

»Eine seltsame Geschichte.«

Adam nickte. Er überlegte einen Moment, ob er ihr von den mit Angstattacken verbundenen Träumen erzählen sollte, die ihn in der Vergangenheit geplagt hatten. Er verstand sie aber selbst nicht, hatte also kein Recht, ihr damit Angst einzujagen.

»Lass uns umkehren, wir sind falsch abgebogen«, sagte er und nahm den U-Bahn-Schein aus Agatas Fingern. »Übrigens, du fährst wie Schumacher. Ich vergöttere dich.«

»Versprich mir, dass du keine Dummheiten machst.«

Adam nickte mit einem gehorsamen Gesichtsausdruck. Agata rückte näher und küsste ihn auf die Wange. »Ich nehme einen anderen Weg.« Sie legte den Gang ein und fuhr los.

Der Audi kam langsam hinter dem Lieferwagen hervor. Der schwarze Van war verschwunden. Agata ließ einige Autos vorbei, dann wechselte sie schnell auf die linke Spur und bog in eine Seitenstraße ab.

Durch das Vergrößerungsglas war die Reihe von Ziffern und Buchstaben deutlicher zu sehen: »I. Vorname – 2, 4, 3, 2, 1, 6, 3, 3; II. Nachname – 1, 3, 2, 4, 3, 5, 1, 3, 5, 4; III. Spitzname – 1, 2, 4, 5, 6, 3, 1, 1.«

Es war später Abend, über dem Schreibtisch brannte eine tief gestellte Lampe. Adam las die Aufschrift auf dem Fahrschein zu Ende und schob die Lupe weg. Er sah Agata fragend an, die auf der Lehne seines Sessels saß.

»Ruf Piotr an, vielleicht ist er schon in der Lage zu reden«, schlug sie vor.

»Sein Telefon könnte abgehört werden.«

»Dann warten wir, bis er aus dem Krankenhaus entlassen wird. Er hat bestimmt einen Plan.«

»Du hast recht.« Adam legte die Lupe wieder an den Fahrschein. »Den würde ich gern knacken. Vorname, Nachname, Spitzname … Piotr, Lasota, Fuchs. Und weiter?«

Er nahm einen Kugelschreiber vom Schreibtisch und begann, den Code auf einen Zettel zu schreiben. Agata näherte die Lippen an sein Ohr und flüsterte: »Ich habe eine andere Idee.« Sie berührte den Verband an seiner Nase. »Schaffst du es? Es reicht, wenn du brav auf dem Rücken liegen bleibst. Tut es weh?«

Adam schüttelte den Kopf. Er spürte einen Anflug von Begehren, streckte die Hand aus und zog Agata an sich heran. Da erklang eine junge Stimme: »Geheimnisse?«

Beide drehten sich um. In der Tür stand Rafał, ein sechzehnjähriger, schlanker Junge mit Agatas Augen. Adam fiel sein Versprechen plötzlich wieder ein, und er schämte sich. »Sorry … Ich habe dein Spiel nicht vergessen. Mir ist leider etwas dazwischengekommen, ich habe es nicht geschafft.«

Rafał winkte resigniert ab. »Vier zu null. Ein Massaker. Ich habe zwei Tore reingelassen. Es ist besser, dass du es nicht gesehen hast. Was ist mit deiner Nase?«

»Mama hat scharf gebremst, und ich war nicht angeschnallt«, log Adam.

»Wirst du diesen angeberischen Schlitten wirklich kaufen? Er schluckt Benzin wie ein Drache, und du verpestest die Umwelt«, verkündete Rafał. Er bemerkte den Fahrschein und die Lupe in Adams Hand, kam näher und warf einen Blick auf den Zettel auf dem Schreibtisch. »Was ist das?«

»Ich habe vor, das herauszufinden«, antwortete Adam.

»Irgendein Code?«

»Nicht zu viele Fragen? Lass den Vater arbeiten«, sagte Agata und stand von der Sessellehne auf. »Was möchtest du zum Abendessen?«

Rafał lehnte sich rückwärts gegen den Schreibtisch und sah seine Eltern ernst an: »Was ist mit Schottland? Oder wollt ihr, dass ich mein Leben lang in Polen eingesperrt bleibe?«

»In Polen gibt es auch Schulen, nach denen man an einer guten Universität studieren kann. Überall in der Welt«, sagte Adam.

Rafał verzog das Gesicht. »Solche wie deine?«

»Hey, das war nicht fair«, protestierte Agata. »Dein Vater hat Abitur gemacht, als es mit dem Kommunismus zu Ende ging. Er hatte keine Chance, im Ausland zu studieren. Man musste Eltern haben, die der Nomenklatur angehörten. Oder der Partei beitreten. Das weißt du doch.«

»Genau davon spreche ich«, sagte Rafał versöhnlich und ging in Richtung Tür. »Heute sage ich nichts mehr. Aber morgen zeige ich euch das Angebot der Schule. Wir rechnen eure Einkünfte zusammen und treffen eine Entscheidung, okay?«

Agata biss sich auf die Lippen, um beim Anblick von Adams Gesichtsausdruck nicht zu lachen.

»Okay«, sagte Adam und sah Agata an. »Von wem hat er bloß diesen Charakter? In meiner Familie waren alle ruhig.«

»Aber nicht ehrgeizig genug«, wandte Rafał ein und schloss die Tür.

Über den Himmel zogen bleierne Wolken, jenseits der Reichweite der Straßenlaternen herrschte Dunkelheit. Auch die Wohnung im vierten Stock eines gepflegten Mietshauses lag im Dunklen, nur in den beiden Eckfenstern brannte Licht, und man konnte eine hin und her gehende Gestalt sehen.

Der Mann, der am Steuer des schwarzen Vans saß, nahm den Zigarettenanzünder aus der Verkleidung unterhalb des Armaturenbretts heraus und hielt den glühenden Teil an die Zigarette, die in seinem Mund steckte. Er sog den Rauch ein, fasste an den Griff an seinem Sitz und verstellte die Rückenlehne. Er rückte den Kopfhörer in seinem Ohr zurecht und sah auf die Uhr. Es war kurz vor Mitternacht.

An der Wand des Mietshauses stand ein zweiter Mann und hantierte am offenen Telefonkasten herum. Zwei dünne Kabel hingen aus dem Kasten heraus und verschwanden in einer Plastikschachtel, die er in der Hand hielt.

Adam lief mit dem Festnetztelefon in seinem Arbeitszimmer herum. »Nur eine Frage, das wird ihn bestimmt nicht zu sehr anstrengen.« Er hörte sich die Antwort unzufrieden an. »Ich weiß, dass es Mitternacht ist, aber es ist sehr wichtig. Wie bitte? Ich habe den Zwischenfall provoziert? Das ist wohl ein Scherz? Bitte unterbrechen Sie mich nicht! Die Polizei kann dem Patienten nicht verbieten, Kontakt zu … Hallo?!«

Adam schaltete das Telefon aus und warf es auf den Schreibtisch. Dann blieb er vor dem Fenster stehen und sah kurz sein Spiegelbild an. Er rieb unwillkürlich an seinem Hals, verzog vor Schmerz das Gesicht, drehte sich vom Fenster weg und ging zum Schreibtisch zurück. Er zog ein Notizbuch aus der Schublade, fand darin eine Telefonnummer und griff wieder nach dem Hörer.

Die leise Musik wurde vom Klingeln des Telefons übertönt. Die Einrichtung des Zimmers, die aus Kommode, Frisiertisch und Schrank in antikem Stil bestand, ergänzte ein kleiner Glastisch. An den Wänden hingen moderne Grafiken, in den Fenstern Vorhänge mit dezentem Blumenmuster. Dem kleinen Salon war eine weibliche Hand anzumerken.

Der Mann, Anfang vierzig, der im Schlafzimmer auf dem Bett saß, war schlank und mittelgroß. Die breiten Schultern und die muskulösen Arme zeugten von seiner physischen Kraft, der starke Umriss des Kiefers und die hohe Stirn sagten viel über seinen Charakter aus. Er hatte helle, tiefliegende Augen, ihr sanfter Ausdruck bildete einen überraschenden Kontrast zu der Stärke und Entschlossenheit, die er ausstrahlte. Er sah aus wie jemand, der Wissenschaftler oder Künstler hätte werden sollen, doch infolge einer falschen Wahl oder einer Notwendigkeit Soldat geworden ist.

Der Telefonanruf unterbrach ihn beim Lesen. Er sah auf das Display der Radiouhr. Die grünen Ziffern zeigten Viertel nach zwölf an. Er legte das Buch mit dem englischen Titel *Bluebird* weg, stellte per Fernbedienung die Musik leiser und nahm den Hörer ab. »Karol Siennicki, ich höre«, sagte er mit ruhiger Stimme, gefasst auf eine Nachricht, die eine schlaflose Nacht bedeuten könnte.

Adam wusste nicht mehr, wann er das letzte Mal mit Karol gesprochen hatte, wahrscheinlich vor über einem Jahr. Er konnte auch nicht sagen, warum ihre Freundschaft abzuklingen begann. Irgendetwas ließ sie einander vermissen und gleichzeitig einen inneren Widerstand gegen den Kontakt zum anderen empfinden. Möglich, dass dieselbe Angst der Grund war, die Adam im Studio nach Piotrs Anruf empfunden hatte. Keiner von ihnen hätte erklären können, warum diese Freundschaft unklare und eher schlechte Assoziationen weckte.

»Hallo, ich bin es. Nicht zu spät?«

Karol schwieg eine Weile. »Hallo, Adam. Ich höre.«

»Ich habe Piotr gesehen.«

»Wann? Wo?«

»In der Klinik an der Banach-Straße. Er ist brutal zusammengeschlagen worden.«

»Zusammengeschlagen? Von wem? Was hat er dir gesagt?« Karols Stimme klang überrascht.

»Nicht viel. Er liegt auf der Intensivstation, es sieht nicht gut aus. Ich habe darum gebeten, dass er Polizeischutz bekommt, aber angeblich steht ihm der nicht zu.«

»Ich erledige das. Ist er bei Bewusstsein?«

»Ja, aber er hat Fieber, kann kaum sprechen.«

»Welche Intensivstation?«

»Innere Chirurgie.«

»Ich gebe dir Bescheid, wenn ich etwas erfahre. Noch etwas?«

»Ja.« Adam hielt kurz inne. »Anna ist dort aufgetaucht.«

Karol schwieg.

»Ich wusste nicht, dass ihr nicht mehr zusammen seid.«

»Ja, wir leben getrennt.«

»Aha.« Adam zögerte. Er brachte es nicht fertig, Karol zu fragen, ob er Piotr zusammengeschlagen hatte. Oder noch schlimmer: jemanden damit beauftragt hatte.

»Ist das alles?«

»Dort war noch irgend so ein Kerl. Er versuchte, etwas aus Piotr herauszuquetschen, er warf ihn vom Bett hinunter. Wirkte wie ein Profikiller.«

Diesmal kam Karols Antwort sofort: »Hast du die Polizei gerufen?«

»Das Krankenhaus hat sie geholt. Ein Kommissar hat auch mit mir gesprochen.«

»Von welcher Polizeistation?«

»Ich habe keine Ahnung.«

»Noch etwas?«, fragte Karol.

»Nein, mach's gut.«

Adam betrachtete das U-Bahn-Ticket auf seinem Schreibtisch. Er hatte vorgehabt, Karol auch davon zu erzählen, doch etwas hielt ihn plötzlich zurück. »Ruf mich an, wenn du etwas erfahren hast. Tut mir leid wegen Anna.«

»Mach's gut, Adam.«

Karol legte den Telefonhörer auf den Tisch, griff nach dem daneben liegenden Smartphone und wählte eine Nummer. »Sie haben Lasota geschnappt«, sagte er. »Er liegt in der Klinik an der Banach-Straße, auf der IST der Inneren Chirurgie. Alle in Alarmbereitschaft, die ganze Gruppe. Wir haben keine Zeit, wir müssen alles aus ihm herauspressen.«

Er steckte das Smartphone in seine Tasche und nahm von der Stuhllehne einen Gürtel mit Pistolenhalfter, aus dem der schwarze Knauf einer Glock herausschaute. Er legte den Gürtel so an, dass das Halfter sich unter seinem Arm befand. Er ging in Richtung Tür, nahm im Flur seine Jacke vom Garderobenständer und zog sie an.

Der schwarze Van blinkte mit den Scheinwerfern. Der zweite Mann trennte die Kabel vom Telefonkasten, schloss ihn, versteckte die Plastikschachtel in seiner Jackentasche und lief über den Rasen auf den Metallzaun zu. Er kletterte geschickt auf einen Betonpfosten, sprang auf den Gehsteig hinunter, überquerte die Fahrbahn und stieg in den Van. Der Wagen fuhr sofort los.

»Du hast es ihm nicht gesagt.« Agatas Stimme hatte Adam erschreckt.

Er drehte sich überrascht vom Schreibtisch weg. »Was denn?«

Agata war barfuß und trug ein kurzes Bauwollnachthemd. Sie kam näher und schmiegte sich mit dem ganzen Körper an ihn. Die Berührung ihrer Brüste und ihres Bauchs rief eine Welle der Erregung in ihm hervor.

»Das ist nicht fair«, wehrte er sich schwach, gleichzeitig ihre Taille umarmend. »Komm her.« Er stand auf und versuchte, sie in Richtung Tür zu ziehen.

Agata hielt ihn zurück, indem sie die Hand gegen seine Brust presste. »Du bist kein investigativer Journalist, und du hast eine deutliche Warnung bekommen. Versprich mir, dass du Karol von dem Überfall und dem Code auf dem Fahrschein erzählst.«

»Mache ich.« Adam fing an, ihren Hals zu küssen.

»Ruf ihn jetzt an.«

»Ich habe seine Handynummer nicht. Er hat ständig eine neue. Ich habe ihn auf dem Festnetz angerufen, doch er sagte, er müsse gleich weg. Komm her.«

Er küsste sie auf den Mund. Agata erwiderte den Kuss und flüsterte durch die halb geöffneten Lippen: »Versuch du nur, nicht anzurufen.«

»Ich hasse dich«, flüsterte Adam zurück.

Er ergriff Agatas Hand und zog sie aus dem Arbeitszimmer.

Rafał lag im Bett, in den Kopfhörern an seinen Ohren sang seine Lieblingsgruppe – die Bee Gees. Er hatte seinen silbernen Mac auf die Bettdecke gelegt und fegte jetzt mit sechs Fingern über die Tastatur. Im oberen Teil des Bildschirms war eine Reihe von Ziffern und Buchstaben zu sehen: »I. Vorname – 2, 4, 3, 2, 1, 6, 3, 3; II. Nachname – 1, 3, 2, 4, 3, 5, 1, 3, 5, 4; III. Spitzname – 1, 2, 4, 5, 6, 3, 1, 1.« Darunter erschienen immer neue Code-Kombinationen mit hinzugefügten Links aus dem Internet, Fotos und Facebook-Kontakten.

Rafał arbeitete konzentriert, leise vor sich hin summend. Er war sich sicher, dass seinem Vater entgangen war, dass er den Fahrschein auch mit seinem iPhone fotografiert hatte.

Stayin' aaalive, falsettierte munter der Leader der Gruppe, Robin Gibb.

Anna betrat das dunkle Kinderzimmer, setzte sich neben das Bett und rüttelte sanft an der Schulter eines auf der Seite schlafenden zehnjährigen Mädchens. »Wach auf, Liebling. Natalia, wach bitte auf.«

Die Kleine drehte sich um und öffnete die verschlafenen Augen. »Mama.«

»Zieh dich an, okay?« Anna schob eine helle Haarsträhne aus ihrem Gesicht.

»Warum?« Natalias Stimme klang schon um einiges wacher. Sie stützte sich an den Ellbogen auf.

Anna war sich dessen bewusst, welchen Stress die Tochter wegen der Trennung von ihrem Vater durchlebte. »Verzeih mir bitte, wir müssen verreisen. Ziehst du dich jetzt bitte an? Ich helfe dir.«

Natalia setzte sich brav auf und hob die Arme. Sie hatte sich an die überraschenden Ideen ihrer Mutter gewöhnt. Anna zog ihr das Nachthemd über den Kopf und griff nach ihrer Kleidung. »Wohin fahren wir? Zurück zu Papa?«, fragte das Kind unter dem Kleid hervor.

Anna fühlte sich wieder schuldig. »Nein, Liebling, noch nicht.«

Sie rückte Natalias Kleid zurecht, packte die Tochter unter den Achseln und stellte sie aufs Bett. Das Mädchen umarmte Annas Hals und flüsterte ihr ins Ohr: »Versprich mir, dass ihr euch versöhnt. Du und Papa.«

Anna presste ihre Lippen an Natalias Kopf. Sie spürte einen Druck in der Brust und dachte, dass in dem Spruch von dem brechenden Herzen ein Körnchen Wahrheit stecke.

Der Saal der Intensivstation war nachts noch dunkler; nur die Lämpchen der Monitore erleuchteten den Raum. Karol stand hinter der Glasscheibe, neben einem jungen Arzt. Beide sahen Piotr an.

»Jetzt kann ich nichts tun«, sagte der Arzt. »Er hat Dormicum bekommen, wacht erst in etwa vier Stunden auf. Und er wird ziemlich benebelt sein.«

»Ich nehme an, es gibt eine Methode, das Aufwachen zu beschleunigen?«

Der Arzt schüttelte den Kopf. »Zu gefährlich. Kommen Sie morgen früh wieder.«

Karol spürte, dass seine Ungeduld wuchs. Er vertrug Situationen schlecht, die er nicht unter Kontrolle hatte. »Nun ja, Sie sind für das Leben des Patienten verantwortlich. Wir sichern also das Krankenhaus, und ich sehe Sie um fünf.« Er gab dem Arzt die Hand, drehte sich um und verließ die Intensivstation.

Der Arzt wartete ab, bis Karol die Tür hinter sich geschlossen hatte, dann betrat er den Saal und ging auf das mittlere Bett zu. Er überprüfte die Angaben des Monitors, beugte sich über Piotr und rüttelte leicht an seiner Schulter. »Hören Sie mich?«

Piotr öffnete die Augen, er war bei Bewusstsein.

»Wir bringen Sie von hier weg«, sagte der Arzt. »Machen Sie sich keine Sorgen, alles wird gut.«

Es war Samstag, sieben Uhr morgens. Der Anblick der leeren, nebelumhüllten Straßen bewirkte, dass Adam sich plötzlich entfremdet und einsam fühlte. Auf dem Weg zum Krankenhaus hielt er vor einem Zeitungskiosk und sah die neueste Presse durch. Nirgendwo fand er eine Notiz über den Überfall auf den Direktor der Firma East Fund. Auch kein Radiosender hatte darüber berichtet. Er parkte den Audi neben dem Krankenhaus, stieg aus und ging auf den Eingang zu.

Er hatte immer noch Agata vor Augen – im Halbdunkel des Morgengrauens, müde vom Sex, mit dem ganzen Körper an ihn geschmiegt, das Gesicht an seiner Wange. Sie murmelte etwas im Schlaf, als er sein Bein von ihrem Schenkel befreite, ihren Arm wegschob und das Kissen unter ihren Kopf legte. Er sah die Schlafende an und hatte zum tausendsten Mal das Gefühl, keinen schöneren Anblick zu kennen.

Die Haupteingangstür fuhr geräuschlos auseinander. Adam ging am Behandlungszimmer vorbei und steuerte auf den Fahrstuhl zu. Er stieg im dritten Stock aus, blieb an der Glastür der Intensivstation stehen und drückte auf den daneben befindlichen Knopf. Er war entschlossen, sich die Erlaubnis, mit Piotr zu sprechen, bei Professor Haus zu holen.

»Adam Wierzbicki zu Professor Haus«, sagte er in die Gegensprechanlage. Er hörte ein Summen und drückte die Tür auf. Beim Hineingehen stieß er fast mit Haus zusammen. Der Professor streckte ihm die Hand entgegen und machte ein bekümmertes Gesicht. »Guten Morgen. Man hat mir gesagt, dass Sie gestern auf meiner Station überfallen wurden. Das ist unerhört! Wo ist das passiert?«

»Im Fahrstuhl.«

»Unfassbar! Das tut mir sehr leid. Manchmal kommen Leute zu uns, die überfallen wurden. Aber dass jeder Angreifer hier hereinspazieren kann, sobald er behauptet, ein Familienmitglied des Opfers zu sein – unmöglich! Die ITS müsste einen eigenen Sicherheitsdienst haben.« Er breitete die Arme mit einem ratlosen Gesichtsdruck aus. »Aber wie soll man es umsetzen? Das Budget des Krankenhauses lässt es nicht zu. Es tut mir wirklich sehr leid. Ich hoffe, Sie wurden gründlich untersucht.«

»Ja, danke. Ich rief allerdings später an und wurde von einer Krankenschwester als Provokateur bezeichnet.«

Professor Haus seufzte.

»Die Krankenschwestern … Es wird immer schlimmer … Möchten Sie, dass ich …« Er hielt inne, man konnte spüren, dass er keine Lust hatte, der Sache nachzugehen.

»Es ist schon in Ordnung, lassen wir das. Wie geht es Lasota?«

Haus kam auf den Flur heraus, die Tür ging hinter ihm zu. »Er wurde in der Nacht verlegt.«

Adam sah den Chefarzt verblüfft an. »Verlegt? In diesem Zustand?«

»Ich war dagegen, aber die Anordnung kam direkt von der Direktion. Also habe ich den Gesundheitszustand des Patienten überprüft und den Krankenwagentransport genehmigt.«

»Wer hat ihn mitgenommen? Wohin?«

»In die Klinik des Innenministeriums. Dort wird man besser für seine Sicherheit sorgen.«

Der Fahrstuhl hinter Adams Rücken ging auf, und Karol trat heraus. Er hatte tiefe Ringe unter den Augen und war unrasiert. Er nickte Adam zu und wandte sich an den Chefarzt: »Guten Tag, Herr Professor. Man hat mir gesagt, dass Lasota in die Klinik des Innenministeriums verlegt wurde.«

»So ist es«, bestätigte Haus.

»Wissen Sie, wer sich um seinen Transport gekümmert hat?«

»Der Rettungsdienst.«

»Und Sie haben persönlich die Erlaubnis dazu gegeben?«

»Ja, auf Anordnung eines hohen Beamten des Innenministerium hin. Kann ich irgendwie behilflich sein?«

»Nein, vielen Dank.«

»Dann auf Wiedersehen, meine Herren. Die Pflicht ruft. Ich bitte noch einmal um Entschuldigung, Herr Redakteur.«

Professor Haus gab Adam die Hand, überquerte den Flur und betrat die gegenüberliegende Station. Die Tür der Intensivstation ging auf, und zwei Krankenpfleger schoben ein Bett heraus, auf dem ein mit einem Laken bedeckter Körper lag. Plötzlich blieb der Stoff am Türrahmen hängen und rutschte vom Gesicht des Patienten. Adam erkannte den Mann, der neben Piotr gelegen hatte.

Hinter dem Bett tauchte eine schwarz gekleidete Frau auf. Sie war etwa dreißig, hatte dunkles, kurzes Haar und scharfe Gesichtszüge. Adam bemerkte den aufmerksamen Blick, den sie ihm zuwarf; in ihren Augen war nicht eine Spur von Tränen. Die Frau betrat zusammen mit den Krankenpflegern den Fahrstuhl, und die Tür ging zu.

»Kommst du?«

Karol wartete an der Treppe.

»Hast du sie gesehen?«

»Die Leiche?«

Sie machten sich auf den Weg nach unten.

»Wenn du überprüfen solltest, ob ein Patient etwas versteckt hat – wo würdest du dann suchen?«

Karol schüttelte den Kopf mit einem Lächeln. »Du meinst, Piotr hat etwas am Körper des Verstorbenen versteckt? Die Phantasie brennt mit dir durch. Lass die Toten in Ruhe.«

»Und was ist mit dem Bett, auf dem der Mann lag?«

»Du nimmst mich mit, und wir unterhalten uns im Auto«, antwortete Karol, und das war kein Vorschlag, sondern eine Anweisung.

Die Tür des Fahrstuhls ging im ersten Stock halb auf, und ein bewusstloser Krankenpfleger fiel heraus. Die schwarz gekleidete Frau verließ den Fahrstuhl und entfernte sich über den Flur. Eine vorbeigehende Krankenschwester bemerkte den Mann. Sie drehte sich erstaunt nach der jungen Frau um, sah in den Fahrstuhl hinein und schrie vor Entsetzen. Auf dem Boden hinter dem Bett lag der Körper des verstorbenen Patienten. Daneben saß der zweite Krankenpfleger; er war ebenfalls bewusstlos, an seinem Gesicht lief Blut hinunter.

Adam steuerte den Audi schnell und sicher. Er hatte gesehen, wie beeindruckt sein Freund von dem Wagen gewesen war, und verschwieg, dass er ihn nur testete. Nach einigen Minuten sagte Karol mit ernster Stimme: »Adam, jetzt Spaß beiseite und Schluss mit dem journalistischen Quellenschutz. Wozu hat Piotr dich ins Krankenhaus bestellt?«

»Ich hab's dir schon gesagt: Ein Gespräch mit ihm war nicht möglich. Und was weißt du?«

Karol antwortete nicht. Eine Weile fuhren sie schweigend. Adam bog an einer Kreuzung ab und sah in den Rückspiegel. Es bestand kein Zweifel – er wurde wieder von einem Auto verfolgt, diesmal von einem schwarzen Passat. Er hatte ihn beim Hinausfahren aus dem Parkplatz bemerkt.

»Was meinst du, wer kann Piotr aus dem Krankenhaus weggebracht haben?«, fragte Karol.

Adam reduzierte die Geschwindigkeit vor der nächsten Kreuzung und wartete, bis die Ampel von Grün auf Gelb sprang. Er hatte Karols Frage nicht verstanden. »Kannst du das bitte wiederholen?«

»Wer kann deiner Meinung nach Piotr mitgenommen haben? Hat er nicht mit dir darüber gesprochen? Nichts geplant?«

Die Ampel schaltete um, und Adam drückte aufs Gaspedal. Der Audi sprang mit heulendem Motor nach vorn und raste bei Rot über die Kreuzung. Von der Seite ertönte eine Hupe – ein anderes Auto musste scharf bremsen.

»Was machst du da?«, rief Karol und hielt sich am Fenstergriff fest.

Der schwarze Wagen drosselte sein Tempo vor der roten Ampel, bog blitzschnell nach rechts ab, machte in einer Seitenstraße eine so heftige Wendung, dass er ins Schleudern kam, und tauchte wieder hinter dem Audi auf.

»Der Passat hinter uns … Er verfolgt uns.«

Karol warf einen Blick nach hinten. »Reg dich ab, das sind meine Leute.«

Adam schüttelte ungläubig den Kopf. »Haben sie mich zuletzt auch verfolgt? Mit dem Van?«

»Niemand verfolgt dich. Ich steige um, sobald du meine Fragen beantwortet hast.«

»Okay, Karol. Danke, dass du mich warnst. Aber den schwarzen Van von gestern habe ich mir nicht eingebildet. Wo fahren wir hin? Oder ist das auch ein Geheimnis?«

»Wozu hat Piotr dich ins Krankenhaus bestellt?«

»Zuerst sagst du mir, was hier gespielt wird. Wieso interessiert sich ein Beamter des Verteidigungsministeriums für Piotr Lasota? Seine Firma verkauft uns amerikanische Waffen? Raketen? Flugzeuge? Elektronik? Wurde Piotr von der Konkurrenz angegriffen? So werden Geschäfte gemacht? Wer steckt dahinter? Die Amerikaner? Die Deutschen? Der Mossad? Was und von wem kaufen wir gerade? Piotr hat nichts gesagt. Vielleicht fahren wir zusammen zu ihm? Unterhalten uns wie alte Kumpel? Es ist nicht weit von hier.«

Adam bog an der nächsten Kreuzung ab und kam auf eine zweispurige Straße, die zur Klinik des Innenministeriums führte.

»Jemand hat Piotr weggebracht, heute Morgen«, sagte Karol.

»Das wissen wir schon. Ihr habt ihn in der Früh von der Klinik an der Banach-Straße in eure Klinik verlegt. Wie geht's ihm? Ist er bei Bewusstsein? Übrigens, welchen militärischen Rang hast du eigentlich?«

»Piotr hat in den Staaten eine Frau und einen Sohn. Sie ist Japanerin. Wusstest du das?«

»Wechsle nicht das Thema. Was verkauft er euch? Denn er kauft doch nicht unsere Kalaschnikows? Sag, hast du Piotr wegen Anna zusammengeschlagen? Willst du eine andere Version schaffen und zählst dabei auf mich?«

Schweigen trat ein. Karol saß da, den Blick nach vorn gerichtet. Nach einer Weile sagte er in gefasstem Ton: »Schalte deine journalistische Kopfmaschine ab, die nur Blödsinn produziert, und beantworte eine einfache Frage: Was weißt du über Piotr?«

Adam hielt an einer Bushaltestelle. Er sah Karol ruhig an. »Das Verhör ist beendet, General. Besorge dir eine Vorladung, dann komme ich in ein Kommissariat oder zur Staatsanwaltschaft. Mach's gut.«

Karol unterdrückte seinen Ärger und seufzte resigniert. »Frag schon.«

»Womit handelt Piotr? Mit Waffen?«

»Das darf ich nicht sagen.«

»Hast du Piotr verprügelt oder verprügeln lassen?«

»Nein, Ehrenwort. Piotr ist mein Auftrag, seit einem Jahr.«

»Aha, also doch Waffenhandel.« Adam verbarg seine Überraschung nicht. »Und was ist mit Anna?«

Karol zuckte die Schultern, dann antwortete er widerwillig: »Piotr hat mehr zu bieten. New York, großes Geld.«

Adam nickte. Plötzlich tat ihm Karol leid. Hinter seiner ganzen Selbstbeherrschung steckte ein gewöhnliches Leid. »Sag, was ist aus unserer Clique geworden?«, fragte er nach einer Weile.

Karols Stimme klang wieder trocken und beherrscht. »Piotr wollte schon immer Anna erobern. Können wir dieses Thema lassen? Die Zeit vergeht, und er ist heute Morgen verschwunden.«

Adam sah Karol verblüfft an. »Wieso das denn? Habt ihr ihn nicht beschützt?«

»Jemand wusste, wie viele Agenten die Intensivstation überwachen und wie sie verteilt sind. Piotr wurde zum Röntgen gebracht. Sie schafften ihn durch eine andere Tür hinaus, in einem Rollstuhl, anders gekleidet. Die Überwachungskameras haben diesen Moment registriert. Der Agent wurde von einer Frau abgelenkt. Als er gecheckt hatte, dass das Röntgen zu lange dauert, war es schon zu spät. Die Frau ist auch verschwunden. Wir haben sie auf dem Videofilm einer Überwachungskamera, aber sie wusste, wo die angebracht ist, und verdeckte ihr Gesicht.«

»Verdammt! Jemand aus dem Krankenhaus war daran beteiligt, ist doch klar!«, rief Adam.

»Wir haben den Röntgentechniker, die Ärzte und die Krankenpfleger verhört. Sie haben keine Ahnung. Niemand erkennt die Männer, die Piotr weggebracht haben. Die haben wir aber in der Kamera-Aufzeichnung.«

Karol zog einen Palmtop aus der Tasche, schaltete den Film ein und zeigte ihn Adam. »Erkennst du jemanden?«

Die Gestalten auf dem kleinen Bildschirm bewegten sich in Zeitlupentempo. Zwei Männer in grauen Kitteln fuhren einen Patienten im Rollstuhl einen Flur entlang. Adam schüttelte den Kopf, die Gesichter der Männer sagten ihm nichts. Die Aufzeichnung lief weiter, über den Flur huschten Patienten und medizinisches Personal.

»Stopp.« Adam zeigte auf eine der Gestalten. »Dieser Typ hat mich im Fahrstuhl nach meinem Besuch bei Piotr angegriffen.«

»Was heißt angegriffen?«

»Er stürzte sich auf mich, packte mich am Hals, schlug mir ins Gesicht und in den Bauch. Dann durchsuchte er meine Kleidung. Er war ein Profi, ich hatte keine Chance.«

»Verdammt! Wieso hast du das nicht gleich gesagt?! Wir hätten Piotr viel besser bewacht. Was wollte er von dir?«

Adam breitete nur die Arme aus.

»Hast du die Polizei gerufen? Haben sie dir die Kamera-Aufzeichnung gezeigt?«, fragte Karol weiter.

»Das Krankenhaus hat sie geholt. Irgend so einen nervigen Bullen. Ich hatte keine Lust, mit ihm zu reden.«

»Das war ein Fehler. Dieser Kerl hatte bestimmt etwas mit Piotrs Entführung zu tun. Und mit dem Überfall auf ihn. Was ist mit ihr – erkennst du sie?«

Karol ließ den Film weiterlaufen. Ein Mann in weißem Kittel unterhielt sich mit einer Frau, die mit dem Rücken zur Kamera stand. Adam erkannte sie an der Kleidung. »Das ist Anna.«

Karol wurde blass, hielt die Aufzeichnung an. »Woher weißt du das?«

»Sie war genau so gekleidet, als sie bei Piotr war«, antwortete Adam. »Die Agenten wissen nicht, wie deine Frau aussieht? Hat sie vielleicht geholfen, Piotr wegzubringen?«

»Unsinn. Ein dummer Zufall. Sie hat einen Agenten angesprochen, um ihn nach dem Weg zur Intensivstation zu fragen. Sie wollte vermutlich gerade zu ihm.« Karols Stimme bekam einen schärferen Klang. »Wenn du etwas weißt und es verschweigst, wirst du dafür die Verantwortung tragen. Hier geht es um nationale Sicherheit.«

»Für mich klingt das, als würde hier etwas gewaltig stinken«, stellte Adam fest.

Karol steckte den Palmtop ein und öffnete die Tür. »Unternimm nichts, sprich mit niemandem und versuch nicht, einen Medienrummel auszulösen. Überlass das den Profis.«

Adam spürte die Wut in sich aufsteigen. »Ich habe dich gestern Abend angerufen, und was ist passiert? Piotr ist verschwunden. Warum beschäftigst du dich mit einem Mann, der deine Frau verführt hat? Ist das kein Interessenkonflikt? Jemand hat euch Piotr geklaut wie den Kindern einen Teddybären. Wer war das? Du verlangst von mir, dass ich glaube, die Sache mit Anna sei ein Zufall gewesen … Hältst du mich für einen Idioten? Wo ist Piotr? Was für eine Funktion hast du im Verteidigungsministerium? Bist du ein Beamter, der einen Agenten spielt, weil seine Frau ihn verlassen hat? Du hast recht – überlass das den Profis.«

Karol drehte sich um und stieg aus dem Wagen. »Vergiss nicht, ich habe dich gewarnt. Ruf diese Nummer an, wenn dir etwas einfällt.« Er warf eine Visitenkarte auf den Sitz, schlug die Tür zu und ging auf den hinter dem Audi stehenden schwarzen Passat zu.

Adam sah in den Rückspiegel. Er überlegte, warum er Karol nichts von dem Fahrschein mit dem Code gesagt hatte. Etwas hatte ihn zurückgehalten – vielleicht das Wort, das er Piotr gegeben hatte? Oder der journalistische Ehrgeiz, an sensationelles Material zu kommen?

Der Passat setzte sich in Bewegung, umfuhr den stehenden Audi und fädelte sich in den Straßenverkehr ein. Als Adams Telefon klingelte, warf er einen schnellen Blick auf das Display. »Scheiße«, fluchte er leise und drückte das Telefon ans Ohr.

»Verdammt, wo bist du, Mann?«, hörte er Janeks aufgeregte Stimme.

»Ich hab es vergessen … Verflucht nochmal!«

»Trifft genau zu«, pflichtete ihm Janek bei. »Mehr, als du denkst.«

Adam warf das Telefon auf den Beifahrersitz, legte den Gang ein und gab Gas. Der Audi sprang nach vorn, sodass er beinahe mit einem anfahrenden Bus zusammengestoßen wäre.

Der Militärflughafen war seit mindestens fünfzehn Jahren außer Betrieb, auf dem rissigen Beton der Startbahnen wuchsen Gras und Unkraut, von den Blechwänden der Hangars blätterte die Farbe ab. Karol und zwei junge Männer stiegen aus dem Wagen auf einem Parkplatz, der von einem kaputten Drahtzaun umgeben war, und gingen auf einen der Hangars zu. Als Karols Handy klingelte, gab er den anderen mit einer Kopfbewegung zu verstehen, dass er allein sein wollte. Die beiden Männer entfernten sich ein paar Schritte und zündeten sich Zigaretten an. Karol nahm den Anruf entgegen. »Guten Morgen. Ich kann jetzt nicht sprechen, bin bei der Arbeit.«

»Du musst«, sagte eine Frauenstimme. »Anna hat Natalia zu mir gebracht, mitten in der Nacht.«

»Wieso?« Karol war überrascht und beunruhigt. »Was hat sie gesagt? Auf meine Anrufe reagiert sie nicht.«

Das Haus stammte aus den dreißiger Jahren; es war im Stil der Moderne gebaut und heruntergekommen. Inmitten des Salons stand eine siebzigjährige Frau, Maria Siennicka, Karols Mutter. Das glatt zurückgekämmte Haar und die gerade Haltung zeugten von Prinzipientreue und Kälte. Den Telefonhörer am Ohr sah sie Natalia an, die unbeweglich an einem großen Tisch saß. »Hast du den Prozess um das Sorgerecht gewonnen?«

»Es gab keinen Prozess, Mutter. Sie sind in der Nacht gekommen, und du rufst erst jetzt an?« Aus Karols Stimme war Irritation herauszuhören.

»Wozu sollte ich dich wecken? Du hast schon genug durchgemacht wegen dieser Frau. Vielleicht wirst du etwas von der Kleinen erfahren, mit mir will sie nicht sprechen.«

»Ich bitte dich, streng dich ein wenig an und sei nett zu ihr. Und sag ihr, dass ich gleich komme.«

»Am besten nimmst du sie zu dir. Ich bin kein Babysitter«, sagte Frau Siennicka und schaltete das Telefon aus.

Karol ging auf die beiden Männer zu. »Sorry, ich habe ein familiäres Problem. Macht weiter, ich bin übers Handy zu erreichen.« Ohne die Antwort abzuwarten, steuerte er auf den Wagen zu.

»Die Schlüssel«, sagte eine Stimme hinter ihm.

Karol wandte sich um und fing die ihm zugeworfenen Autoschlüssel. »Danke, Stefan.«

Er ging weiter, irritiert von der eigenen Zerstreutheit. Er spürte den Blick der beiden Männer auf seinem Rücken. Sie wussten sicher schon, dass Anna ihn verlassen hatte – das Beschaffen von Informationen, auch über die engsten Mitarbeiter, war ja ihre Spezialität; er hatte es ihnen selbst beigebracht. Sie waren Agenten einer Sondereinheit der militärischen Spionageabwehr, er hatte sie ausgebildet und für die jetzige Aufgabe die Besten und Vertrauenswürdigsten von ihnen ausgewählt.

Es war ein großer Fehler, sich nach dem Verschwinden von Piotr Lasota von der Gruppe zu entfernen – das konnte mit seiner Entlassung enden. Aber er vertraute seinen Leuten, wusste, dass sie ihn bei seinen Vorgesetzten nicht verpfeifen würden. Es war fatal, dass Anna ausgerechnet jetzt ihr Verhältnis mit Piotr publik gemacht und dazu Natalia bei seiner Mutter gelassen hatte. Wozu hatte sie Piotr aus dem Krankenhaus genommen? Wieso hatte sie ihn nicht um Personenschutz gebeten?

Er liebte Anna. Seitdem er wusste, dass sie ihn betrogen hatte, fühlte er sich krank. Als hätte ihm jemand einen Körperteil abgeschnitten, ohne Betäubung. Seit langem hatte er Angst davor, von ihr verlassen zu werden, sein Instinkt sagte ihm, dass er ihre Liebe verlor. Vielleicht hatte sie ihn überhaupt nie geliebt?

Er widmete ihr zu wenig Zeit, hatte ihr zu wenig zu geben. Sie war schön und voller Leben – was hatte ihr ein Oberst der Spionageabwehr schon zu bieten, der achtzehn Stunden täglich arbeitete und mehrmonatige Missionen in den Irak, den Libanon, nach Ägypten oder Israel unternahm? Er konnte ihr nicht einmal von diesen Ländern erzählen oder ihre Namen erwähnen. Sie ahnte nur aufgrund seiner Bräune, dass er in der Wüste oder in den Bergen, vermutlich von Afghanistan, gewesen war. In ihren Scherzen zu diesem Thema klangen Traurigkeit und Einsamkeit mit.

Natalia sah die Frau ruhig an, die ihren Vater geboren hatte. Sie nannte sie niemals Oma, nicht einmal in Gedanken. »Was hat Papa gesagt?«

»Dass ich nett zu dir sein soll.«

Frau Siennicka setzte sich an den Tisch und legte ihre Hand auf die der Kleinen. Natalia zog ihre Hand zurück. Einige Sekunden lang saßen sie reglos da und taxierten sich gegenseitig – eine steife, kühle Frau, deren Gesicht von den Jahren der Einsamkeit gezeichnet war, und ein zierliches Mädchen, das mit aller Kraft versuchte, keine Angst zu haben und nicht zu weinen.

Die alte Dame schob plötzlich ihren Stuhl zurück, verließ den Salon, überquerte den Flur, betrat die Küche und schloss die Tür hinter sich. Sie wankte und stützte sich mit beiden Händen am Metallrand des Gasherdes ab. Sie atmete schwer, über ihre Wangen liefen Tränen. Sie hatte noch nie jemandem erlaubt, sie in so einem Zustand zu sehen, weder während ihrer Ehe noch danach, in den vielen Jahren des einsamen Lebens in diesem Haus, das sie seit langem hasste.

Adam war außer Atem, als er in den Gang vor dem Studio stürmte. Er stieß mit der aufgeregten Beata zusammen.

»Janek labert sie seit zehn Minuten voll. Er hat Genetik mit Genesis, Konvergenz mit Kongruenz und Depravation mit Deformation verwechselt. Er verspricht, dich umbringen.«

»Und Koszucka?«

»Sie amüsiert sich köstlich. *Ready?*«

Adam nickte. Beata wischte sein verschwitztes Gesicht mit einem Taschentuch ab und stieß ihn ins Studio.

Eine elegante Frau Anfang vierzig drehte sich um und lächelte den hereinkommenden Adam an. Aus den Lautsprechern ertönte ein Song von Leonard Cohen, was eine Gesprächspause bedeutete. Janek drohte Adam mit der Faust, dann stellte er die Musik leiser und sagte mit ruhiger Stimme ins Mikrofon: »Im Studio ist gerade Adam erschienen, viel zu spät. Ich übergebe ihm unseren Gast.«

Adam gab der amüsierten Koszucka die Hand, nahm seinen Platz am Tisch ein, beruhigte seinen Atem und setzte die Kopfhörer auf.

»Du bist tot«, versprach Janeks Stimme.

»Guten Tag, Frau Doktor. Verzeihen Sie bitte die Verspätung, ein Freund von mir hatte einen schweren Unfall.«

Koszucka wurde ernst.

»Es tut mir leid, das zu hören. Wie schwer?«

»Er wurde brutal zusammengeschlagen, liegt auf einer Intensivstation. Gestern meldete er sich aus dem Krankenhaus und bat mich, ihn zu besuchen. Er ist Direktor der polnischen Niederlassung einer großen amerikanischen Firma.«

Der schwarze Passat verließ die überfüllte Stadtausfahrt in Richtung Osten und beschleunigte auf der zweispurigen Landstraße. Aus dem Radio erklang Koszuckas Stimme: »Wenn er imstande war, Sie anzurufen, dann steht es offenbar doch nicht so schlecht um ihn.«

»Na ja, im Krankenhaus sah ich, wie er beinahe gestorben wäre, während er aus dem Bett fiel. Um seinen Hals waren Kabel gewickelt«, sagte Adams Stimme. »Jemand wollte ihn beseitigen.«

Ein großer Lkw, der den Passat überholte, übertönte das Radio. Karol griff schnell nach dem Lautstärkeregler.

»Und das ist auf einer Intensivstation passiert?«

»Ja. Ist es üblich, dass Patienten in einem kritischen Zustand auf die Intensivstation eines anderen Krankenhauses verlegt werden?«

»Idiot«, murmelte Karol.

Koszuckas Stimme klang überrascht. »Das kommt so gut wie nie vor. Vielleicht in Ausnahmefällen, wenn das Krankenhaus nicht die nötige Ausrüstung für eine Operation hat. Ich bin aber keine Expertin, mein Gebiet ist die Wissenschaftsmedizin.«

»Ich weiß, verzeihen Sie bitte, der Fall meines Freundes hat mich sehr bewegt. Er war lange nicht mehr in Polen gewesen, und dann plötzlich diese grauenvolle Geschichte. Lassen Sie uns über den Bereich reden, mit dem Sie sich beschäftigen ...«

Karol schaltete das Radio aus und sagte halblaut: »Jetzt steckst du auch drin, Wierzba, auf eigenen Wunsch. Ich habe dich gewarnt.«

Der Passat beschleunigte auf einem leeren Abschnitt der Landstraße. Auf der rechten Seite erstreckten sich die Schienen der S-Bahn, auf der linken tauchten die Gärten der Vorkriegsvillen auf.

Robert stand hinter einem modernen Schreibtisch, in seinem Ohr steckte ein Kopfhörer, der mit einem Empfänger in seiner Tasche verbunden war. Man sagte über ihn, er würde vierundzwanzig Stunden am Tag Radio Wave hören und diese Ausdauer mithilfe von Kokain erreichen. Mit Gel im Haar, einem Ohrring und dem weit aufgeknöpften Seidenhemd wirkte er eher wie ein Discjockey als wie ein Rundfunkdirektor. Er sah Adam mit scharfem Blick an und sprach mit erhobener Stimme: »Es gibt nichts, was dir das Recht geben würde, eine Sendung zu vermasseln. Du weißt, welche Konsequenzen unsere Geschäftsordnung dafür vorsieht, nicht wahr?«

Adam setzte sich auf dem harten Stuhl vor dem Schreibtisch zurecht. »Ein Kumpel von mir, der im Verteidigungsministerium arbeitet, macht Geschäfte mit Piotr Lasota. Er hat keine Ahnung, warum ...«

»Du auch nicht«, unterbrach ihn Robert. »Du beschäftigst dich weder mit Politik noch mit Wirtschaft, noch mit den Geheimdiensten. Jedenfalls nicht bei diesem Sender. Ist das klar?«

Beide wussten, dass Robert viel dafür täte, Adam loszuwerden, wenn er nur einen Journalisten hätte, der an seiner Stelle *Schnelle, wichtige Gespräche* moderieren könnte. Und wenn es die zehn Prozent der Radio-Aktien nicht gäbe, deren Besitzer Adam Wierzbicki war.

»Ach komm«, murmelte Adam.

»Überlass das Thema Joanna oder Andrzej. Sie werden wissen, mit wem man reden muss.«

Adam schüttelte den Kopf. »Er ist mein Schulfreund.«

»Aber es ist nicht dein Sender«, konterte Robert. »Außer, du hast ein Kontrollaktienpaket dazugekauft. Wenn ja, dann schmeiß mich raus und setz dich auf meinen Stuhl. Viel Erfolg.« Er machte eine effektvolle Pause. »Kümmere dich um deinen zusammengeschlagenen Freund, versorge ihn mit Früchten, halte seine Hand. Aber nach vier Stunden Arbeit hier. Und ohne zu einer Livesendung zu spät zu kommen. Denn die Zuhörer mögen es gar nicht, wenn man sie nicht ernst nimmt. Ist das zu viel verlangt?«

In einer Ecke des Hangars wurde ein Operationszentrum installiert. Zwei Frauen und drei Männer waren damit beschäftigt, Computer, Monitore und Antennen aufzustellen und in Gang zu bringen. Es herrschte ein scheinbares Chaos, in dem sie sich aber sehr geschickt bewegten – es fielen Fachbegriffe und Namen von Geräten, Satellitenverbindungen und Programmen.

Von Karol im Rahmen eines polnisch-amerikanischen Sonderprogramms ausgebildet, waren sie seit vier Jahren ein gut aufeinander eingespieltes Team. Sie hatten eine technische Militärhochschule absolviert, beherrschten Fremdsprachen, lernten ständig neue Computerprogramme, die Bedienung von Waffen verschiedener Art und die Kunst des direkten Kampfes. Sie würden in jedem Staat die Elite der Spionageabwehr stellen. Es fehlte ihnen nur an einem geordneten Privatleben – ein Preis, den auch Karol zahlte.

Die anderen Mitglieder der Einheit, etwa fünfzehn junge Offiziere und Fähnriche, die als Kundschafter bezeichnet wurden, arbeiteten im Außendienst. Die Kundschafter träumten davon, in die Operationsgruppe aufgenommen zu werden, und die aus der Operationsgruppe behandelten die Kundschafter von oben herab. Die einen wie die anderen hielten nur wenig von anderen Diensten, die von politisch motivierten Anführern geleitet wurden. Sie hatten nur Karol über sich, und der den

Chef der Spionageabwehr, General Kowal. Das machte aus ihrer kleinen Einheit die Elite der Eliten.

Der dünne, hochgewachsene Janusz und der jungenhafte Krzysztof versuchten, das Satellitensystem für die Zielverfolgung zu aktivieren. Das System wollte nicht starten, trotz Krzysztofs Bemühungen, dem besten Programmierer in der Gruppe. Stefan, Hauptmann und Karols Stellvertreter, wählte erfolglos eine Telefonnummer.

»Die Verbindungen funktionieren nicht«, sagte er. »Die Jungs von der Zentrale nehmen uns nicht ernst, und wir haben immer noch keinen Gerichtsbeschluss. Machst du Druck bei Kowal?«

Karols Stimme antwortete aus einem Lautsprecher, der vor den sechs Arbeitsplätzen befestigt war. »Ja, ich rufe ihn an. Was ist mit Lasota?«

»Nichts, er hat sich in Luft aufgelöst. Drei Teams arbeiteten rund um die Uhr. Glaubst du, dass er noch lebt?«

»In einer Stunde bin ich da«, antwortete Karol.

In Annas Handtasche klingelte ihr Handy, und der kleine Bankangestellte mit schütteren, blonden Haaren und wimpernlosen Augen, mit dem sie sich unterhielt, hielt höflich mitten im Satz inne. In seinem hochgeschlossenen Hemd sah er aus, als würde er niemals an die frische Luft gehen. Anna griff nach der Tasche und sah aufs Display ihres Telefons, auf dem »Karol« stand. Sie schaltete das Handy aus und legte es auf den Tisch. Der Bankangestellte setzte seine Ausführungen fort: »Bitte verstehen Sie mich nicht falsch, aber bei so einem Betrag gehört es zu unserem Prozedere, eine Bestätigung der Firma zu verlangen.«

Anna kaschierte ihre Unruhe mit einem Lächeln. »Klar.« Sie holte aus ihrer Tasche eine Plastikmappe. »Hier ist mein Vertrag mit der Firma und das Datum der Auszahlung. Sowie die Unterschrift von Direktor Lasota – Sie können sie im System überprüfen.«

»Danke.« Der Bankangestellte zog die Mappe zu sich heran und fing an, mit der Computermaus zu hantieren. »Diese Unterschrift unterscheidet sich ein wenig vom Original …«

Anna konnte nicht zulassen, dass er bei East Fund anrief.

»Herr Direktor Lasota hatte einen Unfall. Er hat sich einen Daumen gebrochen.« Sie zeigte auf das Dokument. »Hier ist der Stempel des Direktors, zu dem sonst niemand Zugang hat.«

Sie sah, dass der Mann ihrem Charme erlag und langsam weich wurde. Er konzentrierte sich erneut auf das Dokument und den Computerbildschirm.

»Eine Unterschrift ist identisch … Ja … Also gut, ich lasse das Geld anweisen«, sagte er schließlich.

Anna seufzte und schaute mit einem Lächeln auf das Namensschild an seiner eingefallenen Brust.

»Herr Nawrat, ich habe gestern die Bank verständigt – es geht um Bargeld«, sagte sie mit Nachdruck.

Die Augen des Bankangestellten wichen zur Seite, und er rückte nervös seine beiden Manschetten zurecht.

»In der Tat, verzeihen Sie bitte. In diesem Fall muss ich zum Direktor. Hunderttausend Euro. Ich bin schon weg.«

Er stand auf und verließ so schnell den Saal, als würde er vor der Verantwortung flüchten. Anna befeuchtete die Lippen, schlug die Beine übereinander und richtete sich auf ihrem Stuhl auf. Es stand ihr also noch eine Auseinandersetzung mit dem Direktor bevor. Außer, der kleine Angestellte hatte sie belogen und rief jetzt in Piotrs Firma an. Ein solcher Anruf würde die Polizei in die Bank locken, und man würde sie wegen Beteiligung an einem Verbrechen verhaften – wenn East Fund das Verschwinden seines Direktors publik gemacht hatte.

Adam ließ den Audi in der Tiefgarage stehen, fuhr mit dem Aufzug in den dritten Stock und blieb überrascht stehen, als er Agata und Rafał vor der Tür ihrer Wohnung antraf. Agata kämpfte mit dem Schloss, Rafał, mit Kopfhörern an den Ohren, hüpfte zur Musik aus dem iPad herum.

»Was ist los?«

»Mit diesem Schloss stimmt etwas nicht«, murmelte Agata, während sie weiter versuchte, den Schlüssel umzudrehen.

»Lass mich mal versuchen.«

Sie streckte Adam die Schlüssel entgegen. Nach einigen Versuchen, das Schloss zu öffnen, gab er auf.

»Finde einen Schlosser im Internet«, schlug Agata ihrem Sohn vor.

Rafał legte die Hand auf die Klinke, drückte sie nieder und machte die Tür auf. Er sah die Eltern lächelnd an und ging hinein.

»Na so was«, sagte Agata und folgte ihm.

Adam tat dasselbe, doch er blieb an der Tür stehen, um das Schloss aus der Nähe zu betrachten. Plötzlich hörte er einen Angstschrei, drehte sich um und sah die aufgeregte Agata, die in den Flur zurückgekehrt war.

»Sie waren hier!«

»Wer?«, fragte Adam.

Er ging an Agata vorbei und betrat das Wohnzimmer. Rafał stand mitten im Raum und sah sich verwirrt um. Überall lagen umgeworfene Möbel und kaputte Gegenstände, alles war mit dem Inhalt der aufgerissenen Kissen bedeckt. Agata öffnete wortlos die Tür zum Schlafzimmer. Dort herrschte das gleiche Chaos. Adam ging in sein Arbeitszimmer. Der Fußboden war mit Büchern übersät, die aus den Regalen gefegt worden waren, daneben sah er die ausgeleerten und beschädigten Schubladen seines Schreibtisches.

»Ich bin ein Idiot«, sagte er leise.

Agata stand bereits hinter ihm. »Haben sie Piotrs Code mitgenommen?«

Adam nickte. »Den Laptop auch. Und alle fünfunddreißig Symphonien von Mozart. Der Teufel soll sie holen!«

»Gott sei Dank.« Agata ließ sich in einen Sessel fallen, als hätten alle Kräfte sie verlassen. »Sie haben, was sie wollten. Vielleicht lassen sie uns jetzt in Ruhe.«

Adam ging auf sie zu. Er wollte sie umarmen, doch sie stieß ihn ungeschickt weg. Er schob ihre Hände sanft beiseite und zog sie an sich heran.

»Und wenn wir zu Hause gewesen wären?«, fragte sie mit heiserer Stimme. »Oder Rafał allein?«

Der Junge kam aus seinem Zimmer mit einem kaputten CD-Player und stellte ihn auf den Tisch.

»Das war kein Raubüberfall«, sagte er mit trauriger Stimme.

Agata ging auf ihn zu und legte die Arme um ihn. Rafał befreite sich vorsichtig aus ihrer Umarmung und streichelte ihr Haar. »Ganz ruhig, Mama. Uns ist ja nichts passiert.«

Eine Stunde später saßen sie zu dritt im Wohnzimmer. Wie vom diensthabenden Polizisten des Kommissariats, das sie verständigt hatten, empfohlen, hatten sie die herumliegenden Gegenstände nicht angerührt, nur die umgeworfenen Sessel und Sofas wieder aufgestellt. Agata rauchte eine weitere Zigarette, Adam nippte an einem Drink, und Rafał wechselte die Kanäle an dem unversehrten Fernseher.

Unmittelbar vor dem Eintreffen der Polizei schloss sich Adam in seinem Arbeitszimmer ein, kletterte schnell auf den Schreibtisch und schob den U-Bahn-Schein in einen schmalen Spalt zwischen der Decke und dem flachen, metallenen Lampenschirm. Man müsste den Schirm abschrauben, um den Fahrschein hervorzuholen. Wenn die Einbrecher es nicht getan hatten, dann war das ein sicherer Ort.

Nun blitzten im Arbeitszimmer, im Flur und in anderen Räumen die Fotolampen, waren Gespräche und Schritte zu hören. Aus dem Schlafzimmer tauchte ein junger Polizist mit einem Notizblock in der Hand auf. Zwei weitere Polizeibeamte machten Fotos, ein dritter sammelte Fingerabdrücke.

»Das sieht mir nicht nach einem Einbruch aus, sondern nach einer Durchsuchung. Gepaart mit purem Vandalismus«, sagte der junge Polizist. »Ich muss Sie fragen, ob Sie hier Schmuck oder andere wertvolle Sachen aufbewahrt haben.«

Adam schüttelte den Kopf. »Nein.«

Der Gesichtsausdruck des Polizisten verriet, dass er ihm nicht glaubte. »Die Menschen wollen den Verlust von Wertsachen oft nicht zugeben. Aber keine Sorge, wir informieren das Finanzamt nicht.«

»Die Antwort lautet immer noch nein«, sagte Adam geduldig.

»Fällt Ihnen vielleicht jemand ein, der sich auf diese Weise rächen wollte?«

Agata brauchte eine Weile, um den Sinn der Frage zu verstehen. »Nein, natürlich nicht.«

Adam hatte keine Lust auf ein weiteres Gespräch mit dem jungen

Mann. Er war nur deshalb einverstanden gewesen, die Polizei zu rufen, weil Agata darum gebeten hatte.

»Das Schloss der Eingangstür wurde von einem Fachmann geöffnet. Wir nehmen es mit, um es genauer zu untersuchen«, sagte der Polizist und sah sich zum letzten Mal um. »Das wäre alles. Mehr werden wir erst nach den Ergebnissen der Spurensicherung wissen.«

»Moment«, sagte Agata in bestimmtem Ton und wandte dabei den Blick von Adam ab, der versuchte, sie aufzuhalten. »Gestern im Krankenhaus, auf der Intensivstation, bekam mein Mann von seinem Freund, dem Direktor einer internationalen Firma, irgendeinen Code. Dann wurde er im Fahrstuhl von einem Mann angegriffen, der ihn aufforderte, ihm zu verraten, was er von dem Freund bekommen hatte. Ich bin mir fast sicher, dass die Einbrecher nach diesem Code gesucht haben. Und dass sie ihn mitgenommen haben.«

Die Polizisten sahen einander an. Rafał war auch überrascht. »Papa, warum hast du mir das nicht gesagt?«

Adam breitete die Arme aus. Agata zeigte auf das ruinierte Wohnzimmer.

»Genug der Geheimnisse, ja?«

»Haben Sie diesen Zwischenfall der Polizei gemeldet?«, fragte der junge Polizist.

»Ja«, sagte Adam widerwillig, »ich wurde verhört von Kommissar …«

»Marcos«, kam ihm Agata zu Hilfe.

»Ich verstehe.« Der Gesichtsausdruck des Polizisten zeugte davon, dass er gar nichts verstand. »Von welchem Kommissariat?«

Adam versuchte, seine Irritation zu unterdrücken. »Ich weiß es nicht. Er wurde vermutlich vom Krankenhaus gerufen.«

»Von dem an der Banach-Straße«, fügte Agata hinzu.

»Das ist unsere Dienststelle.« Der Polizist sah die beiden misstrauisch an. »Bei uns arbeitet aber kein Marcos.«

»Es hieß ganz bestimmt Marcos, ich habe ein gutes Namensgedächtnis.«

»Dann haben Sie vielleicht das Kommissariat verwechselt?«, schlug der Beamte vor. »Moment, das haben wir gleich.« Er wählte auf seinem

Handy eine Nummer. »Hier ist Karwowski. Stell bitte fest, wo Kommissar Marcos arbeitet. Gut, ich warte.« Er unterbrach die Verbindung und sah Adam an. »Um was für einen Code ging es da, wenn ich fragen darf?«

»Darfst du nicht, das ist eine Nummer zu groß für dich«, wollte Adam antworten, doch er sagte stattdessen in gleichgültigem Ton: »Keine Ahnung. Meine Frau nennt es einen Code. Mir fällt dazu nichts ein, und mein kranker Freund war leider nicht imstande, es mir zu erklären.«

»Ja, wirklich jammerschade.« Der Polizist zeigte mit einer bedeutungsvollen Geste auf die ganze Wohnung.

Adam schwieg. Agata drückte energisch ihre Zigarette aus und stand vom Sessel auf. »Ich habe meinem Mann gesagt, dass er nicht Detektiv spielen soll. Doch bei einem Journalisten ist das eine Berufskrankheit. Können Sie für unsere Sicherheit garantieren?«

»Was meinen Sie damit?«

»Polizeischutz.«

»Das wohl kaum. Wir haben keine Möglichkeit, Personen zu beschützen, bei denen eingebrochen wurde.«

»Sie haben selbst gesagt, dass es sich hier nicht um einen gewöhnlichen Einbruch handelt. Es wurde ja nichts gestohlen.« Agatas Stimme wurde um einen Ton lauter.

»Ich weiß nicht, um was es sich hier handelt«, sagte der Polizeibeamte ruhig. »Ihr Mann will es offensichtlich nicht sagen.«

»Weil ich nicht die geringste Ahnung habe«, gab Adam gereizt zurück. »Ich danke Ihnen vielmals für Ihren Besuch. Und Ihre Hilfe. Wenn Sie gestatten, würden wir jetzt gern allein bleiben.«

Der junge Polizist mochte es nicht, wenn man ihm gegenüber die Stimme erhob. »Selbstverständlich«, sagte er kühl. »Ich erwarte, dass Sie bei uns vorbeikommen und eine offizielle Aussage zu dem Einbruch machen. Und ein Gedächtnisporträt des Angreifers wäre auch nützlich.«

»Ja.« Adam erhob sich aus seinem Sessel. »Auf Wiedersehen, meine Herren.«

Der Beamte winkte seine Leute herbei und ging in Richtung Ausgang, gefolgt von den drei anderen Polizisten. Adam begleitete sie zur Tür. Kaum wieder im Zimmer, bemerkte er Rafałs fragenden Blick.

»Jemand hat deinen Vater im Krankenhaus verprügelt«, informierte Agata ihren Sohn. »Wenn er der Polizei die Wahrheit gesagt hätte, wäre uns dieser Überfall vielleicht erspart geblieben.«

Adam zwang sich zu einem Lächeln. »Nicht verprügelt. Es war nur ein Gezerre mit irgendeinem Idioten.«

»Der dich beinahe erwürgt hätte.«

»Quatsch. Wieso jagst du Rafał Angst ein?«

»Weil ich hoffe, dass du jetzt schlauer geworden bist und zu diesem Kommissariat gehst.«

»Seid erwachsen und einigt euch auf eine Version. Ich gehe mein Zimmer aufräumen«, verkündete Rafał und machte die Tür hinter sich zu.

Adam und Agata sahen einander verlegen an. Immer, wenn sie Streit hatten, überraschte Rafał sie mit seiner Reife.

»Anna hat Karol wegen Piotr Lasota verlassen«, sagte Adam in die Stille hinein.

Agata riss die Augen weit auf. »Das wird ja immer besser. Wann wolltest du mir das denn sagen? Hat Karol Piotr zusammengeschlagen?«

Adam zuckte die Schultern. »Weiß der Teufel. Er ist ein Berufslügner. Ich fahre hin, um dieses Gedächtnisporträt zu machen.«

»Jetzt? Soll ich allein aufräumen?«

»Warte auf mich. Ich bin in einer Stunde wieder da.«

Agata winkte resigniert ab. »Fahr, wir kommen schon zurecht. Und versuch nicht wieder, sie zu überlisten, sag ihnen alles. Es geht nicht um ein Thema für eine deiner Sendungen, sondern um unser Leben.«

Adam spürte eine Welle der Dankbarkeit und Wärme in sich aufsteigen. Agata war unersetzlich, in jeder Situation. Er umarmte sie und küsste sie auf den Mund. »Danke. Verzeih mir. Ich liebe dich.«

Auf dem Kommissariat steuerte er direkt auf das Arbeitszimmer des Kommandanten zu. Hinter dem Schreibtisch erhob sich ein Mann in Jackett und aufgeknöpftem Hemd. Er hatte Ringe unter den Augen und ein müdes Gesicht. »Kommissar Rudel«, stellte er sich vor, während er Adam die Hand gab. »Bitte, nehmen Sie Platz.« Er deutete auf einen Stuhl vor dem Schreibtisch.

Der junge Polizist, der am Fensterbrett lehnte, fixierte Adam mit den Augen und sagte mit Nachdruck: »Marcos arbeitet weder hier noch bei irgendeinem anderen Kommissariat in Warschau. Kommissar Marcos existiert nicht. Vielleicht gibt es einen in Griechenland, aber bestimmt nicht in Polen.«

»Wieso? Was heißt das?« Adam spürte einen Anflug von Angst.

»Das heißt, dass das ein Betrüger war«, übernahm Rudel das Gespräch. »Er fragte Sie über den Mann aus, der Sie angegriffen hatte, stimmt's? Und dann folgte der Einbruch in Ihre Wohnung. Möglicherweise haben beide Ereignisse denselben Hintergrund.«

Es wurde still. Adam versuchte, seine Gedanken zu ordnen. Der junge Beamte ging vom Fensterbrett weg und blieb am Schreibtisch stehen. Sein Blick sagte, dass er Wierzbicki des Lügens verdächtigte. Der Kommissar klopfte mit dem Finger auf den ausgedruckten Bericht. »Ihre Frau hat auch einen Freund erwähnt, der aus dem Krankenhaus verschwunden sei. Und einen Code. Bevor wir die Gedächtnisporträts von dem Angreifer und diesem Marcos machen, wäre es hilfreich, wenn Sie etwas mehr dazu sagen könnten.«

Adam nickte. Er versuchte, glaubwürdig auszusehen und zu sprechen. Er musste so schnell wie möglich von hier verschwinden und Karol anrufen. »Im Krankenhaus wurde ich von irgendeinem Irren angegriffen. Dann tauchte ein Typ auf, der sich als Polizist vorstellte.«

»Marcos?«, vergewisserte sich der junge Polizist.

»Ja.«

»Und der Freund, der verschwunden war?«, fragte Rudel.

»Er wurde in ein anderes Krankenhaus verlegt.«

»Und was ist mit diesem Code?«

»Meine Frau hat sich versprochen, sie meinte eine PIN.«

»Was für eine PIN?«

»Zum Online-Banking. Sie fürchtet, dass die Einbrecher meine PIN gestohlen haben könnten.«

Der Kommissar und sein junger Kollege tauschten vielsagende Blicke.

»Es kommt selten vor, dass jemand einen Code mit einer PIN verwechselt«, sagte der Jüngere.

»Meine Frau war nach dem Überfall sehr aufgeregt.«

»Nach dem Einbruch.«

»Ja, nach dem Einbruch.«

Es wurde erneut still. Der Kommissar musterte Adam aufmerksam. »Nun ja, Herr Wierzbicki, wie Sie wollen. Ich möchte Sie nun bitten, eine offizielle Aussage zu machen. Dann kommt ein Grafiker, um ein Porträt von diesem Marcos zu zeichnen. Sollten Sie bereit sein, mehr zu erzählen, rufen Sie uns bitte an – wir werden Ihnen gerne zuhören.«

»Danke, Herr Kommissar.« Adam schlug sich plötzlich an die Stirn und stand auf. »Es tut mir leid, aber ich muss sofort überprüfen, ob die Aufzeichnung einer wichtigen Sendung noch da ist. Ich mache morgen meine Aussage und helfe Ihnen bei den Porträts. Auf Wiedersehen, meine Herren.«

Adam fuhr schnell, mit seinem Handy am Ohr. Aufgeregt drückte er immer wieder auf die Hupe und überholte andere Autos. »Geh ran, geh schon ran«, murmelte er durch die zusammengebissenen Zähne, während er das Telefon mit der verschwitzten Hand fest umklammerte.

Er hatte keinen Zweifel, dass der Einbruch in seiner Wohnung das Werk von Marcos und seinen Leuten war. Er hatte die Zeit auf dem Kommissariat vertrödelt, und diese Banditen konnten jeden Moment zurückkommen. Agata und Rafał waren in Gefahr.

»Ja, Adam – ich höre«, ertönte endlich Karols Stimme in der Leitung.

Einen Moment lang versagte Adam die Stimme, er musste erst seinen Atem beruhigen. »Ich war bei der Polizei. Der Kommissar, der mich im Krankenhaus verhört hat, existiert nicht.«

»Könntest du dich bitte klarer ausdrücken?«

Adam wäre beinahe auf ein Auto aufgefahren, das an einer roten Ampel wartete. Er bremste heftig. »Was heißt klarer? Ich sage doch, der Typ ist kein Polizist! Und er wollte unbedingt wissen, warum ich Piotr besucht habe. Dann wurde in unsere Wohnung eingebrochen. Sie haben alles auf den Kopf gestellt. Ich bin mir sicher, dass es derselbe Kerl war. Marcos!«

»Hast du dir seinen Namen bestimmt richtig gemerkt? Marcos?«

»Ja.«

»Wo bist du?«

»Auf dem Rückweg vom Kommissariat.«

»Was hast du ihnen erzählt?«

»Nichts. Was soll ich jetzt tun?«

Karol wirkte konzentriert. Er sprach schnell: »Ruf Agata und Rafał an. Sie sollen sofort das Haus verlassen.«

»Ja, mache ich.«

»Fahrt irgendwohin, am besten weg aus der Stadt. Dein Handy könnte abgehört werden. Sag Agata den Ort so, dass niemand außer euch es verstehen kann.«

»Klar.« Adam ließ sich seine Panikattacke nicht anmerken.

»Vergewissere dich, dass dir niemand folgt. Agata soll einige Male das Verkehrsmittel wechseln. U-Bahn, Bus, Straßenbahn und so weiter. Sollte jemand sie verfolgen, besteht die Chance, dass er sie auf diese Weise verliert.«

»Ist gut. Wirst du uns helfen?«

»Habe ich gesagt, dass du in der Sendung nicht so viel quatschen sollst?«

Adam unterdrückte seine Wut. »Karol, ich habe gefragt, ob du uns helfen wirst. Ich habe Angst um meine Familie.«

»Ich werde mich mit dir in Verbindung setzen. Ruf niemanden an, sprich mit niemandem. Ist das jetzt klar?«

»Ja, wir fahren gleich weg. Ich warte auf deinen Anruf. Was ist mit Lasota?«

»Ich weiß es noch nicht. Kümmere dich um deine Familie. Und keine journalistischen Recherchen! Ich melde mich.«

Die Ampel stand immer noch auf Rot. Adam warf einen Blick in den Rückspiegel und sah, dass sein Gesicht schweißnass war. Er wählte eine Nummer auf seinem Smartphone. »Agata, hör mir bitte zu, ohne Fragen zu stellen. Lass das Aufräumen, packt beide die nötigsten Sachen und geht aus dem Haus. Wir treffen uns dort, wo wir unser erstes Rendezvous hatten. Weißt du noch? Das erste Rendezvous, in einer halben Stunde. Verlasst das Haus, sofort! Fahrt zwei Stationen mit der U-Bahn, steigt im letzten Moment aus, kurz bevor die Tür zugeht. Dann mit dem Bus und mit der Straßenbahn, bitte mach alles genau so. Und erkläre es Rafał. Hast du verstanden?«

»Ja«, sagte Agata und ließ die Hand mit dem Telefon sinken. Sie sah schweigend die Ukrainerin an, die ihr beim Aufräumen half. »Luba, hör auf bitte … Wir gehen aus.«

Die Frau sah sie erstaunt an und blieb mit den Scherben einer kaputten Blumenvase in der Hand stehen. »Wieso denn das?«, fragte sie mit einem singenden Akzent. »Morgen kann ich nicht. Wer macht es fertig?«

»Unwichtig. Es ist genug für heute.« Agata nahm ihre Handtasche vom Tisch und holte einen Geldschein hervor. »Ich danke dir vielmals.«

Rafał kam aus seinem Zimmer.

»Was ist los, Mama?«

»Pack ein paar Kleidungsstücke zusammen. Beeil dich, wir sind mit Papa verabredet.«

»So plötzlich? Warum?«

»Bitte, tu einmal, was ich sage, ohne Fragen zu stellen!«, erhob sie ihre Stimme. Sie sah die erstaunten Blicke von Luba und Rafał. »Entschuldigung, alles wird wieder gut, ich verspreche es. Du hast fünf Minuten«, sagte sie sanfter.

Natalia stürmte aus dem Haus. Sie überquerte den Rasen, der nicht gemäht war, lief an dem üppigen Gebüsch am Tor vorbei und blieb vor Karol stehen. Ihre Augen funkelten wütend. Sie pustete sich ihre Haare ungeduldig aus dem Gesicht.

Während Karol eine Telefonnummer wählte, bückte er sich, um ihr einen Kuss auf die Wange zu geben. Natalia wich zurück. »Zuerst sagst du mir, was ich hier mache.«

Karol nickte ernst und flüsterte: »Gib mir bitte eine Minute.« Dann sagte er ins Telefon: »Seid ihr fertig?«

Im Hangar herrschte Hochbetrieb. Stefan und Janusz arbeiteten an ihren Computern. Krzysztof schloss einen großen Bildschirm an die Zentralsteuerung an, von der weitere Kabel an die einzelnen Computer abgingen.

Ewa hantierte an einer tragbaren Satellitenantenne. Bożena installierte die Programmierung des Hauptcomputers.

»Gib uns noch eine Stunde. Wann kommst du?«, fragte Stefan.

»Bald«, antwortete Karol. »Sagt den Polizisten, sie sollen in ihrem System die Daten eines Kerls checken, dessen Name oder Pseudonym Marcos lautet.«

»Wird gemacht«, sagte Stefan. »Marcos.«

Karol schaltete sein Smartphone aus und schaute in Natalias glänzende Augen.

»Du bringst mich nicht von hier weg, nicht wahr?«, fragte das Mädchen, sichtlich enttäuscht.

»Noch nicht, Liebling«, antwortete er mit sanfter Stimme und ging vor ihr in die Knie. »Du weißt, wie sehr ich das möchte.«

»Du hast viel zu tun.« Sie nickte und pustete sich wieder die Haare aus ihrem Gesicht.

»Ja, leider. Wenn ich fertig bin, hole ich dich ab.«

»Und was ist mit Mama?«

Er überlegte kurz, was er darauf antworten sollte. Natalia berührte seine Stirn mit den Fingern. »Hat sie dich verlassen? Deine Mutter hat das gesagt. Armer Papa!«

Er spürte einen Druck in der Kehle. Seine Mutter hätte ihr das nicht sagen dürfen, jedenfalls nicht so. Natalia sah ihm aufmerksam in die Augen. »Aber das bedeutet nicht, dass sie mich verlassen hat. Stimmt's?«

»Aber nein … Sie wird immer deine Mama bleiben. Und sie hat dich sehr lieb. Geben wir ihr etwas Zeit, sich wiederzufinden.«

Natalias Augen wurden weit vor Unruhe. »Hat sie sich verlaufen?«

»Nein, das ist so ein Spruch der Erwachsenen. Sie muss ihren Weg im Leben wiederfinden.«

»Ich verstehe«, stellte Natalia ernst fest. »Das werde ich auch müssen.«

Karol räusperte sich, er konnte die Tränen kaum zurückhalten, die ihm in die Augen schossen. Natalia streckte die Arme aus, umfasste seinen Hals und schmiegte sich an ihn. »Du kannst ruhig weinen, Papa, ich habe keine Angst«, flüsterte sie. Sie hielt Karol einen Moment lang fest, dann rückte sie von ihm weg, sah ihm in die Augen und lächelte. »Geh. Ich werde es schon irgendwie mit deiner Mutter aushalten.«

»Mit der Oma.«

Natalia zuckte die Schultern. »Das müsste sie sich erst verdienen. Ich bleibe bei ihr, aber … nur bis morgen, ja? Das heißt, wenn du mich morgen auch nicht mitnehmen kannst, musst du wenigstens vorbeikommen. Versprochen?«

»Ja, mein Schatz, versprochen.«

»Dann mach's gut.«

Sie küsste ihn auf beide Wangen, drehte sich schnell um und hopste durch den Garten in Richtung Haus. Das Gehopse sollte ihm zeigen, dass sie sich nichts aus der Situation machte, das schnelle Umdrehen ihre Tränen kaschieren. Wie lange kann man erwachsen sein, wenn man erst zehn Jahre alt ist?

Karol richtete sich auf und sah in einem Erdgeschossfenster die Silhouette seiner Mutter. Sie war über fünfzig Meter entfernt, doch er war sich sicher, dass ihr Blick traurig und verärgert war. Er winkte ihr. Seine Mutter ging vom Fenster weg und verschwand in der Dunkelheit des Hausinneren.

Adam stand in Gedanken versunken vor dem Porträt von Leonia Blühdorn, der Stieftochter des Malers Henryk Rodakowski. Er hatte sich mit Agata im Nationalmuseum verabredet, am Ort ihres ersten Rendezvous, weil es hier einfach war festzustellen, ob sie von jemandem verfolgt wurden.

Das Gespräch mit Karol hatte ihn erschreckt. Der zusammengeschlagene Piotr, die fiktiven Polizisten, der Einbruch – all das setzte sich zu einem beunruhigenden Ganzen zusammen. Was können diese Banditen gewollt haben? Sie haben den Code nicht gefunden und könnten nun einen Überfall auf seine Familie planen. Zudem ist Piotr auch noch verschwunden. Kann es sein, dass Anna für sie arbeitet? Nein, das ist unmöglich. Sie könnten aber über ihn, Adam, an Piotr gelangen wollen. Jede dieser Eventualitäten erschien ihm gefährlich.

Auf der Fahrt ins Museum überquerte er mehrere Kreuzungen, als die

Ampeln schon fast auf Rot standen. Kein Auto fuhr hinter ihm her, er war sich also ziemlich sicher, dass er nicht verfolgte wurde. Dann lief er durch das ganze Museum, indem er schnell die Säle wechselte und sich immer wieder umdrehte.

Leonia Blühdorn sah in die Ferne mit leicht abwesendem Blick und einem Lächeln auf den vollen Lippen, als wollte sie sagen: »Wieso machst du dir Sorgen? Das Leben vergeht ohnehin so schnell.«

Als Agata vor achtzehn Jahren neben diesem Porträt stehen blieb, fiel Adam auf, wie sehr sie sich ähnelten. Beide hatten einen langen Hals, große, schöne Augen und schweres, schwarzes Haar. Agata hatte nur ein schmaleres Gesicht und etwas weniger üppige Lippen als Leonia. Beide waren Schönheiten, und es verbanden sie der melancholische Blick und die Neigung zur Heiterkeit. Eine alte Seele, schoss es Adam damals durch den Kopf. Er drückte in der verschwitzen Hand einen Strauß Feldblumen und dachte, die Verabredung im Museum sei eine idiotische Idee gewesen.

Er täuschte sich – Agata liebte Museen und Gemälde. Sie verbrachten wundervolle drei Stunden miteinander, gingen von einem Saal zum nächsten und unterhielten sich angeregt. Als sie vor den Resten eines ägyptischen Tempels stehen blieben, schob Agata ihre Hand in die seine. Sie küssten sich zum ersten Mal, nachdem sie das Museum verlassen hatten, am Weichselufer, im Dunkeln.

Rafałs Stimme holte ihn in die Gegenwart zurück. »Da ist er.«

Rafał und Agata betraten den Saal. Der Junge war aufgeregt, aber auch sichtlich erschrocken. Agata versuchte, ihre Nervosität zu verbergen. Sie küsste Adam auf die Wange, warf einen Blick auf Leonias Porträt und lächelte.

»Als wäre es gestern gewesen«, sagte Adam.

»Was?«, fragte Rafał.

»Deine Mama und ich hatten hier unser erstes Rendezvous.«

»Aha«, quittierte sein Sohn diese Information ohne sonderliches Interesse. »Niemand ist uns gefolgt. Und selbst wenn, Mama hat in der U-Bahn so eine Nummer abgezogen, dass sie es bestimmt nicht geschafft haben. Sie hat mich durch die Tür, die schon fast zugegangen war, hinausgerissen, sodass ich beinahe stecken geblieben wäre. Dann sind wir nach oben gerannt und im letzten Moment in einen Bus gesprungen.«

»Ausgezeichnet. Wir verlassen die Stadt, ich erkläre euch alles unterwegs. Wo sind eure Taschen?«

Rafał schüttelte den Kopf. »Ach, Papa … Die lassen hier doch keinen mit Taschen hinein. Sie sind an der Garderobe.«

Agata rührte sich nicht vom Fleck. »Du sagst mir jetzt alles, oder ich fahre nirgendwohin.«

Adam sah sich beunruhigt um. »Liebling, bitte … Ich sage es dir unterwegs.«

»Und er verdient es auch zu erfahren, was los ist.« Agata zeigte auf ihren Sohn.

»Na klar«, pflichtete ihr Rafał bei.

Adam nickte und zog die beiden beiseite. »Piotr Lasota ist Direktor einer amerikanischen Firma, die Geschäfte in Polen macht. Karol hilft ihm dabei. Er behauptet, diese Geschäfte hätten nichts mit der Waffenindustrie zu tun, aber das glaube ich ihm nicht, weil er im Verteidigungsministerium arbeitet. Vor zwei Tagen wurde Piotr zusammengeschlagen und landete auf der Intensivstation. Er rief mich zu sich und bat mich, dieses U-Bahn-Ticket aufzubewahren. Der Schein wurde von den Einbrechern gestohlen.«

Nach dieser Lüge hielt Adam kurz inne. Agata sah ihn aufmerksam an.

»Im Krankenhaus wollte irgendein Typ Piotr diesen Code wegnehmen. Er hätte ihn beinahe erwürgt. Dann griff derselbe Kerl mich im Fahrstuhl an. Der Polizist, der dort auftauchte …«

»Wer hat die Polizei gerufen?«, fragte Rafał.

Adam fiel die Treffsicherheit dieser Frage auf. »Keine Ahnung, vielleicht das Krankenhaus. Auf jeden Fall war das ein falscher Polizist. Er stellte sich mit dem Namen Marcos vor. Den Rest kennt ihr.«

»Sie haben bei uns eingebrochen, um den Code zu stehlen«, stellte Rafał fest.

Adam nickte. »Wir kamen ihnen zufällig in die Quere. Karol ist der Meinung, dass wir für eine Weile verschwinden sollten und …«

»Nicht zufällig, sondern durch deine Neugier«, unterbrach ihn Agata.

»Bitte, fang jetzt nicht damit an.«

»Lass Papa in Ruhe«, kam Rafał ihm zu Hilfe. »Hätte er den zusammengeschlagenen Freund im Stich lassen sollen? Aber ich kann nicht weg – morgen habe ich einen Test in Mathe.«

Adam breitete die Arme aus. »Es tut mir leid, dann schreiben wir dir eben eine Entschuldigung, und du machst den Test später.«

»Von dem Ergebnis hängt aber ab, ob ich an der Schule in Großbritannien angenommen werde.«

»Dann schreibe ich dir keine Entschuldigung«, sagte Adam. »Das war ein Scherz, bleib cool«, fügte er schnell hinzu, als er Rafałs Blick sah. »Können wir jetzt gehen?«

»Und meine Arbeit?«, fragte Agata.

Beim Klang eines Handys zuckten sie zusammen. Adam zog sein Smartphone aus der Tasche.

Karol parkte den Passat in einer schmalen Gasse zwischen zwei Hangars, in der schon mehrere Autos standen. Er nahm sein Handy aus der Halterung, stieg aus und ging auf einen Hangar zu. »Ich muss wissen, wo ihr hinfahrt«, sagte er ins Telefon.

»Zu Damian.« Aus Adams Stimme war Nervosität herauszuhören.

Karol öffnete die Tür zum Hangar, die mit dem Knarren der verrosteten Scharniere antwortete. »Gut. Und dort bleibt ihr auch. Telefoniere mit niemandem. Agata und Rafał sollen am besten die Batterien aus ihren Handys herausnehmen. Kauf eine Prepaidkarte und ruf mich wieder an.«

»Wie lange wird das dauern?«

Karol betrat eine große Halle. Alle unterbrachen ihre Arbeit und wandten sich ihm zu. »Schwer zu sagen. Wir bleiben in Kontakt.«

Er wollte das Gespräch beenden, doch Adam sprach weiter: »Jemand muss die Polizei ins Krankenhaus gerufen haben … Dieser Marcos könnte mit den Bullen zusammenarbeiten.«

»Überlass das uns, hörst du?«, gab Karol bestimmt zurück.

Die Wände des am Rande eines Waldes stehenden Hauses waren nur notdürftig verputzt, über den Stapeln fauler Holzbretter im Hof wuchs dichtes Unkraut. Zwei kräftig gebaute Männer in Lederjacken trugen irgendwelche Pakete aus einem Kastenwagen in die Garage neben dem Haus. Vor dem Tor parkten Autos, die gar nicht in diese Umgebung passten – zwei sportliche BMW und ein Mercedes-Geländewagen.

Das Terrassenzimmer hatte einen Fußboden aus Beton. Am Fenster stand ein Mann, dessen Gesicht von einer breiten Narbe entstellt war. Neben ihm, an die Wand gelehnt, ein korpulenter Kerl, dessen riesiger Kopf auf einem kurzen Hals steckte. Grisza und Waldi, zwei Killer.

In der Mitte des Zimmers spazierte Marcos herum. An einer anderen Wand lehnte eine junge Frau mit dunkler Haut und schwarzen, kurzen Haaren. Sie war wie ein Mann gekleidet: Militärhose, schwarze Fliegerjacke und schwere Stiefel. Ihr Gesicht hätte man als schön bezeichnen können, hätte es nicht etwas von einer ausdruckslosen Maske an sich. Sie hieß Marica und stammte aus dem Kosovo.

Am Tisch saß ein schmächtiger Mann mit Brille, dessen Finger blitzschnell über die Tastatur eines Laptops fegten. Er war Mitte zwanzig, und im Ausdruck seiner Augen und in dem verzogenen Mund lag etwas Ungutes. Die anderen nannten ihn Klicker.

Aus dem Lautsprecher des Laptops ertönte Karols Stimme: »Wir haben es überprüft. Das Krankenhaus hat die Polizei nicht verständigt, dieser Marcos tauchte dort von allein auf. Und man hielt die Sache dann für erledigt.«

»Umso schlimmer. Weißt du schon, wo Piotr steckt?«

»Wir finden ihn, und du wirst es zum richtigen Zeitpunkt erfahren.«

»Okay, Karol.«

Auf dem Bildschirm erschien eine dreidimensionale Karte von Warschau. Die Kreise, die den Standort eines Handy-Besitzers anzeigten, konzentrierten sich diesmal auf das Gebäude des Nationalmuseums. Klicker wischte mit dem Finger über das Touchpad, und das Bild auf dem Schirm kam näher.

»Er bewegt sich«, sagte er, auf den Bildschirm deutend.

Marcos blieb hinter ihm stehen, dann sah er seine beiden Killer an. »Ich will ihn lebend.«

»Und was ist mit der Frau und dem Bengel?«

»Die auch.«

Aus dem Laptop war wieder Karols Stimme zu vernehmen: »Und wie gesagt: Mach das Handy aus und nimm die SIM-Karte heraus. Kauf Prepaidkarten. Ruf mich an, wenn ihr angekommen seid.«

»Ich verstehe. Bis dann.«

Der Punkt, der die Ortung von Adams Handy markierte, verschwand nach einigen Sekunden vom Bildschirm.

»Mit wem hat er gequatscht?«, fragte Marcos.

Klicker schüttelte den Kopf. »Die Nummer war nicht zuzuordnen, wahrscheinlich mit einem Bullen.«

»Jede Nummer ist rauszufinden«, sagte Marcos wütend. »Wenn du das nicht kannst, was machst du dann hier?«

Im Zimmer wurde es still. Klicker wagte nicht, den Blick von seinem Laptop zu heben. Marcos verzog verächtlich das Gesicht und verließ das Zimmer. Marica folgte ihm. Sie holte ihn im Flur ein, packte ihn am Arm und drehte ihn zu sich um. »Du hältst dein Wort nicht. Wir wollten doch wegfahren«, sagte sie. In ihrer Stimme lag Anspannung, ihr singender Akzent verriet ihre serbische Herkunft.

Marcos musterte sie ruhig. »Nach dieser Aktion werden wir uns um nichts mehr sorgen müssen«, sagte er schließlich.

»Du hast es versprochen.«

Er zog sie an sich und küsste sie. Marica stand einen Moment reglos da, dann wurde ihr Atem schneller, und sie schmiegte sich mit dem ganzen Körper an ihn. Marcos schob sie weg und legte seine Hände auf beiden Seiten ihres Kopfes an die Wand. »Dein Leben gehört mir … Du tust, was ich dir sage.«

Marica atmete schwer, dann unterdrückte sie langsam ihre Erregung und ihre Wut, und ihr Gesicht wurde wieder zur Maske. Marcos sah ihr aufmerksam in die Augen und legte seinen Mund an ihr Ohr.

»Alles ist gut, Prinzessin«, sagte er mit leiser Stimme. »In einigen Tagen werden wir am anderen Ende der Welt sein.«

Karol stand vor dem Schaltpult und streifte mit dem Blick die ihm zugewandten Gesichter. Er hatte sie noch nie enttäuscht und genoss ihr volles Vertrauen. Sie hatten schon viele und sehr verschiedene Aufgaben gemeinsam gelöst. Sie wiesen auf Bedrohungen hin, demaskierten Spione, fanden undichte Stellen im Sicherheitssystem des Staates, überprüften Menschen, von denen große Investitionen abhingen. Verdächtige Personen übergaben sie anderen Organen, die in solchen Fällen die Staatsanwaltschaft einschalteten, außer, der gerade regierenden Mannschaft war daran gelegen, die Angelegenheit diskret zu regeln. Jedes Land hatte Leute wie sie. Sie kümmerten sich nicht um schmutzige Angelegenheiten – ihre Aufgabe bestand nur darin, Fakten zusammenzutragen.

Diesmal hatte er eine böse Vorahnung. Es lag schon fast ein Jahr zurück, dass er den Auftrag angenommen hatte, die amerikanische Firma East Fund Management Corporation zu observieren, deren Direktor sein Schulfreund Piotr Lasota war. Letzteres meldete er gleich seinem Vorgesetzten, General Kowal, doch dieser sagte nur, er solle versuchen, aus seiner Bekanntschaft mit Piotr Nutzen zu ziehen.

Seither hatte die Gruppe festgestellt, dass die Verbindungen der East Fund Management Corporation zu Politikerkreisen Anzeichen von Korruption aufwiesen. Als sie aber vorschlugen, eine genaue Untersuchung einzuleiten, lehnte Kowal ab. Sie sollten nur Material sammeln und warten. So war es bis zu dem Tag, an dem Piotr zusammengeschlagen wurde und aus dem Krankenhaus verschwand. Da begriff Karol, dass es an der Zeit war, energischer zu reagieren.

Am selben Tag hatte sein Team ein Operationszentrum in diesem Hangar installiert. Er hätte nicht erklären können, warum sie die ausgezeichnet ausgestatteten Räume in dem Gebäude, das dem Verteidigungsministerium gehörte, verlassen hatten – das hatte ihm seine Intuition geraten.

Jetzt musste er seine Leute in den Operationsplan einweihen. Sie hatten schon wieder ihre Familien verlassen und ihr Privatleben an den Nagel gehängt, um seinem Befehl zu folgen. So war es jedes Mal: Sie verschwanden, ohne ihren Nächsten sagen zu können, für wie lange. Manchmal waren es Monate, vor allem dann, wenn es sich um Missionen in Afghanistan oder im Irak handelte.

Er verschwieg ihnen nichts. Vertrauen, Offenheit, Loyalität – das predigte er ihnen von dem Tag an, an dem er sie nach entsprechenden Tests aus einer Gruppe von über hundert jungen Offizieren ausgewählt hatte. Er kannte sie, las in ihren Gesichtern. Diesmal sah er, dass sie Zweifel hatten.

Der riesige, schwerfällige Stefan, der vergeblich gegen sein Übergewicht und seine Schwäche für Süßigkeiten ankämpfte. Nur mit Mühe bestand er die jährlichen Konditionstests, wobei er jedes Mal vorbrachte, dass sie für jemanden, der mit dem Gehirn arbeite, ein überflüssiger Quatsch seien. Während einer Aktion aber bewegte er sich wie ein geschickter Bär. Er hatte eine Frau und drei kleine Kinder; alle wussten, dass er seine Familie vergötterte.

Bożena, eine exzellente Hackerin und Programmiererin, wirkte wie eine Bankberaterin, elegant gekleidet, mit teurer Brillenfassung und glatt nach hinten gekämmten Haaren. Karol wusste, dass sie geschieden war. Und dass sie einen Sohn hatte, der seit Jahren an Leukämie litt.

Ewa, eine junge, schlanke Frau mit zarten Gesichtszügen und dem Charme eines Teenagers. Man könnte meinen, sie wäre leicht zu verletzen, doch sie hatte den schwarzen Gürtel in mehreren Kampfsportdisziplinen. Ursprünglich wollte sie Operationsagentin werden. Als sich aber herausstellte, dass ihr IQ über hundertsechzig betrug, wurde sie zu Karols Tests geschickt und dann in sein Team aufgenommen.

Krzysztof und Janusz – unzertrennliche Freunde seit ihrer Zeit an der Militärakademie. Beide dreiunddreißig, sehr begabt in Sachen Computer und Elektronik und mehrsprachig. Krzysztof war klein und kräftig gebaut, Janusz – groß und dünn. Man nannte sie scherzhaft Laurel und Hardy.

Die Gruppe war zu Karols zweiter Familie geworden, obwohl das gegen die Prinzipien des Geheimdienstes war. In einem Jahr musste er sie einem anderen Anführer übergeben – so lautete die Vorschrift.

»Das ist keine gewöhnliche Aufgabe«, begann er mit ruhiger Stimme.

In dem Moment ging die Tür auf, und ein hochgewachsener Mann um die fünfzig, in elegantem Anzug und Mantel betrat den Hangar. Hinter ihm erschienen zwei Zivilisten, dem Aussehen nach auch Agenten. Der

Mann ging mit energischen Schritten auf Karol zu, gab ihm die Hand und begrüßte die Gruppe mit einem Kopfnicken. »Lassen Sie sich bitte nicht stören.«

»Guten Tag, Herr General«, sagte Karol und wandte sich an sein Team. »Denjenigen, die ihn nicht kennen, stelle ich unseren Chef vor, General Artur Kowal.«

Der General setzte sich auf einen der Stühle, die an dem langen Tisch standen, die beiden Agenten gingen auf die Computer zu. Karol warf einen Blick in ihre Richtung. »Es wäre mir lieber, wenn sie hier nichts berührten.«

Kowal lächelte. »Meine Leute kennen die Einzelheiten der Operation. Sie sind Profis und haben mein volles Vertrauen. Fahren Sie bitte fort.«

Die Tonlage seiner Stimme war freundlich, aber sie erinnerte daran, dass er hier der Vorgesetzte war. Karol richtete eine Fernbedienung auf den großen Bildschirm vor den Computern, auf dem ein Foto von Piotr erschien.

»Piotr Lasota wurde vor zwei Tagen zusammengeschlagen und kam auf die Intensivstation der Klinik an der Banach-Straße«, sagte er in sachlichem Ton. »Gestern besuchte ihn Adam Wierzbicki, ein Rundfunkjournalist. Nach dem Verlassen der Intensivstation wurde Wierzbicki von einem geschulten Angreifer attackiert. Wir gehen davon aus, dass der Angreifer die Informationen haben wollte, die Wierzbicki von Lasota bekommen hatte. Wierzbicki bestätigt es nicht, vermutlich weil er weiterhin im Besitz dieser Informationen ist. Am Abend erfuhr das Krankenhaus von der Entscheidung, Lasota in die Klinik des Innenministeriums zu verlegen. Er wurde um fünf Uhr früh mit einem Ambulanzwagen weggebracht, doch er kam weder in der besagten Klinik noch in irgendeinem anderen Krankenhaus in Polen an. Man muss feststellen, wer die Dokumente für Lasotas Transport und Unterbringung in der Klinik des Innenministeriums ausgestellt hat. Man muss ferner das ganze Personal der Intensivstation und die Zeugen verhören, die gesehen haben, wie Lasota das Krankenhaus verließ. Vielleicht gelingt es, Gedächtnisporträts der Helfer anzufertigen, vielleicht hat jemand das Kennzeichen der Ambulanz notiert. Wir überprüfen Lasotas familiäre und gesellschaftliche Kontakte, die im Zusammenhang mit East Fund Management stehen. Wir müssen außerdem die Daten eines Verdächtigen mit dem Pseudonym Marcos feststellen, der nach dem Überfall auf Lasota im Krankenhaus erschienen war. Er stellte sich als Polizist vor und versuchte, Informationen über die Verbindung zwischen dem Journalisten und Lasota zu bekommen. Marcos kommt in der Datenbank der Polizei nicht vor.«

Das einstöckige Gebäude der Reparaturwerkstatt war von niedrigen Bauten umgeben, um die verstaubte Sträucher wuchsen und sich verrostete Container, Bauabfälle und Autowracks türmten. Durch das Bürofenster war der Innenraum der Werkstatt zu sehen. Auf dem nächstliegenden Platz stand ein Rettungswagen mit offener Motorhaube, an dem zwei Männer werkelten.

Auf dem Fußboden, dicht an der Wand des Büros, saß der Leiter der Werkstatt und hielt sich ein Taschentuch an die blutende Nase; sein erschrockener Blick haftete an einem untersetzten, breitschultrigen Mann in Lederjacke, der am Handy telefonierte.

»Ich bin es, Bruno. Sie haben ihnen einen schwarz renovierten Krankenwagen gegeben. Dem Herrn Leiter ist eingefallen, dass darin ein Patient aus der Klinik an der Banach-Straße lag. Die Moneten hat er von einer Frau kassiert. Ihren Namen kennt er nicht. Aber die Adresse: Privatklinik VITA-MED, Wilanowska-Straße 4.«

»Sag ihm, er soll die Klappe halten«, sagte Marcos in sein Telefon.

»Klar.«

Bruno schaltete das Handy aus. »Wenn du auch nur einen Laut von dir gibst, komme ich zurück. Und das ist für die Tricks mit dem Rettungswagen.«

Er nahm einen großen Metallschlüssel vom Tisch und schlug dem Leiter damit auf den Kopf. Der Mann fiel mit einem Stöhnen auf die Seite und verlor das Bewusstsein.

Draußen nieselte es. Bruno ging in den Hof hinaus, bestieg das vor dem Tor stehende Motorrad, setzte den Helm auf, trat auf den Starter und fuhr mit heulendem Motor los.

Die Besprechung im Hangar dauerte immer noch an. Kowal saß da mit abwesendem Gesichtsausdruck; seine beiden Agenten rauchten an der angelehnten Tür. Karol sprach weiter: »Wir müssen über die Polizei feststellen, ob irgendwo in Polen ein Ambulanzwagen gestohlen wurde. Oder ob irgendeine medizinische Einrichtung so einen Wagen verliehen beziehungsweise den Auftrag angenommen hat, den Transport eines Patienten gegen Bezahlung zu übernehmen. Vielleicht wurde ein Rettungsauto irgendwo zur Reparatur gebracht, in eine eigene oder eine private Werkstatt.«

Als Erster meldete sich Stefan. »Ein, zwei Tage Arbeit. Kommen wir damit nicht in Verzug?«

Karol quittierte die Frage mit einer beruhigenden Geste. »Die Firma East Fund hat letzte Nacht das Verschwinden von Lasota der Polizei gemeldet. Ich werde mich mit der Polizeileitung in Verbindung setzen und uns die Erlaubnis besorgen, bei den Verhören der Chefs der Firma anwesend zu sein.«

Kowal hob die Hand. »East Fund hat eine starke Position. Das bedeutet Klagen an die Politiker, Interventionen, Durchsickern der Informationen an die Medien. Und Nachfragen, warum sich die Spionageabwehr ausgerechnet für diese Firma interessiert. Wir haben keinen Grund, ihre Glaubwürdigkeit anzuzweifeln. Den Kontakt zum Hauptverantwortlichen bei der Polizei übernehme ich, und ich besorge euch auch die Ermittlungsergebnisse. Wenn das nicht genügt, wird es unser Minister mit dem Chef des Innenministeriums klarstellen.«

Karol unterdrückte seine Irritation. »Verzeihen Sie, Herr General, aber ich leite den Fall Lasota seit fast einem Jahr.«

»Sie haben ihn aber nicht vor dem Überfall bewahrt. Und Sie haben keine Ahnung, wo er ist.«

»Es war nicht meine Aufgabe …«

»Ich kenne Ihre Aufgabe«, unterbrach ihn Kowal. »Ich wiederhole: Auf East Fund haben wir keinen Zugriff.«

Die Atmosphäre im Hangar war angespannt. Karols Team und die beiden Agenten an der Tür verfolgten aufmerksam die Konfrontation zwischen ihren Chefs.

»Und wenn jemand von der Direktion der East Fund die Finger im Spiel hatte?«, fragte Karol in ruhigem Ton.

»Die Phantasie geht mit Ihnen durch, Herr Oberst. Direktoren werden einfach abberufen, man braucht sie nicht zu schlagen und zu entführen. Das hier ist die Arbeit einer Gang, und darauf sollten Sie sich konzentrieren.« Kowal erhob sich von seinem Stuhl zum Zeichen dafür, dass die Diskussion damit beendet war. »So, das genügt mir. Bitte halten Sie sich an meine Anweisungen. Ich wünsche allen viel Erfolg. Von dieser Aktion hängt vieles ab, auch eure weiteren Karrieren. Auf Wiedersehen.«

Nachdem er das gesagt hatte, steuerte er auf den Ausgang zu, gefolgt von seinen Agenten. Stille trat ein.

»Politik. Stinkende Kohle und Politik«, murmelte Krzysztof vor sich hin.

Karol nickte. »Wir machen weiter unseren Job. Es gibt draußen über zwanzig Leute, die gern für euch einspringen würden.«

Alle fünf wandten sich ihren Computern zu und griffen nach den Kopfhörern.

»Danke, das ist alles«, sagte Karol. »Ich verspreche, dass ich für die Aufhebung der Geheimhaltung sorge und dass ihr bald alle Details kennt.«

»Hoffentlich rechtzeitig«, murmelte Stefan, ohne sich von seinem Computer wegzudrehen.

Ewa und Krzysztof bissen sich auf die Lippen, um ihre Genugtuung zu verbergen. Karol gönnte Stefan diesen kleinen Vorsprung – schließlich musste der während seiner Abwesenheit die Gruppe anführen. Er tat aber so, als wäre ihm gerade etwas eingefallen: »Ach ja, ihr seid hierher verlegt worden, weil es den Verdacht auf einen Maulwurf gibt.«

Alle wandten ihm die Köpfe zu, überrascht und beunruhigt. »Maulwurf« war ein Horror-Wort – ein Grund für etliche gescheiterte Operationen, manchmal sogar für den Tod eines Kollegen.

»Ein Maulwurf bei uns?«, fragte Stefan ungläubig. »Oder in der Zentrale?«

»Wir finden ihn«, sagte Karol, während er ihre Reaktionen prüfte. Alle Gesichter drückten immer noch dieselbe Unruhe und Fassungslosigkeit aus. »Zu euch habe ich volles Vertrauen. Haltet Augen und Ohren offen.«

»Wie und wann werden wir ihn finden?«, fragte Bożena.

Karol fiel auf, dass sie zum ersten Mal den Mund aufmachte. Sonst hatte sie, wie immer, am wenigsten zu sagen und arbeitete am härtesten. Als wollte sie beweisen, dass die Krankheit ihres Sohnes keine Rolle spielte.

»Vorläufig darf niemand von den anderen Geheimdiensten das Ziel unserer Aktion erfahren. Ist das klar? Schluss mit dem Benutzen von privaten Handys. Von heute an hat keiner von euch eine Familie, einen Freund oder eine Verlobte. Wir essen, schlafen und arbeiten hier. Das Catering ist bestellt. Am Abend kommen Betten, tragbare Duschkabinen und eine Küche. Niemand von außen darf das Gelände betreten, ihr bringt selbst alles hierher. Mindestens drei sind im Einsatz, zwei dürfen sich ausruhen. Gibt es noch Fragen?«

»Wir könnten Amphetamin gut gebrauchen«, sagte Krzysztof mit ernstem Gesichtsausdruck.

»Sehr witzig«, quittierte Janusz.

»Und General Kowal? Hilft er uns? Oder will er, dass wir steckenbleiben?«

Karol konnte nicht zulassen, dass Kowal sein Gesicht verlor. »Willst du jetzt auch noch wegen des Generals ermitteln? Hast du nicht genug zu tun?«

Er wartete kurz, um zu sehen, ob noch jemand etwas zu sagen hatte, dann drehte er sich um und verließ den Hangar.

Der graue Nieselregen war genauso deprimierend wie der Nebel, der über der unkrautbewachsenen Startbahn des Flughafens hing. »Eine Depression schwächt die Intelligenz und verlangsamt die Reaktionen«, rief sich Karol den vor langer Zeit gehörten Satz eines Psychiatrieprofessors in Erinnerung. Seitdem Anna ihn verlassen hatte, wurde Depression zu seiner zweiten Natur. Vielleicht war es an der Zeit, den Dienst zu quittieren? Nur, was würde er dann mit seinem Leben anfangen?

Er ging auf Kowal zu, der neben seinem schwarzen Mercedes wartete. Der General verzog missbilligend das Gesicht. »Die Kommentare deiner Leute sind nicht gerade vom Feinsten.«

Seine Agenten hatten also doch eine Wanze installiert – wie Karol vermutet hatte.

»Wirst du Konsequenzen daraus ziehen?«

Kowal machte eine abschätzige Handbewegung.

»Meine Leute arbeiten ohne Gerichtsbeschluss«, erinnerte ihn Karol. »Jemand wird davon erfahren, und die Operation ist tot. Und ich bin auch erledigt.«

Kowal warf ihm einen irrtierten Blick zu. »Wir sind dabei, einen zu besorgen. Es wird so einiges über deinen Konflikt mit Lasota erzählt.«

»Was denn?«

»Dass du seinetwegen von deiner Frau getrennt lebst.«

»Wir haben schon ein halbes Jahr vor seiner Ankunft hier getrennt gelebt. Noch etwas?«

Karol registrierte mit Erleichterung, dass der General das Thema wechselte.

»Ja. Lasota hat seine Firma um eine Milliarde und sechshundert Millionen Złoty erleichtert. Er hat das Geld bei irgendeiner Bank versteckt. East Fund Management hat aber einen langen Arm, der amerikanische Direktor spielt Golf mit unserem Minister. Und mit dem Innenminister reißt er Weiber auf.«

Karol schwieg.

»East Fund soll ein Geschäft mit unserer Staatskasse machen, mit einer Konzession für mindestens fünfzehn Schiefergas-Bohrstellen«, sprach Kowal weiter. »Verstehst du, was das bedeutet?«

»Posten im Vorstand und im Aufsichtsrat für Freunde und Verwandte unserer glorreichen Politiker. Und stille Beteiligungen …«

»Wenn dir die Politik nicht gefällt, kannst du als Nachtwächter bei einer Security-Firma arbeiten. Entweder findest du diesen Schuft Lasota und ziehst ihm das Geld aus dem Rachen, oder ich werde melden müssen, wer für das Fiasko der Operation verantwortlich ist.«

»Ich dachte, wir sollen nach den Verbrechern suchen und nicht dem Geld hinterherrennen.«

Kowal verlor langsam die Geduld. »Falsch. Und hör lieber auf zu denken! Das ist ein größerer Misthaufen, als du dir je hättest träumen lassen.

Und ich habe nicht die Absicht hineinzutreten.« Er klopfte mit dem Finger an Karols Brust. »Wenn du nicht spielst, wie ich will, landest du auch in dieser Scheiße, für immer. Und du liest unschöne Dinge über dich in den Medien.«

Karol schwieg eine Weile. Kowal war sein Vorgesetzter, aber auch sein Lehrer. Er verdankte ihm seinen Aufstieg bei der Spionageabwehr, die Empfehlung für den Rang eines Obersts und das Kommando der Spezialeinheit. Sie waren fast Freunde und duzten sich seit langem, wenn niemand von den Untergebenen es hörte. Oder von den Politikern, die sie beide verachteten. Was hier vorging, gefiel Karol aber gar nicht.

»Ist das alles, Herr General?«

Kowal kam wieder zu sich, senkte den Arm und nickte. Karol hob die Hand an den Kopf, als würde er salutieren, drehte sich um und ging. Er blieb vor seinem Passat stehen.

Kowal und die beiden Agenten stiegen gerade in den Mercedes. Karol sah, wie der General von einem der Agenten einen Kopfhörer nahm und in sein Ohr steckte. Der Mercedes fuhr in Richtung Flughafentor davon.

Karol holte sein Handy hervor und drückte eine Kurzwahlziffer. »Sie haben Wanzen installiert. Ihr solltet sie finden und vernichten.«

»Wird gemacht, Herr Oberst«, antwortete Stefan.

Janusz und Bożena griffen nach den Wanzensuchgeräten und präsentierten Stefan kurz danach ihren Fund – zwei kleine, halbdurchsichtige Pillen. Janusz legte die Wanzen auf den Tisch und schloss sie an kleine, dünne Kabel an. Ihre Enden schob er in die Steckdose eines Verstärkers, schaltete ihn ein und stellte die Spannung auf Maximum ein.

»Zweihundertdreißig Volt. Eine kleine Überspannung, und schon sind die Wanzen im Arsch. Tja, das kommt vor.«

In dem rasenden Mercedes ertönte ein gedämpftes, aber deutlich vernehmbares Knirschen. Kowal riss sich den Kopfhörer aus dem Ohr. »Verfluchte Scheiße! Das werden sie mir büßen!«, brüllte er unbeherrscht.

Die beiden Agenten wahrten steinerne Mienen. Der Fahrer erlaubte sich einen schnellen Blick in den Rückspiegel, über sein Gesicht huschte ein schwaches Lächeln.

Ewa und Krzysztof blieben am Gang des Hangars vor der Toilettentür stehen, wo sie niemand hören oder sehen konnte. Sie unterhielten sich gehetzt, mit leisen Stimmen.

»Wie viele Tage werden wir hier noch festsitzen? Was machen wir?«, fragte Krzysztof.

»Keine Ahnung.« Ewa zuckte die Achseln.

»Das gefällt mir nicht, sie werden Verdacht schöpfen. Du weißt, wie das ist. Alle auf einem Haufen, von früh bis spät. Wir werden uns verraten.«

»Sei kein Feigling«, zischte Ewa wütend und steuerte auf den Eingang zur Haupthalle zu. Krzysztof blickte ihr ratlos hinterher.

Der Audi verließ über einen Schotterweg den Wald, und auf der offenen Fläche tauchte eine von Bäumen umsäumte, moderne, verglaste Villa auf. Knapp hundert Meter seitlich waren die Ruinen einer alten, von Ziegelmauern umgebenen Fabrik zu sehen. Adam lenkte den Wagen und unterhielt sich gleichzeitig am Handy. »Wir kommen gerade bei Damian an.«

Im Telefon ertönte Karols Stimme: »Gut. Ich bin in einer Stunde da. Wirf diese SIM-Karte weg und leg eine neue ein.«

Der Audi bog von der Straße ab, passierte das offene Tor und blieb in der Einfahrt vor dem Haus stehen. Adam schaltete sein Handy aus und wandte sich Rafał zu: »Damian ist ein Star, also wundere dich über gar nichts.«

»Drogen, Alkohol, Frauen. Und Glücksspiele natürlich«, fügte Agata hinzu.

»Damian Bartosz?« Rafał war überrascht. »Im Internet schreiben sie eine Menge über ihn, aber solche Dinge nicht. Woher weißt du das?«

»Von deinem Vater. Ihr seid doch alte Schulfreunde, nicht wahr?« Agata sah zu Adam hinüber.

Doch Adams Blick sagte: »Wozu erzählst du Rafał solche Sachen?«

»Damian ist von seiner Frau verlassen worden«, fuhr Agata fort. »Wegen einer Journalistin, mit der er jetzt zusammen ist. Die sogenannten Freunde deckten seine Liebesaffäre, aber seine Frau ist nicht blöd. Sie nahm ihre gemeinsame Tochter mit und entschied sich für ein normales Leben.«

»Du hast das Recht, wütend auf mich zu sein, aber …«, fing Adam in versöhnlichem Ton an.

»Wütend? Aber weswegen denn?« Agata hob eine Augenbraue mit gespieltem Erstaunen.

»Hör bitte auf. Hätte ich etwa nicht zu einem Freund gehen sollen, der mich aus heiterem Himmel von einer Intensivstation aus anrief? Wärst du nicht zu Barbara oder Joanna gegangen?«

»Ja, ich wäre gegangen … Aber Barbara und Joanna machen keine Geschäfte mit der Mafia. Außerdem trinken sie nicht, sie kiffen nicht, und Spielkasinos sind auch nicht ihr Ding. Dafür sind deine Freunde zuständig.«

Rafał beugte sich zwischen den Sitzen vor und berührte den Arm seiner Mutter. »Lass es, Mama.«

Adam wartete auf Agatas Reaktion.

»Also gut«, seufzte sie, »tun wir so, als wäre alles normal.«

Sie stieg aus dem Wagen und holte ihre Tasche aus dem Kofferraum. Adam wandte sich Rafał zu. »Ich verspreche, dass alles wieder in Ordnung kommt. Karol wird diese Leute schnappen.«

»Deine Schulfreunde?«, fragte Rafał.

Die Eingangstür der Villa ging auf, und ein Mann, Anfang vierzig, groß, gedrungen, pausbackig, trat heraus. Er war ein Liebling der Medien, spielte in einigen Fernsehserien mit und in mindestens einem Kinofilm pro Jahr. Hinter ihm stand eine schöne Brünette in hochhackigen Schuhen, zehn Jahre jünger als er. Damian lief die wenigen Eingangsstufen hinunter und rief, während er Adam und Agata zuwinkte: »Eher hätte ich den Tod erwartet! Wie viele Male habe ich euch eingeladen? Und jetzt erscheint ihr einfach so, ohne Einladung!«

Sie umarmten sich lächelnd.

»Du weißt nie, was auf dich zukommt«, sagte Adam.

Damian klopfte ihm mit seiner großen Hand auf die Schulter. »Ich weiß, Arbeit, immer nur Arbeit. Und die berechtigte Eifersucht auf die schöne Ehefrau. Sie verbringt eine Weile mit mir, und dein Stern wird sofort verblassen.«

Die Brünette kam auf Agata zu und gab ihr die Hand. »Ich bin Klaudia.

Der Stern wird nur für einen halben Tag verblassen, denn danach wirst du Damians Tricks auswendig kennen.«

Der Schauspieler lachte laut und umfasste Klaudias Taille. »Meine Giftschlange! Dafür liebe ich sie!« Er sah Rafał an und hielt die Hand einen Meter über der Erde. »Das letzte Mal warst du so groß. Erinnerst du dich noch? Wir waren in den Masuren segeln. Einmal wärest du beinahe ertrunken, ich habe dich aus dem Wasser gezogen. Nach dem Gesetz der Indianer gehört dein Leben mir. Nenn mich Damian oder Dam, wie du willst.«

»Rafał Wierzbicki«, stellte sich der Junge ein wenig eingeschüchtert vor.

»Für mich reicht Wierzba, das war der Spitzname deines Alten.« Damian wandte sich zu Klaudia und Agata um. »Heute Abend gehen Rafał und ich Mädchen aufreißen. Adam kann bei euch bleiben, ihr Tanten.« Er zog Rafał in Richtung Haus. »Bist du auch so einer wie dein Vater? Er hätte sich für seine Freunde umbringen lassen … So war er immer schon … Hast du auch so eine Clique wie wir damals? Sicher nicht, das gibt es heutzutage gar nicht mehr.« Er machte eine abschätzige Handbewegung.

Rafał hörte ihm mit einem Lächeln zu; es gefiel ihm, die Aufmerksamkeit eines berühmten Schauspielers zu genießen. Damian deutete auf die heruntergekommene Fabrik. »Eine Porzellanmanufaktur, gehört mir ganz allein. Wenn ich mich zur Ruhe setze, mache ich daraus ein richtiges Geschäft. Wollen wir dort Paintball spielen, was meinst du? Ich wette eins zu fünf, dass du mich schlägst.«

Die Mischung aus Nieselregen und Nebel ließ die Menschen und die Autos leicht gespenstisch erscheinen. Auch den schwarzen BMW, der vor einem modernen Bürogebäude am Rande des Stadtzentrums hielt. Aus dem Wagen stiegen Marcos und Marica. Sie gingen durch eine Drehtür hinein, blieben kurz vor der beleuchteten Tafel mit der Aufschrift KLINIK VITA-MED stehen und steuerten auf die Aufzüge zu.

Anna spazierte langsam auf den glänzenden Fliesen am Gang der Intensivstation auf und ab. Von den bunten Werbeplakaten verschiedener Medikamente strahlten Models mit Computerlächeln und luden dazu ein, mit Unterstützung der Chemie ein Leben in Gesundheit, Jugend und Glück zu führen. Sie sah die Plakate an, ohne sie zu verstehen, ganz in Gedanken versunken. Die verdrängte Liebe zu Piotr war mit einer Kraft ausgebrochen, die sie erschreckte.

Das Gefühl, dass es ihr an Geborgenheit mangle, verfolgte sie von dem Moment an, als ihr Vater bei einem Autounfall ums Leben kam. Ihre Mutter erholte sich nie wieder von diesem Schock – nach vielen Jahren der Behandlung in psychiatrischen Kliniken beging sie Selbstmord, mit Schlaftabletten.

Mit Karol fühlte sich Anna anfangs sicher, doch schon bald begriff sie, dass sie keine Chance auf wirkliche Nähe hatten. Ihre Gefühle drangen kaum durch die unsichtbare Barriere hindurch, hinter der Karol gegen die Angst vor dem Verlust seiner Souveränität ankämpfte. Sie hatte den Eindruck, dass er selbst dann abwesend war, wenn sie sich liebten. Nach der Geburt von Natalia konzentrierte sie sich völlig auf das Kind. Sie hatte sich mit dem Gedanken abgefunden, dass ihr die Liebe zur Tochter und deren Nähe genügen mussten.

Die jugendlichen Gefühle für Piotr waren eine ferne, niemals verwirklichte Sehnsucht geblieben. Bis sie ihn unerwartet vor fünf Monaten auf der Straße in der Warschauer Innenstadt traf. Ihre ganze Vernunft und ihr Verantwortungsbewusstsein waren plötzlich weg. Sie begriff, dass sie es bis an ihr Lebensende bereuen würde, wenn sie für diese Liebe nicht alles zu opfern bereit wäre. Sie fragte Piotr nach seinen Gefühlen und erfuhr, dass er nie aufgehört hatte, sie zu lieben, und dass die Beziehung zu seiner Frau zerrüttet war.

Sie wusste, welchen Preis sie zu zahlen hatte, wie sehr sie Karol und Natalia verletzen würde. Trotzdem war sie entschlossen, um das Sorgerecht für ihre Tochter zu kämpfen, und hoffte, dass sie eines Tages alles verstehen und ihr verzeihen würde. Karol hatte ohnehin keine Zeit, Vater zu sein. Alles, was ihm in einer schwierigen Situation einfiel, war, Natalia seiner Mutter zu überlassen.

»Die Liebe hat einen hohen Preis und erfordert viel Mut«, erklang in Annas Kopf der vor langem gehörte Satz. Sie dachte, dass er sie selbst nicht mehr betreffen würde. Doch Piotr hatte ihr Leben verändert, ihm einen Sinn gegeben; er hatte erreicht, dass sie wieder an sich glaubte. Er war reif, klug, echt. Bei ihm fühlte sie sich erfüllt und glücklich. Zum ersten Mal schämte sie sich weder ihres Körpers noch ihrer Gedanken oder Gefühle. Sie hatte den Eindruck, dass sie, wenn sie miteinander sprachen, schwiegen oder Sex hatten, zu einer Person wurden. Noch nie hatte sie eine solche Wonne oder Hingabe empfunden wie in den Momenten ihrer gemeinsamen Intimität.

Die herrschende Stille wurde von einem schwachen Klingeln unterbrochen. Anna holte ihr Handy aus der Manteltasche und las auf dem Display Karols Namen. Sie verweigerte die Annahme des Anrufs und steckte das Telefon wieder ein. Sie blieb vor der Glaswand der Intensivstation stehen.

Auf dem ersten Bett lag ein bewusstloser Patient, der an eine Apparatur angeschlossen war. Auf dem zweiten öffnete Piotr gerade die Augen und sah einen Arzt im blauen Kittel an, der mit dem Bruststück eines Stethoskops seinen Körper berührte.

Marcos und Marica verließen den Aufzug im dritten Stock, passierten eine verglaste Tür mit der Aufschrift VITA-MED und betraten das Sekretariat des Klinikdirektors.

»Ist der Direktor da?«, wandte sich Marcos an die Sekretärin, die am Computer arbeitete.

»Ja, einen Moment bitte«, antwortete sie, ohne die Augen vom Bildschirm abzuwenden.

Marcos stieß die Tür zum Büro des Direktors auf. Marica postierte sich vor der Sekretärin.

»Ich sagte: einen Moment!« Die junge Frau stand, sichtlich aufgeregt, von ihrem Schreibtisch auf.

»Sondereinsatzteam. Stören Sie nicht«, sagte Marica mit Nachdruck.

Die Sekretärin riss die Augen weit auf und setzte sich gehorsam wieder hin.

Marcos stand bereits mitten im nächsten Zimmer und betrachtete einen korpulenten Mann über fünfzig, der am Telefon sprach. Der Klinikdirektor diktierte jemandem Zahlen, die er von seinem Laptop ablas: »Fünfzigtausendsechshundert – ohne Mehrwertsteuer. Dreiundzwanzigtausendzweihundert …«

Marcos hielt ihm einen Dienstausweis und ein bedrucktes Blatt Papier hin. Der Direktor verdeckte den Hörer mit der Hand. »Hat meine Sekretärin Ihnen nicht gesagt, dass ich beschäftigt bin?«

»Sondereinheit der Agentur für Innere Sicherheit, Leutnant Kozyra. Hier ist der Durchsuchungsbefehl der Staatsanwaltschaft.«

»Ich bin gleich fertig.« Der Direktor deutete mit einer Geste auf den Stuhl auf der anderen Seite des Schreibtisches.

Marcos nahm ihm den Telefonhörer aus der Hand und legte ihn auf die Gabel. Der Direktor lief rot an – er gehörte nicht zu den Menschen, denen man ohne weiteres seinen Willen aufzwingen konnte. »Ich sollte Sie auffordern, mein Arbeitszimmer sofort zu verlassen«, sagte er in verärgertem Ton. »Also, was gibt's? Ich höre. Sie haben eine Minute.«

»Wir suchen einen gefährlichen Verbrecher, sein Name ist Piotr Lasota. Es besteht der Verdacht, dass er sich in dieser Klinik versteckt«, sagte Marcos.

»Das ist äußerst unwahrscheinlich.«

»Erlauben Sie uns, die Klinik zu durchsuchen?«

Der Direktor presste die Lippen zusammen.

»Nein, Sie jagen unseren Patienten Angst ein, und wir achten sehr auf unser Renommee. Der Name dieses Mannes?«

»Piotr Lasota. Er wurde von der Intensivstation der Klinik an der Banach-Straße hierhergebracht.«

Der Direktor drückte auf einen Knopf auf seinem Telefon. »Hier Blaszczuk, geben Sie mir bitte Herrn Doktor Oczko.« Er deutete mit dem Kinn auf den Durchsuchungsbefehl. »Hier steht kein Datum.«

Marcos nahm einen Kugelschreiber von Blaszczuks Schreibtisch, beugte sich über das Dokument und trug das Datum ein. Der Direktor musterte ihn aufmerksam. Aus dem Lautsprecher seines Telefons ertönte eine männliche Stimme: »Ja bitte?«

»Ich habe hier einen Leutnant von der Agentur für Innere Sicherheit, er sucht bei uns nach einem Verbrecher. Sein Name sei Piotr Lasota.«

Maciek Oczko saß an Piotrs Bett und sprach über ein schnurloses Telefon, das ihm eine Krankenschwester gebracht hatte. Er hatte ein zartes Gesicht, helle Haare und blaue Augen, was ihm im Gymnasium den Spitznamen »Ephebe« beschert hatte. Er verdeckte den Hörer und flüsterte der Krankenschwester zu: »Monika, wir bringen ihn von hier weg … Hol Wojtek.«

Die draußen wartende Anna bemerkte Macieks Geste, begriff die Anspannung in seinen Augen. Sie öffnete die verglaste Schiebetür und kam in den Saal herein. Maciek sprach gerade mit einer gleichmäßigen, leidenschaftslosen Stimme ins Telefon: »Bei uns? Noch nie gehört diesen Namen.«

Marcos beugte sich über den Schreibtisch und sagte laut: »Es kann sein, dass er einen falschen Namen angegeben hat. Er wurde heute Morgen eingeliefert, nach einem schweren Überfall.«

»Wir haben keinen neuen Patienten aufgenommen seit … Einen Augenblick, ich schaue in den Berichten nach.« Macieks Stimme im Lautsprecher verstummte.

Auf der Intensivstation liefen fieberhaft die Vorbereitungen zu Piotrs Evakuierung. Anna half Monika, die Messgeräte abzustellen. Am Gang eilte ein junger Krankenpfleger herbei und schloss sich ihnen wortlos an.

Piotr öffnete die Augen und sah Anna an, die sofort einen Finger auf ihre Lippen legte. Maciek wartete mit dem verdeckten Telefonhörer. Nach etwa zwanzig Sekunden hob er ihn wieder ans Ohr und sagte: »Seit drei Tagen.«

Monika und der Krankenpfleger befestigten den Tropf an Piotrs Bett.

»Danke, das genügt.« Der Direktor schaltete das Telefon aus und sah Marcos an. »Sie haben es gehört: Ihren Verbrecher gibt es bei uns nicht. Außerdem ist dieser Durchsuchungsbefehl ungültig. Ist das alles?«

»Ich will die Klinik durchsuchen. Vor allem die Intensivstation«, sagte Marcos.

Der Direktor rührte sich nicht vom Fleck. »Ich stimme dem aber nicht zu«, sagte er mit entschlossener Stimme.

Marcos heftete seinen Blick auf das Gesicht des Direktors. »Ihnen ist wohl klar, dass Sie für das Verstecken eines Verbrechers fünf bis zehn Jahre Gefängnis kriegen können?«

Der Direktor presste die Lippen wieder aufeinander. »Ich wiederhole: Ihr Verbrecher ist nicht hier.«

Marcos holte sein Handy hervor und wählte eine Nummer. »Verbinde mich mit Staatsanwalt Wybicki. Ja, dringend. Der Klinikdirektor macht Schwierigkeiten. Es besteht der Verdacht, dass er den Flüchtigen versteckt.«

Der Direktor bewegte sich unruhig und seufzte, Ungeduld vortäuschend. »Sie haben nicht gesagt, dass er flüchtig ist.« Er stand auf und zeigte auf die Tür. »Bitte. Nur machen Sie schnell, ich habe Wichtigeres zu tun.«

Sie durchquerten das Sekretariat und traten auf den Flur. Marica folgte ihnen. Sie gingen an wartenden Patienten vorbei und erreichten einen kleinen Korridor mit Aufzügen.

»Wohin müssen wir?«, fragte Marcos.

»Vierter Stock«, antwortete der Direktor trocken.

Marica drückte auf den entsprechenden Knopf.

Das Bett verließ eilig den Saal – vorne von Maciek gezogen, hinten von Monika und dem Krankenpfleger angeschoben. Anna ging neben Piotr und hielt seine gesunde Hand. Als das Bett eine Wand rammte, verzog er das Gesicht vor Schmerz und stöhnte.

»Eine Spritze!«, rief Maciek, während er das Bett in den Korridor mit den Aufzügen hineinzog.

Monika holte die Spritze aus ihrer Tasche.

»Ich schaffe das nicht«, flüsterte Piotr.

Anna streichelte zärtlich seinen Kopf.

»Halte durch, nur noch ein bisschen.«

Maciek zeigte auf die über den Türen aufleuchtenden Ziffern: Ein Aufzug näherte sich ihrem Stock.

»Schnell, ins Magazin!«

Sie drehten das Bett um und schoben es zurück in den Stationsflur. Monika öffnete die Magazin-Tür, der Krankenpfleger schob das Bett zwischen die Regalreihen. Maciek und Monika passten gerade noch hinein, mehr Platz war nicht. Anna trat zurück, einen unruhigen Blick auf Piotr gerichtet. Der Krankenpfleger packte ihren Arm und stieß sie in Richtung Treppenhaus.

Im Magazin war es eng und dunkel. Piotr stöhnte vor Schmerz. Monika hielt die Spritze in die Höhe, dann entblößte sie seinen Fuß und stieß die Nadel unter die Haut.

»Du wirst schlafen«, flüsterte Maciek.

»Ich wäre lieber bei Bewusstsein«, antwortete Piotr leise. »Wo ist Anna?«

Er schloss langsam die Augen und schlief ein. Draußen ertönte das Signal eines anhaltenden Aufzugs. Maciek legte einen Finger auf die Lippen.

Aus dem Aufzug stiegen der Klinikdirektor, Marcos und Marica. Sie betraten den Gang und bogen in Richtung Intensivstation ab. Marcos ging auf einen bewusstlosen Patienten zu und hob die Sauerstoffmaske, die sein Gesicht verdeckte. Der Patient begann zu röcheln.

»So geht das nicht!«, rief der Direktor. »Wenn jemand stirbt, werden Sie dafür die Verantwortung tragen!«

Er näherte sich schnell dem Patienten, befestigte die Sauerstoffmaske an seinem Gesicht und überprüfte seine EKG-Werte. Marcos bemerkte den leeren Platz, an dem vor kurzem ein weiteres Bett gestanden hatte, und die Apparatur, die immer noch eingeschaltet war. Aus einem Dienstzimmer tauchte der Krankenpfleger auf.

»Sie sehen doch selbst – hier ist niemand. Lassen Sie uns in Ruhe«, sagte der Direktor.

Marcos ging auf den Krankenpfleger zu und sah ihm aus nächster Nähe in die Augen. »Er war hier, nicht wahr?«

»Wer?«

Der Krankenpfleger sah unwillkürlich zur Magazin-Tür hin. Marcos und Marica bemerkten seinen Blick und liefen in diese Richtung. Marica drückte die Klinke nieder, doch die Tür gab nicht nach. Marcos zielte aus seiner Pistole mit Schalldämpfer – es ertönten ein leiser Schuss und das Geräusch des aufspringenden Schlosses.

»Was zum Teufel machen Sie da?!«, schrie der Direktor.

Marica stieß die Tür auf und ging hinein. Marcos folgte ihr. Das Magazin war leer.

»Er war hier«, stellte Marcos fest.

Marica schob einen Wagen mit Bettwäsche weg. An der hinteren Wand tauchte die Tür eines Warenaufzugs auf. Der Direktor blieb an der Tür stehen.

»Ich verlange, dass Sie meine Klinik unverzüglich verlassen!«

»Wohin fährt dieser Aufzug?«, fragte Marcos.

»In die Tiefgarage …«

Anna und Maciek zogen die Matratze mit dem darauf liegenden Piotr auf den umgeklappten Hintersitz eines Ford Explorers hinein. Maciek hängte den Tropfbeutel an einem Griff neben der Tür auf und setzte sich hinters Steuer. Anna nahm neben ihm Platz.

Etwa fünfzig Meter weiter flog eine Metalltür auf, und Marcos und Marica stürmten in die Tiefgarage.

»Fahr!«, schrie Anna.

Maciek legte den Rückwärtsgang ein. Er setzte schnell ein Stück zurück, drehte um und fuhr mit quietschenden Reifen los.

»Stehen bleiben, Polizei! Bleib stehen, sonst schieße ich!«

Maciek zögerte kurz und reduzierte die Geschwindigkeit.

»Sie sind nicht von der Polizei! Fahr!«, rief Anna.

Der Ford sprang nach vorn und bog einen Meter vor dem heranlaufenden Marcos in die Ausfahrt ein. Der Körper des bewusstlosen Piotr rollte ein Stück von der Matratze hinunter. Marcos zielte auf einen Reifen. Die Kugel schlug mit lautem Knall gegen die Karosserie knapp darüber. Maciek drückte auf eine Fernbedienung, und die Blechwand der Garageneinfahrt begann sich langsam zu heben. Marica blieb stehen und gab blitzschnell vier Schüsse ab. Die Garagenausfahrt füllte sich mit Geknall, Blitzen und Rauch. Die Heckscheibe des Fords zersprang. Anna duckte sich auf ihrem Sitz, Maciek legte sich flach aufs Steuer.

Der Ford prallte mit der Motorhaube gegen die hochfahrende Garagenausfahrt, riss sie mit gewaltigem Lärm ab und sprang nach draußen. Auf dem nassen Asphalt herumschlingernd bog er in eine schmale Gasse neben einem Bürogebäude ab. Piotr rutschte auf den Boden, die Nadel des Venenkatheters glitt von seinem Arm.

»Was soll das?«, schrie Maciek. »Du hast nichts von Gangstern gesagt!«

»Fahr!«, schrie Anna zurück. »Schneller!«

Der Ford kam auf eine zweispurige Straße. Anna zog den bewusstlosen Piotr auf die Matratze zurück. Maciek warf einen Blick in den Rückspiegel.

»Überprüfe den Tropf.«

Anna bemerkte den neben der Matratze liegenden Venenkatheter, aus dem eine Flüssigkeit herauslief. »Die Nadel ist herausgerutscht.«

»Kannst du sie wieder hineinstechen?«

»Ich versuche es.«

»Du hast gesagt, Piotr würde sich vor den Agenten der Spionageabwehr verstecken, nicht vor Gangstern.«

»Ich hatte keine Ahnung, wirklich. Er hat nur erwähnt, dass die Spionageabwehr ihn erpresste. Ich glaube, sie wollten ihn anwerben.«

»Piotr erpresst? Womit denn?«

»Ich weiß es nicht, Maciek, ich weiß es wirklich nicht. Es tut mir entsetzlich leid.«

Anna ergriff Piotrs Arm und legte die Nadel an eine Vene.

»Beeil dich, er könnte einen anaphylaktischen Schock bekommen«, sagte Maciek.

»Fahr ein bisschen langsamer.«

Anna stach die Nadel unter die Haut, doch sie traf die Vene nicht. Maciek blickte wieder in den Rückspiegel und bemerkte einen schwarzen BMW, der immer näher kam; hinter dem Steuer saß Marcos.

»Sie sind da! Halt Piotr fest!«, rief Maciek und drehte schnell am Lenkrad.

Anna legte sich auf Piotr. Der Ford sprang auf den Gehsteig, verscheuchte die erschrockenen Passanten, überquerte blitzschnell einen Grünstreifen und fuhr in eine Einbahnstraße an einem Park hinein. Der BWM bog hinter dem Ford ab. Hinter ihnen bremsten heftig die anderen Autos, man hörte das Hupen und das Geschrei der Fahrer.

Anna rollte über die Matratze, die Nadel sprang erneut aus Piotrs Arm; er kam plötzlich zu sich und schrie auf vor Schmerzen.

Der Ford raste die schmale Straße entlang, vor dem Seitenfenster huschten die Bäume des Parks vorbei. Der BMW näherte sich blitzschnell, in einem Seitenfenster leuchtete der Lauf einer Pistole auf. Zwei Kugeln schlugen mit lautem Knall gegen die Karosserie des Fords.

Maciek zog den Kopf ein und machte wieder eine schnelle Lenkraddrehung. Der Ford fuhr in den Park hinein, schlug seitlich gegen einen Baum und blieb abrupt vor einer jungen Frau stehen, die einen Kinderwagen schob. Der BMW bremste direkt hinter dem Ford. Aus einer Hintertür sprang Grisza heraus. Der Ford setzte sich wieder in Bewegung, umfuhr die Frau mit dem Kinderwagen und durchbrach ein dichtes Wacholdergebüsch. Grisza lief zum losfahrenden BMW zurück.

Maciek hatte das Steuer kaum noch unter Kontrolle, sein Gesicht war schweißnass. Anna zeigte auf eine Straße hinter dem Park. »Dort! Die Straßenarbeiten!«

Maciek bog scharf ab. Der Ford kam auf die aufgegrabene Straße, seine Räder begannen, im Schlamm durchzudrehen. Der BMW war knapp zwanzig Meter hinter ihm.

»Antrieb auf alle vier Räder!«, schrie Anna.

Maciel verschob den Schalthebel und drückte aufs Gaspedal. Der Motor heulte auf, und der Wagen sprang aus der Falle. Im selben Moment fuhr der hinter ihnen rasende BMW in einen Erdaushub hinein und blieb mit den Rädern im Schlamm stecken. Marica und Grisza stürmten mit ihren Pistolen heraus.

Der Ford raste davon und hinterließ Schlammfontänen. Am Ende des Erdaushubs durchbrach er eine Schranke und kam auf die Fahrbahn, zwischen die flüchtenden Arbeiter. Marica kniete sich nieder, ergriff mit beiden Händen ihre Waffe und eröffnete das Feuer. Neben ihr schoss Grisza.

Der Ford bog scharf hinter einem Baustellenwagen ab. Die letzten Kugeln trafen die Bretterwand und zerschlugen die Scheiben in den Fenstern des Wagens.

In der Stille, die plötzlich eingetreten war, konnte man nur noch den Motor des davonrasenden Autos und die Schreie der Arbeiter hören. Marica ließ die Pistole sinken und drehte sich um. Die junge Frau mit dem Kinderwagen stand etwa sechzig Meter von ihr entfernt und sah sie wie hypnotisiert an. Marica hob die Waffe in ihre Richtung.

»Genug«, sagte Marcos mit scharfer Stimme. »Wir verziehen uns!«

Marica steckte die Pistole weg. Die Frau ließ sich kraftlos auf den Rasen neben dem Kinderwagen sinken. Grisza warf einen länglichen Gegenstand in den BMW hinein, und sie machten sich zu dritt auf in Richtung der nächsten Kreuzung. Marcos sprach in sein Handy: »Er ist uns entwischt … Kennzeichen WPI 4072W. Versuch ihn schnell zu orten, ich warte.«

In den Fenstern und Eingangstüren der Häuser erschienen immer mehr Menschen. Aus dem BMW stieg zuerst Rauch auf, dann Flammen. Nach einigen Sekunden brannte der ganze Wagen – der Benzintank war explodiert.

Maciek parkte den Ford in einer Straße, die auf beiden Seiten mit Villen bebaut war. Einige Passanten drehten sich beim Anblick der zerschlagenen Fensterscheiben und der von Kugeln durchlöcherten Karosserie um.

Maciek kam langsam zu sich. Er schwieg. Anna stach die Nadel in eine Vene an Piotrs Unterarm, dann hängte sie den Tropf an einem Griff über der Tür auf.

»Du hast mich gerettet«, sagte Piotr leise.

»Und du mich, vor einem Jahr.« Sie befestigte den Tropf und kontrollierte die Menge der Flüssigkeit. »Es ist noch nicht vorbei. Sagst du mir jetzt, was sie von dir wollen?«, fragte sie im Flüsterton.

»Du wärest nicht mehr sicher«, antwortete Piotr genauso leise.

Maciek wandte sich zu ihnen um; er war blass und schweißgebadet. »Wir können hier nicht in einem durchlöcherten Auto herumstehen. Jemand wird die Polizei rufen.«

»Piotr muss sich ausruhen«, sagte Anna. »Nimm uns mit zu dir.«

»Das sind Mörder. Profikiller. Ein Wunder, dass wir ihnen entwischt sind«, protestierte Maciek. »Denkst du, dass sie mich nicht finden? Ich habe Familie, das geht nicht.«

»Nur für eine Nacht, bitte.«

Maciek zögerte. »Fahren wir lieber zur Polizei.«

Piotr hob mühsam den Kopf. »Ich habe es dir schon gesagt … Nach dem, was ich getan habe, kann ich nicht.«

»Ich will lieber nicht wissen, was du getan hast. Warte, lass mich nachdenken.« Maciek konnte kaum noch seine Nerven beherrschen. »Gut, für eine Nacht. Wenn Magda einverstanden ist.«

Piotr ließ den Kopf auf die Matratze sinken. »Danke.«

»Wenn ich gestern gewusst hätte, wie tief du in der Scheiße steckst …«, begann Maciek, doch dann brach er den Satz ab.

Er ließ den Motor an und fuhr los. Der Ford bog an der nächsten Kreuzung ab. Es fing wieder an zu nieseln.

Natalia stand reglos im Flur, ohne ihre Jacke und ihre Schuhe auszuziehen. Durch die offene Tür des Wohnzimmers sah sie den Rücken von Karols Mutter und den eingeschalteten Fernseher. Der Plan, den sie sich eine halbe Stunde zuvor ausgedacht hatte, erschien ihr jetzt riskant.

Sie hatte keine Lust, noch länger bei dieser alten, unsympathischen Frau zu bleiben, die sie nicht ihre Großmutter nennen wollte. Sie würde mit der S-Bahn nach Warschau fahren, direkt in die Wohnung ihrer Mutter gehen und ihr sagen, was sie davon hielt, die Tochter alleinzulassen. Sie würde ihr auch sagen, dass sie zu Papa zurückkehren soll, damit sie wieder eine normale Familie sein könnten. Und falls Mama nicht auf sie hören will, würde sie zu Papa fahren und bei ihm bleiben. Sie war schon zehn Jahre alt, also kein Kind mehr, und sie konnte über sich selbst bestimmen.

Sie nahm ihren gepackten Rucksack und ging zur Tür, öffnete sie geräuschlos und verließ das Haus. Frau Siennicka stellte mit der Fernbedienung den Fernseher leiser und wandte sich um.

»Natalia?«

Keine Antwort. Sie erhob sich und ging in die Küche. Auf dem Tisch stand ein Teller mit nicht angerührtem Essen. Sie trat auf den Flur hinaus und rief laut in Richtung des Zimmers im ersten Stock: »Als ich in deinem Alter war, durfte ich nicht aufstehen, bevor ich nicht alles aufgegessen hatte.« Sie horchte eine Weile. »Natalia?«

Sie stieg die Treppe hoch und sah sich im Zimmer des Mädchens um. »Wo bist du?«

Sie öffnete die Badezimmertür. Dann schaute sie in zwei weiteren Zimmern nach. »Du kannst dich weigern, mit mir zu sprechen, aber du solltest wenigstens antworten, wenn ich dich rufe. Selbst meinem Hund Rudzik war das immer klar.«

Sie ging ins Erdgeschoss zurück. Allmählich wurde sie unruhig. »Natalia, sag doch etwas! So ein Verhalten gefällt mir nicht!«

Karols Handy klingelte. Er sah aufs Display und nahm das Gespräch an. »Ja, Mutter?« Er hörte einen Moment lang zu. »Was heißt, sie ist weggegangen? Wohin?«

»Keine Ahnung, sie ist einfach gegangen. Kannst du dir das vorstellen?«, hörte er die aufgeregte Stimme seiner Mutter.

»Du hast ihr erlaubt, allein aus dem Haus zu gehen?! Hast du draußen nachgesehen?«

»Schrei mich nicht an, das verbiete ich mir! Es war deine Idee, sie hier zu lassen.«

Karol gelang es, nicht die Beherrschung zu verlieren. »Nicht meine, sondern Annas. Ich konnte sie ja nicht mitnehmen. Hast du die Polizei angerufen?«

»Nach fünf Minuten? Du weißt, was die gesagt hätten. Ich rufe dich an. Wenn deine Frau die Kleine anders erzogen hätte …«

»Hör auf!« Karol erhob wieder die Stimme. »Ruf die nächste Polizeistation an, sag, dass sie die Umgebung absuchen sollen. Nein, warte … Ich rufe sie an. Geh mit dem Telefon aus dem Haus, überprüfe die Straßen im Umkreis von einem Kilometer, vielleicht ist sie nur spazieren gegangen.«

»Wenn sie spazieren gegangen wäre, hätte sie ihren Rucksack wohl nicht mitgenommen.«

»Was?! Geh hinaus!«, schrie Karol. »Beweg dich, hörst du?!«

»Hör auf, mir Befehle zu erteilen! Und ich verbiete mir diesen Ton!« Mutters Stimme klang jetzt höher und brach immer wieder vor nervöser Anspannung.

Wie immer, wenn sie mir die Schuld für etwas geben wollte, was sie nicht akzeptieren konnte, schoss es Karol durch den Kopf.

Maria Siennicka legte den Hörer auf den Tisch. Eine Weile atmete sie tief, um sich zu beruhigen. Ihr fiel ein, dass sie von dem Moment an, in dem ihr Sohn geboren wurde, nicht imstande gewesen war, ihn zu berühren. Sie kämpfte gegen diesen Reflex an, bat andere Frauen um Rat, ging sogar zu einem Psychologen. Es half nichts – bei dem Gedanken, Karol an sich zu drücken, empfand sie nur Angst und Abneigung. Als er größer wurde, konnte sie weder mit ihm sprechen noch sein Geplapper hören. Zum Glück gab es von Anfang an Kindermädchen, außerdem war ihr Mann ein guter Vater, der auch den Sohn erzogen hatte.

Später, als Karol ein junger Mann wurde, ging diese Abneigung vorbei, und sie begann, ein Bedürfnis nach Nähe zu empfinden. Doch da wiederum reagierte er auf ihre Annäherungsversuche nicht. Ihre Gespräche beschränkten sich auf einen kurzen, formellen Informationsaustausch. Anfangs gab sie sich die Schuld dafür, mit der Zeit aber auch mehr und mehr ihm. Sie hatte sich doch überwunden, wieso konnte er sich nicht auch ein wenig anstrengen?

Sie nahm ihren Mantel von der Garderobe, zog ihn an und verließ das Haus. Sie schloss die Tür hinter sich und drehte den Schlüssel im Schloss sorgfältig um. Falls Natalia zurückkehrt, während sie weg war, würde sie nicht hineinkönnen, dachte sie. Und das geschieht ihr auch recht, sie soll in der Kälte herumstehen – vielleicht würde sie dann über ihr Verhalten nachdenken.

Karol hatte niemals das Recht, das Haus zu betreten, wenn er nach zehn Uhr abends zurückkam. Er schlief dann bei einem Freund und musste am nächsten Tag versprechen, so etwas nie wieder zu tun. Jedes Mal, wenn er sein Wort brach, wurde die Kluft zwischen Mutter und Sohn noch größer.

Karol wählte am Lenkrad eine Nummer. »Adam? Sorry, Alter. Ich habe ein Problem und verspäte mich. Ich weiß nicht … In zwei, vielleicht drei Stunden. Bleibt bei Damian, rührt euch nicht vom Fleck, ruft niemanden an. Ganz ruhig, wir haben alles unter Kontrolle.«

Er beendete das Gespräch und wählte eine neue Nummer. Gleichzeitig bremste er und drehte am Lenkrad. Sein Passat sprang über den Streifen, der die beiden Spuren der Ausfahrtsstraße voneinander trennte, ließ einen rasenden Lkw vorbei und fuhr zurück in Richtung Warschau.

Stefan und Bożena arbeiteten an ihren Computern, Janusz stellte den Satellitenempfänger ein. Krzysztof und Ewa waren damit beschäftigt, in einer anderen Ecke des Hangars Betten, Paravents, Klapptische und Stühle aufzustellen. Bis Krzysztof innehielt und seufzte: »Wir sterben hier vor Langeweile. Meint ihr nicht, dass wir Doppelbetten bekommen sollten?«

»Also wenn du mit Janusz schlafen willst, dann legt euch doch eine Matratze auf den Fußboden«, sagte Ewa.

Janusz grinste nur, als er Krzysztofs verzogenes Gesicht sah. An Stefans Arbeitsplatz klingelte das Telefon. Er stellte es laut.

»Ja … Wir hören.«

»Ich muss etwas Dringendes erledigen«, ertönte Karols Stimme. »Organisiert die Überwachung von Adam Wierzbicki. Er ist im Haus von Damian Bartosz im Chojnowski-Wald, Abfahrt von der Landstraße 873. Ich schicke euch genaue Angaben.«

»Von *dem* Bartosz?«, erkundigte sich Stefan.

»Ja, dem Schauspieler. Zapft auch das Festnetztelefon und das Handy von Bartosz an. Und von seiner Freundin, Klaudia Lewandowska. Adam benutzt Prepaidkarten und steht in Kontakt mit mir.«

»Klar. Ist das alles?«

Eine Sekunde lang blieb der Lautsprecher stumm.

»Bist du noch da?« Stefan vergewisserte sich, dass die Verbindung nicht unterbrochen war.

»Weißt du schon etwas über Lasota?«, fragte Karol.

»Nichts Neues. Wir sind noch dabei, uns zu installieren. Bald legen wir aber los, mit Volldampf.«

»Ruf mich an, wenn ihr eine Spur findet.«

Die Stimme verstummte, die Verbindung wurde beendet. Stefan wandte sich zu Bożena um, die schon an Karols letzten Befehlen arbeitete.

»Er hat etwas Wichtigeres zu tun?« In seiner Stimme klang Erstaunen mit.

»Das Abhören von Bartosz könnte in einer Viertelstunde losgehen«, sagte Bożena in einem dienstlichen Ton. »Ich bereite den Antrag für den Gerichtsbeschluss vor.«

Stefan nickte. Er öffnete eine Schublade unter seinem Computer und durchsuchte sie.

»Hast du zufällig meine externe Festplatte gesehen? Ich muss sie im Wagen gelassen haben. Übernimm du für einen Moment die Verbindungen.«

Bożena flog mit den Fingern über die Tastatur ihres Computers und nickte zum Zeichen, dass sie verstanden hatte. Stefan mochte sie nicht, aber er bewunderte das Tempo und die Präzision ihrer Arbeit.

»Du könntest wenigstens eine halbe Minute länger brauchen«, sagte er mit gespielter Kritik. »Wir, die Normalsterblichen, kriegen dadurch nur Komplexe.«

Bożena quittierte seine Bemerkung mit einer Grimasse. Stefan ging in Richtung Ausgang. Beim Anblick der telefonierenden Ewa blieb er überrascht stehen. Sie zuckte vor Schreck zusammen, doch sie hatte sich schnell wieder im Griff. »Das wäre alles, bis dann«, beendete sie das Gespräch mit ruhiger Stimme und versteckte das Handy in ihrer Tasche.

Stefan blieb neben ihr stehen.

»Was war das?«

»Ein Anruf bei meinem Arzt. Sorry, ich musste einen Termin absagen.«

Er streckte die Hand aus. Ewa zog das Telefon wieder heraus und gab es ihm.

»Zum letzten Mal brichst du die Regeln, ist das klar?«, sagte er.

»Ja, Verzeihung.«

»Geh zurück an die Arbeit.«

Er verfolgte sie kurz mit seinem Blick, dann verließ er den Hangar. Er ging auf einen Transporter zu, holte Ewas Handy hervor und drückte die letzte Nummer. Während er auf die Verbindung wartete, machte er die Schiebetür des Transporters auf und öffnete einen Karton mit Computerteilen. Im Telefon hörte er nur das Verbindungssignal – niemand ging ran.

Nach einer Minute kehrte er in die Halle zurück und setzte sich an seinen Platz neben Bożena. Er legte die externe Festplatte auf den Tisch und schaltete seinen Computer ein. Er schrieb die Nummer von Ewas Telefon ab und schickte sie an Bożena.

»Kannst du diese Nummer überprüfen?«

»Klar. Woher hast du sie?«, fragte Bożena.

»Überprüf sie einfach, bitte.«

Der Wald verblasste langsam in der Dämmerung. Im Westen war der Himmel klar, die ersten Sterne erschienen; im Osten hingen niedrige Wolken, die von den Lichtern der Stadt angeleuchtet wurden. Adam sah aus dem Fenster, während er erzählte. Ihm fiel ein, dass er schon seit langem keine richtige Nacht mehr gesehen hatte, ohne Lichter.

Er berichtete Damian von dem Überfall auf Piotr, von dem Fahrschein mit dem Code, dem falschen Polizisten, Karols Rat, sich zu verstecken, und seinem Versprechen, ihnen zu helfen. Damian hörte gespannt zu; gleichzeitig versuchte er, im Kamin Feuer zu machen. Nachdem Adam seine Erzählung beendet hatte, schob er genervt die Schutzscheibe des Kamins vor. Der Salon füllte sich mit Rauch.

»Ich habe es diesem Kretin gesagt: Der Kamin hat einen zu geringen Durchmesser.« Er hustete, den Rauch mit der Hand vertreibend, und öffnete die Terrassentür. »Komm, du holst dir noch eine Rauchgasvergiftung.«

Sie traten auf die Terrasse hinaus.

»Piotr in Polen? Überfallen? Und ihr versteckt euch? Nicht zu fassen. Ihr könnt hierbleiben, so lange ihr wollt. Aber was hat Karol damit zu tun? Er arbeitet doch im Verteidigungsministerium.«

»Meiner Meinung nach ist er ein Offizier der Spionage«, antwortete Adam. »Oder der Spionageabwehr.«

Damian atmete tief ein und wieder aus.

»Na so was, das wird ja immer besser. Und was macht Piotr wirklich?«

»Da weiß ich so viel wie du. Ich glaube, er ist Direktor eines amerikanischen Investmentfonds.«

Damian schloss die Terrassentür von außen.

»Rafał bekommt ein Pferd von mir, und wir reiten ein bisschen im Wald. Du musst nur wissen, wie die Dinge stehen … Ich meine, zwischen Klaudia und mir … Ehrlichkeit für Ehrlichkeit.«

Er machte eine Pause und setzte jenes besorgte Gesicht auf, das Adam aus seinen Filmen kannte.

»Weißt du, sie hat mich entmündigt. Im Ernst, sie kontrolliert jeden meiner Schritte. Ich darf nicht nach Warschau fahren. Ich darf keine Bekannten anrufen. Sie erteilt Absagen, der Presse, den Produzenten und in letzter Zeit sogar dem Fernsehen. Langsam habe ich es satt. Die Journalisten sind keine Idioten, ich kann mich nicht ewig vor ihnen verstecken. Sie erzählt ihnen, ich sei übermüdet, und sie will damit nicht aufhören, obwohl ich mein kleines Problem inzwischen im Griff habe. Warte hier …« Er hielt inne, öffnete die Tür wieder und ging in den Salon.

Adam sah durch die Glastür, wie Damian auf den Kamin zuging und hinter einem Holzstapel ein Päckchen hervorholte. Er kam auf die Terrasse zurück und öffnete es in dem fahlen Licht, das aus dem Salon fiel. Zum Vorschein kamen eine Schachtel, und darin eine Spritze, ein Teelöffel, ein Plastikbeutel mit weißem Pulver und ein Gummischlauch zum Abbinden der Venen. Damian blickte von der Schachtel hoch und sah Adam in die Augen.

»Ja, Alter … Das ist gutes Zeug. Wenn ich es nehmen wollte, würde mich keiner aufhalten. Aber ich habe einen festen Charakter, ich tue es nicht. Obwohl ich dir garantiere: Ein Schuss, und du bist im Paradies, weit weg von diesem ganzen Mist. Willst du vielleicht probieren? Nur einmal?«

Adam schüttelte den Kopf. Damian verzog das Gesicht zu einem Lächeln.

»Du würdest sofort um mehr betteln. Klaudia weiß nicht, dass ich es habe. Sie würde durchdrehen.« Er seufzte, schloss den Deckel und wickelte die Schachtel wieder ein. »Willst du die Wahrheit hören? Ich sehne mich nach Dorota. Nur ein Künstler kann verstehen, was ein anderer Künstler durchmachen muss. Und Dorota ist eine fabelhafte Schauspielerin … Sie hat eine Seele. Jetzt weiß ich, wie sehr ich ihr wehgetan habe. Und ich möchte es so gerne wiedergutmachen.« Er erstarrte mit der Schachtel in der Hand, sein trauriger Blick fixierte einen Punkt in der Dunkelheit.

»Triffst du dich manchmal mit ihr?«, fragte Adam.

Damian sah ihn mit angsterfüllten Augen an. »Aber nein! Klaudia würde mich umbringen!«

Auf dem Balkon über der Terrasse, gegen das Geländer gelehnt, stand Klaudia. Mit einer Zigarette in der einen und einem Feuerzeug in der anderen Hand verfolgte sie das Gespräch. Gerade war Damians Stimme wieder zu hören: »Weißt du was, Wierzba? Ich habe auch eine Flasche Whiskey versteckt. Selbst darf ich nicht trinken, aber dir mache ich einen Drink. Und du lässt mich zweimal daran nippen, okay?«

Die beiden Männer verließen die Terrasse, man hörte das Geräusch der sich schließenden Tür. Klaudia stand reglos da, ihre Zigarette hatte sie ganz vergessen. In ihren Augen standen Tränen.

Es war dunkel geworden. Die Fenster des Hauses am Waldrand waren hell erleuchtet. Aus einer niedrigen Wolke fiel wieder Regen. Ein am Tor stehender und rauchender Mann versteckte sich unter einem kleinen Vordach. Als er das nahende Motorengeräusch hörte, trat er heraus. Der heranfahrende BMW blinkte mit den Scheinwerfern. Der Mann wartete ab, bis der Wagen auf seine Höhe kam, und beugte sich zu dem Fahrer. Er erkannte ihn und stieß einen Flügel des Tores hinein.

Der BMW fuhr vor das Haus und blieb neben dem Mercedes-Geländewagen stehen.

Aus dem Wagen stieg Bruno und lief die Eingangstreppe hoch. Waldi und Grisza, die sich an der Tür unterhielten, ließen ihn durch.

»Er ist wütend«, murmelte Waldi.

Bruno ging an einem Zimmer vorbei, in dem Marica auf einem Sofa vor dem Fernseher lag. Im nächsten Raum arbeitete der aufgeregte Klicker am Computer. Hinter seinem Rücken stand Marcos.

»Ich habe den Wagen hergebracht«, verkündete Bruno.

Marcos nickte. »Wie lange noch?«, sagte er zu Klicker.

Dieser biss noch fester auf ein Streichholz, das zwischen seinen Zähnen steckte. »Eine Minute.«

»Warum machst du es nicht per Skype?«

»Ich habe es schon gesagt: Ein Skype-Benutzer ist leicht zu orten.«

Marcos griff mit einer ungeduldigen Geste nach einem Handy, das neben dem Laptop lag, und wählte eine Nummer.

»Und dann was?! Wenn du nicht weißt, wie man eine Adresse aufgrund eines beschissenen Kennzeichens findet, wofür bezahle ich dich dann?«, rief er wütend. »Es interessiert mich nicht, dass die Bullen die Registrierungen kontrollieren! Angeblich hast du einen Mann bei denen. Dann gib dir, verdammte Scheiße, etwas mehr Mühe, sonst wirst du es bereuen!«

Er warf das Handy verärgert neben den Laptop und wandte sich zu Bruno um. »Was hast du mit dem Kerl aus der Werkstatt gemacht?«

»Ihn höflich gebeten, stillzuhalten.« Bruno bleckte grinsend die Zähne.

»Gab es dort keine Kameras?«

»Nein.«

»Bist du dir sicher?«

Bruno wurde ernst und schluckte nervös. Wenn er zugelassen hätte, dass die Kameras ihn registrieren, wäre er unbrauchbar geworden. Für Marcos würde das bedeuten, dass er spurlos verschwinden musste.

»Ich gebe dir mein Wort, Marcos. Solche Fehler mache ich nicht. Diese Werkstatt ist ein einfacher Schuppen, Kameras wären eine Nummer zu groß für sie.« Er zog ein Bündel Banknoten hervor. »Eine Frau hat für den Ambulanzwagen bezahlt.«

»Wie sah sie aus? Ihr Name.«

Bruno breitete die Arme aus.

»Idiot«, knurrte Marcos.

Er nahm die Banknoten aus Brunos Hand und steckte sie in seine Tasche.

»Ich hab's«, sagte Klicker. »Wir sehen ihn, er uns nicht.«

Marcos wandte sich zum Laptop um. Auf dem Bildschirm erschienen eine moderne Chemiefabrik und ein auf einem Nebengleis stehender Güterwaggon. Die Kamera, geführt von einer unsicheren Hand, zeigte ein Panoramabild, dann blieb sie an einem Mann mit dem aufgedunsenen Gesicht eines Alkoholikers stehen.

»Ich bin es, Ingenieur Podlaski. Kann man mich sehen?«

»Keine Namen«, sagte Marcos in widerwilligem Ton.

»Entschuldigung. Eine deutsche Sitte, geht in Fleisch und Blut über. In einigen Tagen startet hier ein Zisternenzug mit gefährlichen Abfällen. Und mit einer falschen Spezifikation: Es wird heißen, es seien Chemikalien zur Produktion von Düngemitteln, die von Hamburg an eine Fabrik in Kaliningrad gehen. In Wirklichkeit schicken die Deutschen diese Abfälle den Russen zum Eingraben. Ich kann eine Zisterne Simazin besorgen: kleine Kristalle in einer Wasserlösung. Das Simazin ist ein Herbizid, das bei einer Temperatur von 225 Grad schmilzt. Bei großer Lösungsstärke ist es sehr giftig. Die Amerikaner haben es während des Vietnamkriegs zum Vernichten des Dschungels und der Getreidefelder benutzt.«

»Wie wird das wirken?«, fragte Marcos.

»Verseuchung der Grundwässer und der bodennahen Erdschichten«, antwortete Podlaski mit zufriedener Miene. »Für viele Jahre.«

»Gut.«

»Es wird auch ein Stoff benötigt, der das Simazin schmelzen lässt und im Umkreis von Kilometern verbreitet. Ich schlage eine Zisterne Butan vor.«

»Zwei Zisternen«, sagte Marcos. »Und es sollte noch etwas zum Vergiften von Menschen dabei sein.«

Der Ingenieur wischte sich den Schweiß von der Stirn. Er zögerte. Dann begann er wieder zu sprechen, doch diesmal rang er nach Worten. »Ich habe daran gedacht … Es besteht die Möglichkeit, Methylisocyanat zu besorgen … Es verströmt toxische Dämpfe … Ein Liter genügt, damit im Umkreis von einem Kilometer niemand überlebt … Zehn Prozent Methylisocyanat und neunzig Prozent Simazin.« Er wollte noch etwas hinzufügen, wurde aber stattdessen still – offenbar hatte er Angst, weiterzureden.

»Was? Spuck es schon aus«, rief Marcos ungeduldig.

»Ich möchte lieber nichts damit zu tun haben«, sagte Podlaski tapfer.

»Und ich möchte nichts mit deinen Schulden zu tun haben. Willst du etwa den Typen begegnen, die dich zur Kasse bitten?«

Das Gesicht des Ingenieurs erstarrte vor Angst.

»Nein, bitte nicht. Die Deutschen werden dieses Giftzeug sehr gern los, und ich mische es mit Simazin. Aber man muss für die Anbringung der falschen Spezifikation bezahlen. Die polnischen Zöllner lassen so einen Zug nicht herein.«

Marcos senkte die Stimme. »Ich schicke dir das Geld. Aber wenn ich erfahre, dass du ein Kasino auch nur betreten hast, bist du ein toter Mann.«

Podlaski nickte eifrig. »Ich schwöre … Nie wieder.«

Marcos schwieg eine Weile, um ihn ein wenig zappeln zu lassen. »Wie viel?«

»Ich weiß es noch nicht … Die Deutschen versuchen zu feilschen. Und sie wollen Bargeld.«

»Sie kriegen Bargeld, das ist wohl klar. Ich warte auf das Datum der Abfahrt. Zwei Zisternen mit Butan und eine mit deiner Mischung.«

»Simazin in einer Wasserlösung … mit Methylisocyanat …« Der Ingenieur blickte reglos in die Kamera. Er war sehr blass.

Marcos gab Klicker ein Zeichen. Die Verbindung wurde unterbrochen.

Im ersten Stock der Villa packte Agata ihre Sachen aus. Sie legte die Kleidung in den Schrank und wiederholte in Gedanken das Gespräch, das sie mit Adam führen wollte. Sie wird ihn zwingen, die Geschichte mit Piotr zu beenden. Sie wird nicht zulassen, dass er die Sicherheit seiner Familie für seine journalistischen Ambitionen riskiert. Ihre Intuition sagte ihr, dass Adam sie in die Irre führte, etwas vor ihr verbarg.

Die Tür hinter ihr ging auf. Sie drehte sich um und sah Klaudia hereinkommen.

»Wie fühlst du dich?«, fragte Klaudia und setzte sich aufs Bett.

Agata spürte plötzlich, dass sie sich jemandem anvertrauen, sich die ganze Angst von der Seele reden muss. »Ich komme mir vor, als würde ich träumen. Adam will sich und allen um ihn herum beweisen, dass er ein echter Kerl ist. Der Komplex eines Jungen, der von seinen Eltern nicht akzeptiert wurde. Kannst du dir das vorstellen? Wir werden von der Mafia verfolgt!«

Klaudia nahm Agata bei der Hand und zwang sie, sich neben sie zu setzen.

»Es ist Damians Haus, und er kann hier machen, was er will. Aber wenn du mich angerufen hättest, hätte ich euch geraten, woandershin zu fahren.«

Agata sah Klaudia in die Augen – sie wirkten wie mit einer Glasschicht überzogen. Wieder spürte sie einen Anflug von Angst.

»Was ist los, Klaudia? Stören wir dich? Wenn ja, dann …«

»Nein, lass mich ausreden.« Klaudia ergriff erneut ihre Hand. »Du musst wissen, dass Damian sehr verschieden sein kann. Und wenn er sich verändert, würdest du bestimmt nicht wollen, dass Rafał es sieht.«

»Wieso? Was heißt das?«

»Damian ist heroinabhängig, er hat eine schwere Krise hinter sich. Jetzt macht er eine Therapie.«

»Adam hat es erwähnt. Wir dachten allerdings, es sei Kokain.«

»Wie es sich für einen erfolgreichen Künstler gehört?« Klaudia lächelte traurig. »Damit fing es an – mit Abenden, an denen er sich amüsieren wollte.« Sie machte eine Pause. »Hat Adam auch von Damians Selbstmordversuchen erzählt? Von seinen Aggressionsattacken? Einige Male schon hat mich ein Krankenwagen abgeholt.«

Sie zog den Ärmel ihres Pullovers hoch, und eine lange Narbe von einem chirurgischen Eingriff kam zum Vorschein. Agata blickte von der Narbe weg und erneut in Klaudias Augen. Sie waren immer noch glasig und starr.

»Und du bist bei ihm geblieben? Nach so was?«

»Ich liebe ihn.« Sie versteckte die Narbe unter dem Ärmel. »Kennst du Paweł Jegorowicz?«

»Ein Schulfreund von Adam, arbeitet als Psychiater.«

»Ja, bei ihm ist Damian in Behandlung. Er sagt, noch ein, zwei Monate ohne Rückfall, und sein Zustand müsste sich normalisieren.« Sie sah

Agata in die Augen. »Damian nimmt sich alle menschlichen Kontakte sehr zu Herzen. Er ist Schauspieler, muss glänzen und im Mittelpunkt stehen. Und es ist leicht, ihn aus dem Gleichgewicht zu bringen. Er könnte wieder nach Alkohol oder Drogen greifen.« Ihre Stimme bekam einen härteren Klang. »Ich habe viel in ihn investiert. Meine eigenen Ambitionen zurückgesteckt, auf einen Job beim Fernsehen verzichtet. Ich schreibe zu Hause irgendeinen Unsinn für Frauenmagazine. Ich kann Damian nicht aus den Augen lassen. Du wirst mich verstehen … als Frau.«

»Wann sollen wir fahren?«

»Morgen«, antwortete Klaudia sofort. »Verzeih mir, bitte.«

Die Lichter des kleinen Hubschraubers, die sich einem Bürohochhaus näherten, waren in der hereinbrechenden Nacht deutlich zu sehen. Die Maschine blieb kurz über der Dachmitte hängen, dann reduzierte sie ihre Flughöhe. Die Räder berührten einen roten Kreis, die Rotoren wurden langsamer.

Aus der Kabine stiegen zwei Männer in Anzügen und eine Frau in elegantem Kostüm, mit einer Aktentasche in der Hand. Gebückt unter einem sich immer noch drehenden Rotor, gingen sie in Richtung eines verglasten Dachaufbaus.

Ein hochgewachsener Mann, der als Erster aus dem Hubschrauber stieg, hieß John Kozlowski. Er war fünfzig Jahre alt und einer der Generaldirektoren der East Fund Management Corporation; soeben war er aus den USA gekommen. Der um einige Jahre jüngere Edmund Hilarewicz, korpulent und übergewichtig, hatte die Funktion des Vizedirektors der polnischen Niederlassung der Firma inne. Die dreißigjährige Frau mit dem kalten Gesichtsausdruck war seine Assistentin und hieß Nina Hawruk.

Durch das Gedröhne des Hubschraubers drang das Klingeln eines Telefons. Hilarewicz zog sein Handy aus der Manteltasche und sah auf das Display. »Moment, es ist zu laut hier«, sagte er ins Telefon und dann zu der jungen Frau: »Nina, bring bitte den Herrn Direktor hinein.«

Er zeigte auf eine Tür und stellte sich selbst hinter die Seitenwand des Aufbaus. Aus der inneren Tasche seines Mantels zog er einen kleinen Gegenstand aus schwarzem Plastik, schloss ihn an das Telefongehäuse an und drückte den Apparat wieder ans Ohr.

»Worum geht es? Ich kann jetzt nicht.«

Marcos setzte sich neben Marica auf das Sofa. Er griff mit der freien Hand nach der Fernbedienung und schaltete den Fernseher aus. Marica sah ihn irritiert an, stand auf und verließ das Zimmer.

»Der Transport ist da«, sagte Marcos ins Telefon.

Hilarewicz konnte durch die Glaswand Kozlowski und Nina sehen, die hinter der Tür, neben einem Wachmann in schwarzer Uniform, warteten. Die Rotoren des Hubschraubers blieben stehen, und er senkte seine Stimme.

»Wann kommt er an?«

»In einigen Tagen bekomme ich genaue Angaben«, hörte er Marcos sagen.

»Wozu rufst du mich dann heute an? Ich habe doch gesagt, so wenig Gefasel wie möglich.«

Marcos streckte sich auf dem Sofa aus. Kerle in Anzügen, mit denen er zu tun haben musste, widerten ihn an. »Der Typ sagt, die Deutschen hätten Angst, uns dieses gefährliche Material zu verkaufen.«

»Weißt du, was zu tun ist?«

»Ich brauche mehr Kohle.«

»Wie viel und wann?«, fragte Hilarewicz und schickte sofort ein entschuldigendes Lächeln an Kozlowski, der ihn mit ungeduldigem Gesichtsausdruck durch die Glaswand hindurch anschaute.

»Ich weiß es noch nicht. Er feilscht gerade mit den Deutschen.«

»Dann ruf mich nicht wegen jeder Kleinigkeit an. Ich warte auf etwas Konkretes.«

Er schaltete das Handy aus, versteckte es in seinem Mantel und ging schnell in den Aufbau hinein. »Das war die Bank. Immer noch nichts.«

Kozlowski sprach fließend Polnisch, aber mit einem starken amerikanischen Akzent; seine Stimme klang verärgert: »Man kann doch nicht über anderthalb Milliarden transferieren, ohne Spuren zu hinterlassen!«

Hilarewicz breitete die Arme aus. »Die Überweisung ist über mehrere Banken gelaufen.«

»Du hattest doch schon eine Spur von Lasota.«

»Wir finden ihn, das ist nur noch eine Frage von Stunden. Versprochen.«

Kozlowski steckte sich eine Zigarette in den Mund. Nina holte sofort ein Feuerzeug hervor und zündete sie ihm an. »Ich will als Erster mit ihm sprechen«, sagte Kozlowski, den Rauch einsaugend.

»Natürlich.«

Der Generaldirektor der East Fund drehte sich um und betrat den Aufzug. Nina ließ Hilarewicz vor. Die Tür schloss sich hinter ihnen, der Aufzug fuhr nach unten.

»Ich wünsche ein Treffen mit dem Innenminister. Und mit dem Bankdirektor. So schnell wie möglich«, forderte Kozlowski.

»Ja, Herr Direktor.« Nina nickte eifrig.

Kozlowski wandte sich zum Spiegel an der Kabinenrückwand um und brachte seine von den Hubschrauberrotoren zerzausten Haare in Ordnung.

»Wenn das Geld und Lasota sich nicht innerhalb von ein paar Tagen finden, werden Köpfe rollen«, sagte er mit Nachdruck. »Haben wir uns verstanden?«

Hilarewicz wollte antworten, doch nach kurzem Zögern beschloss er, den Mund zu halten. Er hatte längst gelernt, dass schweigende Menschen sich des größten Respekts erfreuten, besonders in schwierigen Situationen.

»Ich habe Ewas Gesprächspartner identifiziert«, sagte Bożena leise, ohne den Blick vom Bildschirm ihres Laptops zu heben.

»Sag.« Stefan sah sie neugierig an.

»Włodek Kołosa, zweimal verurteilt, Betrug und Raubüberfall. Hat Kontakte zum kriminellen Milieu.«

»Verdammt!« Stefan sah Ewa an, die gerade die Halle betrat.

»Wirst du Karol Bescheid sagen?«, fragte Bożena.

»Klar. Wir müssen feststellen, was sie an diesen Kołosa weitergeleitet hat. Und wann«, sagte er mit unterdrückter Wut. »Installiere einen Filter auf ihrem Computer. Alles, was sie wegschickt und bekommt, soll über mich gehen. Ich ordne die Observierung von Kołosa an, und wir nehmen ihn fest, wenn wir genug wissen.«

»Und sie? Sollten wir sie nicht ausschließen? Oder auch festnehmen?«

»Ganz ruhig, dafür haben wir noch Zeit.«

Bożena nickte kurz, ihre Finger hämmerten energisch auf die Tastatur. Der Laptop an Ewas Arbeitsplatz schaltete sich ein, der Bildschirm blitzte hell auf. Stefan erhob sich und ging in die Wohnecke des Hangars, unterwegs schloss er den Deckel des leuchtenden Laptops.

Ewa stellte gerade eine Espressokanne auf den Herd. Stefan schob ihr Handy in die Tasche ihrer Jacke.

»Da hast du es wieder, aber schalt es besser aus.«

Sie lächelte dankbar. »Kommt nie wieder vor.«

»Klar.«

Stefan ging an ihr vorbei und trat auf den Gang. Er schloss die Tür hinter sich und wählte auf seinem Handy eine Nummer. »Karol? Möglicherweise haben wir den Maulwurf gefunden.«

Adam und Agata lagen im Bett, die Gesichter einander zugewandt; sie sahen sich direkt in die Augen. Sie hatten gerade ein leises Gespräch über Damian und Klaudias Forderung beendet. Adam hatte versprochen, Piotrs Fall nicht weiterzuverfolgen. Und gemeinsam hatten sie beschlossen, am nächsten Morgen zu Freunden zu fahren, die in den Masuren wohnten.

Adam fühlte sich ruhig und entspannt. Er rückte näher an Agata heran und begann, ihre Lippen und Augen zu küssen. Sie gab sich seinen Zärtlichkeiten hin, ihr Atem wurde schneller, genau wie seiner. Dann schlüpfte sie aus ihrem Nachthemd und schmiegte sich mit nacktem Körper an ihn.

Da klopfte es an der Tür. Adam erstarrte und wich ein wenig zurück. Agata beruhigte ihren Atem und nickte.

»Ja?«, rief er.

Rafał steckte seinen Kopf herein. »Schlaft ihr?«

»So ist es.« Adam hatte keine große Hoffnung, dass das genügen würde.

Rafał zögerte. »Sorry, Papa. Ich möchte, dass du dir etwas ansiehst.«

Adam bemerkte im Halbdunkel Agatas Lächeln. Sie wusste, dass er Rafał nichts abschlagen konnte.

»Jetzt? Bist du etwa mit dem ganzen *Assassin's Creed* durch?«, fragte er mit ironischem Unterton.

Die Zeit, die sein Sohn für Computerspiele vergeudete, war die einzige Quelle ihrer Auseinandersetzungen.

»Ach komm, ich würde dich wegen so einem Blödsinn doch nicht stören«, protestierte Rafał.

Adam seufzte. »Warte, ich komme gleich.«

»Danke.«

Rafałs Kopf verschwand hinter der Tür. Adam blickte in Agatas lachende Augen. »Schlaf nicht ein ... Wir haben noch etwas zu erledigen ...«

Agata hob den Kopf und küsste ihn auf den Mund. »Das hoffe ich. Beeil dich, ich warte.«

Adam betrat in Jeans und T-Shirt das Zimmer, das Rafał bezogen hatte. In Wahrheit machte es ihm Spaß, die Wünsche seines Sohnes zu erfüllen. Das war schon immer so, von dem Moment an, als er ihn zum ersten Mal gesehen hatte. Er hatte zu schwache Nerven, um bei seiner Geburt anwesend zu sein, außerdem brachte ihn Agata per Kaiserschnitt zur Welt. Die Krankenschwester kam mit dem in eine Decke eingewickelten Neugeborenen auf den Gang hinaus. Der Junge öffnete plötzlich die Augen und sah Adam an. Einige Sekunden lang betrachteten ihn die dunklen Pupillen mit dem aufmerksamen Blick eines reifen Menschen. Adam war geschockt.

Später beschrieb er seinen Freunden dieses Gefühl: »Als hätte mich eine alte Seele angesehen und gesagt: Aha, du bist also mein Vater. Na gut.« Dann schlossen sich die Augen, und der Junge schlief ein. Als er sie am nächsten Tag wieder öffnete, waren es schon die normalen Augen eines Neugeborenen, vernebelt und ohne Kontakt zur Umgebung. Die alte Seele begann das Leben eines Kindes zu führen.

Von diesem Augenblick an bekam Adams Leben einen neuen Sinn. Er beschloss, seine Arbeit und seine Karriere einem Ziel unterzuordnen: Rafał würde alles bekommen, was in seiner eigenen Kindheit gefehlt hatte – Liebe, Freundschaft, Verständnis, Akzeptanz, Toleranz. Und eine erstklassige Ausbildung.

Agata protestierte, wenn er Rafał verhätschelte, er hingegen fand, dass sie ein gutes Team bildeten – er in der Rolle des toleranten Vaters, sie die strenge Mutter. Er wollte nicht wahrhaben, dass seine Rolle sehr viel angenehmer war.

Dann fing er an, Karriere zu machen. *Schnelle, wichtige Gespräche* wurde sehr populär, und er zählte auf einmal zu den Promis, obwohl er diese Bezeichnung nicht leiden konnte. Er kam abends müde nach Hause, zu müde, um sich noch auf die Angelegenheiten seines Sohnes zu konzentrieren.

Agata warnte ihn davor, dem Druck des Erfolgs zu sehr nachzugeben und zunehmend aus Rafałs Leben zu verschwinden. Während ihrer nächtlichen Gespräche gab er ihr recht und versprach, etwas zu ändern. Doch dann ließ er sich wieder vom Sog der Termine, Interviews und Partys mitziehen.

Wie weit hatte er sich in den letzten Jahren von Rafał entfernt? Oder war das vielleicht ein ganz natürlicher Prozess? Ein Satz, den mal ein Professor der Psychiatrie gesagt hatte, fiel ihm ein: »Um frei zu sein, muss man seine Eltern töten.«

Er öffnete die Tür und sah Rafał über seinen Laptop gebeugt. Also geht es doch um ein Computerspiel oder irgendeinen Quatsch aus dem Internet, dachte er leicht irritiert.

Rafał drehte sich um, seine Augen glänzten. Adam kam näher, warf einen konzentrierten Blick auf den Laptop und zuckte vor Erstaunen und Unruhe zusammen. Auf dem Bildschirm sah er den Code, den Piotr auf dem U-Bahn-Ticket notiert hatte: »I. Vorname – 2, 4, 3, 2, 1, 6, 3, 3; II. Nachname – 1, 3, 2, 4, 3, 5, 1, 3, 5, 4; III. Spitzname – 1, 2, 4, 5, 6, 3, 1, 1.«

Rafał musste den Zettel, auf den er sich den Code zusätzlich notiert hatte, von seinem Schreibtisch genommen haben. Der verdammte Zettel – er hatte ihn völlig vergessen! Vielleicht hatten auch die Gangster ihn gefunden, die in ihrer Wohnung gewesen waren?

»Hast du etwa auf meinem Schreibtisch rumgeschnüffelt? Wo ist der Zettel mit dem Code?«, fragte er in scharfem Ton.

Rafał nahm ein zusammengerolltes Stück Papier vom Tisch und gab es seinem Vater.

»Entschuldige, Papa. Ich wollte ihn zurücklegen, aber dann ging das Ganze los, und ich habe es vergessen …« Rafałs Stimme klang unsicher. »Ich wollte den Tacker von deinem Schreibtisch nehmen, und der Zettel lag ganz oben … Und davor hatte ich dein Gespräch mit Mama gehört.«

»Okay, das reicht. Gut, dass er nicht in die Hände der Gangster gefallen ist. Ist das alles? Lösch den Code aus deinem Computer und geh schlafen. Wir fahren morgen früh wieder.«

Adam atmete erleichtert auf, zerzauste Rafałs dichtes Haar und machte einen Schritt in Richtung Tür.

»Die römischen Zahlen eins, zwei und drei bedeuten die Bankreihen in eurer Klasse«, sagte Rafał. »Die arabischen, zwei, drei, vier oder sechs, das sind die Nummern eurer Plätze in diesen Reihen. Wer saß also auf Platz zwei, vier, drei in der ersten Reihe. Wer auf Platz eins, drei, zwei, vier und wieder drei in der zweiten Reihe. Und so weiter, bis zum Ende des Codes – sechsundzwanzig Plätze. Wenn wir wissen, wer wo saß, haben wir die Vornamen, Namen und Spitznamen dieser Personen. Manche wiederholen sich …«

Adam drehte sich um und starrte wieder auf den Bildschirm. Wie war es möglich, dass er nicht selbst daran gedacht hatte?

»Verdammt, du hast recht.«

Rafałs Finger berührten die Tastatur, und auf dem Bildschirm begannen Ziffernreihen zu erscheinen.

»Ich habe natürlich hypothetische Daten eingegeben. Das heißt, die ersten Buchstaben von Vornamen, Nachnamen und Spitznamen erfunden. Ich habe dadurch eine Kette von Buchstaben bekommen. Jetzt schreibe ich diesen Buchstaben ihre Plätze im Alphabet zu, also Ziffern und Zahlen. Nehmen wir an, auf dem zweiten Platz in der ersten Reihe, von links gerechnet, saß Adam. A ist die Nummer eins im Alphabet. Auf dem dritten Platz saß Karol. K ist die Nummer elf. Ich gehe davon aus, dass dein Freund bei Doppelzahlen jeweils die zweite Ziffer genommen hat, weil sie stärker variiert. Am Anfang der Chiffre hätten wir also zwei Einser. Siehst du?«

Adam zählte schnell die Ziffern auf dem Bildschirm. Rafał sprach weiter: »Sechsundzwanzig, aus so vielen Ziffern besteht eine Kontonummer egal welcher polnischen Bank. Ich habe fiktive Angaben gemacht, aber es genügt herauszufinden, wer von euch wo saß. Vornamen, Nachnamen, Spitznamen.«

»Eine Chiffre, die nicht zu knacken ist. Niemand außer den Leuten aus meiner Klasse kann das wissen«, sagte Adam leise.

»Ja, nicht schlecht.« Rafał lächelte. »Außer, jemand geht auf diese Seite und überredet deine Klassenfreunde, bei dem Spiel mitzumachen. Aber für einen Fremden wäre das schwierig.«

Er berührte wieder die Tastatur. Auf dem Bildschirm erschien die Seite des Portals *Unsere Klasse.*

»Aus deiner Klasse haben sich hier sieben Personen eingeloggt. Aber weder du noch Damian. Karol und dieser Piotr auch nicht.«

Adam spürte einen Anflug von Unruhe. »Ich muss die sieben anrufen. Schreib mir die Namen auf.«

Rafał wölbte die Lippen zu einer geringschätzigen Grimasse auf. »Bleib cool. Denkst du, dass die Gangster sie schon gefunden haben? Woher hätten sie so ein Genie wie mich genommen? Schau.«

Auf dem Bildschirm erschien das Schema eines Klassenzimmers mit Bankreihen.

»Frag deine Kumpels nach den Namen und Spitznamen der anderen. Wir schreiben sie in die Bänke hinein und haben die Kontonummer.«

»Du bist genial!«

»Yes«, stimmte Rafał zu. »Wo hast du gesessen?«

Adam überlegte eine Weile. »Warte, das ist nicht so einfach. Jedes Jahr war es anders. Man hatte verschiedene Freunde, die Leute stritten und versöhnten sich wieder … Wir wechselten also unsere Plätze.«

»Und vor dem Abitur?«

»Woher weißt du, dass Piotr die Sitzordnung aus der Zeit vor dem Abitur genommen hat?«

»Weil er sich, genau wie du, an die anderen Jahre sicher nicht mehr erinnern konnte. Vor dem Abi hat man Stress, und alles Visuelle prägt sich besonders stark ein. Wir haben in der Schule Erinnerungstests gemacht, daher weiß ich das. Außerdem können wir einige Varianten ausprobieren und …«

»… bekommen dann einige Kontonummern, von denen eine die richtige sein wird«, beendete Adam den Satz und zeigte mit dem Finger auf den Umriss einer Klassenbank. »Vor dem Abitur – hier.«

Rafał schrieb in den Umriss den Namen »Wierzbicki« und unter das Bild des Klassenzimmers den Buchstaben W.

»Wer saß neben dir?«

»Iwona Brucker, Spitzname Lollobrigida.«

»Sie war richtig heiß, was?«

Auf dem Bildschirm erschien an entsprechender Stelle »Lollobrigida« und darunter der Buchstabe L.

»Kein Wort zu deiner Mutter.«

Rafał drehte sich mit einem breiten Lächeln um. »Mama wäre eifersüchtig auf eine Braut aus deiner Klasse?!«

»Ich habe ihr versprochen, mich nicht mehr in diese Sache einzumischen. Stattdessen ziehe ich dich auch noch da hinein.«

»Eine Verschwörung des Schweigens, klar. Wer saß vor dir?«

»Ich glaube, Karol. Ja, bestimmt. Karol Siennicki.«

Ein weiteres Wort erschien in einem Bankumriss, und der Buchstabe K unter dem Schema des Klassenzimmers.

Das Dunkel der anbrechenden Nacht wurde nur spärlich von den Straßenlaternen erhellt. Natalia saß auf der Untermauerung eines kaputten Zauns, hinter dem sich ein heruntergekommener Garten und ein altes Haus abzeichneten. Sie hatte Angst, im Dunklen weiterzugehen, aber ihr war auch nicht danach, ins Haus von Karols Mutter zurückzukehren. Sie öffnete ihren Rucksack, zog eines der beiden Sandwiches hervor, die sie sich für unterwegs gemacht hatte, und aß die Hälfte. Das zweite gab sie einem Schäferhund, der hinter dem Zaun hin und her lief. Zunächst hatte er sie angebellt, aber als er das Schinkenbrot in ihrer Hand sah, wurde er still.

Sie wischte sich gerade den Mund ab und versteckte die zerknüllte Kugel Alufolie im Rucksack, als sie hinter sich das Knacken von zertretenen Ästen hörte. Sie drehte sich um. Der Schäferhund wedelte mit dem Schwanz.

Hinter dem Gebüsch kam ein junger Mann von athletischem Körperbau hervor. Er hatte einen runden Kopf, der auf einem kurzen, breiten Hals saß. Er kam auf den Zaun zu und sah Natalia mit einem aufmerksamen Kinderblick an. Das Mädchen stand von der kleinen Mauer auf.

»Guten Tag. Ist das dein Hund?«

Der Mann nickte langsam. Er hatte jenen starren Blick, der für geistig zurückgebliebene Menschen typisch ist.

»Wie heißt er?«, fragte sie.

»Räuber.«

»Und du?«

»Ich bin Bronek. Bronek Wołowiec.«

»Sehr angenehm, Natalia Siennicka. Ist er wirklich ein Räuber?«

»Wirklich.«

»Ich habe aber keine Angst vor ihm.«

»Ich auch nicht.«

Bronek kam näher an den Zaun und packte den Hund am Ohr. Der Schäferhund winselte und versuchte sich zu befreien. Doch Bronek hatte einen starken Griff.

»Was machst du da?«, protestierte Natalia. »Du tust ihm doch weh! Lass los!«

»Na gut.«

Bronek ließ das Ohr des Schäferhundes mit einem schüchternen Lächeln los. Der Hund wedelte fröhlich mit dem Schwanz und leckte seine Hand ab.

»Ich kann ihm noch ein Sandwich geben«, schlug Natalia vor. »Ich habe überhaupt keinen Hunger.«

Bronek packte zwei Zaunlatten und zog sie auseinander. Natalia sah die Öffnung an und zögerte kurz.

»Wird er mich bestimmt nicht beißen?«

Bronek schüttelte den Kopf. Plötzlich hörten sie das Geräusch von Reifen auf nassem Asphalt und das Brummen eines Motors. In die Straße fuhr ein Polizeistreifenwagen hinein. Natalia zwängte sich schnell durch den Spalt im Zaun hindurch.

»Wir spielen Verstecken, ja?«, rief sie und rannte zwischen die Bäume.

Nach einigen Metern entdeckte sie eine Grube voller Laub und sprang hinein. Bronek und der bellende Schäferhund liefen ihr hinterher. Der Junge stieg in die Grube hinunter und setzte sich neben Natalia. Er schaute sie zufrieden an, wie ein Kind, das auf weitere Anweisungen wartet. Natalia spähte kurz hinaus, entdeckte den sich nähernden Streifenwagen und duckte sich auf dem Boden der Grube. Bronek machte ihre Bewegung nach. Sie kuschelten sich aneinander, Natalia legte den Finger auf den Mund. Der Streifenwagen fuhr langsam vorbei und entfernte sich.

Zweihundert Meter weiter hielt er neben einem schwarzen Passat. Karol und einer der Polizisten stiegen aus. Karol öffnete seine Brieftasche und zeigte seinen Dienstausweis.

»Guten Abend«, sagte er, »Oberst Karol Siennicki vom Verteidigungsministerium.« Er gab dem Polizisten die Hand. »Ich habe das vermisste Mädchen gemeldet. Natalia Siennicka, zehn Jahre alt, sie ist meine Tochter.«

»Aspirant Dariusz Bór«, stellte sich der jüngere Polizist vor. »Man hat mir gesagt, sie habe das Haus vor einer Stunde verlassen. Ist es noch nicht zu früh für eine Suchaktion, Herr Oberst? Vielleicht ist sie zu einem Geschäft gelaufen, um sich Süßigkeiten zu kaufen?«

»Natalia wohnt nicht in Komorów, sie ist nur bei ihrer Großmutter zu Besuch. Es ist fast Nacht. Und auf dem Weg hierher habe ich alle Einkaufsmöglichkeiten überprüft. Vielleicht sagen Sie mir, worauf ich warten soll?« Karols Stimme wurde mit jedem Satz schärfer.

Aus dem Fenster des Streifenwagens lehnte sich ein zweiter Polizist. »Regen Sie sich nicht auf, Herr Oberst. Wir tun, was wir können. Wir finden die Kleine. Ein Foto würde uns aber schon helfen.«

»Ich schicke eines per Mail an eure Zentrale.« Karol reichte dem ersten Polizisten seine Visitenkarte. »Rufen Sie mich bitte an, wenn es etwas Neues gibt. Danke.«

Der Polizist salutierte. »Natürlich, Herr Oberst. Auf Wiedersehen.«

Karol sah sich unruhig um, stieg in den Passat, schlug die Tür zu und fuhr los. Er wählte eine Telefonnummer. »Hast du etwas?«

Frau Siennicka ging schnell eine leere, von Laternen erleuchtete Straße entlang. Sie sprach mit brechender Stimme, ganz außer Atem vor Anstrengung, und drückte das Telefon fest ans Ohr. »Was heißt etwas? Sprich nicht in dieser Polizistensprache mit mir!«

»Vielleicht hat jemand sie gesehen?«, sagte Karol.

Sie hatte keine Kraft weiterzugehen und setzte sich auf einen umgeworfenen Betonpfeiler. Sie atmete schwer und fasste sich immer wieder ans Herz. »Die Menschen hier sind schlimmer als die Hunde, keiner beachtet den anderen. Ich kann nicht mehr … Das bringt mich um.«

Karol bog in die nächste leere Straße ein. Er spürte im Hals und Mund dieselbe Trockenheit, die er auf den Straßen von Bagdad oder in den Bergen von Afghanistan gespürt hatte. Dieselbe Angst und fast unerträgliche Anspannung der Sinne. »Wo bist du?«

»In der Mittleren Straße.«

»Bleib, wo du bist, ich hole dich da ab.«

Er streifte einen von Straßenlaternen erleuchteten Garten mit seinem Blick. Dann beschleunigte er und bog an der nächsten Kreuzung ab. Aus dem Lautsprecher ließ sich wieder die Stimme seiner Mutter vernehmen. Sie war dem Weinen nahe.

»Karol …«

»Ja?«

»Wenn Natalia etwas zustößt … überlebe ich das nicht.«

»Erzähl keine Dummheiten. Sie hat sich versteckt, um dich zu ärgern. Wir finden sie bald. Habt ihr euch wegen irgendwas gestritten?«

»Nein, ich schwöre es.«

»Ich glaube dir.«

Bożena und Stefan standen im Flur des Hangars. Während sie sich unterhielten, beobachteten sie den Hauptsaal durch die offene Tür. Sie konnten auch die an ihrem Platz arbeitende Ewa sehen.

Stefan spürte die Wut in sich aufsteigen – auf sich selbst und auf Karol, dessen Abwesenheit ihn zwang, im Alleingang eine schwierige Entscheidung zu treffen. Er musste seine Sympathie für Ewa vergessen; er durfte nicht zulassen, dass ihre Operation kaputtgemacht wurde, noch bevor sie richtig losgelegt hatten. Er konnte immer noch nicht glauben, dass gerade sie die Verräterin war – nach drei Jahren ausgezeichneter Zusammenarbeit, während der sie sich angefreundet und einander vertraut hatten. Sie waren zu einer Familie geworden, allen Vorschriften zum Trotz.

Die Stille wurde immer länger.

»Was machen wir?«, fragte Bożena ungeduldig.

»Wir warten auf Karol«, antwortete Stefan.

Er wusste, dass Bożena das nicht zulassen würde.

»Und wenn sie wirklich diejenige ist, die unsere Informationen weitergibt? Wir finden Lasotas Spur, und die Gangster erwischen ihn trotzdem zuerst.«

Stefan unterdrückte seine Abneigung gegen Bożena und ihren beamtenmäßigen, trockenen Stil. Sie war das Gegenteil der lustigen, charmanten Ewa.

»Karol soll entscheiden.«

Bożena packte Stefan am Arm und drehte ihn zu sich um. »Versteck dich nicht hinter Karol, er ist nicht da. Und die ganze Operation könnte scheitern. Ich finde es auch unfassbar, dass Ewa der Maulwurf ist. Aber die Fakten sind, wie sie sind. Offenbar wurde sie von denen gekauft. Angeblich hat sie finanzielle Probleme.«

»Woher weißt du das?«

»Stefan, hör auf, Fragen zu stellen, die zu nichts führen. Ich habe jedenfalls die Absicht zu handeln.«

Bożenas scharfe Stimme holte Stefan in die Realität zurück. »Moment mal, sei nicht so voreilig«, sagte er im Ton eines Vorgesetzten. »Während Karols Abwesenheit habe ich hier das Kommando. Ohne mich machst du gar nichts.«

»Dann sperr sie ein! Worauf wartest du?«

»Sperr sie ein? Du hast sie wohl nicht alle. Ohne handfeste Beweise? Aufgrund von Indizien? Ohne die Erlaubnis von Karol oder sogar von Kowal? Ich werde mit Ewa sprechen – sie soll mir alles erklären. Vielleicht suspendiere ich sie.«

»Und dann was?« Bożenas blasse, gewölbte Augen hinter der Brille erinnerten an die Augen eines Fisches im Aquarium. »Punkt elf der Dienstordnung: Wenn während einer Sonderoperation einer der an ihr beteiligten Agenten feststellt, dass sein …«

»Ich kenne die Dienstordnung, verflucht!« Stefan explodierte, vergaß aber nicht, leise zu sprechen.

Bożena wartete schweigend. Es war klar: Wenn er nichts unternahm, würde sie es tun – und sie würde das Recht dazu haben. Stefan biss die Zähne zusammen, ging zu einem kleinen Metallschrank an der Wand und öffnete eine Schublade, auf deren Boden Handschellen lagen. Er nahm ein Paar heraus und schob es sich hinter den Hosengürtel am Rücken.

»Misch dich nicht ein.«

Bożena ging von der Tür weg. Stefan steuerte auf die Arbeitsplätze zu, dabei berührte er unwillkürlich den Kolben seiner Pistole, die im Halfter unter seiner Jacke versteckt war. Er blieb hinter Ewas Arbeitsplatz stehen.

»Kann ich dich kurz sprechen?«

»Ja, einen Moment«, sagte Ewa, ohne den Blick von ihrem Computer abzuwenden.

Stefan warf einen Blick auf den Bildschirm ihres Laptops. Für den Fall, dass Ewa eine verdächtige Verbindung unterbrechen sollte, musste er sich jede Einzelheit einprägen. Er konnte sehen, dass sie ins Archiv der Privatklinik eingebrochen war und Zugang zur Patientenliste hatte.

»Lasota habe ich noch nicht gefunden«, sagte Ewa und schloss das Fenster mit der Liste. »Was gibt's?«

Stefan zeigte wortlos auf den Ausgang. Er versuchte, sich nichts anmerken zu lassen, doch er wusste, dass Ewa zu gut ausgebildet war, um die Bedrohung nicht zu erkennen. Auch Krzysztof und Janusz hatten die Spannung bemerkt und schauten beunruhigt auf. Die zu ihrem Arbeitsplatz zurückkehrende Bożena ging an allen vorbei, ihre und Ewas Augen trafen sich für einen Moment. Stefan stieß im Stillen einen Fluch aus – Bożenas Blick war voller Misstrauen und Feindseligkeit. Er sah, dass Ewas Schultern zitterten.

Im Flur befahl er ihr, neben dem Eingang zu einem kleinen Magazinraum stehen zu bleiben. Er schloss die Tür auf und forderte sie mit einer Kopfbewegung auf hineinzugehen. Ewa trat an die Schwelle, drehte sich um und sah ihm in die Augen.

»Was ist denn, Stefan?«

»Geh hinein, bitte.«

Sie betraten den Magazinraum. Stefan spürte, dass Ewas Körper angespannt war, einsatzbereit. Er erinnerte sich an ihre Fähigkeiten im direkten Kampf. Er machte die Tür zu und blieb stehen. Sie waren drei Meter voneinander entfernt – er hatte genug Zeit, um im Falle ihres Widerstands die Pistole aus dem Halfter zu ziehen.

»Gib mir bitte deine Waffe«, sagte er mit unnatürlich ruhiger Stimme.

Ewas Augenlider und Wangen erzitterten. »Stefan …«

»Deine Waffe, Ewa!«

Er legte die rechte Hand auf den Kolben der Pistole unter seinem Arm. Ewa rührte sich nicht.

»Sag mir zuerst, wie die Vorwürfe lauten.«

Stefan riss die Pistole aus dem Halfter, entsicherte sie und zielte auf ihre Brust.

»Deine Pistole! Das ist ein Befehl!«

Ewa presste die Lippen zusammen. Sie nahm langsam den Pistolenhalfter ab, der unter ihrem Arm hing, und legte ihn auf den Fußboden.

»Also gut, ich habe gelogen … Es war kein Arzt«, sagte sie, ohne den Blick von Stefans Augen abzuwenden.

Stefan machte einen Schritt auf sie zu und hob ihren Pistolenhalfter auf. Dann zog er die Handschellen hinter dem Gürtel hervor.

»Also nein … Jetzt gehst du wirklich zu weit!« Ewa wich einen Schritt zurück.

»Deine Hände!«, sagte Stefan, tat einen weiteren Schritt nach vor und streckte den Arm aus, um Ewas Handgelenk zu ergreifen.

Ewa stand reglos da, mit gesenkten Armen. Stefan griff nach ihrem Handgelenk, doch in dem Moment packte Ewas andere Hand seinen Unterarm, hebelte ihn mit einer blitzschnellen Bewegung aus und warf ihn zu Boden. Er stöhnte vor Schmerz und versuchte, sich loszureißen. Er trat mit dem Fuß gegen Ewas Knie, doch sie saß bereits auf ihm und würgte ihn mit einem tödlichen Griff am Hals.

»Hör auf«, röchelte er. Er spürte, dass er gleich das Bewusstsein verlieren würde.

Sie lockerte ein wenig den Griff, doch er konnte sich immer noch nicht bewegen.

»Zuerst sagst du mir, wessen man mich beschuldigt«, sagte Ewa, den Kopf ganz nahe an seinem Ohr.

Hinter ihr ertönte Bożenas scharfe Stimme.

»Es reicht! Lass ihn los!«

Ewa wich zurück und setzte sich auf den Fußboden. Stefan erhob sich unsicher, während er seine schmerzende Kehle massierte. Bożena stand in der offenen Tür und zielte mit ihrer Pistole auf Ewas Kopf.

»Lass das, schieb sie weg.«

Erst jetzt bemerkte Stefan, dass Ewa seine Pistole an ihrer Hüfte hielt. Er hatte den Moment, in dem sie ihm die Waffe wegnahm, gar nicht registriert.

»Zwing mich nicht …«, sagte Bożena in warnendem Ton.

Ewa legte die Waffe auf den Fußboden und schob sie von sich weg. Stefan hob sie sofort auf.

»Bitte … Ich kann alles erklären …«, sagte Ewa leise.

Bożena ging auf sie zu und schlug ihr mit dem Pistolenlauf auf die Schläfe. Ewas Augen rollten nach hinten, und sie sank mit kurzem Röcheln zur Seite.

»Verfluchte Scheiße! Bożena!«, rief Stefan. »Das war wirklich nicht nötig!«

Er kniete sich schnell neben Ewa hin und berührte mit den Fingern ihre Halsschlagader. Er ertastete den Puls und atmete erleichtert auf.

»Bedank dich lieber für dein Leben«, sagte Bożena. »Und ruf Karol an, worauf wartest du? Er sollte besser hier sein, findest du nicht?« Während sie das sagte, drehte sie Ewa auf die Seite und schnappte die Handschellen an ihrem Rücken zu.

Stefan holte wortlos sein Handy hervor. Mit einem Blick auf die bewusstlose Ewa wählte er die Nummer.

»Ja?«, ertönte im Telefon Karols Stimme.

»Du solltest besser hier sein«, sagte Stefan.

Der Passat fuhr durch Komorów, bog scharf von einer Gasse in die nächste ab. Frau Siennicka saß auf dem Beifahrersitz, den starren Blick auf den vom Fernlicht ausgeleuchteten Asphalt gerichtet.

»Was ist los?«, fragte Karol.

»Wir haben Ewa verhaftet«, sagte Stefans Stimme.

Karol schaltete schnell den Knopf des Empfangs um und drückte das Telefon ans Ohr.

»Was sagst du da?«

Stefan sprach in gleichmäßigem, dienstlichem Ton, doch mit deutlich hörbarem Zögern.

»Ich habe sie erwischt, als sie mit ihrem privaten Handy telefonierte. Sie behauptete, sie hätte ihren Arzt angerufen. Bożena hat die Nummer überprüft. Es war das Telefon eines registrierten Kriminellen.«

Karol schwieg einige Sekunden lang. Er musste sich gedanklich auf das Gehörte einstellen, also Natalia für einen Moment vergessen. Ewa war die letzte Person, die er verdächtigt hätte.

»Hast du sie befragt? Irgendeine Erklärung von ihr bekommen?«

»Es gab einen kleinen Kampf. Bożena hat ihr auf den Kopf geschlagen.«

»Was? Seid ihr verrückt geworden? Und was macht ihr mit Ewa jetzt?« Karol warf einen Blick auf seine Mutter; er sprach aber weiter, leise und mit Anspannung. »Du bist weder ein Untersuchungsoffizier noch ein Staatsanwalt. Konntest du nicht ganz normal mit ihr reden?«

»Ewa wollte ihre Waffe nicht abgeben und hat sich auf mich geworfen ... Sie kommt schon zu sich, ist nur etwas betäubt«, rechtfertigte sich Stefan. »Der Dienstordnung gemäß ...«

»Unternimm nichts mehr«, sagte Karol. »Warte auf mich.«

Er legte auf und wandte sich an seine Mutter: »Ich muss nach Warschau zurück. Natalia ist nicht in Komorów, wir hätten sie schon gefunden. Ich bringe dich nach Hause.«

»Es ist meine Schuld«, sagte sie mit dumpfer Stimme, ohne den Blick von der Straße abzuwenden.

Karol dachte kurz über die Antwort nach. »Nein, Mutter. Mir ist einfach nicht in den Sinn gekommen, dass Natalia eine solche Nummer abziehen könnte.«

Er sah seine Mutter an. An ihrem Gesicht waren sehr verschiedene, wenn auch unterdrückte Emotionen abzulesen.

»Ich hätte nicht zulassen dürfen, dass sie bei mir bleibt. Ich wusste ja, wie sie erzogen ist.«

Also wieder dieselbe Leier. Es ging nicht um Reue, sie wollte nur wieder ihn beschuldigen.

»Vielleicht hätte es genügt, ihr etwas Interesse zu zeigen … von Gefühlen ganz zu schweigen«, sagte er.

Frau Siennicka wandte sich ihrem Sohn mit Wut in den Augen zu. »Du bist ihr Vater … Es ist deine Erziehung. Und die deiner außergewöhnlichen Frau.«

Karols Hände umklammerten das Lenkrad fester. Er bremste vor dem Gartentor so scharf, dass seine Mutter sich am Armaturenbrett abstützen musste. Er wandte sich zu ihr um. »Ich habe dich schon mehrmals gebeten: Lass Anna in Ruhe.«

»Und ich habe dich vor zwölf Jahren gebeten: Sieh dir die Frau, an die du dich binden willst, genau an. Du kanntest sie nicht. Und kennst sie immer noch nicht.«

Beide sprachen heftig, ihre Augen funkelten vor Zorn.

»Was kannst du schon darüber wissen? Vierzig Jahre lang hast du mit Vater wie auf zwei durch eine gläserne Wand getrennten Seiten gelebt.«

»Aber wir waren loyal zueinander«, stieß Frau Siennicka wütend hervor.

Sie zerrte an der Türklinke, stieg aus dem Wagen, schlug die Tür zu und ging auf das Gartentor zu. Karol ließ das Fenster hinunter und holte tief Luft. »Mutter, ich bitte dich … Streiten wir nicht, wir müssen sie finden. Zusammen. Ich werde mich in Warschau erkundigen. Natalia könnte zu mir oder zu Anna gefahren sein. Und bitte – leg dich nicht schlafen, so lange du kannst. Wenn sie sich in Komorów versteckt hat, kommt sie irgendwann zurück.«

»Denkst du, dass ich jetzt einschlafen könnte? Dafür habt ihr beide gesorgt, dass mir das unmöglich wird.«

Nachdem sie das gesagt hatte, schloss sie das Gartentor von innen und ging auf das Haus zu. Karol sah ihr mit demselben Gefühl der Ratlosigkeit nach, das er von Kind an nach jedem Streit mit ihr empfand. Nach einer Weile legte er den Gang ein und fuhr los.

Maria Siennicka drehte sich in der Haustür um und sah hinter dem wegfahrenden Passat her. Sie hatte Tränen in den Augen – dieses Zeichen von Schwäche erlaubte sie sich erst jetzt.

Der Passat kam auf die Landstraße, die nach Warschau führte. Karol wählte eine Nummer auf der Tastatur am Lenkrad. Nach einer Weile ertönte im Wagen Stefans Stimme: »Da bin ich.«

»Ich habe eine Bitte an dich.« Er versuchte gar nicht, seine Verlegenheit zu verbergen. »Natalia, meine Tochter … ist aus dem Haus ihrer Großmutter in Komorów weggelaufen. Sie kann zu mir oder zu Anna gefahren sein. Schick bitte jemanden in unsere Wohnungen.«

»Klar. Gleich fährt einer hin. Soll er dort auf sie warten?«

»Aber diskret. Ich sollte da nicht unsere Leute hineinziehen.«

Diesmal hatte Stefans Stimme keinen dienstlichen Ton. »Mach dir keine Sorgen, wir finden sie.«

»Danke.« Karol machte eine kurze Pause, um beide Dinge voneinander zu trennen. »Was ist mit Ewa?«

»Sie kommt langsam zu sich.«

»Schick ein paar Leute dorthin, wo Adam ist. Sie sollen auf ihn aufpassen, bis ich komme.«

»Verstanden, ich schicke welche hin.«

»Ich bin in einer halben Stunde da.«

Karol schaltete das Telefon aus. Er griff ins Handschuhfach, holte das Blaulicht heraus, öffnete das Fenster und befestigte die Lampe auf dem Dach.

Der Passat beschleunigte und fing an, die zur Seite fahrenden Autos zu überholen; die Langsamen trieb er mit der Hupe an.

Stefan saß auf einem Hocker und sah die bewusstlose Ewa an, die auf zusammengerollten Schlafsäcken lag. Bożena versuchte, sie mit kaltem Wasser wachzukriegen.

Jemand drückte die Klinke hinunter, dann ertönte an der Metalltür des Magazins ein leises Klopfen. Bożena deckte Ewa mit einer Wolldecke zu. Stefan öffnete die Tür und ging in den Flur hinaus. Vor ihm stand Krzysztof.

»Hast du Ewa gesehen? Ich kann sie nirgendwo finden, brauche aber die Daten für den Satelliten.«

Krzysztofs Stimme war ruhig, doch Stefan hörte die Anspannung heraus. Warum macht sich Krzysztof Sorgen um sie?, schoss es ihm durch den Kopf. Er scheuchte den Gedanken weg, dass er mit Ewa unter einer Decke stecken könnte.

»Ich habe sie in die Zentrale geschickt. Kowal hat einen direkten Verbindungsmann verlangt. Alte Gewohnheiten.«

»Wird Ewa nicht mehr hier arbeiten?«

»Sie ist unser ›Verbindungsmann‹, und sie kommt bald zurück«, entgegnete Stefan. »Bożena gibt dir die Daten. Wir holen nur ein paar Sachen aus dem Magazin und schließen euch gleich an.«

»Okay, ich warte.«

Krzysztof drehte sich um und ging in Richtung Halle. Stefan zog sich ins Magazin zurück und schloss die Tür. Er war sich nicht sicher, ob Krzysztof ihm geglaubt hatte.

»Wir müssen dafür sorgen, dass sie zu sich kommt, und sie in den anderen Hangar bringen«, sagte er zu Bożena.

Ewa stöhnte auf und öffnete die Augen.

Das Licht der Straßenlaternen drang nur spärlich in den dunklen, verwahrlosten Garten. In zwei Fenstern der Vorkriegsvilla leuchteten nackte Glühbirnen – man konnte sie durch die schmutzigen Scheiben ohne Vorhänge sehen.

Natalia saß auf einer Bank in der heruntergekommenen Gartenlaube. Sie hatte sich nach vorn gebeugt und streichelte den Kopf des Schäferhunds, der zu ihren Füßen lag. Bronek hockte an der Schwelle der Laube, ohne seinen neugierigen Blick von dem Mädchen abzuwenden. Nach einer Weile richtete sich Natalia auf, sah ihn an und seufzte. »Ehrlich gesagt, weiß ich nicht, was ich machen soll.«

»Ich weiß es auch nicht.«

»Ich will nicht zur Großmutter zurück. Ich weiß nicht, worüber ich mit ihr reden soll.«

Bronek nickte mit dem schweren Kopf und wartete schweigend. Durch Natalias Körper ging ein Zittern. »Ich habe ein wenig Hunger. Und mir ist kalt.«

»Kalt«, wiederholte Bronek. »Es ist kalt.«

Sie sah ihn voller Hoffnung an. »Würdest du mir einen Tee machen?«

»Wir trinken Tee«, sagte Bronek, erhob sich von der Schwelle und streckte den Arm aus.

Natalias Hand verschwand in Broneks Pranke. Sie gingen gemeinsam in Richtung Haus. Der Schäferhund lief ihnen hinterher.

Der Regen hörte auf, im Zimmer war es hell vom Licht des Mondes, der hinter den schweren Wolken hervorgekommen war. Adam lag auf der Seite und betrachtete die schlafende Agata. Sie öffnete und schloss langsam die Lippen, ihre Augäpfel bewegten sich unter den Lidern. Am liebsten wäre er jetzt in ihrem Traum, um ihre geheimen Gedanken und Wünsche zu erfahren. Wie viel Platz nahm er dort ein?

Er hatte immer den Eindruck, dass Agata undurchdringbare Geheimnisse in sich trug. Plötzlich wurde ihm bewusst, dass er sie nie gefragt hatte, ob sie mit ihm glücklich war. Er nahm es ganz selbstverständlich an, weil er mit ihr glücklich war. Vielleicht verbarg sich die Antwort in ihren Träumen. Es wäre wunderbar, wenn Menschen, die miteinander lebten, auch zusammen träumen könnten. Die Neurologen der Zukunft werden bestimmt dafür sorgen.

Adams Augen schlossen sich langsam, seine Gedanken glitten in den Schlaf hinüber. Ein energisches Klopfen an der Tür holte ihn in die Wirklichkeit zurück. Er öffnete die Augen und sah, dass Agata auch aufgewacht war. »Ja, bitte«, sagte er.

Die Tür ging auf. Klaudia kam ins Zimmer, bekleidet mit einem langen Pulli, den sie am nackten Körper trug. Sie war nervös und verängstigt.

»Ihr müsst sofort fahren«, sagte sie mit Nachdruck.

Agata und Adam setzten sich beunruhigt auf.

»Du sagtest, morgen früh.«

Im Mondlicht wirkte Klaudias Gesicht kreidebleich.

»Vor wenigen Minuten hat mich das Telefon geweckt ... Ich habe Damians Gespräch mitgehört. Er hat jemandem bestätigt, dass ihr immer noch hier seid.«

Adam wurde wieder ruhiger. »Vermutlich hat Karol angerufen.«

»Es war nicht Karols Stimme«, verneinte Klaudia. »Damian hat im Arbeitszimmer telefoniert, ich hab im Schlafzimmer mitgehört. Ich hatte Angst, dass er sich wieder Drogen beschafft. Doch derjenige, mit dem er sprach, behandelte ihn wie ... ich weiß nicht ... wie ein Arzt einen Patienten.«

Adam setzte sich auf die Bettkante und griff nach seiner Jeans, die auf einem Stuhl lag.

»Was erzählst du da! Welcher Arzt würde mitten in der Nacht nach uns fragen?« Er zog Jeans und Hemd an und berührte mit beruhigender Geste Agatas Unterarm: »Mach dir keine Sorgen, ich kläre das mit Damian.«

Er verließ das Zimmer. Klaudia sah Agata angespannt an. »Weck Rafał, packt eure Sachen und fahrt los. Sofort!«

Sie drehte sich um und ging Adam nach.

Adam war schon im Erdgeschoss, doch beim Klang der schnellen Schritte auf der Treppe blieb er stehen. Klaudia lief die Stufen hinunter und baute sich vor ihm auf. Sie sprach leise, mit Wut in der Stimme, aber auch mit Resignation. »Ich habe euer Gespräch gehört.«

»Welches Gespräch?«, fragte Adam, obwohl er die Antwort kannte.

»Gestern Abend ... Damian hat sich dir anvertraut. Er hat manchmal solche Anfälle ... Dorota will ihn nicht sehen. Dabei hat sie ihn zu den Drogen gebracht. Stellte zu hohe Ansprüche … Selbst hat sie keine Karriere gemacht, also wollte sie an der Seite ihres Mannes glänzen. Eine furchtbare Frau … Damian kann sich nicht von ihr befreien, aber er braucht dringend Normalität. Die habe ich ihm gegeben … Und das ist seine einzige Chance.«

Adam spürte einen Anflug von Irritation, er hatte genug von Damians Problemen. »Was hat das mit dem Anruf zu tun?«

Klaudia legte die Hand auf seinen Unterarm. »Sei nicht wütend … selbst wenn er etwas Dummes getan hat. Vielleicht hat er den Druck nicht ausgehalten … Ihr verschwindet, und er fängt wieder an, Drogen zu nehmen. Oder flüchtet sich zu Dorota.«

Adam machte einen Schritt in Richtung Salon. Klaudia krallte sich an seinem Arm fest. »Ich bitte dich!«

»Vielleicht kann ich zuerst erfahren, worum es geht. Du erlaubst?«

Adam befreite seinen Arm, drehte sich um und betrat den Salon. Klaudia presste ihren Körper an die Wand, sie zitterte vor Unruhe.

Damian saß in einem seidenen Schlafrock mit chinesischem Drachenmuster in einem tiefen Sessel vor dem Kamin und rauchte eine Zigarette. Er sah den hereinkommenden Adam kurz an.

»Klaudia hat es dir gesagt«, stellte er in gleichgültigem Ton fest.

Adam blieb vor seinem Sessel stehen und sah auf ihn hinab. »Was hast du getan? Wer hat dich angerufen?«

Damian wandte den Blick ab, er starrte den erkalteten Kamin an.

»Dieser Mann«, antwortete er leise.

»Welcher Mann? Damian, was hast du genommen?«

Die Zigarette glitt aus Damians Fingern. Er rollte sich im Sessel in Embryonalstellung zusammen, mit den Knien am Kinn.

Adam hatte plötzlich das Gefühl, dass er wusste, von wem Damian sprach. Es war ein flüchtiger Gedanke, den er nicht begreifen konnte; er fühlte nur, dass er ihn mit etwas Bösem assoziierte. Und mit Angst. Als würde er sich für einen Moment an einem anderen Ort und in einer anderen Zeit befinden, abhängig von einem fremden Willen. Und als wäre er gezwungen, eine gefährliche Wahrheit über sich selbst zu enthüllen.

Er verscheuchte den Gedanken, und die Angst verwandelte sich in Zorn und holte ihn in die Realität zurück – er stand wieder vor dem verängstigten Damian. Er hob sein Kinn und zwang ihn, in seine Augen zu sehen. »Sprich mit mir. Wem hast du von uns erzählt?«

Damians Blick wich ihm aus, sein Atem wurde schneller.

»Verflucht, nun sag schon, sonst schlage ich dich«, stieß Adam hervor.

Jemand packte ihn plötzlich und zog ihn weg. Klaudia kniete sich vor dem Sessel nieder und legte ihre Arme um Damian. »Lass ihn!«, rief sie verzweifelt. »Siehst du nicht, dass er krank ist?!«

Damian starrte vor sich hin, mit Tränen in den Augen, und sprach leise, mit unnatürlicher Ruhe: »Ich habe nichts genommen … Es ist dieser Mann. Ich weiß nicht, was mit mir los ist, wenn er anruft.«

Klaudia setzte sich auf die Sessellehne und begann, über seine Haare und Wangen zu streicheln. Sie schützte ihn mit ihrem Körper vor Adam.

»Ruhig, Liebster, ganz ruhig … Ich vertraue dir. Alles wird gut.« Sie wandte sich zu Adam um. »Fahrt schon. Ihr hättet gar nicht herkommen sollen. Wer hat euch geschickt? Dorota, ja? Gib es zu.«

»Gott, Damian …«, sagte Adam ratlos.

Er drehte sich um, verließ den Salon und ging wieder nach oben. Damian sah Klaudia mit tränenerfüllten Augen an. »Ich habe nichts getan … Das war nicht ich.«

Klaudia umfasste mit beiden Händen seinen Kopf, drückte ihn an sich und fing an, in sein Ohr zu flüstern: »Schschsch … Ich bin bei dir … Du bist wunderbar, talentiert, klug … Ich liebe dich … Du gehörst mir!«

Die Fenster waren dicht verhängt, das bescheiden eingerichtete Zimmer wurde nur von einer kleinen Nachttischlampe erleuchtet. In einer auf dem Fußboden stehenden Plastikschüssel lag eine blutdurchtränkte Bandage. Maciek hängte einen neuen Tropf hin, setzte sich ans Bett und brachte an Piotrs Handgelenk ein Blutdruckmessgerät an. Die Augen des Verletzten öffneten sich langsam, eine Weile verfolgten sie Macieks Bewegungen, dann ruhten sie auf der daneben stehenden Anna. Sie lächelte aufmunternd. »Wie fühlst du dich?«

»Wo bin ich?«, fragte Piotr zurück.

»Bei Maciek. Du bist nicht mehr in Gefahr.«

»Seid einen Moment lang still.« Maciek sah sie irritiert an.

Seine Frau kam mit einer dampfenden Schüssel heißen Wassers herein. Sie stellte sie ans Bett und hob die andere mit der blutdurchtränkten Bandage auf. Kurz betrachtete sie das Blut.

»Habt ihr die Polizei angerufen?«, fragte sie.

Anna schüttelte den Kopf. Maciek knöpfte Piotrs Hemd auf und legte ein Stethoskop an seine Brust. Eine Weile herrschte Schweigen. Maciek zog eine vorbereitete Spritze mit gelber Flüssigkeit hervor.

»Sagt mir, was los ist. Ich höre nur, dass jemand euch verfolgt und dass es eine Schießerei gab.« Die Stimme von Macieks Frau wurde mit jedem Wort lauter und ganz laut, als sie ihren Mann direkt ansah. »An unsere Kinder hast du nicht gedacht? Auf was lässt du dich da ein, Maciek?«

Piotr bewegte sich unruhig auf dem Bett, versuchte, mit einer Geste Macieks Reaktion zuvorzukommen. Er sprach mit Mühe, machte Pausen.

»Es ist meine Schuld. Du hast recht, Magda … du solltest es erfahren. Ich stehe der polnischen Niederlassung einer amerikanischen Firma vor und bin einer hässlichen Sache auf die Spur gekommen. Es wäre aber sicherer für euch, nicht zu wissen, was für einer. Ich habe mich an Karol gewandt, und er …«

»Karol Siennicki?«, warf Magda ein.

Piotr nickte und sprach weiter: »Karol sagte, er würde sich um die Sache kümmern. Dann aber wurde ich entführt und zusammengeschlagen. Die Gangster dachten wohl, ich wäre nicht mehr imstande, mich zu bewegen. Ich kroch auf einen Balkon hinaus und ließ mich aus dem zweiten Stock fallen, auf einen Heckenzaun. Ich wollte sterben … nur damit diese Schläge aufhören. Passanten haben einen Krankenwagen gerufen.«

»Sprich nicht so viel, ruh dich aus«, bat Anna mit leiser Stimme.

Wieder machte sich Schweigen breit. Maciek band Piotrs Arm mit einem Gummischlauch ab und stach die Nadel hinein.

»Meine Firma hat einen langen Arm«, fuhr Piotr nach einer Weile fort. »Ruft die Polizei nicht an. Ohne euch …«

»Sie finden uns doch aufgrund des Autokennzeichens«, unterbrach ihn Magda. »Habt ihr daran nicht gedacht?«

»Das ist nicht so einfach«, sagte Anna. »Nur die Polizei hat Zugang zu den Registrierungen. Das weiß ich von Karol.«

»Und wenn die Gangster dort jemanden haben?«

Keiner sagte etwas. Magda nickte einige Male mit dem Kopf. »Ihr habt mich sehr beruhigt.«

Anna wandte sich zu ihr um. »Ich bitte dich ... gönnen wir Piotr etwas Ruhe.«

»Maciek, ich möchte mit dir sprechen«, sagte Magda und ging zur Tür. Maciek folgte ihr. Anna setzte sich aufs Bett und legte ihre Hand auf die von Piotr, ihre Finger flochten sich ineinander. Piotr lächelte, seine Augenlider begannen zuzufallen. »Von mir aus können wir sofort weiterfahren«, sagte er mit schläfriger Stimme.

»Schlaf.«

Er streckte die Hand aus und berührte ihr Gesicht. »Du bist sehr schön.«

Anna schmiegte ihre Wange an seine Hand. Dann beugte sie sich vor und küsste ihn auf den Mund. Als sie sich aufrichtete, war Piotr bereits eingeschlafen.

Magda schloss die Tür hinter Maciek. »Was macht Anna mit Piotr?«

Maciek zuckte die Achseln. »Ich habe keine Ahnung.«

»Hast du gesehen, wie sie seine Hand hielt? Sie ist doch Karols Frau.«

Maciek zögerte die Antwort hinaus. Er ging an Magda vorbei, drehte den Wasserhahn auf und begann, sich die Hände zu waschen. »Ich bin kein Moralapostel, sondern Arzt. Und ein Freund von Piotr.«

»Und von Karol.«

»Was soll ich sagen? Frag sie doch selbst.«

Magda dachte eine Weile über seine Antwort nach. »Du bist Arzt, aber unsere Wohnung ist kein Krankenhaus! Willst du morgen mit deinem durchlöcherten Wagen zur Arbeit fahren, als wäre nichts gewesen? Und was machst du, wenn die Gangster heute Nacht an unsere Tür klopfen?« Sie sagte das alles in einem Atemzug. Dann holte sie tief Luft, als würde sie gleich ersticken. »Wenn Anna und Piotr morgen früh immer noch da sind, rufe ich die Polizei, das verspreche ich dir. Hörst du?«

Maciek hob den Blick und sah sie an. »Verzeih mir, ich konnte nicht anders. Piotr hätte für mich dasselbe getan. Und auch Karol, Adam, Damian … und die anderen. Jeder von uns. Verstehst du?«

»Und wenn es Karol war, der Piotr die Gangster auf den Hals geschickt hat? Als Rache für Anna?« Magda streckte die Hand aus und klopfte an Macieks Stirn. »Ist dir das schon in den Sinn gekommen?«

Der Mond hing tief am Horizont. Die aus dem Westen heranziehenden dunklen Wolken verdeckten die verblassenden Sterne. Über einer offenen Wiese im Osten war ein heller Himmelsstreifen zu sehen. Adam, Agata und Rafał verließen das Haus, jeder mit einer Reisetasche in der Hand.

»Und wohin jetzt?«, fragte Agata in einem angriffslustigen Ton. »Hast du noch einen anderen loyalen Klassenkumpel?«

Adam wartete ab, bis Rafał seine Tasche in den Kofferraum geschoben hatte, dann verstaute er dort die beiden anderen.

»Ich rufe Karol an.«

Agata schüttelte den Kopf. »Wir fahren zur Polizei, es ist genug.«

»Karol …«, begann Adam.

»Ich will nichts von Karol hören«, unterbrach ihn Agata. »Und auch nicht von Damian oder Piotr. War einer von ihnen je normal? Was war das für eine Klasse? Eine für emotional Gestörte und geistig Zurückgebliebene?« Sie stand vor Adam mit funkelnden Augen. Er schwieg.

»Vielleicht streitet ihr weiter beim Fahren?«, warf Rafał ein. Seine Stimme wirkte ernüchternd. Agata drehte sich um, stieg auf den Beifahrersitz und schlug die Tür zu.

»Sag Klaudia, sie soll das Tor aufmachen«, murrte Adam.

Rafał ging zum Haus zurück. Adam fuhr durch das Tor und blieb auf der anderen Seite des Zauns stehen. Er wartete, bis sein Sohn hinten eingestiegen war. Agata drehte den Kopf in Richtung Haus. In der Eingangstür stand Klaudia und sah sie regungslos an. Nach einer Weile zog sie sich zurück und schloss die Tür.

Der Audi fuhr über einen Kiesweg in Richtung Wald. Im Fernlicht öffnete sich die Wand der Bäume und gab die Sicht auf eine Schneise frei. Adam zog sein Handy aus der Tasche und wählte eine Nummer. Einen

Moment lang wartete er auf die Verbindung, dann hörte er im Telefon ein kurzes Piepen. Er sah aufs Display. »Verflucht, ich habe es nicht aufgeladen.« Er drückte das Telefon wieder ans Ohr.

»Ich will mithören«, sagte Agata.

Adam stellte das Telefon auf laut. Im Wagen ertönte Karols entstellte Stimme. »Ja?«

»Was ist los? Warum bist du nicht gekommen?«, fragte Adam.

»Entschuldige … Ich habe ein Problem mit meiner Tochter. Und bei der Arbeit.«

Das Telefon signalisierte erneut eine fast leere Batterie. »Wir haben auch ein Problem. Vermutlich ein größeres«, sagte Adam in aufgeregtem Ton. »Damian hat jemandem von uns erzählt, er wollte mir nicht verraten, wem. Klaudia hat uns aus dem Haus geworfen. Sag mir, was ich jetzt …«

Das Telefon spielte eine kurze Melodie und schaltete sich aus, das Display erlosch. »Verdammt nochmal!« Adam schlug mit der Faust aufs Lenkrad.

»Ruf ihn von meinem oder Mamas Handy an«, schlug Rafał vor.

Adam schüttelte den Kopf. »Ich weiß seine Nummer nicht auswendig. Ich muss das Ladegerät irgendwo anschließen.«

»Einige Kilometer von hier ist eine Tankstelle, an der Landstraße nach Warschau«, sagte Agata.

Adam warf ihr einen dankbaren Blick zu. Rafał drehte plötzlich den Kopf zur Seite und sagte in beunruhigtem Ton, während er aus dem Fenster schaute: »Papa, sieh mal, da!«

Seitlich, über den Bäumen, erschien eine Lichtsäule. Sie bewegte sich sehr schnell parallel zum Wagen und kam immer näher. »Ein Helikopter!«, rief Rafał.

Hinter den Bäumen, direkt über der Schneise, sprang ein kleiner Hubschrauber hervor. Ein starker Scheinwerfer erfasste den Wagen in einem Lichtkreis. Das grelle Licht blendete Adam, er verlor für einen Moment die Kontrolle über das Lenkrad. Der Audi geriet in einer Kurve ins Schleudern, stabilisierte sich aber auf einem geraden Wegabschnitt wieder. Der Hubschrauber kam noch tiefer und flog jetzt direkt auf sie zu.

»Haltet euch fest!«, schrie Adam.

Er drückte aufs Gaspedal. Der Audi sprang nach vorn. Adam machte ein Ausweichmanöver und umfuhr den Hubschrauber, der nur einen Meter über dem Weg hing. Seine Rotoren heulten über dem Dach des Wagens mit ohrenbetäubendem Lärm auf. Der Audi kippte fast in den Straßengraben, kehrte jedoch schnell auf den Weg zurück und beschleunigte. Die Randstreifen flogen vorbei, hinten stieg eine Staubwolke auf und verschwand in der Dunkelheit, zerschnitten von den Rotoren des Hubschraubers.

Die Lichtsäule verschwand für einen Moment. Der Hubschrauber überholte den Wagen, drehte um und blendete Adam erneut mit seinem Scheinwerfer. Es war klar, dass er versuchte, ihn zum Anhalten zu zwingen.

»Da! Bieg da ab!«, rief Rafał, während er auf einen Weg zeigte, der seitlich zwischen dicht wachsende, hohe Bäume führte.

Adam beschleunigte. Jemand musste sein Vorhaben erraten haben, denn der Hubschrauber drehte wieder um und flog voraus. Er blieb über der Kreuzung mit dem Seitenweg hängen und setzte zur Landung an. Adam bremste scharf, der Audi kam auf dem Kiesweg ins Schleudern. Adam verlor für einen Augenblick die Kontrolle, dann aber schaltete sich das Antiblockiersystem ein, und der Wagen fuhr gerade weiter, nur in die entgegengesetzte Richtung.

Adam drückte aufs Gaspedal. Der Audi sprang nach vorn und kippte plötzlich zur Seite, als hätte er ein Vorderrad verloren. Adam riss am Lenkrad. Der Motor heulte auf, Adam legte forsch den Rückwärtsgang ein und gab wieder Gas. Das Heulen des Motors vermischte sich mit dem Quietschen des durchdrehenden Rads.

Rafał und Agata sahen Adam erschrocken an. Dann blickten sie alle drei nach vorn. Durch die Windschutzscheibe konnten sie mehrere Gestalten erkennen, die auf sie zuliefen – im Scheinwerferlicht des Hubschraubers waren sie deutlich zu sehen.

Adams Körper fühlte sich plötzlich vollkommen gelähmt an, und er war nicht imstande, eine Entscheidung zu treffen. Er sah die Blicke von Rafał und Agata, spürte ein Pochen in den Schläfen. »Los, wir fliehen …

in den Wald!«, schrie er schließlich mit erstickter Stimme. Rafał öffnete die Tür und sprang aus dem Wagen. Agata starrte die sich nähernden Gestalten mit weit aufgerissenen Augen an. »Lauf weg!«

Adam machte die Tür auf der Beifahrerseite auf und stieß Agata hinaus. Sie blieb mit einem Fuß an der Schwelle hängen und fiel um, stand aber sofort wieder auf und lief davon. Adam sprang ebenfalls aus dem Wagen und versuchte, mit einem Blick die Entfernung der Gestalten zu schätzen. Hundert Meter, vielleicht etwas mehr. Es bestand eine Chance, dass sie die Angreifer in der Dunkelheit des Waldes verlieren würden. Er rannte auf die nächsten Bäume zu. Aus dem Augenwinkel sah er vier Silhouetten mit Taschenlampen; sie liefen ihnen nach, ohne einen Laut von sich zu geben. Er hatte das Gefühl, von Dämonen verfolgt zu werden.

Er stürzte zwischen die Bäume. Vor sich sah er die Schatten von Rafał und Agata. Die Zweige der Sträucher peitschten sein Gesicht. Das Terrain fiel immer stärker ab, und Adam kam auf dem nassen Laub ins Rutschen. Plötzlich spürte er einen dumpfen Schmerz am Kopf, ihm wurde schwarz vor Augen. Er fiel auf den Boden einer Grube und verlor das Bewusstsein.

Auf dem Weg zum alten Flughafen wählte Karol mehrmals Wierzbickis Nummer, doch die Stimme der automatischen Ansage informierte ihn, dass die von ihm gewählte Nummer nicht erreichbar sei. Adam war offenbar irgendwohin gefahren, wo er keinen Empfang hatte, oder sein Akku war leer. Es war beunruhigend, dass er Damians Haus plötzlich verlassen musste.

Karol parkte den Wagen und betrat den Hangar. Im Flur warteten Stefan und Bożena auf ihn. Aus der Haupthalle kam Krzysztof heraus und wandte sich sofort an Karol: »Ist irgendwas mit Ewa? Sie ist ohne ein Wort verschwunden. Ihr Handy funktioniert nicht.«

Bożena und Stefan tauschten schnelle Blicke, was Krzysztof nicht entging. Karol blieb vor ihm stehen. »Ewa handelt in meinem Auftrag. Geh an deinen Platz zurück«, sagte er in ruhigem Ton.

Krzysztof rührte sich nicht vom Fleck. »Entschuldige, aber sie war für das Abhören der Telefone von East Fund zuständig. Und sie hat die Satelliten-Daten. Was ist eigentlich los?«

»Krzysztof, geh bitte zurück an die Arbeit.« Karols Stimme hatte einen Befehlston angenommen.

Krzysztof presste die Lippen zusammen, drehte sich um und ging in die Halle hinein.

»Was ist zwischen Krzysztof und Ewa?«, fragte Karol.

»Es scheint, als würden sie zusammen etwas aushecken«, antwortete Bożena.

Stefan sah sie widerwillig an und schloss die Tür zum Magazin auf. Karol ging als Erster hinein. Er sah Ewa auf den Schlafsäcken liegen, mit einem Pflaster über dem Mund und Handschellen. An ihrer Schläfe war die Schwellung von einem Schlag zu erkennen. Sie war bei Bewusstsein, hatte Ringe unter den geröteten Augen und sah Karol gespannt an.

»Ich will mit ihr allein sein.«

»Aber ich war doch ...«, begann Bożena.

»Ich sagte: allein«, schnitt er ihr das Wort ab.

Bożena warf ihm einen scharfen Blick zu und trat auf den Gang hinaus. Stefan reichte Karol den Handschellenschlüssel, verließ den Raum und machte die Tür zu. Siennicki riss das Pflaster von Ewas Mund, nahm ihr die Handschellen ab und zeigte auf einen Hocker an der Wand. Sie setzte sich hin und begann, ihre Handgelenke zu massieren. Karol lehnte sich an ein Regal ihr gegenüber. »Wer ist Włodek Kołosa?«

»Mein Verlobter.« Ewas Stimme klang heiser.

Karol schwieg eine Weile. Er sah, dass sie wütend war und ihn provozieren wollte. »Ewa, das ist nicht der richtige Moment für Scherze. Deine Situation ist wirklich ernst. Du hast diesen Kołosa von deinem eigenen Telefon angerufen, was gegen die Vorschriften ist. Wozu?«

Ewa schwieg, den Blick an den Fußboden geheftet. Karol beugte sich zu ihr vor. »Zwing mich nicht, es aus dir herauszuquetschen. Du weißt, dass ich das kann. Was für ein Spiel spielst du hier? Hast du sie nicht mehr alle?«

Sie hob den Blick und sah ihm in die Augen. »Wenn du mir nicht glaubst, dann tu einfach, was du tun musst.«

Karol spürte, dass er bald die Grenze seiner Belastbarkeit erreicht hatte. »Ich habe keine Zeit für so einen Blödsinn! Lasota, für den ich verantwortlich bin, ist verschwunden. Es sieht ganz so aus, als hätte er seine Firma um eine riesige Geldsumme erleichtert. Er wäre beinahe umgebracht worden. Kowal verhält sich wie ein Feind. Und jetzt ziehst du deine Nummer ab. Ich glaube nicht, dass du dich hast kaufen lassen, dazu kenne ich dich zu gut. Aber ich warne dich, wenn ich hier rausgegangen bin, kann ich dir nicht mehr helfen.«

Ewa schwieg. Karol spürte seine wachsende Ratlosigkeit. Er konnte nicht zulassen, dass Kowal ausgerechnet aus ihr den Sündenbock im Fall Lasota machte. Er begann wieder mit leiser Stimme zu sprechen: »Anna ist weggefahren und hat unsere Tochter zu meiner Mutter gebracht. Natalia kann sie nicht ausstehen, deshalb ist sie abgehauen. Bis jetzt konnte ich nicht rausfinden, wo sie ist. Ich habe aufgehört, sie zu suchen, weil ich vom Team die Nachricht bekommen habe, sie hätten den Maulwurf gefunden.«

Ewa hob die Augen und sah Karol an; ihr Blick war nicht mehr so verbissen.

»Natalia hat das Haus in Komorów verlassen? Mitten in der Nacht? Hast du die Polizei benachrichtigt?«

»Ja. Sie haben sie noch nicht gefunden.«

»Man muss jemanden in deine Wohnung schicken, vielleicht ist sie dorthin gefahren.«

»Habe ich schon veranlasst. Nichts.«

»Hat die Kleine kein Handy?«

»Nein. Aber lass das meine Sorge sein. Wozu hast du diesen Gangster angerufen?«

Ewa zuckte die Achseln und sah zur Seite. »Er ist ein kleiner Gauner, kein Gangster.« Sie machte eine Pause und fügte leise hinzu: »Ich spiele.«

»Wie bitte?« Karol brauchte einige Sekunden, um den Sinn ihrer Worte zu verstehen. »Du meinst Glücksspiele?«

Ewa sah ihn immer noch nicht an. »Pferderennen. Und andere Sportarten. Kołosa nimmt die Wetten an, er zahlt besser als die Legalen.«

»Bist du wahnsinnig geworden?! Warum weiß ich nichts davon?«

Ewa zögerte mit der Antwort, dann sah sie ihm in die Augen.

»Hättest du mich in dein Team aufgenommen?«

Karol war völlig durcheinander, er wusste nicht, was er sagen sollte. Ein Agent, der zockte, war der Gefahr der Erpressung ausgesetzt und deshalb vom Dienst auszuschließen.

»Zuerst hätte ich dich in die Behandlung geschickt. Hast du Schulden?«

»Ja, einige.«

»Wann hat es angefangen?«

Ewas Blick suchte in Karols Augen nach Verständnis und klagte ihn gleichzeitig an. »Als wir miteinander Schluss gemacht haben. Als du beschlossen hast, um Annas Rückkehr zu kämpfen … So hast du es genannt. Du hattest deine Liebe, ich fing an zu spielen. Ich war allein und verzweifelt. Jeder tröstet sich auf seine Art, Herr Oberst.«

Karol hielt ihrem Blick nicht stand. Er wandte den Kopf ab. Beide atmeten schwer, wie nach einer körperlichen Anstrengung. Karol konnte sich nur mühsam auf die nächsten Fragen konzentrieren. »Woher nimmst du das Geld?«

»Fürs Zocken? Ich habe die Wohnung meiner Mutter verkauft.«

»Weiß Kołosa, wo du arbeitest?«

Diesmal antwortete Ewa sofort, ohne Zögern: »Hältst du mich für eine Idiotin?«

Karol löste sich von dem Regal und begann, im Magazin hin und her zu gehen. Ewa wartete, den Blick an die Wand geheftet. »Diese Arbeit ist alles, was ich habe«, sagte sie nach einer Weile leise.

Er blieb vor ihr stehen.

»Was sollen wir dem Team sagen?«

Ewa zuckte wieder die Schultern. Beide wussten, dass die Wahrheit sie aus der Gruppe ausschließen würde. Und die Lüge Karol schuldig machen würde, die Dienstordnung gebrochen zu haben. Falls Ewas Ausrutscher ans Tageslicht käme, wäre das auch sein Ende.

»Du sagst, dass es jemand war, den du für unsere Operation kontaktiert hast, ohne mich darüber zu informieren. Du wolltest ihn überprüfen und mir erst dann Bescheid sagen. Du hast einen Maulwurf in der Zentrale befürchtet und wolltest dem Fall Lasota nicht schaden. Was haben Stefan und Bożena aus dir rausgequetscht?«

»Gar nichts. Diese Psychopathin hat mir gleich einen Schlag verpasst.«

»Zuerst hast du dich auf Stefan gestürzt.«

Ewa schwieg.

»Weißt du, was du sagen sollst?« Karol wartete ihr Nicken ab, dann redete er weiter. »Wenn alles vorbei ist, rufst du Kołosa an und lädst ihn in unser Lokal in der Stadt ein. Ich muss ihn überprüfen.«

»Wozu?«

»Keine Diskussion. Du bist süchtig und weißt nicht, ob das nicht von jemandem ausgenutzt wird. Ich will eine Liste deiner Schulden haben, bis auf den letzten Złoty. Und alle Namen. Ist das Geld vom Wohnungsverkauf schon weg?«

»Ja.« Ewa blickte wieder zur Seite.

Karol streckte die Hand aus und drehte sie zu sich um. »Solange ich niemanden gefunden habe, brauche ich dich. Dann gehst du in Behandlung. Und jetzt entschuldigst du dich bei ihnen für die ganze Aufregung und sagst, was wir vereinbart haben.«

»Soll ich mich auch bei Bożena entschuldigen?«

»Bei allen«, sagte Karol mit Nachdruck. »Du weißt, was ich riskiere.«

Ewa verzog das Gesicht zu einem erzwungenen Lächeln. »Du wirst unser Geheimnis gut hüten.« Sie erhob sich und deutete auf die Tür. »Wenn das alles ist, Herr Oberst, dann ziehen Sie jetzt bitte die Wache ab.«

»Warte. Was hat Krzysztof damit zu tun? Spielt ihr zusammen?«

Ewa warf Karol einen höhnischen Blick zu.

»Nein, wir haben zusammen Sex. Verzeih, ich weiß, dass ich auch damit die Dienstordnung breche. Und vielleicht dein Herz. Versuch, in Krzysztof deinen Stellvertreter zu sehen. Jünger, authentischer … ohne Lügen und Verpflichtungen.«

In den leeren Straßen war es dunkel, sodass überall noch die Laternen brannten. Durch die Kronen der schwarzen Bäume war der Himmel zu sehen, der sich im Osten langsam aufhellte. Frau Siennicka löste sich vom Gartentor einer Villa und ging weiter. Schon seit zwei Stunden lief sie so durch Komorów, um an immer neuen Haustüren zu läuten, die Menschen aufzuwecken und sie mit Fragen nach ihrer Enkelin zu belästigen.

Sie war gerade an einem weiteren Zaun entlanggegangen, angebellt von einem wütenden Rottweiler. Am Eingangstor blieb sie stehen und drückte auf den Knopf der Gegensprechanlage. Nach einigen Sekunden versuchte sie es noch einmal. Der Rottweiler tobte auf der anderen Seite des Zauns. Durch sein Bellen hindurch vernahm sie eine unfreundliche Männerstimme. »Was ist los?«

Sie wiederholte die Sätze, die sie in dieser Nacht schon x-mal gesagt hatte. »Ich bitte vielmals um Entschuldigung, mein Name ist Siennicka, ich wohne in der Zielna 7 … Meine Enkelin ist am Abend aus dem Haus gegangen und nicht zurückgekehrt … Sie ist zehn Jahre alt, hübsch … blondes Haar zu einem Pferdeschwanz zusammengebunden, blaue Jacke … Haben Sie so ein Mädchen zufällig gesehen?«

Die Männerstimme klang noch irritierter: »Nein. Wissen Sie, wie spät es ist?«

»Falls Sie meine Enkelin sehen, seien Sie so freundlich, mich anzurufen. Ich hinterlasse hier meine Nummer.«

In der Gegensprechanlage herrschte Stille. Frau Siennicka holte aus ihrer Tasche eines der Kärtchen mit der Nummer, die sie zu Hause vorbereitet hatte. Sie schob das Kärtchen hinter die kleine Blechwand der Gegensprechanlage und ging weiter.

Sie war sehr müde, die Beine versagten ihr langsam den Dienst. Sie hielt sich an einem der eisernen Zaunpfosten fest. Der Rottweiler stürzte sich mit wütendem Gebell auf ihre Finger. Sie ließ den Pfosten los und wich erschrocken zurück. Ihr Atem wurde schwer, sie legte sich die Hand ans Herz. Erst nach einer Weile beruhigte sie sich und steuerte auf ein Haus auf der anderen Straßenseite zu.

Natalia saß am Tisch in der schmutzigen, vollgestellten Küche und trank Tee. Auf dem Stuhl neben ihr hatte sich Bronek niedergelassen. Beide verfolgten mit ihren Blicken den riesigen Mann in ausgeleierter Hose und langem, übers Knie reichendem Pullover, der sich ungeschickt in der Küche bewegte und etwas zum Essen vorbereitete. Er warf mit lautem

Krach einen der Töpfe hinunter und trat ihn beiseite. Bronek lächelte und sah Natalia zufrieden an.

Es waren einige Stunden vergangen, seitdem Natalia in dieses Haus gekommen war. Sie war sofort eingeschlafen, zusammengerollt auf einem alten Schafspelzmantel, den Bronek auf einen geräumigen Sessel ohne Füße gelegt hatte, der in einem Zimmer neben der Küche stand. Schritte hatten sie geweckt, und die laute Stimme von Broneks Vater, der nach unten gekommen war und von seinem Sohn wissen wollte, wen er da ins Haus geholt hatte.

Broneks Antwort beschränkte sich zwar auf den mehrmals wiederholten Satz, dass sie Natalia heiße und durch das Loch im Zaun geschlüpft sei. Aus irgendeinem Grund hatte dies dem alten Wołowiec aber genügt, wovon seine mürrische Einladung zeugte, in der Küche einen Tee mit ihnen zu trinken.

Einige Minuten lang stellte er Natalia gar keine Fragen, voll darauf konzentriert, den Tee und das Frühstück vorzubereiten. Erst als die Eier anfingen, in einer riesigen Pfanne zu brutzeln, warf er einen Blick in ihre Richtung und sagte: »Du bist wohl eine von den Neuen?«

»Ich verstehe nicht, mein Herr«, antwortete Natalia höflich über ihre Teetasse hinweg. Sie war immer noch schläfrig, doch ihre Neugier war stärker als ihre Müdigkeit.

»Mein Herr«, sagte Wołowiec, indem er ihren Ton nachäffte. Dabei schnitt er eine Grimasse in Richtung Bronek, der sofort übers ganze Gesicht grinste. »Wann haben deine Eltern euer Haus gekauft?«, fragte er, während er seinen Blick auf Natalia heftete.

»Sie haben es nicht gekauft …« Natalia kam ins Stottern. »Großmutter hat es gekauft … das heißt, Großvater.«

»Großmutter, das heißt Großvater.« Wołowiec neue Grimasse rief ein weiteres Mal Broneks zufriedenes Lächeln hervor.

»Großmutter, das heißt, Großvater«, wiederholte Bronek und zwinkerte Natalia zu.

»Idiot«, murmelte Wołowiec. »Sie sind hergekommen, haben alles aufgekauft und fühlen sich gleich wie zu Hause.«

Er stellte die Pfanne auf den Tisch, setzte sich Natalia gegenüber, nahm einen Suppenlöffel vom Tisch und begann, das Rührei, das er zubereitet hatte, mit einer Scheibe Brot zu essen. Bronek sah die Pfanne mit gierigem Blick an und schluckte laut hinunter.

»Ich habe keinen Hunger, danke«, sagte Natalia.

Wołowiec antwortete nicht. Er aß, ohne seinen aufmerksamen Blick von ihr abzuwenden. Natalia bemerkte, dass er sich seit vielen Tagen nicht rasiert und sein langes, am Kopf klebendes Haar nicht gewaschen hatte. Langsam gab sie ihrer Müdigkeit nach.

»Ich muss meinen Vater anrufen, ich kann nicht hierbleiben. Danke, dass Sie mir Tee angeboten haben. Und überhaupt ...«

Ihr Kopf fiel auf den Tisch. Sie legte sich einen Arm unter die Wange und schlief ein. Bronek betrachtete neugierig das schlafende Mädchen. Wołowiec zeigte mit einer Kopfbewegung auf die Tür. Bronek beugte sich über Natalia und hob sie vorsichtig auf. Sie lehnte den Kopf gegen seine Schulter und murmelte im Schlaf: »Ist gut, Papa.«

Bronek ging mit der schlafenden Natalia in den Flur hinaus und begann, die Treppe hinaufzusteigen. Im Obergeschoss betrat er eines der Zimmer, legte das Mädchen auf eine Couch und knipste die Nachttischlampe an.

Das Zimmer wurde vom fahlen Licht einer von Fliegen übersäten Glühbirne erleuchtet. Auf dem Tisch, auf dem Fußboden und auf den kleinen Schränken lagen alte, defekte Spielsachen herum. Die Möbel waren kaputt, die zerbrochenen Fensterscheiben vom Schmutz vieler Jahre bedeckt. An den Wänden, von denen sich die Tapete löste, hingen rahmenlose Bilder, von Kinderhand gemalt. Bunte Gestalten von Menschen und Tieren ohne Köpfe.

Bronek deckte Natalia mit einer zerrissenen Wolldecke zu und legte sich neben sie. Er zog die Hälfte der Decke über sich und machte die Lampe aus, indem er mit seinen dicken Fingern die Glühbirne herausdrehte. Natalia drehte sich im Schlaf auf die Seite und kuschelte sich an ihn.

Adam wurde von der durchdringenden Kälte, von Kopfschmerzen und dem Gekrächze eines Vogels geweckt. Er öffnete die Augen und wusste einen Moment lang nicht, wo er sich befand. Er lag auf nassem Laub, das vermischt mit Schlamm vor sich hin moderte, und starrte die gekrümmten Wurzeln der Bäume und die dichten Zweige der Sträucher an. Zwischen den Ästen der Bäume sah er den hellen Himmel.

Er berührte sein Gesicht und entdeckte Blutfetzen an seinen Fingern. Er setzte sich langsam auf, mit einem pulsierenden, dumpfen Schmerz im Schädel. Als er sich umsah, stellte er fest, dass er von steilen, mit Gras und Unkraut bewachsenen Wänden umgeben war. Er saß auf dem Boden einer Waldhöhle.

Wo sind Rafał und Agata? Bei diesem Gedanken gewann er seine Geistesgegenwart sofort zurück. Im Bruchteil einer Sekunde fiel ihm alles wieder ein: die Flucht durch den Wald und die Verfolgung durch die Gestalten, die aus dem Hubschrauber gesprungen waren. Er lief Agata und Rafał hinterher – das war das Letzte, woran er sich erinnern konnte.

Er schaute nach oben und bemerkte einen dicken Eichenast, der sich parallel zum Grubenrand erstreckte. Er begriff, dass er im Dunkeln mit dem Kopf gegen den Ast gestoßen und bewusstlos in die Grube gefallen sein musste. Die dichten Sträucher hatten ihn vermutlich vor den Augen der Verfolger versteckt. Doch was war mit Agata und Rafał geschehen?

Er stand auf und stöhnte vor Schmerz. Nur mit Mühe gelang es ihm, sich nicht zu erbrechen. Er wartete einige Sekunden ab, dann kroch er auf allen vieren nach oben. Er richtete sich auf und sah sich um. Der Wald wirkte leer. Die Baumstämme waren vom Morgennebel umhüllt, in der Stille konnte man die Rufe der Vögel hören.

Ein furchtbarer Verdacht schnürte ihm die Kehle zu: Agata und Rafał waren entführt worden. Seinetwegen, wegen seiner Dummheit. »Agataaaa! Rafaaaał!«, schrie er mit heiserer Stimme. Er lauschte einen Moment lang, doch der Wald hatte seinen Schrei sofort gedämpft. Die erschrockenen Vögel verstummten, nach einigen Sekunden fingen sie wieder an zu singen. Er zog sein Handy aus der Jackentasche hervor, da fiel ihm ein, dass es nicht aufgeladen war. Er senkte ratlos die Hand. Unmöglich, dass Agata und Rafał so lange herumirrten – die Angreifer hatten sie bestimmt eingeholt und entführt.

Er musste schnell einen Ort erreichen, an dem er Karol anrufen konnte. Und sein Handy aufladen. Die Entführer werden ihn mit Sicherheit kontaktieren und den Tausch von Agata und Rafał gegen den Code auf dem U-Bahn-Fahrschein fordern. Und er wird ihnen diesen verdammten Schein sofort geben!

Es hatte keinen Sinn, zum Auto zurückzukehren, das ja feststeckte. Adam konnte sich erinnern, wo die Landstraße mit der Tankstelle war, die Agata erwähnt hatte. Er ging los, dann lief er immer schneller durch den Wald. Im Gesicht hatte er geronnenes Blut von der Stirnverletzung, seine ganze Kleidung war nass und verdreckt.

Die Landstraße war fast leer, über der Fahrbahn hing der morgendliche Nebel. Anna fuhr schnell und sicher. Piotr schlief auf dem ausgeklappten Rücksitz ihres Volvos. Maciek hatte ihr den Wagen in der Früh gebracht – und behauptet, dass ihn niemand verfolgt hätte.

In der Halterung am Armaturenbrett vibrierte Annas Telefon. Sie griff mit einer Hand danach und wählte eine Nummer. Nach einer Weile ertönte eine mechanische Frauenstimme: »Du hast zwei Nachrichten. Die erste Nachricht: heute, zwei Uhr drei.«

Im Wagen ertönte Karols Stimme; er wirkte angespannt: »Anna, ruf mich zurück, ich bitte dich. Ich kann Natalia nicht finden, sie ist aus dem Haus meiner Mutter verschwunden. Vielleicht weißt du, wo sie hingegangen sein könnte …« Er hielt kurz inne, dann sprach er weiter, langsamer und zögernd. »Es geht mir nicht darum, was du für Piotr empfindest … Das Ganze ist einfach ein Wahnsinn! Lauf nicht mit ihm weg. Du weißt nicht, wer er ist und worauf er sich eingelassen hat. Mehr kann ich nicht sagen, aber ich bitte dich – trau ihm nicht. Es geht um gefährliche Dinge … und Menschen. Ruf mich an und sag, wo ihr seid, ich helfe euch.« Er machte wieder eine Pause, danach klang seine Stimme ratlos. »Verdammt, Anna, ruf mich an! Wir müssen Natalia finden!«

Anna schaltete ungeduldig die Nachrichtenbox aus und wählte eine Nummer. Nach einer Weile hörte sie die Stimme von Karols Mutter: »Siennicka – ich höre.«

»Ich bin es, Anna. Was ist mit Natalia passiert?«

»Ich weiß es nicht«, sagte Karols Mutter. »Du hast sie zu einem sturen, unartigen Kind erzogen.«

»Mutter, ich bitte dich …«, setzte Anna an, doch Frau Siennicka fiel ihr sofort ins Wort: »Und ich bitte dich, dass du dich um deine Tochter kümmerst! Wo bist du? Was hast du mit Karol gemacht? Mit welchem Recht machst du seine Familie kaputt?«

Anna gelang es nur mühsam, ihren Ärger zu unterdrücken. »Das ist unsere Angelegenheit. Ich habe dich lediglich gebeten, dass du dich um Natalia kümmerst … einen Tag lang.«

»Wie die Mutter, so die Tochter«, sagte Frau Siennicka trocken und legte auf.

Im ersten Wutreflex wollte Anna die Nummer noch einmal wählen, doch sie beherrschte sich und legte das Telefon weg. Sie bemerkte eine Bewegung hinter sich und schaute in den Rückspiegel. Sie sah, dass Piotr aufzuwachen begann.

»Wie fühlst du dich?«

»Wer war das?«, fragte er, während er sich ungeschickt auf den Ellbogen stützte. »Niemand darf wissen, wo ich bin.«

Anna nickte.

»Ich weiß. Hast du Schmerzen?«

»Ich halte es aus.«

»Du hast eine Spritze bekommen. Sag, wenn es schlimmer wird, dann mache ich dir noch eine.«

»Danke.«

Eine Zeitlang fuhren sie schweigend. Piotrs Kopf war zur Seite gerichtet – er betrachtete die vor dem Fenster vorbeiziehende nebelumhüllte Landschaft.

»Sagst du mir, wer dich zusammengeschlagen hat? Und vor wem wir fliehen?«

»Ich möchte dir das lieber ersparen.«

Sie zwang sich zu einem Lächeln und schüttelte ungläubig den Kopf.

»Du möchtest mir ersparen, dass man mich verfolgt und auf mich schießt? Was noch?«

Sie griff nach einer Schachtel Marlboro, die im Handschuhfach lag und drückte den Zigarettenanzünder. Sie zündete sich eine Zigarette an und ließ ein wenig die Fensterscheibe hinunter.

»Ich musste Natalia zu Karols Mutter bringen. Deinetwegen fliehen wir nach Krakau. Ich weiß nicht, ob und wann wir zurückkönnen. Piotr, du musst mir etwas sagen.« Ihre Stimme klang ruhig, aber deutlich angespannt.

»Pass auf!«, rief Piotr.

Anna riss das Lenkrad nach rechts. Ein riesiger Lkw, der die Hälfte ihres Streifens besetzt hatte, fuhr ganz nah mit großem Getöse vorbei.

»Entschuldige, aber ich kann nicht mehr. Wer bist du? Zwölf Jahre mit Karol und seinen Geheimnissen, und jetzt du …«

Piotr schwieg, er legte den Kopf auf das Kissen zurück. Im Rückspiegel sah sie seine glänzenden Augen.

»Ich bitte dich«, sagte sie mit sanfter Stimme.

Die Stille wurde durch das Geräusch der Räder auf dem Asphalt noch verstärkt. Anna wollte wieder etwas sagen, doch Piotrs leise Stimme kam ihr zuvor: »Vor einigen Monaten, während einer internen Rechnungsprüfung, stieß ich auf die Spur einiger Bekannter. Es waren Leute aus unserer Klasse.«

»Ich verstehe nicht.«

»East Fund Management begann damals, größere Investitionen zu planen. Es ging um einige Milliarden.«

»Was für Investitionen?«

Piotr zögerte. »Das kann ich dir wirklich nicht sagen. Und es ist auch besser, wenn du es nicht weißt.«

Anna seufzte. »Weiter.«

»Ich hatte die Dokumente der Rechnungsprüfung bekommen und sah die Überweisungen durch. Eine Routine. Doch plötzlich entdeckte ich, dass vier Klassenkameraden große Beträge von uns erhalten. Für ihre eigenen Unternehmen, meistens Consultingfirmen.«

»Also Schmiergeld oder Geldwäsche, denn für das Consulting muss man bezahlen. Wer war es?«

Piotr stützte sich wieder auf einen Ellbogen. »Ohne Namen, okay? Ich sage nur so viel, dass ihre Eltern kommunistische Diplomaten waren.«

»Ich fange an, zu ahnen, um wen es geht. Erzähl weiter.«

»Ich verfolgte die Spur und fand etwas Gefährliches.« Piotr sprach immer schneller und mit wachsender Anspannung. »Jemand will eine Konzession, an der wir interessiert sind, mithilfe einer Naturkatastrophe im großen Stil bekommen. Es könnten dabei viele Menschen ums Leben kommen. Ich hatte leider nicht genug Zeit, diese Pläne genau zu prüfen.«

»Inwiefern soll eine Naturkatastrophe helfen?«

»Ich kann dir wirklich keine Einzelheiten nennen.« Er lehnte sich wieder zurück; das Gespräch strengte ihn sichtlich an.

»Danke, du beschützt mich wirklich gut«, bemerkte Anna ironisch. »Und du bist damit nicht zu Karol gegangen? Zu einem Ministerialbeamten?«

»Offiziell ist er Direktor im Verteidigungsministerium. In Wirklichkeit aber ist er ein verdeckter Mitarbeiter der Spionageabwehr. Das weißt du doch?«

Anna nickte. »Er hat mir die Wahrheit gesagt … als er einem Nervenzusammenbruch nahe war. Warum fliehen wir dann, wenn Karol sich um dich kümmert?«

Piotrs Blick traf Annas Augen im Rückspiegel. »Am Mittwoch hab ich ihm die Dokumente, die ich in der Firma kopiert hatte, gegeben. Schon am Abend war ich in den Händen der Gangster. Nur Karol wusste von diesen Papieren. Eventuell auch noch jemand von seinen Leuten.«

Annas Antwort kam sofort: »Das glaube ich nicht. Das wäre nicht fair. Ich kenne Karol – er ist ehrlich bis zum Gehtnichtmehr.«

»Und die Geschichte mit seiner Untergebenen? Wie heißt sie doch gleich?«

Anna verzog das Gesicht. »Die Geschichte fing an, nachdem ich ihn gebeten hatte, dass wir uns trennen.«

Schweigen trat ein. Der Volvo fuhr in ein kleines Dorf hinein und wurde langsamer. Im Nebel sahen die kleinen, heruntergekommenen Häuser und die hässlichen Werbetafeln aus, als hätte derjenige, der sie entworfen hatte, einen Wettbewerb für den schlechtesten Ort zum Leben gewinnen wollen.

»Ein Mensch ist ehrlich oder eben nicht«, sagte Piotr.

»Und deine Frau in New York?«, konterte Anna sofort.

»Unsere Ehe existiert nur auf dem Papier, seit Jahren.«

»Und deshalb hast du dich nicht scheiden lassen?«

Piotr antwortete nicht. Sie hatten schon darüber gesprochen. Anna wusste, dass seine Frau ihm die Scheidung aus religiösen Gründen verweigerte – sie war eine praktizierende Baptistin und hörte auf die Ratschläge ihres Pastors. Piotr wechselte die Körperhaltung und verzog das Gesicht vor Schmerz.

»Ich traue Karol nicht mehr. Nicht, nachdem sie mich beinahe umgebracht hätten. Denk, was du willst. Vielleicht ist jemand von seinen Leuten ein Maulwurf. Arbeitet für die Gangster. Oder die East Fund. Hast du noch Fragen? Ich bin erschöpft.«

Anna schüttelte den Kopf. »Versuch einzuschlafen.«

Der Volvo verließ das Dorf und beschleunigte auf der leeren Landstraße. Der Himmel wurde freundlicher, der Nebel stieg auf.

Adam schaffte es aus dem Wald hinaus. Die nasse, verdreckte Kleidung klebte an seinem Körper, der Schmerz in seinem Kopf pulsierte. Er war müde nach dem langen Marsch und zitterte vor Sorge um Rafał und Agata. Er machte sich riesige Vorwürfe, dass er sie einer solchen Gefahr ausgesetzt hatte. Der verdammte berufliche Ehrgeiz und dazu die idiotische Solidarität mit einem Schulfreund. Er konnte nicht nachvollziehen, warum er auf die Stimme gehört hatte, die ihm befahl, auf Piotrs Aufforderung zu reagieren und den Fahrschein an sich zu nehmen. Jetzt würden Rafał und Agata womöglich teuer bezahlen für seine Dummheit.

Er kletterte schnell auf eine kleine Anhöhe und entdeckte eine Siedlung, die etwa einen halben Kilometer entfernt zwischen dem Wald und einer Landstraße lag. Nach einigen Minuten erreichte er das erste Haus. Keuchend drückte er auf den Klingelknopf am Gartentor.

Nach einer Weile ging die Tür auf, und es erschien ein Mann in einem über den Pyjama geworfenen Mantel. Unter seinen Füßen sprang ein kleiner Pinscher hervor und rannte kläffend auf das Tor zu. Der Mann musterte den schmutzigen und blutverschmierten Adam mit Abscheu.

»Ja, ich höre. Worum geht es?«

Adam hob die Hand mit dem Mobiltelefon. Er musste schreien, um den Hund zu übertönen. »Entschuldigen Sie bitte … Mein Akku ist leer …

Sie haben meine Familie überfallen … meine Frau und meinen Sohn entführt! Lassen Sie mich bitte telefonieren oder meinen Akku aufladen!«

»Wer hat Sie überfallen? Woher soll ich wissen, dass Sie das nicht erfinden?«

»Ich erkläre Ihnen alles. Es ist kompliziert …«, begann Adam.

Der Mann trat einen Schritt zurück und schloss die Tür. Der Pinscher kläffte weiter hinter dem Tor.

»Arschloch«, murmelte Adam ratlos.

Er sah sich um, ging auf einen Zaun auf der anderen Straßenseite zu und drückte auf die Klingel. In einem Fenster wurde eine Gardine hochgeschoben, und das Gesicht einer Frau erschien. Er winkte ihr zu. Das Gesicht verschwand, die Gardine fiel hinunter. Adam klingelte noch einmal. Stille.

Er drehte sich um und bemerkte sein Spiegelbild in der Seitenscheibe eines geparkten Autos. Das geronnene Blut auf der Stirn und die verschmutzte Kleidung verliehen ihm das Aussehen eines Herumtreibers, der in eine Schlägerei unter Säufern hineingeraten war. Aber er musste jemanden dazu bringen, ihm zu helfen.

Er wählte ein weiteres Haus, ging auf den Eingang zu und drückte den Knopf der Gegensprechanlage.

»Gehen Sie weg, sonst rufe ich die Polizei«, brummte eine Männerstimme.

»Hören Sie … Mein Name ist Adam Wierzbicki. Ich bin Rundfunkjournalist und moderiere die Sendung *Schnelle, wichtige Gespräche,* vielleicht haben Sie die schon mal gehört … Ich sehe so aus, weil ich in dem Wald dort drüben überfallen wurde. Meine Frau und mein Sohn wurden entführt … Bitte lassen Sie mich meinen Handy-Akku bei Ihnen aufladen. Oder leihen Sie mir bitte Ihr Telefon.«

Er hörte in der Gegensprechanlage zwei Stimmen, eine weibliche und eine männliche, dann das Summen eines aufgehenden Schlosses. Er stieß die Pforte auf und betrat den Garten. In der halboffenen Haustür erschien ein älterer Mann in elegantem Schlafrock, in der Hand hielt er ein breites Messer. Hinter ihm spähte vorsichtig eine etwa gleichaltrige Frau hervor.

Adam zeigte mit einer Geste auf das Messer. »Das werden Sie nicht brauchen, Sie sind nicht in Gefahr. Ich bitte Sie nur um Ihr Telefon.«

Die Frau flüsterte dem Mann etwas ins Ohr.

»Warten Sie vor dem Haus, wir rufen die Polizei«, schlug der alte Herr vor.

»Nein, bitte verstehen Sie, die Polizei kann mir nicht helfen. Ich muss einen Bekannten verständigen, der bei einer Spezialeinheit tätig ist. Es ist kompliziert, ich habe keine Zeit, alles zu erklären. Meine Frau und mein Sohn sind in den Händen von gefährlichen Menschen. Geben Sie mir bitte Ihr Telefon!« Adams Stimme klang eindringlich.

»Hören Sie auf, Ihre Stimme gegen uns zu erheben«, sagte die Frau und flüsterte ihrem Mann wieder etwas zu. Der alte Herr nickte und wandte sich zu Adam um: »Was für ein Handy haben Sie?«

»Ich habe ein iPhone«, antwortete Adam, indem er versuchte, seine Ungeduld zu unterdrücken.

Der alte Herr wechselte einige Sätze mit seiner Frau. Diese drehte sich um und verschwand im Haus; nach einer Weile kam sie mit einem Ladegerät und einem Verlängerungskabel zurück.

»Wir haben ein passendes Ladekabel«, sagte der Mann. »Legen Sie ihr Handy auf die oberste Stufe und gehen Sie zurück.«

Adam legte sein Telefon auf die Treppe und trat ein paar Schritte zurück. Der alte Herr hob es auf, in der anderen Hand hielt er immer noch das Messer. Seine Miene zeugte davon, dass ihm diese Vorsichtsmaßnahmen inzwischen peinlich waren.

»Entschuldigen Sie bitte, aber wir hatten hier kürzlich zwei Überfälle mit Gewaltanwendung. Und Sie sehen nicht besonders vertrauenswürdig aus.«

Adam nickte verständnisvoll, er wartete geduldig. Die Frau schloss sein Handy an das Ladegerät an und ging mit dem Endstück des Verlängerungskabels ins Haus zurück.

»Danke. Beeilen Sie sich bitte«, sagte Adam. Er sah sein Telefon an und wartete auf das Signal der Stromzufuhr.

»Noch einen Moment.« Der alte Herr postierte sich in der Tür, das Messer flach am Schenkel.

»Vielen Dank. Wie heißt dieser Ort?«

»Wilkowo. Siedlung ›Glückliche Waldwiese‹.«

Das Team hatte die ganze Nacht gearbeitet, nur mit kurzen Schlafpausen. Karol hatte eine halbe Stunde geschlafen, dann wegen Natalia mit der Polizei gesprochen. Jetzt ging er unruhig in der Halle auf und ab und beobachtete die Bildschirme der Computer.

Es beunruhigte ihn, dass ihre Schritte immer noch keine Entsprechung in den Entscheidungen des Gerichts gefunden hatten – trotz des ständigen Drucks, den Kowal machte. Die Hauptkommandantur der Polizei und die Agentur für Innere Sicherheit waren angewiesen worden, ihnen alle nötigen Informationen zu erteilen, doch gleichzeitig waren sie für die eine Art Phantom. Von der Existenz der Gruppe und ihren Zielen wussten nur Kowal und der Verteidigungsminister. Ohne den Auftrag der Staatsanwaltschaft und die Entscheidung des Gerichts waren ihre Aktivitäten ungesetzlich.

Sie hatten auf eigene Faust die Sicherheitscodes der East Fund geknackt und waren in die Systeme der Krankenhäuser, Regierungsagenturen und Banken eingebrochen. Wenn jemand dahinterkäme und ihm schaden wollte, würde durch die Medien die Nachricht gehen, dass Oberst Karol Siennicki ohne Wissen seiner Vorgesetzten einen amerikanischen Investmentfonds und die mit ihm zusammenarbeitenden Regierungsagenten ausspioniert habe. Karol würde seine Kündigung einreichen und auf ein Nebengleis abgeschoben werden müssen – mit der Aussicht auf den Posten eines Militärattachés an irgendeiner unwichtigen Botschaft. Die schlimmere Variante: Er könnte von der Militärstaatsanwaltschaft angeklagt werden.

Auch seine Leute riskierten viel. Und seit dem Zwischenfall mit Ewa und der Erklärung, die sie von ihr zu hören bekommen hatten, war die Atmosphäre im Team schlechter geworden. Karol wusste, dass erst eine konkrete Aktion und ein erster Erfolg ihre Stimmung verbessern könnten.

Die Stille im Hangar wurde durch das laute Klingeln seines Handys unterbrochen. Er sah auf dem Display, dass es Adam war. Er schaltete das Telefon auf laut – je weniger Geheimnisse, desto besser für das Team.

»Hey, was ist los? Du sollst mich doch nicht von deinem Handy anrufen.«

Adams Stimme klang ängstlich und wütend zugleich. »Alles in bester Ordnung … Nur dass diese Gangster Agata und Rafał entführt haben. Danke für deinen Schutz, Karol! Das war wirklich ein phantastischer Schutz!«

Alle im Hangar unterbrachen ihre Arbeit sofort. Karol wies Bożena mit einer Handbewegung an, Adams Telefon zu orten.

»Beruhige dich. Wer hat sie entführt? Wann? Sag mir, wo du bist, nimm deine Prepaidkarte raus, leg eine neue rein und ruf wieder an.«

»Die Gangster haben Agata und Rafał entführt! Verstehst du nicht, was ich sage?! Es ist aus mit den Prepaidkarten! Ich habe keine mehr!«, schrie Adam.

Karol sah konzentriert auf den Bildschirm von Bożenas Computer. Die konzentrischen Kreise zeigten den Standort des Anrufers an.

»Ich verstehe, Adam … Schrei nicht, bitte. Wann ist es passiert? Und was ist mit meinen Leuten?«

»Was für ›deinen Leuten‹? Du wolltest doch selbst kommen. Warum bist du nicht gekommen, Karol? Woher hatten sie Damians Adresse? Wer steckt dahinter? Oder arbeitest du vielleicht selbst für die?«

»Ruf wieder an, wenn du dich beruhigt hast«, sagte Karol und unterbrach die Verbindung. Er sah, dass alle ihn gespannt anschauten. »Was ist mit den Leuten, die Wierzbicki schützen sollten?«, fragte er, an Stefan gewandt.

Adam stand ratlos da, das Telefon in der Hand. Er spürte die Blicke des älteren Herrn und seiner Frau. Er atmete schwer und versuchte, seine blankliegenden Nerven zu beruhigen. Karol hatte recht – in diesem Zustand würde er Agata und Rafał nicht helfen können. Er holte tief Luft und drückte wieder auf die Wahltaste. Nach dem ersten Signal hörte er Karols Stimme: »Wir besprechen jetzt alles in Ruhe, der Reihe nach. Gibt es dort kein anderes Telefon, keinen Festnetzanschluss?«

»Nein, ich hab nur meines.«

»Sprich.«

Adam konzentrierte sich und versuchte, Ruhe zu bewahren. »Um drei Uhr nachts wurden wir von Klaudia geweckt, sie sagte, wir sollen sofort fliehen. Weil Damian jemandem von uns erzählt hätte. Ich dachte, sie habe das erfunden, um uns loszuwerden … Doch dann gab Damian zu, uns an einen Kerl verraten zu haben.«

»Verraten? An wen?« Aus Karols Stimme war Unglaube herauszuhören.

»Ich weiß es nicht, er stammelte etwas vor sich hin. Dann mischte sich Klaudia ein … Beide waren völlig hysterisch. Nach einer Stunde fuhren wir weg. Fünfzehn Minuten später wurden wir von einem Hubschrauber eingeholt.«

»Einem Hubschrauber?«

»Könntest du gefälligst aufhören, meine Worte zu wiederholen?« Adams Stimme bekam wieder einen aufgeregten Ton. »Ja, einem Hubschrauber! Aus dem irgendwelche Typen heraussprangen. Wir versuchten, in den Wald zu fliehen, und ich bin mit dem Kopf aufgeschlagen … Es war dunkel … Als ich zu mir kam, waren Agata und Rafał weg.«

»Ich habe verstanden. Schick mir ihre Telefonnummern. Wo du bist, weiß ich schon. Rühr dich nicht von der Stelle, ruf niemanden an. Nimm die SIM-Karte raus. Ich bin in einer knappen Stunde da.«

»Versprich, dass du sie findest … bitte«, sagte Adam in flehentlichem Ton.

»Alles wird gut. Warte auf mich.«

Karol schaltete das Telefon aus und sah Stefan fragend an.

»Bei Damians Haus sollten vier Leute sein, abwechselnd und paarweise«, sagte Stefan. »Das zweite Paar ist vor Ort. Ich habe keine Ahnung, was da vorgefallen ist.«

Karol wusste schon, was passiert war, doch es blieb ihm nichts anderes übrig, als weiter zu insistieren. »Genauer bitte.«

»Als das zweite Paar kam, war das erste nicht mehr da. Du hattest sie abberufen und zu deiner Wohnung geschickt. Und zu der von Anna. Und die, die gekommen waren, saßen in ihrem Wagen und beobachteten Damians Haus. Sie dachten, Adam sei drin.«

Karol war nah dran, zu explodieren. »Und sie waren nicht imstande festzustellen, ob sein Auto da ist? Ein Audi ist recht auffällig!«

»Niemand hat ihnen gesagt, was für einen Wagen er fährt. Unser Fehler«, gab Janusz zu.

»Und warum hat mich niemand darüber informiert, dass gerade diese zwei die Anweisung hatten, die Wierzbickis zu beschützen?«

Karol ließ den Blick über alle streifen. Die einzige Antwort, die er bekam, war Stille. Nach einer Weile kam Ewa ein Gedanke: »Wenn die Gangster mit einem Hubschrauber kamen, dazu eine ganze Gruppe, und die Unseren noch da waren, dann könnten sie jetzt tot sein.«

Einige Sekunden lang sagte wieder niemand ein Wort.

»Der Hubschrauber müsste von dem Satelliten registriert worden sein. Wenn es keine Wolken gab«, bemerkte Karol.

Krzysztof und Ewa drehten sich zu ihren Computern um. Karols Telefon signalisierte den Empfang einer Nachricht. Er sah aufs Display – es waren die Handynummern von Agata und Rafał. Er leitete sie an Janusz' Computer weiter.

»Überprüf die Nummern, vielleicht haben sie die Handys von Adams Frau und Sohn nicht ausgeschaltet, und es gelingt uns, sie dadurch zu lokalisieren. Ich fahre Adam abholen. Danach klinke ich mich aus den Ermittlungen aus, bis ich meine Tochter gefunden habe. Stefan übernimmt das Kommando, bis jemand Neuer von Kowal ernannt wird.«

Nachdem er es gesagt hatte, steuerte er auf die Hallentür zu.

Der über seinen Laptop gebeugte Klicker arbeitete wie in Trance; seine Finger huschten über die Tastatur, seine vor Aufregung glänzenden Augen waren starr auf den Bildschirm gerichtet. Hinter seinem Rücken warteten Marcos und Marica. Grisza stand am Fenster und rauchte.

Die Kreise am Bildschirm näherten sich einem pulsierenden Punkt. Es erschien eine Satellitenkarte mit den roten Dächern der Häuser und dem grünen Fleck eines Waldes.

»Und?«, fragte Marcos ungeduldig.

»Ich hab ihn.« Klicker zeigte zufrieden mit dem Finger auf den pulsierenden Punkt und las von der Karte den Namen Wilkowo ab. »Eine

Waldsiedlung«, fügte er hinzu. »›Glückliche Waldwiese‹. Diese Häuschen da.«

»Druck mir das aus«, befahl Marcos und drehte sich zu Grisza um. »Nimm Perhan mit, beeil dich. Der Bulle ist etwas weiter weg als wir. Ich muss diesen Radiofuzzi haben.«

Grisza nickte und verließ das Zimmer.

»Ich fahre mit«, sagte Marica.

»Du fährst nirgendwohin«, schnitt ihr Marcos das Wort ab. Dann wandte er sich wieder Klicker zu. »Was ist mit Lasota?«

Klicker machte eine ratlose Geste. »Er ist vorsichtig ... null Verbindungen von seinem Telefon aus.«

Marcos biss die Zähne zusammen. »Du wolltest das Autokennzeichen dieses Kerls rausfinden, der ihn aus der Klinik weggebracht hat.«

Klicker drehte sich zu seinem Computer um – dem wütenden Marcos in die Augen zu sehen konnte gefährlich werden. »Ich habe keinen Kontakt zu unserem Bullen ... keinen Code zu seinen Registern.«

Marica grinste ironisch und ging ans Fenster. Sie zündete sich eine Zigarette an. Dann lächelte sie Marcos an und hopste aufs Fensterbrett. Marcos musterte sie widerwillig. »Amüsierst du dich gut?«

»Nicht schlecht«, konterte Marica, die Augen wegen des Zigarettenrauchs zusammenkneifend.

»Vielleicht sagst du mir, durch welch ein Wunder Lasota dir entwischen konnte?«

Marica zuckte die Achseln. »Wie oft soll ich das noch erklären?«

»So oft ich will.«

»Frag die beiden Typen, die du mir mitgegeben hast – ich war im Nebenzimmer. Du schickst zwei Volltrottel hin, und dann wunderst du dich. Der eine hat ein Auge verloren, und der andere hat sich irgendwo versteckt und macht sich vor Angst in die Hose.«

»Und du?«

Maricas Augen glänzten vor Zorn. »Lasota war auf die Sträucher gefallen, und es gab sofort einen Menschenauflauf. Was willst du, Marcos? Du warst nicht da, hast dich in Deutschland amüsiert. Der Schönling, den du ins Krankenhaus geschickt hast, das war auch so ein Schwachkopf. Wo ist er jetzt? Hat Mist gebaut und ist abgehauen. Tolle Leute hast du da engagiert, wirklich. Ich fühle mich immer sicherer. Danke!«

Marcos verzog das Gesicht und wandte den Blick von ihr ab. »Ohne Lasota wird es keine Kohle für die Zisternen geben«, sagte er. »Kein Deal, und wir stehen mit leeren Händen da. Und mit einer Horde Bullen im Nacken.« Er setzte sich in einen Sessel, steckte sich eine Zigarette in den Mund und sog den Rauch genüsslich ein. »Zeig, was du drauf hast, Klicker. Oder ich finde einen besseren Hacker.«

Klicker schluckte und zeigte auf zwei der drei Laptops auf seinem Tisch. »Im Computer des Journalisten gibt es nichts, was uns interessieren könnte. Und bei dem Bengel herrscht ein Riesenchaos, ich hatte noch keine Zeit, es durchzusehen. Vielleicht sollte man ihn in die Mangel nehmen? Er soll selbst sagen, was er von seinem Alten gehört hat. Oder seine Mutter?«

»Du willst ihn in die Mangel nehmen?«, fragte Marcos ironisch.

Klicker zuckte die Achseln. »Ich arbeite mit dem Gehirn.«

»Dann arbeite, statt zu quatschen.«

Klicker seufzte resigniert, drehte sich zum Tisch hin und widmete sich Rafałs Computer.

Die Mauern und Schornsteine der Fabrik waren frisch gestrichen, die Bahnschienen wirkten gepflegt, die Güterwaggons glänzten vor Sauberkeit. Die kleine Bahnstation und das inmitten von Hügeln gelegene Städtchen sahen aus, als wären sie aus Lego-Bauklötzen gebaut. Über der Gegend schwebte der Geist von Ordnung und Solidität.

Ingenieur Podlaski lief nervös an der Rampe entlang, hinter dem Gebäude der Bahnstation – hier war er vor der am Fabriktor angebrachten Kamera gut versteckt. Er blieb stehen und schaute auf die Uhr. Dann holte er aus der Tasche seines Trenchcoats einen metallenen Flachmann und trank einige Schlucke. Er steckte ihn wieder ein, zog eine Schachtel Zigaretten hervor, zündete sich eine an und atmete den Rauch tief ein. Wieder begann er, nervös hin und her zu laufen.

Es verging eine weitere halbe Stunde, bis hinter dem Stationsgebäude zwei Männer hervorkamen. Einer trug die Uniform eines Wärters, der andere war in Zivil, in einem Ledermantel. Podlaski steuerte schnell auf sie zu.

»Ich warte schon seit einer Stunde. Was ist los, meine Herren?«, sagte er ungeduldig auf Deutsch mit polnischem Akzent. »Ist sie da oder nicht?«

Der Wärter zeigte mit dem Finger auf eine Zisterne, die auf einem Gleis in der Nähe des Fabriktors stand. »Es ist die dort.«

Podlaski und die beiden Deutschen gingen auf das Tor zu. Der Ingenieur las leise den Inhalt der Tafel, die an der Seite der Zisterne befestigt war und vor einem gefährlichen Stoff warnte. »Eine Mischung aus zehn Prozent Methylisocyanat und neunzig Prozent Simazin?«, vergewisserte er sich.

Der Wärter nickte und zeigte auf die Kamera über dem Tor. »Wir sollten hier lieber nicht herumstehen.«

Sie gingen hinter das Fabrikgebäude. Podlaski holte wieder seine Zigaretten hervor und hielt sie den Deutschen hin. Beide lehnten mit stummem Kopfschütteln ab.

»Wie bringt ihr die Zisterne von hier weg?«, fragte er, während er sich eine anzündete. Das Zittern seiner Hände war nicht zu übersehen.

»Das ist nicht dein Bier«, sagte der in Zivil. »Nach der erfolgten Überweisung brauchen wir zwei Tage bis zur Grenze.«

Podlaski inhalierte den Rauch und atmete ihn wieder aus. Er machte eine Pause, um seinen Worten Nachdruck zu verleihen. »Die Zisterne muss an den Zug aus Hamburg angeschlossen werden.«

»Sie wird auf einem Nebengleis warten. Es gibt aber ein Problem.«

»Welches?« Der Ingenieur wurde unruhig.

»Der Preis. Dreihunderttausend Euro.«

Podlaski machte eine heftige Handbewegung, blieb mit der Zigarette an seinem Trenchcoat hängen und brach sie entzwei. Er warf den glühenden Teil auf den Boden und zerdrückte ihn wütend mit dem Fuß. »Also nein, das ist nicht fair! Wir haben doch hundertfünfzig vereinbart.«

Der Zivilist zuckte ruhig die Schultern. »Wie du willst. Das hier ist schlimmer als eine Uranbombe. Wer dieses Zeug kauft, muss viel Kohle haben. Und die entsprechende Änderung in den Papieren und unser Risiko kosten nun mal.«

Der Ingenieur wischte sich den Schweiß von der Stirn. »Dann muss ich telefonieren … Ich setze mich mit euch in Verbindung.«

Der Zivilist nickte. Er betrachtete Podlaski mit Widerwillen. »Aber nicht später als gegen Mittag. Dann fährt sie zum legalen Abnehmer, klar?«

»Legal?«, sagte der Ingenieur spöttisch. »In eine alte Kohlengrube in Russland?«

»Das geht dich nichts an«, sagte der Zivilist mit leiser Drohung in der Stimme.

Podlaski beruhigte sich. Es war die Ruhe eines Todeskandidaten, der sein Schicksal nicht mehr ändern kann. »Ich rufe euch an«, sagte er.

Er drehte sich um, überquerte das Nebengleis und ging auf einem Kopfsteinpflasterweg in Richtung Städtchen. Der Wärter rief ihm hinterher: »Gib den Passierschein bei Jürgen in der Wachstube ab!«

Podlaski hob die Hand zum Zeichen, dass er verstanden hatte. Die beiden Deutschen sahen ihm hinterher.

»Wollen sie damit irgendeine Stadt vergiften?«, fragte der Wärter.

Der Zivilist zuckte die Achseln. »Das werden wir aus dem Fernsehen erfahren.«

Die Menge der Autos, die durch die Glaswand des letzten Stockwerks zu sehen war, glich einem Ameisenhaufen. Der Nebel, der nach dem Sonnenaufgang nicht aufgestiegen war, vermischte sich mit den Abgasen und verwandelte die Stadt in eine giftige Falle.

John Kozlowski stand mit den Händen in den Hosentaschen am riesigen Fenster des Konferenzraums und betrachtete mit Widerwillen die von einem grauen Dunst bedeckten Straßen. Wenn er schon die Hässlichkeit einer Metropole ertragen musste, dann sollte es New York sein, schoss es ihm durch den Kopf.

Vizedirektor Hilarewicz hatte am Kopf des langen Konferenztisches Platz genommen. An einer der beiden Seiten saßen zwei Polizeibeamte in Uniform, ein Inspektor und ein Kommissar. Ihnen gegenüber wartete regungslos Nina, die mit Notizblock und Füller ausgerüstete Assistentin.

Die Besprechung dauerte schon eine halbe Stunde. Fast doppelt so lange hatten die Polizisten auf Kozlowskis Erscheinen warten müssen.

Dann fing der Kommissar an, Ziele und Ermittlungsmethoden im Fall Lasota darzustellen. Es war offensichtlich, dass die Polizei keinen blassen Schimmer hatte, was mit ihm passiert war. Kozlowski unterbrach die Ausführungen des Kommissars mitten im Satz, ging vom Tisch weg und postierte sich am Fenster. Seitdem warteten die Anwesenden schweigend.

Nun drehte sich der Generaldirektor von East Fund um und ließ seinen Blick über die ihm zugewandten Gesichter schweifen. Er versuchte gar nicht, ein deutliches Polnisch zu sprechen – sein amerikanischer Akzent ließ die Wortendungen unverständlich klingen.

»Mich interessieren die Details der Ermittlungen nicht, sondern die Ergebnisse. Können die Herren mir erklären, auf welche Weise Direktor Lasota aus dem Krankenhaus verschwunden ist? Angeblich wurde er zusammengeschlagen. Warum hatte er keinen Polizeischutz?«

Der Inspektor erinnerte sich an die Anweisung des Innenministers, die beiden Direktoren der Firma höflich zu behandeln. »Wir führen eine intensive Untersuchung durch und lassen Sie schon bald an all unseren Schlussfolgerungen teilhaben«, sagte er, die Worte vorsichtig wählend.

Der Kommissar kam seinem Vorgesetzten zu Hilfe. »Wir haben alle verfügbaren Polizeimittel eingesetzt. Und wir sind überzeugt, dass wir Herrn Lasota in Kürze finden.«

Kozlowski nahm die Hand aus der Hosentasche und machte eine geringschätzige Geste. »Bla, bla, bla … Reden Sie Klartext mit mir. Wann?«

Die beiden Polizeioffiziere unterdrückten nur mit Mühe ihre Irritation. Dem Inspektor kam in den Sinn, dass er Lust hätte, Kozlowski wie einen gewöhnlichen Dieb zu verhören – so wie er es früher, in der Abteilung für kleine Delikte, getan hatte. »Warschau ist eine große Stadt. Alle Hinweise müssen überprüft werden. Außerdem …«

»Warschau ist ein verdammtes Kaff«, sagte Kozlowski ruhig. »Ich verlange, dass Sie Herrn Lasota sofort finden. Ich bedauere, dass ich einverstanden war, ihn hierherzuschicken. Was sage ich seiner Frau und seiner Tochter in New York? Warum sind die amerikanischen Firmendirektoren nicht Ziel solcher Überfälle?«

Der Kommissar erinnerte sich zwar auch an die Anweisung des Ministers, doch soeben hatte er beschlossen, sie zu vergessen. »Vielleicht sind sie selbst Gangster? Und wir sind hier diejenigen, die Ihnen die Frage stellen sollten, warum Direktor Lasota keinen Schutz hatte?«

Kozlowski sah den Kommissar an, als wollte er sich sein Gesicht genau einprägen. »Sehr witzig. Was für einen Schutz, Herr Polizist? Was für einen? Vierundzwanzig Stunden am Tag?« Er winkte wieder geringschätzig ab und wandte sich an Nina: »Ich habe es satt, verbinde mich mit dem Minister.«

Nachdem er das gesagt hatte, drehte er sich um und betrat sein Arbeitszimmer. Die Tür schloss sich geräuschlos hinter ihm. Das Gesicht des Inspektors wurde dunkel vor Zorn. Der Kommissar steckte ruhig seinen Notizblock in eine Ledermappe und stand von seinem Stuhl auf. Auch Hilarewicz erhob sich, sein Gesichtsausdruck und seine Stimme wirkten freundlich. »Ich muss mich bei Ihnen für das Verhalten des Generaldirektors entschuldigen. Er ist ein Freund von Herrn Lasota und hat Angst um ihn.«

»Klar, deshalb darf er sich wie ein Rüpel benehmen«, sagte der Kommissar.

Der Inspektor gab ihm mit einem Blick zu verstehen, dass er den Mund halten solle. Er stand auf und streckte Hilarewicz die Hand entgegen; dabei versuchte er, möglichst würdevoll zu wirken. »Auf Wiedersehen. Wir melden uns, sobald wir etwas Neues in Erfahrung gebracht haben.«

»Danke, auf Wiedersehen.« Hilarewicz drückte die Hand des Inspektors und wandte sich an seine Assistentin: »Bring die Herren bitte zum Fahrstuhl.«

Nina ging als Erste hinaus, die Polizisten folgten ihr. Hilarewicz wartete ab, bis sich die Tür geschlossen hatte, und steuerte auf das Zimmer zu, in dem Kozlowski verschwunden war.

In dem mit Mahagoniholz getäfelten Raum standen schwere Möbel. Eine Glasvitrine war mit Büchern in Ledereinbänden gefüllt. Kozlowski saß in einem Klubsessel, ohne Jackett und Krawatte, und mischte mit einer Kreisbewegung die Eiswürfel in einem Glas Whiskey. »Bist du dir sicher, dass sie von dem Geld nichts wissen?«, sagte er in Richtung des hereinkommenden Hilarewicz.

»Hundertprozentig.« Hilarewicz setzte sich in den gegenüberstehenden

Sessel, lockerte seine Krawatte, griff nach der Flasche Whiskey und einem zweiten Glas und goss sich auch ein wenig ein.

»Wirst du zurechtkommen?«, fragte Kozlowski.

»Bleib ruhig, meine Leute sind schon nahe dran. Und selbst wenn die Polizei Lasota zuerst finden sollte, wird er ihnen von der Kohle nichts erzählen. Es ist ein schweres Verbrechen, eine Firma um so einen Betrag zu erleichtern. Wie würde er das begründen?«

»Eben, wie?« Kozlowskis Stimme klang misstrauisch. »Diese Frage stelle ich mir auch ständig.«

Hilarewicz sah dem Generaldirektor direkt in die Augen. »Er versucht uns zu blockieren – Gott weiß, warum. Und es ist außerdem ein dummer Plan. Man kann doch nicht eine Milliarde und sechshundert Millionen kassieren und verschwinden. Nicht in dieser Welt.«

Beide nahmen einen Schluck aus ihren Gläsern. Kozlowski war mehr beunruhigt, als er zeigen wollte. »Wenn ihm unsere Investition nicht gefiel, hätte er kündigen können. Lasota ist kein Verrückter, etwas muss ihn wirklich erschreckt haben.«

Hilarewicz breitete die Arme aus. »Diebe und Verrückte erkennt man an ihren Taten.«

Marcos kam ins Zimmer zurück. Klickers Augen waren rot vor Müdigkeit, aber er platzte fast vor Stolz. Neben den drei Laptops auf seinem Tisch dampfte eine Tasse mit heißem Kaffee. Marcos sah einen der Bildschirme an. »Was ist das?«

Auf dem Bildschirm flimmerten Wörter und Zahlen: »I. Vorname – 2, 4, 3, 2, 1, 6, 3, 3; II. Nachname – 1, 3, 2, 4, 3, 5, 1, 3, 5, 4; III. Spitzname – 1, 2, 4, 5, 6, 3, 1, 1.«

»Sechsundzwanzig Ziffern. So viele wie in der Nummer eines Bankkontos«, sagte Klicker. »Ich arbeite dran, aber ich habe noch keinen Schlüssel gefunden. Wenn der kleine Klugscheißer das auf seinem Computer hat, dann könnte es etwas bedeuten.«

»Schreib es ab.«

Klicker riss ein Blatt aus einem Notizblock heraus und schrieb den Code darauf. Marcos nahm den Zettel und ging aus dem Zimmer. Im Flur holte ihn Marica ein. Sie verließen das Haus, gingen an Bruno und Waldi vorbei, die aus einem Geländewagen eine große Kiste heraushoben, überquerten den Hof und betraten die Garage.

An der hinteren Wand saßen Agata und Rafał, mit auf den Rücken gebundenen Händen und zugeklebten Mündern, in schmutzigen Kleidern. Sie waren verängstigt und müde. Marcos blieb vor ihnen stehen und strecke den Zettel vor sich hin. »Was ist das?«

Agata schüttelte den Kopf. Rafał sah den Zettel an; die Anspannung in seinem Blick ließ erkennen, dass er wusste, was dort stand. Marcos riss ihm das Pflaster vom Mund. »Du kennst das, ja?«

»Nein«, sagte Rafał leise.

Marica schlug ihm mit offener Hand ins Gesicht. Der Kopf des Jungen prallte an die Wand. Er stöhnte vor Schmerz und sank verwirrt zur Seite. Agata warf sich kurz hin und her und stieß einen durch das Pflaster gedämpften Schrei aus, sie weinte. Bruno und Waldi tauchten in der Tür auf und beobachteten das Verhör mit Interesse. Marica hob Rafał auf und lehnte ihn an die Wand.

»Du lügst. Dieser Code ist auf deinem Computer«, sagte Marcos. »Ich frage noch einmal: Was ist das?«

»Irgendein Code.«

Maricas Schlag warf Rafał erneut um, und er wurde wieder an den Haaren gezerrt und aufgerichtet. Diesmal gab er aber keinen Laut von sich; er sah Marcos nur mit zusammengepressten Lippen an, bereit zum weiteren Widerstand.

»Hat Charakter, der Kleine«, sagte Marcos mit Anerkennung. Er hielt Marica zurück, die zu einem neuen Schlag ausholte. Dann zog er eine Pistole unter der Jacke hervor, lud sie durch und drückte deren Lauf an Agatas Stirn. Die erschrockene Frau versuchte, den Kopf wegzuschieben.

»Hören Sie auf!«, schrie Rafał. »Ich weiß, was das ist.«

Marcos steckte die Pistole wieder ein, zeigte auf Agata und sagte zu Bruno: »Sperr sie im Keller ein. Und wenn der Bengel Schwierigkeiten macht, erschieß sie.«

»Das ist eine Kontonummer«, rief Rafał mit erschrockener Stimme. »Lassen Sie meine Mutter in Ruhe.«

»Tu nicht so schlau, so viel weiß ich selbst.« Marcos verzog das Gesicht.

Bruno kam auf Agata zu und stellte sie auf die Beine.

»Jede Ziffer entspricht einem Platz in der Klasse meines Vaters«, sagte Rafał schnell. »Die ersten Buchstaben der Vornamen, Nachnamen und Spitznamen ergeben ihre Reihenfolge im Alphabet. A – eins, B – zwei, C – drei und so weiter. Wenn man die einfachen Zahlen und die zweite Ziffer jeder Doppelzahl nimmt, bekommt man eine sechsundzwanzigstellige Kontonummer.«

Marcos hielt Bruno mit einer Geste zurück. »Woher soll man die Vor- und Nachnamen nehmen? Weiß dein Vater sie noch?«

»Niemand erinnert sich an sie. Aber es gibt so eine Seite im Internet: *Unsere Klasse*. Sieben Schulfreunde meines Vaters sind dort registriert, man kann sie fragen. Lassen Sie bitte meine Mutter in Ruhe!«

Marcos schwieg eine Weile und prüfte mit durchdringendem Blick, ob Rafałs Antwort ehrlich war. Dann sagte er mit Bewunderung in der Stimme: »Ein schlaues Kerlchen, dieser Lasota.« Er zeigte mit dem Kopf auf den Jungen. »Den hier nach oben. Die Mami in den Keller.«

Waldi kam auf Rafał zu und half ihm hoch. Bruno schleppte die um sich tretende Agata aus der Garage.

»Mama!«, rief Rafał, dann wandte er sich Marcos zu: »Ich habe Ihnen alles gesagt. Sie haben nicht einen Funken Ehre.«

Marica grinste. Marcos sah Rafał an. Es schien, als wollte er ihm einen Schlag verpassen, doch dann drehte er sich um und verließ die Garage.

»Ich sage kein Wort mehr, solange meine Mutter …«

Waldi schlug Rafał mit der Faust in den Rücken, auf der Höhe der Nieren. Die Worte des Jungen gingen in ein Schmerzgeheul über; er wankte. Waldi packe seinen Arm und stieß ihn in den Hof hinaus. Marcos und Marica betraten das Haus, gefolgt von Bruno, der Agata vor sich her führte.

Adam ging auf und ab in der kleinen Straße hinter dem Gartenzaun. Die Wartezeit kam ihm wie eine Ewigkeit vor. Agata und Rafał waren in den Händen der Verbrecher, die Piotr massakriert hatten. Er versuchte, sich vorzustellen, was ihnen in den letzten Stunden zugestoßen sein konnte.

Er setzte sich auf die Untermauerung des Zauns, erschöpft und ratlos. Dann schaute er zum hundertsten Mal auf die Uhr. Wieso war Karol noch nicht da? Konnte er ihm vertrauen? Er hatte doch behauptet, bei Damian seien sie sicher.

Aus den Fenstern der Häuser sahen ihm die Bewohner der Siedlung zu, doch er blickte gar nicht in ihre Richtung. Auf einmal hörte er Schritte und drehte sich um. Der ältere Mann war vor das Gartentor gekommen und trug ein Tablett in seine Richtung mit einer dampfenden Kanne, einer Tasse und Sandwiches auf einem Teller. Er blieb vor Adam stehen. »Bitte greifen Sie zu.«

Adam schüttelte den Kopf. »Nein, danke.«

»Seien Sie uns nicht böse. Meine Frau hat Schlimmes erlebt, vor langer Zeit. Sie hat Angst vor Menschen.«

»Danke, Sie haben mir sehr geholfen. Mit dem Telefon.«

»Bitte, ein Schluck Kaffee kann doch nicht schaden.«

Adam warf einen Blick auf das Tablett und verspürte plötzlich Hunger. Er hob die Kanne und goss den heißen Kaffee in die Tasse. »Danke.«

Er trank, ohne darauf zu achten, dass er sich den Mund verbrannte. Der ältere Herr sah ihn sorgenvoll an. »Hat man wirklich Ihre Frau und Ihren Sohn entführt.«

Adam nickte und stellte die leere Tasse auf das Tablett.

»Wie schrecklich. Wissen Sie, weswegen?«

»Es ist meine Schuld.«

Der Keller war mit altem Baumaterial vollgestopft, jetzt aber diente er als Magazin für Sprengstoff, Waffen und Uniformen. Agata saß unter einem vergitterten kleinen Fenster, mit Handschellen an den Heizkörper gekettet. Mit dem Rücken zur Treppe versuchte sie, eine Haarnadel im Schloss der Handschellen umzudrehen. Sie hatte sie aus dem Haar auf den Betonfußboden hinausgeschüttet, dann war es ihr gelungen, sie mit den Füßen aufzuheben und schließlich mit den Lippen zu greifen – dank der Bodengymnastik, die sie in ihrer Jugend trainiert hatte, hatte sie gut gedehnte Muskeln und Sehnen. Das Ende der Haarnadel ging in die Öffnung des Schlosses hinein, aber sie hatte nicht genug Kraft, um den dünnen Draht mit ihrem Mund umzudrehen. Sie biss die Zähne zusammen und drehte ein weiteres Mal. Es erklang ein leises Klicken, als ob das Schloss nachgegeben hätte. Sie rüttelte an den Handschellen, doch sie öffneten sich nicht. Nur die Haarnadel wäre ihr beinahe aus dem Mund gefallen. Sie seufzte enttäuscht und schob das Ende der Haarnadel wieder ins Schloss.

»Wie kommst du voran?«, fragte plötzlich eine Stimme hinter ihr.

Erschrocken ließ sie die Haarnadel fallen und versteckte sie unter einem Knie. Sie drehte sich zur Treppe um. Marica hatte sich auf eine Stufe gesetzt und schaute ihr neugierig zu.

»Es ist schwierig, sie so zu öffnen, aber wer weiß, vielleicht gelingt es dir. Nur was dann? Kommst du rauf und legst uns alle um? Oder läufst du Hilfe holen und lässt Rafał allein? Man muss einen Plan haben, wenn man etwas beginnt.«

Agate senkte den Blick. Marica kam auf sie zu, bückte sich und zog die Haarnadel unter ihrem Knie hervor. Sie schob sie in Agatas Haar und drückte fest zu. Diese schrie vor Schmerz und biss die Lippen zusammen.

»Versuch es weiter.« Sie hockte sich vor Agata hin und wischte eine Blutspur von ihrer Stirn. »Wir werden deinen Mann bald haben.«

Agata ließ sich nicht anmerken, wie überrascht sie war. Sie hatte bis jetzt angenommen, dass Adam sich auch in den Händen der Gangster befand.

»Du musst eins verstehen«, fuhr Marica fort. »Es geht um viel Geld. Und große Politik. Beides ist zu groß für euch. Versuch das deinem Mann zu erklären. Und dass er uns bei dem Code helfen soll. Marcos wird nicht zögern, deinen Sohn zu töten. Und dich und deinen Mann auch, wenn es ihm zu lange dauert.«

Agata war nicht imstande, das Zittern ihres Körpers zu unterdrücken. Maricas Stimme und Worte erschreckten sie.

»Warum machst du das? Du bist doch eine Frau«, sagte sie mit leiser Stimme.

»Ich war mal eine. Du wirst sehen, was mit dir passiert, wenn sie deinen Mann und deinen Sohn umbringen. Vor deinen Augen. Ich bin eine Serbin, die im Kosovo gelebt hat. Weißt du, was das bedeutet? Ich hatte weder einen Mann noch einen Sohn, dafür war ich zu jung. Ich hatte aber einen Vater, eine Mutter und zwei Brüder. Und ich war nicht zu jung für eine Massenvergewaltigung.« Sie wartete einen Moment und beobachtete Agatas Reaktion genau. »Überzeug deinen Mann, dass das Sterben nicht lohnt.« Sie streckte die Hand aus und riss die Haarnadel aus Agatas Kopfhaut. »Spiel nicht die Heldin. Das ist nichts für Frauen wie dich.« Sie richtete sich auf und verließ den Keller. Die schwere Tür ging zu, im Schloss knarrte der Schlüssel.

Natalia erwachte plötzlich aus einem bösen Traum. Sie war von einem riesigen Ungeheuer verfolgt worden, und Karols Mutter wollte die Tür ihres Hauses nicht öffnen. Immer noch nicht ganz wach, sah sie sich im Zimmer um; sie konnte sich nicht erklären, wo sie sich befand. Durch die lange nicht geputzten Fensterscheiben fiel das Tageslicht auf schmutzige Wände, alte Möbel, kaputte Spielsachen und beunruhigende Bilder an der Wand – Gestalten ohne Köpfe.

Nach einigen Sekunden fielen ihr die nächtlichen Ereignisse wieder ein, und sie sah sich erschrocken um. Sie war allein im Zimmer, an der Tür stand ein Tablett mit einer dampfenden Tasse und zwei Scheiben Brot mit Käse. Sie hatte keinen Hunger, war unruhig und wollte so schnell wie möglich dieses unangenehme Zimmer verlassen. Sie versuchte sich zu erinnern, warum sie hier über Nacht geblieben war. Vielleicht war ihr jeder Ort besser erschienen als das Haus dieser Frau, die sie nicht ihre Großmutter nennen konnte?

Angeekelt schob sie die schmutzige Wolldecke von sich und stand auf. Sie ging auf die Tür zu, rückte das Tablett zur Seite und drückte auf die Klinke. Es war abgeschlossen. Noch unruhiger rüttelte sie an der Klinke – ohne Erfolg, was sie schließlich wütend machte. Sie schlug mit ihrer kleinen Faust gegen die Tür und rief: »Hallo! Machen Sie bitte sofort auf! Ich bin hier! Hallo, hören Sie mich?! Machen Sie auf! Bitte!«

Niemand antwortete ihr, die Stille kam ihr bedrohlich vor. Sie schlug noch einige Male gegen die Tür, bis ihr die Hand wehtat. Sie spürte, dass sie gleich in Tränen ausbrechen würde. »Bronek, lass mich raus«, rief sie mit flehender Stimme. Sie blieb vor der geschlossenen Tür stehen und versuchte, ihren Atem zu beruhigen. Ihr fiel der Rat ein, den ihr Karol einmal für schwierige Situationen gegeben hatte: Man muss sich beruhigen und nachdenken. Sie trat zurück und setzte sich auf den Bettrand. In ihrem Kopf aber herrschte weiterhin Chaos. Vielleicht sind Bronek und sein seltsamer Vater zum Einkaufen gefahren, und sie macht sich unnötig Sorgen? Warum aber haben sie die Tür abgeschlossen? Sie sah sich um, auf der Suche nach einem Schüssel, doch sie fand ihn nirgendwo. Sie schaute zum Fenster – beim Anblick der Bäume kam sie zu dem Schluss, dass sie sich im ersten Stock befand. Vielleicht würde es ihr gelingen, ins Erdgeschoss zu klettern? Sie ging auf das Fenster zu und entdeckte hinter den schmutzigen Scheiben ein Gitter. Sie starrte die weißen, verrosteten Metallstäbe mit weit aufgerissenen Augen an. Wozu hat jemand ein Gitter vor einem Fester im ersten Stock angebracht? Um demjenigen, der in diesem Zimmer eingeschlossen ist, die Flucht unmöglich zu machen, flüsterte ihr die Phantasie zu.

Im Garten ertönte Hundegebell. Plötzlich schlug Natalia heftig mit den Fäusten auf die Fensterscheibe ein und schrie aus vollem Hals: »Großmutter! Ich bin hier!« Sie versuchte, den Griff umzudrehen und das Fenster zu öffnen, doch der verrostete Mechanismus gab nicht einen Millimeter nach. »Großmutter!«

Frau Siennicka war blass, hatte Ringe unter den Augen und hielt sich mit einer Hand an den Metallstäben des Gartentors fest. Mit Mühe gelang es ihr, mit ihrer Stimme das Gebell des Schäferhunds zu übertönen. »Ich laufe schon die ganze Nacht in Komorów herum. Sie kann ja nicht weit sein.«

Wołowiec stand auf der anderen Seite des Zauns und hörte ihr mit gleichgültigem Gesichtsausdruck zu, ohne auf den neben ihm herumtobenden Hund zu reagieren. »Ich habe nichts gesehen.«

Frau Siennickas Blick drückte Resignation aus. »Die Polizei kann sie auch nicht finden.«

Wołowiec stand da und wartete schweigend.

»Sollten Sie doch noch ein zehnjähriges Mädchen sehen, rufen Sie mich bitte an. Hier ist meine Nummer.« Sie reichte ihm ein Kärtchen mit ihrer Telefonnummer. Der Schäferhund sprang zu ihrer Hand hoch.

Wołowiec schob ihn mit dem Fuß weg, nahm das Kärtchen und sah es genau an.

»Ich danke Ihnen«, sagte Frau Siennicka. Sie holte tief Luft, ließ das Tor los und ging weiter. Wołowiec sah ihr kurz mit regungslosem Gesicht nach, dann ging er zurück zum Haus.

Natalia musste entsetzt zusehen, wie Karols Mutter sich entfernte. Sie hämmerte wieder gegen die Fensterscheibe. »Großmutter! Hier bin ich! Geh nicht weg, bitte! Neeein!« Von Panik ergriffen, sah sie sich im Zimmer um. Dann lief sie auf das Tablett zu, wischte die Tasse und die Sandwiches hinunter und rannte zurück ans Fenster. Mit voller Kraft schlug sie mit dem Tablett auf die Scheibe ein. Das Glas zerbarst mit einem lauten Knall, das Tablett fiel ihr aus den Händen.

Das Geklirr der zerbrochenen Fensterscheibe und der entfernte Schrei erreichten Frau Siennickas Ohren. Sie drehte sich um und versuchte, die Geräusche zu identifizieren, die von dem Gebell des Schäferhunds übertönt wurden. Wołowiec beobachtete sie von der Türschwelle aus. In Frau Siennickas Manteltasche ertönte ein Klingeln. Sie zog das Telefon heraus und drückte es ans Ohr. »Nein, ich weiß nichts. Gar nichts. Es ist schrecklich. Was soll ich jetzt tun?« Sie drehte sich um und ging weiter.

Karols Passat fuhr schnell über eine Weichselbrücke. Auf beiden Seiten huschten die langen Stahlseile vorbei, an denen die Brückenkonstruktion aufgehängt war. Der Morgenverkehr hatte alle drei Spuren mit Autos gefüllt. Der Fluss tauchte im Nebel ab.

»Ich muss noch eine Sache schnell erledigen, dann komme ich, versprochen. Geh nach Hause und ruh dich aus. Schlaf ein wenig«, sagte Karol in sein Handy. »Ich stehe seit heute früh mit der Polizei in Verbindung, sie haben die Bezirkskommandantur in die Suchaktion miteinbezogen. Die Polizisten durchkämmen die Umgebung von Komorów. Und meine Leute bewachen beide Wohnungen.«

»Ist gut, Karol, ist gut … Wirst du mir je verzeihen?«

Trotz der schlechten Verbindung erkannte er, dass seine Mutter weinte. Das hatte ihn schon immer aus der Fassung gebracht. Er wechselte mit einer energischen Bewegung des Lenkrads die Spur und überholte einige Autos.

»Es gibt nichts zu verzeihen. Natalia wird wiederauftauchen. Sie ist sicher zu einer Freundin gefahren und hat bei ihr übernachtet. Die Polizei ruft die Eltern der Kinder aus ihrer Klasse an. Wir überprüfen auch unsere Bekannten und Verwandten außerhalb von Warschau.«

»Mich kann sie hassen … aber warum ruft sie dich nicht an?«

»Sag das nicht. Vielleicht schläft sie noch. Oder sie hat beschlossen, es uns richtig zu zeigen. Sie hat Annas Charakter.«

»Das hast du gesagt.«

»Geh nach Hause, Mutter. Bald kommt jemand von der Polizei, um einige Kleidungsstücke von Natalia mitzunehmen.«

»Wozu brauchen sie ihre Sachen?«

»Für die Spürhunde.«

»Gott, das klingt ja furchtbar!«, rief Frau Siennicka aus.

»Reg dich nicht auf, das ist das normale Prozedere. Ich rufe dich wieder an. Und jetzt leg dich hin.«

»Gut, mein Sohn. Ich verstehe.«

Karol unterbrach die Verbindung. Er konnte sich nicht erinnern, dass sie ihn je »mein Sohn« genannt hätte. Er verließ die Brücke und beschleunigte auf einer zweispurigen Straße, die in die Warschauer Vororte führte. Dann wählte er wieder eine Nummer. Nach einer Weile vernahm er die Stimme des Adjutanten von General Kowal. »Ja bitte? Das Büro des Vizeministers.«

»Karol Siennicki. Ich möchte mit dem General sprechen.«

»Haben Sie es auf seinem Handy versucht, Herr Oberst?«

»Ja, es ist ausgeschaltet.«

»Der Herr General ist noch nicht im Büro. Soll ich ihm etwas ausrichten?«

Karol unterdrückte einen Anflug von Ungeduld. Sein Telefon war vierundzwanzig Stunden am Tag eingeschaltet, und Kowal erlaubte sich die Abwesenheit während einer Operation, die er selbst angeordnet hatte.

»Sagen Sie dem General bitte, dass ich den Ermittlungen aus persönlichen Gründen fernbleiben muss.«

Der Offizier zögerte kurz. »Verzeihen Sie, Herr Oberst, aber ich muss Sie fragen, für wie lange. Und wer Ihre Funktion ausübt, solange kein Stellvertreter ernannt ist.«

Karol lobte ihn in Gedanken für seine Geistesgegenwart. »Meine Aufgaben hat Hauptmann Stefan Biały übernommen, wie die Dienstordnung es vorsieht. Ich weiß nicht, für wie lange. Ich erkläre General Kowal die Einzelheiten, wenn er aufgewacht ist.« Bei allem Stress konnte er sich diese kleine Bosheit nicht verkneifen.

Die Stimme des Adjutanten wurde leicht abweisend. »Ich verstehe, ich richte es dem Herrn General aus.«

Karols Telefon klingelte sofort, nachdem er aufgelegt hatte. Im Wagen erklang Stefans Stimme: »Wir haben den Hubschrauber per Satellitenaufzeichnung gefunden. Er tauchte kurz neben Damians Haus auf, dann flog er weg und holte ein Auto ein, das Wierzbicki gehören könnte. Der Wagen hielt an, und der Hubschrauber landete. Der Satellit registrierte Silhouetten von Menschen aus dem Hubschrauber und aus dem Wagen. Sie liefen alle in den Wald hinein. Dann stieg der Nebel auf, und die Aufzeichnung wurde undeutlich.«

»Also wisst ihr nicht, wohin der Hubschrauber geflogen ist?«, vergewisserte sich Karol.

»Leider nicht. Wir haben der Polizei den letzten Standort von Wierzbickis Wagen durchgegeben, sie checken ihn gerade.«

»Gut, danke. Das ist alles.«

»Viel Glück, Karol.« Aus Stefans Stimme war echtes Mitgefühl herauszuhören. »Von uns allen.«

»Danke, bis dann.«

Zuerst blinkte in der Ferne ein Blaulicht, dann tauchte hinter einer Anhöhe ein Polizeistreifenwagen auf. Er näherte sich schnell über den Kiesweg, der von der Landstraße zur Siedlung führte. Adam wandte sich vorwurfsvoll an den älteren Mann: »Ich habe Sie doch gebeten, nicht die Polizei zu rufen.«

Der Mann breitete die Arme aus: »Es tut mir leid, wir waren das nicht. Ich kann bezeugen, dass Sie keine Bedrohung darstellen.«

Adam bemerkte in einigen Fenstern Menschen, die den heranfahrenden Streifenwagen beobachteten. Andere kamen aus ihren Häusern heraus.

»Danke, ich komme schon zurecht.«

Der Mann nickte und ging mit dem Tablett in den Händen zum Haus. Der Streifenwagen blieb einige Meter vor Adam stehen, zwei junge Polizisten stiegen aus. Der Ältere kam auf Adam zu und salutierte. »Guten Tag – Aspirant Drzazga. Darf ich fragen, was Sie hier machen?«

Einen Moment lang wollte Adam die Wahrheit sagen, doch in der verschmutzten Kleidung und mit dem blutverschmierten Gesicht hatte er nur eine geringe Chance, von den Polizisten nicht für einen Alkoholiker oder Verrückten gehalten zu werden.

»Es ist nicht einfach, das zu erklären. Ich bin in einer schwierigen Situation. Aber ich bedrohe niemanden.«

Die Polizisten sahen Adam misstrauisch an. »Die Nachbarn haben uns gebeten einzugreifen. Sie haben ihre Ruhe gestört. Haben Sie irgendwelche Dokumente bei sich?«

Adam zog sein Handy hervor. »Habe ich. Und rufen Sie bitte diese Nummer an. Der Bekannte, auf den ich warte, ist ein Oberst. Er wird Ihnen alles erklären.«

Er fand die Nummer und zeigte sie dem älteren Polizisten.

»Was für ein Oberst?«, wollte dieser wissen.

Adam unterdrückte seine Irritation. »Ein Oberst der Armee. Bei der Polizei habt ihr diesen Grad nicht mehr, oder? Er heißt Karol Siennicki und arbeitet im Verteidigungsministerium. Sie können ihn anrufen. Oder soll ich es tun?«

Die Polizisten sahen einander an. Adams Worte hatten Eindruck auf sie gemacht, doch sein Aussehen und seine Gereiztheit sprachen gegen ihn.

»Es wird das Beste sein, wenn Sie mit uns zum Kommissariat fahren«, sagte der Aspirant. »Es gab eine Anzeige, also können wir Sie nicht einfach hier stehen lassen. Wir rufen vom Kommissariat aus an und klären alles auf.«

Adam ging einen Schritt zurück und sagte in schärferem Ton: »Ich fahre nirgendwohin! Meine Frau und mein Sohn wurden entführt, und ich soll hier auf Oberst Siennicki warten. Überprüft diese Nummer, verdammt! Ich heiße Adam Wierzbicki und bin Rundfunkjournalist. Und ich verspreche, dass ich euch richtig zusetze, falls meiner Familie wegen eurer Sturheit etwas zustößt!«

Die beiden Polizisten legten die Hände auf ihre Gürtel. »Beruhigen Sie sich bitte und steigen Sie in den Wagen«, sagte der Aspirant mit Nachdruck.

»Ich rühre mich nicht vom Fleck, bis Karol Siennicki kommt! Seid ihr taub?«

Die Polizisten stürzten sich auf Adam und warfen ihn zu Boden. Adam versuchte, sich zu befreien, seine Schreie vermischten sich mit den Stimmen der keuchenden Polizisten.

»Lasst mich! Scheiße … lasst mich los!«

»Beruhige dich, hörst du? Beruhige dich, sonst wird es wehtun. Ruhe!«

Der Aspirant versuchte, Adam die Handschellen anzulegen, doch es gelang ihm nicht, seine Hände zusammenzuführen. Die Wut verlieh Adam zusätzliche Kraft; er stieß den Aspiranten mit den Füßen weg und warf ihn um. Der zweite Polizist riss einen Schlagstock hinter dem Gürtel hervor und schlug ihm auf die Unterschenkel. Adam heulte vor Schmerz auf und drehte sich um, um ihm einen Tritt zu verpassen. Der Aspirant richtete eine Tränengaspistole auf sein Gesicht und drückte zu. Eine Gaswolke raubte Adam den Atem. Die Hände an den Augen, rollte er sich auf dem Boden zusammen, hustend und röchelnd. Der Aspirant ließ die Handschellen an seinen Handgelenken zuschnappen.

Der ältere Mann und seine Frau sahen erschrocken von der Türschwelle aus zu. Auf der Straße versammelten sich die anderen Bewohner der Siedlung. Die Polizisten halfen dem überwältigten Adam hoch und schubsten ihn in Richtung Streifenwagen.

Beim Anblick eines schwarzen BMW, der neben ihnen scharf bremste, blieben sie stehen. Aus dem Auto stiegen Grisza und Perhan, dessen flaches, durch Narben entstelltes Gesicht ihm das Aussehen eines Boxers verlieh. Grisza zog seine Brieftasche hervor und klappte sie kurz auseinander, indem er ein Dokument mit Foto zeigte. »Leutnant Gorący von der Agentur für Innere Sicherheit. Er gehört uns«, konstatierte er mit entschlossener Miene.

Perhan packte Adam beim Arm, um ihn von den Polizisten zu übernehmen.

»Moment mal«, sagte der Aspirant. »Was ist hier los? Das ist unser Einsatz.«

Grisza wechselte zu einem vertraulichen Ton. »Gute Arbeit, meine Herren. Dieser Kerl heißt Adam Wierzbicki, wir ermitteln in seinem Fall. Und jetzt nehmen wir ihn mit.«

»Gehört ihr zu Karol?« Adam sah nur die undeutlichen Konturen des sprechenden Mannes. Seine Augen brannten, er war nicht imstande, sie ganz zu öffnen.

»Ja, genau«, antwortete Grisza. »Zu Karol.«

Adam wandte sich zu den Polizisten um. »Also? Habe ich es nicht gesagt? Worauf wartet ihr? Die Handschellen!«

Der Aspirant beachtete Adams Worte nicht, sondern wandte sich an Grisza: »Kann ich diesen Ausweis nochmal sehen?«

»Klar«, sagte Grisza.

Er griff unter die Jacke, zog eine Pistole mit Schalldämpfer hervor, legte sie an die Stirn des Aspiranten und drückte ab. Dann zielte er auf den Kopf des anderen Polizisten und schoss erneut. Beide Polizisten fielen um, ohne einen Laut von sich zu geben; aus ihren Kopfwunden floss Blut.

Aus den Häusern auf beiden Seiten der Straße drangen die Angstschreie der fliehenden Menschen und das Knallen der Haustüren. Adam erstarrte. Er konnte die Polizisten nicht deutlich sehen, aber er hatte keinen Zweifel, dass sie tot waren. Plötzlich stürzte er nach vorn, stieß Grisza mit dem Arm weg und floh in plumpen Sätzen die Straße hinunter, die gefesselten Hände vor der Brust.

Perhan rannte Adam hinterher. Er holte ihn nach etwa zwanzig Schritten ein und warf ihn mit einem Stoß in den Rücken zu Boden. Adam fiel auf den Kiesweg, schmerzhaft mit Knien und Ellbogen aufschlagend. Perhan riss ihn hoch und stieß ihn Richtung Wagen. Grisza ließ seinen Blick über die Häuser schweifen, sie wirkten, als wären sie ausgestorben. Er steckte die Pistole unter die Jacke und ging auf den BMW zu.

»Hurensöhne! Ihr habt meine Frau und meinen Sohn entführt!«, stieß Adam wütend hervor. Dann rief er in Richtung Häuser: »Jemand soll die Polizei rufen!«

Perhan schlug ihm mit der Faust in die Nierengegend. Adam wankte und schrie wieder vor Schmerz. In der nächsten Sekunde drehte er sich mit einer Wutgrimasse um und schlug mit der Stirn in Perhans Gesicht.

Man hörte einen Knochen brechen. Der Gangster hielt sich mit beiden Händen die blutende Nase und fiel zu Boden. Grisza sprang auf Adam zu und verpasste ihm einen Kinnhaken. Adam fiel um, direkt neben Perhan. Grisza packte ihn an den Haaren und schleppte ihn über den Boden zum BMW.

Adam breitete die Arme aus, um zu verhindern, dass er durch die Hintertür in den Wagen hineingestoßen wurde. Perhan stand mit blutüberströmtem Gesicht auf, lief auf ihn zu und trat ihm in den Rücken. Adam stöhnte vor Schmerz, doch er kämpfte weiter mit Grisza, der alles tat, um ihn in den BWM hineinzuzwingen. In Perhans Hand blinkte die Schneide eines Springmessers.

»Lebend!«, sagte Grisza.

Perhan schnitt mit dem Messer in Adams Unterschenkel. Der Journalist heulte auf und blieb kraftlos an der Schwelle des Wagens hängen. Die beiden Gangster stießen ihn auf den Rücksitz, Grisza setzte sich ans Steuer, Perhan drängte sich neben Adam hinein, schlug ihm mit dem Ellbogen ins Gesicht und legte das Messer an seinen Hals.

»Los, beweg dich«, knurrte er hasserfüllt.

Adam war nicht mehr imstande, auch nur ein Wort hervorzubringen. Sein Bein wurde steif vor Schmerz, seine Augen brannten. Die Wut wich der Resignation und der Verzweiflung. Er würde Rafał und Agata nicht helfen können, und er würde das hier selbst nicht überleben. Er hatte ja den Fahrschein mit dem Code nicht. Er hatte gar nichts, womit er die Gangster aufhalten könnte.

Der BMW setzte zurück, drehte um und beschleunigte auf dem Kiesweg zwischen den Häusern. Aus der entgegengesetzten Richtung näherte sich ein schwarzer Passat. Adam riss die Augen weit auf und erkannte hinter der Windschutzscheibe das Gesicht von Karol, der zu seinem Entsetzen, statt den BMW anzusehen, an ihm vorbeifuhr. Er hob die gefesselten Hände hoch, und ohne die Messerklinge an seinem Hals zu beachten, schlug er Perhan mit voller Kraft auf die Kehle. Perhans Kopf sprang nach hinten, er röchelte vor Schmerz. Adam zerrte an dem Türgriff, stieß die Tür auf und fiel auf die Straße hinaus. Grisza trat scharf auf die Bremse. Der Wagen fuhr noch einige Meter, auf dem Kies schleudernd, und blieb stehen.

Erst jetzt bemerkte Karol die Bewegung hinter sich – er warf gerade einen Blick in den Seitenspiegel, als ein Mann aus dem BMW fiel. Er griff nach der Handbremse, drückte aufs Gas und drehte den Passat frontal zu dem anderen Wagen.

Perhan sprang sofort heraus und lief, sein Springmesser in der Hand, Adam hinterher, der, von dem Sturz betäubt, auf allen vieren flüchtete. Grisza postierte sich mit einer Pistole hinter der Tür und sah in Richtung Passat. Karol stürmte heraus und richtete seine Waffe auf Perhan.

»Polizei! Bleib stehen, oder ich schieße!«

Grisza schob den Lauf seiner Pistole über die Tür hinaus und eröffnete das Feuer. Siennicki sprang hinter die Tür des Passats. Die Kugeln trafen die Karosserie und die kugelsicheren Scheiben seines Wagens. Perhan blieb direkt hinter Adam stehen, hob die Hand mit dem Messer und holte zu einem Stoß in den Rücken aus. Adam drehte sich um und trat ihn mit beiden Füßen in den Bauch. Perhan fiel um, stand aber sofort wieder auf. Er warf sich fluchend auf Adam und stieß mit dem Messer zu, auf seinen Hals zielend. Eine Sekunde später trafen ihn zwei Kugeln aus Karols Pistole in den Oberkörper. Er fiel mit einem Röcheln zu Boden und erstarrte. Karol richtete den Pistolenlauf auf den BMW und schoss weiter, womit er Grisza in die Defensive zwang.

»Adam, bist du okay?«, rief er.

»Ja!« Adam rückte von dem blutüberströmten Perhan weg.

»Versteck dich!« Karol warf das leere Magazin weg und drückte ein neues in die Pistole hinein.

Adam kroch hinter einen Gartenzaun und blieb reglos liegen. Grisza legte sich neben den BMW und begann wieder, auf Karol zu schießen. Eine seiner Kugeln durchschlug einen Reifen des Passats, die anderen knallten gegen die Karosserie und prallten an der Windschutzscheibe ab. Karol wartete bewegungslos hinter der Tür, die Pistole in beiden Händen.

Grisza stand blitzschnell auf, sprang in den BMW, schlug die Tür zu und fuhr scharf an. Karol lief hinter dem Passat hervor und schoss mehrmals auf den wegfahrenden Wagen. Die Heckscheibe zerbarst, die Kugeln durchlöcherten die Windschutzscheibe. Der Wagen fuhr im Zickzack weiter, bog auf die Landstraße ein und verschwand hinter den Bäumen. Karol blieb stehen und senkte die Pistole. Sein Gehirn hatte das Kennzeichen des BMW registriert, er wusste aber, dass das nichts nützte – der Gangster würde ihn gleich stehen lassen und verschwinden.

Adam richtete sich schwer keuchend auf und hinkte mit schmerzverzerrtem Gesicht auf den zurückkommenden Karol zu. »Fahren wir ihm nach! Das ist einer von denen, die Agata und Rafał entführt haben!«

»Geht nicht, er hat mir einen Reifen zerschossen.« Karol zeigte auf ein Rad. Er ging an Adam vorbei, hockte sich neben den Leichen der Polizisten hin und prüfte mit den Fingern ihre Halsschlagadern. Dann richtete er sich auf, kehrte zu seinem Wagen zurück, nahm das Telefon aus der Halterung und wählte eine Nummer. »Stefan, schreib mit: Ich habe Adam, wir sind in Wilkowo. Die Gangster haben zwei Polizisten getötet. Einen habe ich erledigt, der andere flieht mit einem BMW über die Landstraße nach Warschau. Kennzeichen: WGA 1421W. Die Nummerntafel ist bestimmt falsch oder gestohlen. Benachrichtige die Polizei und alle Einheiten. Der Mann ist bewaffnet und gefährlich.«

Er unterbrach die Verbindung, ging auf Perhan zu, bückte sich und legte die Finger an seine Halsschlagader. Adam blieb neben ihm stehen; er drückte mit der Hand auf seinen verwundeten Unterschenkel.

»Lass uns den anderen verfolgen. Ich bitte dich!«

»Beruhige dich. Lass mich arbeiten.«

Karol öffnete Perhans Jacke und fand an einer Seite seines Körpers eine Schusswunde. Adam beherrschte sich nur mühsam. Aus dem Augenwinkel sah er die erschrockenen Menschen, die langsam aus ihren Häusern herauskamen. Karol nahm seine Hand von Perhans Wunde weg.

»Drück drauf, kräftig.«

»Wozu? Soll er doch krepieren.«

»Adam, tu, was ich dir sage! Willst du Agata und Rafał finden?«

Adam kam sofort zu sich. Er vergaß den Schmerz in seinem Bein, hockte sich neben Perhan hin und drückte auf die blutende Wunde. Karol wählte wieder eine Nummer. »Stefan, der zweite Gangster lebt. Ich nehme ihn ins Prager Krankenhaus mit. Ruf dort an und sag, sie sollen die Notaufnahme darauf vorbereiten.«

Perhan stöhnte und öffnete die Augen. Adam packte ihn bei seiner Jacke und richtete ihn mit einem Ruck auf. »Wo sind meine Frau und mein Sohn?! Sag es, du Rindvieh!«

Perhan hustete mühsam, der Kopf sank ihm kraftlos auf die Brust, aus seinem Mund sickerte Blut. Karol reagierte sofort, indem er Adams Arm packte. »Nicht auf diese Weise! Du bringst ihn um!«

Adam aber ließ Perhans Jacke nicht los. »Er soll sofort sagen, was er weiß!«

»Beruhige dich, wir bringen ihn ins Krankenhaus. Er wird uns alles erzählen, ich verspreche es. Drück auf seine Wunde, sonst verblutet er.«

Karols ruhige Stimme tat ihre Wirkung – Adam riss sich zusammen, legte Perhan zurück auf den Boden und drückte auf seine Wunde. Der Gangster atmete schwer, er verschluckte sich immer wieder an seinem Blut. Adam drehte ihn auf die Seite, sodass er nach wenigen Sekunden aufhörte zu würgen.

»So ist es gut«, sagte Karol. »Wir fahren gleich. Was ist mit deinem Bein?«

»Den Schmerz halte ich aus«, antwortete Adam und warf einen Blick auf das Blut an seinem Fuß, »aber ich blute.«

Karol ging zum Kofferraum seines Wagens und zog einen Verbandskasten heraus. Er kehrte zu Adam zurück, öffnete den Kasten und holte das Verbandszeug und ein Messer hervor. Adam hob Perhan an, und sie zogen ihm die Jacke aus. Karol schnitt das Hemd des Verletzten auf und bandagierte mit Adams Hilfe seine Brust. Um sie herum versammelten sich die Bewohner der Siedlung, die untereinander leise die Ereignisse kommentierten. Karol wandte sich an alle: »Gleich kommt ein Ermittlungsteam. Bitte rühren Sie nichts an.«

Zwei Männer halfen mit, Perhan zum Passat zu tragen; sie legten ihn auf den Rücksitz. Eine der Frauen, eine Krankenschwester, führte Adam zu einer niedrigen Mauer, schnitt seine Jeans auf, desinfizierte seine Wunde und verband seinen Unterschenkel. Sie sagte, dass die Wunde genäht werden sollte. Karol füllte den platten Reifen mit dem Schaum eines Pannensprays auf und wandte sich an Adam: »Kannst du fahren?«

Adam ging hinkend auf den Wagen zu und setzte sich ans Steuer. Karol nahm hinten Platz, neben dem bewusstlosen Perhan. Der Passat fuhr gerade los, als aus der entgegengesetzten Richtung zwei Streifenwagen kamen und die Durchfahrt blockierten. Karol befahl Adam, den Wagen anzuhalten, öffnete das Fenster und zeigte seinen Ausweis.

»Oberst Siennicki. Ich fahre einen verwundeten Gangster ins Krankenhaus.«

Nach einer Weile kamen sie auf die Landstraße Richtung Warschau. Karol drückte auf Perhans bandagierte Brust. »Wach auf. Es wird Zeit, dass wir uns unterhalten.«

Perhan stöhnte auf, blieb aber bewusstlos.

Klicker und Marcos saßen an beiden Seiten von Rafał, der an seinem Laptop arbeitete. Im Zimmer nebenan reinigten Bruno und Waldi die Maschinenpistolen. Als Marica den Raum betrat, warf ihr Marcos einen fragenden Blick zu.

»Sie wird keinen Ärger machen«, stellte sie fest und setzte sich wieder aufs Fensterbrett. Von hier aus konnte man die Männer gut sehen, die sich an den Autos und am Tor zu schaffen machten. Fast die ganze Gruppe von Marcos hatte sich in diesem Haus versammelt und bereitete sich auf die Aktion vor. Andere warteten auf seine Befehle in der Stadt.

Rafał hatte Marica auch gehört und wandte sich zu ihr um. »Sie haben meiner Mutter doch nichts getan?«, vergewisserte er sich in einem Ton, der Widerstand ankündigte.

»Noch nicht«.

Marcos gab ihm einen leichten Schlag auf den Hinterkopf. »Konzentrier dich.«

Rafałs Blick kehrte zum Laptop zurück. Auf dem Bildschirm öffnete sich die Hauptseite des Portals *Unsere Klasse*, dann weitere Tabs. Klicker machte eine unruhige Bewegung. »Nicht da! Wozu brauchst du den Scheiß-Twitter! Spielst du mit uns?«

»Entschuldigung«, sagte Rafał. »Das war ein Reflex … Ich gehe da immer rein, um zu sehen, was Bekannte schreiben. Und auf Facebook.«

Während er das sagte, tippte er langsam weiter.

»Bist du blöd oder was?« Der ungeduldig gewordene Klicker schob Rafałs Hände weg und gab selbst die Daten ein.

»Ich kenne mich damit nicht so gut aus, nur mit Computerspielen«, rechtfertigte sich Rafał.

»Idiot«, murmelte Klicker.

Er schob den Jungen beiseite und überflog mit den Fingern die Tastatur. Auf dem Bildschirm öffneten sich immer neue Tabs des Portals *Unsere Klasse*. Er zeigte auf eine der Seiten und sah Rafał fragend an. »Ist das die Klasse deines Vaters? Ja oder nein?«

»Komm, wach auf!« Marcos schlug dem Jungen wieder auf den Hinterkopf.

»Ich glaube, ja«, sagte Rafał.

»Du glaubst?«

»Mein Vater ist nicht dabei, das habe ich Ihnen schon gesagt. Aber ich kann mich an diesen Namen erinnern. Und an diesen.«

»Stehen dort auch die Telefonnummern?«, fragte Marcos.

Klicker suchte einen Moment lang in den Tabs der Seite. »Eine, zwei … Handynummern.«

Marcos zeigte auf ein Telefon, das neben dem Computer lag. »Ruf an.«

Rafał rührte sich nicht. »Warum ich?«

»Darum. Los, ruf an!«

»Was soll ich sagen?«

Marcos dachte eine Weile nach. »Er soll sagen, dass er eine Überraschung für seinen Vater plant«, schlug Klicker vor. »Dass er ein Schema seiner Klasse zeichnen will.«

»Wozu?«, wunderte sich Rafał.

Marica zündete sich eine Zigarette an und sagte, während sie den Rauch hinauspustete: »Damit ich deine Mutter nicht umbringen muss.«

»Okay, du sagst, dass du eine Idee zu Vaters Geburtstag hast. Los, worauf wartest du? Ruf an. Aber wenn du etwas Blödes sagst, schneide ich deiner Mutter persönlich die Kehle durch«, sagte Marcos bestimmt. »Stell es laut – ich will mithören.«

Rafał nahm das Telefon. Den Blick auf den Bildschirm des Laptops gerichtet, wählte er eine Nummer.

Das Arbeitszimmer im ersten Stock der im Stadtteil Mokotów gelegenen Villa war mit bequemen Möbeln im Biedermeier-Stil eingerichtet. Die hohen Fenster gingen auf eine ruhige, mit Linden bewachsene Nebenstraße hinaus.

Das auf dem grünen Tuchstoff des Schreibtisches liegende Telefon spielte den Anfang des dritten Klavierkonzerts von Rachmaninow. Paweł Jegorowicz saß, bekleidet mit einem legeren Pullover, in einem tiefen Sessel am Schreibtisch, vertieft in die Lektüre von C. G. Jungs *Erinnerungen, Träume, Gedanken.* Er rückte seine Hornbrille zurecht, die ihm ein wenig von der Nase gerutscht war, und griff widerwillig nach dem Handy. Doch je länger er zuhörte, desto konzentrierter wurde seine Aufmerksamkeit. Er legte das Buch auf den Schreibtisch und richtete sich auf. »Weiß dein Vater, dass du in dieser Angelegenheit anrufst?«, fragte er in ruhigem Ton, der darüber hinwegtäuschen sollte, wie aufgewühlt er war.

Rafał sah Marcos an, der die Frage durch den Lautsprecher gehört hatte. »Ich habe es Ihnen schon gesagt: Es soll eine Überraschung sein«, sagte er ins Telefon.

»Ich merke deiner Stimme an, dass du nicht ehrlich bist. Worum geht es wirklich?«, fragte Paweł.

»Warum denken Sie das?«

»Dein Vater ist auf *Unsere Klasse* gar nicht registriert. Wieso hast du mich belogen?«

Diesmal kam Rafałs Antwort sofort. »Ich habe gar nicht gesagt, dass er registriert ist. Es soll ein Scherz zu seinem Geburtstag sein.«

»Zum Geburtstag? Warte einen Moment.« Pawełs Stimme verstummte, man konnte hören, wie er Papierseiten umblätterte. »In sieben Monaten?«

Der konsternierte Rafał wusste nicht, was er antworten sollte. Marcos befahl ihm mit einer Geste, weiterzusprechen.

»Woher wissen Sie das?«

»Ich bin ein Schulfreund deines Vaters. Und Psychiater. Deine kleine Lüge ist für mich durchsichtig wie eine Glasscheibe. Wozu brauchst du unsere Sitzordnung in der Klasse?«

»Entschuldigung, ich rufe später wieder an.« Rafał unterbrach die Verbindung.

Paweł Jegorowicz saß eine Weile tief in Gedanken versunken da. Dann legte er das Handy auf den Schreibtisch, stand auf und verließ sein Arbeitszimmer. Er ging über eine mit Teakholzmosaik ausgelegte Treppe ins Erdgeschoss und betrat einen großen Salon, der im Fin-de-Siècle-Stil eingerichtet war.

An der offenen Terrassentür, in einem aufgeklappten Sessel, saß Witold Jegorowicz, Professor der Psychiatrie. Auf seinen mit einem Plaid bedeckten Knien lag ein dickes Notizbuch, in der Hand hielt er einen Füller. Sein längliches, hochstirniges Gesicht war von einem Faltennetz überzogen, die tiefliegenden, blassen Augen machten jenen abwesenden Eindruck, den man manchmal bei Menschen an der Schwelle zum Wahnsinn oder zum Nervenzusammenbruch sieht.

Etliche Jahre früher hatte der Professor seine Teilnahme an dem, wie er es bezeichnete, »Computerwahnsinn« verweigert, und er machte sich immer noch per Hand Notizen; seine Assistentin tippte sie dann später in den Computer. Auf diese Weise hatte er einige Bücher geschrieben und publiziert, die seine Position in der Welt der Wissenschaft gefestigt hatten. Er wandte sich zu dem hereinkommenden Paweł um und sah ihn über die Halbglas-Lesebrille hinweg an. »Ja, mein Sohn?«, fragte er in einem Ton, der nicht besonders ermunternd klang. Auch er mochte es nicht, bei einer wichtigen Beschäftigung gestört zu werden.

»Jemand hat begonnen, sich für unsere Klasse zu interessieren.«

»In welchem Sinne? Wer?«

»Der Sohn von Adam Wierzbicki versucht herauszufinden, wo wir unsere Plätze in den Bänken hatten. Vor dem Abitur.«

»Hast du eine Ahnung, wozu er diese Information braucht?«

Paweł schüttelte den Kopf. »Nein, Vater. Ich konnte nur aus seiner Stimme heraushören, dass er lügt.«

Der Professor wurde kurz nachdenklich. »Hat er noch jemanden aus eurer Klasse angerufen?«

»Ich weiß nicht. Mir scheint aber, dass er es versuchen wird.«

Jegorowicz erhob sich von seinem Sessel. Er ging zu einem schweren Schreibtisch, dessen Ecken mit Metallgirlanden verziert waren, und nahm den Hörer eines Festnetztelefons ab. »Setz dich mit deinen Schulfreunden in Verbindung. Frag sie, ob sie auch von Adams Sohn angerufen wurden. Finde heraus, was er wollte und was sie ihm gesagt haben. Wie ist sein Vorname?«

»Rafał.«

»Ich danke dir.«

Das bedeutete, dass der Professor allein bleiben wollte. Paweł nickte, verließ den Salon und schloss eine breite, verglaste Tür mit eingravierten Kristallnymphen hinter sich.

Rafał wählte eine weitere Nummer. Klicker und Marcos sahen ihn schweigend an. Marica saß auf dem Fensterbrett, rauchte eine Zigarette und beobachtete die Umgebung des Hauses. Am Telefon meldete sich eine Frauenstimme: »Ja bitte, ich höre.«

»Guten Tag, spreche ich mit Frau Iwona Brückner? Mein Name ist Rafał Wierzbicki.«

Iwona Brückner, eine hochgewachsene, gepflegte Blondine, befand sich gerade im Arbeitszimmer des Generaldirektors von East Fund, als ihr Handy klingelte. Im Sessel gegenüber saß Kozlowski mit einer rauchenden Zigarre in der Hand und sah sie aufmerksam an. In Iwonas Blick lag eine Bitte um Entschuldigung – sie hätte während der Besprechung keinen Anruf annehmen dürfen.

»Ja, die bin ich. Wer spricht dort?«

»Rafał Wierzbicki, der Sohn von Adam Wierzbicki. Ich rufe an, weil ich meinen Vater überraschen möchte …«

»Ich kann jetzt nicht reden«, unterbrach ihn Iwona. »Woher hast du meine Nummer?«

Der Passat fuhr schnell über die zweispurige Landstraße nach Warschau. Adam saß am Steuer, Karol auf dem Rücksitz hatte Perhan gerade eine Injektion gegeben und legte die Spritze in den Verbandskasten zurück. Adam beobachtete seine Bewegungen im Rückspiegel. »Was hast du ihm gegeben?«

Karol antwortete nicht. Er sah Perhan konzentriert an und wartete darauf, dass das Mittel anfing zu wirken. Die Augäpfel des Verletzten bewegten sich unter den Lidern. Karol berührte seinen Arm, und er öffnete die Augen. »Name«, sagte Karol. »Ich will deinen Namen wissen.«

Perhan sah ihn kurz an, verzog das Gesicht und schloss die Augen.

»Lebenslänglich für die Polizisten hast du schon in der Tasche«, fuhr Karol fort. »Ich gebe dir eine letzte Chance. Wer hat dich geschickt?«

Perhan öffnete wieder die Augen und versuchte, etwas zu sagen, doch die Laute blieben ihm in der Kehle stecken. Er räusperte sich und flüsterte mühsam: »Nicht aus meiner Knarre … Die Bullen wurden nicht aus meiner Knarre umgelegt …«

»Egal, wem sie gehörte. Weißt du, was die Bullen mit dir machen?« Karol sah ihm aus der Nähe ins Gesicht, um seine Reaktion zu prüfen.

Perhans Stimme klang etwas fester. »Und du bist kein Bulle?«

»Ich bin derjenige, der deine Birne retten kann.«

Perhan quittierte den Satz mit einer Grimasse, die fast wie ein Lächeln aussah, und wandte den Kopf zum Fenster hin. Karol drehte ihn mit einer heftigen Bewegung zu sich um. Perhan stöhnte vor Schmerz.

»Es kann aber auch sein, dass ich nicht rechtzeitig ins Krankenhaus komme … und dass du verblutest«, sagte er.

»Die Leute haben gesehen, dass du keinen Krankenwagen gerufen hast.«

»Die Leute werden bestätigen, dass du stark geblutet hast und ein Krankenwagen es nicht geschafft hätte.«

Perhan schwieg und starrte reglos in Karols Augen.

»Sag schon: Wer hat euch geschickt? Was war eure Aufgabe?«

Perhan drehte wieder den Kopf weg. Karol legte die Hand auf seine Brust und drückte zu. Der Mann gab ein unterdrücktes Stöhnen von sich und packte Karols Handgelenk, um sich von dem Druck zu befreien.

»Wie ist dein Name, du Scheißkerl?!«, schrie Karol. »Wer hat dich geschickt?«

Er drückte noch fester auf die Brust des Verletzten.

»O Gott, nein!«, brüllte Perhan verzweifelt.

»Wer?! Ich höre dich nicht!«

»Es tut weh!«

Adam drehte sich beunruhigt um. »Karol, hör auf!«

»Was heißt: hör auf? Dieser Drecksack hat gerade zwei Polizisten erschossen! Schau nach vorn!«

Adam drehte den Kopf weg. Karol schlug Perhan auf die Brust. Der Verletzte verschluckte sich, seine Augen quollen vor Schmerz hervor, aus seinem Mund floss Blut. »Marcos, es war Marcos ...«, stöhnte er. »Ich werde Perhan gerufen ... Mein echter Name ist Sambor Łoś.«

»Marcos!«, rief Adam. »Der falsche Kommissar! Wo habt ihr meine Frau und meinen Sohn versteckt?! Warum habt ihr sie entführt?!«

Karol beugte sich wieder über Perhan, ohne seine Brust loszulassen.

»Hast du gehört? Wer ist Marcos? Für wen arbeitet ihr?«

»Ich weiß nicht, ich weiß es wirklich nicht ... Ich tue das, was er mir befiehlt ... Da ist so ein Typ gekommen ... keiner, den ich kenne ... nie gesehen ... Lass los ... Das tut weh!«

»Was für ein Typ? Sag, wer das war!«

»Einer von den Bullen ... ein wichtiger Bulle ... Ich flehe dich an ...«

»Name!«

»Kenne ich nicht!« Perhan fing an zu weinen; aus seinem Mund floss weiter Blut, und er verschluckte sich wieder, vor Schmerz stöhnend. Karol ließ ihn los. Adam hielt die Spannung nicht länger aus, bremste scharf und brachte den Wagen auf dem Seitenstreifen zum Stehen. Er sprang heraus, vor Aufregung zitternd. Karol stieg ebenfalls aus und setzte sich ans Steuer. Er zeigte wortlos auf den Rücksitz. Adam rührte sich nicht.

»Willst du deine Familie wiedersehen?«, fragte Karol.

Adam hinkte auf den Wagen zu, stieg ein, das Gesicht vor Schmerz verzerrt, und schloss die Tür. Karol fuhr scharf an. Sie konnten schon die Hochhäuser der Warschauer Innenstadt sehen. Perhan saß regungslos da, mit geschlossenen Augen. Karol warf einen Blick in den Rückspiegel. »Überprüf seine Pulsader. Adam, wach auf!«

Adam berührte Perhans Hals und suchte mit den Fingern nach einem Lebenszeichen.

»Und?«, fragte Karol ungeduldig.

»Sein Puls ist schwach. Er hat das Bewusstsein verloren.« Adam zog die Hand zurück und betrachtete aus der Nähe die blutverschmierte Brust des Verletzten.

»Die Spritze wirkt nicht mehr. Drück auf die Wunde. Er blutet zu stark. Mach schon! Er spürt keinen Schmerz.«

Adam griff nach dem blutdurchtränkten Verband an Perhans Brust und drückte zu. Der Mann stieß ein schwaches Stöhnen aus.

»Du zweifelst doch nicht daran, dass ich es tun musste?«, fragte Karol.

Adam schüttelte den Kopf.

»Sie richten ihn im Krankenhaus her, und wir nehmen ihn dann wieder in die Mangel.« Er hatte eine unnatürlich ruhige Stimme. »Wenn er für Marcos arbeitet, muss er wissen, wo Agata und Rafał sind. Ja, genau. Warte …« Karol wählte eine Nummer. »Hier ist Oberst Siennicki. Habt ihr etwas wegen meiner Tochter rausgefunden?« Er wartete die Antwort ab. »Wie ist es möglich, dass niemand etwas weiß? In Komorów kennt doch jeder jeden. Wie viele Leute haben Sie dem Fall zugeteilt? Wieso ruft mich keiner an? Wenn ihr etwas übersehen habt, werdet ihr dafür büßen! Ich warte dringend auf eine Nachricht!« Er unterbrach die Verbindung, machte eine Pause, um sich zu beruhigen, und wählte eine weitere Nummer.

»Was ist passiert?«, fragte Adam.

»Anna hat Natalia bei meiner Mutter abgeliefert. Und mich nicht darüber informiert. Die Kleine ist gestern aus dem Haus gegangen, und ich weiß bis jetzt nicht, wo sie steckt. Und statt sie zu suchen, jage ich irgendwelche Gangster!«

»Bezirkskommandantur der Polizei – ich höre«, sagte eine Frauenstimme in seinem Telefon.

»Mit dem Kommandanten bitte. Hier spricht Oberst Siennicki vom Verteidigungsministerium.«

»Mit Inspektor Jabłoński?«, fragte die Frau.

»Ja, mit Jabłoński. Und ich bitte drum, dass er Zeit für mich findet, es ist dringend. Ich warte unter dieser Nummer.«

Siennicki beendete das Gespräch gereizt. Dann sah er Adam im Rückspiegel an.

»Ist Anna diejenige, die Lasota hilft?«, fragte Adam.

»Sieht ganz danach aus. Ich klinke mich aber gleich aus den Ermittlungen aus. Verzeih mir, ich schaffe es nicht … Ich muss Natalia finden.«

»Karol, sie haben Agata und Rafał entführt«, sagte Adam ängstlich. »Du kannst dich jetzt nicht ausklinken!«

Der Verkehr auf der Landstraße wurde immer dichter. Karol holte das Blaulicht hervor und befestigte es auf dem Dach. Dann schaltete er die Sirene ein und beschleunigte, geschickt zwischen den Autos manövrierend, die ihm Platz machten.

»Tut mir leid, Adam, aber mein Kind braucht Hilfe. Ich schade nur der Sache, weil ich mit meinen Gedanken woanders bin. Meine Agenten haben euch nicht beschützt, weil ich sie in meine Wohnung geschickt hatte. Ich dachte, Natalia wäre vielleicht dorthin gefahren. Wenn deiner Frau oder deinem Sohn etwas zustößt, werde ich ein Disziplinarverfahren am Hals haben, vielleicht sogar den Staatsanwalt.«

Adam sah Karol ratlos an. In seinem Kopf herrschte Chaos, er war nicht imstande, die richtigen Argumente zu finden. Er drückte immer noch auf den Verband an Perhans Brust, doch zwischen seinen Fingern sickerte dickes Blut hindurch.

»Finde meine Frau und meinen Sohn. Nur du kannst das«, sagte er in flehentlichem Ton.

Karol schwieg. Der Passat fuhr schnell in Richtung Warschau, mit Blaulicht und heulender Sirene.

Natalia ging immer unruhiger in dem Zimmer herum, in dem man sie eingeschlossen hatten. Seit Karols Mutter vom Gartentor weggegangen war, ohne ihren Schrei zu hören, konnte sie ihre Angst kaum noch beherrschen. Plötzlich ertönten auf der Treppe und dann im Flur, ganz in der Nähe, schwere Schritte. Sie ging leise zur Tür und lauschte. Als der Schlüssel im Schloss knarrte, sprang sie schnell weg.

In der Tür erschien Wołowiec. Er sah das Mädchen an, die herumliegenden Sandwiches, den nassen Fleck und die umgeworfene Teetasse. Beim Anblick seiner düsteren Miene trat Natalia noch ein Stück zurück.

»Schmeckt dir mein Essen nicht?«, fragte er, ohne sich von der Tür zu rühren.

Natalia unterdrückte die Lust, durch den Spalt zwischen seinem Bein und dem Türrahmen zu huschen – er würde sie bestimmt sofort fangen.

»Lassen Sie mich raus … Ich bitte Sie!«, sagte sie leise. Sie versuchte zu lächeln, doch es kam nur eine traurige Grimasse dabei heraus. Wołowiec schloss die Tür, ging zum Sofa und setzte sich mit einer schweren Bewegung hin. Er sah Natalia schweigend an, seine riesigen Hände hingen zwischen den Knien herab. Dann heftete er den Blick auf den Fußboden. »Bronek hatte so eine Schwester wie dich.«

Natalia wartete schweigend. Wołowiec hob den Kopf und sah sie an. »Du wirst bei uns bleiben.«

»Ich kann nicht, wirklich!«, rief Natalia aus. »Mama und Papa suchen mich bestimmt schon! Mein Papa ist Oberst!«

Wołowiec nickte und ließ den Kopf wieder hängen. »Du bleibst. Es wird dir gut gehen bei uns.«

Natalia bewegte sich langsam auf die Tür zu. »Ich komme euch oft besuchen, versprochen.«

Wołowiec saß reglos da, in sich gekehrt. Er schien ihre Existenz vergessen zu haben. Doch als sie nur noch einen Schritt von der Tür entfernt war, erhob er sich plötzlich und richtete sich auf. Er machte einen riesenhaften Eindruck, reichte mit dem Kopf bis an die Lampe, seine schweren Schultern verdeckten die Tür. Natalia traute sich nicht, auch nur eine Bewegung zu machen.

»Du kannst hier wohnen. Aber wenn du anfängst, Krach zu machen, Fensterscheiben zu zerschlagen und davonzulaufen, gehst du in den Keller. Verstanden?«

Sie nickte. »Ich werde still sein, bestimmt … Und entschuldigen Sie bitte die Scheibe. Aber wann erlauben Sie mir zu gehen?«

»Ich habe es schon Broneks Schwester erlaubt«, murmelte Wołowiec.

Natalia wartete auf eine Erklärung, die aber nicht kam.

»Und ist sie gegangen?«

»Sie war so alt wie du. Sie wurde krank und kam nicht mehr zurück.«

»Sie ist gestorben«, erriet Natalia.

Wołowiec kam auf sie zu, legte seine schwere Hand auf ihre Schulter, bückte sich und näherte seinen großen Kopf ihrem Gesicht.

»Bronek wird mit dir spielen. Nur vergiss nicht: Er ist sehr stark. Wenn also irgendwas ist, ruf mich – ich komme und helfe dir. Bronek wollte auch Małgosia nichts tun.« Er hielt Natalia fest und sah ihr aufmerksam in die Augen, als wollte er sich auf diese Weise vergewissern, dass sie sich seine Worte eingeprägt hatte. »Hast du verstanden?«

Natalia nickte. »Ja.«

»Nenn mich Vater.«

»Ich habe einen Vater … Das habe ich Ihnen schon gesagt.«

Wołowiec lächelte und ließ ihren Arm los. »Ich weiß. Dann werde ich eben dein Stiefvater sein. Hab keine Angst vor mir, ich bin ein guter Mensch. Warum bist du von zu Hause weggelaufen?«

Natalia zögerte kurz. »Ich bin nicht weggelaufen … Ich bin spazieren gegangen.«

Wołowiec schüttelte den Kopf und drohte ihr lächelnd mit dem Finger. »Ich kenne mich mit kleinen Lügnern aus. Ich weiß, dass du weggelaufen bist. Hat dein Vater dich geschlagen?«

»Niemals!«, empörte sich Natalia.

»Bist du böse auf deine Mama? Du kannst mir vertrauen, ich sage es niemandem.«

Natalia seufzte. »Ich mag die Mutter meines Vaters nicht … das heißt, meine Großmutter«, sagte sie. Sie bedauerte gleich ihre Offenheit, doch es war schon zu spät.

»Bist du vor ihr weggelaufen?«

Natalia nickte wortlos. Sie sah Wołowiec voller Hoffnung an. Wenn er so nett sein konnte, vielleicht wäre er doch bereit, sie gehen zu lassen. »Jetzt würde ich aber gern zu ihr zurückkehren«, sagte sie schüchtern.

»Denk nach«, schlug er vor. »Mutter und Vater haben dich bei der Großmutter gelassen. Das heißt, irgendwas stimmt mit ihnen nicht, oder?«

Er wartete einen Moment, doch Natalia antwortete nicht und wandte den Blick ab.

»Siehst du«, sagte er zufrieden. »Du bleibst eine Weile bei uns, spielst mit Bronek ... Die Welt geht davon nicht unter. Und die sollen sich ruhig ein bisschen Sorgen machen. Habe ich recht?«

Natalia suchte nach einer Antwort, aber es fiel ihr keine ein. Die Gedankenlogik und Weitsichtigkeit dieses fremden Mannes bewirkten, dass sie sich bezwungen und ratlos fühlte.

Wołowiec beugte sich vor und küsste sie auf die Stirn. Er tat es so schnell, dass sie nicht ausweichen konnte.

»Tschüss. Und mach dir keine Sorgen.« Er richtete sich auf, verließ das Zimmer und schloss die Tür. Natalia hörte wieder den Schlüssel im Schloss.

Das Arbeitszimmer von Edmund Hilarewicz war nicht viel kleiner als das des Generaldirektors, doch lange nicht so luxuriös eingerichtet. Eine der Glaswände ging auf die Innenstadt hinaus. Hilarewicz stand an seinem Schreibtisch und sah einen Stapel Dokumente durch. Auf einem Stuhl neben ihm saß ein dicker Mann in enganliegendem Anzug: der Hauptbuchhalter von East Fund Management. Sein Gesicht und seine Hände schwitzten vor Nervosität.

»Lasota konnte so einen Betrag doch nicht ohne Ihre Unterschrift abzweigen«, sagte Hilarewicz nach kurzem Schweigen.

Der Buchhalter atmete schnell und flach. »Ich habe ja schon gesagt, der Aufsichtsrat hat mir befohlen, die Anweisungen von Direktor Lasota zu befolgen. Ich habe diese unglückselige Überweisung unterschrieben, weil ich mir sicher war, das Geld würde auf das Konto der Firma zurückgehen, in die Staaten. Woher sollte ich wissen, dass dort schon der nächste Überweisungsauftrag wartete. Gott weiß, wohin.«

»Gott sollten Sie da lieber nicht hineinziehen, er mag keine Dummköpfe«, bemerkte Hilarewicz trocken. »Wir wissen, dass es eine zweite Überweisung gab. Und noch weitere. Ich weiß auch, dass wir jetzt keinen Zugang zu unserem Geld haben. Ich weiß nur nicht, warum ich nicht informiert wurde.«

»Sie waren in New York … mit Generaldirektor Kozlowski.« Der Buchhalter stotterte und rang verzweifelt nach Worten. »Herr Lasota hat mich in die Irre geführt … belogen … Aber ich war schließlich nicht derjenige, der ihm die Vollmacht gegeben hat. Ich habe noch nie in einer Firma gearbeitet, in der ein Direktor solche Operationen allein tätigen konnte … nicht von solchem Ausmaß.«

»Und Sie werden auch in Zukunft nicht in einer solchen Firma arbeiten. Niemals und nirgendwo mehr, das verspreche ich Ihnen. Jemand muss dafür büßen. Außer, Sie setzen Ihr Gehirn ein und finden dieses Geld.«

»Ich …«, begann der Buchhalter.

Das auf dem Schreibtisch liegende Handy mit eingebautem Störgerät vibrierte leise. Hilarewicz sah aufs Display und verzog unzufrieden das Gesicht. »Warten Sie«, sagte er zum Buchhalter und drückte das Telefon ans Ohr. »Ja, was ist?«

Marcos drehte sich von Klicker und Rafał weg und verließ das Zimmer. »Wir müssen uns treffen.«

»Ich habe es dir schon gesagt: Ich rufe dich an, und ich treffe die Entscheidungen.« Hilarewicz' entstellte Stimme klang wie ein Quaken.

Marcos ließ die hinausgehende Marica vorbei. »Wenn die Kohle nicht schnell da ist, steige ich aus.«

»Du weißt, dass das unmöglich ist?«

Marcos antwortete nicht, sondern wartete mit dem Telefon am Ohr. Marica warf ihm im Vorbeigehen einen fragenden Blick zu.

Der Hauptbuchhalter von East Fund zog ein Tuch aus der Tasche und wischte sich den Schweiß von Stirn und Wangen.

»Warte, bleib dran«, sagte Hilarewicz ins Telefon. Er verdeckte den

Hörer mit der Hand und wandte sich dem Buchhalter zu: »Wie lange können Sie es geheim halten?«

Der Mann starrte den Vizedirektor erschrocken an. »Wie denn? Eine Rechnungsprüfung ist schon angekündigt.«

»Von wem?«

»Von der Bankenaufsicht. Und demnächst wird es weitere geben.«

Hilarewicz durchbohrte ihn mit seinem Blick. »Wie haben sie davon erfahren? Von einem Maulwurf? Doch nicht von Ihnen?«

Der Buchhalter hob beide Hände in einer Geste des Entsetzens. »Wieso von mir? Man kann doch nicht über anderthalb Milliarden abzweigen und das verbergen! Ich möchte …«

Hilarewicz befahl ihm mit einer ungeduldigen Geste, still zu sein, und steuerte mit dem Telefon in der Hand auf den Konferenzsaal zu. »Versuchen Sie, Zeit zu gewinnen. Wir finden Lasota und das Geld. Alles wird wieder normal.«

»Normal?« Der Buchhalter schüttelte den Kopf. »Das ist leider zu viel für meine Nerven. Wirklich zu viel.«

Hilarewicz blieb stehen; seine Augen wurden schmaler, seine Stimme bekam einen schärfen Klang. »Was schlagen Sie vor? Wollen Sie aussteigen? Auf welche Weise? Ich höre.«

Der Buchhalter drehte sich ganz weit nach hinten, um den Vizedirektor anzusehen. Er sah jetzt wie ein exotischer Vogel aus, der den Kopf um seinen eigenen Hals drehen kann, um eine Gefahr zu erspähen. »Sagen Sie mir, Herr Direktor, was ich machen soll.«

»Bleiben Sie still auf Ihrem Arsch sitzen und beten Sie zu Gott«, sagte Hilarewicz und verschwand im Konferenzsaal.

Der Kopf des Buchhalters kehrte in die normale Position zurück. Sichtlich erschöpft, wischte er sich wieder den Schweiß vom Gesicht.

Hilarewicz schloss die Tür hinter sich und legte sein Handy ans Ohr. »Bist du noch da? Wie viel wollen die Deutschen?«

»Dreihunderttausend Euro«, antwortete Marcos.

»Diese verdammten Arschlöcher«, sagte der Vizedirektor genervt. »Und das nennst du Verhandlungen?«

Marcos fuhr mit der Hand über Maricas Gesicht und lächelte sie an. Sie drückte ihre Wange fest an seine Hand, um die Zärtlichkeit zu verlängern.

»Ich hatte einen Anruf von diesem Ingenieur. Er machte sich vor Angst in die Hosen«, sagte Marcos ins Telefon und stellte es auf laut.

»Die Kohle wird bis morgen da sein«, sagte Hilarewicz. »Wen lässt du mithören?« Es gefiel ihm nicht, dss er plötzlich das Echo seiner eigenen Worte hörte.

»Mein Weib«, antwortete Marcos.

Marica senkte den Kopf und schnappte mit den Zähnen nach seinen Fingern. Hilarewicz' Stimme wirkte noch genervter.

»Mach mich nicht sauer. Ich warte auf die Ware. Du hast vierundzwanzig Stunden, um den Code zu knacken und Lasota zu fassen.«

Marcos befreite seine Finger aus dem Griff von Maricas Zähnen. Seine Hand fuhr hinunter auf ihren Hals und dann auf ihre Brust. »Alles wird da sein, wenn ich anfange, die Leute zu bezahlen.«

»Ich habe schon gesagt: morgen. Oder bist du taub?«, knurrte Hilarewicz zurück. Dann sagte er in ruhigerem Ton: »Da gibt es noch etwas. Unser Hauptbuchhalter kriegt weiche Knie … Ich schicke dir seine Adresse.«

Marica reckte sich unter der Berührung von Marcos' Hand, die an ihrem Unterleib stehenblieb. Sie beugte sich zum Telefon vor und gab einen Laut von sich, der einen Pistolenschuss imitierte.

»Nein, ich brauche ihn lebend«, sagte Hilarewicz. »Er soll nur verstehen, dass wir nicht scherzen. Erst wenn er seinen Job gemacht hat, muss er verschwinden.«

»Okay«, sagte Marcos.

Er schaltete das Handy aus und stieß Marica in Richtung Treppe. Sie stiegen in den ersten Stock hinauf und küssten sich dabei leidenschaftlich. Marcos riss ihr die Jacke und das T-Shirt hinunter, warf sie auf den Fußboden und fing an, ihr die Hose herunterzuziehen. Marica half ihm, indem sie mit Trittbewegungen die Hosenbeine abstreifte.

Anfangs liebten sie sich im Flur, dann rollten sie über den schmutzigen Fußboden ins Zimmer. Marcos hob Marica auf, ohne aus ihr hinauszugehen; sie umrankte ihn mit ihren Beinen. Ihr Liebesakt erinnerte an einen Kampf, sie keuchten vor Erregung und küssten sich stürmisch. Marica begann zu schreien.

Rafał unterbrach das Wählen der nächsten Telefonnummer. Von oben ertönten Maricas Liebesschreie; regelmäßige Klopfgeräusche brachten die Decke zum Schwingen. Klicker fuhr mit offener Hand über den Kopf des Jungen und brach in Lachen aus. »Hey du, Jungfrau! Konzentrier dich!«

Rafał sah ihn verärgert an, dann kehrte er mit seinem Blick zum Bildschirm zurück und wählte die Nummer zu Ende. Während er auf die Verbindung wartete, versuchte er so zu tun, als würde er Maricas immer lautere Schreie nicht hören. »Guten Tag, hier spricht Rafał Wierzbicki, der Sohn von Adam«, wiederholte er seinen Text. »Ich bereite für meinen Vater eine Geburtstagsüberraschung vor und möchte wissen, wer in Ihrer Abiturklasse wo gesessen hast. Können Sie sich vielleicht erinnern, in welcher Bank Sie Ihren Platz hatten?«

Das ganze Team im Hangar lauschte Karols Stimme. »Ich bringe einen der Gangster auf die Intensivstation des Prager Krankenhauses. Pseudonym: Perhan. Name: Sambor Łoś. Überprüft ihn. Und findet etwas über Marcos – mit k oder mit c. Marcos. Perhan arbeitet für diesen Marcos. Und genau mit dem Namen hat sich der falsche Polizist Adam in der Klinik vorgestellt.«

Stefan beugte sich zum Telefon vor, in seiner Stimme lag Erstaunen: »Er hat seinen echten Namen benutzt?«

»Sieht ganz danach aus«, bestätigte Karol. »Oder sein Pseudonym. Er ist sicher nicht dumm, sonst würde er nicht eine solche Aktion befehligen. Er hat in seiner Gruppe einen Hacker, der offenbar die Mobilfunkortung geknackt hat, nur so konnten sie Adam finden. Benachrichtigt die Mobilfunker, sie sollen versuchen, ihn zu schnappen.« Karol zögerte kurz. »Vielleicht fühlt sich Marcos sicher, weil er von ganz oben gedeckt wird. Oder er hat Aussicht auf viel Kohle, will aus Polen verschwinden und davor eine schöne Spur hinterlassen. Ich habe schon solche Angeber gesehen, die es aufregend fanden, unter ihre Verbrechen eine Unterschrift zu setzen.«

»Das ist wahr«, stimmte Stefan zu. »Machst du wieder mit?«

»Und habt ihr etwas Neues über Natalia?«

»Unsere Leute durchsuchen die Stadt. Wir überprüfen die Kinder aus ihrer Klasse. Die Bezirkskommandantur der Polizei ist auch aktiv.«

»Danke. Kowal wird jemanden schicken, der für mich einspringt«, sagte Karol. »Das ist im Moment alles. Ich rufe aus dem Krankenhaus wieder an.«

Aus dem Lautsprecher ertönte das Signal der beendeten Verbindung.

»Dann an die Arbeit«, sagte Stefan.

Bożena wandte sich zu ihm um. »Niemand kennt Lasota so gut wie Karol.«

Stefan schüttelte den Kopf. »Ausgerechnet jetzt musste die Kleine abhauen!«

»Ich sehe etwas!«, rief Janusz, die Augen auf den Bildschirm seines Computers gerichtet. »Im Bulletin der Polizei. Gestern hat sich jemand in der privaten Klinik VITA-MED als Funktionär der Agentur für Innere Sicherheit ausgegeben. Er suchte nach einem Verbrecher. Dann gab es eine Schießerei in der Tiefgarage. Und gleich danach die nächste, unweit der Klinik, auf der Straße. Am Tatort blieb ein ausgebrannter BMW zurück. Die Augenzeugen behaupten, dass aus diesem Wagen auf ein Auto geschossen wurde, das zu flüchten versuchte. Und dass der BMW von den Gangstern angezündet wurde, die damit gekommen waren. Drei Männer und eine Frau. Man weiß nicht, ob zwischen den beiden Ereignissen ein Zusammenhang besteht. Die Ermittlungen führt ein Team von der Hauptkommandantur durch.«

»Versuch, mehr aus ihnen herauszuholen. Wir brauchen die Aufzeichnung der Überwachungskamera aus dieser Klinik. Vielleicht haben sie auch Bilder von der Straße«, wies ihn Stefan an.

»Ich bekomme sicher zu hören, dass es sich um eine Untersuchung der Polizei handelt.«

»Dann gib ihnen etwas dafür. Versprich, dass sie von uns mehr über die Tötung der beiden Polizisten in Wilkowo erfahren.«

Janusz nahm den Telefonhörer ab und wählte eine Nummer.

Bożena stand von ihrem Platz auf. »Hat jemand Lust auf eine Zigarette?«

Niemand reagierte.

»Du kannst hier rauchen«, sagte Stefan.

»Ich will die Nichtraucher nicht vergiften«, lächelte Bożena. »Ich gehe frische Luft schnappen.« Während sie zur Tür ging, zog sie schon eine Zigarette aus der Schachtel heraus.

Ewa verfolgte sie mit einem widerwilligen Blick. »Wie mitfühlend sie geworden ist.«

Stefan quittierte ihre Bemerkung mit Schweigen. »Was ist mit den Banken?«

»Ich versuche, die Überweisungen zu finden, die Lasota getätigt hat«, sagte Krzysztof. »Er hat das Geld über mehrere Banken laufen lassen, mindestens über ein Dutzend. Du weißt ja, wie das ist: Konkurrenz und Bankgeheimnis.«

»Vereinbare für mich einen Termin mit jemandem von der Bankenaufsicht. Wir werden auch einen europäischen Gerichtsbeschluss brauchen. Wir müssen diese Überweisungen unbedingt finden.«

Stefan erhob sich und begann, in der Halle auf und ab zu gehen. Unwillkürlich imitierte er Karols Verhalten.

Krzysztof verfolgte ihn kurz mit seinem Blick. »Denkst du, dass Karol diesen Fall wirklich abgeben wird?«

Stefan machte eine ungeduldige Geste. »Wenn du Kinder hättest, würdest du anders denken. Wir haben genug zu tun, oder?«

Ewa, Janusz und Krzysztof wandten sich ihren Computern zu.

Bożena suchte hinter einer Wand des Hangars Schutz vor dem kalten Wind. Sie atmete den Rauch ein und warf die Zigarette weg. Sie sah sich auf dem leeren Gelände um, das sich von einem Gebäudekomplex bis zu der mit Unkraut bewachsenen Landebahn des Flughafens erstreckte. Nichts regte sich weit und breit.

Sie griff in die Tasche ihres Blazers und zog ein Handy hervor, an dem ein flaches, viereckiges Gerät befestigt war. Sie wählte eine Nummer auf der Tastatur und wartete die Verbindung ab. »Ich bin es. Karol hat einen der Männer gefangen, die Adam Wierzbicki schnappen sollten. Er hat ihn angeschossen und bringt ihn jetzt ins Prager Krankenhaus.«

Die Männerstimme, die ihr antwortete, war so entstellt, dass eine Identifizierung unmöglich war: »Wann werden sie dort sein?«

»Jeden Augenblick.«

»Und du rufst mich erst jetzt an?«

»Wir dürfen keine privaten Handys benutzen, ich riskiere sowieso viel. Karol hat angekündigt, den Fall abzugeben – er will nach seiner Tochter suchen. Habt ihr sie entführt?«

Hilarewicz stand an der Glaswand seines Büros, mit dem Handy am Ohr. Er überlegte einen Moment lang, ob er die Wahrheit sagen sollte. »Das braucht dich nicht zu interessieren. Wer nimmt seinen Platz ein?«

»Ich weiß es noch nicht, aber ich gebe dir Bescheid«, hörte er Bożenas entstellte Stimme.

»Notiere dir das Kennzeichen von Karols Wagen: WDA 1240T. Das ist alles.«

Hilarewicz wählte sofort eine neue Nummer. Dabei drückte er wütend auf die Tasten. »Einer deiner genialen Helfer hat sich anschießen und schnappen lassen«, sagte er in scharfem Ton.

Marcos sah Marica an, die auf dem Bett saß und ihre Hose anzog. Sie hatte das T-Shirt noch nicht an, sodass er ihre kleinen Brüste und die Narbe von einem Messerstich, ein Andenken an die Mudschahedin im Kosovo, sehen konnte.

»Wo bringen sie ihn hin?«

»Ins Prager Krankenhaus. Was ist mit dem anderen?«

»Danke für die Anteilnahme«, sagte Marcos ironisch. Er schaltete das Telefon aus und ging ans Fenster. Von hier aus konnte er die sechs Männer an den Autos und am Tor sehen. »Du fährst ins Prager Krankenhaus. Nimm Oleg und Kosma mit. Sie haben Perhan geschnappt, er ist wahrscheinlich auf der Intensivstation. Du musst dort sein, bevor er anfängt zu singen. Schaffst du das?«

Marica verzog nur das Gesicht, anstatt zu antworten. Sie streifte sich schnell das T-Shirt über, hob vom Fußboden ihren Gürtel mit dem Pistolenhalfter auf, befestigte ihn sich an der Brust und zog ihre schwarze Jacke an. Sie baute sich vor Marcos auf und sah ihm in die Augen.

»Jetzt fangen die Probleme an.«

Marcos lächelte, doch sein Blick blieb ernst. »Die gab es immer. Denk an unsere Insel inmitten des Ozeans.«

»Ich habe eine böse Vorahnung, Marcos«, sagte sie leise. Sie drehte sich um und verließ das Zimmer.

Der Passat zwang die anderen Autos mit Sirene und Blaulicht, ihm auf der zweispurigen Straße Platz zu machen. Adam drückte immer noch auf die Wunde an Perhans Brust, der im Fieber phantasierte und undeutlich etwas murmelte. Karol steuerte den Wagen sicher und führte gleichzeitig ein Telefongespräch. »Hier ist noch einmal Siennicki. Ich habe darum gebeten, mit dem General verbunden zu werden, sobald er da ist. An seinem Handy meldet er sich noch immer nicht.«

Eine Frauenstimme antwortete ihm: »Guten Tag, hier spricht seine Sekretärin. Der Herr General ist gerade in einer Besprechung mit dem Minister.«

»Versuchen Sie bitte, ihn da rauszuholen. Sagen Sie ihm bitte, dass ich einen Durchbruch bei den Ermittlungen erreicht habe. Ich warte, es ist dringend.«

Karol unterbrach die Verbindung und wählte eine neue Nummer. Er drehte sich für einen Moment um. »Was ist mit ihm?«

»Er atmet, aber nur schwach«, antwortete Adam.

Seine Hand und sein Ärmel waren mit Perhans Blut verschmiert. Er hatte noch nie mit einem Verletzten zu tun gehabt, aber er empfand keinen Ekel. Ihm fiel ein, dass das die Wirkung von Adrenalin sein musste. Und die Angst um Agata und Rafał.

Karol manövrierte den Passat zwischen einen Bus und einen Lastwagen hinein. »Lass ihn nicht los. In fünf Minuten ist er im OP.«

Ganz plötzlich wurde Adam bewusst, dass er Karol eine sehr wichtige Frage noch nicht gestellt hatte. »Warte mal! Hast du jemanden zu Damian geschickt?«

»Nein, ich wollte ihn mir selbst vorknöpfen.«

»Aber er hat die Leute, die Agata und Rafał entführt haben, geholt! Er weiß also, wer das war! Worauf wartest du noch?«

Karol sah in den Rückspiegel. »Schrei nicht so. Man wird auch Damian verhören. Aber ich glaube nicht, dass dabei etwas herauskommt.«

»Was sagst du da? Er wurde doch von jemandem kontaktiert …«

»Er ist ein Junkie und ein Alkoholiker«, unterbrach ihn Karol. »Und derjenige, der ihn manipuliert, wird nicht so dumm sein, sich schnappen zu lassen. Wir haben es hier mit Profis zu tun. Zuerst das Krankenhaus. Lass mich auf meine Art handeln, bitte.«

Karols Worte riefen in Adam eine neue Angstwelle hervor. »Das nennst du handeln? Ein Gangster ist dir entwischt! Und diesen Typen da folterst du und kriegst trotzdem nichts aus ihm heraus! Was tust du eigentlich, um meine Frau und meinen Sohn zu finden? Du willst besser als die Polizei sein? Worin?!«

»Beruhige dich, Adam.«

»Du steigst aus, und an deiner Stelle kommt jemand, der von nichts eine Ahnung hat!« Adam gestikulierte wild, ohne Perhans Wunde zu beachten.

»Reiß dich endlich zusammen!«, rief Karol und drehte gleichzeitig scharf am Lenkrad. »Wir finden sie, ich verspreche es. Drück auf die Wunde!«

»Zum Teufel nochmal!«, zeterte Adam, doch er drückte mit einer Hand erneut auf den blutdurchtränkten Verband.

Seine Berührung bewirkte, dass Perhan sich bewegte, die Augen öffnete und laut aufstöhnte. Karol wartete einige Sekunden, sein Ton wurde wieder ruhiger. »Versteh doch … Natalia ist verschwunden, sie suchen schon die ganze Nacht nach ihr. Ich kann einfach nicht mehr«, beklagte er sich; er konnte nur noch mit Mühe seine Stimme unter Kontrolle halten.

Adam sah im Rückspiegel, dass aus Karols Augen Tränen flossen. Der Passat fuhr bei Rot über eine Kreuzung, dabei scheuchte er einige Passanten weg und zwang zwei Autos zum Anhalten.

»Sie haben dich über dein Handy gefunden«, fuhr Karol fort. »Es gibt ein israelisches Programm, das von Sondereinheiten genutzt wird.

Mit dessen Hilfe kann man bei jedem Netzbetreiber einbrechen. Dieses Programm gibt es auch bei uns schon, nur kostet es ein Vermögen. Die Gangster sind gut, und sie wissen viel über uns, also muss das große Geld dahinterstecken. Ich vermute, dass sie jemanden gekauft haben – einen von der Polizei oder einen von uns. Und ich finde diesen Maulwurf und breche ihm alle Knochen!«

Der Passat bog in eine Straße ein, die zu einem hohen, düsteren Krankenhausgebäude führte, überquerte den Parkplatz und bremste scharf hinter einem Rettungswagen, der neben dem Eingang zur Ambulanz stand.

»Warte hier!« Karol sprang aus dem Wagen und lief in das Gebäude hinein.

Perhan wandte seinen Kopf zu Adam und sagte mühsam: »Fahr weg.«

Adam sah ihn überrascht an. »Was?«

Perhan deutete mit den Augen auf das Lenkrad. »Er hat die Schlüssel dagelassen. Fahr weg ... Ich sage dir, wo deine Frau und dein Sohn sind.«

Adam erstarrte; er wusste nicht, wie er reagieren sollte. »Ohne ärztliche Hilfe wirst du sterben. Wo willst du hin?«

»Entscheide dich, schnell.« Perhan hatte seine fiebrig glühenden Augen auf Adams Gesicht geheftet und wartete.

Es vergingen nur einige Sekunden. Adam stieg schnell aus dem Wagen, setzte sich ans Steuer und drehte den Schlüssel im Zündschloss um. Der Motor sprang an. Er wich einem Rettungswagen aus und bog in die Ausfahrt aus dem Parkplatz ein. Plötzlich bremste er scharf, weil er eine Gestalt vor der Motorhaube bemerkte. Vor dem Passat stand Karol. Es gab keine Möglichkeit, ihn zu umfahren, auf beiden Seiten parkten Autos.

»Los!«, schrie Perhan mit ungeahnter Kraft. »Überfahr ihn.«

Adam ließ das Steuer los. Er sah Sanitäter, die mit einer Trage herbeiliefen. Perhan legte den Kopf auf die Sitzlehne zurück und schloss die Augen.

Karol öffnete die Tür auf der Fahrerseite. Adam legte die Schlüssel in seine ausgestreckte Hand, stieg aus dem Wagen und lehnte sich kraftlos gegen die Karosserie. Er fühlte sich unendlich erschöpft. Wenn er gerade die einzige Chance verpasst hatte, Rafał und Agata zu retten, würde er sich das niemals verzeihen. Er sah den Sanitätern zu, die Perhan schon aus dem Wagen geholt und auf die Trage gelegt hatten. Vom Krankenhaus her näherte sich mit schnellen Schritten eine Ärztin in blauem Kittel.

Rafał konnte seine Müdigkeit kaum noch unterdrücken. In der Früh, als er im Sitzen fast eingeschlafen war, hatte man ihm erlaubt, sich für eine Stunde hinzulegen. Jetzt war er immer noch müde und konnte nicht aufhören, an seine Mutter zu denken. Waren die Gangster wirklich bereit, sie zu töten, falls er die Zusammenarbeit verweigerte?

Er hoffte, dass er und Agata freikämen, wenn er ihnen den ganzen Code gab. Was mit seinem Vater passiert war, wusste er nicht, aber er war sich sicher, dass er alles tun würde, um sie zu finden. Wenn er noch lebte. Bei dem Gedanken daran, dass Adam umgekommen sein könnte, zuckte er zusammen.

Er träumte davon, wieder zu Hause zu sein, zusammen mit den Eltern. Seine Pläne, die Schule in Schottland zu besuchen, kamen ihm jetzt banal vor. Zum ersten Mal in seinem Leben wurde ihm bewusst, wie sehr sich die Sicht der Dinge veränderte, wenn etwas Schlimmes geschah, und er kam sich plötzlich eingebildet und beschränkt vor. Er würde anfangen, an seinem Charakter zu arbeiten, und aufhören, ein solcher Egoist zu sein – das war das stille Versprechen, das er dem Schicksal gab.

Ein Satz, den Adam einmal gesagt hatte, fiel ihm ein: »In schwierigen Momenten wird der Charakter eines Menschen nicht geformt – er wird dann sichtbar.« Jetzt war ein solcher Moment gekommen, und er würde beweisen, wer er wirklich war. Er würde seinen Vater nicht enttäuschen.

Er durfte seine Arbeit nicht unterbrechen. Auch jetzt schrieb er eine E-Mail an eine der Adressen, die er auf der Seite *Unsere Klasse* gefunden hatte: »Guten Tag. Ich bin der Sohn von Adam Wierzbicki, mein Name ist Rafał …«

Klicker sah ihm über die Schulter und las murmelnd mit: »›Ich bereite eine Überraschung für meinen Vater vor … Würden Sie mir bitte schreiben, wer von Ihnen in welcher Bank in Ihrer Klasse vor dem Abitur saß … oder mich anrufen … Ich wäre Ihnen sehr dankbar … Meine Nummer …‹ Wieso bist du so scheißfreundlich?«, fragte er laut.

Rafał unterbrach das Angeben der Telefonnummer. »Ich kann es auch in eurem Stil schreiben: Her mit den Plätzen in der Klasse, ihr Volltrottel, sonst schieße ich euch die Eier weg! Wäre das okay?«

Klicker verpasste ihm eine Kopfnuss. »Werd bloß nicht frech.«

Rafał biss die Zähne zusammen. Wenn es die anderen Gangster nicht gäbe, würde er Klicker eine in die Fresse hauen, dachte er. Der war bestimmt nicht so ein harter Typ, wie er tat. Doch Rafał unterdrückte seinen Ärger und konzentrierte sich auf den Bildschirm.

Zwei Krankenpfleger schoben das Bett mit dem verletzten Perhan in den Operationssaal hinein. Die Ärztin ging nebenher und drückte auf den blutdurchtränkten Verband an seiner Brust. Eine Krankschwester hielt Adam und Karol zurück, und die Tür zum OP schloss sich vor ihnen.

Karol setzte sich auf eine Bank an der Wand und sah Adam mit blutunterlaufenen Augen an. Beide hatten eine schlaflose Nacht hinter sich, Müdigkeit und Stress siegten langsam über ihre Widerstandskraft.

»Perhan hat versprochen, mir zu sagen, wo sie Agata und Rafał gefangen halten«, rechtfertigte sich Adam, während er sich neben Karol auf die Bank setzte.

»Und was dann? Wärst du da hingefahren?«

»Ich hätte dich angerufen.«

Karol nickte. »Du wärst umgekommen.«

Adam sah ihn nicht an. Für einen Augenblick wurden sie beide still.

»Warte, bis Perhan wieder bei Bewusstsein ist. Ich quetsche dann alles aus ihm heraus«, sagte Karol schließlich. »Und das war's dann. Ich weiß nicht, wer meine Aufgaben übernehmen wird. Du musst auf jeden Fall immer aufmerksam zuhören und die Fakten miteinander in Verbindung setzen. Ruf mich an, wenn sie etwas von dir wollen.«

Adam warf Karol einen stumpfen Blick zu. »Wozu?«

»Ich weiß über diese Sache sicher mehr als derjenige, der mich ersetzen wird. Und ich werde ja telefonisch weiterhin erreichbar sein.« Karol zögerte kurz, während er nach Worten suchte. »Anna und Piotr werden dich bestimmt kontaktieren. Wozu hätte er dir sonst den Code gegeben?«

»Warum hat er ihn nicht Anna gegeben? Welcher Teufel hat ihn geritten, mich anzurufen?« In Adams Stimme schwang Klage mit.

»Vielleicht konnte er sie nicht erreichen.«

»Oder er wollte sie nicht in Gefahr bringen. Er zog es vor, mich … und meine Familie …«

»Es tut mir leid. Du hättest mich gleich anrufen sollen, statt …«

»Statt ein scheißneugieriger Journalist zu sein«, fiel ihm Adam ins Wort.

Karol zog ein Handy aus der Jackentasche und zeigte ihm eine Nummer auf dem Display. »Falls Piotr dich anruft, solltest du das Gespräch möglichst in die Länge ziehen und gleichzeitig mit diesem Telefon hier anrufen – es genügt, diese Nummer zu drücken. Das ist einer meiner Männer, sein Name ist Stefan. Er wartet auf deinen Anruf und wird alles tun, um Anna und Piotr zu lokalisieren. Verstehst du?«

»Du hast gesagt, die Gangster würden mein Handy abhören.«

»Meine Leute werden versuchen, es über den Netzbetreiber zu blockieren.«

Adam nahm das Handy aus Karols Hand. »Piotr Lasota, du, ich, Damian … Alles dreht sich um unsere Klasse … Ist es ein Zufall? Steckt noch jemand dahinter?«

»Ich weiß es nicht«, antwortete Karol. »Mir ist das auch schon durch den Kopf gegangen. Auf jeden Fall scheint jemand mit uns zu spielen, und ich will herauskriegen, wer und wozu. Doch zuerst finde ich Natalia.« Er machte eine Pause. »Sag noch, was mit dem Code ist. Hast du versucht, ihn zu knacken?«

»Rafał hat es getan. Er ist draufgekommen, dass die Ziffern des Codes unserer Sitzordnung in der Abiturklasse entsprechen. Die ersten Buchstaben der Namen, Vornamen und Spitznamen in alphabetischer Reihenfolge ergeben neue Zahlen.«

Karol sah Adam gespannt an. »Ich verstehe noch nicht ganz, doch wie auch immer: Bedeutet das, dass die Gangster mit Rafałs Hilfe den Code knacken könnten?«

Adam breitete die Arme aus. Bei dem Gedanken, was Rafał jetzt erleben mochte, packte ihn wieder blankes Entsetzen.

»Du hast den Code nicht dabei, oder?«, fragte Karol.

»Er ist in unserer Wohnung, versteckt an der Deckenlampe in meinem Arbeitszimmer. Auf einem U-Bahn-Ticket notiert.«

»Warum hast du mir das nicht gleich gesagt?« Karols Stimme klang verwundert.

»Ich habe es nicht geschafft. Jetzt pfeife ich aber auf den Code und auf Lasotas Geld! Ich will, dass ihr Rafał und Agata befreit!«

Karol griff nach seinem Handy und wählte eine Nummer. »Stefan, hör mir zu. Du musst jemanden in Adams Wohnung schicken.«

Marcos ging im Zimmer auf und ab und schaute immer wieder reflexartig aus dem Fenster, um die Umgebung zu kontrollieren. Auf einem alten Sofa an der Wand saß Grisza mit gesenktem Kopf.

»Du hättest Wierzbicki erschießen sollen.« In Marcos' Stimme klang eine Drohung mit. »Du weißt, dass er den Code hat … Er knackt ihn, und die Kohle ist im Arsch. Ist dir das nicht durch den Schädel gegangen?«

Grisza bewegte sich, hob aber seinen Kopf nicht, sondern starrte weiterhin den Betonfußboden an. »Du hast mir befohlen, ihn lebend zu bringen«, sagte er stur.

»Und zu denken habe ich dir nicht befohlen? Vielleicht kannst du dein Gehirn besser benutzen, wenn sich etwas Blei darin befindet?«

Grisza antwortete nicht; er saß regungslos da, doch seine Körpersprache verriet, dass er Widerstand leisten würde. Marcos schob eine Hand in die Hosentasche und umfasste den Griff eines Springmessers. Er ging vom Fenster weg und postierte sich vor Grisza, als würde er ihn herausfordern. »Wird Perhan singen oder nicht? Du hast ihn zu mir gebracht.«

Grisza zuckte die Achseln. Marcos beugte sich vor und sagte leise in sein Ohr: »Perhan ist tot, verstehst du? Es interessiert mich nicht, dass er dein Schwager ist. Euer Zigeunerkodex ist ein einziger Quatsch.«

Grisza biss die Zähne zusammen. Während Marcos auf seine Reaktion wartete, zog er das Messer hervor und versteckte es hinter dem Rücken – mit einem Finger an dem Mechanismus, der die Klinge befreite. Einen Moment lang schwiegen sie beide.

»Ich erledige das selbst … Lass mich ins Krankenhaus fahren«, schlug Grisza schließlich mit gedrückter Stimme vor.

»Marica ist schon unterwegs. Ich wollte nur, dass du es weißt. Alles klar?«

Grisza nickte langsam; er hatte sich nur mühsam unter Kontrolle. Marcos betrachtete ihn aufmerksam – er prüfte, ob sein Einverständnis mit dem Tod eines Verwandten ehrlich war. Nach einigen Sekunden sah er, wie Griszas Körper sich entspannte und in sich zusammenfiel. Er schob sein Messer in die Hosentasche zurück.

»Wir wissen alle, wie es ist. Du auch, Grisza. Und ich erst recht. Wenn ich mal so tief in der Scheiße stecke wie Perhan, tust du, was nötig ist, okay?«

»Ganz bestimmt«, sagte Grisza. Er hob den Blick und sah zum ersten Mal seit Beginn des Gesprächs in Marcos' Augen.

Beide wussten, dass er sein Versprechen halten würde. Marcos lächelte.

»Du kriegst eine Million und teilst sie mit deiner Schwester und Perhans Kindern. Ihr werdet Marcos noch danken. Die Welt ist groß, du wirst sehen … Deine Zigeunerseele wird noch richtig tanzen.«

Er setzte sich zu Grisza aufs Sofa und klopfte ihm auf den Schenkel. Grisza reagierte nicht. Er hatte feuchte Augen, die er mit dem Handrücken abwischte. Marcos stand auf, ging zu einem kleinen Schrank in der Zimmerecke, öffnete ihn und zog eine Flasche Sliwowitz und zwei Gläser hervor. Er kehrte zu Grisza zurück, setzte sich wieder neben ihn und goss den Schnaps in die Gläser ein. Grisza leerte das seine in einem Zug.

Rafał saß reglos vor seinem Laptop und kämpfte weiterhin gegen seine Müdigkeit an. Die Chance, dass jemand umgehend auf seine Anfrage antworten würde, war gleich null, doch Klicker hatte ihm befohlen, den Posteingang ununterbrochen zu beobachten. Er konnte keine Nachricht verschicken und auch nicht auf Facebook oder Twitter gehen. Klicker hatte den Zugang zum Internet blockiert – nur eingehende Nachrichten waren zugelassen. Rafał war wütend auf sich selbst, dass er den Code auf seinem Computer versteckt hatte. Klicker hatte den Inhalt seiner Festplatte heruntergeladen und ihn mühelos gefunden.

Der letzte Gedanke riss Rafał plötzlich aus seinem Halbschlaf, er starrte aufmerksam in den Computer. Klicker hatte seine Dateien über Bluetooth heruntergeladen, und diese Verbindung funktionierte ja in beide Richtungen – vorausgesetzt, dass Klicker sie nicht unterbrochen hatte. Wenn nicht, könnte es ihm im Gegenzug gelingen, Informationen über die geplante Aktion der Bande von Klickers Computer auf seinen herunterzuladen.

Rafał hatte aus den Gesprächsfetzen, die er mitbekommen hatte, auf jeden Fall schon verstanden, dass es nicht allein um Lasotas großes Geld ging. Sie planten etwas, was sich nach einem Terroranschlag anhörte.

Er sah sich verstohlen um. Klicker saß auf dem Sofa neben der angelehnten Tür, rauchte eine Zigarette und belauschte das Gespräch im Nebenzimmer. Er schaute nicht in seine Richtung.

Rafał berührte das Touchpad, öffnete die Bluetooth-Verbindung und fand das Symbol für den Zugang zu Klickers Computer. Seine Aufregung unterdrückend aktivierte er die Verbindung und begann, die Dateien auf seinen Laptop herunterzuladen. Er erstellte einen Ordner, in dem er sie verstecken würde, und sah nervös zu, wie der Download-Balken sich langsam füllte. Er riskierte viel. Wenn jemand merkte, dass er im Begriff war, die Geheimnisse der Bande zu stehlen … Marcos wäre außer sich vor Wut und könnte Agata oder ihm etwas antun.

Der blaue Balken war bis ans Ende gelangt. Rafał beruhigte seinen Atem und löschte die Spur der Verbindung auf Klickers Desktop. Jetzt war er außer Gefahr, Klicker sollte ihn ruhig weiterhin für einen Trottel halten.

Er öffnete kurzentschlossen die neueste der heruntergeladenen Dateien. Am Bildschirm erschien ein Foto, auf dem ein Zisternenzug zu sehen war. Wozu brauchten die einen Zug, und was enthielten diese Zisternen? Er betrachtete das Bild aufmerksam und versuchte, eine Information über den Zug zu finden.

Er öffnete eine weitere Datei. Sie enthielt einen Film, der Militärübungen zeigte. Überrascht schaltete er im letzten Moment den Ton aus. In dem Film war eine Gruppe von Offizieren in NATO-Uniformen zu sehen; sie beobachteten von weitem einen Stahltank, der vor einem Wald postiert war. Neben dem Tank befanden sich irgendwelche Baracken, die offenbar ein Wohngebiet imitierten. Nach einigen Sekunden explodierte der Tank, und der Brand erfasste den Wald und die Häuser. Die nächsten Einstellungen zeigten Soldaten in Schutzanzügen und Masken. Sie löschten den Brand, desinfizierten das Gebiet und versorgten die Verletzten.

Klicker streckte sich und stand vom Sofa auf. »Hey, Klugscheißer, hast du Lust auf einen Kaffee?«, fragte er in versöhnlichem Ton.

»Danke … ja, bitte«, antwortete Rafał. Er schloss schnell die Datei mit dem Film. Klicker ging zum Fensterbrett, auf dem ein Wasserkocher stand. Auf dem Weg dahin warf er einen Blick auf den Bildschirm von Rafałs Computer.

»Vergiss nicht – ich sehe jede Mail.«

»Ich weiß«, antwortete Rafał. »Darf ich etwas spielen? Ich langweile mich.«

Klicker schaltete den Wasserkocher ein und nickte. »Spiel, nur mach den Ton aus. Sonst kriegen wir Ärger mit Marcos.«

Rafał holte aus einem Ordner das Spiel *Wärter der Palisade* und startete es. Sollte Klicker jetzt prüfen wollen, was er gerade gemacht hatte, würde er nur das Spiel sehen. Klicker schüttete Pulverkaffee in zwei Becher und sah von weitem auf Rafałs Bildschirm.

»Altes Zeug«, konstatierte er abfällig. »Wetten, dass ich dich in jeder Runde schlage?«

»Mit zwei Computern?«, gab Rafał zurück.

Klicker nickte. »Du hast keine Chance.«

Die kleinen, aus dem 19. Jahrhundert stammenden Bürgerhäuser standen direkt gegenüber von einem Park, der sich sanft einen Hügel emporschlängelte. In dieser schmalen Seitenstraße fuhren nur selten Autos, selbst Passanten ließen sich nicht oft blicken. Jetzt, in den Morgenstunden, waren die Straße und der Park ganz leer und vom aufsteigenden Nebel umhüllt. Ein dünner Junge in grüner Fliegerjacke und mit blau-rot gefärbten Haaren saß auf einer Parkbank und beobachtete Anna, die an der Schwelle eines Hauses mit einem Rollstuhl kämpfte. Piotr saß in dem Stuhl mit verbundenem Kopf und einem Gips an der Hand und am Bein.

»Lass das, ich schaffe es allein.« Er erhob sich mühsam.

Anna ließ den Griff des Rollstuhls los und streckte die Hand aus, um ihm zu helfen. Der kleine Punk stand von der Bank auf, überquerte die Straße und stieß die Zaunpforte auf. »Ich helfe Ihnen«, schlug er vor.

»Danke. Vielleicht nehmen Sie den Rollstuhl«, stimmte Anna zu und warf gleichzeitig einen aufmerksamen Blick auf die Straße.

Niemand kannte die Adresse dieser Wohnung, die sie vor einem Jahr, als ihr Verhältnis mit Piotr begann, gekauft hatte. Sie hatten sich hier einige Male getroffen und sich dabei glücklich und unbeobachtet gefühlt. Auch jetzt war sie sich sicher, dass niemand sie verfolgt hatte, als sie durch die Straßen des noch schlafenden Krakau gefahren war.

Sie griff Piotr fest unter den Arm und stieg langsam mit ihm die Treppe hinauf, die zu einem kleinen Flur führte. Die Wohnung befand sich im Erdgeschoss, sodass sie den Eingang problemlos erreichten.

Anna öffnete die Tür, führte Piotr in einen kleinen Salon hinein und setzte ihn in einen tiefen Sessel. Sie zog aus ihrer Manteltasche ein Bündel Banknoten, entnahm ihm einen Zwanzig-Złoty-Schein und kehrte zu dem Jungen zurück, der mit dem Rollstuhl vor der Tür wartete.

»Ich danke Ihnen vielmals.«

»Das ist nicht nötig.« Der Punk lächelte. »Die Menschen sollten sich gegenseitig helfen, dann wäre das Leben einfacher.«

»Das ist wahr.« Sie lächelte zurück. »Ich wünsche Ihnen einen schönen Tag. Auf Wiedersehen.«

»Auf Wiedersehen. Ich hoffe, dass Ihr Mann bald wieder gesund wird.«

Der Punk nickte Anna zu und drehte sich um. Er verließ das Haus und ging auf ein leichtes Motorrad zu, das gegen eine Laterne gelehnt war. Er zog sein Handy aus der Jackentasche und wählte eine Nummer. Eine Weile wartete er auf die Verbindung, dann sagte er: »Dieses Pärchen, von dem Sie sagten, dass es kommen könnte, ist aufgetaucht. Was soll ich tun?«

Die schwarze Luxuslimousine kämpfte sich langsam durch den zunehmenden Straßenverkehr der Warschauer Innenstadt. Hilarewicz lenkte sie mit einer Hand, mit der anderen drückte er das Telefon ans Ohr.

»Nichts, warte einfach. Ich rufe dich wieder an, und dann kommt jemand zu dir. Falls sie das Haus verlassen, gib mir Bescheid.«

»Okay, Chef. Aber die, die kommen, bringen die Kohle mit, oder? Ich sitze hier schon seit vierzig Stunden fest. Ich habe nicht mal genug für eine Pizza …«

»Klar«, antwortete Hilarewicz, während er in Richtung Tiefgarage des Bürohauses abbog, in dem sich der Sitz von East Fund befand. »Rühr dich nicht vom Fleck. Falls sie weggehen, folge ihnen. Und verlier sie nicht!«

Er legte das Telefon auf den Beifahrersitz, holte aus dem Handschuhfach einen weiteren Apparat mit dem gleichen schwarzen, viereckigen Gerät am Gehäuse und wählte eine Nummer. Nach ein paar Sekunden hatte er die Verbindung. »Ich habe Piotr Lasota. Krakau-Podgórze, Parkstraße 5, Appartement Nummer 2.«

Marcos drückte das Handy fester ans Ohr und ging aus dem Zimmer, in dem Rafał und Klicker saßen.

»Woher wissen Sie das?«, fragte er.

»Was geht dich das an?«, antwortete die entstellte Stimme von Hilarewicz. »Also gut, meinetwegen. Lasota hat mich einmal aus dieser Wohnung angerufen. Ich wusste, dass er mit der Frau eines anderen herumvögelt. Ich habe einen Burschen dorthin geschickt, damit er Wache hält, für alle Fälle. Nimm den Hubschrauber, jetzt gleich. Und versau es nicht! Ich schicke dir die Nummer des Burschen.«

Marcos schaltete das Telefon aus und ging in Richtung Wohnungstür. Vor dem Zimmer, in dem Bruno sich einen Film im Fernsehen anschaute, wurde er langsamer. »Du kommst mit mir.«

An der Tür des Operationssaals leuchtete die Aufschrift: NICHT EINTRETEN. Auf dem Flur davor ging Karol auf und ab und sprach ins Telefon. »Ernenne meinen Nachfolger, und ich führe ihn in den Fall ein. Je früher, desto besser.«

Adam saß auf der Bank an der Wand und starrte mit abwesendem Blick die Plakate mit Medikamentenwerbung an. Die Wunde an seinem

Bein war zusammengenäht und verbunden, und er hatte eine Spritze gegen die Schmerzen bekommen. Die Verletzung an seiner Stirn war nicht schlimm, man hatte nur ein Pflaster darauf geklebt. Danach hatte er sich im Patientenbad gewaschen und seine Kleidung notdürftig vom Waldschlamm gesäubert.

»Lass mich ausreden«, sagte Karol ungeduldig. »Ich muss …«

Doch der Mann am anderen Ende der Leitung unterbrach ihn offenbar mitten im Satz. Siennicki presste die Lippen zusammen und hörte schweigend zu.

Kowal saß in seiner Generalsuniform im Vorzimmer des Verteidigungsministers an einem kleinen Tisch an der Wand. Er dankte der Sekretärin mit einem Kopfnicken, die eine Tasse Kaffee und eine silberne Zuckerdose vor ihn hingestellt hatte. In trockenem, kategorischem Ton sprach er in sein Handy: »Deine privaten Probleme interessieren mich nicht, Karol. Wer soll jetzt für den Tod der beiden Polizisten büßen? Zuerst holst du aus diesem Gangster alles heraus, dann kannst du deine Tochter suchen. Oder du reichst deine Kündigung ein. Die ganze Sache sieht aber nicht gut aus. Die Staatsanwaltschaft wird sich womöglich einschalten … Und ich sage es gleich: Einen Offizier, der entlassen wurde, decke ich nicht.« Er schaltete das Handy aus und legte es auf den Tisch.

»Mit Milch?«, fragte die Sekretärin.

»Nein, danke«, antwortete er mit einem Lächeln.

Die Frau lächelte zurück und ging wieder an ihren Schreibtisch. Kowal löffelte etwas Zucker in den Kaffee, rührte um und hob die Tasse zum Mund. In dem Moment ging die Tür auf, und der Minister betrat das Vorzimmer. Ein Mann mittleren Alters, groß und gutaussehend, wie man allgemein befand. Er achtete auf sein Aussehen, trug Anzüge, die ein Londoner Schneider für ihn nähte, sprach fließend Englisch. Im Kontakt mit der Außenwelt wahrte er tadellose Manieren, seinen Untergebenen gegenüber erlaubte er sich aber gelegentliche Zornesausbrüche. Er öffnete die Tür zu seinem Kabinett mit regungslosem Gesicht und bat Kowal mit einer Kopfbewegung hinein.

Er hätte besser Autohändler oder Rezeptionist in einem billigen Hotel werden sollen, schoss es Kowal durch den Kopf. Der Minister war bei den Offizieren nicht beliebt, obwohl er seine Liebe zur Armee stets beteuerte. Sie hielten ihn für einen eingebildeten Zivilfritzen.

Kowal schloss die Tür hinter sich. Der Minister stellte seine Aktentasche auf den Schreibtisch und drehte sich mit zornigem Blick um. »Was ist das für ein Saustall, General Kowal?! Der Innenminister hat uns vor dem Premierminister beschuldigt, für den Tod der beiden Polizisten verantwortlich zu sein. Weil sie von uns nicht gewarnt wurden, dass sie es mit Gangstern zu tun haben würden.«

»Meine Leute wussten es auch nicht, Herr Minister«, antwortete Kowal und versuchte, seine Nervosität zu verbergen. Er stand immer noch an der Tür – das Angebot, in dem für Gäste bestimmten Sessel Platz zu nehmen, war nicht erfolgt.

Der Minister schlug mit der Faust auf den Schreibtisch. »Ihre Superagenten wissen gar nichts! Und sie kommen ständig zu spät! Zuerst haben diese Vollidioten zugelassen, dass Direktor Lasota verschwand! Und jetzt waren sie zu spät am Tatort! Es sieht ganz so aus, als würde jemand die Gangster vor unseren Aktivitäten warnen. Alles läuft total schief, verdammte Scheiße! Sind Sie sich wenigstens Ihrer Leute sicher?!«

»Glauben Sie mir, Herr Minister, wir tun alles, um das Durchsickern von Informationen und …«

»Die hätten Sie gleich am Anfang überprüfen sollen! Ich will, dass Sie mich in Zukunft über alle wichtigen Ereignisse sofort informieren! Und rechtfertigen Sie sich nicht damit, dass es mitten in der Nacht ist! Ich schlafe niemals! Ist das klar?!«

Der Minister beruhigte sich ein wenig, nachdem er seine Wut abgeladen hatte. Sie hatte sich in ihm während der äußerst unangenehmen Besprechung beim Premierminister angestaut, bei der er vom Innenminister attackiert und der Inkompetenz beschuldigt worden war. Seine Position in der Partei und sein Ehrgeiz, die Rolle des zweiten Mannes im Staat nach dem Premierminister zu spielen, waren ramponiert. Und das wegen einer derart idiotischen Affäre! Er war sich der Militärs, die er befehligte, niemals sicher gewesen. Er vertraute ihnen nicht, hegte stets den Verdacht, dass sie seine Autorität durch geheime Spielchen untergruben.

Erst jetzt zeigte er mit einladender Geste auf den Besuchersessel. Nachdem sich der General steif hingesetzt hatte, ließ er sich auch nieder und sagte in ruhigerem Ton: »Wie Sie wissen, plant die Firma East Fund, deren Direktor Piotr Lasota ist, eine strategische Investition in Polen. Allerdings versucht jemand, sie zu torpedieren. Und ich will wissen, wer. Die Russen? Die Chinesen? Vielleicht die Deutschen? Oder eine andere amerikanische Firma?«

»Wenn ich das Objekt der Investition wüsste …«, begann Kowal.

»Der Premierminister hat darüber Geheimhaltung verhängt«, unterbrach ihn der Minister. »Es ist noch nicht gesagt, dass East Fund die Konzession bekommt.«

Kowal hatte nicht die Absicht aufzugeben. »Ich habe meinen Leuten gesagt, dass es sich um das Schiefergas handelt. Damit sie nicht anfangen, auf eigene Faust zu recherchieren. Vielleicht ist es aber das Erdöl in der Ostsee? Oder wollen wir eine Waffenfabrik bauen?«

»Versuchen Sie nicht, mir auf den Zahn zu fühlen, General. Sie haben achtundvierzig Stunden. Lasota wird jetzt von der ganzen Polizei und von der Agentur für Innere Sicherheit gesucht. Und es hätte fatale Folgen, wenn sie schneller als die Spionageabwehr wären. Dieser Scheißkerl gehört uns, klar?«

Kowal nickte. »Jawohl, Herr Minister.«

»Dann wäre das alles. Ich warte auf die Ergebnisse.«

Sie müssen dir beim Premierminister nicht schlecht zugesetzt haben, wenn du mir nicht mal einen Drink anbietest, dachte Kowal mit Genugtuung, während er einen Blick auf die mit teuren Alkoholmarken gefüllte Glasvitrine warf. Er erhob sich, salutierte und ging zur Tür.

Der Minister verfolgte ihn mit seinem Blick, dann ging er auf die Vitrine zu, holte eine Flasche Chivas Regal hervor, goss sich ein halbes Glas ein und warf Eiswürfel hinein, die sich in einem von der Sekretärin vorbereiteten Behälter befanden. Er trank den Inhalt des Glases aus und stellte es auf einem Regal ab.

An den Eiswürfeln kauend, setzte er sich an seinen Schreibtisch. Der Alkohol löste in seinem Körper eine Welle der Ruhe und Wärme aus und stieg ihm angenehm zu Kopf. Die Anspannung nach dem Streit beim Premierminister ließ nach. Er drückte einen Knopf an seinem Telefon und sagte: »Verbinden Sie mich mit dem Generaldirektor von East Fund. Über die sichere Leitung.«

Adam wurde immer müder; er fühlte sich erschöpft und hilflos. Es kam ihm so vor, als würde sein Gehirn regelmäßig seine Emotionen blockieren, um ihn davor zu schützen, aus lauter Angst um Agata und Rafał wahnsinnig zu werden.

Karol hatte ein weiteres Telefonat beendet und setzte sich neben ihn. Auch ihm standen Stress und Müdigkeit ins Gesicht geschrieben.

Als sein Handy wieder vibrierte, sah er aufs Display, aber er erkannte die Nummer nicht. Er legte das Telefon ans Ohr. »Hallo?«

»Ich bin es. Versuch nicht, mich zu lokalisieren, denn ich werfe gleich die SIM-Karte weg«, hörte er Annas Stimme.

Er richtete sich auf und versuchte, ruhig zu bleiben. »Wo bist du?«, fragte er nach wenigen Sekunden in beherrschtem Ton. »Ist Piotr bei dir?«

»Ich habe deine Nachricht abgehört. Was ist mit Natalia?«

»Du hast sie zu meiner Mutter gebracht. Obwohl du wusstest, wie das enden würde.«

»Karol, antworte mir! Suchst du nach Natalia?«

Er erhob sich von der Bank, seine Stimme klang verärgert. »Die Polizei sucht nach ihr. Weil ich mich mit Piotr und dir befassen muss. Wo bist du?«

Anna stand am Fenster, von wo aus sie die Straße und einen Teil des Parks überblickte. Sie hatte Tränen in den Augen. Sie wusste, dass Piotr, der im Nebenzimmer lag, ihr Gespräch hören konnte. »Wer hat Piotr den Gangstern ausgeliefert?«, fragte sie wütend. »Warum sollte ich dir jetzt plötzlich trauen? Finde unsere Tochter! Mach einmal im Leben etwas so, wie es sich gehört!«

Sie schaltete das Telefon aus, öffnete das Gehäuse, zog die SIM-Karte heraus und schmiss sie gegen die Wand. Dann trocknete sie sich die Augen und versuchte, wieder ruhiger zu atmen.

»Was ist los?«, fragte Piotr.

Anna ging nach nebenan und setzte sich zu ihm aufs Bett. »Natalia ist aus dem Haus von Karols Mutter abgehauen. Sie wird sich schon finden, bestimmt ist sie nur zu einer Freundin gegangen. Vermutlich will sie sich an uns rächen, weil wir sie alleingelassen haben. Karol hat die ganze Polizei alarmiert.«

»Ich verstehe.«

Piotr ließ den Kopf auf das Kissen fallen. Anna streichelte seine Wange. »Ruh dich aus. Ich mache uns etwas zu essen.«

Sie stand auf, doch Piotr ergriff mit der gesunden Hand ihr Handgelenk und hielt es fest. »Wir müssen uns mit Adam in Verbindung setzen«, sagte er mit Nachdruck.

Anna legte die Hand auf seine Stirn, die ganz heiß war. Seine Augen glänzten vor Fieber. »Ich hole einen Arzt. Es kann sein, dass du Antibiotika brauchst.«

»Anna, du hörst mir nicht zu.« Piotr stützte sich auf den Ellbogen ab. »Ruf Adam an.«

»Wierzbicki? Wozu?«

»Ich habe ihm im Krankenhaus den Code zu dem Konto gegeben. Und die PIN.«

Sie zog ihre Hand zurück. »Du hast den Code Adam gegeben? Warum nicht mir? Außerdem verstehe ich nicht: Ich habe doch gerade Geld von diesem Konto abgehoben, ohne einen Code zu brauchen.«

Piotr rang nach Worten. »Ich war mir nicht sicher, ob ich das Recht habe … Ich hatte Angst um dich.«

»Und du hattest keine Angst, als auf mich geschossen wurde?« Anna unterdrückte einen Anflug von Zorn. »Wovon redest du, Piotr? Was für einen Code hast du Adam gegeben? Zu welchem Konto?«

Piotr ließ sich auf das Kissen zurückfallen und den Blick zur Seite schweifen. »Sei mir nicht böse. Da ist doch dieser Mann ins Krankenhaus gekommen … Er hat mich gewürgt, um die Bankdaten aus mir herauszupressen … Das sind Mörder, du hast es doch selbst gesehen.«

Anna legte die Hand auf seine Brust. »Entschuldige, du hast recht. Aber bitte erzähl mir alles, damit ich es verstehe. Gibt es abgesehen von diesen hunderttausend Euro noch weiteres Geld?«

»Ja. Ich wäre schon tot, wenn sie den Zugang zu diesem Konto ohne mich herausgefunden hätten.«

»Wie viel?«

»Eine Milliarde und sechshundert Millionen Złoty«, flüsterte Piotr.

Stille trat ein. Anna war blass, sie starrte Piotr fassungslos an. Nach einigen Sekunden holte sie tief Luft und stand auf. Sie drehte sich zum Fenster, schaute eine Weile den im Wind schaukelnden Baumkronen zu. »Man kann nicht eine solche Summe an sich nehmen und sich verstecken«, sagte sie mit tonloser Stimme.

»Ich weiß.«

Anna fuhr fort, als hätte sie ihn nicht gehört – oder nicht hören wollen: »Du hast gesagt, dass du den Job hinschmeißen und Polen verlassen willst. Dass wir genug für einen Neuanfang haben. Ich war bereit, alles für dich aufzugeben … sogar den Kampf um Natalia zu riskieren. Wozu hast du dieses Geld genommen?«

»Weil ich sonst meinen Plan nicht umsetzen kann.«

Anna drehte sich um, ging aber nicht auf das Bett zu. Sie sprach weiter mit einer fremden, tonlosen Stimme: »Was für einen Plan?«

»Ich habe es dir schon gesagt … Es geht um eine Naturkatastrophe.«

»Deine Firma, East Fund, braucht anderthalb Milliarden, um eine Naturkatastrophe hervorzurufen. Hörst du, wie das klingt?«

Piotr schüttelte nervös den Kopf. Er begann, schnell zu sprechen, ohne sie zu Wort kommen zu lassen: »Die Katastrophe ist nur ein Mittel zum Zweck. Du solltest wirklich nicht mehr wissen. Sie werden nicht zögern, jeden zu töten, der ihre Pläne kennt. Ohne das Geld, das ich genommen habe, sind sie handlungsunfähig. Ich wollte nach New York fahren, um sie zu demaskieren.«

»Sie?«

Das Sprechen strengte ihn immer mehr an. »Es kann sein, dass mehrere Personen aus der Firma dahinterstecken. Vielleicht sogar jemand aus den Staaten. Ich wollte die amerikanische Staatsanwaltschaft einschalten, weil ich befürchtete, dass sie hier in Warschau von Politikern gedeckt werden könnten. Karol war auch der Meinung, dass es gut wäre, gleichzeitig hier und dort zu agieren. Ich habe es nicht geschafft. Bitte, ruf Adam an.«

»Warum rufst du ihn nicht selbst an?«

»Weil sein Telefon abgehört werden könnte. Und dich werden sie nicht an der Stimme erkennen.«

»Wozu hast du ihm den Code gegeben?«

Piotr schwieg. Anna wartete kurz auf eine Antwort, dann fuhr sie fort: »Du hast eine Milliarde und sechshundert Millionen auf irgendeinem Konto versteckt, vermutlich nicht bei einer polnischen Bank …« Sie wartete ab, bis Piotr es bestätigte. »Und du willst East Fund von der Umsetzung eines gefährlichen Plans abhalten. Aber was hat Adam damit zu tun?«

Piotr schloss die Augen. Er schwieg einige Sekunden. »Falls sie mich umbringen«, sagte er schließlich, »ist das Geld weg.« Er sprach langsam und deutlich, damit sie sich jedes Wort einprägen konnte. »Ich wollte, dass Adam weiß, wo diese Summe ist und wie man an sie herankommt. Deswegen habe ich ihm den Code gegeben, notiert auf einem U-Bahn-Fahrschein. Ich habe gehofft, dass er den Code knackt und darauf kommt, dass die Seriennummer des Tickets die PIN ist. Oder dass ich ihn anrufe und ihm alles erkläre … sobald ich dazu fähig bin. Der Code und die PIN ermöglichen den Zugang zu der ganzen Summe, die bei einer Schweizer Bank liegt. Sollten sie Adam den Fahrschein wegnehmen, würden sie den Code nicht knacken können.«

»Warum glaubst du das?«

Piotr öffnete die Augen. »Weil sie dazu feststellen müssten, wer in unserer Klasse wo saß.«

Anna versuchte, den letzten Satz zu begreifen, doch sie schüttelte nur ratlos den Kopf.

»Vornamen, Nachnamen, Spitznamen … Man muss den Buchstaben Zahlen zuordnen … nach ihrer Reihenfolge im Alphabet«, fügte Piotr hinzu.

»Du meinst, den ersten Buchstaben?« Anna hatte es begriffen. »Warte, es geht also darum, wer von uns wo im Gymnasium saß. Aber ich hab doch mehrmals den Platz gewechselt. Die anderen auch.«

»Es gibt ein Abiturfoto, auf dem die ganze Klasse zu sehen ist. Du sitzt in der zweiten Bank in der dritten Reihe, auf der rechten Seite.«

»Am Fenster, das stimmt.« Anna lächelte. »Hast du dieses Foto noch?«

Piotr war schon sehr müde, er sprach mit Mühe: »Ich habe es versteckt. Im Internet.«

Anna beugte sich vor und küsste ihn sanft auf den Mund. »Lass uns wegfahren. Ich liebe dich. Der Teufel soll dieses Konto und East Fund holen.«

Piotr schüttelte den Kopf. »Jemand muss sie aufhalten. Ruf Adam an.«

Anna verbarg ihre Enttäuschung. »Gut. Sag nichts mehr.«

Sie stand auf, zog ihr Mobiltelefon aus der Tasche und wählte Adams Nummer. Nach einer Weile hörte sie eine automatische Ansage und schaltete das Handy auf laut: »Der Teilnehmer ist zurzeit nicht erreichbar. Wir werden ihn über Ihren Anruf informieren …«

In den Gängen des Krankenhauses herrschte Hochbetrieb, ein einziges Durcheinander von Patienten, Besuchern, Krankenschwestern und Ärzten. Marica, in einen grauen Trenchcoat gekleidet, ging hinter einer Stationshilfe her, die einen Wagen mit Bettwäsche schob.

Die Frau bog in einen Seitengang ein, blieb vor einer Tür stehen, sperrte sie auf und schob den Wagen hinein. Marica folgte ihr. Die Stationshilfe drehte sich um und herrschte Marica in unfreundlichem Ton an: »Was wollen Sie hier? Sehen Sie nicht, dass das ein Abstellraum ist?«

Marica schloss die Tür hinter sich. Nach wenigen Minuten trat sie im Arbeitskittel und in den Schuhen der Stationshilfe auf den Flur. Sie zog den Wagen heraus, schloss die Tür, steckte den Schlüssel in die Kitteltasche und ging los. Ihren Mantel und ihre Stiefel hatte sie unter der Bettwäsche versteckt, die Hosenbeine unter dem Kittel hochgekrempelt, die Pistole mit Schalldämpfer in den Gürtel geschoben. Sie bog um die nächste Ecke, blieb vor der Informationstafel stehen, fand mit einem Blick den Hinweis: »Chirurgie – Intensivstation, 1. Stock« und schon schubste sie den Wagen in Richtung Fahrstuhl.

Das Badezimmer war schmutzig und mit Gerümpel vollgestellt, aus den verrosteten Wasserhähnen floss nur kaltes Wasser. Natalia wusch sich in einer Schüssel – das warme Wasser hatte Bronek für sie gebracht.

Sie nahm ein altes, vergilbtes Handtuch vom Haken, sah es angeekelt an und hängte es zurück. Vor Kälte zitternd zog sie ihre Kleidung über den nassen Körper.

»Fertig?«, fragte Bronek hinter der Tür hervor.

»Noch nicht!«, rief sie.

Ihr Blick blieb an einem kleinen Fenster über der Badewanne haften. Es war nicht vergittert, sondern hatte nur einen kleinen Riegel. Sie nahm leise ein Brett, das auf der Kloschüssel lag, legte es über die Badewanne und kletterte zu dem Fenster hin. Es ließ sich problemlos öffnen. Den Atem anhaltend stieg sie auf das Fensterbrett und spähte hinaus. Das Bad lag im ersten Stock, zwei Meter tiefer war ein kleines Holzdach, unter dem sich der Seiteneingang befand. Wenn es ihr gelänge, auf dieses Dach zu springen, hätte sie eine Chance, unbemerkt zum Zaun zu laufen. Sie zögerte. Die steilen Dachhälften waren nass und glitschig, und der Sprung konnte mit einer harten Landung auf der Erde enden. Vielleicht aber könnte es ihr gelingen, an den Händen hängen zu bleiben, dann wäre es nicht mal mehr ein Meter?

»Fertig?«, fragte Bronek erneut und klopfte an die Tür. »Darf ich herein?«

Natalia legte ein Bein über den Fensterrahmen.

»Ich habe gesagt: noch nicht! Ich ziehe mich an!«

Sie streckte sich auf dem Fensterbrett aus und schwang beide Beine nach außen. In dem Moment ging die Türklinke hinunter, und Bronek kam herein. Beim Anblick des in einer seltsamen Position liegenden Mädchens erstarrte er.

»Was machst du da?«, fragte er misstrauisch. Er kam näher und betrachtete Natalia aufmerksam. Sie lächelte ihm unsicher zu und schaute nach unten. Ihre Füße hingen anderthalb Meter über dem kleinen Dach. Sie traute sich nicht zu springen.

»Ist das ein Spiel?« Bronek wurde neugierig. »Darf ich auch?«

Sie blickte in seine glänzenden, vertrauensvollen Augen. »Klar darfst du«, sagte sie und lächelte wieder. »Steig auf das Brett und gib mir deine Hand.«

Bronek kletterte gehorsam auf das Brett über der Badewanne und streckte Natalia eine Hand entgegen.

»Du hältst mich fest, und ich steige auf dieses Dach hinunter. Okay?«

Er nickte mit ernster Miene.

»Nur lass nicht los«, befahl sie.

Bronek nickte wieder. Natalia baumelte nun in der Luft, an Broneks Hand hängend.

»Komm näher ans Fenster! Stell mich hin!«, rief sie angestrengt.

Bronek lehnte sich aus dem Fenster und stellte Natalia auf das Holzdach. Sie ging sofort in die Hocke und hielt sich mit beiden Händen an der Dachspitze fest.

»Und was jetzt?«, erkundigte sich Bronek.

Eine gute Frage, schoss es Natalia durch den Kopf. Sie saß auf dem glitschigen Dach und hatte Angst, sich zu bewegen. Bis zur Erde waren es etwa drei Meter, von einem Sprung konnte keine Rede sein. Sie hob den Kopf und sah über sich Bronek, der sie erwartungsvoll anstarrte.

»Jetzt gehst du nach draußen und fängst mich … wenn ich springe.«

Bronek dachte kurz nach, dann zog er sich ins Bad zurück. Nach einigen Sekunden streckte er seine Beine durchs Fenster und fing an, aufs Dach hinunterzuklettern.

»Halt! Was machst du denn da?«, schrie Natalia. »Du bist zu schwer! Hör auf!«

Bronek reagierte nicht und schob sich weiter über das Fensterbrett hinaus. Er blieb kurz an den Händen hängen und glitt dann auf das kleine Dach hinunter. Die Holzkonstruktion knarrte gefährlich unter seinem Gewicht. Natalia rutschte eine der steilen Dachhälften hinunter. Sie zog es vor zu springen, als mit dem Dach hinunter zu brechen – zusammen mit Bronek, der sie womöglich erdrücken würde.

Plötzlich spürte sie, dass jemand sie an den Beinen packte und nach unten zog. Sie schrie in Panik, ließ das Dach los und fiel in die Arme von Wołowiec. Direkt über ihrem Gesicht sah sie seine blutunterlaufenen, wütenden Augen, weiter oben nahm sie Bronek wahr, der sich auf dem Dach hingehockt hatte und neugierig nach unten schaute.

Wołowiec stellte Natalia auf den Boden und nahm sie energisch an der Hand. Er zerrte sie wortlos an der Hauswand entlang, in Richtung Haupteingang. Natalia stemmte die Füße in die Erde.

»Bronek und ich spielen nur«, schrie sie verzweifelt.

»Wir spielen!«, rief Bronek fröhlich.

Wołowiec beachtete die beiden nicht. Er ging mit großen Schritten weiter, während er das kämpfende Mädchen hinter sich herzog. Natalia drehte den Kopf in Richtung Straße und begann zu schreien:

»Hilfe! Hört mich jemand?! Ich heiße Natalia Siennicka ... Ich bin hier! Hilfeeeeee!«

Wołowiec blieb stehen, stopfte Natalias Mund mit seiner großen Hand und hob sie hoch. Mit dem strampelnden Mädchen unter dem Arm bog er um die Hausecke.

»Wartet auf mich«, rief Bronek.

Er legte sich schnell aufs Dach und ließ die Beine hinunter. Die morsche Konstruktion hielt seinem Gewicht nicht stand und brach mit einem lauten Krach zusammen. Bronek stürzte nach unten, schlug mit dem Kopf auf einer Betonstufe auf, stöhnte vor Schmerz und erstarrte.

Adam sah Karol an, der mit dem Telefon am Ohr immer wieder unruhig auf die Uhr schaute. »Was wäre, wenn ich den Code knacken und das Geld abheben würde?«, fragte er.

»Das ist nicht so einfach. Ich denke, dass Piotr die PIN nur in seinem Kopf hat«, antwortete Karol. »Und selbst wenn ... Du meldest dich bei einer Bank, um eine Milliarde und sechshundert Millionen abzuheben – und was dann? Überweist du es auf dein Konto? Nach einer Stunde hättest du die Agentur für Innere Sicherheit, das Zentrale Antikorruptionsbüro und die Polizei am Hals ... und natürlich die Bande, die Piotr verfolgt.« Er wählte zum wiederholten Mal eine Nummer. »Außerdem würdest du einem alten Kumpel so was nicht antun. Deshalb hat Piotr den Code dir anvertraut.«

Adam zuckte zusammen. »Lauter alte Kumpel. Nur, warum kommen dann Menschen ums Leben? Und wieso wurde meine Familie entführt?«

»Du hättest nicht dein eigenes Spiel spielen sollen.«

Adam nickte nachdenklich. Er schwieg eine Weile. »Kannst du dich noch erinnern: In der letzten Klasse haben wir an diesem Programm von Pawełs Vater teilgenommen ...«

»Von Professor Jegorowicz«, beendete Karol den Satz. »Die Steigerung der psychischen Effizienz in einer Stresssituation. Und?«

»Dank dieser Methode sollten wir widerstandfähiger werden und eine Situation schneller beurteilen oder eine Entscheidung leichter treffen können. Hat dir das als Spionageoffizier was gebracht?«

»Spionageabwehr«, stellte Karol klar. »Ich weiß es nicht, vielleicht …«

Adam sah Karol an, offensichtlich wartete er auf eine Fortsetzung. Dann sagte er: »Und ich sehe manchmal in meinen Träumen Szenen … wie aus den Experimenten des Professors. Nur kann ich mich später nicht genau an sie erinnern.«

»Ein Teil von ihnen fand ja unter Hypnose statt.«

»Eben.« Adam hielt inne, suchte nach den richtigen Worten. »Als ich den Anruf von Piotr bekam, bekam ich plötzlich Angst. Wie bei Jegorowicz, nach dem Erwachen aus der Hypnose.«

»Angst?« Karol machte den Eindruck, als wüsste er durchaus, wovon der Freund sprach.

»Ja, eine unerklärliche Angst. Kannst du dich noch an diese hypnotischen Zustände erinnern?«

Karol zuckte die Schultern. »Wie kommst du jetzt darauf?«

Sein Telefon vibrierte. Er sah aufs Display und nahm das Gespräch an. »Von wo rufst du an?«

Frau Siennicka drehte sich zum Busfenster hin, um ihre Tränen vor den anderen Fahrgästen zu verbergen, die sich um sie drängten. Sie sprach schnell, mit abreißender Stimme: »Ich war in Warschau, um in euren Wohnungen nachzuschauen. Was ist mit euch los? Anna ist verreist, du bist nicht da … Interessiert es dich nicht, wo Natalia ist? Wenn ich bedenke, dass sie …« Sie war nicht imstande, weiterzusprechen, und fing an zu weinen.

Zwei Krankenschwestern schoben das Bett, auf dem der bewusstlose, an einen Tropf angeschlossene Perhan lag, aus dem Operationssaal heraus. Karol und Adam standen auf. Der Chirurg, an dessen Hals ein heruntergelassener Mundschutz hing, blieb vor ihnen stehen. Er wischte sich mit einer müden Bewegung über die Augen und wartete, bis Karol sein Telefonat beendete.

»Mutter, bitte, fahr nach Hause. Und beruhige dich, wir finden sie schon. In zwei Stunden bin ich bei dir«, sagte Karol und schaltete das Handy aus. »Wie steht es um ihn?«, fragte er, den Blick auf das vorbeifahrende Bett gerichtet.

»Er kommt durch«, antwortete der Chirurg. »Aber sprechen kann er erst in vier, fünf Stunden. Da, bitte.« Er hielt Karol ein Plastiksäckchen mit zwei flachgedrückten Kugeln hin.

Karol nahm es nicht entgegen. »Das holt jemand von der Kommandantur ab. Ich bitte nur um fünf Minuten Gespräch mit dem Patienten. Ich weiß, dass Sie ihn aufwecken können ... Es ist wichtig.«

»Wollen Sie, dass ich ihn umbringe?« Der Chirurg schüttelte den Kopf. »Ausgeschlossen, Sie müssen noch ein wenig warten. Und jetzt entschuldigen Sie mich – ich sollte mich kurz ausruhen, in einer halben Stunde operiere ich wieder.«

Er ging an Karol vorbei und steuerte auf die Fahrstühle zu. Davor wartete schon eine Stationshilfe mit einem Wäschewagen.

»Der Schlag soll ihn treffen!«, fluchte Karol leise. »Da ist offenbar nichts zu machen – jemand anderer wird ihn verhören müssen.«

Die Tür eines Fahrstuhls ging auf, und die Krankenschwestern schoben das Bett mit Perhan hinein. Gefolgt von der Stationshilfe mit dem Wagen. Während sich die Tür schloss, drehte sie sich um.

Adams Blick blieb plötzlich auf ihr haften. »Moment mal, das war doch ...«, sagte er in unsicherem Ton.

Die Fahrstuhltür ging ganz zu.

»Was?«, fragte Karol.

»Nein, nichts ... Ich habe mich wohl getäuscht.«

Karol blieb stehen. »Sag schon, worum geht's?«

»Die Stationshilfe im Fahrstuhl sah der Frau ähnlich, die ich damals im Krankenhaus gesehen habe.«

»In welchem Krankenhaus? Wovon sprichst du?«

»Als wir bei Piotr waren. Weißt du noch? Da, wo die Leiche weggebracht wurde. Sie war etwa dreißig, kurzes, schwarzes Haar und ...«

»Verfluchte Scheiße!«

Karol stürmte in Richtung Fahrstühle. Der mit Perhan war nach unten unterwegs, vor dem anderen warteten der Chirurg und ein Anästhesist. Karol rannte an ihnen vorbei und riss gleichzeitig seine Pistole aus dem Halfter unter dem Arm. Er stürzte auf die Tür zu, die zum Treppenhaus führte, stieß sie auf und lief die Stufen hinauf. Adam folgte ihm.

Sobald Karol im ersten Stock angekommen war, rannte er direkt auf die chirurgische Station. In einer Ecke standen zwei Agenten, die während Perhans Operation dazugekommen waren. Beim Anblick ihres Chefs mit der Waffe in der Hand zogen sie sofort ihre Pistolen aus den Halftern. Siennicki warf einen Blick auf die Ziffern, die über den Fahrstühlen blinkten. Der mit Perhan war gerade im Erdgeschoss angekommen.

»Eine Frau von etwa dreißig, verkleidet als Stationshilfe! Bewaffnet!«, rief er den Agenten zu und stürmte zurück auf die Treppe. Die beiden Agenten liefen hinter ihm her.

Im Erdgeschoss, vor dem offenen Fahrstuhl, standen einige Personen und schauten ängstlich hinein. Ein Arzt versuchte, die beiden völlig aufgelösten Krankenschwestern zu beruhigen. Karol drängte sich zwischen der Menschenmenge hindurch. Neben dem Bett stand der verlassene Wäschewagen. Aus einem Loch in Perhans Schläfe sickerte Blut.

Siennicki wandte sich zu den Agenten um. »Sie ist noch im Krankenhaus. Blockiert beide Eingänge, schnell! Niemand darf hinaus!« Er zeigte auf den Haupteingang und das Ende eines Seitengangs.

Die Agenten rannten los. Die Tür zum Treppenhaus ging auf, und Adam lief herein. Karol blickte in beide Richtungen, doch außer den verstörten Patienten und Krankenhausmitarbeitern sah er niemanden.

»Sie hat Perhan getötet. Siehst du sie irgendwo?«, fragte er, ohne den Blick vom Gang abzuwenden.

Adam warf einen Blick auf die Tragbahre mit Perhan. »Wie sollen wir jetzt herausfinden, wo sie Rafał und Agata festhalten?«

»Reiß dich zusammen, Adam! Beobachte den Gang!«, rief Karol.

Adam wandte den Blick von der Leiche ab, sah sich um und schüttelte den Kopf. Karol steuerte auf den Haupteingang zu. Adam hinkte ihm hinterher. Beide betrachteten sie aufmerksam die Menschen, an denen sie vorbeigingen. Karol, der Adam einige Schritte voraus war, näherte sich bereits der Haupteingangshalle.

Doch Adam verlangsamte plötzlich seinen Schritt: Er hatte soeben eine Frau entdeckt, die auf einer Bank an der Wand saß. Sie war in einen grauen Trenchcoat gekleidet und hielt den Kopf gesenkt. Er blieb vor ihr stehen. Die Frau richtete sich auf und sah ihm in die Augen. Zwischen den Falten ihres Mantels hielt sie eine kurze Pistole mit Schalldämpfer. Adam erkannte sie und erstarrte; er war nicht imstande, einen Laut von sich zu geben. Niemand beachtete die beiden.

»Wir gehen«, sagte Marica leise, während sie auf den Seitengang zeigte. Der Schalldämpfer fuhr hoch, bis er direkt auf Adams Kopf gerichtet war.

Karol blieb in der Eingangshalle stehen und sah sich schnell um. Ein Agent postierte sich am Haupteingang; der Anblick der Pistole in seiner Hand ließ die Menschen zurückschrecken. Die Frau, die Adam beschrieben hatte, war nirgendwo zu sehen. Karol drehte sich um und bemerkte den sich entfernenden Freund, dem eine mittelgroße Frau in einem Trenchcoat folgte. Er trieb die Menschen auseinander und rief etwas. Marica warf einen Blick nach hinten, entdeckte ihn und stieß Adam mit dem Schalldämpfer in den Rücken. »Schneller! Lauf!«

Adam spürte einen Anflug von Wut. Er drehte sich um und schlug den Schalldämpfer mit seinem Unterarm hoch. Marica verpasste ihm einen blitzschnellen Ellbogenschlag ins Gesicht. Er taumelte, stöhnte vor Schmerz und stieß mit dem Rücken gegen die Wand. Halb bewusstlos und ohne etwas zu sehen, bedeckte er sich mit den Armen und wartete auf weitere Schläge.

Marica aber hielt sich nicht länger mit ihm auf, sondern kniete sich hin und schoss vier Mal in Karols Richtung. Die Schüsse klangen wie das Herausziehen eines Flaschenkorkens. Drei Kugeln schlugen gegen Karols Brust und warfen ihn zu Boden. Die vierte Kugel traf den Arm eines Patienten in Morgenmantel. Der Mann fiel vor Angst und Schmerz schreiend um.

Adam, der inzwischen sein Sehvermögen wiedererlangt hatte, stieß sich von der Wand ab. Marica drehte sich um und zielte auf ihn. Adam trat gegen ihren Arm, sodass ihr die Pistole aus der Hand fiel und über den Fußboden glitt. Nun attackierte sie ihn mit einem Tritt gegen den Kopf. Er hob automatisch den Arm, um sich zu schützen, doch die Stärke des Tritts warf ihn zu Boden. Marica rannte auf ihre Pistole zu. Direkt vor sich hatte sie einen der Agenten, der mit der Waffe in der Hand aus der Eingangshalle herbeilief.

Sie drehte sich um, sprang über den am Boden liegenden Adam und stürmte den Gang hinunter.

Der Agent blieb neben Karol stehen. Adam erhob sich und ging auf sie zu; unterwegs hob er Maricas Pistole auf und schob sie in seinen Hosengürtel. Der Agent fühlte den Puls an Karols Hals. Einige Meter weiter beugte sich ein Arzt über den verletzten Patienten. Ringsherum versammelten sich aufgeregte und verängstigte Menschen.

»Was ist mit ihm?«, fragte Adam den Agenten.

Der Mann knöpfte wortlos Karols Hemd auf. Darunter sahen sie eine dünne, schwarze Weste.

»Kevlar«, stellte der Agent anerkennend fest.

Karol öffnete die Augen und hustete. Er zeigte mit der Hand in die Richtung, in die Marica geflüchtet war.

»Keine Angst, wir schnappen sie«, sagte der Agent. Er richtete sich auf und lief den Gang hinunter. Man konnte hören, wie er durch ein Funkgerät den anderen Agenten herbeirief.

»Was ist passiert?«, fragte Karol mühsam.

»Sie läuft weg, unbewaffnet«, antwortete Adam.

»Hilf mir … Es tut verdammt weh.«

Adam half Karol hoch und setzte ihn auf eine Bank. »Du hattest Glück.«

Karol klaubte aus der Weste zwei flachgedrückte Kugeln heraus, wickelte sie in ein Taschentuch und steckte sie ein. In dem Moment kam der Arzt auf sie zu.

»Wie fühlen Sie sich?«

»Mir fehlt nichts. Kümmern Sie sich bitte um den Verletzten.«

Er stand unsicher auf und ging, sich an der Wand festhaltend, in die Richtung, in die Marica geflohen war. Adam ging neben ihm her.

Das Fenster der Besuchertoilette im Erdgeschoss ließ sich leicht öffnen. Marica sprang hinaus, warf den Trenchcoat weg und rannte los, an der Mauer entlang. Nach wenigen Sekunden erschien in dem Fenster einer der Agenten mit der Pistole in der Hand. Mit einem Sprung war er draußen.

Marica bemerkte ihn, als sie um die Ecke bog. Vor ihr lag ein großer Parkplatz. Sie lief zwischen die parkenden Autos und schrie den beiden Männern zu, die sich rauchend an einem schwarzen Toyota Land Cruiser unterhielten: »Oleg, fahr los! Oleg, Kosma!«

Die Männer drehten sich um, warfen ihre Zigaretten weg und sprangen in den Wagen. Der Motor heulte auf, und der Land Cruiser raste auf Marica zu. Der Agent war nur wenige Meter hinter ihr.

»Die Knarre!«, rief Marica.

Einer der Gangster öffnete die Tür und warf ihr eine schwere Pistole zu. Marica fing sie in der Luft, lud sie durch, drehte sich um und eröffnete das Feuer auf den Agenten. Dieser ließ sich auf den Asphalt hinter der Motorhaube eines parkenden Autos fallen und schoss mehrmals zurück. Die Kugeln trafen die Scheiben und die Karosserie des Land Cruisers.

Marica warf sich neben dem Wagen auf den Bauch und schoss einige Male unter den Autos hindurch. Der an der Schulter getroffene Agent krümmte sich vor Schmerz und ließ seine Pistole fallen. Marica stand blitzschnell auf und sprang in den Toyota. Oleg drückte aufs Gaspedal, und der Wagen raste davon.

Aus dem Seiteneingang des Krankenhauses stürzten Karol, Adam und der zweite Agent heraus. Sie liefen parallel zu dem fahrenden Land Cruiser in Richtung Schranke, die die Parkplatzausfahrt blockierte.

Marica zielte durch ein Seitenfenster, in dem sie die Scheibe heruntergelassen hatte. Kosma steckte auf der anderen Seite eine kurze Maschinenpistole hinaus. Karol packte Adam bei der Schulter und riss ihn zu Boden. Der Agent, den eine Serie in den Oberkörper traf, fiel mit einem Schmerzensschrei auf die Betoneinfahrt. Der Land Cruiser durchbrach die Schranke, überquerte die Straßenbahnschienen und raste schlingernd bei Rot über eine Ampel. Einige Autos bremsten unter lautem Hupen.

Karol und Adam standen auf und liefen in Richtung Kreuzung. Sie sahen, wie der Land Cruiser vor der Front einer herbeifahrenden Straßenbahn abbog, sich zwischen den bremsenden Autos hindurchmanövrierte und mit großer Geschwindigkeit Kurs auf eine Weichselbrücke nahm.

Karol steckte seine Pistole ein und kehrte im Laufschritt zu dem verletzten Agenten zurück. Er bewegte sich immer noch mit Mühe und drückte mit einer Hand auf seine schmerzenden Rippen. Er zog sein Handy hervor und beugte sich über den Agenten, der an der Wand des Krankenhausgebäudes saß und sich die schmerzende Seite hielt.

»Sie hat vor allem die Weste erwischt, aber eine Kugel ist etwas tiefer gegangen …«, stieß er mühsam hervor.

»Schreib mit«, sagte Karol ins Telefon. »Der verletzte Gangster ist tot. Sein Name ist Perhan. Der Killer war eine Frau, etwa dreißig. Dunkles Haar, mittelgroß, schlank. Sie hat zwei Typen bei sich. Alle drei fliehen mit einem schwarzen Land Cruiser, Kennzeichen WSU 4206. Sie fahren über die Schlesisch-Dombrowaer-Brücke in Richtung Innenstadt. Sie sind bewaffnet und gefährlich. Haben eine Maschinenpistole, Uzi oder Skorpion, und zwei Pistolen.«

Er schaltete das Handy aus und lief über den Parkplatz zu seinem Passat. Adam hinkte ihm hinterher. Karol öffnete die Tür per Fernbedienung, sprang hinters Steuer, ließ den Motor an und rief durch das offene Fenster: »Du bleibst!«

Adam öffnete wortlos die Tür und setzte sich auf den Beifahrersitz.

»Du bleibst hier!«, wiederholte Karol in scharfem Ton. »Du störst mich nur.«

»Kommt nicht in Frage. Es geht um meine Familie! Fahr!« Adam saß da mit einem verbissenen Gesichtsausdruck.

Karol zögerte kurz, dann legte er den Gang ein und fuhr los. Er legte etwa fünfzehn Meter zurück und bog Richtung Parkplatzausfahrt ab. Auf einmal verlor er die Kontrolle über das Steuer. Der Wagen geriet ins Schleudern, schlug seitlich gegen die parkenden Autos und blieb stehen.

Karol sprang heraus und warf einen Blick auf die Hinterräder. Beide Reifen waren zerstochen. Adam stieg ebenfalls aus.

»Was jetzt? Du wirst ihnen doch nicht erlauben zu fliehen?«

»Der Schlag soll sie treffen!«, fluchte Karol. »Woher kannten sie mein Kennzeichen?!« Irritiert nahm er sein Telefon aus der Halterung und wählte eine Nummer. Dann sah er Adam aufmerksam an. »Hast du sie genau gesehen? Ist es bestimmt dieselbe?«

»Ja.«

Am Telefon meldete sich Stefan. »Leg los, ich höre.«

»Ich kann die Gangster nicht verfolgen, weil sie meine Reifen zerstochen haben«, sagte Karol. »Wir reden später darüber, wie sie meinen Wagen identifizieren konnten. Schaffst du es, den Bankplatz rechtzeitig abzusperren?«

Karols Stimme ertönte aus dem Lautsprecher am mittleren Arbeitsplatz. Stefan wandte sich dem Team zu. »Wir lassen alles liegen und schließen uns der Verfolgung an. Janusz – Kontakt mit unseren Leuten. Bożena, Ewa – Monitoring der Stadt. Krzysztof – die anderen Sicherheitsdienste.«

Stille trat ein; jeder konzentrierte sich auf seine Arbeit. Die Bildschirme flimmerten, switchten zwischen den Kameras der städtischen und polizeilichen Überwachung hin und her.

»Ich habe zwei Streifenwagen, der dritte kommt gleich dazu!«, rief Krzysztof. »Sie schaffen es nicht!«

»Karol, hast du das gehört?«, sagte Stefan in den Hörer.

»Ja. Was ist mit der Kameraüberwachung?«

»Moment, da ist etwas!« Ewas Stimme klang aufgeregt. »Ja, ich hab sie! Die Kamera im Tunnel! In zwanzig Sekunden sind sie auf dem Bankplatz. Ich schicke das Monitoring raus!«

Auf dem Bildschirm von Stefans Laptop erschien der Land Cruiser, der schnell durch einen Tunnel fuhr. Das Bild sprang zur nächsten Kamera, bei der Ausfahrt aus dem Tunnel. Der Land Cruiser überholte im Zickzack die anderen Autos, streifte einen kleinen Pkw und hängte ihn ab.

»Nimm die Kameras vom Bankplatz!«, rief Stefan. »Wir müssen wissen, wo sie hinfahren.« Er wandte sich zu Krzysztof um. »Sie sollen uns mehr Streifenwagen geben. Die Solidarność-Allee, die Marszałkowska-Straße stadtauswärts und Żoliborz. Alarmiere die Polizei. Sie müssen irgendwelche Patrouillen in der Gegend haben. Sie sollen die Durchfahrt blockieren!«

»Sie bewegen sich zu langsam!«, sagte Krzysztof.

»Ich habe drei von unseren Wagen! Sie werden in ein, zwei Minuten dort sein«, rief Janusz.

Stefan erhob sich und blieb hinter Bożenas Rücken stehen. Er konnte jetzt alle Computer sehen. »Gut. Steuere sie, damit sie wissen, wo sie hinfahren sollen«, sagte er zu Janusz. »Karol, soll ich dir einen Wagen schicken?«

Adam verfolgte mit angespanntem Blick, wie Karol mit dem Telefon am Ohr zum Kofferraum des Passats ging. »Nein, ich bin draußen.«

»Jetzt?« Stefan verbarg seine Enttäuschung nicht. »Das ist doch nicht dein Ernst?«

»Doch«, antwortete Karol. »Ich würde sowieso zu spät kommen. Ich warte vor dem Krankenhaus, zusammen mit Adam Wierzbicki. Sie sollen drei Räder mitbringen, Reifen achtzehn mal hundertfünfundsechzig. Du musst sie schnappen, Stefan. Und den Maulwurf finden, der ihnen mein Kennzeichen verraten hat. Viel Erfolg.«

Adam war verunsichert und hatte resigniert. Er sah reglos zu, wie Karol einen Wagenheber unter das Auto schob. Und wie ein Arzt und zwei Krankenschwestern mit den verletzten Agenten auf den Seiteneingang des Krankenhauses zusteuerten. Auf dem Parkplatz hatte sich eine Gruppe von Menschen versammelt; sie kommentierten die Ereignisse, begutachteten die beschädigten Autos und sahen in Karols und Adams Richtung.

»Und was soll ich jetzt machen?«, fragte Adam.

Karol drehte am Griff des Wagenhebers, und eine Seite des Passats fuhr hoch. »Warten. Du wirst von jemandem abgeholt. Und dein Handy gut bewachen, denn die Entführer werden sich bestimmt bei dir melden. Meine Leute bringen den Fahrschein mit dem Code aus deiner Wohnung mit. Sieh ihn dir genau an – vielleicht fällt dir dazu etwas ein. Man könnte den Gangstern Bedingungen stellen, sie auffordern, Agata und Rafał freizulassen.«

»Sie werden Rafał damit drohen, dass sie seine Mutter umbringen, und er wird ihnen die Lösung verraten.«

»Das wäre schlecht.« Karol nahm einen Schlüssel und begann, die Muttern am ersten Rad abzuschrauben.

»Schlecht für wen?« Adams Stimme bekam einen schärferen Klang. »Wenn er dadurch sich und Agata befreit? Schlecht für die Ermittlungen?«

»Und woher nimmst du die Gewissheit, dass sie die beiden freilassen, sobald sie das Geld von der Bank haben?«

Adam öffnete den Mund und machte ihn gleich wieder zu. Er bekam plötzlich eine solche Angst, dass es ihm die Sprache verschlug. Er starrte Karol an, der die nächsten Muttern abschraubte.

»Ich soll warten und an dem Code arbeiten. Und du ziehst dich zurück. Hast du vielleicht noch einen weiteren guten Rat für mich?«, fragte er in bitterem Ton. »Meine Frau und mein Sohn könnten ums Leben kommen. Die Mafiosi wissen alles über euch. Und ihr über sie gar nichts!«

Karol richtete sich mit dem Schlüssel in der Hand auf und sah Adam in die Augen. »Weißt du noch, dass meine Tochter verschwunden ist? Sie ist seit elf Uhr abends nicht mehr da. Was würdest du an meiner Stelle tun?«

Eine Weile schwiegen sie beide. Karol streckte die Hand in Adams Richtung aus.

»Gib mir die Pistole.«

Auf den Bildschirmen der Computer von Ewa und Stefan konnte man verschiedene Kameraeinstellungen des rasenden Land Cruisers sehen. Die von Krzysztof und Janusz zeigten die beweglichen Punkte der Polizeistreifen.

Das ganze Team arbeitete konzentriert, tauschte schnell Informationen aus. Stefan hielt Kontakt zu den Besatzungen der Autos, die den Land Cruiser verfolgten.

»Sie sind gerade auf dem Bankplatz und fahren anscheinend weiter geradeaus«, sagte Ewa.

»An alle Streifen«, sagte Stefan in ein Mikrofon, das an seinen Kopfhörern befestigt war. »Habt ihr gehört? Die Gangster haben den Bankplatz überquert und fahren geradeaus, in Richtung Wola. Ich wiederhole: ein schwarzer Land Cruiser, WSU 4206.«

»Ich habe das Kennzeichen überprüft«, sagte Krzysztof. »Es gehört zu einem geklauten Cinquecento.«

»Zwei unserer Wagen kommen ihnen aus Wola entgegen.« Janusz zeigte auf die Stelle auf dem Bildschirm seines Laptops.

Stefan blieb hinter seinem Arbeitsplatz stehen. »Sehr gut. Gib sie mir und stell auf laut.«

Aus dem Lautsprecher von Janusz' Computer ertönte die Stimme eines Polizisten: »Hier Z-24. Ich bin in der Żelazna, suche einen schwarzen Land Cruiser, Kennzeichen WSU 4206. Kommen!«

»Z-24, warte auf den zweiten Wagen, dann macht eine Straßenblockade und versucht sie aufzuhalten«, sagte Stefan. »Aber vorsichtig: Sie sind bewaffnet und werden eines Mordes verdächtigt. Sie könnten schießen. Achtet auf die Passanten. Seid ihr mit einem gekennzeichneten Wagen unterwegs?«

»Nein, mit einem zivilen.« In der Stimme des Polizisten klang wachsende Anspannung mit. »Ich wiederhole: gefährlich, bewaffnet. Eine Schießerei möglich.« Man konnte hören, wie er sich an seinen Kollegen wandte: »Zieh deine Weste an und gib mir meine. Check die Magazine.«

Im Lautsprecher von Bożenas Computer erklang die Stimme des nächsten Polizisten: »Hier Z-2. Wir fahren in die Solidarność-Allee hinein. Ich sehe die Verfolgten noch nicht. Unser Wagen ist gekennzeichnet. Sollen wir einen Streifen blockieren?«

Stefan warf einen Blick auf Janusz' Bildschirm, um die Situation zu beurteilen. Der Land Cruiser fuhr auf dem linken Streifen der breiten Allee. »Das hat keinen Sinn, Z-2. Sie könnten über die Straßenbahnschienen entkommen. Warte auf Z-24.«

Bożena hob drei Finger einer Hand, mit der anderen imitierte sie die Drehungen eines Blaulichts.

»Vom Bankplatz aus. Sie sind ein Stück hinter ihnen.«

»Achtung Z-2 und Z-24: Drei Polizeiwagen kommen aus Richtung Bankplatz«, sagte Stefan ins Mikrofon. »Sie sind hinter den Gangstern. Ich wiederhole: Drei Polizeistreifenwagen vom Bankplatz her. Ihr könnt sie auf der Höhe der Żelazna in den Clinch nehmen. Vielleicht gelingt es, zusammen mit einem Lkw eine Blockade zu errichten.«

Auf den Bildschirmen konnte man in Form von leuchtenden Punkten sehen, wie die Autos der Polizei einen Kreis um den Wagen der Gangster schlossen. Ewa, Bożena, Janusz und Krzysztof tippten auf ihren Tastaturen, fischten blitzschnell immer neue Daten heraus. Stefan ging hinter ihren Rücken auf und ab und kontrollierte alle Bildschirme gleichzeitig.

Dic Solidarność-Allee war von riesigen Mietshäusern aus der Vorkriegszeit gesäumt; inmitten der vierspurigen Straße verliefen die Straßenbahnschienen. Der Land Cruiser fuhr auf der linken Spur und hupte andere Autos aus dem Weg. Hinter ihm war ein Polizeistreifenwagen, der sich schnell und mit eingeschalteter Sirene näherte; vor ihm konnte man das blinkende Blaulicht eines zivilen Autos sehen, das quer über zwei Fahrstreifen stand.

»Bieg ab!«, rief Marica.

Oleg drehte scharf am Lenkrad. Der Wagen sprang über die Straßenbahnschienen, raste in eine Nebenstraße, kam kurz ins Schleudern, stabilisierte sich wieder und beschleunigte zwischen den parkenden Autos. Der Polizist im Streifenwagen rief aufgeregt ins Funkgerät: »Sie sind in die Dobrzański-Straße abgebogen und fahren in Richtung Ogrodowa. Ich wiederhole: Die Flüchtigen sind jetzt in der Dobrzański-Straße!«

Der Streifenwagen folgte den Gangstern auf die Straßenbahnschienen. Er bewegte sich langsamer als der Land Cruiser, blieb mit dem Fahrgestell an den Schienen und hohen Bordsteinkanten hängen.

Ewas Finger flogen weiterhin über die Tastatur des Laptops. »Verdammt, in der Dobrzański-Straße gibt es keine Kameras, in der Ogrodowa nur eine!«, rief sie und wandte sich zu Stefan um.

»Achtung, Z-2 und Z-24, fahrt in die Ogrodowa hinein«, sagte Stefan ins Mikrofon. »Habt ihr verstanden? In die Ogrodowa, aus nördlicher Richtung.«

»Verstanden«, bestätigte der Polizist. »Wir steuern die Ogrodowa an.«

Stefan blieb hinter Ewa stehen. Janusz und Krzysztof waren auf ihre

Computer konzentriert. Bożena drehte den Kopf und sah das ganze Team an. Ihr Arbeitsplatz war der erste von rechts, niemand beachtete sie. Sie schob die rechte Hand in die Tasche ihres Blazers, zog ein Mobiltelefon mit angeschlossenem Handyblocker heraus und wählte eine Nummer.

Sobald sie auf dem Display sah, dass sie verbunden war, stellte sie den Empfang auf leise und versteckte das Telefon unter ihrer auf dem Tisch liegenden Handtasche. Sie beruhigte den Atem und konzentrierte sich wieder auf den Bildschirm. Nur das Zittern der Hände verriet ihre Anspannung.

Hilarewicz stand am Ende eines Konferenzraums, mit einem Zeigestab in der Hand und neben einer Leinwand, die an einem Ständer aufgehängt war. Der an einen Laptop angeschlossene Diaprojektor warf ein Bild nach dem anderen darauf.

An der einen Seite des langen Konferenztisches saßen Kozlowski, Iwona Bruckner und Nina, die den Laptop bediente, an der anderen einige Politiker der regierenden Parteien. Alle hörten Hilarewicz aufmerksam zu. Auf der Leinwand erschien die Landkarte der Suwałki-Seenplatte. »Ende der siebziger Jahre wurde die Entscheidung getroffen, mit der Förderung dieser Vorkommen zu beginnen«, referierte Hilarewicz. »Die damalige Regierung unter Edward Gierek erhielt zu diesem Zweck von der Bundesrepublik Deutschland ein Darlehen von achthundert Millionen D-Mark. Unmittelbar danach brach in Polen eine politische Krise aus, die bekanntlich zur Gründung der Gewerkschaft Solidarność führte. Damit fielen die Förderpläne ins Wasser.«

Kozlowski wandte sich den Abgeordneten zu. »Zum Glück«, sagte er mit einem Lächeln. »Die Sowjetunion hätte Polen niemals erlaubt, die Früchte dieser Arbeit zu genießen.«

Die Gäste lächelten höflich zurück. In der Stille, die plötzlich eintrat, konnte man ein Mobiltelefon vibrieren hören. Hilarewicz näherte sich dem Tisch und sah auf das dort liegende Handy. Er zögerte einen Moment, eine Spur von Verlegenheit im Gesicht, dann hob er den Blick und richtete sich an die Anwesenden. »Ich bitte vielmals um Entschuldigung, aber da muss ich rangehen. Ein Anruf aus dem Kabinett des Premierministers. Hat etwas mit unserer Besprechung zu tun. Ich darf Frau Bruckner bitten, den Vortrag fortzusetzen.«

Kozlowski zog unzufrieden die Augenbrauen zusammen. Die Abgeordneten tauschten erstaunte Blicke untereinander aus. Iwona Bruckner stand mit einem Lächeln auf, ging auf Hilarewicz zu und nahm ihm den Zeigestab aus der Hand.

Hilarewicz schloss die Tür seines Arbeitszimmers und brummte in gereiztem Ton ins Telefon: »Wieso rufst du mich an?« Einige Sekunden lang konnte er die Geräusche im Hörer nicht einordnen. »Hallo?«, rief er irritiert.

Er hörte schweigend zu, bis er allmählich begriff, was die Stimmen, die er vernahm, bedeuteten: Ein Agententeam leitete eine Verfolgungsjagd.

»Blockiert die Nordausfahrt! Das Südende wird von zwei Streifenwagen geschlossen! Die Żelazna und die Wronia von zwei weiteren!«

Hilarewicz zog ein Handy mit Störgerät aus der Tasche und wählte eine Nummer. »Hallo! Wo bist du?«

»In der Nähe von Krakau«, sagte Marcos laut in ein Mikrofon, das er sich direkt vor den Mund hielt. »Was ist los?«

Der Hubschrauber flog schnell unter einem tief hängenden Streifen dunkler Wolken. Das Knattern des Motors übertönte die entstellte Stimme von Hilarewicz. »Ich leite eine andere Verbindung an dich weiter. Hörst du das? Du darfst nicht zulassen, dass sie lebend geschnappt werden.«

Bruno sah Marcos aufmerksam an, und auch der Pilot drehte den Kopf zu ihm. Marcos beruhigte sie mit einer Handbewegung. In seinem Hörer erklang eine aufgeregte Männerstimme, die von weitem rief: »Wir haben sie!«

Eine andere Stimme antwortete in ähnlich aufgeregtem Ton: »Z-2, hast du Sichtkontakt?«

»Ja! Schwarzer Land Cruiser, eine Frau und zwei Männer! Wir haben die Ogrodowa blockiert!«, rief die erste Stimme.

Marcos' Gesicht erstarrte vor Anspannung.

Auf beiden Seiten der Ogrodowa erstreckten sich hohe Mietshäuser aus dem 19. Jahrhundert, die vor kurzem renoviert worden waren. Zwei Polizeiautos standen quer mitten in der Straße. Die uniformierten Beamten rollten eilig eine Nagelsperre über die Fahrbahn aus. Der Polizist in Zivil stand an der Tür seines Wagens und sprach schnell ins Funkgerät. »Sie haben uns gesehen! Sie halten an!«, rief er plötzlich.

Der Land Cruiser bremste etwa hundert Meter vor der Blockade. Oleg legte den Rückwärtsgang ein und setzte zurück. Am Ende der Straße blinkten die Lichter zweier Polizeistreifenwagen. Der dritte bremste gerade an der Ausfahrt einer Nebenstraße, der vierte näherte sich von der Solidarność-Allee her.

Der Land Cruiser bog scharf ab, fuhr auf den Gehsteig und blieb dicht an der Wand stehen. Marica, Kosma und Oleg sprangen aus dem Wagen und versteckten sich hinter dessen offener Tür, die Waffen in den Händen.

»Einige nehmen wir mit, was?«, sagte Kosma zu Marica und lächelte schief. Er holte zwei Magazine aus der Jackentasche und legte sie neben sich auf den Gehsteig. Dann zog er am Seitenschloss seiner Maschinenpistole und verschob den Sicherungshebel. Oleg deponierte zwei Granaten auf einem Wagensitz.

Die Polizisten gingen hinter ihren Autos in Deckung; ihre Pistolen und Maschinengewehre waren auf den Land Cruiser gerichtet. Ein Handy spielte eine lustige Melodie, die in dieser Stille absurd klang. Marica zog ihr Telefon aus der Tasche und sah aufs Display. »Wartet«, sagte sie zu Kosma und Oleg.

Der Beamte in Zivil legte ein Megaphon an den Mund, seine Stimme erfüllte die ganze Straße. »Hier spricht die Polizei. Ihr seid umzingelt! Werft die Waffen weg und kommt nacheinander raus! Die Hände über dem Kopf! Ich wiederhole: Waffen wegwerfen und rauskommen mit den Händen über dem Kopf!«

Der Hubschrauber verringerte seine Flughöhe. In der Ferne, hinter einer Waldlinie, waren schon die Krakauer Vororte zu sehen. Dahinter ragten die Türme der Kirchen und der Hügel der Wawel-Burg empor. Eine dunkle Regenwand brauste über die Stadt hinweg. Marcos sprach laut ins Mikrofon: »Warum hast du nicht angerufen?«

»Wozu?« Maricas Stimme drang mühsam durch das Gedröhn hindurch. »Wir sind sowieso schon am Arsch.« Man konnte hören, wie sie versuchte, ihre Nervenanspannung zu unterdrücken.

»Wie sieht die Situation aus?«, fragte Marcos.

»Sie haben uns eingekesselt … und gesagt, dass wir uns ergeben sollen.«

»Mach gar nichts. Und schießt nicht. Ich hole dich da raus, hörst du?«

»Wie denn? Es ist vorbei, Marcos … Lebend kriegen sie mich nicht.« Marica kniete nieder, verdeckt durch die Vordertür des Land Cruisers und ohne die Polizisten aus den Augen zu lassen. Sie zitterte vor Aufregung und Angst. Es war nicht die Angst vor dem Tod – sie wollte nur nicht leiden und den Triumph der Feinde sehen müssen.

Genau so fühlte sie sich damals, vor Jahren, als die arabischen und albanischen Mudschaheddin beschlossen hatten, weiterzuziehen und ihrem Leben vorher noch ein Ende zu setzen. Zunächst dachte sie, dass der Mann von etwa Mitte zwanzig, der sie aus dem Keller geholt hatte, einer von denen war, dass er das Urteil volltrecken sollte. In ihrem Kopf herrschte ein Durcheinander; es tat ihr leid, sterben zu müssen. Im ersten Moment verstand sie nicht, was er sagte, doch dann begriff sie, dass er sie retten wollte. Er zeigte auf sich selbst und sagte: »Marcos … Ich bin Marcos. Merk dir das. Versteck dich im Wald, ich komme dich holen.«

Marcos' Stimme wurde durch das Gedröhn des Hubschraubermotors entstellt. »Unterbrich die Verbindung nicht. Und sag den Bullen, sie sollen warten. Versuch, Zeit zu gewinnen.«

Marica stellte das Telefon laut und legte es vor sich auf die Karosserie. Dann spähte sie über die Motorhaube des Land Cruisers und rief den Polizisten zu: »Welche Garantie haben wir, dass niemand schießt, wenn wir rauskommen?«

Durch die Aufregung klang ihr serbischer Akzent stärker als sonst. Oleg wandte sich zu ihr um, sein Gesicht zuckte vor Wut und Angst. »Was faselst du da? Nie im Leben!«

»Sei still! Marcos holt uns da raus!«, zischte sie, ohne in seine Richtung zu schauen.

Die Stimme des Beamten hallte in der menschenleeren Straße wider. »Werft die Waffen weg! Kommt mit erhobenen Händen raus! Wir werden nicht schießen!«

»Gebt uns drei Minuten«, rief Marica.

Die Polizisten sahen sich gegenseitig an. Der Mann in Zivil nickte – offenbar war er hier der Rangälteste. Er hob das Funkgerät an den Mund und sagte: »Die Gangster wollen drei Minuten Bedenkzeit. Ich wiederhole: Sie verlangen drei Minuten.«

»Ich habe verstanden, wir warten«, sagte Stefan. »Sie können euch aber nicht entwischen, oder?«

Das ganze Team im Hangar sah auf den großen Bildschirm. Im Bild der Kamera, die an der Ecke eines Mietshauses befestigt war, konnte man die Szene beobachten.

Bożena legte ihre Handtasche so hin, dass sie das Mikrofon des Handys nicht verdeckte.

»Ausgeschlossen, sie sind total eingeklemmt«, sagte der Beamte.

»Dann drei Minuten also. Und seid vorsichtig, wir wollen keinen Western sehen. Die Antiterroreinheit ist schon unterwegs, sie müsste jeden Augenblick da sein.«

»Verstanden. Wir warten also«, bestätigte der Polizist.

Krzysztof sah Stefan fragend an. »Was haben die vor? Wozu brauchen sie drei Minuten?«

Die Geräusche einer heftigen Schießerei ertönten im ganzen Zimmer. Klicker spielte an seinem Laptop und hatte sichtlich Spaß. Wenn Marcos nicht da war, traute er sich, die volle Lautstärke einzustellen.

Rafał schrieb langsam eine weitere Nachricht für die Seite *Unsere Klasse.* Er hatte keinen Grund, sich zu beeilen – ohne Klickers Einverständnis konnte er sie sowieso nicht abschicken.

»Schau mal«, sagte Klicker mit aufgeregter Stimme. »Ich habe eine ganze Bande Russen erledigt.«

Die Tür ging auf, und ins Zimmer kam der riesige Waldi mit einem Mobiltelefon in der Hand. »Gib mir dein Handy«, befahl er Klicker.

»Wozu brauchst du es?« Klicker fegte weiter mit den Fingern über die Tastatur.

»Um meins zu schonen. Gib schon her!« Waldi legte sein Telefon ans Ohr: »Einen Moment.«

Klicker unterbrach widerwillig das Spiel und gab ihm das Handy.

Marcos diktierte Waldi die Nummer, die er vom Display seines Telefons ablas: »Sechshunderteins, zwei, zwei, sieben, drei, sieben, eins. Ruf an!«

Dann schaltete er auf die wartende Verbindung um. »Marica?«

»Ich bin da.«

Der Ton in ihrer Stimme erinnerte ihn an eine Szene aus einer weit zurückliegenden Zeit und einem anderen Leben. Der Keller eines Hauses in einem Vorort von Suva Reka. Das sechzehnjährige Mädchen mit dem geschundenen Körper, eine Granate in der krampfhaft zugedrückten Hand und der verzweifelte Entschluss in den Augen. Und die Männer aus seiner Abteilung, betrunken und plötzlich voller Angst, dass diese mehrmals vergewaltigte Kleine sie in einer Sekunde in blutige Fetzen verwandeln könnte.

»Hältst du noch einen Moment durch?« Er bemühte sich, möglichst ruhig zu klingen. »Ich lasse nicht zu, dass man dir wehtut, Prinzessin. Das weißt du doch.«

Marica sah zu den hinter ihren Autos versteckten Polizisten hinüber. »Sie haben keine Scharfschützen. Und eine Scheißangst. Brauchst du noch lange?«

Marcos' Antwort kam sofort: »Bleib locker. Ich bin schon dabei, euch da rauszuholen.«

Einer der Agenten hielt Karol sein eigenes Handy ans Ohr. Dieser führte ein Gespräch und wischte sich gleichzeitig die Hände an einem Lappen ab – er war gerade mit dem Wechseln der drei Reifen fertig geworden. Er gab dem Agenten ein Zeichen, dass er das Gespräch beendet hatte, und wandte sich Adam zu. »Sie haben die Gangster eingekesselt. Jetzt warten sie auf ein Antiterrorkommando, um sie zu schnappen. Ich finde Natalia und komme gleich zurück, versprochen.«

Adam nickte resigniert. Er hatte alle Argumente ausgeschöpft, wusste also, dass er Karol nicht aufhalten konnte.

»Kopf hoch. Meine Leute werden schon in Erfahrung bringen, wo Rafał und Agata sind. Diese Typen singen schnell, wenn man ihnen eine mildere Strafe verspricht.«

Das Klingeln eines Telefons unterbrach ihr Gespräch. Die Agenten und Karol sahen gleichzeitig Adam an, der sein Handy aus der Jackentasche zog.

Marcos' Mann mit dem Spitznamen Fajfus hatte ein Gesicht, das an einen Saurier erinnerte – von Ekzemen verunstaltete Haut, flache Nase, schmale Lippen. Sein Rücken war gekrümmt, seine langen Arme reichten bis zu den Knien. Er stieß Agata ins Zimmer hinein und blieb hinter ihr in der Tür stehen.

Agata kniff die Augen, die das Tageslicht nicht mehr gewohnt waren, zusammen und sah sich im Raum um. Am Tisch saß Rafał und schaute sie überrascht an. Sie tat einen Schritt in seine Richtung, doch Fajfus' Hand packte sie an der Schulter und hielt sie fest.

»Rafał«, rief sie.

Vom Fensterbrett löste sich Waldi mit einem Handy in der Hand. Er ging auf Agata zu und sagte gleichzeitig ins Telefon: »Willst du, dass dein Sohn und deine Frau überleben?«

Adam erstarrte; seine Hand umklammerte das Telefon fest. Karol bemerkte seine Reaktion und wollte etwas sagen, doch Adam hielt ihn mit der erhobenen anderen Hand auf. »Wer spricht dort?«

»Irgendjemand«, antwortete die Stimme im Telefon. »Frag nicht, sondern hör zu. Sag den Bullen, sie sollen die Verfolgung aufgeben. Sonst wirst du eine Beerdigung in der Familie haben. Oder sogar zwei. Klar?«

Adam schwieg einige Sekunden. Er hatte das Gefühl, dass der andere die Pulsschläge in seinen Schläfen hören konnte. »Woher soll ich wissen. dass du die Wahrheit sagst?«

Waldi grinste vor Genugtuung. »Die Wahrheit? Warte mal.«

Er stellte das Telefon laut, ging auf Rafał zu und packte mit seiner riesigen Pranke dessen Arm. »Sag deinem Vater, wie die Dinge stehen. Aber schnell!«

»Papa!«, rief Rafał, während er vor Schmerz das Gesicht verzog.

»Adam!«, schrie Agata. »Sie halten uns fest, nicht weit von der Stelle …«

Fajfus drehte Agata zu sich um, presste den Lauf seiner Pistole in ihren Mund, lud die Waffe durch und entsicherte sie.

»Rafał! Wie geht es euch?!« Aus dem Telefon ließ sich Adams aufgeregte Stimme vernehmen. »Agata!«

»Die Mami hat gerade den Lauf meiner Knarre im Mund und kann nicht sprechen«, sagte Waldi. »Ich glaube fast, sie hat ihn lieber als deinen Schwanz.«

»Wenn du meiner Familie etwas antust …«, begann Adam einen Satz.

»Halt's Maul! Ist einer von den Bullen bei dir?«

Schweigen.

»Ich habe dir eine Frage gestellt«, sagte Waldi. »Spiel nicht mit mir, sonst spiele ich ein wenig mit deinem hübschen Frauchen.«

»Ja«, antwortete Adam.

»Gib ihn mir. Und stell dein Telefon auf laut.«

Karol unterhielt sich leise an seinem eigenen Apparat. Adam verdeckte mit der Hand das Mikrofon seines Handys. Er zitterte vor Nervosität. »Er will dich sprechen. Er hat Rafał und Agata.«

»Sag ihm, dass ich gleich komme«, sagte Karol und kehrte zu seinem Gespräch zurück. »Adam spricht mit den Gangstern, die seine Familie haben. Versucht, beide Handys zu orten, schnell!«

Er streckte die Hand nach Adams Telefon aus und stellte es laut.

»Gibst du mir endlich den Bullen? Oder soll ich dem kleinen Pisser die Kehle durchschneiden?«

»Ich höre«, sagte Karol.

»Nicht ›ich höre‹, sondern du hörst. Wer bist du? Mit dem erstbesten Schnösel rede ich nicht.«

»Oberst. Ich leite die Aktion.«

»Meinetwegen«, sagte Waldi. »Deine Wachhunde haben unsere Leute, in der Ogrodowa. Stimmt's?«

»Ja.« Karol hielt sein Telefon ganz nah an Adams Apparat, damit das Gespräch auch im Hangar zu hören war.

»Dann gebe ich dir zwei Minuten, um sie freizulassen«, fuhr Waldi fort. »Sonst puste ich dem Söhnchen des Herrn Redakteurs die Birne weg. Und danach seinem Frauchen. Kapiert?«

»Lass die Geiseln frei, dann können wir reden«, sagte Karol.

Im Telefon ertönte ein kurzes Lachen. »So schlau bist du, ja? Na dann nehme ich dem Kleinen schon mal ein Auge raus.«

Nach einer Weile erklang Rafałs Angstschrei. »Nein! Bitte! Neeeein!!!«

Im Hintergrund waren ein Gerangel und die erstickte Stimme der schreienden Agata zu hören.

»Hör auf! Lass sie!« Adam sprang hin, um Karol das Telefon zu entreißen.

Karol hielt ihn mit einem ausgestreckten Arm auf Distanz. »Lass den Jungen! Ich habe verstanden!«, rief er ins Telefon. »Gib mir zehn Minuten! Es ist nicht meine Entscheidung!«

»Fünf!«, sagte Waldi. »Dann wird der kleine Pisser nur noch ein Auge haben! Und Frau Redakteursgemahlin lernt einen echten Kerl kennen.«

»Ich muss mich mit der Polizei verständigen. Ich bin vom Militär«, antwortete Karol.

»Das ist dein Scheißproblem, du Trottel. Viereinhalb Minuten … Ich verliere langsam die Geduld«, verkündete Waldi, die Vokale dehnend. Er genoss seine Überlegenheit.

Karol schaltete das Mikrofon in Adams Telefon aus und legte seinen Apparat ans Ohr. »Habt ihr es?«

Im Hangar hörten alle schweigend dem Wortwechsel zwischen Karol und Stefan zu. Bożena saß reglos da. Sie war blass, an ihren Wangen flossen Schweißtropfen hinunter.

»Wir hören das Gespräch, aber wir können das Handy des Gangsters nicht orten«, sagte Stefan. »Die Transmission läuft über Wierzbickis Nummer, und es gibt irgendwelche Störungen.«

»Dann haben wir keine Wahl«, sagte Karol.

Stefan zögerte eine Sekunde. »Du meinst, wir verhandeln mit den Gangstern?«

In Karols Stimme klang Ungeduld mit. »Hör auf, Stefan, es handelt sich um eine Geiselnahme. Da wird nicht geblufft. Erklär den Polizisten die Lage. Wir haben vier Minuten.«

Stefan bedeutete Krzysztof, dass er für das nächste Telefonat bereit war. Dieser schaltete an seinem Laptop auf eine weitere Nummer um.

»Guten Tag, Herr Kommandant«, begann Stefan das Gespräch. »Hier spricht Hauptmann Biały. Ich gehöre der Spezialeinheit der militärischen Spionageabwehr von Oberst Siennicki an. Ich bitte Sie in seinem Namen, Ihre Leute von der Aktion in der Ogrodowa sofort abzuziehen. Die Banditen haben zuvor die Familie des Journalisten Adam Wierzbicki entführt. Jetzt drohen sie mit deren Ermordung, falls wir die von der Ogrodowa nicht freilassen. Sie sind zu allem bereit, wir können kein Risiko eingehen.«

»Wie viel Zeit haben wir, Herr Hauptmann?«, fragte der Oberinspektor der Polizei.

»Praktisch null – dreieinhalb Minuten. Das ist ihr Ultimatum«, antwortete Stefan.

Der Hubschrauber verringerte seine Flughöhe, sobald er über einem Feldflughafen ankam. Neben dem unscheinbaren Gebäude der Flugsicherheitskontrolle waren einige Klein- und Segelflugzeuge zu sehen. Auf einer Grasfläche tauchte ein schwarzer BMW auf und steuerte direkt auf den landenden Hubschrauber zu.

Marcos lauschte Stefans Gespräch mit dem Oberinspektor der Polizei.

»Nach den Informationen, die ich erhalten habe, könnte es dieselbe Verbrecherbande sein, die für den Tod der beiden Polizisten verantwortlich ist«, sagte der Oberinspektor.

»Alles deutet darauf hin«, stimmte Stefan zu.

»Wie hoch ist eure Gewissheit, dass sie wirklich Geiseln haben?«

»Hundertprozentig.«

Die Stimme des Oberinspektors verstummte für einen Moment. »Entschuldigen Sie mich kurz, ich muss die Hauptkommandantur konsultieren. Warten Sie bitte.«

»Herr General, wie haben keine Zeit.«

Die Verbindung wurde unterbrochen. Marcos schaute auf die Uhr und schaltete sein Telefon um. »Hast du gehört?«

»Ja«, sagte Waldi. »Was soll ich machen?«

»Den Bengel brauchen wir noch. Erledige die Frau«, antwortete Marcos.

Rafał und Agata hatten seine Antwort gehört. Fajfus stieß Agata in Richtung Tür, doch Rafał stürzte sich auf ihn mit einem Schrei. Waldi verpasste ihm einen kräftigen Stoß. Der Junge fiel nach hinten, schlug gegen die Wand und sank zu Boden.

Agata hielt sich am Türrahmen fest. Fajfus schlug ihr mit dem Pistolenlauf auf die Finger. Sie stöhnte vor Schmerz, ließ aber den Türrahmen nicht los. Rafał, der immer noch halb benebelt war, erhob sich unsicher und fing an, in Waldis Richtung zu schreien: »Wenn meine Mutter … Wenn Sie meiner Mutter …« Schmerz und Angst verschlugen ihm die Sprache. »Ich mache nichts mehr! Hörst du! Gar nichts! Du kannst mich umbringen! Und dann selbst den Code zu eurem beschissenen Geld suchen!«

Fajfus riss Agatas Hände vom Türrahmen weg und stieß sie aus dem Zimmer. Aus Rafałs Kehle drang ein tierisches Geheul. Er sprang Waldi an, der ihn mit einer Hand am Hals packte und so einen Moment lang festhielt.

Rafałs Augen quollen hervor, und er umklammerte mit beiden Händen den dicken Unterarm des Gangsters; sein Körper wurde nach wenigen Sekunden schlaff. Waldi lockerte ein wenig den Griff. Rafał fiel zu Boden, fing an zu röcheln und erlangte nur mühsam seinen Atem wieder.

Klicker wurde unruhig. »Sorry, aber wir brauchen ihn, damit er den Code knackt. Vielleicht ist es also nicht ganz …«

»Halt's Maul«, unterbrach ihn Waldi.

»Wie du willst.« Klicker wandte sich wieder dem Computer zu.

Adam hielt die Spannung kaum noch aus. Er hinkte auf und ab über den Parkplatz; die Wunde von dem Messerstich tat ihm wieder weh. Er blieb vor Karol stehen. »Warum dauert das so lange? Tu etwas! Ruf sie an!«

Karol breitete die Arme aus. »Ich wüsste nicht, wie. Sie haben deine Nummer, wir können sie nicht erreichen.«

»Dann ruf deine Leute an! Sie sollen die Polizisten abziehen!«

»Ich bin die ganze Zeit mit ihnen verbunden. Bleib ruhig.«

Adam packte Karol am Arm, seine Stimme wurde zu einem Schrei: »Ruhig?! Es sollten vier Minuten sein! Um Gottes willen, worauf wartet ihr?!«

Kosma, der sich nach wie vor hinter einer offenen Wagentür versteckte, ergriff mit beiden Händen seine Maschinenpistole. Er starrte ununterbrochen die Polizisten an und zitterte vor Angst und Wut. »Scheiße, ich knalle sie alle ab. Ich mache sie kalt«, stieß er durch die zusammengebissenen Zähne hervor. Er steckte den Pistolenlauf an einer Türseite hinaus. Marica rückte an ihn heran und legte ein Messer an seine Kehle. Die Klinge durchschnitt die Haut, aus der Schnittwunde floss Blut. Kosma erstarrte; er wagte nicht mehr, sich zu bewegen. Marica schob ihre Pistole in den Gürtel und nahm Kosma die Maschinenpistole weg. Dann kehrte sie wortlos an ihren Platz hinter der Motorhaube zurück und schob das Messer in die Scheide an ihrem Gürtel. Kosma berührte seinen Hals und sah das Blut an seinen Fingern an. Oleg, der sich am hinteren Teil des Wagens befand, starrte ihn an, genauso nervös und schweißgebadet.

Fajfus führte die vor Entsetzen zitternde Agata die Treppe hinunter. »Reg dich nicht auf, das tut nicht weh«, sagte er in tröstendem Ton. »Meinem Bruder haben sie in den Kopf geschossen … Er erzählte dann, da sei nur ein Blitz gewesen – und dann die Dunkelheit. Ihn haben die Aufschneider aber zurückgeholt, und du gehst direkt zu den Engelchen.«

Sie waren im Keller angekommen. Fajfus schloss die Tür und stieß Agata in Richtung der leeren Zementsäcke. Agata wankte, fiel aber nicht hin. Sie sah Fajfus mit tränenerfüllten Augen an. »Ich flehe dich an«, flüsterte sie. »Du musst es nicht tun.«

»Ich weiß selbst, was ich muss.« Er verzog das Gesicht und packte sie am Arm. »Komm … eine schnelle Nummer. Dir ist es egal, und ich habe schon seit einer Woche nicht gevögelt. Außerdem, wer weiß? Vielleicht wird es dir Spaß machen?«

Er schob sie mit seinem ganzen Körper an, dann warf er sie auf die Säcke. Vor Erregung keuchend begann er, ihr den Rock auszuziehen. Agata, die unter Schock stand, wehrte sich nicht.

»Komm schon, schneller«, trieb Fajfus sie an. Er zog seine Pistole hinter dem Gürtel hervor und legte sie auf den Fußboden. Mit der anderen Hand öffnete er den Hosenschlitz und schob die Hose bis zu den Knien hinunter. Er versuchte, Agata zu küssen, presste ihre Schenkel mit seinen Knien auseinander. Er atmete schnell, sein Gesicht war rot angelaufen, er kämpfte mit ihrer Unterwäsche. »Mach schon, du Schlampe, beweg dich! Hörst du, zieh das aus! Nimm ihn.«

Agata spreizte die Beine, gleichzeitig streckte sie die Hand Richtung Pistole aus. »Warte, bleib ruhig«, flüsterte sie ihm ins Ohr, in einem neuen, verheißungsvollen Ton.

Fajfus sog sich an Agatas Mund fest und versuchte, seine Zunge zwischen ihre zusammengebissenen Lippen zu pressen. Plötzlich spürte er ihre Handbewegung und packte sie am Unterarm. »Lass das!«

Agatas Hand umklammerte den Pistolenkolben fest. Sie konnte sich erinnern, dass Fajfus die Waffe durchgeladen und entsichert hatte, bevor er ihr den Lauf in den Mund steckte.

»Lass das, du Hure!«, brüllte er.

Er ließ ihren Unterarm los, ergriff den Pistolenlauf und riss ihn an sich. Agatas Zeigefinger drückte auf den Abzug. Es ertönte ein ohrenbetäubender Knall. Das von der Kugel getroffene Stück von Fajfus' Stirn flog weg und legte die Stränge seines Gehirns offen. Der Gangster sah Agata eine Sekunde lang verblüfft an und erstarrte. Das Blut überströmte sein Gesicht, er fiel schwer zur Seite und begann zu zittern.

Der gedämpfte Schussknall drang ins Zimmer im Erdgeschoss. Klicker bekreuzigte sich, ohne den Blick vom Computer abzuwenden.

Rafał erhob sich von seinem Platz an der Wand; totenbleich ließ er den Blick an Waldi haften. Er machte zwei Schritte, wollte etwas sagen, wankte und fiel um. Er verlor das Bewusstsein.

»Aufgeräumt«, sagte Waldi ins Telefon.

Marcos ging mit dem Telefon am Ohr vom Hubschrauber zu dem BMW, an dem zwei Männer in schwarzen Jacken standen. Er beendete das Gespräch und wählte eine neue Nummer.

Im Hangar klingelte eines der Mobiltelefone, die an Janusz' Arbeitsplatz lagen. Dieser warf einen Blick auf das Display und leitete die Verbindung um. Aus dem Lautsprecher ertönte Marcos' Stimme: »Die Zeit ist um. Ihr habt meine Forderungen nicht erfüllt. Wir mussten die Frau erschießen, und das ist ausschließlich eure Schuld. Nach weiteren drei Minuten machen wir Schluss mit dem Bengel.«

Die Verbindung wurde unterbrochen, Stille trat ein. Bożena erhob sich und ging schnell hinaus. Niemand hielt sie auf.

Vor dem Hagar machte sie ein paar Schritte, unsicher wie eine Mondsüchtige und mit tränenerfüllten Augen. Dann rannte sie plötzlich los, an der Wand entlang, und bog um die Ecke. Sie bückte sich und begann heftig zu erbrechen. Nach einer Weile nahm sie sich zusammen, lehnte sich mit dem Rücken gegen die Blechwand und wischte sich den Mund ab. Schließlich zog sie eine Schachtel Zigaretten hervor, zündete eine mit zitternden Händen an und atmete den Rauch tief ein.

In der Tasche ihres Blazers vibrierte das Handy. Sie zog es hervor, sah aufs Display und drückte es ans Ohr. »Hello?«, sagte sie leise. »Bożena speaking.«

Sie hörte schweigend zu, ihr Gesicht erstarrte langsam, die Lippen liefen blau an. Sie ließ die Hand mit dem Telefon sinken und glitt an der Wand zu Boden. Über ihre Wangen liefen Tränen. Sie umschloss sich selbst mit den Armen, konnte aber das Zittern ihres ganzen Körpers nicht unterdrücken. Aus ihrer Kehle drang ein kurzes Schluchzen.

Die Stille im Hangar wurde durch ein weiteres Telefonklingeln unterbrochen. Stefan nahm den Anruf entgegen und stellte ihn auf laut.

»Hallo, die Entscheidung ist da«, sagte der Oberinspektor. »Wir ziehen die Unseren ab. Ihr könnt handeln, viel Glück. Hallo, hören Sie mich?«

»Danke, ich habe verstanden.«

Stefan sah Krzysztof an und nickte. Krzysztof wählte eine Verbindung an seinem Computer.

Marica lugte über die Motorhaube ihres Wagens. Die Polizisten rollten gerade die Nagelsperre zusammen, dann stiegen sie in die Streifenwagen, fuhren langsam an und gaben die Fahrbahn frei.

Eine Straße weiter ging ein Polizist auf einen Bus zu, in dem die schwarzen Uniformen der Scharfschützen zu sehen waren. Der Kommandant der Antiterroreinheit stieg aus und hörte sich die Anweisungen des Polizisten an.

Oleg und Kosma sahen Marica hoffnungsvoll an. »Langsam, vorsichtig«, warnte sie.

Sie erhoben sich und stiegen gebückt in den Land Cruiser. Oleg drehte den Schlüssel im Zündschloss um, gab aber zu viel Gas und würgte den Motor ab. Erst beim zweiten Mal startete er und fuhr vom Gehsteig hinunter.

Sie fuhren langsam zwischen den beiden Wagen der Polizei hindurch. Die Beamten betrachteten sie aufmerksam. Marica senkte den Kopf, um ihr Gesicht zu verbergen. Kosma winkte den Polizisten mit einem schiefen Lächeln zu.

»Hör auf, du Idiot! Das Spiel ist noch nicht zu Ende«, sagte Marica verärgert.

Der Land Cruiser erreicht das Ende der Ogrodowa. Hinter ihnen, in einiger Entfernung, fuhren die Wagen der Polizei mit Blaulicht an.

»Bleib stehen«, befahl Marica.

»Wozu?«, wunderte sich Oleg.

»Bleib stehen, habe ich gesagt!«

Oleg hielt den Wagen an. Sie standen mitten in der Abzweigung in eine Seitenstraße. Auch die Polizisten blieben stehen, ihre Autos nahmen die ganze Straße in Anspruch. In den Eingangstoren der Häuser erschienen die Köpfe der vorsichtig hinausspähenden Gaffer.

»Ich habe eine ganze Karawane im Schlepptau«, sagte Marica ins Telefon. »Sie haben es wohl nicht verstanden.«

Der aufgeregte Klicker saß auf dem Fußboden und versuchte, Rafał wachzukriegen. Der Junge war immer noch bewusstlos. Als das Telefon klingelte, ging Waldi ran.

»Was ist?«

»Es sieht so aus, als hätten uns die Bullen nicht geglaubt. Sie wollen nicht lockerlassen«, sagte Marcos. »Nimm die Frau und mach ein Foto von ihr ... mit einem Loch im Kopf. Und setz den Kleinen neben sie. Dann schick es mir, beeil dich.«

»Klar«, sagte Waldi und wandte sich zu Klicker um. »Du und Fajfus, bringt sie rauf.«

Klicker schluckte. Bei dem Gedanken, eine blutüberströmte Leiche tragen zu müssen, wurde ihm schlecht. »Hierher?«, fragte er.

»Nein, in den Präsidentenpalast«, schnaubte der wütende Waldi.

Klicker zeigte auf Rafał. »Vielleicht wäre es besser, ihn zu ihr zu bringen?«

»Nein, das wäre nicht besser! Gehst du, verflucht nochmal, oder soll ich dir helfen?!«

Klicker sprang auf und wich schnell vor Waldi zurück. »Ist schon gut, ich gehe. Schrei mich nicht an. Ich bin das Gehirn dieser Operation, kein Leichenträger.«

Er drehte sich um und verließ das Zimmer. Waldi blieb über dem bewusstlosen Rafał stehen. »Man wird ihm die Finger abschneiden müssen, damit er gehorcht«, sagte er ins Telefon. »Er tobte wegen seiner Alten furchtbar herum, versuchte, uns zu drohen.«

»Und womit wird er dann in die Tasten hauen?«, fragte Marcos. »Überlass das Denken mir. Hast du die Leiche?«

»Sie sind schon unterwegs mit ihr.«

Waldi drehte sich zur Tür um. Das Zimmer betrat der rückwärtsgehende Klicker, und hinter ihm tauchte Agata auf. Sie war sehr blass, ihre Augen glänzten vor Entschlossenheit. Waldi erstarrte mit dem Telefon am Ohr.

Agata hatte den kraftlos am Boden liegenden Rafał bemerkt und sah ihn angstgelähmt an. Waldi legte das Telefon in die andere Hand, zog blitzschnell seine Pistole unter der Jacke hervor und lud sie durch. Agata zielte auf ihn über Klickers Schulter hinweg.

Sie schossen fast gleichzeitig, doch Agata war um einen Sekundenbruchteil schneller. Die Kugel traf Waldis Schulter; die Stärke des Aufschlags bewirkte, dass sein Körper eine halbe Drehung machte und seine Hand mit der Waffe hochsprang. Die Kugeln aus seiner Pistole prallten gegen die Wand direkt über Agatas Kopf. Beide schossen weiter mit ohrenbetäubendem Knall. Klicker fiel schreiend auf die Knie und hielt sich die Ohren zu.

Zwei Kugeln aus Agatas Waffe trafen die Wand und das Fenster, die dritte und vierte Waldis Bauch. Der Gangster fiel auf den Rücken, hörte aber nicht auf zu schießen. Klicker streckte sich auf dem Fußboden aus und bedeckte seinen Kopf mit beiden Händen. Waldis Körper erschlaffte langsam, bis er schließlich vollkommen regungslos dalag. Stille trat ein. Das Zimmer war voller Rauch.

»O Gott, mein Ohr. Ich höre nichts mehr«, winselte Klicker. »Hallo!«

Er nahm die Hand von seinem Ohr und sah auf seine blutverschmierten Finger. Er hob den Blick und erstarrte vor Entsetzen. Direkt vor seinem Auge zitterte die Öffnung eines Pistolenlaufs. Agata stützte die Waffe mit beiden Händen ab. Klicker schloss die Augen und stieß flehentlich aus: »Nein, bitte … mich nicht …«

Agata brachte es nicht fertig, auf den Abzug zu drücken. Sie hatte einen erschrockenen, hilflosen Jungen vor sich, der nicht wie die anderen Gangster aussah. Auf dem Fußboden, direkt unter ihm, erschien ein nasser Fleck.

»Schau, was du getan hast«, murmelte er verschämt. »Ich habe mir in die Hose gemacht.«

Agata ließ die Pistole sinken, drehte sich um und kniete sich neben Rafał hin.

»Liebling …« Sie berührte den Kopf ihres Sohnes und hielt den Atem an.

Rafał bewegte sich und öffnete stöhnend die Augen. Agata stieß einen kurzen Schrei hervor und schloss ihn in die Arme. Weinend küsste sie seine Wangen und streichelte seinen Kopf. Rafał kam langsam zu sich, verstand aber noch nicht, was los war. Er setzte sich auf.

»Mama, ich dachte, sie hätten dich …« Er hielt erschrocken inne, als er den reglosen, blutenden Waldi sah. »Was ist passiert?«

»Unwichtig«, sagte Agata. »Wir müssen fliehen. Kannst du laufen?«

»Ich bin okay …«

Rafał stand unsicher auf, von Agata gestützt. Er ließ ihren Arm los, ging zum Tisch und nahm seinen Laptop.

»Lass das, wir haben keine Zeit«, sagte Agata schnell.

Sie liefen beide auf die Tür zu und blieben plötzlich stehen. An der Schwelle erschien Klicker mit einer auf sie gerichteten Pistole. Aus seinem Ohr strömte Blut, in der anderen Hand hielt er ein Telefon.

»Keiner verlässt den Raum«, sagte er in entschlossenem Ton.

»Was ist dort los, Waldi?«, knarzte Marcos' Stimme im Telefon. »Wer hat geschossen? Hallo!«

Agata zögerte eine Sekunde, dann ging sie auf Klicker zu. »Ich warne dich … Das ist kein Scherz!« Klicker riss den Pistolenlauf hoch und richtete ihn auf Agatas Gesicht.

»Mama, nein!« Rafał packte seine Mutter am Arm.

Agata stellte sich direkt vor Klicker und sah ihm in die Augen. »Hör auf … Was machst du da?« Klickers Körper zitterte, sein Finger berührte den Abzug.

Agata hob die Hand und schob den Pistolenlauf beiseite. Den Blick auf Klicker geheftet, sagte sie zu Rafał: »Wir gehen.«

Rafał kam zur Tür, ohne den Blick von Klicker abzuwenden. Er ging an ihm vorbei und trat in den Flur hinaus. Agata nahm mit einer sanften Bewegung die Pistole aus Klickers Hand, warf sie auf den Fußboden und folgte Rafał. Klicker stand reglos da und starrte Waldis blutüberströmte Leiche an.

»Waldi, sag etwas«, ertönte im Telefon Marcos' scharfe Stimme.

Klicker hob das Handy in Brusthöhe. »Hallo … Ich bin es.«

»Klicker?«, kreischte das Telefon. »Was ist dort los, verfluchte Scheiße? Wer hat geschossen?«

Klicker sah Waldis toten Körper weiterhin an. »Waldi«, antwortete er, wobei er das Telefon diesmal so nah an den Mund hielt, als würde er jemandem ein Geheimnis anvertrauen.

»Auf wen?«

»Auf sie … auf die Mutter …«

»Auf die Leiche? Wozu?« Marcos' Stimme klang immer wütender.

»Ja«, stimmte Klicker zu.

»Was ja, du Idiot?!«

»Er hat auf sie geschossen.«

Marcos schwieg eine Sekunde lang, dann sagte er mit betont ruhiger Stimme: »Ich habe ihm nur befohlen, ein Foto von ihr zu schießen. Macht ihr euch über mich lustig oder was? Gib ihn mir.«

Klicker legte den Kopf zur Seite, um Waldi ins Gesicht zu sehen.

»Ich glaube, er ist tot …«

»Klicker, was faselst du da?«, fragte Marcos erstaunt.

Klicker ging zum Tisch, legte das Handy darauf und setzte sich auf einen Stuhl. Er sprach mit seltsamer Ruhe: »Ich bin hingegangen, um ihre Leiche zu holen, aber sie war lebendig. Viel lebendiger als Fajfus, der mit zermalmtem Gehirn im Keller liegt. Und mit heruntergelassener Hose. Dann hat sie Waldi erschossen. Aus seiner Knarre, ich meine, aus der von Fajfus. Waldi hat auch geschossen, aber nicht getroffen. Es gab so eine Knallerei, dass ich jetzt taub bin auf einem Ohr. Ich glaube, die Trommel ist geplatzt, denn ich blute.«

»Und du hast was gemacht?!«, schrie Marcos.

Klicker zeigte mit der Hand auf die Tür. »Ich habe versucht, sie aufzuhalten … Aber ich habe es nicht geschafft. Sie hat den Bengel mitgenommen und ist gegangen.«

»Hat sie auch Waldis Knarre mitgenommen?«

Klickers suchender Blick fiel auf die Pistole des Toten.

»Nein, er hält sie noch«, stellte er fest. »In der linken Hand … muss wohl Linkshänder gewesen sein.«

»Dann nimm doch seine Knarre, worauf wartest du?! Sieh nach, ob es Munition in der Trommel gibt, und fang sie ein, du Idiot! Wenn sie dir entwischen, bist du tot, verstehst du?! Du bist tot! Lass die Verbindung stehen und geh!«

»Ja, ist gut … Ich gehe«, sagte Klicker leise und erhob sich vom Stuhl. Er näherte sich Waldis Leiche, ging vorsichtig um die Blutlache herum, beugte sich über die Pistole und ergriff den Lauf. Er zog ihn an sich heran, doch Waldis Hand gab ihn nicht frei. Er riss fester, Waldis Hand aber ließ die Pistole nicht los.

»Er will sie nicht loslassen«, beklagte er sich ins Telefon.

»Wer?«

»Waldi.«

»Heb seine Finger an, bccil dich!«

Bei dem Gedanken, die Finger des Toten berühren oder gar brechen zu müssen, zuckte Klicker zusammen. Er sah sich im Zimmer nach einem Gegenstand um. Sein Blick blieb an der Pistole hängen, die Agata hatte fallen lassen. Er ging schnell auf sie zu und hob sie auf.

»Habe ich«, sagte er ins Telefon. »Ich gehe.«

Er trat in den Flur hinaus und bog in Richtung Haustür ab. Sein Blick verriet, dass er den Schock nach der Schießerei noch nicht überwunden hatte.

Agata hatte sich ans Steuer eines der beiden Autos gesetzt, die vor dem Tor parkten. Neben ihr saß Rafał und durchsuchte eilig das Handschuhfach. Agata zeigte auf den anderen Wagen.

»Hast du richtig nachgeschaut?«, fragte sie.

»Ja.« Rafał schloss das Fach und klappte die Sonnenblende herunter. »Nichts!«

Agata drehte sich zum Haus hin. In der Tür stand Klicker und sah sich im Hof um; in der einen Hand hielt er eine Pistole, in der anderen ein Handy.

Agata griff nach Rafałs Kopf, presste ihn nach unten und machte sich selbst auf ihrem Sitz so klein, dass auch ihr Kopf sich unterhalb der Seitenscheibe befand. Klicker betrachtete eine Weile die Straße und den Wald. Dann stieg er die Treppe hinunter und ging ein paar Meter an der Hauswand entlang.

Agata spähte vorsichtig hinaus und verfolgte ihn mit ihrem Blick. Rafał zeigte ihr ein kurzes Bajonett, das er im Handschuhfach gefunden hatte.

»Tausch mit mir Platz, schnell!«

»Wozu?«

»Ich versuche, per Kurzschluss zu starten. Ich bin mir nicht sicher, wie das geht, aber ich habe es in Filmen gesehen.«

Agata stieg gehorsam aus dem Wagen, lief um die Motorhaube herum und setzte sich auf den Beifahrersitz. Rafał war inzwischen unter das Lenkrad getaucht und hantierte bereits mit der Spitze des Bajonetts an der Plastikverkleidung.

»Sie haben Vater nicht geschnappt, nicht wahr?«, fragte er, vor Anstrengung schnaufend.

»Ich hoffe es. Sie haben kein Wort über ihn gesagt. Er hat bestimmt Himmel und Erde in Bewegung gesetzt, um uns zu finden.«

»Sie planen etwas Schreckliches«, sagte Rafał.

Agata hörte nicht auf, den Hof zu beobachten. Klicker war hinter dem Haus verschwunden. »Wovon sprichst du?«

Die Verkleidung sprang ab, und ein Bund bunter Kabel kam zum Vorschein. Rafał schwieg eine Weile und betrachtete die Leitungen. »Es sieht nach irgendeiner Katastrophe aus«, murmelte er schließlich. »Ich hab es im Computer, wir müssen es jemandem zeigen.«

Er wählte zwei rote Kabel und fing an, das erste mit dem Messer durchzuschneiden.

»Lass uns zuerst von hier verschwinden«, sagte Agata und streckte sich im Sessel hoch. »Ich hätte ihm die Waffe nicht dalassen sollen.«

»Das ist doch ein Schlappschwanz. Es reicht, dass du Waldi erledigt hast … und den anderen.«

»Hör mit dieser Bastelei auf«, drängelte Agata. »Er ist gerade hinters Haus gegangen. Lass das, und nichts wie weg von hier!«

Plötzlich stieß sie einen Angstschrei aus: Vor dem Fenster auf ihrer Seite stand Klicker und sah sie an. Nach zwei Sekunden klopfte er mit dem Pistolenlauf an die Scheibe.

»Habt ihr gedacht, ich hätte euch nicht bemerkt? Schluss mit dem Spiel. Aussteigen!«

Rafał schob den Kopf unter dem Lenkrad hervor. Agata drückte blitzschnell auf einen Knopf neben der Gangschaltung. Die Schlösser an allen vier Türen gingen geräuschvoll zu. Rafał tauchte wieder nach unten. Klicker riss an der Klinke, doch die Tür gab nicht nach.

»Sie haben sich im Auto eingeschlossen«, klagte er in das Telefon, das er in der anderen Hand hielt.

»Erschieß die Mutter!« Marcos' Stimme hatte einen Befehlston.

»Wie?« Klicker sah Agata unsicher an.

»Ziel auf ihren Kopf und drück ab! Hast du eine Patrone in der Kammer?«

»Ich weiß nicht.« Klicker sah die Pistole an. »Woran erkennt man das?«

»Lade die Waffe durch, du Schwachkopf!«, schrie Marcos. »Fass sie von oben an, zieh am Schloss und lass los!«

»Moment.« Klicker legte das Handy aufs Dach des Wagens, griff nach dem Pistolenschloss und zog es zurück.

Die Kammer ging auf, eine Patrone schob sich halb heraus. Klicker ließ das Schloss los, die Patrone verbog sich in der Kammer und blockierte die Öffnung.

»Sie will sich nicht schließen«, stellte er fest.

»Was will sich nicht schließen?«, fragte Marcos mit unterdrückter Wut.

»Die Pistole.«

Klicker sah die Kammer mit der herausragenden Patrone ratlos an.

»Zieh noch einmal, fest!«

Klicker zerrte an dem Schloss. Die Patrone sprang aus der Kammer, fiel auf den Boden und rollte unter den Wagen.

»Hast du sie durchgeladen?«, trieb Marcos ihn an.

»Ich glaube, ja …«, sagte Klicker, während er die Pistole betrachtete.

»Dann schieß!«

Klicker zielte in Agatas Richtung und schloss die Augen. Agata tauchte unter das Armaturenbrett. Rafał riss schnell die Isolierung der Kabel mit der Bajonettspitze herunter.

»Schieß!!«, schrie Marcos.

Klicker drückte auf den Abzug, ohne die Augen zu öffnen. Die Zündnadel fiel mit einem Klickgeräusch hinunter, der Schuss aber blieb aus. Klicker machte die Augen auf und sagte vorsichtig: »Ich glaube, ich habe keine Patronen.«

»Doch, du hast eine, du Volltrottel! Die, die aus der Kammer rausgesprungen ist! Setz sie in die Trommel ein, lade die Pistole durch und erschieß sie!«

»Mache ich.«

Klicker kniete sich gehorsam hin und sah unter dem Wagen nach. Die Patrone lag etwa einen Meter von ihm entfernt. Er legte sich auf den Bauch, griff, flach ausgestreckt, unter den Wagen, kroch mit der Patrone zwischen den Fingern zurück und stand auf.

»Wie macht man die Munitionstrommel auf?«, fragte er, während er die Pistole anschaute.

»An der Seite gibt es einen kleinen Knopf!«

»Ja, ich sehe ihn«, freute er sich.

Er drückte auf den Knopf an der Pistolenverkleidung. Die Munitionstrommel fuhr heraus und fiel auf den Boden.

In dem Moment legte Rafał die Enden zweier Kabel aneinander. Ein Funke sprang über, und es ertönte ein kurzes Knattern, das aber gleich wieder verstummte. Rafał versuchte es noch einmal. Diesmal ging der Motor an, doch Klicker reagierte sofort: »Du fährst nirgendwohin!«, rief er.

Er hob die Munitionstrommel schnell auf und drückte die Patrone hinein. Dann versuchte er, die Trommel andersrum in die Pistole hineinzupressen. Schließlich drehte er sie um und schob sie an ihren Platz. Er zog wieder am Schloss und lud die Pistole durch.

»Schieß!«, befahl Marcos.

»Fahr!«, schrie Agata.

Klicker zielte mit der Pistole, kniff die Augen zusammen und legte den Finger auf den Abzug. Rafał trat auf die Kupplung, legte den Gang ein und gab Gas. Der Wagen sprang einen Meter nach vorn, der Motor starb wieder ab. Klicker sah plötzlich nur zwei leere Rücksitze vor sich und nahm den Finger vom Abzug. Das Telefon fiel vom Dach.

»Zu viel Gas!«, rief Agata. »Starte noch einmal und lass mich fahren.«

»Was ist?«, fragte Marcos in dem Telefon, das immer noch auf dem Boden lag.

»Ich habe nicht geschossen«, sagte der verwirrte Klicker.

»Was?! Ich höre dich nicht! Was hast du nicht? Leg sie endlich um!«

Klicker sprang zur Vordertür und bückte sich, um das Handy aufzuheben. Rafał drückte die Klinke hinunter und stieß die Tür auf, die gegen Klickers Kopf schlug. Der Mann fiel zu Boden, vor Angst und Schmerz jammernd; die Pistole ging in seiner Hand los. Rafał sprang aus dem Wagen.

»Los, weg von hier!«, rief er Agata zu.

Agata stieg blitzschnell aus, und beide rannten in Richtung Wald. Klicker kroch auf allen vieren auf die Pistole zu. Er ergriff sie, sprang auf und schrie: »Stehen bleiben! Bleibt stehen, sonst töte ich euch!«

Er zielte auf die Fliehenden, richtete dann aber den Pistolenlauf nach oben und schoss in die Luft. Dann sah er Agata und Rafał nach, die zwischen die ersten Bäume liefen.

»Ich bin erledigt«, murmelte er resigniert und hob das Handy auf.

»Ist sie tot?«, fragte Marcos.

»Ja«, bestätigte Klicker. »Mausetot.«

Diesmal reagierten sie fast zeitgleich: Karol nahm den Anruf sofort entgegen, Adam kam schnell auf ihn zu.

»Sorry, Oberst«, sagte eine entstellte Stimme. »Krieg ist Krieg. Ich würde gern wissen, wer Hemmungen hatte. Die Bullen oder deine Leute?«

»Wovon sprichst du?«, fragte Karol.

»Davon, dass der Tod der Frau deines Kumpels völlig unnötig war. Und dass er voll auf euer Konto geht.«

Karol sah Adam an. »Weiter«, sagte er mit ruhiger Stimme.

Im Telefon erklang ein kurzes Lachen, das wegen der Störungen wie ein Husten klang. »Wirst du es vor ihm verbergen?«

»Hör zu …«, begann Karol in hartem Ton.

»Ich bin noch nicht fertig«, unterbrach ihn Marcos. »Meine Leute werden von dem Tatort, wie ihr es nennt, auf der Stelle wegfahren. Sollte jemand versuchen, sie aufzuhalten oder auch nur ihnen zu folgen, wird der Bengel der Nächste sein.«

Die Verbindung wurde unterbrochen. Karol stand mit dem Telefon am Ohr da und sah Adam mit zugeschnürter Kehle an. Er war nicht imstande, ihm die Nachricht von Agatas Tod zu überbringen.

»Meine Agenten werden dich in unser Quartier bringen«, sagte er, während er sich zum Wagen umdrehte. »Dort wirst du ständig auf dem Laufenden sein.«

Beide Agenten hatten die Information von Agatas Ermordung über Kopfhörer mitbekommen. Sie gingen auf einen grauen Mitsubishi Lancer zu, ohne in Adams Richtung zu schauen. Einer von ihnen öffnete die Wagentür und machte eine einladende Geste. »Bitte, Herr Wierzbicki.«

Adam sah Karol beunruhigt an, der sich ans Steuer seines Passats gesetzt hatte. »Karol ... ihr habt doch die Verfolgung abgesagt?«

»Ja.«

»Sie haben gedroht, Agata und Rafał zu töten.« Er hielt die Wagentür fest, um zu verhindern, dass Karol sie schloss.

Der Oberst sah ihm in die Augen. »Die Verfolgung wurde abgesagt, Ehrenwort. Ich fahre Natalia suchen. Vertrau meinen Leuten. Lass los, bitte.«

Adam ließ die Tür los. Karol fuhr aus dem Klinikparkplatz hinaus. Adam verfolgte den Passat mit einem unruhigen Blick, dann setzte er sich auf den Rücksitz des anderen Wagens. Ein Agent beugte sich herein und zeigte ihm eine Baumwollmütze. »Verzeihung, das ist leider notwendig.«

Adam wartete regungslos. Der Agent stülpte ihm die Mütze über und verdeckte seine Augen, indem er sie ausrollte. Er schlug die Tür zu und setzte sich neben den Fahrer. Der Mitsubishi verließ den Parkplatz auf demselben Weg wie der Passat, bog aber in die entgegengesetzte Richtung ab.

Im Hangar herrschte Stille. Stefan sah gespannt auf den elektronischen Stadtplan, auf dem kleine, leuchtende Punkte die Positionen der Polizei markierten. Auf dem großen Bildschirm war der Land Cruiser zu sehen.

Den nächsten Anruf nahm Janusz über den Computer an und stellte ihn sofort auf laut: »Hallo, hier ist Kowal. Wie lautet die Entscheidung?«

»Herr General, wir haben keine Wahl«, sagte Stefan. »Die Gangster behaupten, dass sie vor wenigen Minuten die Frau von Adam Wierzbicki erschossen haben. Jetzt drohen sie, seinen Sohn zu exekutieren.«

Man konnte hören, dass Kowal zögerte. »Sind das bestätigte Informationen?«

»Wir haben leider keine Möglichkeit …«, begann Stefan und hielt plötzlich inne.

Alle drei Zimmer und das Bad sahen aus, als hätte dort eine Durchsuchung stattgefunden. Die letzte halbe Stunde hatte General Kowal damit zugebracht, Bücher, Bettzeug und Kosmetiksachen herumzuwerfen. Und er suchte immer noch nach etwas, nur mit Hose und Unterhemd bekleidet, verschwitzt und aufgeregt.

»Ich verstehe«, murrte er in sein Handy. »Von Ihrem Arbeitsplatz aus können Sie die Situation am besten beurteilen. Wo ist Oberst Siennicki?«

»Er hat gerade den Parkplatz der Klinik verlassen, wo er mit Wierzbicki zusammen war. Der ist jetzt auf dem Weg zu uns, und der Oberst wird über alles informiert«, sagte Stefan etwas zögerlich und verstummte.

»Ich weiß, ich weiß«, sagte Kowal. »Die Gangster laufen zu lassen ist eine Niederlage. Doch in dieser Situation haben Sie meine volle Unterstützung. Die Polizei hat auch verstanden, dass es keinen anderen Ausweg gibt. Ich bin in ständigem Kontakt mit dem Kommandanten.«

»Danke, Herr General. Wir versuchen, ihnen unauffällig zu folgen.«

Kowal blieb vor einer Vitrine stehen und zog die oberste Schublade heraus.

»Vorsichtig. Ich will nicht, dass die Medien uns auch noch wegen des Todes dieses Jungen in Stücke reißen.«

Er schaltete das Handy aus und durchwühlte schnell die Schublade. »Ich werde sie bestimmt gleich finden!«, rief er.

»Ruhig, Artur, ganz ruhig«, antwortete ihm aus einem anderen Zimmer eine männliche Stimme.

Kowal überquerte den Flur und betrat den Salon. In einem tiefen Ledersessel saß Professor Jegorowicz. Er schaute über eine auseinandergefaltete Zeitung und die Halbgläser seiner Lesebrille hinweg.

»Ich brauche sie aber jetzt«, sagte Kowal mit Nachdruck und ließ sich kraftlos in den anderen Sessel fallen. Er wischte sich den Schweiß von der Stirn, war blass und resigniert.

»Ich weiß, ich bin doch dein Arzt«, stimmte ihm Jegorowicz zu, während er die Zeitung weglegte.

Kowal sah ihn voller Hoffnung an.

»Du hast sie doch nicht absichtlich versteckt? Um dir vorsichtshalber einen kleinen Vorrat anzulegen?«

»Nein, Herr Professor.«

»Du weißt, dass eine Überdosis dir schaden würde.«

Kowal richtete sich in seinem Sessel auf. »Offiziersehrenwort.«

»Du wirst heute nicht Auto fahren?«

»Ich habe einen Fahrer.«

Jegorowicz griff in die Tasche seines Jacketts und zog eine Blechschachtel hervor. Er öffnete sie und entnahm ihr zwei Kapseln, eine rote und eine blaue.

»Danach kannst du arbeiten, aber halte dich zurück, wenn du mit anderen Menschen sprichst. Euphorie wäre im Moment fehl am Platz. Die rote jetzt, die blaue vor dem Schlafengehen.«

»Ich verstehe.« Kowal nahm beide Kapseln aus Jegorowicz' Hand. »Und verzeihen Sie, dass ich Sie herbemüht habe. Aber ich kann seit einer Woche nicht schlafen … Manchmal habe ich Lust, Schluss zu machen.«

»Erzähl keine Dummheiten, alles ist in bester Ordnung. Das sind nur Phantasien, die gleich vergehen. Du bist hundertprozentig normal, nur etwas überempfindlich.« Der Professor berührte die Zeitung. »In der *Gazeta Wyborcza* steht ein Text über das Verschwinden von Piotr Lasota.«

»Ja, es fing mit Adam Wierzbicki an. Er hat von dem Überfall auf Piotr in seiner Livesendung erzählt.« Kowal ließ die Schachtel in Jegorowicz' Hand nicht aus den Augen.

»Ich habe davon gehört. Adam war schon immer schwierig. Wann werdet ihr Lasota finden?«

»Jeden Augenblick, schätze ich. Meine Leute sind nahe dran.«

Jegorowicz drehte die Schachtel zwischen seinen Fingern. »Karol Siennicki?«

»Ja.«

Der Professor nickte, was aber sichtlich nicht bedeutete, dass ihn die

Nachricht freute. Er legte die Schachtel auf einen kleinen Tisch, der neben dem Sessel stand, und erhob sich.

»Nimm aber nicht zu viel davon. Und ruf mich im Falle einer Krise wieder an.«

»Ja, Herr Professor. Danke.«

»Ich möchte, dass dein Fahrer mich nach Hause bringt.«

»Selbstverständlich.«

Jegorowicz trat aus dem Salon in den Flur. Kowal schob die rote Kapsel schnell in den Mund. Er spülte sie mit etwas Wasser aus einer Karaffe hinunter, die er gleich wieder abstellte. Er atmete tief durch und folgte dem Professor.

Marica beobachtete angespannt die Polizeiautos, die dabei waren, sich zurückzuziehen und in der engen Straße umzukehren. Der aufgeregte Kosma lehnte sich vom Rücksitz vor. »Schau, sie haben aufgegeben.«

»Ja, das sehe ich. Los, fahren wir«, befahl Marica. Der Land Cruiser fuhr langsam an und bog an der nächsten Straßenecke ab.

»Schlappschwänze!«, rief Kosma. »Die kapieren nicht, mit wem sie es zu tun haben!«

»Halt's Maul«, sagte Marica in scharfem Ton. »Sie schicken uns gleich ihre Jagdhunde hinterher, wir müssen sofort verschwinden. Fahr schneller, Oleg, mal sehen, was für ein Spiel das wird.«

Der Land Cruiser beschleunigte und bog scharf in eine vierspurige Straße ein, direkt vor die bremsenden Autos. Einige Passanten sahen ihm überrascht hinterher, die meisten beachteten ihn aber gar nicht. Das galt auch für den Mann im dunklen Mantel, der an einer Ecke stand. Ohne in Richtung des Wagens zu schauen, hob er eine Hand und sagte mit dem Mund am Handgelenk: »Ich sehe die Flüchtigen. Sie sind in die Towarowa abgebogen und fahren in Richtung Żoliborz. Ich wiederhole: Die Flüchtigen fahren nach Norden, Richtung Żoliborz!«

Bożena stand am Gang des Hangars, ein Stück von der Tür zur Halle entfernt. Sie machte einen geistesabwesenden Eindruck, hatte ein weißes Gesicht und Schatten unter den Augen. Auf einmal bewegte sie kurz die

Lippen, als würde sie flüstern. Dann drehte sie sich um, ging auf das Magazin zu, drückte die Klinke hinunter und trat hinein. Sie schloss die Tür hinter sich und erstarrte. Nach einigen Sekunden sah sie sich in dem düsteren, stillen Raum um. Sie ging auf ein Metallregal zu, griff unter ihren Arm, zog eine Pistole aus dem Halfter, lud sie durch und entsicherte sie. Sie hielt sich an einem Metallstab fest, als hätte sie Angst hinzufallen. Dann legte sie den Pistolenlauf an ihre Schläfe und drückte ab.

Der gedämpfte Knall des Schusses alarmierte das ganze Team. Innerhalb einer Sekunde sprangen alle von ihren Arbeitsplätzen auf, mit den Waffen in den Händen. Stefan lief in Richtung Tür, die anderen drei folgten ihm. Sie stürzten vor den Hangar und sahen sich aufmerksam um. Nichts regte sich weit und breit. Stefan zeigte in zwei Richtungen, Krzysztof und Janusz liefen an den Wänden entlang.

»Hier«, ertönte Ewas Stimme. Sie stand in der Tür, war blass, hielt ihre Pistole nach unten. Stefan ging auf sie zu, und sie betraten gemeinsam den Hangar. Ewa zeigte auf die offene Magazintür. Stefan ging hinein. Seine Augen brauchten eine Weile, um sich an die Halbdämmerung zu gewöhnen. Dann kniete er sich neben Bożena hin, die mit ausgebreiteten Armen dalag. Die Pistole war ihr aus der Hand gefallen, aus der zerschossenen Schläfe sickerte Blut.

Hinter Ewa tauchten Krzysztof und Janusz auf und blieben in der Tür stehen.

»Gott … warum?«, sagte Janusz leise.

Stefan fand mit den Fingern Bożenas Halsschlagader. »Der Puls ist noch da!«, rief er. »Holt einen Rettungswagen!«

Ewa reagierte als Erste, indem sie sich umdrehte und in die Halle zurücklief.

»Helft mir!«, befahl Stefan.

Krzysztof und Janusz betraten schnell das Magazin. Zu dritt trugen sie Bożena hinaus und brachten sie in die Halle. Ewa sprach ins Mikrofon: »Ja, einen Rettungswagen … mit Notarzt! Beeilt euch!«

Sie legten Bożena auf einen Tisch. Stefan drückte auf die Wunde an ihrer Schläfe, Janusz holte Verbandszeug aus der Hausapotheke. Ewa ging zu Bożenas Arbeitsplatz und griff nach ihrer Handtasche. Auf den Fußboden fiel ein Mobiltelefon mit einem angebauten schwarzen, viereckigen Gerät. Überrascht hob sie das Telefon auf und sah auf das Display. Die Verbindung mit einer Nummer lief immer noch. Sie legte das Telefon ans Ohr und lauschte schweigend. Stefan drehte sich in ihre Richtung um. »Wann werden sie hier sein? Hast du gesagt, dass der Zustand kritisch ist?«

Ewa nickte und hob den Finger an den Mund zum Zeichen, dass er schweigen solle. Sie legte das Telefon neben den Laptop und ging in eine entfernte Ecke des Hangars. Stefan wandte sich an Krzysztof: »Kümmere du dich weiter um die Verfolgung.«

Krzysztof kehrte an seinen Platz zurück. Stefan folgte Ewa in die Ecke und sah sie fragend an.

»Ein eingeschaltetes Handy mit externem Mikrofon«, sagte Ewa.

Stefan riss die Augen weit auf, zuerst ungläubig, dann zunehmend wütend. Sie schauten einander aufgeregt an.

»Scheiße … Wir waren völlig transparent. Sie konnten jeder unserer Bewegungen zuvorkommen!«, zischte er. »Ihretwegen ist Agata Wierzbicka gestorben.«

Ewa schüttelte den Kopf. »Solche Menschen schießen sich nicht in den Kopf.«

Stefan widersprach ihr verärgert. »Ach komm! Es gibt keine Regeln. Wo hast du das her? Aus einem Handbuch für Spione?« Er verstummte kurz. »Für das, was sie getan hat, würde ich sie eigenhändig umbringen.«

Sie standen schweigend da und sahen von ihrem Platz in der Ecke aus zu, wie Janusz sich bemühte, Bożenas Wunde zu verbinden.

»Was machen wir jetzt?«, fragte Ewa.

»Wir versuchen, ihr Spiel weiterzuspielen.«

»Sie sollen denken, dass alles in Ordnung ist?«

»Genau. Mal schauen, wo uns das hinführt. Wie lange brauchst du für eine neue Verbindung?«

»Fünfzehn Minuten.«

»Installiere dich im Hangar gegenüber. Wir arbeiten normal weiter.

Versuch, die Nummer des Empfängers festzustellen, wir zapfen sein Telefon an.«

Ewa sah Stefan angespannt an. »Und wenn jemand von der Zentrale dahinterkommt? Und auch ein Maulwurf ist?«

Stefan warf ihr einen irritierten Blick zu. Zwar war er sich selbst nicht sicher, wie weit die Fangarme der verbrecherischen Organisation reichten, mit der sie kämpften. Er konnte aber nicht zulassen, dass solche Verdächtigungen das Team schwächten, das durch Karols Abwesenheit ohnehin schon verunsichert war.

»Ewa, ich bitte dich, lassen wir uns nicht verrückt machen, okay?«, sagte er in ruhigem Ton. »Ich rufe gleich Kowal an und bereite ihn auf das hier vor. Jemand von uns muss mit Bożena ins Krankenhaus fahren. Personenschutz rund um die Uhr. Wenn sie wieder bei Bewusstsein ist, will ich es sofort erfahren.« Er zögerte kurz und fügte hinzu: »Die Zentrale informieren wir nicht. An die Arbeit, beeil dich.«

»Klar«, sagte Ewa.

Sie ging auf Krzysztof zu und flüsterte ihm etwas zu. Stefan blieb neben Janusz stehen. »Sie war der Maulwurf … hat uns abgehört …«, sagte er mit leiser Stimme und zeigte auf Bożenas Arbeitsplatz, an dem ihr Telefon lag.

Janusz' Blick verriet deutlich, wie berührt und beunruhigt er war. Er nahm sich aber zusammen, befestigte den Verband mit einem Pflaster und legte Bożenas Kopf vorsichtig auf den Tisch zurück.

Kowal betrat mit energischen Schritten sein Büro – er fühlte sich ruhig und entspannt. Nur die Ringe unter seinen Augen zeugten von der Krise, die er überstanden hatte. Seitdem er eine Wohnung gekauft hatte, die nur zwei Straßen vom Ministerium entfernt lag, konnte er sich, sobald es ihm schlecht ging und er in einem Versteck die Wirkung des Medikaments abwarten musste, eine kurze Pause leisten. Er nickte der Sekretärin zu, die ihm ein Telefon reichte, und betrat sein Arbeitszimmer. »Kowal, ich höre.«

»Wir haben ein Problem«, sagte Stefan. »Bożena Jawor ist der Maulwurf der Gangster, den wir gesucht haben.«

Kowal blieb am Schreibtisch stehen. Nur mühsam gelang es ihm, sich nicht anmerken zu lassen, wie überrascht er war.

»Wie sind Sie darauf gekommen? Sind Sie sicher?«

»Vor wenigen Minuten hat sie versucht, Selbstmord zu begehen. Ihr Telefon war die ganze Zeit auf Mithören geschaltet. Es ist ein spezielles Modell mit eingebautem Zusatzmikrofon. Sie hatte auch ein Gerät, mit dem man das Lokalisieren von Gesprächen verhindert.«

»Selbstmord? Hat sie befürchtet, entlarvt zu werden?«

Stefan zögerte kurz. »Nein ... Ich weiß es nicht ... Es sieht nach einem Nervenzusammenbruch aus. Vielleicht wegen der Nachricht von Agata Wierzbickas Tod. Die Kugel hat wohl das Gehirn nicht beschädigt, sie hat eine Chance zu überleben.«

»Amateurin«, stieß Kowal in verärgertem Ton aus.

»Wie bitte?« Stefan konnte sein Erstaunen kaum verbergen.

Der General verzog das Gesicht – das hätte er nicht sagen dürfen. »Was haben Sie unternommen?«, fragte er schnell.

»Wir lassen uns auf ein Spiel mit den Gangstern ein. Sie sollen denken, dass sie uns immer noch abhören.«

»Sehr gut. Das heißt, es gibt immer noch Probleme mit dem Lokalisieren ihrer Handys?«

»So ist es.«

»Ich werde denjenigen, der die Aktion vonseiten der Polizei leitet, um Hilfe bitten.«

»Je weniger Leute davon wissen, desto besser, Herr General.«

Kowal schob ungeduldig eine Bronzestatuette weg, die den Marschall Pilsudski auf einem Pferd darstellte, und setzte sich auf die Schreibtischkante. »Was wollen Sie damit sagen?«

»Ich rate zur Vorsicht. Haben Sie Kontakt zu Oberst Siennicki?«

Der General verstummte für einige Sekunden, dann sagte er in einem unnatürlich ruhigen Ton: »Ja, und ihn erwarten ein Disziplinarverfahren und der Staatsanwalt.«

Diesmal klang Stefans Stimme irritiert. »Da hatte es jemand aber sehr eilig. Anzeige bei der Staatsanwaltschaft, die Polizei ...«

»Kümmern Sie sich um Ihre Angelegenheiten, Herr Hauptmann. Haben wir uns verstanden?«, unterbrach ihn Kowal. »Noch heute ernenne ich Siennickis Nachfolger. Das ist alles. Bis dann.«

»Jawohl, Herr General.«

Auf dem großen Bildschirm war nach wie vor der Stadtplan zu sehen, auf dem sich die leuchtenden Punkte bewegten. Janusz und Krzysztof sprachen mit den Agenten, die den Land Cruiser verfolgten. Stefan ging auf Ewa zu, die immer noch den Inhalt von Bożenas Computer inspizierte. Neben ihr lag das Handy der Verletzten. »Hast du etwas?«, fragte er fast lautlos.

Ewa schüttelte den Kopf, ohne den Blick von dem Computer abzuwenden. In Bożenas Telefon ertönte eine krächzende Stimme. Ewa zog ein Taschentuch hervor und umwickelte damit das externe Mikrofon. Beide beugten sich näher zum Telefon hin.

Hilarewicz stand auf dem Dach des Bürohochhauses, neben dem Landeplatz des Hubschraubers. Er sprach in ein Telefon mit Störgerät. »Hallo? Kannst du sprechen?«

»Ja«, antwortete eine gedämpfte Frauenstimme.

»Ich muss wissen, ob die Bullen sich verzogen haben.«

»Meinst du die Verfolgung des Land Cruisers?«

»Nein, den Empfang bei der britischen Königin!«, regte Hilarewicz sich auf. »Was ist mit dir?«

»Sie werden gerade abgezogen. Die Polizei hat Schwierigkeiten gemacht.«

Der Vizedirektor ging ein paar Schritte über das Dach; sein Blick blieb an den Männern hängen, die am gegenüberstehenden Hochhaus die Fenster putzten. »Okay, bleib dran. Wir werden Lasota gleich haben. Wenn wir den Code nicht aus ihm herausquetschen, kriegen wir ihn von Wierzbickis Sohn, aber das wird wieder eine Weile dauern. Euch hat Wierzbicki den Code nicht gegeben, oder?«

»Nein.«

»Falls es dazu kommt, musst du unbedingt dabei sein. Das Ganze dauert schon zu lange. Wenn was ist, schick mir eine codierte Mail.«

»Ja, ist gut.«

Hilarewicz machte eine Pause und sagte dann in weicherem Ton: »Dein Sohn wird sehr gut versorgt. Die Ärzte hätten dir nicht sagen dürfen, dass sein Zustand kritisch sei. Das stimmt nicht. In Schweden ist es immer so: Sie schreiben einen Patienten von vornherein ab, aber dann tun sie trotzdem alles, um ihn zu retten. Und ich weiß von einem meiner Männer, dass die nächste Knochenmarktransplantation gelingen könnte. Das kostet uns ja auch ziemlich viel.«

Am anderen Ende der Leitung blieb es still.

»Hallo, hast du es gehört?« Hilarewicz verlor die Geduld.

»Ja, danke.«

»Schalte das Mithörgerät nicht aus, so lange du kannst. Und bleib wachsam.«

Ewa stellte Bożenas Telefon leiser und konzentrierte sich auf ihren Laptop. Stefan sah gebannt auf den Bildschirm. »Ich rufe den Netzbetreiber an«, sagte er und zog sein Handy aus der Tasche.

Ewa schüttelte den Kopf. »Das bringt nichts, sie haben Störgeräte. Schau.«

Auf dem Bildschirm, in den Daten der letzten Verbindung mit Bożenas Telefon, wechselten ständig die ersten Ziffern. Stefan fluchte leise. »Ein einziges Hin und Her zwischen den Netzen.«

»Von Polen bis Singapur.«

Ewa stellte Bożenas Telefon wieder lauter und entfernte sich auf sichere Distanz von ihrem Arbeitsplatz.

»Sie hat uns für die Behandlung ihres Sohnes verkauft«, sagte Stefan wütend. »Ich bin gespannt, ob Karol von dem kranken Jungen wusste. Wenn ja, dann war er verdammt leichtsinnig. Bożena hätte gar nicht in unser Team aufgenommen werden dürfen.«

»Eine Knochenmarktransplantation bedeutet Leukämie«, sagte Ewa leise.

Stefan wollte ihr antworten, doch aus dem Lautsprecher ließ sich gerade die Stimme eines Agenten vernehmen: »Hier ist die Drei, wir haben Sichtkontakt. Die Gangster fahren in Richtung Norden.«

Beide drehten sich zum Bildschirm um. Der aus einer weiten Einstellung gefilmte Land Cruiser bremste und hielt am Gehsteig an. Die Stimme des Agenten klang aufgeregt.

»Sie haben angehalten! Ich wiederhole: Der Land Cruiser hat in der Mickiewicz-Straße angehalten, gleich hinter dem Wilson-Platz. Wir müssen sie überholen. Jemand soll sie übernehmen!«

»Versuch, etwas aus diesem Schuft herauszuholen, wenn er sich wieder meldet«, sagte Stefan zu Ewa. »Nur vorsichtig, du darfst dich nicht verraten.«

Er wandte sich zu Janusz um, der ins Mikrofon sprach: »Achtung, die Fünf! Das Objekt steht in der Mickiewicz-Straße, hinter dem Wilson-Platz. Ihr sollt es übernehmen.«

»Hier ist die Fünf. Verstanden. In der Mickiewicz-Straße. Wir sind am Wilson-Platz, haben Sichtkontakt.«

Der Land Cruiser verschwand vom Bildschirm, tauchte aber gleich wieder im Bild der Kamera auf, die der Agent am Wilson-Platz hielt.

Krzysztof ging auf Bożena zu und überprüfte ihren Puls. »Dreißig, und er wird immer schwächer«, sagte er laut. »Wo bleibt dieser Rettungswagen?«

Ewa packte Bożenas Laptop und Telefon ein und ging schnell hinaus.

Der Wagen der Stadtverwaltung hielt an einer Bushaltestelle an. Zwei Beamte stiegen aus und steuerten auf ein falsch parkendes Auto zu. Unterwegs zogen sie ihre Strafzettelblöcke hervor. Sie konnten den fünfzig Meter entfernten Land Cruiser deutlich sehen.

Marica verfolgte mit ihrem Blick einen sich entfernenden Lieferwagen.

»Bullen?«, fragte Kosma.

»Ich weiß es nicht.«

»Sie haben doch gesagt, sie würden sich verziehen«, sagte Oleg mit angespannter Stimme.

Kosma sah sich unruhig in der Straße um.

»Fahr weiter … langsam …«, befahl Marica. »Mal sehen, ob sich etwas bewegt.«

Oleg fuhr vom Gehsteig hinunter und fädelte sich in den Straßenverkehr ein. Die Beamten der Stadtverwaltung kehrten langsam zu ihrem Wagen zurück.

»Hast du sie gefunden?«, fragte Anna unruhig. Sie stand am Fenster mit dem Handy am Ohr und sah mit abwesendem Blick in den gegenüberliegenden Park.

»Nein, aber ich werde gleich in Komorów sein«, antwortete Karol. »Und mein Instinkt sagt mir, dass sie irgendwo bei Bekannten ist.«

Anna presste die Lippen zusammen; die Angst um Natalia raubte ihr den Atem. »Aber die hätten dich doch längst angerufen.«

Karol blieb ruhig. »Die Erwachsenen könnten bei der Arbeit sein. Und Natalia hat ihre Freundin vielleicht überredet, sie zu verstecken.«

»Und wenn sie unsere Tochter entführt haben, um dich zu erpressen? Was machst du, wenn sie die Auslieferung von Piotr verlangen?«

»Gib dir selbst eine Antwort.« Karols Stimme bekam einen härteren Klang. »Was machst *du* dann?«

Anna schwieg einige Sekunden lang. »Finde Natalia«, sagte sie und schaltete das Handy aus. Sie wollte sich umdrehen, doch draußen gab es etwas, das ihre Aufmerksamkeit auf sich zog. Sie verstand nicht, warum der Anblick eines auf einer Bank sitzenden Jungen mit bunten Haaren sie beunruhigte.

Nach einer Sekunde läutete in ihrem Gehirn eine Alarmglocke. Das war doch der Punk, der ihr geholfen hatte, Piotrs Rollstuhl ins Haus zu schieben! Er harrte auf dieser Bank im Nieselregen aus, rauchte eine Zigarette und beobachtete ihre Wohnung! Für einen Moment trafen sich ihre Blicke. Der Junge warf die Zigarette weg und zerdrückte sie mit dem Fuß. Er stand auf und ging langsam auf sein Motorrad zu, das an einer Straßenlaterne lehnte. Mit einem einzigen Tritt ließ er den Motor an, setzte sich auf den Sattel und fuhr davon.

Anna ging ins Nebenzimmer, setzte sich aufs Bett und berührte die Hand des schlafenden Piotr. »Piotr, Liebster, wach auf.«

Piotr öffnete die Augen. Einen Moment lang versuchte er zu begreifen, wo er sich befand.

»Verzeih mir, wir müssen sofort fahren«, sagte sie mit sanfter Stimme.

»Warum?«

»Sie haben uns gefunden.«

Piotrs Blick wurde augenblicklich wach. »Wer?«

»Ich habe keine Ahnung, woher sie diese Adresse hatten. Hältst du durch? Ich kann dir Morphin geben, aber dann wirst du halb bewusstlos sein.«

»Schon in Ordnung, ist nicht nötig.«

Piotr setzte sich mühsam auf und verzog das Gesicht vor Schmerz. Anna schob den Rollstuhl ans Bett.

»Ich schaffe es allein«, sagte er. Er stand langsam auf und setzte sich in den Rollstuhl. Anna fing eilig an, ihre Taschen zu packen. »Hast du jemandem von dieser Wohnung erzählt?«, fragte sie.

»Nein, woher denn?« Und doch schien Piotr ein wenig zu zögern.

»Wirklich nicht? Sag es mir, es ist wichtig.« Sie blieb über einer offenen Reisetasche stehen und sah ihn eindringlich an.

»Ich habe einmal von hier telefoniert, vom Festnetztelefon. Vor einem Monat.«

»Mit wem?« Ihre Stimme klang verärgert.

»Mit Hilarewicz, dem Vizedirektor von East Fund.«

Anna zog energisch den Reißverschluss der Reisetasche zu. »Da hast du die Antwort. Warum hast du mich nicht gewarnt?«

»Entschuldige … Ich bin ein Idiot.« Piotr sah Anna bekümmert an.

Der Punk bog in eine Seitenstraße ein und brachte das Motorrad zum Stehen. Er holte sein Handy hervor und wählte eine Nummer. Nach einer Weile hatte er die Verbindung. »Die Frau hat mich gesehen. Was soll ich machen?«

»Bist du dir sicher?«, fragte Hilarewicz' entstellte Stimme.

»Ja. Ich stand vor dem Haus, wie Sie gesagt hatten. Und sie hat mich durchs Fenster gesehen. Sie hatten gesagt, gleich würde jemand kommen, stattdessen stand ich jetzt einige Stunden dort herum.«

»Konntest du dich nicht verstecken?«

»Was geschehen ist, ist geschehen«, stellte der Punk fest.

»Wo bist du?«

»Gleich um die Ecke.«

»Warte dort. Falls sie wegfahren, folge ihnen. Nur diesmal bitte so, dass sie dich nicht sehen. Hast du wenigstens einen vollen Akku in deinem Handy?«

»Ja. Meine Kohle kriege ich aber trotzdem, ja?«

Die Verbindung wurde unterbrochen.

»Blöder Wichser«, murmelte der Punk.

Er steckte das Handy ein, drehte das Motorrad um und fuhr langsam an die Straßenecke zurück. Der Hauseingang war zwischen den Bäumen deutlich zu sehen. Diesmal würde er sich leicht verstecken können, falls diese Frau mit dem ramponierten Kerl herauskommen sollte. Es ärgerte ihn, dass er den Auftrag eines Kumpels übernommen hatte, der wegen Drogenhandels im Gefängnis saß. Er hatte volle zwei Tage vertan, war hungrig und müde. Für ein bisschen Crack würde er jetzt alles geben.

Hilarewicz ging auf die Tür seines Arbeitszimmers zu und schloss sie ab. Er wählte eine Nummer, musste aber eine Weile warten, bis er die Verbindung hatte. »Wo bist du? Wieso dauert das so lange?«, fragte er wütend.

»Die Straßen sind verstopft«, antwortete Marcos.

»Der Typ, den ich beauftragt habe, war so blöd, sich von Lasotas Schlampe entdecken zu lassen. Es könnte sein, dass sie gleich fliehen. Ruf diesen Trottel an, sag ihm, er soll ihnen folgen. Und erledige ihn … Er hat meine Nummer.«

»Klar. Wir sind gleich da.«

Ewa betrat die Halle und steuerte schnell auf Stefan zu. Dieser drehte sich vom Bildschirm weg, auf dem sich der Land Cruiser seit fünfzehn Minuten nicht vom Fleck rührte.

»Was ist los? Du solltest doch Bożenas Telefon bewachen.«

»Unsere Leute haben in Schweden recherchiert. Ihr Sohn wurde dort seit einem Monat behandelt. Heute Nacht ist er gestorben«, sagte Ewa mit angespannter Stimme.

Janusz und Krzysztof wandten sich ebenfalls zu ihr um. Einen Moment lang sagte keiner etwas.

»Wie kann sie das bloß verborgen haben?« Stefan schüttelte ungläubig den Kopf.

Ewa zuckte die Achseln. »Vor uns? Läufst du mit jeder persönlichen Angelegenheit zu Kowal? Wenn ich ein sterbendes Kind hätte … Ich will lieber nicht daran denken. Ihr Sohn war seit zwei Wochen in einem Hospiz, das von niemandem bezahlt wurde. Ich glaube, er war nicht mehr imstande, mit seiner Mutter zu sprechen. Jemand hat Bożena betrogen, mit ihren Gefühlen gespielt.« Ewa hatte Tränen in den Augen. Sie drehte sich um und ging zu dem Tisch, auf dem Bożena lag. Der Verband am Kopf der Verletzten war blutgetränkt, ihr Gesicht blass und aufgedunsen. »Wann kommt endlich dieser blöde Rettungswagen?«

»Sie sind gleich da«, sagte Krzysztof.

Aus dem Lautsprecher ertönte die Stimme eines Agenten: »Wir fahren hinter ihnen her … Verdammt, sie haben wieder angehalten.«

»Die werden nicht wegfahren, solange sie sich nicht sicher sind, dass ihnen niemand folgt. Biegt in eine Seitenstraße ab«, befahl Stefan und konzentrierte sich wieder auf den großen Bildschirm.

Im Wagen der Stadtverwaltung, der an einer Straßenecke in der Nähe der U-Bahn stand, sprach einer der Beamten schnell in seinen Ärmel: »Die Verdächtige geht in die Station hinunter. Dieses Biest hat uns ausgetrickst. Ich folge ihr.«

Der Mann sprang aus dem Wagen und rannte in Richtung U-Bahn-Eingang.

»Ich hab verstanden. Die Fünf, hast du gehört?« Stefan betrachtete die wechselnden Bilder. Er wäre jetzt lieber an der Stelle der Agenten gewesen – wie damals, als er seinen Dienst bei der Spionageabwehr angetreten hatte. Vor dem Bildschirm fühlte er sich nutzlos.

»Ich bestätige, die Verdächtige ist in die U-Bahn am Wilson-Platz hinuntergegangen. Wir übernehmen!«, hörte er eine aufgeregte weibliche Stimme sagen.

»Verliert sie nicht! Die Zwei und die Drei, ihr geht auch in die U-Bahn«, befahl er.

»Verstanden, in die U-Bahn«, erklang sofort die schnaufende Stimme des Agenten.

Janusz arbeitete schnell an der Tastatur seines Computers, schaltete die Überwachung auf ständig neue Kameras um. Auf dem Bildschirm erschien Maricas zierliche Gestalt; sie rannte die U-Bahn-Treppe hinunter. Sie sahen sie aus einer Kamera, die über dem Platz befestigt war.

Nach einigen Sekunden tauchten im Bild ein uniformierter Beamter und eine durchschnittlich aussehende Frau auf. Sie liefen zusammen in die U-Bahn hinunter.

»Vorsicht, sie hat eine Waffe, ist ausgebildet und gefährlich«, warnte Stefan.

»Ich habe verstanden«, bestätigte die Agentin.

Janusz schüttelte den Kopf. »Schnappen wir sie. Sonst wird sie ewig so mit uns spielen!«

»Ganz ruhig. Irgendwann wird sie einen Fehler machen. Zeig mir das Monitoring der Kameras an dieser Station. Wir brechen die Observierung nicht ab«, sagte Stefan.

Aus dem Wagen der Stadtverwaltung sprang ein Beamter und schloss sich einem Mann an, der wie ein Straßenreiniger aussah. Beide liefen auf den U-Bahn-Eingang zu.

Kosma und Oleg warteten, bis die Agenten aus ihrem Blickfeld verschwanden. Dann stiegen sie aus dem Land Cruiser, überquerten den Gehsteig und tauchten in einen Durchgang zwischen den Häusern ein. Niemand verfolgte sie.

Marica ging ruhig einen unterirdischen Gang entlang. Sie konnte zu den U-Bahn-Drehkreuzen abbiegen oder über die Treppe auf die andere Straßenseite hinaufsteigen. Wenn sie die Bewegungen der Agenten richtig vorhergesehen hatte, müssten Kosma und Oleg problemlos verschwinden können. In dieser Zeit würde sie wieder auf der Straße sein, zum Land Cruiser zurückkehren und nach einer Chance für sich suchen.

Eine vor ihr gehende Frau in Mantel und Hut bog Richtung Toilette ab. Marica folgte ihr in einem plötzlichen Reflex.

Die Agentin und der Agent in der Parkwächteruniform blieben vor dem Schaufenster eines Zeitungskiosks stehen.

»Hier spricht die Fünf«, sagte die Agentin. »Sie ist auf der Damentoilette. Ja, wir warten.«

Sie betraten den Kiosk und gingen auf den Ladentisch zu. Der Mann nahm eine Zeitung vom Ständer, die Agentin beobachtete durch die Scheibe die Toilettentür. Zwei weitere Agenten, beide in Zivil, blieben am Fahrkartenautomaten stehen.

Marica hielt mit einer Hand die Kabinentür fest, die von der Frau mit Hut gerade geschlossen wurde. Sie drückte den Lauf der Pistole an ihre Hüfte und hielt mit der anderen Hand ihren Mund zu. Dann stieß sie sie in die Kabine hinein und riegelte die Tür ab. Die erschrockene Frau hatte Angst, sich zu bewegen.

»Sei still, sonst stirbst du«, sagte Marica mit scharfer Stimme. »Zieh dich aus.«

Die Frau riss vor Verblüffung die Augen weit auf. Marica warf ihr mit dem Pistolenlauf den Hut vom Kopf. »Schneller!«

In der Nähe des Hangars ertönte eine Sirene, und kurz darauf erschien vor dem Fenster, das auf die Einfahrt hinausging, ein Rettungswagen des Miltärs.

»Krzysztof, kümmere du dich darum«, sagte Stefan. »Ordne Bożenas totale Überwachung an – vor dem OP-Saal und vor der Intensivstation. Die Ärzte sollen alles tun, damit sie möglichst schnell sprechen kann. Ewa, geh an deinen Arbeitsplatz!«, fügte er hinzu und kehrte zum Gespräch mit den Agenten zurück. »Hallo, was ist los?«

»Die Verdächtige ist immer noch auf der Damentoilette. Wir warten.«

Auf dem großen Bildschirm war die Aufnahme einer Kamera zu sehen, die den ganzen Gang erfasste. Aus der Toilette kam eine Frau heraus, die einen Mantel und einen breitkrempigen Hut trug. Mit einem Handy am Ohr steuerte sie auf die U-Bahn-Drehkreuze zu. Sie mischte sich unter die Menschen und verschwand aus dem Bild.

Krzysztof kam in Begleitung eines Arztes und zweier Sanitäter zurück, die eine Trage schoben. Nach ihnen erschien Ewa, und alle gingen schnell auf Bożena zu.

»Geh hinein und stell fest, was dort los ist. Sie sitzt dort schon zu lange«, sagte Stefan ins Mikrofon und wandte sich an den Arzt: »Sehen Sie bitte nach, ob man sie zu Bewusstsein bringen kann.«

»Ich habe verstanden«, bestätigte die Stimme der Agentin.

Stefan drehte sich zu Ewa um: »Was gibt's?«

»Du wirst mich brauchen, falls sie zu Bewusstsein kommt«, antwortete sie und blieb bei Bożena stehen.

»Auf der Toilette gibt es keine Kameras«, sagte Janusz.

Auf dem Bildschirm konnte man sehen, wie die Agentin den Gang überquerte und die Toilette betrat. Stefan und Janusz warteten schweigend. Einen Moment lang herrschte Stille im Hangar; nur der Arzt war zu hören, der den Sanitätern schnelle Anweisungen gab. Plötzlich ertönte aus dem Lautsprecher eine schreiende Frauenstimme: »Sie hat mich überfallen!«

Alle schauten auf den Bildschirm.

»Wer spricht dort?«, rief Stefan.

»Verdammt ... sie ist in Verkleidung geflohen!«, schrie die Agentin. »Ich wiederhole: Die Verdächtige hat einer Frau ihre Kleidung geklaut und ist geflohen! Dunkler Mantel und Hut!«

»Die Kameras auf dem Gleis, schnell!«, rief Stefan zu Janusz. »Wir haben sie gesehen, sie ist in die U-Bahn hinuntergegangen!«

Janusz schaltete das Monitoring blitzschnell um. Auf dem Bildschirm erschienen ein Gleis und eine abfahrende U-Bahn.

»Verdammte Scheiße!«, fluchte Stefan. »Achtung, an alle! Die Verdächtige flieht mit der U-Bahn vom Wilson-Platz in den Süden. Alle Wagen an die Stationen südlich vom Wilson-Platz!« Er wandte sich zu Janusz um: »Schalte auf die nächste Station. Wir müssen wissen, ob sie aussteigt.«

»Wird gemacht«, bestätigte Janusz. »Station Danziger Bahnhof.«

»Sie ist wieder bei Bewusstsein!«, rief Krzysztof.

Stefan drehte sich vom Bildschirm weg; er zögerte eine Sekunde.

»Sag mir Bescheid, wenn du sie findest«, wies er Janusz an und ging schnell zum Tisch. Bożena war an einen Tropf angeschlossen, hatte eine

Sauerstoffmaske über dem Mund und sah die sie umgebenden Menschen mit blutunterlaufenen Augen an. Die beiden Sanitäter entfernten sich, um das Verhör nicht zu belauschen. Der Arzt kontrollierte den Blutdruck der Verletzten und warf einen Blick auf das EKG in seinem tragbaren Messgerät.

»Auf Ihre Verantwortung«, sagte er und nahm die Maske von Bożenas Mund. »Sie hat eine Dosis Ephedrin bekommen. Sie haben einige Minuten, bevor ihr Blutdruck wieder sinkt. Beeilen Sie sich bitte, ihr Zustand wird immer kritischer.«

Stefan beugte sich über den Tisch. »Hörst du mich?«

Bożena schloss die Augenlider und öffnete sie wieder.

»Wir wissen, warum du es getan hast. Dein Sohn wird in Schweden behandelt. Sag mir, wer dahintersteckt.«

Die Verletzte holte Luft und sagte mühsam etwas. Stefan näherte sein Ohr ihren Lippen. »Darek ist heute Nacht … gestorben«, flüsterte sie.

»Ich weiß. Es tut mir sehr leid. Dieser Mann hat dich betrogen, Darek war seit langem in einem Hospiz. Die Rechnungen für die Behandlung wurden nicht bezahlt.«

Bożena schloss die Augen, unter ihren Augenlidern flossen Tränen hervor.

»Sag mir, wer dieser Kerl ist«, bat Stefan eindringlich.

»Ich weiß es nicht … Ich habe ihn nur einmal gesehen, kenne seinen Namen nicht … Er kontaktierte mich nur übers Telefon.«

Stefan unterdrückte seine Ungeduld. »Lüge nicht, das bringt nichts. Dieser Mann ist für den Tod von Agata Wierzbicka verantwortlich. Du weißt, dass du mitschuldig bist. Wer hat dich mit ihm zusammengebracht?«

Bożena öffnete die Augen. »Kowal.«

»Was?«, fragte Stefan mit fremder Stimme. »Überleg, was du da sagst.«

»Kowal … befahl mir, mich mit ihm zu treffen … Ich sollte mich in dieser Firma anstellen lassen … als unser Maulwurf.« Die Stimme der Verletzten brach immer wieder ab, doch sie sprach deutlich. »Dieser Mann fing aber an, von Darek zu reden, bot mir seine Hilfe an … Und dann, als Darek schon in Schweden war … begann er, Forderungen zu stellen.«

Der Arzt bewegte sich unruhig; es wäre ihm lieber gewesen, dieses Gespräch nicht zu hören. Ewa und Krzysztof standen reglos da, ihre Blicke hafteten an Bożenas Lippen.

»Hast du Kowal davon erzählt?«, fragte Stefan.

Die Verletzte wollte antworten, doch ihr Atem wurde schneller und ihre Pupillen rollten nach hinten.

»Genug, wir verlieren sie gleich«, warnte der Arzt. »Schnell, in den Rettungswagen!«

Die beiden Sanitäter liefen an den Tisch heran. Sie hoben die bewusstlose Bożena auf die Trage, der Arzt legte ihr die Sauerstoffmaske an. Stefan sah ihn eindringlich an: »Alles, was Sie gehört haben, ist streng geheim.«

Der Arzt nickte wortlos.

Stefan wandte sich zu Krzysztof um. »Fahr mit. Wenn sie wieder zu sich kommt, setz das Verhör fort. Frag sie nach Kowal. Und nach diesem Mann – ob sie mit der Firma East Fund gemeint hat. Zu niemandem ein Wort, du informierst nur mich.«

Krzysztof lief aus dem Hangar hinaus. Nach einer Weile ertönte die Sirene wieder. Der Rettungswagen fuhr vor dem Fenster vorbei, und es trat Stille ein. Janusz und Ewa sahen Stefan an, sie warteten auf seine Reaktion. »Karol muss das erfahren. Ich weiß nicht, wie es weitergehen soll«, gestand Stefan in ratlosem Ton. Plötzlich fühlte er sich sehr müde.

»Hier spricht die Elf. Die Verdächtige ist nicht in der U-Bahn. Sie ist weder am Danziger Bahnhof noch an einer anderen Station ausgestiegen«, ertönte es aus dem Lautsprecher.

Janusz drehte sich zu seinem Computer um.

»Verstanden«, sagte Stefan ins Mikrofon. Er ging auf das Schaltpult zu und heftete seinen Blick auf den Bildschirm. »Fahr zu der Aufzeichnung aus der U-Bahn am Wilson-Platz zurück«, sagte er zu Janusz, der die Anweisung sofort ausführte. »Jetzt zeig mir den Moment vor der Abfahrt des Zuges.«

Sie schauten zu dritt auf den Bildschirm. »Da.« Stefan zeigte mit der Hand auf eine Stelle. Unter den Passagieren, die aus den Waggons gestiegen waren, mit dem Rücken zur Kamera, ging eine Frau in dunklem

Mantel und Hut. Dann lief sie eine Treppe hoch und verschwand in der Menge.

Janusz schaltete auf die nächsten Kameras um. Die Frau in Mantel und Hut überquerte eine unterirdische Passage und stieg auf die Straße hinauf. Die letzte Aufnahme stammte von der Kamera am Wilson-Platz. Die Frau bog in eine Seitenstraße ein und verschwand.

Stefan starrte reglos den Bildschirm an. Er zog sein Handy aus der Tasche und wählte eine Nummer.

Obwohl Karol im Laufe der Jahre gelernt hatte, sich in keiner Situation aus der Fassung bringen zu lassen, musste er die Fahrgeschwindigkeit drosseln, um das zu verdauen, was er gerade gehört hatte. Von der Einfahrt nach Komorów trennte ihn ein knapper Kilometer.

»Was sagst du da? Wiederhol es«, sagte er.

»Bożena hat sich in den Kopf geschossen.« Stefans Stimme klang beherrscht, er sprach langsam und deutlich. »Ihr Sohn ist an Leukämie gestorben, in einem Hospiz in Schweden. Sie haben ihr seinen Tod verschwiegen. Den Kontakt zwischen ihr und den Gangstern hat Kowal hergestellt.«

»Über welche Verbindung telefonierst du?«

»Über die sichere. Sie haben uns mit Bożenas Hilfe abgehört. Sie wussten über jede unserer Bewegungen Bescheid. Die drei, die wir verfolgt haben, sind geflohen. Das Durcheinander wegen Bożena wurde zu ihrem Vorteil.« Stefan verstummte für einige Sekunden, dann fragte er ratlos: »Was soll ich jetzt tun, Karol?«

»Gib mir etwas Zeit. Ich rufe dich zurück.«

Karol schaltete das Telefon aus. Er wusste, wie er reagieren sollte. Sofort nach Warschau zurückfahren, das Verteidigungsministerium aufsuchen und ein Gespräch mit dem Minister verlangen. Aber stattdessen umfasste er das Lenkrad fester und gab Gas. Die ganze Welt kann zusammenbrechen, solange er Natalia nicht gefunden hat! Auf der rechten Straßenseite sah er ein Schild mit der Aufschrift »Komorów«.

Ewa und Janusz warteten gespannt auf Stefans Worte. »Er sagte, er würde mich zurückrufen«, erklärte er.

»Wieso zurückrufen? Was bedeutet das?«, fragte Ewa.

Janusz erhob sich von seinem Stuhl und wandte sich zu Stefan um. »Das bedeutet, wenn Karol und Kowal unter einer Decke stecken, sind wir tot. Wir müssen ins Ministerium fahren.«

Stefan sah Janusz verärgert an. »Beruhige dich. Karol ist kein Verräter.«

»Ach ja? Bei Bożena warst du dir auch sicher … und ihr habt beide Ewa beschuldigt. Das ist alles total irre, von Anfang an. Große Kohle und Politiker. Ich habe nicht die Absicht, hier zu warten, bis jemand kommt, um uns umzulegen! Die Gangster haben uns doch auf dem Präsentierteller, Mann! Oder noch besser: Wir werden verhaftet und erhängen uns in unseren Zellen während der Untersuchung! Die typisch polnische Art, unbequeme Fälle zu lösen!«

»Janusz, es reicht! Wir warten auf Karols Anruf«, sagte Stefan scharf.

»Vielleicht wartest du. Ich nicht!« Janusz griff nach seiner Jacke.

»Janusz, das ist ein Befehl!«, rief Stefan.

»Richte deine Befehle an Kowal! Und an Karol!« Er war nur noch einige Schritte von der Tür entfernt.

Stefan zog seine Pistole aus dem Halfter und zielte auf ihn. »Bleib stehen!«

Janusz drehte sich um und erstarrte vor Verblüffung. Ein zorniger Krampf durchlief sein Gesicht, seine Hand machte eine Bewegung in Richtung Halfter unter seinem Arm.

»Hört auf! Seid ihr beide verrückt geworden?!«, rief Ewa.

Janusz senkte den Kopf und warf Stefan einen düsteren Blick zu; seine Anspannung verflog langsam. Er schmiss die Jacke auf den Fußboden, setzte sich hin, den Rücken an die Wand gelehnt, und sagte mit deutlicher Ironie: »Vielleicht rufst du Kowal an und fragst ihn direkt: Herr General, mischen Sie bei der Mafia mit oder nicht? Denn wir sitzen hier wie die Idioten und wissen nicht, wie es weitergehen soll.«

»Tut mir leid«, sagte Stefan. »Gehen wir wieder an die Arbeit.«

Anna zog die Vorhänge zu und schaute sich in dem kleinen Raum um. Ein Campinghäuschen an einer wenig befahrenen Nebenstraße war sicher ein besseres Versteck als ein Motel an der Autobahn nach Kattowitz. Sie hatten sich hier, etwa sechzig Kilometer hinter Krakau, einquartiert, weil Piotr eine lange Fahrt ohne Unterbrechung nicht ausgehalten hätte.

Sie ging auf das Bett zu und sah besorgt den schlafenden Piotr an. Sie hatte ihm eine Schmerzspritze gegeben, in der auch ein Schlafmittel gewesen war. Eine von denen, die Maciek ihnen für unterwegs mitgegeben hatte. Wenn Piotr in besserer Verfassung wäre, würden sie noch in dieser Nacht die Grenze zu Deutschland passieren. Die Intuition sagte ihr, dass sie dort sicherer wären.

Sie betrachtete ihn noch eine Weile und legte sich dann neben ihn aufs Bett. Auch sie brauchte etwas Schlaf – die Angst vor den Verfolgern und die Sorge um ihre Tochter hatten ihre Kräfte mächtig strapaziert. Natalia erinnerte sie so sehr an sie selbst. Sie hatte immer und zu jedem Thema ihre eigene Meinung und reagierte trotzig und widerspenstig, wenn jemand versuchte, ihr seinen Willen aufzuzwingen. Vielleicht weil sie von Eltern erzogen wurde, die sich nicht liebten. Genau wie Annas Eltern.

Wieder bekam sie Schuldgefühle. Sie hatte kein Recht gehabt, sich für ein Kind zu entscheiden – es war ihr doch bewusst gewesen, dass sie sich eines Tages von Karol trennen würde. Das Gefühl der Sicherheit genügt nicht, dachte sie. Oder der Wunsch, jemanden nur für sich zu haben. Wird es ihr gelingen, Natalia vor einem ähnlichen Schicksal zu bewahren? Davor, sich verloren und einsam zu fühlen? Jetzt, da ihre Liebe zu Piotr wieder erwacht ist? Und was, wenn Karol ihr die Tochter nicht überlässt?

Sie schlief langsam ein; die quälenden Fragen und Ängste entfernten sich, wurden fast irreal. Doch ein leises Klopfen an die Tür weckte sie wieder auf. Ihr fiel ein, dass sie ihren Personalausweis an der Rezeption gelassen hatte – vermutlich wollte der Rezeptionist ihn ihr zurückgeben. »Ja, einen Moment«, sagte sie, während sie sich vom Bett erhob.

Sie ging zur Tür, legte die Hand auf die Klinke und linste durch den Spalt im Vorhang. Auf der Veranda stand ein kräftig gebauter Mann in schwarzer Jacke, zwei andere warteten vor dem Häuschen. Weiter hinten sah sie den Jungen mit den bunten Haaren. Sie wich erschrocken zurück.

Ein erneutes, stärkeres Klopfen folgte. Anna stand reglos da.

»Ich kann das Schloss zerschießen, wobei ich nicht garantiere, dass ich niemanden treffe«, ertönte es hinter der Tür. »Oder ihr kommt von selbst heraus.«

Einen Moment lang herrschte Stille.

»Also was ist?«

Anna drehte sich um, ging zum Bett zurück, presste ihren Körper an Piotr und legte schützend ihre Arme um ihn. Draußen erklang zweimal hintereinander ein trockener Knall, und das Schloss fiel auseinander. Eine Kugel schlug gegen die Wand über dem Bett. Die eingetretene Tür sprang auf, und an der Schwelle erschien eine hochgewachsene Gestalt.

Über dem verlassenen Militärflughafen hingen immer noch schwere Wolken. Der rissige Beton der Startbahnen wartete ebenso sehnsüchtig auf den Regen wie das mit Unkraut durchwachsene Gras.

Ein schwarzer Minivan passierte das Tor und blieb neben dem Hangar stehen. Aus dem Wagen stiegen zwei Männer in Mänteln und Anzügen. Sie verlangsamten kurz ihre Schritte, als sie einen heranfahrenden Mitsubishi Lancer bemerkten, dann steuerten sie auf das Gebäude zu.

Stefan erhob sich beim Anblick der hereinkommenden Männer. Der Ältere von ihnen zog ein bedrucktes Blatt Papier aus der Tasche.

»Hauptmann Biały? Major Nowicki. Das ist Leutnant Sikora. Wir werden von General Kowal geschickt, ich übernehme das Kommando. Hier ist der Befehl des Generals.« Er reichte Stefan das Dokument.

Der Mitsubishi hatte hinter dem Minivan geparkt, und Adam mit der Baumwollmütze über dem Kopf und seine beiden Begleiter stiegen aus. Einer der Agenten ergriff Adams Arm und drehte ihn in Richtung Hangar um. »Hier entlang bitte.«

Adam rührte sich nicht von der Stelle.

»Vielleicht machen wir jetzt Schluss mit dieser Maskerade?«

»Es tut mir leid, Herr Wierzbicki, so sind die Vorschriften. Sobald wir drin sind, nehmen wir Ihnen die Mütze ab.«

»Und mein Handy überprüft ihr nicht? Ich habe ein Programm für Jogger eingeschaltet, das die ganze Route registriert hat.«

Die Agenten sahen einander an. »Wenn das Ihr Ernst ist …«

»Lassen Sie uns gehen, wir verlieren nur Zeit«, unterbrach ihn Adam und machte sich auf in Richtung Hangar.

Der Agent holte ihn ein und nahm ihn am Arm. Nach einigen Schritten klingelte das Handy in Adams Tasche. »Was soll ich machen?«

»Gehen Sie ran.«

Adam blieb stehen, holte das Handy hervor und legte es auf die Mütze ans Ohr. »Ja, warte einen Moment.« Er zog schnell die Mütze aus. Sein Gesicht war gerötet und verschwitzt.

»Tun Sie das nicht!«, regte sich der Agent auf.

Adam verdeckte das Telefon mit der Hand. »Piotr Lasota«, sagte er leise.

Die beiden Agenten erstarrten für eine Sekunde. Einer von ihnen zeigte Adam mit einer Kreisbewegung, dass er das Gespräch in die Länge ziehen solle, und rannte in den Hangar.

»Da bin ich wieder«, sagte Wierzbicki, während er das Telefon erneut ans Ohr legte.

Der See war an drei Seiten von einem Nadelwald umgeben, am gegenüberliegenden Ufer waren die roten Dächer der Häuser zu sehen. Die Wasseroberfläche glänzte, den blauen Himmel spiegelnd, aus dem Schilf drangen die Stimmen der Wasservögel und vermischten sich mit dem entfernten Lärm der Kattowitzer Autobahn.

Piotr saß in der Nähe des Ufers, an einen umgestürzten Baumstamm gelehnt. Er war müde und deprimiert. Er wusste, dass er die Forderungen der Gangster würde erfüllen müssen. Und dass er trotzdem weder Anna noch sich selbst retten konnte.

Er sah kurz zur Seite. Etwa fünfzehn Meter weiter stand einer der Männer mit einer Pistole in der Hand und bewachte die nahe am Wasser sitzende Anna. Ihr Gesicht war blass, sie hatte Ringe unter den Augen und schaute mit reglosem Blick auf den See.

Der Mann, der ein Handy an Piotrs Gesicht hielt, stieß ihm mit seinem schweren Stiefel in den vergipsten Schenkel. »Sprich«, befahl er in scharfem Ton. »Worauf wartest du?«

»Ich habe dir im Krankenhaus einen Fahrschein gegeben«, sagte Piotr ins Telefon.

»Ja«, bestätigte Adam.

»Ich brauche ihn … jetzt.«

»Wo bist du?«

»Das kann ich nicht sagen«, antwortete Piotr.

Marcos nickte zufrieden.

Aus dem Hangar kamen der Agent und Stefan und liefen schnell auf Adam zu.

»Warte einen Moment.« Adam verdeckte das Telefon mit der Hand. »Was soll ich sagen?«

»Tun Sie alles, um das Gespräch zu verlängern. Versprechen Sie alles, was er will. Und stellen Sie bitte auf laut.«

»Wenn du deinen Job gut machst, fahren wir nach Warschau. Wenn nicht, landet ihr beide auf dem Grund des Sees …« Marcos hob einen kleinen Stein auf und warf ihn ins Wasser. »Plumps, und Direktor Lasota ist verschwunden. Er taucht in einem Monat wieder auf, schon ganz verwest. Zusammen mit seiner Schlampe.«

»Beeilen wir uns. Sie suchen bestimmt nach uns«, wandte Bruno ungeduldig ein.

»Von mir aus können sie mit einem Jagdbomber kommen.« Marcos trieb Piotr an. »Na, was ist? Weiter!«

»Bist du noch da?«, fragte Piotr.

»Deinetwegen haben sie meine Frau und meinen Sohn entführt«, hörte er Adam sagen.

»Das wusste ich nicht … Es tut mir entsetzlich leid.«

Marcos verzog ironisch das Gesicht.

Adams Stimme wurde lauter. »Es tut dir leid? Du hast mir den Schlüssel zu anderthalb Milliarden gegeben und was gedacht? Dass das niemanden interessieren wird?«

»Verzeih mir, ich kann es nicht mehr ändern. Die einzige Lösung ist, ihnen zu geben, was sie haben wollen.«

Marcos nickte anerkennend. Er holte weit aus und warf den nächsten Stein in den See.

Major Nowicki und Leutnant Sikora standen hinter Janusz und beobachteten seine Versuche, Piotrs Handy zu orten.

»Ja? Und woher willst du wissen, dass sie Agata und Rafał dann freilassen?«, fragte Adam, während er den Hangar betrat. »Das ist der Versicherungsschein für das Leben meiner Familie.«

»Hör auf deinen Klassenkameraden. Oder du siehst sie nie wieder«, sagte eine fremde Stimme.

»Wer spricht dort?«

»Der ältere Aspirant Grigoris Marcos.«

Adam blieb abrupt stehen. »Du verdammter Hurensohn! Wo sind Agata und Rafał? Du kriegst gar nichts, bevor ich sie nicht gesehen habe!«

»Du siehst sie bei ihrer Beerdigung oder niemals!« Marcos wurde lauter: »Meine Geduld ist zu Ende!«

Stefan machte eine beruhigende Handbewegung. Adam holte tief Luft; er versuchte, sich zu beherrschen.

»Noch eine Minute … fünfzig Sekunden …«, zählte Janusz leise.

Adam drückte wieder das Telefon ans Ohr. »Zuerst will ich meine Frau und meinen Sohn hören.«

»Sie sind nicht da, Adam. Wirklich«, entgegnete Piotr. »Ich bitte dich, hilf mir. Wenn du den Fahrschein dabeihast, diktiere mir alles, was draufsteht. Verstehst du? Sie haben keinen Grund, Agata und Rafał etwas anzutun.«

»Hast du eine Ahnung, wie viele Menschen sie schon getötet haben? Sie pfeifen drauf!«

»Sie werden auch mich und Anna töten … Ich bitte dich.«

Alle Anwesenden sahen Adam gespannt an. Janusz zählte lautlos die Sekunden.

»Wir machen Folgendes«, sagte Adam, »ich komme mit dem Fahrschein, und sie bringen Agata und Rafał. Hat Marcos das gehört?«

»Hat er.«

»Du liest uns alles vor, was auf dem Fahrschein steht, und wir sagen dir, wo deine Frau und dein Sohn sind«, antwortete Marcos. »Eine andere Option gibt es nicht.«

Janusz zeigte auf den Bildschirm seines Laptops. »Sie sind hier, an der Autobahn Krakau-Kattowitz«, sagte er leise.

Leutnant Sikora holte sein Handy hervor und wählte eine Nummer. Stefan zeigte Adam das Zifferblatt seiner Uhr und markierte darauf eine halbc Stunde.

»Nein … Ich komme mit dem Fahrschein. Du bringst meine Frau und meinen Sohn. Ruf mich in einer halben Stunde an. Ich sage dir, wo und wann wir uns treffen.«

»Er ist einverstanden«, sagte nach einer Weile Piotrs Stimme.

Adam schaltete sein Telefon aus. Sikora wandte sich Major Nowicki zu: »Es ist ein kleiner See, nicht weit von der Autobahn. Dzieckowice. Ein Hubschrauber ist schon gestartet, drei Funkwagen aus Krakau sind unterwegs.«

»Bis sie dort ankommen, sind die längst weg«, bemerkte Stefan.

»Lassen Sie mich nach den Vorschriften handeln«, sagte Nowicki in trockenem Ton.

»Das habe ich aber nicht vereinbart«, protestierte Adam scharf. »Wollen Sie, dass die meine Frau und meinen Sohn umbringen?«

Marcos setzte sich am Seeufer nieder und betrachtete eine offene Tasche mit Bündeln von Euro-Scheinen. »Wie viel ist das?«, fragte er.

»Hunderttausend«, sagte Piotr.

»Hattet ihr etwa eine Reise vor? Und wo ist diese Bank? Zypern? Kaimaninseln?«

Piotr schwieg. Marcos schloss die Tasche, richtete sich auf, holte aus und warf das Handy in den See.

»Es hätte genügt, die Karte rauszunehmen!«, rief Bruno. »Weißt du, wie viel mich dieses Telefon gekostet hat?!«

Marcos ignorierte ihn und wandte sich zu Piotr um: »Irgendwie kann ich nicht glauben, dass du den Code auf einen Fahrschein notiert und ihn dir gar nicht gemerkt hast. Und wenn dein dämlicher Kumpel den Fahrschein verloren hätte? Was dann? Wäre die Kohle für immer bei der Bank geblieben? Die ganzen tausendsechshundert Millionen? Hältst du mich für bescheuert?«

Lasota starrte aufs Wasser, ohne ein Wort zu sagen. Marcos zog seine Pistole hervor und zielte auf Annas Kopf.

»Ich bin die Absicherung des Geldes«, sagte Piotr.

»Etwas klarer, bitte.«

»Meine Daten … meine Papillarlinien, Augen … Damit werde ich bei der Bank identifiziert.«

Marcos lächelte. »Hast du gehört, Bruno? Man kann den Herrn Direktor nicht umlegen, weil die Kohle dann im Arsch ist.«

»Schneiden wir ihm einen Finger ab und stechen ihm ein Auge aus«, schlug Bruno vor.

Marcos sah Piotr an. »Nicht schlecht. Was hältst du davon? Und was ist mit dem Code auf dem Fahrschein?«

»Er ist die zweite Möglichkeit, Zugang zum Konto zu bekommen, im Falle meines Todes. Zusätzlich zum Code gibt es noch eine PIN – die Seriennummer des Fahrscheins. Die PIN ermöglicht das erste Einloggen. Danach bekommt man per SMS die nächsten PINs.«

»Die Idee von Bruno ist einfacher.« Marcos verzog das Gesicht. »Wir legen deinen Finger und dein Auge dem Bankdirektor vor.«

»Ich kann dir Geld geben, viel mehr als in dieser Tasche.«

»Wie viel?«

»Hundert Millionen, auf ein beliebiges Konto. Wenn du uns nach Berlin bringst.«

Marcos schüttelte den Kopf. »Es gibt Summen, mit denen man sich nicht verstecken kann. Willst du, dass ich deinen Fehler wiederhole? Ich verdiene mein Geld ehrlich.« Er wandte sich zu Anna um. »Und du? Für wen arbeitest du? Was weißt du über uns?«

»Nichts«, antwortete Anna, ohne den Blick vom Wasser abzuwenden.

Marcos kam auf sie zu und drückte den Pistolenlauf an ihre Schläfe.

»Hör zu …«, begann Piotr, beunruhigt.

Marcos beachtete ihn nicht. »Wer hat dich auf den Direktor angesetzt?«

»Du hast keine Ahnung, wovon du sprichst. Ich kenne sie seit dreißig Jahren«, sagte Piotr schnell. »Wir sind zusammen in die Schule gegangen. Lass sie!«

Marcos packte Anna an den Haaren, stieß sie nach vorn und presste ihren Kopf unter Wasser. »Diese Fotze schleppt sich doch nur mit dir durch die Gegend, weil das ihre Aufgabe ist.«

»Lass sie los, du Mistkerl!«, schrie Piotr und erhob sich mühsam. »Hör auf!«

Bruno versperrte ihm den Weg. Marcos hielt den Kopf der sich wehrenden Anna fest, dann zog er sie mit einem Ruck hoch. Die Frau rang fieberhaft nach Luft. Marcos drückte sie wieder unter Wasser.

»Du wirst mir noch dankbar sein«, warf er in Piotrs Richtung. »Hast du etwas zu sagen?«

»Sie heißt Anna Siennicka und hat damit überhaupt nichts zu tun! Lass sie los!«

Marcos lächelte wieder. »Zuerst hat sie dich aus dem Krankenhaus rausgeholt, dann ist sie uns weggelaufen, und das alles einfach so, durch Zufall? Weil sie dich liebt?«

Piotr starrte die kämpfende Anna an und schrie verzweifelt: »Ihr Mann ist Oberst beim Geheimdienst, Karol Siennicki! Anna weiß von nichts! Lass sie los!«

Marcos sah ihn überrascht an, hielt aber den Kopf der immer schwächer werdenden Anna weiterhin unter Wasser.

»Sieh mal einer an, der Ehemann ist Oberst … Das wird ja immer besser.«

»Würde sie für ihren Mann arbeiten, hätten sie mich längst erwischt!«

Marcos dachte nach. »Da ist was dran. Gib mir noch etwas.«

»Es gibt ein Abiturfoto unserer ganzen Klasse. Ich hab es versteckt«, erklärte Piotr fieberhaft. »Du gehst ins Internet und bekommst den Schlüssel zum Code. Aber wenn Anna stirbt, gebe ich dir auch die PIN nicht. Ich schwöre es! Code und PIN, hörst du?! Lass sie los!«

Marcos sah Piotr an, so als würde er überlegen, was er tun soll. Anna hatte aufgehört, um ihr Leben zu kämpfen, ihre Arme hingen kraftlos hinunter. Piotr machte einen Schritt in Marcos' Richtung, doch Bruno schlug ihm sofort mit der offenen Hand ins Gesicht. Piotr fiel um und kroch auf allen vieren weiter.

»Lass sie los, du Hurensohn!«

Ewa betrat den Hangar. Beim Anblick der fremden Männer versteckte sie den USB-Stick, den sie in der Hand hielt, in ihrer Tasche.

Major Nowicki zeigte Adam das U-Bahn-Ticket. »Ist es dieser Code?«

Adam nickte.

»Er wurde in Ihrer Wohnung gefunden, dort, wo Sie es gesagt haben. Können Sie ihn entziffern?«

»Leider nein.«

»Irgendwelche Hinweise? Oder sonst etwas?«

Adam schwieg. Wenn sie den Code bekommen, steht er mit leeren Händen da. Dann hat er nichts mehr, was er den Gangstern für die Freilassung von Agata und Rafał geben könnte. Er hatte Piotrs Worte im Kopf: »Alles, was auf dem Fahrschein steht.« Es ging also um mehr als nur den Code allein. Er sah den Fahrschein an und prägte sich die Seriennummer ein: 100 23 01 19 90.

»Nein, Herr Major. Ich weiß nicht, was für ein Code das ist.« Er konnte von Nowickis Augen ablesen, dass dieser ihm nicht glaubte.

Der Major zog ein Notizheft hervor, schrieb den Code ab, riss die Seite heraus und gab sie Leutnant Sikora. »Unsere Analytiker sollen sich darum kümmern.« Er wandte sich zu Stefan um. »Haben Sie Kontakt zu Oberst Siennicki?«

»Ich warte auf seinen Anruf.«

»Wenn er anruft, geben Sie ihn mir. Es liegt ein Haftbefehl der Staatsanwaltschaft gegen ihn vor.«

Ewa und Janusz erstarrten vor Aufregung.

»Ihr wollt Karol verhaften?! Mit welcher Begründung?«, fragte Stefan mit scharfer Stimme. »Seine Tochter wurde entführt, und er hat gebeten, ihn …«

»Dies ist weder der richtige Zeitpunkt noch der richtige Ort, Herr Hauptmann«, unterbrach ihn Nowicki. »Siennickis falsche Entscheidungen und seine Weigerung, mit der Polizei zusammenzuarbeiten, könnten zum Tod der beiden Polizisten beigetragen haben.«

»Totaler Quatsch!«, explodierte Ewa.

Nowicki drehte sich um und sah sie zornig an. »Passen Sie auf, was Sie sagen, Frau Leutnant. Ihr ganzes Team wird sich für diese Pseudooperation verantworten müssen. Und Ihre Beziehung mit Oberst Siennicki macht Sie nicht unbedingt zu einer glaubhaften Zeugin.«

Ewa presste die Lippen zusammen.

Nowicki sah sie eine Sekunde länger an als nötig und ließ dann seinen Blick zu Stefan schweifen. »Bevor meine Leute eintreffen, hoffe ich, von Ihrer Kenntnis der Operation zu profitieren.« Er wandte sich wieder an Adam: »Ich kann nicht zulassen, dass Sie hier länger bleiben als nötig. Nach der Vereinbarung des Austauschtermins werden Sie mit der Gruppe wegfahren, die Leutnant Sikora leiten wird. Ich habe übrigens von der Tragödie gehört – mein herzliches Beileid.«

Adam spürte, wie eine Hitze seinen ganzen Körper durchlief; seine Kehle wurde plötzlich trocken. »Beileid? Was soll das heißen?«, fragte er mit heiserer Stimme.

Nowicki räusperte sich verlegen und warf Stefan einen irritierten Blick zu. »Ich verstehe nicht, warum man Sie bis jetzt nicht informiert hat. Es tut mir leid, dass ich es tun muss. Ihre Frau, Agata Wierzbicka, wurde vor zwei Stunden ermordet.«

»Das ist nicht wahr! Sie haben es doch gehört … Die Banditen wollen einen Austausch!«

»Sie haben Sie belogen. Aber ich hoffe, dass Ihr Sohn noch lebt.«

Adam, weiß im Gesicht, sah Nowicki aufmerksam an. Dann ließ er den Blick über alle schweifen, in der Hoffnung, jemand würde dem Major widersprechen. Keiner schaute ihm in die Augen.

»Ihr habt doch die Verfolgung aufgegeben … so, wie sie es wollten«, flüsterte er mit erstickter Stimme.

Niemand sagte ein Wort.

»Habt ihr sie abgebrochen?«

»Hören Sie zu, Adam ...«, begann Stefan.

»Ihr habt die Verfolgung nicht abgebrochen, obwohl ihr wusstet, wie das enden würde?«

»Es gab eine Verzögerung seitens der Polizei«, sagte Sikora.

»Was? Eine Verzögerung?« Adam heftete den Blick auf ihn. »Meine Frau ist ums Leben gekommen, weil jemand eine Entscheidung zu spät getroffen hat? Das werdet ihr mir büßen! Die Medien werden erfahren, wie ihr die Menschen umbringt!« Sein Atem stockte plötzlich. Er wankte und presste die Lippen aufeinander, um ein Schluchzen zu unterdrücken.

Ewa ging auf ihn zu, legte den Arm um ihn und führte ihn zu einem Stuhl. »Wir müssen deinen Sohn retten«, sagte sie weich. »Hörst du mich?«

Adam sah sie mit weit aufgerissenen Augen an, über seine Wangen liefen Tränen. Er verbarg das Gesicht in den Händen, ein Weinkrampf schüttelte ihn.

Nowicki zog Stefan zur Seite. »Habt ihr hier etwas, um ihn medizinisch zu versorgen? Jemand soll ihm eine Spritze geben. Er muss sich beruhigen, wir brauchen ihn in einem möglichst stabilen Zustand.«

Stefan nickte widerwillig und ging auf einen Schrank zu, der in der Ecke der Halle stand. Nowicki wandte sich an alle und sah auf die Uhr.

»Wir haben fünfundzwanzig Minuten Zeit, um den Tausch des Fahrscheins gegen Herrn Wierzbickis Sohn vorzubereiten. Wir wissen, dass die Gangster irgendwo in der Nähe von Krakau sind, das heißt, wir müssen zwei Varianten planen. Erstens, wir versuchen, sie zu orten und diskret zu verfolgen. Zweitens, wir bereiten uns darauf vor, dass Marcos zu dem Tausch jemanden schickt, der in Warschau ist.«

Natalia sprang vom Sofa, sobald sie das Geräusch des Schlüssels hörte. Die Tür ging auf, und Wołowiec kam ins Zimmer.

»Sie können mich hier nicht festhalten!«, rief sie, während sie sich in der Mitte des Zimmers postierte.

Wołowiec betrachtete sie von oben herab und sagte in weichem Ton, aber mit Tadel in der Stimme: »Beruhige dich, Małgosia.«

»Was?« Aus Natalias Blick war Verblüffung vermischt mit Angst herauszulesen. »Mein Papa ist Oberst und hat eine Pistole! Wenn er von der ganzen Sache erfährt, dann … wird Ihnen das noch leidtun!«

Wołowiec sah sie schweigend an, dann ging er auf ein Regal mit Büchern zu, nahm eines heraus und drehte sich um. »Du solltest Bronek etwas vorlesen, deinetwegen hat er Kopfschmerzen.« Er streckte Natalia das Buch entgegen. »Das mag er am liebsten. Erinnerst du dich, Małgosia?«

»Ich bin nicht Małgosia!«

Wołowiec ging an Natalia vorbei und blieb in der offenen Tür stehen. »Komm, hab keine Angst.«

Natalia stand reglos da. Dann fiel ihr aber ein, dass alles besser war als das Herumsitzen in einem versperrten Zimmer, und sie ging in den Flur hinaus.

Wołowiec schubste sie sanft in Richtung des nächsten Zimmers. Er öffnete die Tür mit ermunterndem Lächeln. Natalia blieb an der Schwelle stehen.

Auf dem Bett am Fenster lag Bronek. Er hatte einen schmutzigen Verband um den Kopf und eingetrocknete Blutspuren an der Stirn und den Wangen. Er stützte sich auf den Ellbogen ab und sah Natalia mit den Augen eines kranken Kindes an. Wołowiec schloss die Tür.

Natalia lauschte, ob er den Schlüssel im Schloss umdrehen würde, doch von außen waren nur schwere Schritte auf der Treppe zu vernehmen. Sie setzte sich auf einen Hocker, der am Bett stand, und schlug das Buch auf.

»*Ali Baba und die vierzig Räuber*«, las sie den Titel von der ersten Seite.

»Weiter«, bat Bronek.

Natalia blätterte die Seite um. »In einer Stadt in Persien lebten einst zwei Brüder. Sie hießen Kasim und Ali Baba. Als eines Tages …«

»Weiter«, sagte Bronek. »Das kenne ich.«

»Einer der Räuber schien der Hauptmann zu sein. Er hatte eine schwere Satteltasche auf der Schulter und schritt durch die Dornen hindurch auf den Felsen zu, an eine bestimmte Stelle. Dann rief er die Worte: ›Sesam, öffne dich!‹ Im selben Augenblick erschien ein Tor im Felsen, und die Räuber öffneten es und gingen hinein.«

»Sesam, öffne dich!«, rief Bronek erfreut.

Natalia sah von dem Buch auf. »Hilf mir zu fliehen, bitte!«

Bronek schüttelte den Kopf. »Nein, nicht so. ›Der Hauptmann trat als Letzter in den Felsen hinein. Dann schloss sich die Tür.‹«

»Du kennst es auswendig?«

Bronek nickte zufrieden. »Małgosia hat es mir beigebracht.«

»Du weißt, dass ich nicht Małgosia bin, nicht wahr?«

Bronek runzelte die Stirn und dachte nach. »Lies weiter.«

»Nein, es reicht!« Natalia schlug das Buch laut zu. »Ali Baba hätte bestimmt nicht erlaubt, dass man mich so behandelt.«

Bronek sah sie erstaunt an. »Nein?«

»Nein! Das war ein mutiger und guter Mensch! Er hätte mich hier rausgelassen.«

»Wie?«

»Du gehst mir auf die Nerven! Sesam, öffne dich!«

»Sesam, öffne dich«, wiederholte Bronek.

Natalia seufzte. Plötzlich fiel ihr etwas ein, und sie schlug das Buch wieder auf. Bronek sah sie mit einem erwartungsvollen Lächeln an.

»Die kleine Schwester von Ali Baba wurde von den Räubern entführt und gefangen gehalten«, sagte sie in geheimnisvollem Ton.

Bronek bewegte sich unruhig. »Das stand dort nicht.«

»Aber jetzt steht es da«, verkündete Natalia. »Bücher schreiben sich von allein, wenn sie lange von niemandem gelesen werden.«

»Ja?«, wunderte sich Bronek.

»Ja, so ist es.« Natalia stand auf und nahm ihn bei der Hand. »Lass uns gehen, Ali Baba. Du wirst jetzt deine kleine Schwester befreien.«

Bronek erhob sich gehorsam, den Blick auf ihre glänzenden Augen gerichtet. Sie durchquerten das Zimmer, Natalia stieß die Tür auf, und sie gingen in den Flur hinaus. Aus dem Erdgeschoss war Wołowiec' erhobene Stimme zu hören: »Ich sage es ja, dieser Zähler ist an den dort angeschlossen.«

Ein fremder Mann antwortete ihm in verärgertem Ton: »Erzählen Sie mir keine Märchen. Was glauben Sie? Dass ich mich mit Zählern und Leitungen nicht auskenne? Sie haben die Leitung dieses Zählers an den Heizofen angeschlossen. Das haben Sie gemacht! Und Sie werden dafür ordentlich blechen!«

Die erschrockene Natalia wollte einen Rückzieher machen, doch Bronek ging weiter und zog sie um die Ecke des Flurs. Wołowiec drehte sich von dem Heizungsableser weg und blickte die Treppe hinauf. »Geht in euer Zimmer zurück«, sagte er mit Nachdruck.

Bronek zögerte. Natalia aber hielt seine Hand krampfhaft fest und sah den Ableser voller Hoffnung an.

»Ich hab gesagt: zurück ins Zimmer«, knurrte Wołowiec.

»Lassen Sie die Kinder in Ruhe und unterschreiben Sie die Quittung«, sagte der Ableser ungeduldig.

»Gleich.«

Wołowiec stieg die Treppe hinauf und blieb vor Natalia stehen. Seine hochgewachsene, massige Gestalt verdeckte den Flur und den Heizungsableser.

»Geh in dein Zimmer zurück«, sagte er.

»Nein! Hilfe!«, schrie das Mädchen und streckte sich unter seinem Arm hervor.

Der Ableser blickte neugierig nach oben. Wołowiec packte Natalia am Arm und zog sie von Bronek weg, doch sie entwich ihm und hielt sich am Treppengeländer fest.

»Lass mich! Lass mich los! Hilfe! Ich wurde entführt! Hören Sie mich?! Er hat mich entführt! Hilfe!«

»Was ist dort los?«, rief schließlich der Ableser.

»Das geht Sie nichts an«, bellte Wołowiec zurück und zog Natalia vom Geländer weg.

»Ali Baba!«, schrie das Mädchen verzweifelt.

Bronek erwachte aus seiner Starre und packte seinen Vater am Arm. Wołowiec brüllte vor Zorn und schlug ihm ins Gesicht. Broneks Kopf sprang zurück, doch seine Hand lockerte den Griff nicht. Wołowiec ließ Natalia los und schlug ihn noch einmal, fester. Aus Broneks Nase sickerte Blut, er wich zurück und ließ den Arm seines Vaters los. Wołowiec bückte sich, um Natalia zu fangen, die in dem Moment versuchte, unter seinem Arm hindurchzuschlüpfen. Bronek versetzte ihm einen kräftigen Stoß. Wołowiec schrie erschrocken auf und stürzte nach unten. Er stieß mit dem Kopf gegen die Wand und erstarrte.

»Ach du heilige Scheiße«, murmelte der erschrockene Ableser. Er blickte kurz zu Bronek hinauf und machte sich davon. Nachdem er die Tür hinter sich zugeschlagen hatte, wurde es still.

Natalia sah Wołowiec' reglosen Körper an. Sie spürte Broneks Finger in ihrer Hand und ergriff sie fest. Sie gingen gemeinsam die Treppe hinunter, an dem bewusstlosen Wołowiec vorbei, und verließen das Haus.

Vor dem Gartentor fuhr der Wagen des Heizungsablesers weg. Natalia und Bronek durchquerten den Garten. Hinter dem Haus sprang der Schäferhund hervor und gesellte sich mit fröhlichem Gebell zu ihnen. Bronek schloss das Gartentor ab, um zu verhindern, dass der Hund ihnen hinterherlief, und sie gingen auf die Straße hinaus. Sie erreichten eine Kreuzung und bogen nach rechts ab. Natalia zog Bronek an der Hand und zwang ihn, immer schneller zu laufen.

Sie gingen an einem kleinen See vorbei, ließen zwei weitere Straßen hinter sich und bogen an der nächsten Kreuzung wieder ab. Nach etwa siebzig Metern begann die Umzäunung des Hauses von Karols Mutter. Natalia blieb stehen. »Ich danke dir, weiter finde ich schon allein.«

Bronek sah sie mit gehorsamer Miene an, ließ aber ihre Hand nicht los.

»Dann ließ Ali Baba seine kleine Schwester allein und kehrte in sein Haus zurück«, sagte Natalia.

Bronek stand immer noch reglos da.

»Das ist das Ende des Märchens. Lass mich los.«

»Ich kann nicht«, antwortete Bronek. »Wir müssen zurück.«

»Bitte!« Natalia versuchte sich loszureißen. »Au! Das tut weh! Lass los!«

Bronek kehrte um, das Mädchen hinter sich herziehend. Natalia begann zu schreien: »Hilfe! Hiiilfe! Grooßmutter!«

Bronek blieb stehen, nahm Natalia auf den Arm und lief wieder los, diesmal noch schneller. Natalias Schreie gingen in ein verzweifeltes Geheul über.

Eine Gardine in Frau Siennickas Haus bewegte sich, und im Fenster erschien sie selbst. Ihr Blick registrierte zwar, wie Bronek mit der wild strampelnden Natalia davonging, doch einen Moment lang war ihr nicht bewusst, was sie da sah. Dann aber bekam ihr Gesicht einen erschrockenen Ausdruck. Sie ließ die Gardine los und verschwand. Bronek erreichte mit großen Sprüngen das Ende der Straße. Frau Siennicka lief aus dem Haus und schrie: »Lass sie los! Bleib stehen! Hörst du, bleib stehen! Polizei! Hilfe!«

Sie stürzte auf das Gartentor zu, riss es auf und lief auf die Straße. Bronek warf einen kurzen Blick hinter sich und bog um die Ecke. Natalias Schreie wurden immer leiser.

Frau Siennicka lief quer über die Straße. »Hilfe!«, rief sie. »Leute! Meine Enkelin! Hiiilfe!«

In einem der Häuser ging ein Fenster auf. Eine Frau steckte den Kopf heraus und schaute erstaunt der laufenden Nachbarin zu.

»O Gott! Haltet ihn auf!«, schrie Frau Siennicka wieder. Sie blieb plötzlich stehen, griff sich ans Herz und hielt sich am Zaun fest. Dann glitt sie kraftlos und mit schmerzverzerrtem Gesicht auf den Gehsteig hinunter. Die Frau am Fenster verschwand, doch nach wenigen Sekunden kam sie auf die Straße heraus. Sie lief auf Karols Mutter zu und half ihr, sich mit dem Rücken gegen den Zaun zu lehnen. »Was haben Sie?«

Frau Siennickas Gesicht lief blau an; sie sah die Frau hilflos an, konnte kein Wort hervorbringen. Sie zeigte mit der Hand in Richtung Straßenecke und versuchte, gegen ihre wachsende Schwäche ankämpfen und etwas zu sagen.

»Hol den Notarzt!«, rief die Frau ihrem Mann zu, der in den Garten herauskam.

»Wołowiec …«, flüsterte die alte Dame und verlor das Bewusstsein.

»Was ist mit Wołowiec?« Die Frau sah erneut ihren Mann an, der sich nicht vom Fleck rührte. »Na mach schon, worauf wartest du?!«

Der Mann eilte ins Haus zurück. Auf einmal tauchte der schwarze Passat auf und fuhr am Eingang des gegenüberliegenden Hauses vor. Karol stieg aus und öffnete das Gartentor. Aus dem Augenwinkel bemerkte er die Gestalten auf der anderen Straßenseite und drehte sich um. Plötzlich begriff er, was er da sah, und rannte los. Er überquerte die Straße, lief auf seine Mutter zu und kniete sich vor ihr hin. »Mutter, was hast du?!«

»Ihre Mutter lief über die Straße und schrie etwas«, sagte die aufgeregte Frau. »Sie ist ohnmächtig geworden, mein Mann ruft gerade den Krankenwagen.«

Karol fühlte den Puls seiner Mutter, hob ihre Augenlider. »Mutter, hörst du mich?«

Er legte sie auf den Gehsteig, knöpfte ihre Bluse auf und begann, ihr Herz zu massieren. »Ihr Mann soll sagen, dass es ein Schlaganfall sein könnte. Sie müssen sofort kommen! Was hat sie geschrien?«

»Ich weiß es nicht, mein Fenster war geschlossen. Als ich auf sie zulief, flüsterte sie nur noch einen Namen.«

»Welchen?!«

»Wołowiec. Das ist dieser Irre in der Dzika-Straße, neben dem See.«

Karol erstarrte für einen Moment, dann warf er der Frau einen aufmerksamen Blick zu. »Sind Sie sicher? Wołowiec?«, fragte er mit Nachdruck.

Die Frau nickte eifrig, der Ton seiner Stimme hatte sie beunruhigt.

»Sie müssen die Herzmassage übernehmen. Wissen Sie, wie? So müssen Sie drücken, alle vier Sekunden.«

»Ich weiß nicht …« Die Frau zögerte.

»Tun Sie es, bitte! Ihr Leben hängt davon ab!«

»Ist schon gut.« Sie kniete sich gehorsam neben die bewusstlose Frau Siennicka und begann mit beiden Händen ihren Brustkorb zu drücken.

»Hören Sie nicht auf! Bis der Krankenwagen kommt!«

»Ja, ich verstehe. Und Sie?«

Karol sprang auf, lief zu seinem Passat zurück, stieg schnell ein und fuhr scharf an. Er ließ die beiden Frauen hinter sich und bog an der Kreuzung mit quietschenden Reifen ab. Dann raste er mit großer Geschwindigkeit über die Straße am See und hielt vor Wołowiec' Anwesen an. Er stürmte aus dem Wagen, stieß die Gartenpforte auf und lief zum Haus.

Ohne anzuklopfen drückte er die Klinke hinunter, doch die Tür war verschlossen. Er hämmerte mit der Faust dagegen. Im Haus erklang Hundegebell. Nach einer Weile ging die Tür auf, und Wołowiec erschien an der Schwelle. Mit einem Fuß hielt er den bellenden Schäferhund zurück. Sein langes, weißes Haare war durch geronnenes Blut zusammengeklebt.

»Was ist?«, fragte er widerwillig.

»Sperren Sie den Hund weg, wir müssen reden«, sagte Karol.

»Verschwinde von hier. Es gibt nichts zu bereden.«

Wołowiec trat zurück, um die Tür zu schließen. Karol stellte einen Fuß in die Tür und zog die Pistole aus dem Halfter.

»Fass ihn!«, schrie Wołowiec.

Der Schäferhund sprang mit gefletschten Fangzähnen vor die Tür. Karol machte einen Schritt zur Seite und schlug mit dem Pistolenkolben gegen den Kopf des Hundes. Das Tier flog mit einem Schmerzgeheul an ihm vorbei, fiel zu Boden und drehte sich um, offenbar in der Absicht, ihn erneut anzugreifen. Doch der Schlag hatte ihn betäubt, und er bewegte sich langsamer.

Karol stieß Wołowiec gegen die Brust, sprang ins Haus hinein und schlug die Tür vor der Schnauze des Schäferhundes zu. Der Mann wandte sich um, lief über den Flur und verschwand in der Wohnung. Karol folgte ihm.

Die Küchentür hatte eine zerschlagene Scheibe, durch die ein Stapel schmutzigen Geschirrs und Wände voller Wasserflecken zu sehen waren. Karol stieß die Tür auf und trat über die Schwelle. »Ich muss mit Ihnen reden«, sagte er mit strenger Stimme.

Irgendwo seitlich knirschte ein Holzbrett. Er drehte sich blitzschnell um und sah Wołowiec, der sich von der Wand löste und zu einem Schlag mit einem Hackmesser ausholte. Karol schlug mit einer trainierten Bewegung gegen seine Hand. Wołowiec warf sich auf ihn, und beide stürzten zu Boden. Tisch und Stühle fielen mit einem lauten Krach um. Karol stieß mit der Hand gegen die Tischkante und ließ die Pistole fallen.

Wołowiec richtete sich auf die Knie auf, packte Karol am Hals und hob das Hackmesser zu einem neuen Schlag. Karol hielt sein Handgelenk fest. Einen Moment rangen sie miteinander, schwer keuchend, dann schob Karol die angewinkelten Beine unter Wołowiec und stieß ihn weg. Der Mann fiel nach hinten und schlug mit dem Rücken gegen den Kühlschrank. Er holte wieder mit dem Hackmesser aus. Karol sprang auf und attackierte ihn mit einem Tritt ins Gesicht. Wołowiec stürzte sich auf ihn, sodass sie wieder zu Boden fielen. Er ergriff mit beiden Händen Karols Hals. Dieser versuchte, seine Hände wegzustoßen, doch sein Körper lag schon auf ihm. Einige Sekunden lang harrten sie in der tödlichen Umarmung aus – bis Wołowiec sein hassverzerrtes Gesicht dem von Karol näherte. »Małgosia gehört mir! Verstehst du? Mir!«

Ein gedämpfter Schuss fiel. Wołowiec heulte vor Schmerz auf und rollte zur Seite. Karol erhob sich, schwer atmend. Er massierte seinen schmerzenden Hals, in der Hand hielt er seine Pistole, die er beim Ringen mit Wołowiec aufgehoben hatte. Er beugte sich über den stöhnenden Mann und schob dessen Hand von der Schusswunde weg.

Die Kugel hatte die Hüfte durchschossen und dabei die Beckenknochen zertrümmert. Die Verletzung war schmerzhaft, doch die Schlagader war nicht beschädigt. Er nahm ein Handtuch, das an der Spüle hing, und drückte es an Wołowiec' Hüfte. »Du wirst es überleben. Los, drück drauf. Wo ist meine Tochter?«

Wołowiec sah Karol hasserfüllt an. »Du wirst sie niemals finden«, stieß er durch die zusammengebissenen Zähne hervor.

Karol drückte mit dem Pistolenlauf auf die Schusswunde. Wołowiec heulte erneut auf und wurde ohnmächtig. Karol fluchte leise. Er schlug ihm ins Gesicht, doch der alte Mann reagierte nicht. Er zog sein Handy aus der Tasche und wählte eine Nummer.

»Hier spricht Oberst Siennicki vom Verteidigungsministerium. Ich habe einen Verletzten mit einer Schusswunde. In Komorów, Dzika-Straße 33. Schickt einen Krankenwagen.«

Er ging in die Diele hinaus. An der Treppe stand Bronek und sah ihn mit starrem Blick an. Karol ging mit gesenkter Pistole auf ihn zu. Er hatte sofort begriffen, dass er einen geistig Behinderten vor sich hatte. »Ich bin Natalias Vater. Wo ist sie?«

»Hast du dich mit Papa geprügelt?«, fragte Bronek.

»Dein Vater ist verletzt, gleich kommt ein Arzt.«

»Ich habe Papa die Treppe runtergestoßen. Weil er Małgosia wehtun wollte.«

Bei dem Gedanken, dass Natalia eine Nacht und einen halben Tag mit diesem Psychopathen und seinem seltsamen Sohn verbracht hatte, bekam Karol richtige Angst.

»Sagst du mir, wo sie ist?«

Bronek lächelte geheimnisvoll. »Sesam, öffne dich.«

»Was bedeutet das? Bring mich zu ihr.«

Bronek schüttelte den Kopf. »Sie ist meine kleine Schwester.«

Karol gelang es nur mit Mühe, Ruhe zu bewahren. »Ich verstehe. Wo ist sie? Du hast ihr doch nichts angetan, oder?«

»Ich nicht … Papa«, sagte Bronek.

Karol konnte einen Moment lang kein Wort hervorbringen. Er packte Bronek am Arm, setzte ihn auf eine Stufe und sah ihm aus der Nähe in die Augen.

»Willst du, dass Małgosia mit dir spielt?«

Bronek nickte. »Wir spielen. Ich bin Ali Baba.«

»Sag mir, Ali Baba: Wo ist Małgosia?«

»In der Räuberhöhle.«

»Wo ist diese Höhle? Zeigst du sie mir?«

Der Junge dachte eine Weile nach. Er runzelte die Stirn, sichtlich beunruhigt. »Aber du sagst es Papa nicht?«

»Nein, versprochen.«

Bronek stand auf, durchquerte die Diele und blieb vor der Kellertür stehen. Karol öffnete die Tür und fand an der Wand einen Lichtschalter. Eine schmutzige Glühbirne erleuchtete eine Betontreppe. Er begann hinabzusteigen. Bronek folgte ihm.

Karol blieb am Ende der Treppe stehen. Der niedrige Gang gabelte sich, und die beiden Abzweigungen führten ins Halbdunkel. »Natalia!«

»Małgosia«, korrigierte ihn Bronek.

Karol schaltete die Taschenlampe in seinem Mobiltelefon ein und leuchtete ihm ins Gesicht. »Wo ist sie? Sag es!«

Bronek kniff die Augen zusammen und lächelte. »Sesam, öffne dich.«

Karol musste sich erneut beherrschen, um ihm nicht einen Schlag zu verpassen. Er drehte sich um und tauchte in eine Abzweigung ein. Bald hatte er drei Türen vor sich.

»Natalia!«

Er rüttelte an der ersten Tür. Sie öffnete sich unter lautem Knarren der verrosteten Scharniere. Der Raum war voller kaputter Möbel. Er ging hinein, mit dem Telefon leuchtend, und suchte nach einem Versteck. Als er sich umdrehte, stand Bronek in der Tür.

»Du machst das Märchen kaputt«, sagte er und machte mit einer schnellen Bewegung die Tür von außen zu.

Karol trat sie blitzschnell ein, sprang auf den Gang und warf Bronek zu Boden. Er verrenkte ihm die Arme, zog Handschellen aus der Tasche, legte sie ihm an und drückte zu. Der Junge wehrte sich nicht; er gab auch keinen Laut von sich, sondern lag nur reglos da. Über seine Wangen liefen Tränen.

»Beweg dich nicht, ich tue dir nichts«, sagte Karol. Er richtete sich auf und sah sich im Gang aufmerksam um. »Natalia!«

Irgendwo ertönte ein schwaches Stöhnen. Karol erstarrte. Die nächsten Laute waren deutlicher, er hätte aber nicht sagen können, woher sie kamen. »Natalia, wo bist du?«

Er öffnete die Tür zum nächsten Raum. Hier gab es nur einen alten Ofen und einen Stapel Koks und Holz. Irgendwo oben ließ sich ein Klopfen vernehmen. Er leuchtete an die Decke und entdeckte eine eiserne Klappe, an der ein Vorhängeschloss hing. Er sah sich schnell um.

Neben dem Ofen lag eine Schaufel mit einem langen Griff. Er zog einen zum Holzhacken dienenden Baumstumpf in die Mitte des Raums, stieg darauf, schob den Schaufelgriff unter den Eisenstab mit dem Vorhängeschloss und drückte ihn fest nach unten. Der Eisenstab sprang ab, und die Klappe fiel herunter.

»Sesam, öffne dich!«, sagte Bronek mit leiser Stimme.

Karol legte die Hände an den Rand der Öffnung, zog sich hoch und leuchtete hinein. An einer Wand, auf einer alten Matratze, lag Natalia. Ihr Mund war mit einem Lappen geknebelt, ihre Hände waren nach hinten gebunden. Aus ihren Augen flossen Tränen und bildeten kleine Spuren an den schmutzigen Wangen.

Die kleine Gruppe im Garten machte einen eigenartigen Eindruck. Vorne ging Karol mit Natalia auf dem Arm; sie hatte seinen Hals fest umklammert und den Kopf an seine Schulter gelegt. Hinter ihnen marschierte Bronek mit schuldbewusstem Gesichtsausdruck. Und neben ihm lief der Schäferhund, der sich an seinen Beinen rieb und mit dem Schwanz wedelte. Sie kamen auf die Straße hinaus. Karol setzte Natalia auf den Rücksitz des Passats und legte ihr den Gurt an. Dann winkte er Bronek herbei und befahl ihm, sich auf den Beifahrersitz zu setzen.

Die Fahrt dauerte nicht lange. Schon einige Straßen weiter hielten sie neben einem Rettungswagen mit Blaulicht. Auf dem Gehsteig standen ein Arzt und zwei Sanitäter. Vor ihnen, auf einer Trage, lag eine zugedeckte Gestalt.

»Warte hier, Liebling«, sagte Karol zu Natalia. Er öffnete die Tür auf Broneks Seite, und beide stiegen aus. Karol ging auf den Arzt zu. Er fühlte sich so schwach, als wäre alle Kraft aus ihm gewichen. Auf einmal fiel ihm ein Ratespiel aus Kindertagen ein, bei dem seine Mutter ihm Fragen stellte, auf die er meistens keine Antwort wusste.

Der Körper unter der Decke erschien ihm zu klein, um wirklich sie zu sein. Er spürte einen Druck in der Kehle, und um ihn zu unterdrücken, richtete er den Blick auf den Arzt. Plötzlich fühlte er, wie eine kleine Hand sich vorsichtig zwischen seine Finger schob. Er blickte nach unten. Natalia hatte den Kopf gehoben und sah ihn ernst an.

»Ist Oma gestorben?«

»Ja.«

»Meinetwegen?«

»Nein, nicht deinetwegen, Liebling.«

Er drückte ihren Kopf sanft an seine Hüfte. »Oma hat dich geliebt. Sie konnte es nur nicht ausdrücken.«

»Das macht mich sehr traurig«, antwortete Natalia.

»Mich auch.«

Der Arzt war so taktvoll, sie nicht zu unterbrechen, dann fragte er aber: »Sind Sie der Sohn dieser Dame?« Er wartete Karols Nicken ab. »Es ist uns leider nicht gelungen, ihr Herz wieder in Gang zu bringen, trotz der intensiven Reanimation. Ich denke, es war ein Schlaganfall. Wir warten auf die Polizei und jemanden von der Staatsanwaltschaft. Wir müssen Sie bitten, uns einige Fragen zu beantworten.«

Bronek hockte sich neben der Trage hin, hob eine Ecke der Decke an und betrachtete neugierig das Gesicht der Verstorbenen.

»In der Dzika-Straße 33 liegt ein Verletzter, bewusstlos, angeschossen an Hüfte und Becken«, sagte Karol. »Es ist der Vater dieses Jungen, er hat meine Tochter entführt und gefangen gehalten. Und um den da solltet ihr euch auch kümmern – er ist geistig zurückgeblieben.«

Der Nieselregen verwandelte sich in einen Schauer. Die umgefallenen Baumstämme und das dichte Gebüsch bildeten zusätzliche Hindernisse, die sich nur mühsam überwinden ließen. Agata und Rafał waren müde und durchnässt. Der schnelle Marsch hatte ihre strapazierten Kräfte noch weiter erschöpft.

Agata blieb auf einmal stehen und zeigte auf eine alte Eiche mit niedrig hängenden Ästen, die einsam inmitten einer kleinen Waldlichtung wuchs. »Da waren wir schon.«

Rafał sah sich ratlos um. »Ich glaube, du hast recht.«

Agata setzte sich auf einen umgefallenen Baumstamm, zog die Schuhe aus und begann, ihre Füße zu massieren.

»Für ein trockenes Bett würde ich jetzt alles geben. Ich hätte nie gedacht, dass man sich in einem Wald bei Warschau verirren kann. Schade, dass die Sonne nicht scheint, wir könnten dann besser die Himmelsrichtungen erkennen.«

»Lass mich nachdenken.« Rafał ging auf die Eiche zu und sah sich ihre Rinde genau an. Dann umkreise er den Baumstamm und blieb stehen. »Im Norden gibt es mehr Moos …« Er blickte in die andere Richtung. »Warschau muss also dort sein. Gehen wir?«

»Gib mir eine Minute.« Agata schaute Rafał an, und ihr Blick bekam einen leicht panischen Ausdruck. »Ich hatte schreckliche Angst um dich.«

»Und ich um dich.«

Sie streckte die Hand aus. Rafał kam auf sie zu und umarmte sie. Sie blieben eine Weile so sitzen. Dann wich er ein Stück zurück und sah ihr in die Augen. »Warum bin ich ein Einzelkind?«

»Was? Wie kommst du jetzt darauf?«, wunderte sich Agata. »Du hast uns nie danach gefragt.«

»Eben.«

Sie schüttelte amüsiert den Kopf. »Und das soll ich dir jetzt und hier erklären?«

Rafał nickte. Er sah sie weiterhin aufmerksam an, als wollte er allein dadurch prüfen, ob sie ihm die Wahrheit sagte. »Wolltet ihr überhaupt ein Kind haben?«, legte er nach. »Bin ich auf dieser Welt, weil es eure bewusste Entscheidung war? Angeblich ist das für die spätere Entwicklung eines Menschen wichtig.«

»Und was sagt dir dein Gefühl?«

Rafał dachte nach. »Ich glaube, ja.«

»Selbstverständlich, sehr sogar«, bestätigte Agata und sah ihm lächelnd in die Augen.

»Und dann was? Als ihr mich gesehen habt, ist euch die Lust vergangen?«

Agata tat so, als würde sie überlegen. »Nicht sofort … Als du aber angefangen hast zu sprechen …«

Rafał gab nicht auf. »Ich meine es ernst.«

Sie seufzte resigniert. »Also gut. Du weißt, dass in Polen fast vierzig Prozent der erwachsenen Kinder von ihren Eltern finanziell unterstützt werden. Viele Menschen sind sogar zehn Jahre nach dem Studium nicht imstande, selbst für ihren Unterhalt zu sorgen. Von der Gründung einer Familie ganz zu schweigen.«

»Und als ihr euch für mich entschieden habt, war es da anders?«

»Ähnlich. Oder sogar schlimmer, weil die meisten Eltern es sich gar nicht leisten konnten, ihre Kinder zu unterstützen.«

»Und deswegen wolltet ihr kein zweites Kind haben. Schade …«

Agata streckte die Hand aus und zerzauste ihm das Haar. »Dein Vater ist kein Geschäftsmann, und ich bin keine Geschäftsfrau. Wir wollten nicht, dass unsere Kinder emigrieren müssen. Vielleicht war es egoistisch von uns, doch es gibt nichts Schlimmeres, als zuzusehen, wie die eigenen Kinder sich abmühen.«

»Klar, auf die Karriere eines Tellerwäschers hätte ich keine Lust«, gab Rafał zu. »Aber es wäre super gewesen, einen Bruder oder eine Schwester zu haben.«

Er dachte eine Weile nach, dann kam ihm plötzlich ein Gedanke. »Gut, dass ihr einverstanden seid, dass ich in diese Schule nach England fahre«, sagte er mit listigem Lächeln. »Ich beende das Studium, fange an, Geld zu verdienen …« Er hielt inne und sah seine Mutter verlegen an.

»Willst du uns unterstützen, damit wir dir ein Schwesterchen machen?« Agata brach in Lachen aus. »Fang lieber an, dich um deinen eigenen Nachwuchs zu kümmern, okay?«

»Okay. Ich bin ein Esel.«

»Ich liebe dich, Eselchen.«

»Ich liebe dich auch«, sagte er und fügte gleich hinzu. »Und ich bin euch furchtbar dankbar, für alles.«

Agata zog ihn an sich und drückte ihn. Nach einer Weile rückte sie von ihm weg. »Du hast deinen Laptop auf diesem Tisch liegen lassen …«

Rafał griff in die Tasche und zog einen USB-Stick hervor.

»Und sie sollen denken, dass ich mit nichts dastehe. Ich habe ihn geklaut, als Klicker weggeschaut hat. Und alles draufkopiert.«

»Klicker?«

»Das ist der, der auf uns geschossen hat. Ein Hacker. Er hält sich für ein Genie. Ich habe ihm erlaubt zu denken, dass ich ein Idiot bin. Er hat gar nicht bemerkt, was ich mit seinem Computer gemacht habe …«

»Bravo!« Agata sah Rafał anerkennend an. »Um den Laptop ist es aber doch ein bisschen schade. Du hast ihn gerade erst bekommen.«

»Wichtiger ist, dass die Polizei erfährt, was diese Banditen planen.«

Agata zog ihre Schuhe wieder an und erhob sich vom Baumstamm. Rafał sah sie schweigend an.

»Was ist?«, fragte sie.

»Wie fühlst du dich nach …« Er suchte zögernd nach der richtigen Formulierung. »Nach diesen zwei, die du erschossen hast?«

Agata erstarrte kurz, dann zuckte sie die Achseln. »Ich weiß nicht … Das ist noch nicht richtig bei mir angekommen.« Sie sackte ein wenig zusammen. »Ich hoffe, dass ich nicht von ihnen träumen werde. Komm, lass uns gehen.«

Sie gingen weiter, wobei sie immer wieder das nasse Gebüsch auseinanderschoben. Nach einer Stunde Fußmarsch kamen sie auf eine weitläufige, mit Gras bewachsene Waldwiese. Vor ihnen erhob sich eine Jagdkanzel.

»Ich steige da hinauf und sehe mich ein wenig um«, sagte Rafał.

»Tu das.« Agata setzte sich hin, ohne auf das nasse Gras zu achten.

Rafał lief auf die Kanzel zu, kletterte auf deren Holzplattform und zeigte mit der Hand in östliche Richtung. »Da ist eine Straße! Dreihundert Meter von hier, vielleicht etwas mehr«, rief er.

»Gott sei Dank«, murmelte Agata vor sich hin. Sie stand mühsam auf und ging in die von Rafał angedeutete Richtung.

Nach einigen Hundert Metern kamen sie tatsächlich auf eine mit Betonplatten ausgelegte Landstraße. Der Regen hatte aufgehört, aber es war noch kühler geworden. Rafał sah sich unruhig um. »Nach Osten oder nach Westen?«

Agata überließ ihm die Entscheidung.

»Nach Westen«, sagte Rafał. »Wenn das der Kampinoski-Nationalpark ist, dann sind wir östlich von Warschau.«

»Es lebe deine Geografielehrerin!«

Sie gingen mit schnellen Schritten, um sich aufzuwärmen. Nach einigen Minuten hörten sie das Geräusch eines Automotors, und hinter der nächsten Kurve kam ein Militärjeep hervor.

Agata winkte und stellte sich in die Mitte der Straße. Der Jeep bremste direkt vor ihr, und der Fahrer entpuppte sich als junger Offizier, der die Felduniform eines Leutnants trug.

»Pilzsammler, die sich verirrt haben?«, fragte er mit einem Lächeln.

»Die von Gangstern entführt worden sind«, antwortete Agata.

Der Leutnant lächelte immer noch; er war von Agatas Aussehen sichtlich angetan. »Sie scherzen?«

»Leider nein. Wir sind geflohen und brauchen Hilfe. Würden Sie uns in die Stadt bringen?«

Der Leutnant zögerte. »Ich fahre mit einem Befehl zu einer Einheit, aber ich kann euch mitnehmen. Wir finden dann schon ein Transportmittel nach Warschau.«

Rafał blieb neben Agata stehen. »Wir müssen Oberst Siennicki vom Verteidigungsministerium anrufen. Eine Gangsterbande plant einen Terroranschlag.«

Der Leutnant sah Rafał erstaunt an.

Major Nowicki gab Stefans Bitte nach, Adam bis zu der Tauschaktion mit den Gangstern nicht mehr zu stören. Sie warteten auf das Ergebnis der Verfolgung, die eine Sondereinheit aus Krakau aufgenommen hatte.

Adam saß mit einem Kaffee in der Hand da und starrte reglos auf den Fußboden. Er war weder mit einer Spritze einverstanden gewesen, noch wollte er mit jemandem sprechen. Er hatte völlig abgeschaltet. Es kam ihm so vor, als würde er Agata vor sich sehen. Sie war ganz nah – lebendig und real. Er hatte Angst, dass sie verschwinden würde, sobald er sich bewegte oder etwas sagte. Und dass er ihren Anblick für immer verlieren würde.

Ein Telefon klingelte. Stefan zog sein Handy hervor, warf einen Blick aufs Display und nahm das Gespräch an. Eine Weile hörte er zu, dann sagte er zu Nowicki: »Ich weiß, dass das jetzt unpassend ist … aber meine Frau hatte einen kleinen Unfall.«

Der Major wandte sich mit zorniger Miene zu ihm um. »Private Telefonate?«

»Nur eine Minute. Entschuldigen Sie bitte, Herr Major, eine Ausnahmesituation.«

Nowicki schüttelte missbilligend den Kopf und sah wieder auf den großen Bildschirm, auf dem ein von Bord eines tief fliegenden Hubschraubers gefilmter See zu sehen war.

»Seht ihr die Verdächtigen?«, fragte er übers Mikrofon.

»Nein, niemand da«, antwortete die vom Knattern des Motors übertönte Stimme des Piloten.

Stefan trat mit dem Handy am Ohr zur Seite.

Karol fuhr schnell. Neben ihm saß die angeschnallte Natalia. Sie hatte die linke Hand auf die Schulter ihres Vaters gelegt, als wollte sie nicht mal für einen Moment den Kontakt zu ihm verlieren. Sie schien ruhig, doch Karol spürte, dass sie innerlich immer noch zitterte. Und dass er sie jetzt nicht alleinlassen sollte.

»Was ist los, Stefan?«

Stefans Stimme klang gedämpft, und er sprach ungewöhnlich schnell.

»Kowal hat den Befehl gegeben, dich festzunehmen, angeblich auf Anordnung des Staatsanwalts. Und er hat Major Nowicki hergeschickt, der das Kommando übernommen hat.«

Karol schaltete den Laut-Modus aus und nahm das Telefon aus der Halterung unter dem Armaturenbrett. Natalia schaute ihn unruhig an.

»Warte einen Moment«, sagte er und wandte sich an seine Tochter. »Es ist nur meine Arbeit, Liebling. Reg dich nicht auf.«

Das Mädchen nickte, ohne den aufmerksamen Blick von ihm abzuwenden. Karol legte das Telefon ans Ohr. »Nowicki ist ein Bürokrat. Ursprünglich sollte er meine Abteilung bekommen, aber er blamierte sich bei irgendeiner Sache und bekam sie nicht. Ich verstehe gar nicht, warum sie ihn geschickt haben.«

»Kowal hat die Sache mit Bożena erfahren«, gab Stefan zurück. »Glaubst du nicht, dass da ein Zusammenhang besteht?«

»Kowal arbeitet doch nicht für die Gangster! Das ist ein vollkommener Blödsinn. Bożena hat nur versucht, ihre Haut zu retten.«

»Nachdem sie sich eine Kugel in den Kopf geschossen hatte? Glaube ich kaum. Sie hat es ja noch geschafft, seinen Namen zu nennen. Und der Haftbefehl?«

Karol überlegte kurz. »Kowal braucht einen Sündenbock. Die Polizei sucht nach den Schuldigen. Diese zwei erschossenen Polizisten sind auf falsche Ausweise reingefallen.«

»Wierzbicki ist hier. Er weiß schon von Agata. Und er wurde von Piotr Lasota angerufen, den die Gangster geschnappt haben. Wir sollen den Fahrschein mit dem Code gegen Adams Sohn austauschen.«

»Ich verstehe.« Karol merkte deutlich, wie angespannt Stefan von den unterdrückten Emotionen war.

»Nowicki hat mir befohlen, dich herkommen zu lassen, sobald du dich meldest. Riskiere es nicht. Er brennt richtig darauf, dich einzubuchten. Vielleicht versuchst du, den Minister zu kontaktieren?«

»Lass mich nachdenken. Ich melde mich bei dir. Sag Adam, dass ich Natalia gefunden habe und wieder dabei bin.« Er hielt inne. »Und dass es mir sehr leidtut.«

Major Nowicki hatte Ewa und Janusz in die Halle hereingebeten, dann rief er Stefan zu: »Herr Hauptmann, sollen wir noch lange warten?!«

Stefan steckte das Handy ein und steuerte auf die Gruppe zu. Als er an Adam vorbeiging, flüsterte er: »Karol kommt zurück. Behalten Sie es bitte für sich, ich erkläre es Ihnen später.«

Adam erwachte aus seiner Starre und sah dem sich entfernenden Stefan nach. Das Bild von Agata verschwand, an seiner Stelle erschien das von Rafał. Wie konnte er ihn vergessen haben? Er musste sofort handeln! Er erhob sich von seinem Stuhl, doch er hatte das Gefühl, dass sein Körper ihm den Dienst versagte – als wäre er um viele Jahre gealtert. Er konzentrierte sich auf den sprechenden Zivilisten. Wie durch eine Nebelwand drang sein Name zu ihm vor: Nowicki.

»Ich verstehe also, dass Oberst Siennicki kein Verbot privater Gespräche im Operationszentrum eingeführt hat. Dann nehmen Sie bitte zur Kenntnis, dass dies ab sofort gilt.«

»Ich hab es schon ausgeschaltet, Herr Major«, sagte Stefan.

»Danke.«

Ewa sah Stefan fragend an. Er erriet ihren Verdacht und bestätigte ihn mit einer Augenlidbewegung. Janusz bemerkte ihren Blickwechsel und lächelte verstohlen.

Der Passat verließ eine Weichselbrücke und kam in den Stadtteil Powiśle.

»Wohin haben sie die Oma gebracht?«, fragte Natalia.

»Sie müssen feststellen, woran sie gestorben ist«, erklärte Karol seiner Tochter.

»Ja, davon habe ich gehört. Sie schneiden ihren Körper auf und schauen hinein.« Sie wartete sein Kopfnicken ab. »Aber die Oma wird nichts mehr fühlen, nicht wahr? Und wir nehmen sie dann mit?«

»So ist es. Und wir beerdigen sie neben Opa.«

Natalia verstummte für einen Moment. »Glaubst du, dass die Oma uns jetzt sieht?«

Karol dachte über die Antwort nach. »Ich weiß es nicht. Das ist gut möglich. Wenn ja, dann ist sie glücklich, dass ich dich gefunden habe. Ohne sie hätte ich es nicht geschafft.«

»Schade, dass ich ihr alles, was ich ihr jetzt gern sagen würde, nicht mehr sagen kann.« Natalia seufzte.

Karol streichelte ihren Kopf. »So ist es oft. Deswegen ist es besser, damit nicht zu warten.«

»Sag mal: Kommt Mama zurück?«

»Ich hoffe es, Schatz.«

Natalia drehte den Kopf, um ihm in die Augen zu sehen. »Könntet ihr wieder zusammenwohnen? Du und Mama?«

»Mal sehen. Gib uns etwas Zeit.«

»Ist gut, Papa. Aber beeilt euch. Damit es nicht zu spät wird, wie mit der Oma. Ich hätte sie geliebt, wenn sie es gewollt hätte. Wenn du also Mama liebhast, sag es ihr.«

Karol spürte eine Welle der Rührung. »Ich liebe Mama. Und dich auch, sehr.«

»Ich liebe dich auch, Papa.«

Natalia dehnte den Sicherheitsgurt, um den Kopf an seine Schulter zu legen. Eine Weile fuhren sie schweigend.

»Ich muss jetzt jemanden anrufen, Liebling.«

»Ich weiß, deine Arbeit.« Sie rückte von ihm weg und setzte sich aufrecht hin. »Und hab keine Angst, von der Tante laufe ich nicht weg. Jetzt weiß ich, dass das nicht sehr klug war. Ruf an.«

Karol wählte eine Nummer.

Kozlowski hörte zu, während er mit rauchender Zigarre in einer offenen Glastür stand, die auf eine Terrasse führte. Hilarewicz saß in einem Sessel vor Kozlowskis Schreibtisch. Nina wartete mit einem Notizblock in der Hand, bereit, Anweisungen entgegenzunehmen. Sie reagierte nicht auf das Telefon, das in ihrer Tasche vibrierte.

»Das Finanzministerium bereitet ein Gutachten vor, aus dem hervorgehen soll, dass East Fund in Bezug auf die Förderung der Titan-Vorkommen der beste Investor ist. Und dann brauchen wir nur noch den Beschluss des Parlaments und das entsprechende Gesetz«, sagte Hilarewicz.

»Nur noch? Ich hoffe, du weißt, wovon du sprichst. Wir sind hier nicht in den Staaten, die polnischen Abgeordneten sind unberechenbar.«

»Die polnische Staatsräson …«, begann Hilarewicz.

»Dieses Land ist immer wieder gefallen, weil seinen Eliten die Staatsräson scheißegal war«, unterbrach ihn Kozlowski. »Denkst du, dass sich in dieser Hinsicht etwas geändert hat? Sag mir lieber: Was ist mit Lasota? Ich habe keine Ahnung, wie ich jetzt die Finanzierung der Investition darstellen soll.«

»Die Aktionäre müssten mit einer Fremdkapitalaufnahme einverstanden sein.«

Kozlowski zog an seiner Zigarre. »Nenn es besser eine Lochstopfung. Sie müssten mit der Stopfung eines über anderthalb Milliarden großen Lochs einverstanden sein. Ich habe dir aber eine Frage gestellt.«

»Wir haben ihn gefunden«, sagte Hilarewicz.

Kozlowski erstarrte vor Überraschung. »Was? Und das sagst du mir erst jetzt? Wo ist er?«

»In einer Privatklinik in der Nähe von Krakau. Bis jetzt hat er das Bewusstsein noch nicht wiedererlangt. Wir warten.«

Kozlowski kam auf den Schreibtisch zu und sah Hilarewicz eindringlich an. »Wenn er anfängt zu sprechen, will ich dabei sein.«

»Ganz ruhig, das Geld kommt jeden Augenblick auf unser Konto zurück. Lasotas Schachzug war absurd. Eine solche Summe kann man weder verstecken noch benutzen.«

Kozlowski nickte. »Du weißt das, ich weiß das, und Lasota weiß es bestimmt auch. Umso mehr frage ich mich, was er vorhatte. Auf die Antwort warten der Vorstand und die Hauptaktionäre.«

»Außer ihnen weiß niemand davon?«, erkundigte sich Hilarewicz, sichtlich beunruhigt.

Kozlowski verzog das Gesicht. »Niemand legt Wert darauf, eine Panik auszulösen. Es ist doch klar, was mit den Aktien passieren würde. Ich wiederhole: Ich will nach Krakau fliegen und von Lasota hören, worum es ihm ging.«

Hilarewicz nickte und erhob sich von dem Sessel. »Ist das alles?«

Kozlowski setzte sich an den Schreibtisch, drückte die Zigarre in einem Aschenbecher aus und gab mit einer Geste zu verstehen, dass das Gespräch beendet war. Hilarewicz ging zur Tür. Nina stand auf und folgte ihm. Sie betraten den Konferenzsaal gemeinsam. Nina zog das immer noch vibrierende Handy aus der Tasche ihres Blazers und sah aufs Display. »Entschuldigung, darf ich?«

Hilarewicz nickte, ging weiter und verschwand in seinem Arbeitszimmer. Nina wartete, bis sich die Tür hinter ihm geschlossen hatte. »Ja, ich höre«, sagte sie widerwillig ins Telefon.

Karol bog in eine Seitenstraße ein. »Haben Sie das, worum ich Sie gebeten habe?«, fragte er.

»Ja«, antwortete Nina.

»Wir müssen uns treffen. Gehen Sie unter irgendeinem Vorwand hinaus. In einer halben Stunde, Marriott Hotel, die Tiefgarage. Es ist dringend.«

Karol schaltete das Handy aus und hielt am Gehsteig an. Er drehte den Kopf zu Natalia hin. »Ich erledige nur eine Sache, und dann komme ich. Die Tante wartet schon auf dich. Okay?«

Natalia nickte mit ernster Miene und küsste ihn auf die Wange. Sie gingen in ein Wohnhaus hinein und fuhren mit dem Aufzug in den sechsten Stock. Natalia lief auf eine Frau mittleren Alters zu, die sich vor einer offenen Wohnungstür hingehockt hatte, und umarmte sie.

»Wo hast du dich bloß herumgetrieben, du kleiner Schlingel? Weißt du, welche Sorgen wir uns um dich gemacht haben?« Die Frau versuchte, ernst zu klingen, doch als sie von Natalia mit schnellen Wangenküssen überschüttet wurde, musste sie lachen. »Ist schon gut, das reicht!«, rief sie und tat so, als würde sie sich wehren. Sie hob das Mädchen in die Höhe. »Gott, bist du ein schwerer Brocken geworden! Wo ist nur dieses kleine, wunderbare Kind geblieben?«

»Ich bin schon erwachsen, Tante Zofia«, antwortete Natalia. »Seit gestern bin ich um zehn Jahre gealtert«, fügte sie mit einem trotzigen Lächeln hinzu.

Zofia sah Karol an; sie waren beide ernst.

»Wie lange kann sie bleiben?«, fragte Karol.

»Für immer«, antwortete Zofia und wandte sich an Natalia. »Was hältst du davon?«

»Ich will mit Mama und Papa wohnen. Aber dich liebe ich auch, Tante. Und ich laufe dir ganz bestimmt nicht weg.«

»Würde dir auch nicht gelingen – ich binde dich gleich an ein Tischbein. Lässt du uns kurz allein?«

Natalia nickte, zog an Karols Hose, damit er sich zu ihr bückte, gab ihm einen Kuss und betrat die Wohnung. »Tschüss, Papa. Unterhaltet euch ruhig«, sagte sie lässig über die Schulter.

»Es tut mir sehr leid wegen deiner Mutter«, sagte Zofia.

»Danke. Das hat Natalia stärker mitgenommen, als sie es zeigt. Lass sie nachts nicht allein, ja?«

Zofia nickte und sah Karol aufmerksam an. »Ich versuche zu verstehen, was mit meiner Stiefschwester los ist. Was hast du ihr angetan?«

Karol schwieg einige Sekunden. »Wer ist sie eigentlich?«, fragte er schließlich.

»Wie meinst du das?«

»Wir kennen sie gar nicht. Wir wissen nicht, wozu sie fähig ist.«

»Liebst du Anna? Sie sagte, du würdest dieses Gefühl gar nicht kennen. Das würde man von der Mutter bekommen.«

Karol überlegte, was er antworten sollte. Zofia hatte niemals geheiratet, es wäre also nicht schwierig, mit etwas zu kontern, das ähnlich verletzend wäre.

»Danke, dass du dich um Natalia kümmerst. Ich hole sie in einigen Tagen ab.«

Er drehte sich um, stieg in den Lift und drückte auf einen Knopf.

Adam konnte sich nur mühsam auf die Besprechung des Teams konzentrieren. Dabei versuchte er, den kalten Kaffee aus seinem Pappbecher hinunterzuschlucken. Er hatte immer noch Agata vor Augen. Sie sah ihn schweigend an; in ihrem Blick lag eine Anklage. Sie war seinetwegen ums Leben gekommen, wegen seiner Eitelkeit und seiner Dummheit.

Nowicki sprach zu seinen Mitarbeitern, während er an ihren Arbeitsplätzen entlangwanderte. »Unsere Leute waren nach siebenundzwanzig Minuten da. Leider haben sich die Verbrecher inzwischen verflüchtigt, zusammen mit dem entführten Lasota. Wir haben keine Zeugen, niemand hat sie gesehen. Die Spuren des Seeschlamms, der an den Reifen klebte, hörten auf der Landstraße auf.« Er hielt inne und zeigte auf Leutnant Sikora, der an einem Laptop saß. »Es gibt auch eine gute Nachricht: Wir haben das Gangsterpärchen identifiziert.«

Sikora öffnete eine Datei und übertrug deren Inhalt auf den großen Bildschirm. Es erschienen zwei Polizeifotos mit deutschen Beschriftungen, auf denen die Gesichter von Marcos und Marica zu sehen waren.

»Wir haben diese Bilder von den Deutschen bekommen. Bei unserer Polizei waren sie nicht registriert. Grzegorz Marecki alias Grigoris Marcos«, begann Sikora. »Halb-Albaner, geboren in Polen, Sohn eines jugoslawischen Diplomaten und einer Polin. Nach der Scheidung der Eltern bekam er den Namen der Mutter. Er wurde zum Elitesoldaten ausgebildet, in einer Luftlandedivision. 1992 zur Reserve abkommandiert. Da er sich für einen Albaner hielt, fuhr er in den Balkan, um für die Freiheit des Kosovo zu kämpfen. Er schloss sich der muslimischen paramilitärischen Organisation UÇK an. War Soldat der besonders brutalen Abteilung von Major Horadin. Die Freiheitsideale schlug er sich während der Morde an den serbischen Zivilisten aus dem Kopf. Er war auch an Menschen- und Drogenhandel beteiligt. Seine Abteilung nahm eine Gruppe Serben gefangen. Die Männer wurden sofort ermordet, die Frauen zuerst vergewaltigt. Marcos weigerte sich, an der Vergewaltigung einer gewissen Marica teilzunehmen, danach ermöglichte er ihr die Flucht. Major Horadin versuchte sie aufzuhalten. Marcos erschoss ihn und floh aus dem Kosovo nach Polen, zusammen mit Marica. Er wird vom Internationalen Tribunal in Den Haag gesucht, genauso wie die ganze Gruppe von Horadin. Marica ist auch nicht gerade ein Engel: In Polen schloss sie sich der von Marcos gegründeten Verbrecherorganisation an. Beide wurden in Deutschland wegen Autodiebstahls verhaftet und saßen kurze Gefängnisstrafen ab. Ernsthafte Verbrechen wurden ihnen nicht nachgewiesen, weil die Zeugen entweder verschwanden oder ermordet aufgefunden wurden.«

Nowicki wartete einen Moment ab, um Sikoras Worte wirken zu lassen.

»Ich weiß nicht, warum Marcos ein Pseudonym benutzt, das der Polizei bekannt ist.«

Stefan hob die Hand. »Karol und ich haben vermutet, dass das seine Abschiedsnummer vor der Flucht aus Polen sein könnte.«

Nowicki verzog das Gesicht. »Oberst Siennicki ist doch an die Informationen über Marcos gar nicht gekommen.«

»Er hat die Zentrale beauftragt, sie zu besorgen«, warf Stefan ein.

»Wenn er das sofort getan hätte, hätten wir Marcos vielleicht schon«, unterbrach ihn Nowicki in einem Ton, der das Ende der Diskussion bedeutete. Er zeigte auf die Fotos auf dem Bildschirm. »Die beiden sind ein gefährliches Duo. Vermutlich ist auch Grisza Kolev bei ihnen, ein Halb-Roma, mehrfacher Mörder. Den Rest der Truppe bilden verschiedene Typen, teils in Serbien, teils hier angeworben. Sie sind gut organisiert, ausgebildet und modern ausgerüstet. Beim Austausch von Herrn Wierzbickis Sohn wird sich unsere Schnelleinsatzgruppe einschalten, unterstützt von den Scharfschützen der Sondereinheit GROM. Das ist im Moment alles. Zurück an die Arbeit. Ach, und noch etwas: Gleich wird hier das von mir zusammengestellte Team eintreffen. Ich erwarte, dass meine Leute von euch eingeführt werden, bevor sie die Operation übernehmen.« Er wandte sich an Ewa. »Haben Sie direkten Kontakt zu den Gangstern aufgenommen?«

Ewa schüttelte den Kopf.

»Gehen Sie bitte in den anderen Hangar zurück.«

Ewa drehte sich um und verließ die Halle. Nowicki sah Stefan an. »Was ist mit Leutnant Bożena Jawor?«

»Sie wurde in ein künstliches Koma versetzt. Die Ärzte warten mit der Entfernung der Kugel, bis die Hirnschwellung abgeklungen ist.«

»Ich will, dass man mich auf dem Laufenden hält. Wir warten auf den Kontakt zu den Gangstern.« Nowicki setzte sich zu Sikora, und sie begannen, leise miteinander zu reden.

Stefan ging auf Adam zu und stellte sich mit dem Rücken zu Nowicki. Sein Blick sagte, dass er den Journalisten ohne Zeugen sprechen wollte. »Weißt du, was als Nächstes passieren soll?«, fragte er.

»Sobald sie euch den Ort und den Zeitpunkt nennen, werde ich zu dem Treffen fahren«, antwortete Adam mechanisch. Er ahnte eher, dass jemand zu ihm sprach, als dass er es wirklich hörte. Starr vor Schmerz, konnte er sich nur mühsam von den Gedanken an Agata lösen. »Nach der Freilassung von Rafał und der Übergabe des Fahrscheins werdet ihr Marcos und seine Leute verhaften.«

Stefan nickte. Adam sah ihn plötzlich aufmerksam an. »Und wenn etwas schiefläuft?«

»Ein Risiko gibt es immer …«

»Und Rafał kommt auch ums Leben?«

Sie schwiegen einige Sekunden lang.

»Könnte Karol etwas tun?«, fragte Adam.

»Jemand bei uns versucht ihn auszuschalten. Sie machen ihn für den Tod der beiden Polizisten verantwortlich. Ich weiß nicht, ob Karol das übersteht. Wenn er hier wäre, würde er die Situation mit Marcos anders handhaben.«

»Wie?«

»Er würde die Freilassung von Rafał verlangen und den Fahrschein mit dem Code den Gangstern irgendwo hinterlassen, nach der Befreiung des Jungen. Er würde kein Risiko eingehen.«

»Hast du das dem Major gesagt?«

Stefan sah zu Nowicki hinüber. »Für ihn zählt nur der Erfolg.«

»Was soll ich tun?«

»Nimm meinen Wagen, den schwarzen Golf. Ruf Karol an, triff dich mit ihm. Wenn die Gangster anrufen, handle nicht allein.«

Adam überlegte einen Moment. »Was wird Nowicki tun?«

»Annehmen, dass du geflohen bist. Um das Leben deines Sohns nicht zu riskieren.«

»Gut, ich verstehe.«

Stefan hob einen Arm, um die entsprechende Seite seiner Jacke freizulegen, und wandte sich zu den Computern um.

»Zieh die Autoschlüssel aus meiner Tasche, langsam. Ich weiß nicht, was man in dieser Kamera dort sehen kann.« Er deutete mit den Augen auf eine Wand. »Es soll nach einem Diebstahl aussehen.«

Adam schob die Hand in Stefans Tasche und zog die Schlüssel heraus.

»Geh. Ganz ruhig, als wolltest du auf die Toilette.«

»Du weißt, dass ich euch den Tod von Agata niemals verzeihe? Ich gebe nicht auf, bis ich die Schuldigen gefunden habe«, sagte Adam.

Stefan nickte. Adam stellte den Kaffeebecher auf den Fußboden, stand auf und verließ die Halle.

Der schwarze Golf stand neben dem Minivan und dem Mitsubishi. In der Nähe der Autos hielt sich niemand auf. Der am Tor stehende Wärter sah Adam mit gleichgültigem Blick an. Adam öffnete die Tür mit der Fernbedienung und setzte sich ans Steuer. Er ließ aber den Motor nicht an, sondern saß nur da und starrte auf das Tor und den Wärter. Er fühlte sich wie versteinert. Die Szenen mit Agata, schmerzhaft real, kamen wieder. Ihr Gesicht, mal lächelnd, mal ernst und nachdenklich. Ihr liebevoller Blick, auf ihn gerichtet. Nichts wird jemals so sein, wie es einmal war, dachte er. Er würde nie wieder glücklich sein. Niemand wird je die Lücke füllen können, die Agata hinterlassen hat. Er hatte öfter gehört, dass die Zeit den Schmerz nach dem Verlust der Nächsten heilen würde. Er glaubte aber nicht, dass er von seiner Liebe zu Agata je geheilt werden könnte. Sie wird für immer bei ihm bleiben und ihn so ansehen, als würde sie auf ihn warten. Er musste für Rafał weiterleben, doch wenn es ihn nicht gäbe, würde er Schluss machen, jetzt sofort. Mühsam überwand er die Kraftlosigkeit seines Körpers, startete den Wagen und fuhr auf das Tor zu. Der Wärter zeigte mit der Hand, dass er anhalten solle. Er bremste neben dem Mann und ließ die Fensterscheibe hinunter.

»Licht«, sagte der Wärter.

Adam verstand nicht, worum es ihm ging. »Sie haben das Licht vergessen.«

»Danke.«

Er schaltete die Scheinwerfer ein. Der Wärter öffnete das Tor und salutierte. Adam fuhr auf die betonierte Straße hinaus.

Das kleine Café in der Nähe des Marriott Hotels war der Ort, an den sich Hilarewicz nach dem Lunch am liebsten zurückzog, um bei Kaffee und Presselektüre noch etwas Zeit für sich zu haben. Er trank ungern Kaffee im Büro, obwohl Nina einen sehr guten machte. Besonders in den letzten Monaten brauchte er diesen Moment der Anonymität, außerhalb der eigenen Wohnung und der Firma. Seine dritte, um zwanzig Jahre jüngere Frau war keine gute Gesprächspartnerin, und ihr gemeinsamer zweijähriger Sohn ging Hilarewicz auf die Nerven. Immer öfter wurde ihm bewusst, dass es ein echter Fehler gewesen war, ein von den Männern verwöhntes Ex-Model zu heiraten. Sie war eine attraktive Zugabe zu seiner Position, ein Schmuckstück in der im noblen Vorort Konstancin erbauten Residenz, doch das waren auch schon alle Vorteile ihrer Beziehung.

Im Alltag bewirkte dieses verwöhnte, gelangweilte Mädchen, das Hilarewicz übelnahm, dass er ihm keinen Weg zu einer Karriere bei den Medien ebnete, dass er sich nach seiner ersten Frau sehnte – einer ruhigen, ausgeglichenen Person, die ihn verstanden und unterstützt hatte, als er noch dabei gewesen war, um eine gute Position bei East Fund zu kämpfen. Jetzt, da der entscheidende Moment kam, auf den er lange hingearbeitet hatte, wurde das Ex-Model nicht nur zur Last, sondern auch zu einer Bedrohung. Hilarewicz wusste, dass er ihr nicht vertrauen konnte, falls er blitzschnell die Aktien der Firma verkaufen und verschwinden müsste. Und bei der Aussicht, mit ihr den Rest seines Lebens in einem Versteck zu verbringen, lief ihm ein kalter Schauer über den Rücken.

Scheidung kam nicht in Frage – sie würde einen langen Kampf ums Geld bedeuten, wie bei seiner zweiten Frau. Er hatte keine Zeit dafür. Er konnte zwar ausreisen, ohne sie darüber zu informieren, doch er wusste, dass sie für viel Wirbel in den Medien sorgen und Detektive anheuern würde. Sie würden ihn vermutlich wirksamer jagen als die Sicherheitsdienste, die, ständig mit neuen Affären beschäftigt, Flüchtige schnell vergaßen. Plötzlich kam ihm in den Sinn, dass das Ex-Model bei einem Autounfall ums Leben kommen könnte. Marcos und seine Leute würden zu einer zusätzlichen, einfachen Aufgabe nicht nein sagen. Und den zweijährigen Sohn würde man in die Obhut ihrer Eltern geben. Diese Lösung schien ihm die richtige zu sein.

Er trank seinen Kaffee aus und konzentrierte den Blick auf eine vor dem Café haltende Limousine, aus der ein kräftig gebauter Mann stieg. Dass musste dieser General Kowal sein, in Zivilkleidung. Er kam herein, bestellte einen Kaffee und setzte sich neben Hilarewicz auf einen Barhocker am Fenster. So konnten sie sich wie zwei Fremde unterhalten, die nur ein wenig miteinander plaudern und dabei die Straße beobachten. Hilarewicz legte die mitgebrachte Zeitung vor sich hin, mit der Titelseite nach oben. *New York Times*, das vereinbarte Erkennungszeichen. Er konnte spüren, dass Kowal verkrampft war und hinter dem unbeweglichen Gesicht seine Unsicherheit verbarg.

»Sind Sie es?«, fragte er nach einer Weile, fast ohne die Lippen zu bewegen und den Blick auf die Straße gerichtet.

»Ja«, antwortete Hilarewicz. »Wie viel Zeit haben wir?«

»Ein Resident des polnischen Geheimdienstes in New York ist dabei, Informationen über das Aktionariat Ihrer Firma zu sammeln. Auf Anweisung des Verteidigungsministers.«

»Wie lange maximal können Sie es hinauszögern?«

Kowal zuckte nervös zusammen. »Ich bin der Vizechef der militärischen Spionageabwehr, nicht der heilige Petrus. Und ich arbeite im Inland – mit dem Ausland beschäftigt sich die Spionage.«

»Ganz ruhig, Herr General«, sagte Hilarewicz mit Nachdruck. »Sie waren derjenige, der mich sehen wollte.«

Wieso hat man dafür einen Hysteriker ausgesucht, dachte er, während er aus dem Augenwinkel die vor Nervosität zuckende Wange des Generals beobachte. So einer schießt sich gleich in den Kopf, wenn etwas schiefläuft, und hinterlässt einen kompromittierenden Brief. Er muss mit den Chefs aus New York über ihn sprechen. Höchste Zeit, ihn auszuschalten. Vielleicht ein Selbstmord ohne Abschiedsbrief, nachdem sie die Lizenz für die Titan-Förderung bekommen haben?

»Man hat mir gesagt … mich gebeten …«, begann Kowal und hielt gleich wieder inne. Er rieb sich die Stirn und versuchte, seine Gedanken zu sammeln.

Eine Kellnerin stellte eine Tasse Kaffee vor ihn hin. Hilarewicz wartete, bis sie weg war. »Der Reihe nach, ohne Aufregung«, sagte er mit ruhiger Stimme.

Kowal nickte dankbar. Er hatte sich wieder unter Kontrolle. »Agata Wierzbicka und ihr Sohn Rafał befinden sich in einer Militäranlage im Kampinoski-Nationalpark. Die Landstraße nach Niesowo, Nummer neunzehn, der elfte Kilometer nördlich der Siedlung Karpiec.«

Hilarewicz versuchte, sich seine Überraschung nicht allzu sehr anmerken zu lassen. »Wieso? Wierzbicka ist doch tot.«

Kowal spürte, dass er die Oberhand gewann, und seine Stimme bekam einen härteren Klang. »Ich versichere Ihnen, dass sie lebt und sich ganz gut fühlt. Sie kamen zufällig dorthin, nach ihrer Flucht. Ihre Leute sind unfähige Amateure. Haben Sie sich den Ort gemerkt?«

Hilarewicz nickte, ohne seinen aufsteigenden Zorn zu zeigen. Der selbstsichere Ton des Generals gefiel ihm nicht, und der Gedanke daran, was die Frau und der Sohn dieses neugierigen Journalisten erfahren haben konnten, beunruhigte ihn.

»Vorläufig habe ich sie unter Kontrolle, aber ich kann sie nicht ewig in dieser Militäranlage festhalten«, fuhr Kowal fort. »Die Situation gerät außer Kontrolle, deswegen habe ich mich mit Ihnen getroffen. Ich …«

»Was ist mit Wierzbicki?«, fiel ihm Hilarewicz ins Wort.

»Er ist mit meinen Leuten zusammen. Ich möchte, dass Sie …«

Hilarewicz unterbrach ihn wieder, diesmal mit einer Handbewegung. Er hatte nicht die Absicht, sich Kowals Wünsche anzuhören. Er kannte seine Motive nicht, und er wusste auch nicht, ob er bezahlt oder erpresst wurde. Aber es war offensichtlich, dass er ein schwacher, erschrockener Mensch war. Es wäre interessant zu erfahren, auf welche Weise er zum General aufgestiegen war. Vermutlich durch irgendwelche Beziehungen in Politikerkreisen.

»Haben Sie in diesem Operationszentrum am Flughafen noch jemanden, dem Sie vertrauen?«

»Alle dort gehören der Spionageabwehr an«, entgegnete Kowal vorsichtig.

»Beantworten Sie meine Frage: jemanden, dem Sie vertrauen.«

Kowal nickte und öffnete den Mund, um etwas zu sagen, doch Hilarewicz kam ihm wieder zuvor. »Der Name interessiert mich nicht. Ich habe den Eindruck, dass unsere Kontaktfrau demaskiert wurde.« Er klopfte sich an ein Ohr. »Jemand versucht, mich in die Irre zu führen, allerdings ziemlich ungeschickt. Ihr Mann soll mich wissen lassen, was mit ihr passiert ist. Und überlegen Sie, wie man den Informationsfluss wieder in Gang bringen könnte.«

Er wartete auf Kowals Zustimmung. Der General machte eine nervöse Bewegung. »Bożena Jawor ist … Gut, ich erkundige mich.« Offensichtlich wollte er etwas verschweigen.

»Ich höre?«, insistierte Hilarewicz. »Es ist wichtig.«

»Ja, ich erkundige mich«, wiederholte Kowal. Er hob die Tasse zum Mund und trank den Kaffee aus, ohne darauf zu achten, dass er sich die Lippen verbrannte.

»Und lösen Sie endlich das Problem mit Siennicki. Er ist gefährlich. Das Einschalten der Staatsanwaltschaft ist zu wenig, man muss ihn beseitigen. Vielleicht soll ich mich darum kümmern?«

»Nein, ich komme schon zurecht.«

Hilarewicz erhob sich, faltete die Zeitung zusammen und steckte sie in seine Manteltasche.

Kowal verfolgte ihn mit seinem Blick, bis er sich über den Gehsteig entfernt hatte, drehte sich zur Bar um und bezahlte den Kaffee. Er verließ das Café und kletterte auf den Rücksitz seiner Limousine.

»Ins Ministerium«, sagte er zum Fahrer. Die Limousine fuhr an. Der General zog die flache Blechschachtel aus seiner Tasche und öffnete sie. Er konnte sich zwar an Jegorowicz' Warnung erinnern, doch es ging ihm sehr schlecht, er zitterte vor Nervosität. Er nahm eine rote Kapsel, schob sie in den Mund und schluckte sie hinunter. Dann lehnte er den Hinterkopf gegen die Kopfstütze und verharrte in Erwartung der wohltuenden Wirkung der Droge.

Der schwarze Golf fuhr schnell über eine schmale Landstraße, die mitten durch die niedrigen Häuser eines Vororts führte. Adam lenkte den Wagen mit einer Hand, mit der anderen presste er sein Handy ans Ohr. »Ich verhandle nicht mit den Mördern meiner Frau«, sagte er, nur mühsam seine Angst unterdrückend. »Ihr bringt meinen Sohn dorthin, wo ich ihn haben will, oder ihr könnt den Zugang zum Konto vergessen.«

»Dein Sohn hat einen Pistolenlauf an der Schläfe. Es reicht, dass ich ein Zeichen gebe«, hörte er Marcos sagen.

Adam biss die Zähne zusammen, wusste nicht, was er antworten sollte. Nachdem er den alten Flughafen verlassen hatte, hatte er vergeblich versucht, Stefans Rat zu befolgen und Karol anzurufen. Und jetzt musste er allein eine Entscheidung treffen, von der Rafałs Leben abhing.

»Was ist? Bist du schlauer geworden?«, fragte Marcos.

»Ruf mich an, wenn du dich entschieden hast«, antwortete Adam mit erdrückter Stimme und schaltete das Telefon aus. Er bremste und hielt den Wagen am Straßenrand an. Sein Gesicht war schweißüberströmt, aus seinen geröteten Augen flossen Tränen. »Gott, nein … lass es nicht zu«, flüsterte er, das Lenkrad mit beiden Händen so fest umklammernd, dass sie weiß wurden. Er starrte das Telefon an, vergaß beinahe zu atmen. Plötzlich holte er tief Luft, als würde er ersticken, und ergriff hastig das Telefon. Doch bevor er die Nummer wählen konnte, ertönte ein lautes Klingeln. Er wollte sofort rangehen, doch er zwang sich, drei Klingeltöne abzuwarten. Er sah das Handy an und zitterte wie Espenlaub. Schließlich nahm er das Gespräch an.

»Magst du deinen Bengel nicht? Willst du ihn loswerden?«, fragte Marcos.

Adam wollte antworten, doch sein Hals war wie zugeschnürt. Er atmete tief durch und sagte mit ziemlich ruhiger Stimme: »Ich habe keine Zeit für idiotische Scherze. Wo kommst du mit Rafał hin?«

»Kauf eine neue SIM-Karte, die hier schmeiß weg. Schick ein Signal an die Nummer, über die ich mit dir telefoniere. Warte auf einen Anruf.«

Agata ging in dem kleinen, leeren Zimmer mit vergitterten Fenstern auf und ab. Rafał saß am Tisch, trank Tee und verschlang ein Sandwich nach dem anderen.

Schließlich blieb Agata an der Tür stehen und klopfte energisch. Sie wartete einen Moment, dann wandte sie sich zu ihrem Sohn um. »Wollen sie uns noch lange hier festhalten? Was bedeutet das? Wir durften ja nicht mal telefonieren?«

»Bleib ruhig, Mama«, antwortete Rafał mit vollem Mund. »Wir haben ihnen eine so unglaubliche Geschichte serviert, dass sie ganz platt sind. Sie überprüfen uns.«

»Aber wozu?« Agata setzte sich ihm gegenüber hin und trommelte mit den Fingern auf die Tischplatte.

Rafał überlegte kurz, fand aber keine sinnvolle Antwort. »Ich weiß nicht, vielleicht halten sie uns für verrückt.«

»Wenn sie noch mehr wüssten …«, begann Agata im Flüsterton.

Rafał legte einen Finger an die Lippen. Sie hatten vorhin ausgemacht, dass sie den USB-Stick mit den Plänen der Bande ausschließlich Karol Siennicki geben würden. Sie hatten keinen Grund, den Offizieren in der Militäranlage, die ihren Bericht gehört hatten, zu vertrauen. Der Oberst, der die Anlage befehligte, war nicht da, und die Offiziere hatten sichtlich keine Ahnung, wie sie auf ihre Geschichte reagieren sollten.

Agata war nicht einverstanden, dass Rafał den USB-Stick Adam gab, wenn sie sich trafen. Sie hatte Angst, dass ihr Mann sein Versprechen, nicht auf eigene Faust zu ermitteln, brechen würde, wenn er die Pläne für den Terroranschlag zu sehen bekäme. Eine solche Geschichte in den Medien publik zu machen wäre ja für jeden Journalisten ein großer Erfolg.

Der Schlüssel knarrte im Schloss, die Tür ging auf, und ins Zimmer kam der junge Leutnant, der sie zu dem im Wald verstecken Militärobjekt gebracht hatte. »Verzeihung, dass ich Sie warten ließ. Ich musste einige Telefonate erledigen.«

Agata erhob sich von ihrem Stuhl und baute sich vor dem Leutnant auf. »Ich verstehe. Darf ich auch telefonieren? Mein Mann muss erfahren, dass wir am Leben sind.«

»Es gibt eine gewisse Komplikation«, sagte der sichtlich verlegene Leutnant.

Agata riss die Augen weit auf. »Wie bitte? Sie halten uns hier über eine Stunde fest, eingesperrt wie zwei Verbrecher. Und jetzt sprechen Sie von einer Komplikation? Ich warne Sie, wir werden uns beim Verteidigungsminister beschweren!«

Die Stimme des Leutnants nahm einen dienstlichen Ton an. »Es tut mir leid, ich führe nur Befehle aus. Es wird nicht mehr lange dauern, das verspreche ich.«

Er machte eine Bewegung in Richtung Tür, doch Agata versperrte ihm den Weg. »Moment mal! Das heißt, Sie wollen uns hier weiter festhalten? In diesem Zimmer?«

»Wenn Sie ins Bad müssen oder noch etwas zu essen haben möchten, gibt es einen Unteroffizier, der sich um alles kümmern wird. Es genügt zu klopfen. Danke für Ihr Verständnis.«

Agata unterdrückte ihren Zorn. »Ist das Ihr Ernst? Das ist doch absurd! Besteht irgendein Verdacht gegen uns?«

»Niemand spricht hier von einem Verdacht. Ihre Geschichte verlangt allerdings nach einer … Verifizierung durch die zuständigen Organe.« Der Leutnant suchte nach den passenden Worten. »Ich weiß nicht, worum es geht. Man hat mir nur gesagt, es handle sich um eine Staatsangelegenheit.«

»Na wunderbar! Wir sind also Gefangene des Staates.« Agata hatte nicht die Absicht, ihn hinauszulassen – sie stand immer noch vor der Tür.

Rafał erhob sich vom Tisch. »Mama, der Herr weiß von nichts, das siehst du doch. Haben wir noch ein wenig Geduld.«

Agata sah Rafał an, dann wanderte ihr Blick zurück zu dem Leutnant. »Sagen Sie Ihren Vorgesetzten, dass mein Mann in den Medien erzählen wird, wie wir aus den Händen der Gangster in die des Militärs gefallen sind.« Nachdem sie das gesagt hatte, gab sie die Tür frei. Der Leutnant verbeugte sich steif und ging hinaus.

Agata setzte sich kraftlos auf einen Stuhl. »Das glaube ich einfach nicht.«

Rafał schaute sie voller Mitleid an. »Ich habe dir doch einmal erzählt, dass wir Unterricht in Psychologie hatten, mit einem Mann von der Uni. Er sagte, eine der typischen Reaktionen auf Stress sei der Zweifel an der Echtheit der Ereignisse, eine Derealisation. Hinzu komme eine Depersonalisation, das heißt, der fehlende Kontakt mit sich selbst, und …«

»Sei so gut und halt die Klappe«, sagte Agata.

Rafał lächelte und schob ihr den Teller hin. »Nimm dir ein Sandwich. Das Wichtigste ist doch, dass wir in Sicherheit sind. Nicht wahr?«

Das einsame Bahngleis führte aus dem Wald hinaus und endete an verlassenen Lagerhallen. An einer von ihnen standen rauchend die beiden Deutschen, die mit Ingenieur Podlaski die Bedingungen des Verkaufs der Zisternen ausgehandelt hatten.

Über eine schmale Landstraße, die durch die leeren Felder führte, näherte sich ein schwarzer BMW. Er blieb neben den Deutschen stehen. Aus dem Wagen stiegen Podlaski und ein Mann in Lederjacke, der aussah wie ein ehemaliger Ringer und Trotyl genannt wurde. Im Wagen protestierte, mit den Vorderpfoten an der Seitenscheibe, lautstark ein kleiner Köter dagegen, dass man ihn eingesperrt hatte.

Podlaski streckte dem älteren Deutschen, Chef der hiesigen Wachmannschaft, die Hand entgegen, doch sie blieb in der Luft hängen.

»Eine Stunde Verspätung«, sagte der Deutsche.

Trotyl grinste, wobei er mehrere Lücken in seinem Gebiss zur Schau stellte. »Wenn ihr euren Bullen melden, sie nix länger warten, was?«, sagte er in schlechtem Deutsch. »Wo ist das?«

Die Deutschen sahen sich schweigend an. Trotyl musterte ihre Gesichter. »Was?«

»Es gab keine Überweisung«, bemerkte der Wachmann.

Trotyl verzog das Gesicht. »Ich gesagt, wird sein, dann wird sein. Wie oft Business zusammen? War Kasse immer da? Na also. Muss zuerst Ware sehen.«

Der Deutsche zögerte. »Das waren normale Geschäfte … Spiritus und so … Kleinkram. Das hier ist was anderes.«

»Schmuggel ist Schmuggel«, stellte Trotyl verärgert fest. »Du mir kein Scheiß erzählen. Zuerst Ware.«

Dem jüngeren Deutschen platzte der Kragen. »Was heckt ihr beiden aus? Habt ihr die Kohle oder nicht?«

Trotyl sah ihn kurz an und spuckte auf den Boden. Eine Schlägerei hing in der Luft.

»Ganz ruhig, meine Herren«, bat der aufgeregte Podlaski. »Wir reden über ein seriöses Geschäft und sollten versuchen, ein Minimum an Klasse zu bewahren.«

»Dann sag ihnen, dass sie hier nicht die Superschlauen spielen sollen«, sagte Trotyl auf Polnisch, ohne den jüngeren Deutschen aus den Augen zu lassen.

Der Chef der Wachmänner zeigte auf eine Bahnaufschüttung. »Dort.«

Trotyl lächelte ironisch. »Warum nicht gleich gesagt?«

Sie gingen in die angezeigte Richtung, kletterten auf die Aufschüttung und stiegen eine kleine Treppe hinab, die in eine Vertiefung mit Betonwänden führte. Unten, am Ende der Gleise, standen drei Zisternen, die, statt silbern, weiß gestrichen waren. Die an den Seiten befestigten Tafeln informierten darüber, dass sich darin eine für die Herstellung von Kunstdüngemitteln bestimmte Ladung Stickstoff befinde.

»In welcher ist Gift?«, fragte Trotyl.

Der ältere Deutsche zeigte auf die mittlere Zisterne. Trotyl blieb daneben stehen und klopfte sie mit der Faust an. »Woher ich wisse, dass drin das, was wir haben bestellt?«

»Das ist ganz sicher richtig«, sagte Podlaski. »Ich war dabei, als es gemischt wurde.«

Trotyl sah immer noch nicht ganz überzeugt aus. Er ging auf das Ende der Zisterne zu und berührte das Ventil.

»Wir einige Tropfen ausschütten und sehen, was wird passieren.«

»Idiot«, murmelte der jüngere Deutsche.

Trotyl warf ihm einen drohenden Blick zu. »Was du gesagt?«

Der ältere Wachmann stellte sich zwischen sie. »Beruhigt euch, verdammt nochmal!«, rief er in gereiztem Ton und wandte sich zu Trotyl um. »Das ist ein gefährliches Gift. Schütte etwas davon aus, und in fünf Sekunden bist du tot!«

Trotyl hatte nicht die Absicht, den Deutschen einen Vorsprung zu geben. »Du denkst, ich nicht wissen, was ist das?«

»Das ist absolut nicht nötig«, warf Podlaski ein. »Wer das Methylisocyanat ausschüttet, ist wirklich gleich tot.«

Trotyl hatte genug von Podlaskis Zwischenbemerkungen. »Halt dein Maul, ich mache hier die Geschäfte«, knurrte er auf Polnisch. »Ich gleich zurück«, sagte er in seinem gebrochenen Deutsch und eilte die Treppe hinauf.

Podlaski und die Deutschen verfolgten ihn mit ihren Blicken. »Willst du ihm erlauben, was von diesem Zeug zu verschütten?«, fragte der jüngere Deutsche. »Das ist doch ein Spinner. Ich verziehe mich jedenfalls.«

»Warte einen Moment«, antwortete sein Chef. »Lass uns sehen, was er vorhat.«

Die beiden Deutschen zündeten sich neue Zigaretten an, ohne Podlaski eine anzubieten. Es vergingen einige Minuten, bis Trotyl wieder erschien. Er führte den Köter an der Leine, in der anderen Hand hielt er einen Plastikbeutel. Er kam die Treppe herunter, legte den Beutel auf die Erde und sagte zu Podlaski: »Zieh das an.«

Der Ingenieur öffnete misstrauisch den Beutel und holte einen weißen Schutzanzug hervor. Er hatte verstanden, was Trotyl von ihm wollte. »Warum ich?«

»Du bist doch schließlich der Chemiker. Ja oder nein?« Trotyl grinste ironisch. »Zieh dich an, wenn du die Kohle sehen willst. Eine Katze im Sack kaufe ich nicht.«

Dann ging er mit dem Köter ans Ende der Zisterne und band dessen Leine an den Puffer. Podlaski begann widerwillig, den Schutzanzug anzuziehen. Als er fertig war, knöpfte Trotyl den Anzug an seinem Rücken zu und zeigte auf die Gleise. »Und wir sehen von dort zu.«

»Einige Tropfen!«, murmelte der Wachmann. »Ich habe gehört, dass dieses Zeug eine ganze Stadt umbringen könnte.«

»Und darum geht. Nicht Feigling sein.« Trotyl klopfte dem Deutschen auf die Schulter. Sie gingen zu dritt über die Gleise los und entfernten sich etwa hundert Meter. Podlaski stand reglos da und sah ihnen durch die Plexiglasscheibe des Schutzanzugs nach. Die Deutschen bestanden darauf, noch weiter zu gehen, doch Trotyl blieb stehen und schrie: »Fang an, worauf wartest du?«

Der Ingenieur warf einen nervösen Blick auf den Köter, der ihn beobachtete und dabei freundlich mit dem Schwanz wedelte. »Entschuldige, Alter«, flüsterte er. Er ging auf das Rad des Ventils zu, legte die Hände drauf und drückte zu. Das Ventil gab nicht nach. Podlaski drückte fester, doch das Rad machte nicht die geringste Bewegung. Der Köter winselte und drehte sich unruhig im Kreis. Der Ingenieur stieß einen durch die Glasmaske gedämpften Fluch hervor und stemmte sich mit seinem ganzen Körpergewicht gegen das Ventil.

Der verschreckte Köter zog an der Leine, riss den Kopf aus dem Halsband und rannte los, an den Gleisen entlang. Podlaski fiel plötzlich hin, und das Rad des Ventils drehte sich. Aus dem Wasserhahn in der unteren

Hälfte der Zisterne spritzte eine weiße Flüssigkeit, aus der eine Dampfwolke hochstieg.

»Komm zurück!«, schrie Podlaski dem fliehenden Köter hinterher. Er stand mit einer ruckartigen Bewegung auf und drehte das Ventil zu. Dabei blieb er mit dem Rückenteil des Schutzanzugs am Rand der Informationstafel hängen. Der Anzug trug einen mehrere Zentimeter langen Riss davon. Podlaski griff blitzschnell mit der Hand nach hinten, um das Loch zu schließen. Plötzlich erstarrte er und röchelte laut auf. Der Raum zwischen der Plexiglasscheibe und seinem Gesicht füllte sich schnell mit ei nem weißen Schaum. Der Ingenieur fiel schwer zu Boden; sein Körper wurde von konvulsivischen Zuckungen geschüttelt.

Der Chef der Wachmannschaft stieß einen warnenden Schrei aus. Trotyl und die beiden Deutschen drehten sich um und ergriffen die Flucht. Nach einigen Hundert Metern blieben sie keuchend stehen und sahen sich um. Der weiße Schutzanzug neben der Zisterne rührte sich nicht.

»Wir haben Deal … Geld heute«, sagte Trotyl mit erstickter Stimme.

»Dreihunderttausend Euro?«, vergewisserte sich der ältere Deutsche.

»Ich gesagt Deal, dann Deal.« Trotyl verzog das Gesicht. »Die Zisterne soll hängen an Zug. Ihr macht hier Ordnung?«

»Wir warten ein wenig und bestreuen dann die Stelle mit Kalk«, sagte der jüngere Wachmann.

»Er auch soll verschwinden.« Trotyl zeigte auf die neben der Zisterne liegende Leiche des Ingenieurs. Dann reichte er dem älteren Deutschen seine Autoschlüssel. »Bringt mein Wagen zu Hotel. Bis dann. Ich finde Transport.«

Er ging quer über das Feld in Richtung Landstraße. Die Deutschen starrten die Zisterne an.

»Gott, was haben sie damit vor?«, sagte der Chef leise.

Aus dem Wald kam der Köter hervor; er schaute in ihre Richtung und wedelte mit dem Schwanz.

»Sieh dir diesen Schlaumeier an! Ich nehme ihn mit. Wieso soll er hier zugrunde gehen?« Der jüngere Deutsche hockte sich hin und pfiff.

Der Köter lief auf sie zu.

Der aufgeregte Klicker ging ins Haus zurück. Er passierte das Zimmer, in dem Waldi lag, betrat das nächste, klemmte sich den Laptop, den Rafał dagelassen hatte, unter den Arm – mit der anderen Hand umklammerte er immer noch die Pistole – und steuerte auf seinen Platz zu. Verbittert flüsterte er vor sich hin: »Immer ich, verdammt … Wer bin ich? Sein Auftragskiller? Mein Gehirn ist mehr wert als die Spatzenhirne aller anderen zusammengenommen. Dann soll er mich eben umbringen. Ich bin gespannt, wer ihm dann hilft, den Code zu finden.«

Er legte den Laptop auf den Tisch, daneben die Pistole, und setzte sich schwer auf seinen Stuhl. »Und was mache ich jetzt?«, seufzte er theatralisch. »Ich hätte an der Uni bleiben sollen. Wäre heute schon Professor. Kohle, Kohle … immer nur diese verdammte Kohle. Worauf hast du dich da eingelassen, du Idiot?«

Er schlug mit der Faust auf den Tisch und stöhnte vor Schmerz. Dann schaltete er den Laptop ein. Einen Moment lang wischte er auf dem Touchpad herum, dann verfolgte er mit den Augen die sich öffnenden Dateien. Plötzlich erstarrte er vor Überraschung. »Dieser kleine Hurensohn! Er hat es versteckt! Er hat es vor mir versteckt! Das ist doch der Code! Der ganze Code! Du bist gerettet, Klicker! Und du wirst reich sein!« Er lachte laut auf, seine Angst hatte sich sofort verflüchtigt. Seine Finger fingen an, über die Tastatur zu fliegen.

Im oberen Teil des Bildschirms erschien ein Abiturfoto, auf dem eine ganze Klasse in ihren Bänken saß. Man konnte den um fünfundzwanzig Jahre jüngeren Adam erkennen, und auch Karol, Piotr, Anna, Iwona Bruckner und Paweł Jegorowicz. Darunter tauchten nacheinander die Ziffern des Codes auf.

Der erregte Klicker tippte gerade die letzte Ziffer. »Ja, zeig es mir«, murmelte er. »Welche Bank ist es? Komm zu Daddy! Na also! Ich hab dich!« Auf dem Bildschirm erschien die Website der Credit Suisse.

»Klar, wenn faules Geld, dann auf einer Schweizer Bank.« Klicker loggte sich ein und gab die Kontonummer an. Auf Englisch erschien die Aufforderung: »Bitte geben Sie das Passwort ein.«

»Und wenn du mit denen ein bisschen spielen und das Passwort auch noch rausfinden würdest?«, murmelte er aufgeregt. »Mach keine Witze,

Klicker, sie blasen dir deine blöde Birne weg.« Er seufzte, zog sein Telefon hervor und wählte eine Nummer. Nach einigen Sekunden sah er ungläubig auf das Display. »Marcos, mach keinen Scheiß, Mann! Ausgerechnet jetzt musst du dein Handy ausschalten?!«

Aus dem Inneren des Hauses war plötzlich ein Stöhnen zu vernehmen. Klicker erstarrte vor Schreck. Wieder ein Stöhnen, nur diesmal lauter. Klicker stand auf und öffnete die Tür zum nächsten Zimmer. Der riesige Waldi saß in einer Blutlache, die sich auf dem Fußboden um ihn herum gebildet hatte, gegen die Wand gelehnt. Sein Blick wirkte verstört.

»O nein, auch das noch! Sorry, Alter, ich kann dir nicht helfen.« Klicker streckte die Hand mit dem Telefon in Waldis Richtung aus. »Dieser Idiot Marcos hat sein Handy genau in dem Moment ausgeschaltet, in dem ich Lasotas Code geknackt habe. Ich bin ein Genie, und der behandelt mich wie eine Null.«

Waldi hob unsicher die Hand mit der Pistole und zielte auf ihn. Klicker riss den Mund weit auf, dann stammelte er hastig: »Mach keine Witze, Waldi! Ich bin es, Klicker! Komm schon, was soll das? Ohne mich wirst du doch deine Millionen nicht verdienen!«

Waldi wollte etwas sagen, doch er keuchte nur und spuckte Blut. Er winkte Klicker mit dem Pistolenlauf herbei. Dieser rührte sich nicht vom Fleck.

»Sei vorsichtig! Du könntest mir noch aus Versehen wehtun. Worum geht es?«

Die Bewegung des Pistolenlaufs wiederholte sich. Klicker seufzte, kam vorsichtig auf den Verletzten zu und hockte sich dicht neben ihm hin. Waldi flüsterte etwas undeutlich. Klicker schob den Kopf zurück und sah ihn erstaunt an. »Bist du dir sicher?«

Waldi verzog ungeduldig das Gesicht und setzte den Pistolenlauf an Klickers Kehle.

»Schon gut, Alter, schon gut. Wozu gleich diese Aufregung?« Klicker zog aus Waldis oberer Jackentasche seine Autoschlüssel, erhob sich und ging steif auf die Tür zu. An der Schwelle drehte er sich um. »Du weißt, dass ich abhauen könnte. Aber ich bin ein anständiger Kumpel.«

Er ging in den Flur hinaus, lehnte sich schwer atmend gegen die Wand und wischte sich den Schweiß von der Stirn. »Lauter Irre«, sagte er leise. »Zieh Leine, Klicker.« Er ging auf Zehenspitzen ins andere Zimmer. Zum Glück konnte Waldi ihn von seinem Platz aus nicht sehen. Er nahm den Laptop vom Tisch, kehrte leise in den Flur zurück und verließ das Haus.

Am Tor standen zwei Autos – der BMW, mit dem Agata und Rafał hatten fliehen wollen, und ein Mazda-Sportwagen. Klicker ging auf den Mazda zu und setzte sich ans Steuer. Er fuhr durch das Tor, gab Gas und bremste gleich wieder. Eine Weile saß er reglos da, dann schlug er mit der Faust gegen das Lenkrad. »Verdammt! Der Schlag soll ihn treffen!«, fluchte er leise. »Was machst du, Mann? Wieso haust du nicht ab?« Er seufzte resigniert und stieg aus dem Wagen. Dann öffnete er den Kofferraum, nahm einen ledernen Aktenkoffer heraus und ging schnell ins Haus zurück.

Waldi saß immer noch an der Wand. Seine Augen waren geschlossen, die Hand mit der Pistole lag kraftlos in der Blutlache. Klicker legte den Aktenkoffer auf den Fußboden, hockte sich vor dem Verletzten hin und klopfte an seine Brust. »Bist du noch da?«

Waldi öffnete die Augen und versuchte, mit seinem trüben Blick Klickers Gesicht zu finden.

»Ich habe, was du haben wolltest.«

Der Blick des Verletzten wanderte zur Seite und blieb an dem Aktenkoffer haften. Klicker öffnete ihn und zog eine Flasche Sliwowitz hervor. »Na bitte, darum ging es also«, sagte er zufrieden. »Wir wollen einen trinken, ja?«

Waldis Augen bestätigten es.

»Warte, das haben wir gleich.«

Klicker schraubte den Verschluss ab, setzte die Flasche an den Mund und nahm zwei Schlucke. Danach verschlug es ihm dermaßen den Atem, dass er spastisch nach Luft rang. »Gott, ist das ein Hammer!«

Waldi bewegte den Kopf, seine Augen waren voller Zorn. »Du bist dran … Nur verschluck dich nicht.«

Klicker setzte die Flasche an den Mund des Gangsters und kippte sie vorsichtig. Waldi trank einen Schluck und begann sofort, heftig zu husten. Eine Mischung aus Spucke und Blut traf Klicker.

»Was habe ich dir gesagt?! Verdammt nochmal!« Er wischte angeekelt mit dem Ärmel über sein Gesicht.

Waldi beruhigte sich gleich wieder und zeigte mit den Augen auf die Flasche. »Das bringt dich um, weißt du das?«, murmelte Klicker.

Er hockte sich neben den Verletzten und begann ihm vorsichtig den Schnaps einzuflößen. Waldi nahm einige kräftige Schlucke, setzte ab und stieß einen Seufzer der Erleichterung aus.

»Nicht schlecht. Mit solchen Löchern im Bauch …«, sagte Klicker mit Bewunderung.

Waldi zeigte mit dem Blick auf den Aktenkoffer.

»Noch etwas?«

Klicker schaute im Aktenkoffer nach. Er zog eine Plastikmappe hervor, in der sich irgendwelche Papiere befanden. Einen Moment lang blätterte er sie durch, dann sah er Waldi mit weit aufgerissenen Augen an. »Mensch, woher hast du das?« Er fuchtelte mit den bedruckten Blättern. »Damit wären diese Typen erledigt!«

Waldi wollte etwas sagen, doch er verschluckte sich an seinem Blut. Klicker war aber so aufgeregt über seinen Fund, dass er weitere Fragen stellte, auf die er sich gleich selbst Antworten gab: »Hat Marcos dir das gegeben? Unmöglich … Hast du es ihm geklaut? Wollte er sich damit absichern für den Fall, dass sie ihn reinlegen? Oder du? Rechnungen, Mailausdrucke, Überweisungskopien, Namen … Du hättest dafür eine Gratisbehandlung in der Klinik des Innenministeriums und eine Rente in der Karibik bekommen. Oder eher ein stilles Begräbnis … Wer hat das für euch besorgt? Irgendein Hacker, der vor mir da war? Wo ist er jetzt?« Bei dem Gedanken an seinen Vorgänger wurde Klicker blass. »Danke, dass du es mir gibst, aber weißt du, dafür kann man … Ich habe fast Angst, es an mich zu nehmen … bei diesen Namen … Hast du eine Ahnung, Alter? Das wäre ein richtiges Erdbeben! Soll ich es Marcos zurückgeben? Hast du es von ihm zur Aufbewahrung bekommen?«

Waldi bestätigte es mit den Augen.

»Ich denke darüber nach«, versprach Klicker und legte die Papiere in die Plastikmappe zurück.

Der Verletzte hob die Hand mit der Pistole.

»Okay! Okay! Ich sage ja, dass ich es ihm zurückgebe!«

Waldi lächelte und legte den Pistolenlauf unter sein Kinn.

»Mach keinen Scheiß!«, schrie Klicker und verdeckte den Kopf mit den Armen. Ein Schuss, und Teile von Waldis Gehirn spritzten an die Wand hinter seinem Kopf und in Klickers Gesicht.

»O Gott, nein! Konntest du nicht warten?!«

Klicker sprang auf und rannte aus dem Zimmer. Er überquerte den Flur, stürzte in die Toilette und erbrach sich ins Waschbecken. Dann beruhigte er sich wieder, wusch sich sorgfältig das Gesicht und die Hände und sah sein Spiegelbild genau an. »Bleib cool, Klicker. Du schaffst es.«

Er brauchte nicht länger als eine Minute, um das Haus zu verlassen und den mitten auf dem Weg stehenden Mazda zu erreichen. Er warf den Aktenkoffer in den Kofferraum, setzte sich ans Steuer und fuhr so wild an, dass die Räder eine Staubwolke aufwirbelten. Während er mit einer Hand den Wagen lenkte, wählte er mit der anderen eine Nummer an seinem Handy. »Melde dich, sonst pusten sie dir auch noch die Birne weg«, murmele er zornig und rief dann mit voller Stimme: »Marcos! Ich habe dich schon hundertmal angerufen!«

»Was gibt's?«, hörte er im Telefon Marcos' Stimme.

Klicker verstummte, plötzlich erschrocken darüber, was er sagen wollte. »Ich habe eine gute und eine schlechte Nachricht. Welche zuerst?«, begann er vorsichtig.

»Hör auf, den Clown zu spielen. Sag schon.«

»Die schlechte ist, dass ich dich belogen habe: Diese Schlampe und ihr Bengel sind geflohen ...«

»Du bist tot, Klicker!«

»Warte ... Jetzt kommt die gute! Eine sehr gute!«, rief Klicker. »Mein geniales Gehirn hat Lasotas Code geknackt! Ich schicke dir per SMS die sechsundzwanzig Ziffern der Kontonummer!«

»Bist du dir sicher?«

»So sicher wie meine Mutter mich geboren hat. Es fehlt nur noch das Passwort.«

»Ich warte«, sagte Marcos.

»Mache ich gleich. Und du vergibst mir dafür die beiden, ja?«

Klicker unterbrach das Gespräch, um die SMS wegzuschicken, und legte den Apparat wieder ans Ohr. Die Verbindung war beendet.

Er bremste erschrocken und hielt den Wagen am Straßenrand an. Sein Atem wurde schneller, er hatte Tränen in den Augen. »Sie haben den Code. Jetzt brauchen sie mich nicht mehr … wie den anderen Hacker«, stammelte er in weinerlichem Ton. Dann trocknete er sich energisch die Augen. »Wir werden noch sehen, wer wen … Klicker weiß jetzt viel!«

Er fuhr auf die Landstraße zurück, umklammerte das Lenkrad fest und murmelte etwas vor sich hin. Plötzlich griff er wieder nach dem Telefon und wählte erneut die letzte Nummer. Um seine Mundwinkel irrte das Lächeln eines Desperados. »Marcos? Dann hör mir gut zu. Ich habe noch eine Überraschung für dich. Waldi hat mir auch deinen Aktenkoffer gegeben – du weißt schon, welchen.«

»Wovon sprichst du?«, fragte Marcos mit angespannter Stimme.

»Ich habe meinen Teil erledigt … das Konto gefunden … Und ich habe keine Lust abzukratzen. Vielen Dank! Ich sage dir sogar noch etwas: Ich freue mich, dass diese Frau und der Bengel geflohen sind. Ja, ich freue mich! Du würdest sie natürlich am liebsten umlegen, denn weißt du was? Du bist ein Psychopath, Marcos. Ein richtiger Irrer bist du. Es wird Zeit, dass dir das jemand sagt … Lass dich behandeln, Marcos!«

»Interessant.« Marcos' Stimme klang jetzt ruhig.

Klicker wurde vor Aufregung immer mutiger. »Ja, sehr interessant. Und noch interessanter ist dein Aktenkoffer! Diese Namen, Marcos … Das ist ja ein richtiges Erdbeben! Wir wissen es beide, oder? Dann sage ich dir jetzt etwas … Verpiss dich! Für immer, weißt du? Ich will deine Kohle nicht, vielen Dank! Du wirst sowieso nicht lange genug leben, um deinen Teil auszugeben. Wetten wir? Und solltest du versuchen, mich zu finden … dann landen diese VIPs aus deinem Aktenkoffer hinter Gittern. Zusammen mit dir, Marcos! Also fick dich! Ins Knie!«, brüllte er zum Schluss und unterbrach schnell die Verbindung.

Er ließ die Scheibe hinunter, holte weit aus und schmiss das Telefon aus dem Fenster. Das Handy traf mit lautem Knall die Seitenscheibe eines Wagens, der ihn gerade überholte. Klicker sah zur Seite und schrie vor Schreck. Es war ein Streifenwagen, in dem zwei Polizisten saßen und ihn aufmerksam ansahen. Einer von ihnen befahl ihm mit einer Geste, an den Straßenrand zu fahren. Klicker brachte den Mazda langsam zum Stehen. Der Streifenwagen stellte sich vor ihn.

»Den Sliwowitz hast du ausgekotzt … aber du hast keinen Führerschein und keine Wagenpapiere«, flüsterte er blass vor Aufregung. Er stieg aus und lächelte den Polizisten, der auf ihn zukam, angestrengt an. Dann ging er zum Kofferraum, öffnete ihn und nahm Waldis ledernen Aktenkoffer heraus.

»Guten Tag, den Führerschein und den Kfz-Schein bitte«, sagte der Polizist, während er sich neben Klicker postierte. »Warum haben Sie ihr Handy weggeworfen?«

»Meine Freundin hat mich aus dem Gleichgewicht gebracht«, sagte Klicker.

»Das macht man aber nicht. Sie haben damit andere Autofahrer gefährdet.«

»Ja, ich weiß. Es tut mir sehr leid.« Klicker zeigte plötzlich auf die Straße. »Und der da? Ist das kein gefährlicher Fahrstil?«

Der Polizist drehte sich um. Klicker stürzte zur Seite, sprang in den Straßengraben und lief durch das hohe Gras in Richtung Wald.

»Stehen bleiben!«, rief der Polizist und nahm sofort die Verfolgung auf.

Der andere Polizist sprang aus dem Streifenwagen und rannte ebenfalls los. Klicker hatte einen Vorsprung von mindestens fünfzig Metern und näherte sich dem Wald schnell. Er lief in großen Sprüngen, den Aktenkoffer hoch über dem Kopf balancierend.

Die Polizisten waren trotzdem weiter hinter ihm her. »Polizei!«, riefen sie beide. »Bleib stehen, sonst schieße ich! Stehen bleiben!«

Der erste Polizist riss die Pistole aus dem Halfter, lud sie durch, zielte und schoss. Klicker fiel mit einem Schmerzensschrei um und verschwand im hohen Gras am Waldrand.

Die Polizisten liefen auf ihn zu und blieben keuchend stehen. Sie sahen zuerst Klicker und dann einander an. »Ich habe vorschriftsmäßig gerufen … ihn gewarnt«, sagte unsicher der Beamte, der geschossen hatte.

Das Haus, einsam einige Kilometer von Kielce entfernt gelegen, hatte schon früher als Versteck von Marcos und Marica gedient. Marcos hatte es unter falschem Namen gekauft, und seitdem passte er gut auf, dass niemand von dessen Existenz erfuhr.

Nachdem er das Gespräch mit Klicker beendet hatte, bog er in die Seitenstraße ab, die zu dem Haus führte. Nach einer halben Stunde kamen sie an. Marcos befahl Bruno, Piotr und Anna, gefesselt wie sie waren, in einem der drei Zimmer unterzubringen. Dann ging er mit ihm vor das Haus. »Ich fahre allein. Du wartest hier, bis entschieden ist, wie es mit den beiden weitergehen soll«, befahl Marcos.

Bruno verzog widerwillig das Gesicht. »Wie lange?«

»Ich gebe dir Bescheid. Du hast einen vollen Kühlschrank.«

»Und was ist mit dem Code? Soll ich Lasota unter Druck setzten?«

»Den Code habe ich schon. Den Fahrschein bekomme ich von Wierzbicki.«

Bruno fuhr mit der Handkante über seinen eigenen Hals und schlug vor: »Dann machen wir doch kurzen Prozess mit den beiden, und ich fahre mit dir.«

»Soll ich auf anderem Weg dafür sorgen, dass das, was ich sage, in deiner Birne ankommt?« Marcos' Stimme wurde schärfer.

Bruno wich erschrocken zurück. »Nicht nötig.«

»Lasotas Boss will mit ihm reden. Wie heißt Klickers Freundin?«

»Grubecka, glaube ich. Helena Grubecka. Wieso?«

»Wo wohnt sie? Adresse«, warf Marcos ungeduldig hin.

»In Wołomin, Starowiejska-Straße 3. Wozu brauchst du sie?«

Marcos drehte sich um und stieg in den Wagen. »Sollte Lasotas Schlampe versuchen, mit dir zu reden, hau ihr eine in die Fresse. Für ein Gespräch mit ihr bist du zu blöd. Ist das klar«?

»Sicher.«

Bruno sah dem Auto hinterher. Dann stieß er einen leisen Fluch aus.

Der Passat fuhr in die Tiefgarage des Marriott Hotels und hielt auf der ersten Ebene, nicht weit von den Aufzügen. Nina, die vor einer der Glastüren gewartet hatte, stieg ein und sah sich unruhig um. »Fahren wir ein

Stück, hier wimmelt es von Kameras«, bat sie und richtete das Gesicht nach unten.

Karol fuhr an der Autoreihe entlang und parkte auf einem freien Platz. Das Licht drang fast gar nicht mehr hierher. Nina starrte auf die Betonwand vor der Motorhaube. »Es wäre mir lieber, wenn wir unsere Bekanntschaft damit beenden könnten«, sagte sie in bestimmtem Ton.

Karol betrachtete sie ruhig, ohne etwas zu sagen. Er spürte, dass sie aufgeregt und verängstigt war. Nina drehte sich zu ihm hin und sagte wütend: »Direktor Lasota hat versprochen, dass Sie mir helfen werden, aus dieser Sache rauszukommen. Er hat mich nicht vorgewarnt, dass ich zu so etwas gezwungen sein würde!«

»Überfahren eines Passanten auf einem Zebrastreifen mit Todesfolge in alkoholisiertem Zustand. Was glauben Sie? Wie viele Jahre kriegt man dafür?«

Nina presste die Lippen zusammen. Sie griff in die Tasche ihres Blazers, zog einen USB-Stick hervor und legte ihn auf das Armaturenbrett. »Sollte Hilarewicz je erfahren, dass ich spioniert habe … nach dem, was mit Lasota passiert …«

»Hilarewicz hatte auch etwas damit zu tun?«, fiel ihr Karol ins Wort.

»Ich weiß es nicht, verdammt! Das würde ich Ihnen doch sagen! Ich weiß nicht mal, für wen Sie arbeiten!«

Karol nahm den USB-Stick und drehte ihn zwischen den Fingern. »Ich sorge dafür, dass Sie Bewährung bekommen. Hängt nur davon ab, was Sie mir gebracht haben.«

»Na wunderbar … Dann sollten wir aber endlich quitt sein«, sagte Nina mit bitterer Ironie. »Ich bin eine Idiotin. Auf Wiedersehen.«

Sie öffnete die Tür, stieg aus und beugte sich zu Karol hinunter. »Sie bekommen nichts mehr von mir. Ich gehe lieber ins Gefängnis. Dort wäre ich sicherer als mit Ihnen.«

Sie schlug die Tür zu und ging schnell in Richtung Ausgang. Karol holte aus dem Handschuhfach einen kleinen Laptop, schaltete ihn ein, schloss den USB-Stick an und öffnete die Datei mit dem Film. Auf dem Bildschirm erschien der Konferenzsaal der Firma East Fund. Im Vordergrund saß Iwona Bruckner, neben ihr, halb von ihr verdeckt, war Kozlowski zu sehen. Weiter hinten, vor einer an einem Ständer aufgehängten Leinwand, stand Hilarewicz. Er sagte etwas und zeigte dabei mit einem Zeigestab auf die Leinwand. Karol stellte den Ton lauter.

»In diesen vierzig Jahren wurde bei den Untersuchungen der Suwałki-Seenplatte fast die ganze Mendeleev-Tabelle entdeckt«, erklärte Hilarewicz. »Hier und hier« – er wies auf die Stellen mit dem Zeigestab hin – »liegen fast fünfzig Tonnen Titan. Es wird beim Bau von Flugzeugen, U-Booten und Raumschiffen sowie in vielen anderen Industriezweigen verwendet. Es gibt auch Vanadium, das man zur Herstellung von Edelstahl benutzt. Und Anorthosit, ein wertvolles Baumaterial. Das Ganze ist über vierhundert Milliarden Dollar wert, mehr als alle Goldgruben der Welt zusammengenommen.«

Hilarewicz hielt inne und ließ seinen Blick über die Anwesenden schweifen, zufrieden mit dem Eindruck, den seine Ausführungen hinterließen. Dann fuhr er fort: »Wir besitzen achtzig Prozent der gesamten Titanbestände der Europäischen Union. Die amerikanischen Vorkommen, ähnlich wie die in Alaska und Skandinavien, werden bald erschöpft sein. Wir fragen also: Warum will Polen sein Titan nicht fördern und ein sehr reiches Land werden?«

»Dreh den Computer um«, murmelte Karol unwillkürlich. Er konnte die Gesichter der Personen auf der anderen Seite des Tisches nicht erkennen.

Stattdessen war zu sehen, wie Hilarewicz ein Mobiltelefon vom Tisch nahm. »Ich bitte vielmals um Entschuldigung, aber da muss ich rangehen. Ein Anruf aus dem Kabinett des Premierministers. Hat etwas mit unserer Besprechung zu tun. Ich darf Frau Bruckner bitten, den Vortrag fortzusetzen.«

Der Film war zu Ende. Karol öffnete die nächste Datei.

Hilarewicz stand wieder an der Leinwand und sprach zu den unsichtbaren Gästen: »Die Phase der Inbetriebnahme der Grube würde etwa fünf Milliarden Dollar kosten. East Fund kann das finanzieren. Gegen die Garantie von fünfundzwanzig Prozent der Aktien der staatlichen Bergbaugesellschaft.«

Aus dem Off ertönte eine männliche Stimme: »Entschuldigung, darf ich? Die Suwałki-Seenplatte ist Teil des *Natur-2000*-Programms. Die Errichtung von Tagebauanlagen würde also durch ökologische Proteste blockiert werden. Denn sie würde ja eine Naturkatastrophe bedeuten.«

»Genau das ist es! Wer und aus welchem Grund belügt die Öffentlichkeit?«, fragte Hilarewicz, indem er die Stimme effektvoll anhob. »Wem liegt so viel daran, dass Polen es nicht schafft, ein Land wie zum Beispiel Norwegen einzuholen?« Er hielt inne und klopfte mit dem Zeigestab auf die Landkarte an der Leinwand, ohne den Blick vom Saal abzuwenden. »Wieso Tagebau? Die Lagerstätten befinden sich in einer Tiefe von achthundertfünfzig bis zweitausendfünfhundert Metern. Überall dort sind Granitfelsen, und das bedeutet: Man könnte auf Punktbohrungen zurückgreifen, die auch viel sicherer sind als die Methoden, die man in Schlesien anwendet und bei denen oft Menschen zu Schaden kommen. Die erste Erzbearbeitung würde ebenfalls unter der Erde stattfinden. Also ohne Halden an der Erdoberfläche.«

»Und was ist mit der ganzen Infrastruktur?«, fragte eine weibliche Stimme.

Hilarewicz nickte. »Sie haben recht. In Suwałki würde ein neuer Stadtteil entstehen – für zwanzigtausend Bergleute aus Schlesien. Sie verlieren dort ihre Jobs, würden also gern kommen. Man müsste auch alles andere bauen, Straßen, Bahngleise und so weiter.« Er machte eine Pause und fügte in einem leichteren Ton hinzu: »Man bräuchte nur eine Art Wirbelsturm, der das Gebiet säubert und die Ökologen überzeugt.« Er brach in Lachen aus, als er aber merkte, dass niemand mitlachte, wurde er sofort wieder ernst.

Karol hielt die Aufnahme an, griff nach seinem Handy und wählte eine Nummer. »In dem Film sieht man die Politiker nicht. Schicken Sie mir die Namen per SMS.«

»Zuerst will ich von allen Anschuldigungen freigesprochen werden«, antwortete Nina. »Bis dahin rufen Sie mich bitte nicht mehr an.«

Die Einfallstraße nach Warschau war völlig verstopft. Adam setzte sich wieder ans Steuer des Golfs, den er an einer Bushaltestelle direkt vor einem Kiosk abgestellt hatte. Er packte die neue Prepaidkarte aus und öffnete die Abdeckung seines Mobiltelefons. Er wollte gerade die alte SIM-Karte herausnehmen, als das Telefon klingelte. Er sah aufs Display und legte den Apparat ans Ohr. »Ich rufe dich schon seit einer Stunde an«, sagte er, indem er versuchte, seiner Stimme einen ruhigen Klang zu geben. »Stefan hat mir gesagt, dass du auf meinen Anruf wartest. Die Gangster haben mich kontaktiert, sie wollen den Austausch durchziehen. Einen Moment später, und du hättest mich gar nicht mehr erreicht. Vielleicht sagst du mir, was los ist? Und was ich tun soll?«

»Entschuldige, ich habe mein Diensttelefon ausgeschaltet«, sagte Karol. »In meiner Situation war das notwendig.«

Adam erlaubte ihm nicht weiterzureden. »Karol, warum hast du mir nicht gesagt, dass Agata … Wieso musste ich es …« Er hielt inne. Seine Stimme versagte.

»Verzeih mir, Adam, ich war nicht in der Lage dazu. Natalia war verschwunden, ich konnte an nichts anderes denken.«

»Und jetzt? Was ist mit ihr? Wo ist sie?«

»In Sicherheit. Du bist nicht mehr im Operationszentrum, oder?«

»Nein, dein Stellvertreter hat mir geraten, von dort zu verschwinden.«

»Okay, sag nichts mehr. Wir treffen uns dort, wo wir manchmal als Studenten waren. Wie lange brauchst du?«

»Eine halbe Stunde. Ich nehme jetzt die Karte heraus, weil die Gangster wollen, dass ich ihnen über eine Prepaidkarte ein Signal schicke.«

»Tu es. Und schick mir auch eines«, sagte Karol. »Ich bitte dich nochmal um Verzeihung. Rafał werden wir bestimmt befreien, das verspreche ich dir.«

Auf dem großen Bildschirm war eine Satellitenkarte von Polen zu sehen. Die leuchtenden Punkte markierten die Positionen der Wagen, die aktuell im Einsatz waren. Einer der neuen Agenten arbeitete an Ewas Computer; er versuchte, Marcos' Telefon nach dessen Gespräch mit Adam zu orten. Ein anderer war auf Nowickis Anweisung damit beschäftigt, mithilfe von Janusz' Computer nach Karol zu suchen.

Nowicki blieb hinter Stefan stehen. »Verbinden Sie mich mit der Zentrale.«

Stefan stellte die Verbindung über seinen Laptop her, doch Nowicki sah sich plötzlich in der Halle um. »Wo ist Adam Wierzbicki? Sie haben ihm doch nicht erlaubt hinauszugehen?«

»Er brauchte frische Luft.«

»Er sollte hier sitzen und warten – und nicht herumlaufen! Was bildet er sich ein? Das ist militärisches Gebiet!«

Leutnat Sikora reagierte sofort auf die Worte des Majors, indem er zum Ausgang lief.

»Wenn man Ihre Frau ermordet hätte …«, begann Stefan.

»Ich verbiete mir solche Bemerkungen, Herr Hauptmann«, fiel ihm Nowicki scharf ins Wort. »Was ist mit diesem Maulwurf?«

Stefan fragte ins Mikrofon: »Wie ist der aktuelle Stand?«

»Bożena wird gerade operiert, sie sind bald fertig«, hörten sie aus dem Lautsprecher Krzysztofs Stimme. »Der Arzt hat versprochen, mir gleich nach dem Aufwachen ein Gespräch mit ihr zu ermöglichen.«

»Nimm es auf und schick es uns rüber. Und halte die Augen offen«, sagte Stefan.

»Verstanden. Ich verhöre sie, sobald sie dazu fähig ist.«

Nowicki beugte sich zum Mikrofon und sagte mit Nachdruck: »Ich will auf jeden Fall eine Aussage von Leutnant Jawor haben. Ungeachtet ihres Zustands. Haben Sie verstanden?«

Krzysztof zögerte kurz. »Soll ich sie zum Sprechen zwingen?«

»Sie ist nach dem Tod ihres Sohnes verzweifelt und wird von der Operation geschwächt sein«, entgegnete Nowicki. »In diesem Zustand überlegt der Mensch nicht lange, was er zu verlieren hat. Soll ich Ihnen die Grundlagen des Umgangs mit Verdächtigen beibringen?«

»Ich habe verstanden, Herr Major.«

»Das freut mich.«

Nowicki befahl Stefan mit einer Handbewegung, das Gespräch zu beenden. In die Halle stürmte der aufgeregte Sikora herein. »Wierzbicki ist geflohen!«

Nowicki drehte sich blitzschnell zu ihm um. »Was heißt das?«

»Er ist mit einem Wagen weggefahren, einem schwarzen Golf. Vor einer Viertelstunde etwa!«

Stefan griff in die Tasche seiner Jacke, die er an einen Stuhl gehängt hatte. »Verdammt, er hat meine Autoschlüssel geklaut!«

»Verfluchte Scheiße!«, schrie Nowicki. »Ich bin mir sicher, Siennicki steckt dahinter! Was will er erreichen? Was wird hier gespielt?«

Er musterte alle mit einem wütenden Blick. Niemand sagte etwas.

»Na wunderbar! Das wird ja immer besser«, konstatierte Nowicki und wandte sich an Sikora. »Besprich die Einzelheiten der Fahndung mit der Polizei. Und schließt die Zufahrtsstraßen, schnell! Das Kennzeichen Ihres Golfs, Herr Hauptmann?«, schrie er in Stefans Richtung und drehte sich gleich danach zu einem der Agenten um. »Haben wir die Nummer von Wierzbickis Handy? Lass ihn nicht von der Leine! Er wird sich bestimmt mit den Gangstern arrangieren. Und uns zu Siennicki führen!«

Er verstummte für einen Moment, um sich zu sammeln. Dann sah er Stefan erneut an. »Wenn so was noch einmal passiert, verspreche ich, dass Sie Ihren Chef sehr bald wiedersehen. In Untersuchungshaft. Ist das klar?«

»Wierzbicki hat sein Handy ausgeschaltet«, sagte der Agent.

Nowicki schluckte die Nachricht hinunter. »Hat jemand eine Idee? Wo fangen wir an?«

Stefan sagte mit ruhiger Stimme: »Wir würden gern erfahren, wo die Prioritäten liegen.«

Nowicki durchbohrte ihn mit seinem Blick. »Etwas deutlicher bitte.«

»Sollen wir nach einer Milliarde und sechshundert Millionen der East Fund suchen?«

»Sie wissen sehr gut, dass wir keine private Detektivagentur sind.«

»Also geht es um Direktor Lasota.«

»Genau. Und um die Verhaftung der Gangster.«

»Die Befreiung von Wierzbickis Sohn ist ein Nebenziel?«

»Hören Sie auf, meine Worte auf die Goldwaage zu legen!«, entrüstete sich Nowicki. »Das eine hängt mit dem anderen zusammen!«

Stefan nickte. »Stimmt. Wir haben bis jetzt nur den Code. Ich schlage also vor, wir warten, bis die Analytiker das Geld von East Fund gefunden haben. Wir schnappen die Gangster, wenn sie versuchen, das Geld von der Bank abzuheben. Und sollte Wierzbicki seinen Sohn im Tausch gegen den Fahrschein befreien, so ist das sein gutes Recht.«

Nowicki musterte Stefan einen Moment lang. »Es tut mir leid, Herr Hauptmann, aber zuerst müssen wir Adam Wierzbicki und Karol Siennicki schnappen. Damit sie keine Zeit haben, meine Ermittlungen zu behindern. Erst dann denken wir über Ihren Plan nach.«

Im *Harenda*, wie ein Pub nahe der Universität hieß, war es sogar mitten am Tag dunkel. Ein paar Studenten unterhielten sich bei einem Bier, aus den Lautsprechern kam ruhiger Jazz. Karol saß über einem kalten Kaffee in einer Ecke neben der Bar. Von hier aus konnte er den ganzen Saal überblicken und hätte eine Chance zu reagieren, falls Kowals Leute auftauchen sollten. Er kannte einen Weg nach draußen über den Keller des Pubs und konnte jederzeit verschwinden.

Die Anspannung war von ihm abgefallen, doch die Angst war immer noch da. In seiner Phantasie malte er sich verschiedene Gefahren aus, die Natalia seitens des geisteskranken Wołowiec und seines zurückgebliebenen Sohnes gedroht haben konnten.

Er versuchte auch, sich über seine Gefühle nach dem Tod der Mutter klarzuwerden. Er sollte Trauer und Verlust empfinden, konnte oder wollte aber nicht. Seine Mutter erschien ihm noch ferner als zu Lebzeiten. Wie immer unerreichbar, nur diesmal endgültig. Ihm wurde bewusst, dass er sie nie richtig kennengelernt hatte. Dass er nicht mal versucht hatte, sie kennenzulernen. Er war immer mit sich selbst beschäftigt, mit seinen Schwächen, die daraus resultierten, dass er von ihr weder geliebt noch akzeptiert wurde. Vielleicht hätte ihr Verhältnis sich anders gestaltet, wenn er einmal auf sie zugegangen wäre. Wenn er verstanden hätte, warum sie als Mutter so und nicht anders gewesen war. Wenn er ihr verziehen hätte. Er hatte nie gefragt, was sie in ihrer Kindheit erlebt hatte, als sie ohne Vater im Nachkriegselend aufwachsen musste. Auf einmal wurde ihm klar, dass er seine Fehler niemals würde korrigieren können, und er empfand zum ersten Mal seit ihrem Tod Bedauern.

Er richtete den Blick auf die Eingangstür. Adam betrat das Pub und sah sich aufmerksam um. Karol erhob sich und winkte ihn herbei. Adam kam auf ihn zu und setzte sich auf die andere Seite des kleinen Tisches.

Er bebte vor Nervosität und sah Karol mit geröteten Augen an; seine Lippen zitterten.

»Ich tue alles, was in meiner Macht steht, um Rafał zu retten. Das schwöre ich«, sagte Karol leise. »Versuch dich zu konzentrieren. Ist dir bestimmt niemand gefolgt?«

»Nein.«

»Wiederhole, was du tun sollst. Jede Einzelheit ist wichtig.«

»Du hast gewusst, dass sie Agata ermordet haben«, sagte Adam.

»Ich habe dir schon gesagt …«, begann Karol.

Adam beugte sich über den Tisch und schlug ihm mit der Faust ins Gesicht. Karols Kopf sprang zurück. Er verlor für einen Moment das Gleichgewicht und hielt sich an der Tischplatte fest, bevor der ganze Tisch mit lautem Geräusch umfiel. Alle drehten sich in ihre Richtung um. Adam stand auf und verließ das Lokal. Karol stellte den Tisch wieder hin und lief ihm nach.

Auf dem Parkplatz stieg Adam wieder in den Golf. Karol blieb vor ihm stehen.

»Und wenn Agata noch am Leben ist?«

Adam erstarrte.

»Sie haben mir doch gesagt …«

»Wer? Dieser Idiot Nowicki? Und was ist mit Rafał? Willst du ihn allein befreien?«

Adam schwieg. Der Gedanke, dass Agata noch leben könnte, und die Angst zu erfahren, dass man sie doch ermordet hatte, waren eine echte Tortur.

»Ich hatte schon öfter mit Situationen zu tun, in denen die Nachricht vom Tod einer Person benutzt wurde, um ihre Angehörigen einzuschüchtern«, fuhr Karol fort. »Was ist mit dem Fahrschein? Mit dem Code?«

Adam antwortete langsam, als würde er eine auswendig gelernte Lektion aufsagen. Er war so angespannt, dass er kaum noch sprechen konnte. »Nowickis Mitarbeiter haben ihn aus meiner Wohnung mitgenommen. Ich habe mir die Seriennummer notiert, sie ist das Passwort zum Konto. Und Rafał hat den Schlüssel zum Code, doch ich glaube, dass ihm mehrere Daten fehlen. Ich meine, die Namen und Pseudonyme der Leute aus unserer Klasse. Selbst ich kann mich nicht an alle erinnern. Die Gangster wollen mich anrufen.«

»Ich glaube, sie sind zu dem Austausch nicht bereit. Oder sie haben keinen sicheren Plan. Wir haben ein wenig Zeit. Hilfst du mir?«

»Wozu? Damit ihr den gleichen Fehler macht wie bei Agata?«

»Ich arbeite jetzt allein«, antwortete Karol. »Vielleicht werden sie mich bald verhaften. Ich versuche rauszufinden, wer auf unserer Seite gemeinsame Sache mit den Gangstern macht. Das vergrößert Rafałs Chancen.«

Adam sah Karol in die Augen. »Und deine eigenen, ja? Vergiss es, ich habe nicht die Absicht zu verhandeln. Keine weiteren Fallen. Ich werde ihnen die Seriennummer des Fahrscheins geben. Ich will Rafał lebend zurückbekommen.«

»Woher weißt du, dass sie sauber spielen werden? Was machst du, wenn sie dir befehlen, die Nummer an irgendeinem Ort zu hinterlassen, und dann verschwinden? Vielleicht erfährst du dann nie, was sie mit Rafał gemacht haben? Verzeih mir, aber so läuft das nun mal.«

Adam schwieg. Er ließ den Blick sinken.

»Hilf mir, den Drecksack zu finden, der uns verraten hat«, sagte Karol. »Vielleicht gelingt es, ihn festzunehmen und zur Zusammenarbeit zu zwingen.«

Adam nickte und konzentrierte sich. »Sprich.«

»Ruf diese Nummer an und versuch dich mit diesem Mann zu verabreden.« Karol zeigte das Display seines Telefons. »Er ist mein Vorgesetzter, General Artur Kowal. Der Vizechef der Spionageabwehr.«

Adam sah ihn erschrocken an. »Der Vizechef der Spionageabwehr steckt unter einer Decke mit den Gangstern? Und du willst da etwas erreichen? Wie hoch geht das?«

»Ich rechne mit dem Schlimmsten. Es ist sehr viel Geld im Spiel. Tu es jetzt gleich.«

Adam überlegte schweigend. Dann zog er sein Handy hervor und wählte die Nummer. Nach zehn Sekunden hatte er die Verbindung.

»Guten Tag, hier ist Adam Wierzbicki. Ich möchte mich mit Ihnen treffen.« Er hörte eine Weile zu. »Gut, ich werde da sein.«

Er schaltete das Telefon aus. »Er war überrascht, hat aber einen Zeitpunkt und einen Ort genannt. In einer Stunde auf dem Parkplatz des Klubs *Spójnia* an der Weichsel. Er sagte, er würde mit seinen Leuten kommen.«

Karol dachte einen Moment nach. »Wenn er das wirklich tut, dann bedeutet das, dass Bożena gelogen hat.«

»Bożena?«

»Eine Agentin aus meinem Team, die Kowal belastet hat.«

Adam schüttelte den Kopf. »Ich soll dir vertrauen, wenn du sagst, dass du Rafał befreist, obwohl du deinen eigenen Leuten nicht vertrauen kannst?«

»So funktioniert das große Geld, in der ganzen Welt.«

»Ach komm, das höre ich, seit wir ein freies Polen haben. Mich interessiert aber nicht die Welt, sondern mein Sohn.«

Karol sah Adam direkt in die Augen. »Du könntest Zeuge von etwas werden, was du nicht wissen solltest. Hier geht es nicht nur um Rafałs Befreiung, sondern auch um die nationale Sicherheit. Du bist Journalist, trotzdem wirst du dich zu diesen Themen niemals öffentlich äußern dürfen. Niemals. Einverstanden?«

Adams Blick war voller Anspannung. »Ja. Aber wenn es dir nicht gelingt, Rafał zu befreien und festzustellen, was mit Agata passiert ist, werde ich euch verfolgen und anklagen bis an mein Lebensende! Ich lasse nicht zu, dass das die nächste ungeklärte Affäre bleibt. Das verspreche ich dir!«

Agata lauschte an der Tür, ob jemand kam, und sah gleichzeitig unruhig zu Rafał hinüber. Er stand auf einem Stuhl und versuchte, mit einem Brotmesser das Gitter der Ventilöffnung anzuheben.

»Lass es lieber«, sagte sie.

Rafał nahm das Gitter ab, griff in die Öffnung und zog eine kleine Kamera samt Kabel hervor.

»Was habe ich gesagt?«, sagte er grinsend. Er klebte das Objektiv der Kamera mit einer Brotkugel zu, schob sie an ihren Platz zurück und legte das Gitter wieder darüber. Zufrieden stieg er vom Stuhl und zwinkerte Agata zu.

»Sie werden hier gleich unter irgendeinem blöden Vorwand aufkreuzen.«

Die beiden setzten sich an den Tisch. Am Gang waren bereits schnelle Schritte zu hören.

»Die haben es aber eilig«, murmelte Rafał.

Die Tür ging auf, und der junge Leutnant betrat das Zimmer.

»Hat man Sie zu unserem Aufseher ernannt?«, fragte Agata.

Der Leutnant lächelte. »Zum Glück hat das jetzt ein Ende. Es ist jemand gekommen, der Sie und Ihren Sohn nach Warschau mitnehmen wird.«

Agata stand auf. »Mein Mann?«

»Man hat mir nur gesagt, dass er ein guter Bekannter von Ihnen sei. Bitte folgen Sie mir.« Der Leutnant machte eine einladende Geste.

Agata und Rafał tauschten schnelle Blicke, beide überrascht. Sie verließen hinter dem Leutnant das Zimmer. Vor dem Haus wartete ein silberner Lancia. Am Wagen stand Damian und rauchte. Beim Anblick von Agata und Rafał warf er die Zigarette weg und kam schnell auf sie zu. »Na bitte, ein geheimnisvolleres Versteck hättet ihr kaum finden können«, begrüßte er sie mit einem Lächeln.

Agata wandte sich zu dem Leutnant um. »Wir gehen nicht mit diesem Mann mit«, sagte sie bestimmt.

»Mit diesem Mann?« Damian blieb stehen, unangenehm berührt. »Wie meinst du das? Ich wurde gebeten, euch von hier wegzubringen.«

»Ist das nicht ein Freund Ihres Mannes?«, fragte der Leutnant. Er war genauso überrascht wie Damian.

»Wir wurden entführt, weil er jemanden benachrichtigt hat«, verkündete Agata.

»Wir hatten uns in seinem Haus versteckt«, fügte Rafał hinzu.

Damian nahm sich zusammen und kam näher. »Ich werde alles erklären …«, begann er.

»Es gibt nichts zu erklären«, unterbrach ihn Agata.

Damian machte eine flehentliche Miene. »Bitte, hör mir doch zu! Ich hatte keine Ahnung, dass ich euch in Schwierigkeiten bringen könnte.«

Agata schnaubte wütend. »Schwierigkeiten? Wir wurden von Gangstern entführt, die uns ermorden wollten! Du weißt nicht, wovon du sprichst. Zwei von ihnen habe ich erschossen, um uns zu befreien. Weißt du, was das bedeutet? Mit Sicherheit nicht! Ich habe versucht, es diesem Offizier zu erklären, aber er tut so, als wäre er taub. Und jetzt tauchst ausgerechnet du auf!« Sie drehte sich zu dem Leutnant um. »Ich will, dass die Polizei kommt. Haben Sie das jetzt endlich verstanden?«

Damian riss die Augen weit auf. »Erschossen?! Agata, ich habe keinen blassen Schimmer, wer euch entführt hat und warum. Ich schwöre es! Ich habe nur Paweł Jegorowicz von euch erzählt. Nur ihm!« Er wandte sich an den Leutnant: »Das ist ein Schulfreund von Adam Wierzbicki und mir.«

»Jegorowicz?« Agata sah ihn erstaunt an. »Was hat er damit zu tun?«

»Und warum sollten wir Ihnen glauben?«, fragte Rafał.

Damian zuckte die Achseln. »Paweł rief mich an, und ich erwähnte, dass ihr meine Gäste seid. Dann sprach ich kurz mit seinem Vater, dem Professor. Über meine Angelegenheiten. Was ist so schlimm daran? Ich verstehe es nicht. Von mir aus könnt ihr hierbleiben.«

Stille trat ein. Damian wartete auf eine Entscheidung.

»Wenn Sie wollen, rufe ich die Polizei«, schlug der Leutnant vor.

Agata verzog das Gesicht. »Damit hätten Sie vor drei Stunden kommen sollen.« Sie sah Damian an. »Wer hat dich geschickt? Was ist mit Adam?«

»Einer von Karols Männern. Er weiß nicht, wo Adam ist. Vielleicht rufen wir ihn an?«

»Gut, fahren wir«, entschied Agata und ging auf den Lancia zu.

Rafał rührte sich nicht. »Ich würde lieber auf Papa warten. Und auf die Polizei.«

»Damian bringt uns dahin, wo wir hinwollen.« Agata setzte sich auf den Beifahrersitz. »Auf Wiedersehen, danke für Ihre Gastfreundschaft«, sagte sie beiläufig zu dem Leutnant.

»Bitte glauben Sie mir, wenn ich nicht meine Befehle gehabt hätte …«, murmelte der Leutnant verlegen.

Agata schlug die Tür zu. Damian nahm Platz hinter dem Steuer.

»Auf Wiedersehen.« Rafał gab dem Leutnant die Hand und kletterte auf den Rücksitz.

»Ich rufe Adam an«, schlug Damian vor und wählte sofort dessen Telefonnummer. Im Lautsprecher ertönte die Ansage: »Der Teilnehmer ist zurzeit nicht erreichbar.«

»Fahr«, sagte Agata.

Sie fuhren los, passierten das bewachte Tor und kamen auf eine Betonstraße, die durch den Wald führte.

Der Leutnant legte sein Handy ans Ohr. »Ich melde, Herr General, dass sie weggefahren sind. Ich bin allerdings gezwungen, Sie zu bitten, mir Ihre letzten Befehle schriftlich zu geben.«

Bruno hatte den Küchentisch mit dem Inhalt des Kühlschranks vollgeräumt. Nach drei Dosen Bier war er schon in deutlich besserer Stimmung. Er betrat mit der nächsten Dose in der Hand das Zimmer.

Piotr lag auf der Couch; sein Gipsbein und eine Hand waren mit einer Schnur an den Heizkörper gebunden. Er hatte seit vielen Stunden keine Medikamente bekommen, litt Schmerzen und konnte trotz Müdigkeit nicht einschlafen. Anna saß an der gegenüberliegenden Wand, mit einem Kabel gefesselt. Beide waren nicht geknebelt – die abgeschiedene Lage des Hauses garantierte, dass sie ohnehin niemand hören würde. Bruno überprüfte Annas Fesseln, dann hob er die Bierdose in einer Toastgeste: »Auf deine Gesundheit, du Schlampe.«

Anna sah ihn ruhig an. »Danke. Und mir bietest du nichts an?«

Bruno lächelte amüsiert. »Warum nicht? Trink auch was.«

Er näherte die Bierdose ihrem Mund und kippte sie immer stärker, sodass Annas Gesicht schließlich zur Gänze mit schäumendem Bier überströmt war. Sie drehte den Kopf weg. Bruno beugte sich hinunter und sah ihr in die Augen. »Wenn du nett zu mir wärst, würdest du weniger leiden.«

Anna verzog verächtlich das Gesicht. »Wenn du nicht so blöd wärst, könntest du reich werden.«

Bruno nahm die Dose in die linke Hand und schlug ihr mit der rechten ins Gesicht. Piotr drehte den Kopf in ihre Richtung. Anna brauchte eine Weile, um nach dem Schlag zu sich zu kommen. »In fünf Stunden könnten wir in Berlin sein«, sagte sie. »Um neun machen die Banken auf.«

»Und am selben Tag sitzt du im Flugzeug von Frankfurt nach Peru«, fügte Piotr hinzu. »Vier Konten, je eine Million Euro. Du verwischst die Spuren, indem du das Geld an andere Banken transferierst. Ich zeige dir, wie.«

Bruno schwieg und musterte Piotr mit einem misstrauischen Blick. »Warum gerade Peru?«

»Weil es kein Auslieferungsabkommen mit Polen hat«, erklärte Piotr.

Die Vorstellung, reich zu sein, erregte Bruno, sie machte ihm aber auch Angst. Anna und Piotr tauschten schnelle Blicke.

»Alles geht den Bach runter bei euch«, sagte Piotr. »Dauert nicht mehr lang, dann ist der Ofen ganz aus. Was denkst du, wieso ist Marcos so plötzlich weggefahren?«

Brunos Angst war stärker als seine Gier. Er kam auf Piotr zu und beugte sich über ihn. Er machte eine Geste, als wollte er ihm eine Ohrfeige verpassen, dann aber ließ er die Hand direkt vor seinem Gesicht in der Luft hängen. »Hältst du mich für total blöd? Marcos hat mich davor gewarnt, mit dir zu quatschen.«

»Weil er die Kohle behalten will«, sagte Anna.

»Haltet eure Fressen, sonst schlage ich euch grün und blau!«, brüllte Bruno.

Im Zimmer wurde es still. »Na also!«, sagte er zufrieden, drehte sich um und verließ den Raum.

Der schwarze BMW raste mit zweihundert Stundenkilometern über eine Schnellstraße nach Warschau. Marcos fuhr konzentriert und trieb mit Hupe und Scheinwerfern die langsameren Autos von der Überholspur weg. Als ein Telefonsignal ertönte, warf er einen Blick auf den Bildschirm und nahm das Gespräch mit einer Taste am Lenkrad an. Im Wagen erklang die entstellte Stimme von Hilarewicz: »Ich habe den Code bekommen – er stimmt. Wierzbicki wird uns den Fahrschein mit dem Passwort geben. Bringst du Lasota und sein Weib?«

»Ich habe sie dort gelassen.«

Hilarewicz' Stimme wurde schärfer.

»Was heißt das, Marcos? Wo sind sie?«

»Ich schicke Ihnen die Adresse. Bruno passt auf sie auf.«

»Sag mal, was sind das für faule Tricks?«

Marcos presste verärgert die Lippen zusammen. Er mochte es nicht, wenn man so mit ihm sprach. Es war auch schon vorgekommen, dass ein Auftraggeber bedauert hatte, ihn nicht respektvoll genug behandelt zu haben.

»Ich muss Klicker finden. Sie wissen nicht zufällig, wo er ist?«

»Ich habe keine Ahnung, und es interessiert mich auch nicht! Wir haben den Code und brauchen nur noch den Fahrschein. Mach deine Arbeit!«

Marcos schwieg. Er kam ganz nah an einen Mercedes-Sportwagen heran, der vor ihm auf der linken Spur fuhr, und betätigte die Lichthupe. Der Mercedes-Fahrer zeigte ihm den Mittelfinger und gab Gas. Marcos hängte sich an seine Stoßstange und wartete auf einen freien Platz auf der rechten Spur.

»Bist du noch da?«, fragte Hilarewicz.

»Ja.«

»Vergiss Klicker, wir kümmern uns später um ihn. Ruf Wierzbicki an und verabrede dich mit ihm.«

»Sie wissen, dass wir seine Frau und seinen Sohn nicht haben?«

»Na und? Tu so, als ob ihr sie hättet, und nimm ihm den Fahrschein weg. Und lös bei der Gelegenheit das Problem Siennicki – die beiden sind zusammen. Verstehst du?«

Der Mercedes und der BMW überholten zwei Lastwagen, dann schwenkte Marcos auf die freie rechte Spur und gab Gas. Er holte den Mercedes ein, der ebenfalls beschleunigte. Sie fuhren eine Weile nebeneinander, bis sie in eine weite Kurve kamen. Dort lenkte Marcos seinen Wagen plötzlich in Richtung des anderen, sodass er ihn fast streifte. Der Mercedes-Fahrer verlor die Nerven, steuerte auf die Mittelleitschiene zu und knallte mit dem linken Kotflügel dagegen. Der Aufprall war so stark, dass sich der Wagen überschlug.

Marcos riss das Auto nach rechts, um einen Zusammenstoß zu vermeiden, und gab Gas. Im Rückspiegel sah er den auf die Fahrbahn aufschlagenden Mercedes und die beiden Lastwagen, die hinter ihm heftig bremsten.

»Marcos, antworte mir«, forderte ihn Hilarewicz mit wütender Stimme auf.

»Ich habe verstanden. Fahrschein und Siennicki.«

Der auf den Mercedes auffahrende Lastwagen verschwand hinter der Kurve.

»Dann bekommst du das Geld überwiesen und kannst mit deiner Tussi verschwinden«, beendete Hilarewicz das Gespräch und unterbrach die Verbindung.

General Kowal verließ das Ministerium. Er erwiderte den Gruß des Wachmanns und ging auf den an seiner Limousine wartenden Fahrer zu. »Ich werde selbst fahren. Sie haben den Rest des Tages frei.«

Er setzte sich ans Steuer. Der Fahrer machte hinter ihm die Tür zu, salutierte und trat zurück. Die Limousine fuhr unter der sich öffnenden Schranke durch und fädelte sich in den Straßenverkehr ein. Es hatte aufgehört zu regnen, die dunklen Wolken verzogen sich in Richtung Osten, hinter die Weichsel. Der Sonnenuntergang spiegelte sich rot im nassen Asphalt.

Kowal fuhr langsam, ganz in Gedanken versunken. Am liebsten hätte er die letzten paar Tage, vielleicht sogar Jahre rückgängig gemacht. Ihm war bewusst, dass er ohne Jegorowicz längst auf der geschlossenen Station einer psychiatrischen Anstalt gelandet wäre. Doch der Preis, den er für seine Hörigkeit dem Professor gegenüber bezahlte, wurde langsam zu hoch; er sollte sich weigern, seine seltsamen Anweisungen noch länger zu befolgen.

Anfangs kamen ihm Jegorowicz' Bitten harmlos vor. Er sollte die von ihm empfohlenen Leute in seiner Abteilung des Verteidigungsministeriums unterbringen. Und er tat es. Alle taten es – jede regierende Partei besetzte die Posten in der Staatsverwaltung mit eigenen Leuten, und diese gaben ihren Verwandten und Bekannten Arbeit, indem sie für sie neue Stellen schufen. Der Verwaltungsapparat wuchs ständig, schluckte dadurch einen Großteil des Staatsbudgets, und niemand protestierte dagegen.

In letzter Zeit bat ihn Jegorowicz allerdings um Dinge, die gefährlich waren. Er verlangte von ihm, dass er irgendwelche Leute mit Informationen über die Ermittlungen im Fall Lasota versorgte. Das Treffen mit dem Vizedirektor von East Fund, der ihn schon am Telefon mit offener Geringschätzung behandelt hatte, war nur einer von vielen Gefallen gewesen.

Bei dem Gedanken an die öffentliche Hinrichtung, die ihm die Medien bereiten würden, wenn ans Licht käme, dass er einer Verbrecherorganisation geholfen hatte, lief Kowal ein kalter Schauer über den Rücken. Er würde die Scham einer Verhaftung nicht überleben. Er könnte weder seiner Frau noch seinen zwei heranwachsenden Söhnen in die Augen sehen, die auf die Generalsepauletten des Vaters sehr stolz waren.

Er würde nicht zulassen, dass man ihn vernichtet. Dann lieber den Kontakt zu Jegorowicz abbrechen, sogar um den Preis, wieder in eine Depression zu verfallen. Er würde einen anderen Psychiater um Hilfe bitten. Er musste nur die Sache mit Karol zu Ende bringen. Seine Intuition sagte ihm, dass der Oberst gefährlich geworden war, dass er zu viel wusste. Er würde Siennicki verhaften, der Militärstaatsanwalt die Anklage formulieren – und das war es. Immer noch gedankenverloren kam er auf eine Schnellstraße entlang der Weichsel und gab Gas.

Adam schlief in dem Golf, den er auf einem kleinen, leeren Parkplatz an der Weichsel, neben einem Jachtklub, geparkt hatte. Die Müdigkeit und der Schlafbedarf waren noch größer als der Stress. Nach einer guten Viertelstunde wachte er plötzlich auf und sah sich unruhig um. Einige Sekunden lang begriff er nicht, wo er war.

Die wie immer graue Weichsel hatte hier eine kräftige, von zahlreichen Wirbeln unterbrochene Strömung. Sie erweckte den Eindruck einer fremden, bedrohlichen Kraft, die der Mensch geschaffen hatte, indem er beständig Müll im Fluss entsorgt hatte. Von den vier Spuren der parallel verlaufenden Schnellstraße drangen der Lärm und die Abgase der vorbeirasenden Autos her.

Adam spürte einen pulsierenden Schmerz in dem verletzten Bein. Er griff in die Jackentasche, um seine Schmerztabletten hervorzuholen. Dabei bemerkte er im Rückspiegel eine schwarze Limousine, die von der

Straße auf den Parkplatz kam, etwa fünfzig Meter hinter ihm stehen blieb und mit den Scheinwerfern blinkte.

Er schluckte eine Tablette und steckte die Schachtel in die Tasche zurück. Dann holte er tief Luft, um ganz zu sich zu kommen, stieg aus dem Wagen und ging auf die Limousine zu. Der kräftig gebaute Mann, der am Steuer saß, zeigte auf den Beifahrersitz. Adam setzte sich hinein, und der Mann wandte sich ihm zu. »General Kowal. Sind Sie allein?«

Adam nickte. »Und Sie wollten mit Ihren Leuten kommen ...«

»Das sind Profis«, erklärte Kowal. »Man sieht sie nicht. Was hat Siennicki Ihnen gesagt?«

»Nicht viel. Dass er mir nicht mehr helfen kann.«

Der General sah Adam aufmerksam an. »Sie wissen nicht zufällig, wo er steckt?«

Adam schüttelte den Kopf.

»Aber Sie wissen, wie man Lasotas Code dechiffrieren kann?«, fragte Kowal.

»Ich gebe Ihnen den Schlüssel zum Code, wenn Sie mir helfen, meinen Sohn zu befreien.«

»Warum verlassen Sie sich nicht auf das Agententeam, das die Ermittlungen übernommen hat?«

»Sie planen eine Falle, bei der mein Sohn ums Leben kommen könnte. Durch solche Methoden ist meine Frau gestorben.«

Kowal fuhr sich über die Augen, mit einer Bewegung, die von Müdigkeit zeugte. »Ja, ich habe davon gehört. Es tut mir sehr leid. Lasotas idiotische Idee und Siennickis Willkür haben zu einer Tragödie geführt. Eine so riesige Summe durch einen Code auf einem Fahrschein zu sichern und Sie in das Ganze hineinzuziehen ...«

Adam drehte den Kopf zum Fenster und schaute zu einem Gebäude am Rande des Parkplatzes hin. Als er Kowal wieder ansah, begegnete er seinem aufmerksamen Blick.

»Sie sind doch nicht allein«, sagte der General. »Sie haben mich belogen.«

Er ließ den Motor an, setzte schnell ein Stück zurück, wendete die Limousine Richtung Schnellstraße und fuhr los. Hinter dem flachen Gebäude kam der schwarze Passat hervor und blockierte die Parkplatzeinfahrt. Die Limousine wich aus, rammte die hintere Stoßstange des Passats und raste auf die Schnellstraße.

Adam griff nach der Handbremse. Kowal drehte sich zu ihm hin und schlug mit der Handkante gegen seinen Hals. Adam blieb die Luft weg; er krümmte sich und stöhnte vor Schmerz.

Der Passat folgte der Limousine. Einen Moment lang wollte es ihm nicht gelingen, sich in den Straßenverkehr einzufädeln – er wurde von einem Lastwagen blockiert, der auf der rechten Spur fuhr. Doch dann kam er in eine Lücke, ließ den Lastwagen hinter sich, holte die Limousine ein und rammte sie seitlich.

Kowals Wagen nahm blitzschnell die nächste Ausfahrt, die zum großen Parkplatz des Jachtklubs führte. Der Passat tat es ihm nach, wobei er stets zwei Meter hinter ihm blieb. Die Limousine durchbrach die geschlossene Schranke der Einfahrt und versuchte gerade, auf dem Parkplatz zu wenden, als der Passat seitlich in sie hineinknallte. Beide Autos kamen zum Stillstand.

Karol sprang sofort aus seinem Wagen und lief auf die Limousine zu. Kowal zielte durch das Seitenfenster auf ihn, doch Siennicki zerschlug mit einem Tritt die Scheibe. Die Glassplitter spritzten ins Gesicht des Generals, der schnell zurückwich. Karol schob eine Faust durch das zerschlagene Fenster und schlug ihm die Pistole aus der Hand.

Kowal stieß die Tür auf, sprang aus dem Wagen und stürzte sich auf Karol. Der General war schwerer, stärker und im Nahkampf besser ausgebildet. Seine Schläge durchbrachen immer wieder Karols Deckung. Schließlich wich Siennicki einem Schlag aus, packte Kowal um die Taille und warf ihn zu Boden. Sie überschlugen sich mehrmals, während beide versuchten, den Würgegriff um den Hals des anderen zu verstärken und ihm weitere Faust- und Ellbogenschläge zu verpassen. Bis Kowal plötzlich erstarrte und mit einem Stöhnen zur Seite fiel. Über ihm stand Adam mit einer Pistole in der Hand.

Karol erhob sich unsicher; seine Nase und sein aufgeplatzter Augenbrauenbogen bluteten. Er nahm Adam die Pistole aus der Hand. Auch Kowal richtete sich langsam auf, doch weiter als auf alle viere schaffte er es nicht. Glassplitter hatten sein Gesicht an mehreren Stellen zerschnitten. Er berührte die Stelle an seinem Kopf, an der ihn der Pistolenkolben getroffen hatte, und betrachtete seine blutverschmierten Finger. »Das werdet ihr mir büßen«, stieß er mühsam hervor.

Vom Jachtklub her kamen zwei Sicherheitsmänner angelaufen, beide mit Gaspistolen und Schlagstöcken ausgerüstet. Sie richteten die Pistolen auf Karol. »Fallen lassen! Hören Sie?! Lassen Sie die Waffe fallen!«

Karol zog schnell seinen Dienstausweis hervor. »Militärpolizei!«

Kowal setzte sich auf den Asphalt, immer noch stark betäubt. »Ich heiße Kowal, General Artur Kowal. Rufen Sie beim Verteidigungsministerium an und überprüfen Sie es.« Er zeigte auf Karol und Adam. »Sie sind die Verbrecher.«

Die Sicherheitsmänner sahen einander unsicher an. Karol half Kowal hoch, stellte ihn auf die Beine und bugsierte ihn auf den Passat zu. »Wir fahren.«

»Einen Augenblick«, sagte der erste Sicherheitsmann. »Zuerst wollen wir feststellen, was hier los ist.«

Karol stieß Kowal auf den Rücksitz seines Wagens und schlug die Tür hinter ihm zu. Dann gab er Adam ein Zeichen, dass er sich ans Steuer setzen solle, und sah die Sicherheitsmänner an. »Lassen Sie sich nicht aufhalten.«

Die Sicherheitsmänner starrten die Waffe in Karols Hand an; mit ihren Gaspistolen hatten sie keine Chance gegen ihn. Einer von ihnen zog einen Notizblock hervor und notierte schnell die Kennzeichen der Limousine und des Passats.

Karol setzte sich neben Kowal und legte ihm Handschellen an. Der General machte einen resignierten Eindruck; er versuchte nicht einmal mehr zu protestieren. Adam legte den Gang ein und fuhr los.

Die Lage im Krankenhaus war unverändert. Krzysztof unterhielt sich mit einem jungen Unteroffizier, den man zu Bożenas Überwachung geschickt hatte. Sie schlenderten gelangweilt über die Gänge der Chirurgie und warteten auf die Erlaubnis der Ärzte, die aus der Narkose erwachte Frau zu verhören. Sie kannten sich seit Jahren, hatten bei einigen Einsätzen unter Karols Kommando zusammengearbeitet. Krzysztof konnte sich erinnern, dass der Unteroffizier studieren wollte, um weiter aufzusteigen. Vor der Glasscheibe der Intensivstation blieben sie stehen und schauten dem Arzt zu, der die an eine Apparatur angeschlossene Bożena untersuchte.

»Wann fängt die Schule an?«, fragte Krzysztof.

Der Unteroffizier schüttelte den Kopf. »Planänderung. In einem Jahr schmeiße ich den Job hin.«

Krzysztof sah ihn erstaunt an. »Was ist passiert?«

»Ich bin nach Thailand gefahren. Und habe mich verliebt.«

»In eine Thailänderin?«

Der Unteroffizier lächelte. »Das auch. Aber zuerst in das Land.«

»Paradies auf Erden?«

»Fast.«

Die Tür zur Eingangshalle ging auf, und zwei Krankenpfleger schoben ein Bett in den Flur herein. Krzysztof und der Unteroffizier stellten sich an die Wand, um Platz zu machen.

Der Patient, der an ihnen vorbeifuhr, war Klicker. Um eine Hand und eine Schulter trug er einen Verband, mit der gesunden Hand drückte er einen ledernen Aktenkoffer an sich. Er war blass und verängstigt.

Die Krankenpfleger fuhren das Bett vor die Tür des Operationssaals, die von einer Schwester geöffnet wurde. Einer von ihnen fasste an den Griff des Aktenkoffers. Klicker drückte ihn fester an sich, mit erschrockenem Blick.

»Sie können ihn nicht zur Operation mitnehmen«, erklärte der Krankenpfleger und zog an dem Griff.

Klicker ließ nicht los.

»Was ist da drin? Eine Million Dollar?«, fragte der Krankenpfleger ungeduldig. Er zog Klickers Finger weg und nahm den Aktenkoffer an sich.

»Sie dürfen aber nicht in den Papieren wühlen!«, rief Klicker noch verzweifelt, bevor sich die Tür geschlossen hatte.

Krzysztof und der Unteroffizier lächelten und kehrten zu ihrem Gespräch zurück.

»Mein Bruder und ich eröffnen dort einen Tauchklub. Wir haben schon fast alles, was wir brauchen. Nur noch etwa dreißigtausend, und es kann losgehen.«

»Dollar?«

»Genau. Und Sie kommen uns besuchen und werden dann auch nicht mehr zurückwollen.«

Wieder ging die Tür auf, und die Station betrat ein Arzt im Chirurgenkittel und mit einer Gesichtsmaske, unter der eine breite Narbe zu sehen war. Er bog zur Tür der Intensivstation ab und griff sich unter den Kittel. In seiner Hand erschien ein länglicher, schwarzer Gegenstand.

Krzysztof sah den Arzt an, und seine Aufmerksamkeit war plötzlich geschärft. Er riss seine Pistole aus dem Halfter und stürzte in Richtung Intensivstation.

»Stehen bleiben! Keinen Schritt weiter!«

Der als Arzt verkleidete Mann drehte sich blitzschnell um. Seine Pistole mit Schalldämpfer spuckte Feuer, die Kugel traf eine Scheibe hinter Krzysztof. Das Glas zerbarst mit einem Knall, doch der Angreifer schoss weiter. Krzysztof ließ sich hinter ein leeres Bett fallen und gab zwei Schüsse ab, auf seine Beine zielend. Der Mann ging mit einem Schrei zu Boden.

Jetzt schossen sie beide unter den Betten hindurch. Eine Kugel aus Krzysztofs Pistole traf die rechte Schulter des Mannes. Dieser sprang auf, ergriff seine Waffe mit der linken Hand und zielte auf Bożena. Krzysztof kniete sich hinter seinem Bett hin und schoss dreimal.

Zwei Kugeln trafen den Rücken des Mannes und warfen ihn zu Boden; seine Pistole fiel auf Bożenas Bett, neben ihre Füße. Krzysztof lief aus seinem Versteck hervor und tauschte das leere Magazin gegen ein volles.

Der Verletzte hielt sich am Rand von Bożenas Bett fest, richtete sich auf die Knie auf und griff wieder nach seiner Waffe. Bożena verschob mühsam einen Fuß und warf sie auf den Boden hinunter. Der Mann sah sie eine Sekunde lang an, dann ließ er die Bettkante los und fiel auf den Rücken.

Krzysztof ging auf ihn zu und berührte seine Halsschlagader. Dann nahm er die Maske von seinem Gesicht. Es schauten ihn die toten Augen von Oleg an. Er richtete sich auf und beugte sich über Bożena. »Alles in Ordnung?«

Bożena nickte. »Danke.« Sie bewegte lautlos die Lippen. »Und Verzeihung.«

Krzysztof berührte ihre Schulter mit einer tröstenden Geste. Ihm wurde bewusst, dass er keinen Feind in ihr sehen konnte – zu lange hatten sie miteinander gearbeitet, zu viel zusammen erlebt.

Von draußen drang ein Stimmengewirr herein. Als er in den Flur hinaustrat, machten ihm Ärzte und Krankenschwestern Platz. Auf dem Fußboden, in einer Blutlache, lag der junge Unteroffizier. Die Einschusswunde an einer Seite seines Kopfs ließ keinen Zweifel aufkommen, dass er tot war.

Der Passat fuhr schnell über die Ausfallstraße, die von Warschau in den Norden hinaufführte. Adam steuerte den Wagen, Karol saß neben dem gefesselten Kowal. Der General wirkte gleichgültig. Er hatte kein Wort gesagt, seitdem Karol ihm die Handschellen angelegt hatte; er sah nur mit starrem Blick auf die entlang der Straße verstreuten Häuser.

Karol hatte es mit dem Verhör nicht eilig – nach dem Prinzip, dass jede Minute der Unsicherheit den Verdächtigen schwächen würde. Sie erreichten die nächste Kreuzung.

»Nach links«, sagte Karol.

Kowal wandte sich ihm zu. »Was kommt als Nächstes? Verkaufst du mich an die Gangster?«

Karol antwortete nicht. Adam bog an der Kreuzung ab und kam auf einen Weg in Richtung Wald, der auf einer Anhöhe hinter den letzten Häusern begann.

»Glaubst du, dass man mich entführen und straflos davonkommen kann? Willst du Bedingungen stellen? Die Regierung erpressen? Das wird dir nicht gelingen, Karol. Und das weißt du sehr gut.«

Siennicki schwieg immer noch. Sie hatten die Ortschaft verlassen und kamen in den Wald hinein.

»Du wirst gleich sagen, dass es nichts Persönliches ist«, setzte Kowal seinen Monolog fort.

Karol gab Adam ein Zeichen, dass er anhalten solle. Der Wagen fuhr zwischen die Bäume und blieb stehen. Wierzbicki betrachtete Kowal im Rückspiegel. Der General wurde immer unruhiger.

»Willst du mich foltern?«, fragte er mit einem Lächeln, das seine Angst kaschieren sollte.

Karol wandte sich zu ihm um. »Das Spiel ist vorbei, Artur.«

»Dann sag mir etwas über dein Spiel.« Kowal deutete mit den Augen auf Adam. »Ihn konntest du belügen, mit mir wird dir das nicht so leicht gelingen.«

»Du bist zu dem Treffen allein gekommen. Wieso? Neue Regeln? Änderung der Prozedur?«

Kowal war auf diese Frage vorbereitet. »Ich wusste, dass du mit Wierzbicki kommst. Ich wollte dir eine Chance geben, denn ich habe einen Gerichtsbeschluss, dem zufolge du festgenommen werden sollst. Du weißt, wie es läuft: Du wurdest verhaftet, also bist du schuldig.« Er wandte sich an Adam: »Ihre Frau lebt, Ihr Sohn auch.«

Wierzbicki drehte sich mit einer heftigen Bewegung um. »Agata lebt?«

Kowal verzog das Gesicht und zeigte mit dem Kopf auf Karol. »Hat er Ihnen das verschwiegen? Ich bin gespannt, wozu.«

»Wo sind die beiden?!«

Kowal schwieg, ohne den Blick von Adam abzuwenden. Es war klar, dass er diese Information nur im Gegenzug für seine Befreiung verkaufen würde.

»Das nennt sich Manipulationstechnik«, warnte Karol. »Glaub ihm nicht.«

»Wollen Sie Ihre Frau und Ihren Sohn sehen?«, fragte Kowal.

»Ich habe ja gesagt, dass Agata noch leben könnte. War mir aber dessen nicht sicher«, fiel ihm Karol wieder ins Wort.

Der General drehte sich zu ihm um. »Du hast das gesagt, weil du es von den Gangstern weißt. Und ich weiß es von den Militärs der Anlage, in der sie Schutz gefunden haben.«

Adam zögerte – er wusste nicht, wem er glauben sollte. »Wo ist diese Anlage?«

»Langsam.« Kowals Ton zeugte davon, dass er sich seines Vorsprungs bewusst war. »Man kann an alles glauben, an die Geschichte von Bożena auch. Im Grunde werden wir alle drei manipuliert.« Er wandte sich an Karol: »Ich bin allein gekommen, weil ich nicht glaube, dass du schuldig bist. Und du? Du hast die Anschuldigungen sofort geglaubt, die jemand gegen mich ausgesprochen hat. Wie viele Jahre arbeiten wir zusammen, Karol? Wer hat dich ausgebildet? Wie oft habe ich für dich den Kopf hingehalten?«

Adam dachte in dem Moment, dass die Worte des Generals vernünftig und ehrlich klangen.

»Wir sind keine Feinde, Karol, und werden es niemals sein. Sieh mir in die Augen und sag mir, wer mich beschuldigt.«

Karol fing an, in einem gleichmäßigen, emotionslosen Ton zu sprechen: »Du hast den Kontakt zwischen Bożena und dem Mann von East Fund hergestellt. Du wusstest von der Krankheit ihres Sohnes und hast zugelassen, dass sie von ihnen gekauft wurde. So konnten die Gangster einen Maulwurf in meinem Team installieren, der auch noch sehr wirksam war.«

Kowal schüttelte bedauernd den Kopf. »Und dieses vereinfachte Bild passt dir, ja? Weil sie das behauptet. Also wirklich, Karol. Ich habe dich besser ausgebildet. Viel besser.«

»Du hast den Haftbefehl gegen mich erlassen. Und dir einen Gerichtsbeschluss besorgt.«

»Den Haftbefehl hat der Minister persönlich unterschrieben. Glaubst du es nicht? Dann greif in meine Tasche.«

Karol verstummte.

Jetzt wird er sich bei dem General entschuldigen, schoss es Adam durch den Kopf. Wir fahren zurück und finden Agata und Rafał.

»Man muss die wahren Verbrecher schnappen«, fuhr Kowal fort. »Es geht um großes Geld, und du weiß sehr gut, wer sich in solchen Fällen einschaltet. Die Politik, stimmt's? Bringen wir es zusammen zu Ende.« Er streckte Karol die gefesselten Hände entgegen.

In der Stille ertönte die Vibration eines Handys. Karol zog sein Telefon hervor, sah aufs Display und nahm das Gespräch an.

»Sie wollten Bożena ausknipsen«, hörte er im Telefon Stefans Stimme.

»Einer von unseren Männern ist tot. Krzysztof hat den Attentäter erschossen.«

»Weiß man, wo die undichte Stelle war?«, fragte Karol.

Stefan zögerte kurz. »Wenn Bożena nicht lügt, könnte es Kowal gewesen sein.«

»Haben die Ärzte sie aufgeweckt?«

»Ja, Krzysztof hat ihr Geständnis aufgezeichnet. Ich schicke es dir.«

»Was sagt Major Nowicki dazu?«

»Er will das Geständnis bis zur Verifizierung geheim halten. Behauptet, dass er Bożena nicht glaubt.«

»Und du?«

Stefan schwieg eine Weile; er überlegte, was er sagen sollte. »Auf jeden Fall stinkt die Sache gewaltig. Hast du es?«

Karol warf einen Blick auf sein Handy. »Ja, danke. Und pass auf dich auf – du kannst wegen der Telefonate mit mir Ärger bekommen.«

»Und du halt dich von Kowal fern. Er veranstaltet eine richtige Jagd auf dich, alle Sicherheitsdienste zusammen mit der Polizei. Ich denke, dass er jeden Augenblick die Medien einschaltet. Er will dich vernichten.«

»Danke, bis dann.«

Karol unterbrach die Verbindung und öffnete die Datei mit der Aufnahme.

»Der treue Stefan?«, erkundigte sich Kowal. »Es ist gut, so einen Mann zu haben. Der wird alles für dich riskieren. Du warst auch so, ähnlich wie ich. Und das da« – er zeigte mit dem Kopf auf Karols Telefon – »kann man leicht präparieren. Kein Richter wird euch das abkaufen.«

Karol sah ihn wütend an. »Halt die Klappe, Artur, sonst muss ich dich knebeln! Vor zwei Tagen hast du gesagt, du würdest dich nicht in diese Jauche hineinziehen lassen! Jetzt verstehe ich, wie du das gemeint hast: Ich sollte darin ertrinken!«

In seinem Telefon, das er auf laut gestellt hatte, ertönte Krzysztofs aufgezeichnete Stimme: »Wie lange geht das schon?«

»Drei Monate«, antwortete Bożena. Man konnte hören, dass ihr das Sprechen schwerfiel.

»Seit drei Monaten kannten die Gangster jeden unserer Schritte?«

»Seit sie Darek nach Schweden geschickt hatten.«

»Hast du ihnen gesagt, dass der Direktor von East Fund, Piotr Lasota, sich an Karol gewandt hatte?«

Schweigen.

»Ich muss es auf Band haben«, sagte Krzysztof.

»Ja.«

»Wusstest du von Karol, dass Lasota anderthalb Milliarden Złoty versteckt hatte?«

»Eine Milliarde und sechshundert Millionen.«

»Du warst Karols engste Mitarbeiterin. Wie konntest du uns verraten?«

»Ich bitte um konkrete Fragen«, sagte Bożena nach einigen Sekunden Pause.

Aus der Ferne erklang eine Männerstimme: »Das genügt.«

»Was hat East Fund vor?«, fragte Krzysztof weiter. »Wer ist dein Kontaktmann dort?«

»Ich kenne seinen Namen nicht. Ich könnte aber ein Gedächtnisporträt machen«, antwortete Bożena.

Die Männerstimme kam Krzysztofs nächster Frage zuvor: »Ich bestehe darauf, dass das Gespräch beendet wird. Es ist zu riskant für die Patientin.«

»Aber wenn sie einverstanden ist auszusagen …«, begann Krzysztof.

Der Arzt erhob die Stimme: »Ich bin aber nicht einverstanden, verstehen Sie?«

»Geben Sie mir noch drei Minuten«, bat Krzysztof. »Es sind Menschen ums Leben gekommen, weil sie …«

»Verlassen Sie bitte die Station!«

»Kontrolliere Ihren Zustand oder verpiss dich!«, platzte Krzysztof heraus.

»Ich werde mich bei Ihren Vorgesetzten beschweren«, kündigte der Arzt an. Man hörte seine immer leiseren Schritte. Dann trat für einen Moment Stille ein.

»Jetzt denk genau nach, bevor du antwortest«, setzte Krzysztof das Verhör fort. »Warum glaubst du, dass General Kowal dich bewusst zu diesem Mann von East Fund geschickt hat?«

Bożena schwieg.

»Wenn du dir nicht sicher bist ...«

»Ich habe Kowal gemeldet, dass sie versuchen, mich zu kaufen. Dass sie mir die Rettung von Darek anbieten.« Bożenas Stimme war leise und brach immer wieder ab. »Und dass ich mich einverstanden erkläre. Er hat mir befohlen, das Spiel weiterzuspielen ... und er hat mir verboten, es Karol zu sagen. Er behauptete, ich würde schon zu tief drinstecken. Nur er wusste von meinem Doppelspiel.«

»Warum hast du ihnen die Informationen über Lasota gegeben? Während einer solchen Operation gibt man keine wichtigen Informationen preis.«

»Sie haben gedroht, Darek aus dem Krankenhaus zu nehmen, wenn ich ihnen nicht alles gebe.«

»War Kowal auch damit einverstanden?«

Stille.

»Ich muss es auf Band haben«, wiederholte Krzysztof mit Nachdruck.

»General Kowal wusste, dass ich dem Mann von East Fund das ganze Operationswissen von Oberst Siennicki gab. Ich tat es in codierten Mails.«

Karol schaltete das Telefon aus. Für einen Moment wurde es still.

»Du Drecksack, sie hatte einen todkranken Sohn!«, platzte Adam heraus.

Er sah den General an, der in sich zusammengefallen auf dem Rücksitz saß, den Blick auf den Boden geheftet. Karol hielt Adam mit einer Handbewegung zurück.

»In Mails? Warum nicht mit normaler Post, per Einschreiben? Bist du vollkommen übergeschnappt? Wie viel haben sie dir gezahlt?«

Kowal schwieg, seine Augen wirkten völlig ausdruckslos.

»Nimm ihn härter ran«, sagte Adam. »Oder ich mache es. Er weiß, wo Agata und Rafał sind!«

Karol schüttelte den Kopf. »Er weiß, wie man die Schmerzrezeptoren blockiert. Wenn er die Wahrheit gesagt hat, dann droht Agata und Rafał keine Gefahr mehr. Es sieht ganz so aus, als würden die Gangster auf einen Anruf des Herrn General warten. Deswegen rufen sie dich nicht an. Lass uns zurückfahren.«

Adam rührte sich nicht; er saß nur da und starrte Karol an.

»Adam, fahr los!«, sagte Karol in scharfem Ton.

»Wohin?«

»In deine Wohnung.« Er zeigte auf den General. »Ich muss ihn verhören, das kann dauern. Meine Adressen sind alle aufgeflogen.«

Adam holte tief Luft, wandte sich um und umklammerte das Lenkrad fest. Er spürte, dass er ohne Karol dazu fähig wäre, Kowal zu foltern. Dass er langsam den Menschen ähnlich wurde, die seiner Familie Böses antaten. Er startete den Wagen und drehte auf der schmalen Landstraße um.

»Hilf mir, bitte«, sagte Anna mit leiser Stimme.

Piotr lag auf dem Bett, mit dem Kopf zur Wand. »Wir haben es versucht. Es hat keinen Sinn mehr«, antwortete er in resigniertem Ton.

Anna lehnte sich so weit in seine Richtung, wie ihre Fesseln es erlaubten. Aus dem Augenwinkel beobachtete sie Bruno, der in der Küche saß.

»Ich kenne mich mit Menschen aus und bin mir sicher, dass wir es schaffen, ihn zu kaufen. Ich flehe dich an, gib nicht auf«, sagte sie noch leiser.

Piotr drehte den Kopf, ihre Blicke trafen sich. »Was soll ich tun?«

»Hilf mir, ihn zu überzeugen, dass er das Geld kriegt und ohne Risiko fliehen kann.«

»Sei vorsichtig.«

»Ich liebe dich«, flüsterte Anna. Sie wandte sich zu Bruno um und rief: »Hey du!«

Bruno hatte drei weitere Dosen Bier getrunken, einen klaren Kopf hatte er dadurch aber nicht bekommen. Er saß am Küchentisch und dachte intensiv nach. Durch die offene Tür konnte er Anna sehen, die an den Stuhl gefesselt war, und den auf dem Bett liegenden Piotr.

»Was ist?«, rief er zurück.

Sein Telefon klingelte. »Warte.« Er legte das Handy ans Ohr. »Hallo?«

»Im Keller steht ein Behälter mit Säure«, sagte Marcos.

»Aha.«

»Was aha? Schalt dein Hirn ein.«

Bruno sah Anna und Piotr an. »Du hast aber gesagt, dass die, die uns beauftragt haben, mit Lasota reden wollen.«

»Und jetzt sage ich was anderes. Ruf an, wenn du es erledigt hast – ich schicke dann jemanden, der dich abholt. Beeil dich.«

»Mache ich.« Bruno schaltete das Telefon aus. Er nahm einen Schluck aus der Bierdose und versank in Gedanken.

»Hey du, ich rede mit dir!«, rief Anna erneut.

»Was ist?!«

»Komm mal für einen Moment her!«

Bruno empfand den Befehl als Kränkung. »Und wenn ich keine Lust habe?«

Er erhob sich und trat in den Flur hinaus. Dann öffnete er die Kellertür, knipste das Licht an und machte sich auf den Weg nach unten. In einem großen, niedrigen Raum standen eine Wanne und drei große Plastikbehälter.

Bruno ging auf die Wanne zu und hob vom Betonfußboden einen schwarz angelaufenen Knochen auf. Plötzlich kam ihm eine Idee, und er warf den Knochen mit neugierigem Gesichtsausdruck in die Wanne. Dann drehte er den Verschluss eines der Behälter auf und begann, dessen Inhalt über den Knochen zu gießen.

Die gelbliche, trübe Flüssigkeit kochte beim Kontakt mit dem Knochen auf, dabei spritzten einige Tropfen auf die ungeschützte Haut seiner Hand. Bruno ließ den Behälter mit einem Schrei fallen. Der Behälter fiel in die Wanne, die Flüssigkeit spritzte erneut heraus und traf sein Gesicht. Der Schrei ging in ein Geheul über.

Von der Säure verätzt, stürzte er zum Kellerausgang, prallte an der Wand ab und fiel auf die Knie. Mit verzweifelten Bewegungen kletterte er die Treppe hinauf. Er fiel in die Küche hinein und drehte, vor Schmerz stöhnend, den Wasserhahn auf. Dann ließ er Wasser über seinen Kopf laufen.

Anna und Piotr schauten beunruhigt in seine Richtung.

»Was ist los?«, rief Anna.

»Das geht dich nichts an, du Schlampe!«, antwortete ihr aus der Küche eine dumpfe Stimme.

Nach einer Weile erschien Bruno in der Tür. Er drückte ein nasses

Handtuch auf sein schmerzverzerrtes Gesicht, an seinen Händen waren rote Brandflecken zu sehen.

»Es ist eine Säure, in der ihr gleich landet«, verkündete er rachsüchtig. »Lebend!«

»Red keinen Unsinn«, sagte Anna. »Du hast Angst, deshalb willst du nicht mit uns nach Berlin fliehen. Für vier Millionen Euro ... Sei ein Mensch und hol uns ein Schmerzmittel. Ich gebe dir meine EC-Karte, du kannst dann aus dem Automaten gleich zwanzigtausend holen. Du riskierst ja nichts dabei.«

»Ich bin kein Arzt, du Nutte. Und ich rede nicht mit dir.« Er wandte sich an Piotr: »Wo willst du vier Mille hernehmen?«

Piotr machte eine ungeduldige Bewegung. »Mensch, ich habe eine Milliarde und sechshundert Millionen auf dem Konto! Wenn du auch nur einen Teelöffel Hirnmasse in deinem Kopf hättest, hättest du es längst kapiert!«

»Typen wie du geben nie eine klare Antwort.« Jetzt wurde Bruno ungeduldig. »Beleidige mich nur weiter, und ich übergieße dich mit der Säure. Ich habe gefragt, wie du die Kohle besorgen willst.«

Anna warf Piotr einen beruhigenden Blick zu und sagte: »Piotr muss eine Schweizer Bank in Berlin erreichen. Dann kann er das Geld auf jedes Konto überweisen.«

»Der Neandertaler hat kein Konto«, sagte Piotr.

»Der was?«, fragte Bruno und ging mit drohender Miene auf das Bett zu. Dabei ließ er das Handtuch sinken, und rote Flecken in seinem Gesicht kamen zum Vorschein.

»Der Scharfschütze auf Latein«, erklärte Anna schnell.

»Und du bist was? Der Kardinalpriester?« Bruno schlug mit dem nassen Handtuch in Piotrs Gesicht. Dann setzte er sich seitlich auf den Tisch, dicht neben Anna. »Und wie kommen wir nach Berlin? Zu Fuß?«, fragte er und berührte die verwundete Stelle, das Gesicht vor Schmerz verziehend.

Klicker wachte aus der Narkose auf und starrte, noch halb benebelt, die Zimmerdecke an.

»Sie haben Besuch«, sagte ein alter Mann, der im Bett neben ihm lag.

Klicker drehte den Kopf, erkannte die junge Frau, die an seinem Bett saß, und lächelte. »Helenka«, flüsterte er freudig.

Die Frau streichelte seine Wange. »Ich hab einen solchen Schreck bekommen. Meine Mama ist auch da. Und dein Kollege. Er hat uns in Wołomin gefunden und mit dem Auto hergebracht.«

Klicker richtete den Blick auf die ältere Frau, die am Bettende stand und ihm zuwinkte. Doch dann erstarrte er plötzlich und riss die Augen weit auf. Hinter der älteren Frau trat Marcos hervor.

»Grüß dich, Klaudiusz«, sagte er in freundlichem Ton. »Wie fühlst du dich?«

Klicker brachte vor Entsetzen kein Wort hervor. Er versuchte, mit der Hand unter das Bett zu zeigen, doch die Tropfschläuche hinderten ihn daran.

»Wo ist es?«, fragte Marcos.

»Drunter«, stammelte Klicker erschrocken.

Marcos schob die beiden Frauen beiseite, sah unter dem Bett nach und richtete sich auf.

»Ich suche nicht nach deinem Nachttopf. Wo ist der Aktenkoffer?«

»Er war unter dem Bett ... Ich schwöre es!«

Marcos packte Helena und setzte die Klinge seines Springmessers an ihren Hals. Mit der anderen Hand stieß er die ältere Frau auf ein leeres Bett nebenan.

»Lass sie, bitte! Ich lüge nicht!«, rief Klicker. In dem Moment begriff er, was passiert war. »Die Bullen!«, rief er noch lauter.

»Was für Bullen?«

»Die zwei Bullen, die mich angeschossen haben! Sie waren hier ... und haben den Aktenkoffer gestohlen! Vor der Operation haben sie mich nach ihm gefragt!«

»Erzähl keinen Scheiß, Klicker, hier waren keine Bullen!«

»Dieser Herr sagt die Wahrheit«, sagte der alte Mann in ruhigem Ton. »Der Aktenkoffer, der unter dem Bett lag, wurde von zwei Polizisten mitgenommen.«

»Siehst du?«, sagte Klicker erfreut.

»Hast du nichts angerührt?«

»Ehrenwort, Marcos. Und ich bitte dich um Verzeihung … Ich weiß nicht, was in mich gefahren ist … Das lag sicher an diesem Stress …« Er sprach schnell und undeutlich. »Aber den Code habe ich dir gegeben … die ganze Kontonummer! Du wirst mich nie wieder sehen oder von mir hören. Ich schwöre es beim Leben von Helenka und ihrer Mutter!«

Marcos ließ Helena los und steckte das Messer ein. Er drehte sich um und verließ das Zimmer.

»Ziemlich nervös, Ihr Freund«, bemerkte der alte Mann.

»Man muss die Polizei rufen«, flüsterte die erschrockene Helena, während sie sich an den Hals fasste.

»Keine Polizei, du Idiotin!«, regte sich Klicker auf. »O Gott, gib mir den Nachttopf! Schnell!«

»Idiotin, ja?!« Helena riss die Augen auf. »Dann gib dir deinen Scheißnachttopf doch selbst! Auf mein Leben hast du geschworen … und das meiner Mutter?! Von mir aus kannst du dich vollscheißen, du Arschloch!«

Ihre Faust schlug mit voller Kraft auf Klickers bandagierte Schulter.

Klickers Schmerzgeheul wurde durch die geschlossene Tür gedämpft. Im Gang, an einem Fenster, saß eine ältere Patientin in Pyjama und Schlafrock. Marcos ging auf sie zu.

»Haben Sie zwei Polizisten gesehen?«

Die Patientin zeigte mit der Hand in eine Richtung. »Sie sind auf dieser Toilette dort.«

Marcos ging auf die Tür zu, stieß sie auf und zog die Pistole aus dem Halfter unter seinem Arm. Hinter der Tür einer Kabine waren aufgeregte Stimmen zu hören.

»Ich hab dir doch gesagt, dass es keine Kohle ist.«

»Wie oft willst du das noch wiederholen? Ich bin nicht blind!«

»Geben wir es dem Kommandanten, und fertig.«

»Langsam. Weißt du, wie viel sie blechen würden, um aus dieser Sache rauszukommen? Minister, Abgeordnete, Parteichefs. Konten, Beträge, alles! Ich sag dir, das ist eine Goldmine!«

Marcos schraubte den Schalldämpfer auf den Pistolenlauf und näherte sich der Kabine, in der die Diskussion weiterging.

»Denkst du, dass die mit so kleinen Fischen wie uns reden werden?

Was willst du tun? Bei der Sekretärin eines Ministers anrufen und sagen: Her mit der Kohle, weil ich die Mailausdrucke und Überweisungskopien Ihres Chefs habe?«

»Warte, lass mich nachdenken. Mein Schwager ist Fahrer eines Rechtsanwalts, der für einen Senator arbeitet …«

Marcos trat gegen die Tür – sie sprang auf und knallte gegen die Wand. Die beiden Polizisten drehten sich überrascht um und erblassten beim Anblick des Pistolenlaufs.

Marcos nahm den Dokumentenstapel aus der Hand eines der Polizisten, hob den Aktenkoffer auf und stopfte die Papiere hinein. Er richtete sich auf und zielte auf den Kopf des älteren Beamten.

»Wir haben nichts getan. Nur ein bisschen darin geblättert … Ich schwöre es bei Gott!«, rief der Mann schnell. »Ich habe kleine Kinder!«

Marcos stand reglos da, als würde er überlegen, ob er die Exekution durchführen soll. Dann trat er zurück und verließ die Toilette. Die beiden Polizisten atmeten erleichtert auf.

»Scheiße, ich hab doch gesagt, dass wir es abgeben sollen!«, sagte der Jüngere.

»Woher konnte ich wissen, dass der Sicherheitsdienst schon davon weiß?«, verteidigte sich der Ältere.

»Wie kommst du darauf, dass der vom Sicherheitsdienst war?«

»Und wem liegt am meisten daran, dass diese Papiere nicht publik gemacht werden? Denk nach, du Trottel!«

Die niedrigen, grasbewachsenen Hügel verschwanden langsam in der Dämmerung. Der ferne Wald grenzte sich am Horizont mit einer dunklen Linie ab. Eine der Anhöhen war von starken Scheinwerfern hell erleuchtet. Mehrere Dutzend Personen umringten einen kleinen Bohrturm, an dem sich Geologen und Bergleute mit weißen Helmen zu schaffen machten. Das Summen der Stromgeneratoren und das Geheul der Motoren übertönten das Stimmengewirr. Eine Handvoll Journalisten und Kameraleute mischte sich unter die geladenen Gäste der Firma East Fund.

Hilarewicz, Kozlowski und Iwona Bruckner standen neben dem Wirtschaftsminister, dem Woiwoden der Suwałki-Region und einer Gruppe

Abgeordneter. Alle sahen den Wissenschaftlern zu, die, umgeben von Computern und Messgeräten, mit einem Tiefsee-Echolot arbeiteten. Hilarewicz warf immer wieder einen Blick auf das Display seines Telefons.

An der Landstraße, einige Hundert Meter entfernt, warteten die Limousinen und Dienstwagen der Gäste; die gelangweilten Fahrer unterhielten sich rauchend. Das ganze Gebiet wurde von Polizisten und Personenschützern bewacht.

Aus dem Boden ragte ein Rohr, das sich langsam um die eigene Achse drehte. Die Geologen hatten sich am Bohrturm versammelt und schauten gebannt auf den Rohrauslauf. Schließlich erschien das Ende des Bohrrohrs, und der Motor verstummte. Alle sahen angespannt einem der Ingenieure zu, der aus einer Metallkonstruktion am Ende des Bohrrohrs einen dunkelgrünen Zylinder vom Aussehen eines porösen Felsbrockens zog.

Der Ingenieur nahm einen Hammer, brach von dem grünen Klumpen ein Stück ab und ging damit zu den Wissenschaftlern. Im Flackern der Blitzlichter reichte er die Gesteinsprobe einem grauhaarigen Professor, und dieser hielt sie unter einen Scanner.

Hilarewicz ging auf das vor dem Bohrturm stehende Mikrofon zu: »Meine Damen und Herren, mithilfe zweier Methoden, des Magnetspektrums und der chemischen Analyse, erfahren wir gleich, was hier aus über achthundert Metern Tiefe geholt wurde.«

In der erwartungsvollen Stille konnte man das Summen der Generatoren hören. Die Wissenschaftler, die mit der Untersuchung der Probe beschäftigt waren, tauschten sich untereinander aus. Dann kam der Professor mit der Gesteinsprobe in der Hand auf Hilarewicz zu und sprach ins Mikrofon: »Es gibt nicht den geringsten Zweifel – es ist das Titanerz. Von einer Reinheit von mindestens achtzig Prozent.«

Beifall ertönte, Kameralichter blitzten. Der Professor beruhigte die Versammelten mit einer Handbewegung. »Nach einer so flüchtigen Untersuchung ist es unmöglich, die exakte Mineralzusammensetzung zu benennen, doch ich kann mit absoluter Gewissheit sagen, dass es auf jeden Fall ein großer Bodenschatz ist!«

Der zweite Beifall erklang noch lauter. Kozlowski nahm die Gesteinsprobe vom Professor entgegen und wandte sich an den Wirtschaftsminister. Jemand hielt ihm von der Seite ein tragbares Mikrofon hin. »Herr Minister, wie ich von den Geologen erfahren habe, heißt dieses schöne, grüne Gestein Gabbro und tritt zusammen mit dem Titanerz auf. In Ihre Hände lege ich also den ersten Klumpen Titanerz, der in Polen gefördert wurde. Ich hoffe, dass er in ein Museum kommt, das künftig gebaut wird, um diese ersten Augenblicke zu dokumentieren.«

Der Minister hob die Gesteinsprobe in die Höhe, damit alle sie sehen konnten. Die Kameraleute richteten ihre Objektive auf sie. »Vielen Dank. Es ist eine große Ehre, an einem solchen Ereignis teilzunehmen. Ich übergebe das erste Stück Titanerz an den Herrn Woiwoden.«

Der Minister reichte den grünen Klumpen an den nächsten Mann. Der Woiwode kam näher ans Mikrofon: »Ich möchte betonen, dass unsere Woiwodschaft stolz darauf ist, eine wichtige Quelle des Reichtums unseres Landes zu werden. Außerdem sind wir …«

An dieser Stelle wurde er von einem Lärm unterbrochen, der von der Landstraße herüberdrang. Neben den parkenden Autos tauchten einige Busse auf, und eine bunte, hauptsächlich aus jungen Menschen bestehende Menge machte sich auf in Richtung des Hügels. Unterwegs rollten sie ein Transparent aus; einer fing an, über einen Lautsprecher etwas zu rufen. Die Aufschrift auf dem Transparent und die Rufe waren noch nicht deutlich genug, doch die Versammelten wussten bereits, worum es sich handelte.

Hilarewicz kam auf den Minister zu. »Wie haben sie davon erfahren?«

Der Minister breitete die Hände aus. »Aus meinem Ministerium sickert ständig etwas an die Ökologen durch.«

»Ganz ruhig, wir kriegen das schon hin«, sagte Hilarewicz und ging los, um den Demonstranten die Stirn zu bieten. Dabei lächelte er und winkte freundlich mit der Hand. Die Journalisten und Kameraleute liefen ihm hinterher.

Einer der Abgeordneten kam auf Iwona Bruckner zu. Sie entfernten sich einige Meter von der Gruppe. »Der Parlamentsklub wird das Gesetz unterstützen«, sagte der Abgeordnete. »Die Chefs der Kommissionen für

Naturschutz, Industrie, Wirtschaft und Infrastruktur haben wir schon so gut wie gewonnen. Nur der Vorsitzende der Gesetzgebungskommission leistet Widerstand.«

Iwona schüttelte den Kopf. »Wir finanzieren keine privaten Wahlkampagnen.«

»Klar«, stimmte ihr der Abgeordnete zu. »Es ist die Partei, die verteilt, belohnt und bestraft.«

»Ein Gesetz über die Förderung von Metallerzen. Siebzig Prozent der Beteiligung für private Investoren. Mindestens vier Firmen, die im Rahmen einer Ausschreibung vom Finanzministerium ausgewählt werden«, fuhr Iwona fort.

Der Abgeordnete nickte. »Alles klar. Die Regierungsseite behält das Recht, den Vorstand zu wählen. Für die ersten zwei Jahre.«

Iwona lächelte. »Hast du jemanden im Auge?«

»Ich bin einer der Kandidaten«, gab der Abgeordnete zu. »Aber die Leute von der Koalitionspartei könnten Schwierigkeiten machen.«

»Entspann dich, sie haben ihre Bedingungen schon genannt.«

Der Abgeordnete hob beide Hände. »Ich will gar nicht wissen, welche. Und alles unter der Bedingung, dass es keinen Ärger mit der EU wegen *Natur 2000* gibt. Und keine Massen von angeketteten Studenten.«

Iwona zeigte auf die leere Fläche ringsherum. »Siehst du hier etwas, woran sie sich anketten könnten?« Ihre Stimme wechselte von ironisch zu hart. »Für sie kann Polen ein armes, verschuldetes Krähwinkel bleiben, Hauptsache, sie können sich austoben. Denkst du, dass hinter ihnen niemand steht? Russland finanziert unsere Naturschutzorganisationen, die wegen Schiefergas Krach machen, und ich wette, dass es bei Titan genauso ist. Die Anführer der Naturschützer sind zynische Dreckskerle, und der ganze Rest, das sind Kinder, naiv und steuerbar. Man muss sie also vor vollendete Tatsachen stellen.«

»Was meinst du damit?«

Iwona sah den Abgeordneten mit einem Lächeln an. »Vielleicht ein Erdbeben? Oder eine Sintflut?«

Adam brachte den Passat vor dem Einfahrtstor seiner Siedlung zum Stehen. Es wurde langsam dunkel, in der Straße gingen gerade die Laternen an. Er schaute in die Fenster der Wohnung, in der er mit Agata und Rafał bisher gelebt hatte, ohne sich dessen bewusst zu sein, wie viel Gier und Grausamkeit es außerhalb ihrer Welt gab.

Er wusste, dass die Wahrheit ein wenig anders aussah: Informationen, die zu seinem bequemen Leben nicht passten, hatte er bisher einfach von sich gewiesen. Er hatte noch nie etwas getan, um Unrecht oder Leid entgegenzuwirken, das Menschen in Polen und anderswo erfuhren. Seine Radiosendung war genauso viel wert wie das erstbeste Boulevardblatt – er betrog damit sich selbst und seine Zuhörer. Wenn dieser Albtraum zu Ende ist, dachte er, wird er sich um Menschen kümmern, denen Leid zugefügt wurde und die Hilfe brauchen. Und wenn der Sender sich weigert mitzumachen, kündigt er seinen Job und findet eine andere, ehrliche Arbeit.

Er warf einen Blick auf Karol, der aus einer Plastikschachtel eine Spritze gezogen hatte und eine Injektion vorbereitete. Der General saß mit einem düsteren Gesichtsausdruck vor ihm.

»Skopolamin? Lass uns ohne dieses Zeug reden«, sagte er leise.

Karol hielt inne, die Hand mit der Nadel über der Ampulle. »Sag, wer dahintersteht.«

»Viele wichtige Leute.«

Karol verzog das Gesicht und ließ die Flüssigkeit aus der Ampulle in die Spritze hineinfließen.

»Der Minister auch«, fügte Kowal hinzu.

Ein aus der entgegengesetzten Richtung kommender Nissan Almera machte plötzlich eine halbe Drehung und bremste direkt vor der Motorhaube des Passats. Seine Fernlichter blendeten Adam. Karol ließ die Spritze fallen, stieß die Tür auf, sprang über den Gehsteig und fiel hinter eine niedrige Mauer, die den Rasen umgab.

Aus dem Nissan stieg Leutnant Sikora, kniete sich hin und zielte mit der Pistole in Karols Richtung.

»Oberst Siennicki, hier ist Leutnant Sikora! Lassen Sie die Waffe fallen, Sie sind verhaftet!«

Adam blickte zur Seite. Er sah, wie Karol hinter einem Baumstamm verschwand, einige Meter von der Stelle entfernt, an der er über die Mauer gesprungen war. Sikora hatte es nicht bemerkt.

»Ich warne Sie, ich hole Verstärkung! Widerstand hat keinen Sinn! Sie machen Ihre Situation nur noch schlimmer!«

Adam packte den Türgriff und stieß die Vordertür auf. Im selben Moment spürte er, wie sich etwas schmerzhaft um seine Kehle festzog. An seinem Gesicht sah er Kowals Kopf, der die Handschellen, mit denen er gefesselt war, um seinen Hals geworfen hatte.

»Schlaf schön«, stieß er hervor.

Adam wurde es schwarz vor Augen, er bekam keine Luft mehr. Das letzte Bild, das er sehen konnte, war ein anhaltender silberner Lancia, aus dem Agata und Rafał stiegen. Er wollte ihnen etwas zurufen, doch im selben Moment verlor er das Bewusstsein.

»Fahren Sie sofort weg!«, rief Sikora. »Hier ist es gefährlich!«

Rafał und Agata blieben überrascht stehen. Aus dem Lancia stieg Damian aus. Gleichzeitig ging die Hintertür des Passats auf, und Kowal fiel auf die Straße heraus.

»Sikora, nehmen Sie mir die Handschellen ab! Schnell!«, rief er, während er versuchte aufzustehen.

Der Leutnant richtete sich auf und lief auf den General zu. Um die Straßenecke bog plötzlich ein BMW und hielt hinter dem Lancia. Aus dem Wagen sprangen Marica und Grisza. Beim Anblick eines Zivilisten mit der Waffe in der Hand duckten sie sich hinter der offenen Autotür, ohne dass Kowal und Sikora, die mit dem Öffnen der Handschellen beschäftigt waren, sie bemerkt hätten. Karol streckte den Kopf hinter dem Baum hervor und rief mit scharfer Stimme:

»Auf den Boden! Schnell, auf den Boden!«

Agata stieß Rafał an; sie übersprangen die kleine Mauer und verschwanden im Gebüsch. Kowal streifte schnell die geöffneten Handschellen ab und packte den Lauf von Sikoras Pistole. »Geben Sie her!«

»Ich habe aber nur diese eine«, protestierte der Leutnant.

»Geben Sie her! Das ist ein Befehl!«, brüllte der wütende Kowal und riss ihm die Pistole aus der Hand.

Der erschrockene Damian sprang in den Lancia und fuhr mit quietschenden Reifen davon. Grisza nutzte den Moment, duckte sich hinter dem wegfahrenden Wagen und eröffnete das Feuer in Karols Richtung.

Kowal und Sikora ließen sich hinter die Motorhaube des Passats fallen. Marica versteckte sich hinter dem Kofferraum des BMW und gab mehrere Schüsse auf Karol ab. Die Kugeln trafen den Baum neben seinem Kopf und zwangen ihn zurückzuweichen.

»Wer schießt, verfluchte Scheiße?!«, brüllte Kowal. »Hier spricht General Kowal! Feuer einstellen!«

Grisza drehte sich um und schoss an den Autos entlang. Eine Kugel traf Sikoras Bein; der Leutnant krümmte sich schreiend.

Karol eröffnete das Feuer auf Marica und Grisza, unterstützt von Kowal, der hinter dem Passat hervor schoss. Der Knall der Schüsse erfüllte die ganze Straße, die Kugeln prasselten auf die Karosserien der Autos nieder und zerschlugen die Scheiben. Dann trat Stille ein, nur von weitem waren die Schreie der fliehenden Passanten zu hören. Über der Straße und der kleinen Grünfläche stieg Rauch auf.

Adams Bewusstsein registrierte einen Knall. Er öffnete die Augen, konnte aber nicht begreifen, wo er sich befand. Er fasste sich an den schmerzenden Hals und stieg hustend aus dem Wagen. Plötzlich zog ihm etwas den Boden unter den Füßen weg; er hörte einen Schuss und gleich danach das nahe Pfeifen einer Kugel. Er fiel auf die Fahrbahn. Kowal zog ihn hinter die Motorhaube des Wagens.

»Sind Sie lebensmüde?«, stieß er hervor.

Grisza sprang in die Mitte der Fahrbahn und rannte unaufhörlich schießend weiter. Mehrere Kugeln trafen den Passat. Glassplitter fielen auf Adam und Sikora, die sich auf den Asphalt neben Kowal pressten.

Karol lugte hinter einem Baum hervor, zielte auf Grisza und schoss. Der Gangster verlor seine Waffe und stürzte auf die Fahrbahn, woraufhin Marica über den Gehsteig sprang, sich auf den Rasen fallen ließ und in Richtung Karol feuerte.

Auf einmal sprang Kowal auf und lief auf Marica zu, einen Schuss nach dem anderen abgebend.

»Artur, nein!«, rief Karol.

Marica drehte sich blitzschnell um und schoss dreimal. Die Kugeln trafen Kowals Oberkörper und warfen ihn zurück. Er schlug gegen die Karosserie des Wagens und sank schwer auf den Gehsteig.

Karol lief hinter dem Baum hervor und schoss auf Marica, die auf den Rasen hinter dem Gebüsch fiel und in der Dunkelheit verschwand.

Sikora kroch schnell auf Kowal zu.

»Was ist mit ihm?«, rief Karol, während er seine Waffe durchlud.

»Sieht schlecht aus! Schuss direkt in die Brust!«

»Ruf den Krankenwagen! Und der Gangster?«

»Ist tot!«, rief Sikora zurück.

Karol ließ die Stelle nicht aus den Augen, an der Marica verschwunden war.

»Komm mit erhobenen Händen heraus!«, rief er.

Aus dem Gebüsch kamen Agata und Rafał hervor. Hinter ihnen stand Marica. Sie drückte den Lauf ihrer Pistole an Agatas Kopf und stieß sie in Richtung Fahrbahn. Karol hob seine Pistole mit beiden Händen hoch.

»Davon würde ich dir abraten. Ich bringe sie sofort um«, sagte Marica.

Sie führte Agata vor sich über den Rasen, bis sie den Gehsteig erreichten. Karol sah Rafał an, der ratlos neben dem Gebüsch stand.

»Leg dich hin und beweg dich nicht«, rief er ihm zu.

Der Junge streckte sich auf dem Boden aus. Adam spähte hinter dem Wagen hervor und erstarrte beim Anblick von Agata, die von Marica geführt wurde.

»Lass sie los!«, schrie er.

Marica drehte sich zu Sikora um, der mit seiner Pistole neben dem verletzten Kowal kniete.

»Leg sie weg, sonst zertrümmere ich ihr den Schädel!«

Sikora legte die Pistole auf den Gehsteig. Adam wandte sich zu Karol um: »Lass sie wegfahren«, sagte er in flehentlichem Ton.

»Hast du gehört? Ich zähle bis drei. Eins, zwei …«, begann Marica zu zählen.

Karol senkte den Pistolenlauf. Marica drehte sich zu Adam um. »Den Fahrschein.«

Adam zögerte. »Den Fahrschein, oder ich erschieße sie!«

»Ich habe ihn nicht … Aber ich kann mich an die Nummer erinnern«, sagte Adam.

»Tu es nicht«, warnte Karol.

Marica zog ihr Handy aus der Tasche und legte es auf die Mauer. »Schreib es auf.«

Adam kam näher und hob das Handy auf. Er fing an, die Nummer einzugeben.

»Schneller! Gib her!« Marica streckte die Hand aus.

Adam reichte ihr das Telefon über Agatas Arm hinweg. Sie sahen sich in die Augen.

»Hab keine Angst, gleich ist alles vorbei«, sagte er leise.

Agata nickte. Sie war sehr blass. Marica steckte das Handy wieder ein.

»Wenn du etwas durcheinandergebracht hast, verabschiede dich lieber gleich!« Sie stieß Agata in Richtung BMW. »Los, setz dich ans Steuer!«

»Ich lasse nicht zu, dass du mit ihr als Geisel wegfährst«, sagte Karol mit entschlossener Stimme.

Agata stieg in den BMW. Marica öffnete die Hintertür und zielte weiterhin auf ihren Kopf. Um die Straßenecke kam ein Motorrad, der Fahrer bremste beim Anblick der bewaffneten Menschen und riss am Lenker, um zu wenden. Marica lief auf ihn zu und richtete die Pistole auf sein Gesicht. »Wir fahren!«

Der erschrockene Mann erstarrte. Marica sprang auf den Sattel hinter ihm. »Fahr!«

Der Motorradfahrer fuhr los. Marica stieß ihn mit dem Pistolenlauf in die Seite. »Schneller!«

Das Motorrad beschleunigte lautstark. Karol lief auf die Fahrbahn und zielte mit seiner Waffe. Der Schuss wäre einfach gewesen, aber die Kugel hätte Marica durchbohren und den Motorradfahrer verletzen oder töten können. Er senkte die Pistole.

Das Motorrad blieb am Ende der Straße stehen. Marica stieß den Fahrer hinunter, setzte seinen Helm auf und fuhr das Vorderrad hochziehend an. Sie verschwand hinter der nächsten Ecke.

Adam lief auf Agata zu und umarmte sie. Rafał ging zu den Eltern und schmiegte sich an sie. Sikora steuerte hinkend auf seinen Nissan zu.

»Gegen ein Motorrad haben Sie keine Chance«, sagte Karol. »Benachrichtigen Sie die Polizei. Amtliches Kennzeichen WXA 1720. Und rufen Sie einen Krankenwagen.«

Er kniete sich neben Kowal hin, knöpfte sein Hemd auf und drückte auf seine blutenden Schusswunden. Sikora begann eine Nummer zu wählen. Auf beiden Seiten der Straße versammelten sich Passanten, in den Fenstern der umliegenden Häuser erschienen die Köpfe der Bewohner.

Adam wich ein Stück von Agata zurück und sah ihr in die Augen. »Sie haben mir gesagt, du wärst tot. Ich dachte, ich werde wahnsinnig.«

»Ist schon gut ... Sei still.« Agata streichelte seine Wange. »Alles ist gut ... Wir sind in Sicherheit.«

Kowal öffnete die Augen und versuchte, etwas zu flüstern; aus seinem Mund floss Blut.

»Der Krankenwagen wird gleich da sein«, sagte Karol.

Der General atmete schnell. Er öffnete wieder den Mund und stieß leise hervor: »Tu alles, um sie zu schnappen.«

»Gib nicht auf, du schaffst es.«

»Verzeihung, es ist meine Schuld. Ich ...« Kowal beendete den Satz nicht. Sein Körper wurde steif und fiel dann kraftlos in sich zusammen; seine Augen erstarrten.

Stille trat ein. Karol setzte sich auf den Gehsteig, neben die Leiche des Generals. Er konnte seinen Verrat und seinen Tod weder verstehen noch akzeptieren. Auf einmal wurde ihm bewusst, wie aussichtslos der Kampf mit dem unsichtbaren Gegner war; am liebsten hätte er sich geschlagen gegeben.

»Es sah wie ein Selbstmord aus«, sagte Sikora. »Er lief auf sie zu, als wollte er sterben.«

Karol hob den Blick. »Wie haben Sie mich gefunden?«

»Nowicki hat mir befohlen, hierherzukommen. Um Wierzbicki festzunehmen. Wir gingen davon aus, dass er in seine Wohnung zurückkehren würde.«

»Was haben Sie jetzt vor?«, fragte Karol mit farbloser Stimme.

Sikora zögerte mit der Antwort. »Die Gangster sind Wierzbickis Frau und Sohn gefolgt. Es hat eine Schießerei gegeben, und es ist uns nicht gelungen, sie festzunehmen. Beeilen Sie sich bitte, gleich wird es hier voll sein.« Er streckte die Hand mit zwei Pistolenmagazinen aus. »Vielleicht können Sie sie brauchen.«

Karol stand auf. Die Worte des Leutnants gaben ihm die Handlungsfähigkeit zurück. Er nahm die beiden Magazine entgegen. »Danke.« Er zeigte auf Griszas Leiche. »Unsere Leute sollen ihn identifizieren. Und versuchen Sie festzustellen, mit wem er zusammengearbeitet hat. Geben Sie den Fall nicht an die Polizei ab. Die Familie Wierzbicki soll streng bewacht werden, rund um die Uhr.«

»Jawohl, Herr Oberst«, sagte Sikora in einem Dienstton. »Viel Glück.«

Karol beugte sich hinunter und schloss die Augen des Generals. Einige Sekunden lang stand er schweigend da, dann wandte er sich an Adam: »Sprich mit niemandem, warte auf mich.« Er sah Agata an. »Warum hat Damian euch hergebracht?«

»Er hat gesagt, jemand von deinen Leuten hätte ihn geschickt«, antwortete sie.

Rafał zog seinen USB-Stick aus der Tasche. »Sie sollten sich das anschauen. Es stammt aus dem Computer der Gangster. Ich glaube, sie planen einen Terroranschlag. Und der Code von Herrn Lasota ist auch drauf. Sie wissen nicht, dass ich ihn geknackt habe.«

Karol nahm ihm den USB-Stick ab. »Dein Vater kann stolz auf dich sein.«

»Nicht der Rede wert, Herr Oberst.« Rafał lächelte.

Karol entfernte sich in Richtung seines Passats. Adam sah Agata eindringlich an. »Ihm droht die Verhaftung«, sagte er, »und er wird von niemandem mehr unterstützt.«

»Nein! Ich bin nicht einverstanden«, protestierte sie. »Es ist genug!«

»Wir kriegen nur aus Damian heraus, wer ihm die Befehle gibt. Sonst nichts, ich verspreche es.«

Agata rückte von ihm ab. »Du hast versprochen …«

»Wir sind in Sicherheit …«, begann Adam.

Agata drehte sich wortlos um und ging auf das Tor der Siedlung zu. Rafał sah Adam an, sein Blick sagte: »Ich verstehe dich, geh.« Dann folgte er schnell seiner Mutter.

Adam lief auf den Passat zu. Karol schüttelte den Kopf. »Sie brauchen dich. Außerdem bist du kein Profi, du würdest mich nur stören.«

»Deine Profis haben schon gezeigt, was sie können«, sagte Adam, während er auf der Beifahrerseite einstieg. »Wenn Rafał keinen Fehler gemacht hat, haben wir die Nummer von Lasotas Konto. Und die PIN wahrscheinlich auch, denn ich nehme stark an, dass es die Seriennummer des Fahrscheins ist.«

»Wenn es gefährlich wird, hältst du dich fern, verstanden?«

Adam nickte. Karol befestigte das Blaulicht auf dem Dach des Passats und fuhr los.

»Wir könnten die Kontodaten den Leuten von East Fund geben«, sagte Adam, während er Agata und Rafał hinterherschaute.

Karol reichte ihm seinen Laptop. »Diese Frau hat nur die PIN gefordert, den Code wollte sie nicht. Ich denke also, dass Rafał sich täuscht – die Gangster haben den Code schon. Wir loggen uns bei Lasotas Bank ein und blockieren sein Konto. Sobald geklärt ist, welche Rolle die Firma East Fund hier spielt, bekommt sie ihr Geld zurück. Oder der ganze Vorstand wandert hinter Gitter, und zwar für sehr lange Zeit. Schnall dich an.«

Bald bog der Passat von der Nebenstraße in eine vierspurige Schnellstraße ein. Von weitem waren die Sirenen der sich nähernden Polizeistreifenwagen zu hören. Adam schaltete den Laptop ein und schloss Rafałs USB-Stick an. Er öffnete die Datei mit dem Namen »Klasse«. Karol warf ihm einen ungeduldigen Blick zu. »Beeil dich.«

»Warte, das ist nicht so einfach.« Adam sah den Inhalt der Datei durch.

Auf dem Bildschirm erschien das Abiturfoto seiner Klasse. »Rafał hat unser Foto gefunden. Moment … Piotr hat es auf seiner Seite versteckt. Da ist er!«, rief er aufgeregt.

»Der Code?«

»Ja. Er hat die Vornamen, Nachnamen und Spitznamen reingeschrieben. Jemand muss sie den Gangstern verraten haben … Damian?«

»Wir finden es raus. Gib die Kontonummer ein – dann wissen wir, welche Bank es ist.«

Adam arbeitete eine Weile konzentriert. Karol fuhr schnell, indem er die anderen Autos überholte oder mit der Hupe verscheuchte. Die Schnellstraße führte jetzt an der Weichsel entlang. Auf dem Bildschirm tauchte die Internetseite einer Bank auf. »Es ist die Credit Suisse«, sagte Adam.

»Logg dich mit der Kontonummer und Piotrs Nachnamen ein.«

»Mache ich«, bestätigte Adam mit aufgeregter Stimme.

»Siehst du den Kontostand?«

»Nein. Es wird eine PIN verlangt.«

»Schreib.«

Adam tippte schnell die elf Ziffern, die er sich gemerkt hatte.

»Und?« Karol warf ihm einen kurzen Blick zu.

Auf dem Bildschirm erschien eine große, rote Aufschrift: AUTHORIZATION FAILED.

»Hast du vielleicht die Ziffern durcheinandergebracht?«

Adam schüttelte den Kopf; er starrte den Bildschirm schweigend an.

»Gib sie noch einmal ein«, trieb Karol ihn an.

»Es hat keinen Sinn – dann wird der Zugang blockiert. So ist es bei meinem Konto.«

»Verdammte Scheiße!« Karol schlug auf das Lenkrad. »Piotr hat dir den Code zu der Kontonummer und eine falsche PIN gegeben? Wozu?«

Adam überlegte.

»Die letzte Absicherung … Es muss eine Kombination aus diesen Ziffern sein … Lass mich nachdenken.«

»Wenn die Gangster uns zuvorkommen, werden sie die Kohle an Banken transferieren, die schmutziges Geld waschen«, sagte Karol. »Man könnte die Credit Suisse bitten, die Überweisungen offenzulegen, aber die Schweizer verraten nur ungern ihre Bankgeheimnisse. Und wir sind keine Amerikaner – es gibt nichts, womit wir ihnen drohen könnten.«

Die neuesten Nachrichten taten ihre Wirkung – der alarmierte Nowicki sprang von Krzysztofs Arbeitsplatz auf, an dem er die letzten Stunden verbracht hatte. »Wiederhol es: Wer hat General Kowal erschossen?«

Alle drehten sich überrascht in seine Richtung um. Er gab Janusz ein Zeichen, der daraufhin das Gespräch auf laut stellte. In der Halle ertönte Sikoras Stimme: »Ich bin mir nicht ganz sicher, aber meiner Meinung nach hat diese Frau auf ihn geschossen … Marica.«

»Und was hat Oberst Siennicki gemacht?«, fragte Nowicki scharf.

»Einen der Angreifer erschossen«, sagte Sikora und fügte nach kurzem Zögern hinzu. »Und uns das Leben gerettet.«

»Wem das Leben gerettet, wenn General Kowal tot ist?! Was faseln Sie da, zum Teufel?! Siennicki hat auf den Gangster geschossen und Kowal getroffen? Zufällig?!«

»Nein, Herr Major, ich habe nicht gesagt ...«

Nowicki unterbrach ihn in scharfem Ton: »Die ballistische Analyse und die Untersuchung seiner Waffe werden es zeigen. Warum haben Sie Siennicki erlaubt zu fliehen?«

»Diese Frau hat Agata Wierzbicka als Geisel genommen.«

»Was hatte Agata Wierzbicka dort zu suchen?«, fragte Nowicki verwundert. »Das heißt, Siennicki und Wierzbicki haben sich mit den Gangstern zum Austausch verabredet. Sie sind erschienen, und der Oberst hat eine Schießerei provoziert, um zu verschwinden. Ja oder nein?«

Die Diskussion mit den Naturschützern hatte sich zu einem heftigen Streit entwickelt, danach begann eine Auseinandersetzung mit der Polizei. Die Naturschützer waren zahlenmäßig überlegen, sodass sie sich trotz des Einsatzes von Tränengas einen Weg zum Bohrturm bahnen konnten. Der Minister, der Woiwode und die Abgeordneten wurden von den Personenschützern geschickt an den Demonstranten vorbeigelotst und zu ihren Autos geleitet. Die anderen Beamten flohen auf eigene Faust. Die Wissenschaftler und Geologen blieben an Ort und Stelle, fest entschlossen, ihre Ausrüstung zu verteidigen.

Hilarewicz verzichtete schon bei den ersten Anzeichen von Aggression seitens der Naturschützer auf den Versuch, sie zu überzeugen, und stieg in seinen Mercedes. Im Wagen saß ein junger Programmierer, dem der Vizedirektor von East Fund vierundzwanzig Stunden vorher befohlen hatte, zur Verfügung zu stehen. Er hatte lange Dreadlocks, steckte in einem zu engen Anzug und spielte mit dem Laptop auf den Knien und Kopfhörern in den Ohren ein Computerspiel.

Der Mercedes folgte den Wagen der Politiker. Hinter ihm fuhr ein Infiniti-Geländewagen mit Kozlowski und Iwona Bruckner. Hilarewicz führte einige Telefonate, dann verfiel er in Schweigen. Der ganze Konvoi bewegte sich schnell die schmale Landstraße entlang, eskortiert von den Autos der Polizei und des Personenschutzes.

Nach einigen Minuten klingelte Hilarewicz' Handy wieder. Der Vizedirektor warf einen Blick auf das Display und riss sich von seinen Gedanken los. Er zog sein Störgerät aus der Tasche, schloss es an und legte das Handy ans Ohr. »Ja bitte?«

»Ich bin es«, sagte Marica.

»Ich weiß. Hast du es?«

Marica stand neben dem Motorrad, das sie zwischen den Bäumen eines kleinen Parks an der Ausfallstraße versteckt hatte. Von hier aus konnte sie die Abfahrt von der Brücke und die vorbeifahrenden Autos beobachten, ohne zu riskieren, selbst bemerkt zu werden.

»Ja. Wo ist Marcos? Sein Telefon reagiert nicht.«

»Schick es per SMS«, sagte Hilarewicz' entstellte Stimme.

»Zuerst Marcos.«

»Es geht ihm gut, hörst du? Schick mir die Seriennummer des Fahrscheins.«

»Sagen Sie Marcos, er soll mich anrufen«, erwiderte Marica und legte auf.

Hilarewicz sah das Telefon verärgert an. »Anhalten und aussteigen, alle beide«, sagte er zu seinem Fahrer und dem Programmierer. Der Fahrer warf einen erstaunten Blick in den Rückspiegel.

»Wird's bald? Verschwindet! Worauf wartet ihr?«, schrie der wütende Vizedirektor.

Der Mercedes hielt abrupt an. Hinter ihm bremste Kozlowskis Infiniti. Der Programmierer klappte seinen Laptop zu und stieg zusammen mit dem Fahrer aus. Der Wagen des Personenschutzes fuhr vorbei, ein Streifenwagen der Polizei hielt hinter dem Infiniti. Hilarewicz wählte eine Nummer und hatte nach wenigen Sekunden die Verbindung. »Marica dreht durch! Ruf sie an! Sie soll mir die Nummer des Fahrscheins geben, sofort! Wenn die uns zuvorkommen, ist alles vorbei!«

»Marica hat den Fahrschein?«, fragte Marcos erstaunt.

Er saß in einer fast leeren Einzimmerwohnung im obersten Stock eines Wohnblocks aus den siebziger Jahren. Eine seiner konspirativen Unterkünfte. Auf dem Tisch lagen die Dokumente aus dem Aktenkoffer, den er den Polizisten weggenommen hatte. Er hatte sie in der letzten halben Stunde durchgesehen, um zu prüfen, ob Klicker wirklich nichts mitgenommen hatte.

»Was glaubst du, wovon ich spreche, verflucht?!« Die durch ein Störgerät und die Nervosität entstellte Stimme von Hilarewicz klang wie das Gekreische eines Vogels.

Marcos legte eines der Dokumente weg und nahm das nächste. Er betrachtete eine Liste mit Namen von Politikern, Daten und Summen der Einzahlungen. »Was ist mit der Überweisung?«

»Zuerst die Nummer und Siennicki. Und die zwei Typen, von denen ich am Anfang gesprochen habe: der Professor und sein Sohn. Du kennst die Adresse – fahr hin und kümmere dich um sie. Danach bekommst du deinen Anteil. Und ruf Marica an! Sie soll sich beeilen, sonst hast du ein echtes Problem!«

Marcos zog ein zweites Handy hervor, schaltete es ein und wählte eine Nummer.

Kozlowskis Fahrer kam auf den Wagen zu. »Der Herr Generaldirektor fragt, was passiert ist«, sagte er.

»Alles in Ordnung«, antwortete Hilarewicz und rief in Richtung der zwei kleinen Flammen, die im Dunklen glühten: »Wir fahren!«

Der Programmierer und der Fahrer warfen ihre Zigaretten weg und kamen zum Mercedes zurück. Die beiden Autos und der Streifenwagen fuhren wieder los. Hilarewicz' Telefon meldete eine neue Nachricht. Er sah aufgeregt aufs Display. »Gib ein! Schnell!«, sagte er zu dem jungen Programmierer.

Dieser öffnete den Deckel des Laptops. Auf dem Bildschirm erschien sofort die Seite der Credit Suisse.

»Schreib!«

Der Programmierer tippte die elf Ziffern ab und drückte auf Enter. Der

Vizedirektor sah gebannt auf den Bildschirm. Nach einer Sekunde erschien die rote Aufschrift: AUTHORIZATION FAILED.

»Was ist, verdammte Scheiße?! Hast du dich vertippt?!«

Der Programmierer schüttelte den Kopf. »Die Nummer ist falsch.«

»Schreib noch einmal!«

»Würde ich nicht tun, Herr Direktor.«

Hilarewicz unterdrückte seine Wut. »Warum nicht?«

»Die Bank wird nach dem zweiten oder dritten Mal den Zugang blockieren. Ich würde es nicht riskieren.«

Der Vizedirektor presste die Lippen zusammen. Er überlegte kurz, schrieb dann schnell eine Nachricht und schickte sie weg. Die Antwort kam nach etwa zwanzig Sekunden. Es war dieselbe Nummer: 100 23 01 19 90. Er schob die Nachricht dem Programmierer hin.

»Die Nummer stimmt. Vielleicht wurde die Reihenfolge der Ziffern absichtlich verändert. Lass dir etwas einfallen! Das ist die wichtigste Aufgabe deines Lebens.«

Der Programmierer fegte mit den Fingern über die Tastatur und zeigte das Ergebnis: 39 91 68 00.

»So viele Kombinationen gibt es. Wenn ich mir sicher wäre, dass keine Blockade kommt, würde ich den Computer rechnen lassen.«

»Es muss eine Lösung geben!«

Der Programmierer lächelte. »Es gibt eine, aber die ist auch riskant. Ich müsste dazu Ihre Erlaubnis haben, Herr Direktor.«

»Ich höre!«

»Psychologie und Statistik.«

Hilarewicz blickte unruhig in das zufriedene Gesicht des Programmierers. »Wie meinst du das?«

»Die Untersuchungen in einigen Ländern haben gezeigt, dass vierzig Prozent der Menschen die PINs von hinten chiffrieren.«

Der Vizedirektor dachte eine Weile über diese Information nach. »Nur vierzig? Ein zu hohes Risiko.«

»Haben Sie einen anderen Vorschlag, Herr Direktor?«

»Verfluchte Scheiße!«, knurrte Hilarewicz und verstummte.

Der Programmierer wartete geduldig, mit einem kleinen Lächeln um die Mundwinkel. Er wusste schon lange, dass die Menschen in der realen Welt genauso virtuell waren wie die kämpfenden und sterbenden Figuren in den Computer-Kriegsspielen. Ein Klick, und es blieb genauso wenig übrig. Und ihr ganzer aufgeblähter Ernst war nicht minder amüsant.

Karol parkte den Passat an einer Bushaltestelle und schaltete das Licht über dem Spiegel ein. Zusammen mit Adam starrte er auf die Seite der Credit Suisse auf dem Laptop. »Wenn die Idee falsch ist, wird uns die Bank blockieren«, sagte Adam vorsichtig.

»Du wiederholst dich«, murmelte Karol.

»Ich will nicht, dass du mir den Rest deines Lebens vorwirfst, ich hätte dich um ein Vermögen gebracht, das zum Greifen nahe war.«

Karol sah den lächelnden Adam ernst an. »Mach keine Witze. Wegen dieses verdammten Geldes sind Menschen ums Leben gekommen.«

Adam wurde ernst. »Sorry, du hast recht.«

»Das kommt mir zu einfach vor.« Karol zögerte. »Piotr hätte sich bestimmt etwas Komplizierteres einfallen lassen.«

»Vielleicht wollte er mir die Aufgabe erleichtern. Wozu hätte er mir sonst den Fahrschein gegeben? Die Codierung durch ein Spiegelbild ist so alt wie die Menschheit selbst. Schon Leonardo da Vinci hat sie benutzt.«

Karol nickte. »Gib es ein.«

Adam legte die Finger auf die Tastatur und schrieb langsam die Nummer 099 11 03 20 01. Beide hielten den Atem an. Adam drückte auf Enter.

Die Seite reagierte mit einem Klang und ging in eine andere über. Es erschien ein Konto mit dem Namen des Eigentümers, Piotr Lasota, und dem Betrag 39 024 390 243 902.

»Euro«, sagte Karol leise.

»Wie viel ist das?«, fragte Adam mit heiserer Stimme. Seine Kehle war vor Aufregung trocken geworden.

»Multipliziere es mal vier Złoty und zehn Groschen. Es müsste eine Milliarde und sechshundert Millionen herauskommen.«

Schweigend starrten beide den Bildschirm an.

»Hast du eine Idee?«, fragte Adam. »Meine Bank wäre wohl ein wenig überrascht.«

Karol zog seine Brieftasche hervor und entnahm ihr ein Kärtchen, auf dem eine Nummer stand. »Überweise es auf dieses Konto.«

Adam sah ihn fragend an. »Ist das legal? Wir nehmen Geld, das einer amerikanischen Firma gehört. Es wäre einfach festzustellen, von welchem Computer aus die Überweisung getätigt wurde. Und auf der Tastatur sind meine Fingerabdrücke.«

»Wir wischen sie weg«, sagte Karol. »Das ist ein Konto der Spionageabwehr. Sagen wir, halblegal. Das Geld geht an East Fund zurück, sobald wir wissen, dass die Firma sauber ist. Mach die Überweisung.«

Adam wischte die verschwitzten Finger an seiner Hose ab und berührte die Tastatur. Er begann, die Daten von dem Kärtchen abzuschreiben.

Der Programmierer schaute Hilarewicz gespannt an.

»Gib es ein«, sagte der Vizedirektor.

Der Programmierer schrieb die Nummer in den für die PIN bestimmten Balken hinein: 099 11 03 20 01. Die Seite der Credit Suisse reagierte sofort. Auf dem Bildschirm erschienen der Name des Kontoeigentümers und der Kontostand: 39 024 390 243 902.

Hilarewicz ließ mit einem lauten Geräusch die Luft heraus; er war blass und schwitzte stark. Doch der Programmierer tippte weiter auf der Tastatur, sodass die Seite der Bank sich veränderte und der Betrag verschwand.

»Was machst du da?!«, schrie Hilarewicz.

»Ich blockiere das Konto«, antwortete der Programmierer ruhig. »Sie haben befürchtet, dass uns die Finanzaufsicht zuvorkommen könnte. Gleich kommt eine SMS mit der neuen PIN. So werden nur Sie Zugang zu dem Geld haben.«

Hilarewicz heftete den Blick auf sein Telefon. »Wenn du etwas falsch gemacht hast, bist du ein toter Mann.«

Adam hatte die für die Überweisung nötigen Daten zu Ende geschrieben und hielt den Laptop Karol hin.

»Drück du.«

Karol drückte die Enter-Taste. Auf der Seite der Credit Suisse erschien die Aufschrift: AUTHORIZATION FAILED. Beide sahen den Bildschirm ungläubig an.

»Was ist?!«, rief Adam aufgeregt. »Es war doch alles in Ordnung!«

Er ging schnell auf die Startseite der Bank zurück und begann, die Kontonummer erneut einzugeben.

»Lass es«, sagte Karol ruhig. »Jemand ist uns um ein paar Sekunden zuvorgekommen.«

Sie saßen eine Weile enttäuscht da. Adam seufzte. »Verdammt … Ich war so nah dran.«

»Mach dir nichts draus, es ist nicht dein Geld«, sagte Karol und reichte Adam den USB-Stick, den er von Nina bekommen hatte. »Sieh dir das an.«

Hilarewicz starrte wie hypnotisiert auf das Display seines Handys, auf dem elf Ziffern erschienen waren. Die Bank hatte tatsächlich eine SMS mit der neuen PIN geschickt.

»Halten Sie an!«, sagte er in scharfem Ton zu seinem Fahrer.

Der Mann bremste und stieg aus, ohne auf den entsprechenden Befehl zu warten. Der Programmierer schloss sich ihm an. Hinter ihnen blieben der Infiniti und der Streifenwagen stehen. Kozlowski kam auf den Mercedes zu.

»Was ist los? In diesem Tempo kommen wir heute nicht mehr nach Warschau zurück«, sagte er und fügte beim Anblick des blassen und verschwitzten Gesichts des Vizedirektors hinzu: »Geht es dir gut?«

»Gerade habe ich unsere Milliarde und sechshundert Millionen zurückbekommen. Ich bin dabei, sie zu transferieren«, sagte Hilarewicz angespannt. »Steig ein und ruf in New York an.«

Kozlowski setzte sich neben ihn, schwer beeindruckt. »Gratuliere! Wie hast du das hingekriegt? An Lasotas Vernunft appelliert?«

»Frag lieber nicht … damit du später keinen Meineid leisten musst. Es gibt in solchen Fällen immer einen, der sich die Hände schmutzig macht. Deine sind sauber, und du weißt von nichts. Ruf an«, antwortete Hilarewicz.

Kozlowski warf dem Vizedirektor einen unruhigen Blick zu und wählte die New Yorker Nummer. Hilarewicz zog seine Brieftasche aus der Tasche und kramte mehrere Visitenkarten mit bunten Logos von Banken und Kontonummern heraus. Er legte sich den Laptop auf die Knie und begann, die Überweisungen zu tätigen.

Karol fuhr schnell über die fast leere Landstraße, die nach Norden führte. Sie passierten bereits die letzten Häuser der Warschauer Vororte.

Adam sah sich schweigend den Film über die Übungen zur Behebung der Folgen eines chemischen Angriffs an. Vorher hatte er sich Ninas Aufzeichnung der Konferenz bei East Fund angesehen. Als er fertig war, schloss er den Laptop und warf Karol einen fragenden Blick zu. »Glaubst du, dass sie einen chemischen Angriff planen?«

»Ich hoffe, dass das nur Hirngespinste eines Geisteskranken sind«, antwortete Karol.

»Wie wollen sie das Veto der Union übergehen?«

»Wegen *Natur 2000*? Keine Ahnung. Vielleicht wird sich die polnische Regierung an Brüssel wenden.«

»Sie würde nichts erreichen. Schon mit dem Schiefergas gibt es Probleme.«

»Eins nach dem anderen«, sagte Karol. »Zuerst erfahren wir, von wem Damian gesteuert wird. Dann finden wir über denjenigen die ganze Bande. Wenn ich beweisen kann, dass sie Verbindungen zu East Fund hat, wird die Firma für alles, was passiert ist, zur Verantwortung gezogen. Für Kowals Tod und die Erschießung der beiden Polizisten und des Agenten. Für die Entführungen und Erpressungen. Für alles.«

Adam schüttelte skeptisch den Kopf. »Es ist noch nie vorgekommen, dass dem Chef einer solchen Firma eine Schuld nachgewiesen werden konnte. Die wandern niemals hinter Gitter. Entweder die Zeugen verschwinden spurlos, oder die Anwälte ziehen den Prozess bis zur Verjährung in die Länge.«

»Für alles gibt es ein erstes Mal«, antwortete Karol in einem angriffslustigen Ton.

Der Fahrer eines Renault Megan konnte bei diesem Anblick nicht anders, als scharf zu bremsen: An der Straße, im Licht seiner Scheinwerfer, stand eine schöne Frau und winkte ihm zu. Er hielt etwa fünfzehn Meter weiter, fuhr zurück, ließ die Scheibe des Seitenfensters hinunter und fragte lächelnd: »Soll ich Sie mitnehmen?«

Anna beugte sich zu ihm hinunter. »Mein Mann und ich hatten einen Unfall. Fahren Sie in Richtung Posen?«

Der Renault-Fahrer war kräftig gebaut und wirkte sehr selbstsicher. Er zwinkerte Anna vielsagend zu. »Wo war denn dieser Unfall? Ich habe keinen gesehen?«

Anna zeigte auf eine Nebenstraße, die sich in der Dunkelheit eines Waldes verlief. »Einen Kilometer von hier.«

Der Mann schüttelte amüsiert den Kopf. »Hältst du mich für einen Trottel? Ich fahre nicht mit dir in den Wald. Wir können es in meinem Wagen tun. Wie viel für eine schnelle Nummer?«

Anna überlegte kurz. »Zweihundert.«

Der Fahrer sah auf ihren Busen und ließ den Blick über ihre Schenkel schweifen. »Und wozu dann das Märchen von einem Ehemann? Fünfzig maximal. Zweihundert hast du vor zwanzig Jahren genommen.«

Anna nickte und stieg auf der Beifahrerseite ein. Der Fahrer stellte den Motor ab, schob seinen Sessel zurück, knöpfte die Hose auf und sah sie erregt an. »Aber zuerst blas mir einen.«

Anna streckte die Hand in seine Richtung aus, zog die Autoschlüssel aus dem Zündschloss und stieg schnell aus dem Wagen.

»Gib sie mir zurück, du Schlampe!«, schrie der Fahrer.

Er hielt seine Hose fest und sprang auf die Straße. Anna wich in Richtung Straßengraben zurück. Der Fahrer knöpfte die Hose zu, lief um den Wagen herum und stürzte sich auf sie. Aus dem Straßengraben sprang Bruno mit einer Pistole in der Hand und schlug mit deren Lauf dem Fahrer wortlos auf den Kopf. Der Mann fiel mit einem Röcheln in den Straßengraben und verlor das Bewusstsein. Bruno lud die Pistole durch und zielte auf den Liegenden.

»Lass es!«, rief Anna.

»Er wird aufwachen und die Polizei rufen«, sagte Bruno.

»Fessle ihn. Bevor er es schafft, sich zu befreien, sind wir in Posen und haben einen Wagen gemietet.«

»Du quatschst zu viel«, stellte Bruno fest und zielte wieder auf den bewusstlosen Fahrer.

»Wenn du ihn erschießt, kannst du unsere Abmachung vergessen!«, ließ sich aus dem Wald Piotrs Stimme vernehmen.

»Hast du gehört? Wir haben keine Lust, für einen Mord verantwortlich zu sein. Worauf wartest du? Durchsuch seinen Wagen, du findest sicher ein Kabel oder etwas in der Art.« Anna verschwand zwischen den Bäumen.

Bruno senkte die Pistole. »Scheiße, ich bin hier der Boss«, sagte er. Er drehte sich um, tauchte in den Wagen hinein, fand den Kofferraumhebel und zog daran.

Anna führte Piotr zwischen den Bäumen hervor. Sie umfasste seine Taille und bahnte ihm vorsichtig den Weg, indem sie die Sträucher auseinanderschob. Piotr stützte sich mit der gesunden Hand an ihrer Schulter ab; er ging mühsam, mit schmerzverzerrtem Gesicht.

»Wie werden wir ihn los?«, flüsterte er.

»Ich habe keine Ahnung«, antwortete Anna.

Bruno holte aus dem Kofferraum ein Abschleppseil und stieg erneut in den Straßengraben hinunter. Der Renault-Fahrer stöhnte, drehte sich auf die Seite und versuchte sich aufzusetzen. Bruno zog seine Pistole unter dem Gürtel hervor, holte aus und schlug ihm mit dem Kolben auf den Kopf. Der Mann fiel wieder hin und blieb reglos liegen.

»Schlaf schön, Romeo«, sagte Bruno ruhig. »Ganz umsonst.« Er fing an, das Seil auszurollen.

Die Sterne am schwarzblauen Himmel leuchteten nach einem ganztägigen Regen besonders hell. Das Haus war dunkel, nur im Garten wurden die Bäume und Sträucher von kleinen Scheinwerfern angeleuchtet. Der Passat blieb vor dem Tor stehen.

Adam schlief unruhig, ausgestreckt auf den hinteren Sitzen. Als Karol seinen Arm berührte, fuhr er mit einem Angstschrei hoch; er hatte Tränen in den Augen. Dann kam er langsam zu sich. »Ich hatte einen Albtraum.«

»Ganz ruhig«, sagte Karol und zeigte auf das Haus. »Ich werde ihn hart rannehmen müssen. Bist du darauf vorbereitet?«

Adam nickte. »Aber übertreib nicht. Wie hältst du das bloß aus ohne Schlaf?«

Karol zog eine Kapsel aus der Tasche. »Hast du ein gesundes Herz? Wenn ja, dann reib dir das ins Zahnfleisch.«

Adam schüttete das weiße Pulver aus der Kapsel auf seine Hand. »Amphetamin?«

»Offiziell wird es bei uns nicht verwendet, jedenfalls nicht in der Armee«, antwortete Karol. »Man ist wohl der Meinung, eine gute Schulung und das Gebet würden uns vollkommen genügen. Aber versuch mal, eine dreitägige Aktion ohne Schlaf durchzustehen.«

Adam spürte, wie sein Zahnfleisch taub wurde. Nach einigen Sekunden fühlte er einen Anflug von neuer Kraft. Die Müdigkeit und der Stress waren weg, die Gedanken wurden klarer. Er brach in Lachen aus. »Verdammt … Ich fühle mich, als wäre ich achtzehn.«

»Nach einigen Malen ist es nicht mehr so schön«, sagte Karol. »Das ist ein Tod auf Raten, eine Teufelserfindung. Nimm es, aber behalte die Kontrolle, übertreib nicht.«

Sie stiegen aus dem Wagen und gingen auf das Gartentor zu. Adam drückte einige Male auf die Klingel. Sie warteten eine Minute, doch im Haus reagierte niemand.

»Vielleicht ist er gar nicht da«, sagte Adam.

»Das bezweifle ich«, sagte Karol. »Jemand hat ihm befohlen, Agata und Rafał abzuholen. Die Schießerei hat ihn zu Tode erschreckt, also ist er zurückgekommen und hat sich hier verkrochen.«

Sie passierten das Tor. Karol ging auf ein Fenster zu und versuchte, die Fensterläden zu öffnen. Dann umkreisten sie das Haus. Hinten erstreckte sich eine efeubewachsene Terrasse. Überrascht blieben sie stehen. Auf der Terrasse, in einem Korbsessel, saß Damian, wiegte sich leicht hin und her und murmelte etwas.

»Zugedröhnt«, stellte Adam fest.

Karol betrachtete den Schauspieler aufmerksam. »Nein, in einem Schockzustand.«

Damian hob den Blick, lächelte verlegen und zeigte auf ein Tischchen neben dem Sessel, auf dem eine Spritze und ein Plastikbeutel mit weißem Pulver lagen. Daneben ein Löffel, eine Kerze und ein Schlauch. »Ihr könnt mich verprügeln … Ich sage sowieso nichts«, verkündete er mit leiser Stimme. »Ich kann es einfach nicht.«

Karol betrat die Terrasse und sah sich das Set auf dem Tischchen genauer an. »Heroin?«

Damian nickte, in seinen Augen erschienen Tränen. »Das Einzige, was hilft. Klaudia hat mit mir Schluss gemacht und ist weggefahren.«

»Du wirst nach diesem Zeug völlig weggetreten sein«, sagte Karol.

Damian lächelte. »Kannst du dich an deinen ersten Joint erinnern? Wer hat es dir beigebracht? Mach dir keine Sorgen um den alten Junkie.« Er sah Adam an und zeigte auf einen zweiten Sessel. »Setz dich. Du wirst auch einiges über dich zu hören bekommen.«

Er öffnete den Beutel mit dem weißen Pulver. Adam setzte sich in den Sessel. Das Amphetamin bewirkte, dass er Lust auf Reden und Handeln hatte und den Energieschub nur mit Mühe kontrollierte. Damian schaute ihn aufmerksam an und lächelte. »Ihr seid auf Speed, oder? Die Jegorowicz-Garde …«

Er schüttete etwas Heroin auf den Löffel, zündete die Kerze an, erwärmte die Droge und zog sie in eine Einwegspritze auf. Dann entblößte er einen Arm und umwickelte ihn mit dem Schlauch, den er mit den Zähnen festzog. Öffnete und schloss die Hand, klopfte eine Vene frei und führte sorgfältig die Nadel ein. Drückte auf den Kolben der Spritze und injizierte die Flüssigkeit in die Vene. Als er die Nadel herausgezogen hatte, lehnte er sich im Sessel zurück und schloss die Augen. »Ich liebe dieses Zeug … und ich hasse es«, flüsterte er. Nach einer Weile atmete er tief durch. »Habt ihr von der schwarzen Materie gehört? Sie füllt das Weltall zu achtzig Prozent aus, durchdringt alles. Die Erde, uns … in jeder Sekunde. Die Mathematiker haben die Existenz der schwarzen Materie schon bewiesen, jetzt wird sie von den Astrophysikern gesucht.« Er verstummte. Einen Moment lang saß er mit geschlossenen Augen da. Dann fuhr er fort: »Menschen, die klinisch tot sind, sehen deutlich einen schwarzen, leuchtenden Raum. Er ist das allumfassende Gute und die Ursache aller Dinge. Die Erleuchteten sehen ihn auch. Gott ist eine dunkle Materie … Die Wissenschaft stößt mit dem Glauben zusammen. Ich sehe es manchmal auch … und will dann nicht mehr zurück.« Er machte eine Pause und sagte traurig: »Bringt mich ins Haus, sonst fliege ich weg. Die Sterne ziehen mich an.«

Er öffnete die Augen und sah Siennicki mit trübem Blick an, in dem eine wortlose Bitte lag. Karol griff ihm unter den Arm. Sie betraten den Salon, und Karol setzte Damian in einen Sessel. Der Schauspieler lächelte ihn dankbar an. »So ist es gut … Alles ist nur eine Illusion unseres Egos und unseres Gehirns.«

Karol zog sich einen Stuhl heran und setzte sich ihm gegenüber. »Er hat zu viel genommen«, murmelte Adam.

Damian zielte mit zwei Fingern auf ihn. »Piff paff … du bist tot. Weißt du es nicht mehr? Ich habe es auch vergessen, aber die gute alte Schore hat mir mein Gedächtnis zurückgegeben. Vor langer Zeit.«

»Sprichst du von Jegorowicz und seinem Programm?«, fragte Adam gebannt.

»Bravo«, lobte ihn Damian. »Du hast also doch den Mut, dich daran zu erinnern, was du getan hast? Du bist ein harter Kerl geworden, unempfindlich gegen Stress? Dein Gehirn ist ein perfektes Instrument? Wozu ist ein Mensch fähig, der keine Angst empfindet? Er steht über den Vorurteilen, die von den Schwachen als Moral bezeichnet werden. Wir, die intellektuelle Elite … Die Zukunft gehört uns.«

Adam setzte sich aufs Sofa und wandte den Blick ab. Auf einmal fühlte er sich schlecht, wusste nur nicht, ob es die Wirkung des Amphetamins oder die Worte des Schauspielers waren, die seine Erinnerungen wachgerüttelt hatten.

Damian fuhr fort: »Spricht zu euch nie eine Stimme, die einen anderen aus euch macht?«

»Wer gibt dir die Anweisungen?«, fragte Karol plötzlich.

Damian legte einen Finger an den Mund. »Er kann bewirken, dass ich für immer dieser andere bleibe.«

»Ich sorge für deine Sicherheit.«

Damian seufzte und verdrehte die Augen. Dann zeigte er auf seinen

Kopf. »Du verstehst gar nichts … Er dringt bis hierher. Bei allen, die er auserwählt hat. Bei euch auch.«

Karol machte eine ungeduldige Geste. »Schluss mit den Rätseln. Wer hat dir befohlen, Adam zu verraten? Auf wessen Anweisung hast du heute seine Frau und seinen Sohn abgeholt?«

Damian sah ihn mit einem traurigen Lächeln an. »Weißt du es nicht mehr? Nimm ein wenig Schore … Greif zu.«

Er bekam wieder einen trüben Blick, sein Atem wurde schneller, seine Pupillen fingen an, nach hinten zu rollen. Karol beugte sich über ihn und packte seine Hände. »Wie ist sein Name! Damian, komm zurück!«

»Eine Exekution«, murmelte Damian.

»Was für eine Exekution? Konzentriere dich!« Karol schüttelte ihn. »Hörst du mich?«

Der Schauspieler öffnete die Augen und suchte mit seinem Blick nach Karols Gesicht. »Ihr seid beide dort gewesen«, flüsterte er.

»Wo?«, fragte Adam.

»Wir haben geschossen«, sagte Damian und wandte das Gesicht ab. Aus seinen Augen flossen Tränen.

Karol drehte ihn zu sich um. »Wer hat geschossen? Wann? Sag, wer dir die Anweisungen gibt. Sieh mir in die Augen, beruhige dich und antworte.«

»Jegorowicz«, antwortete Damian. Sein Körper spannte sich plötzlich an, aus seinem Mund kam weißer Schaum.

»Verdammt, du hattest recht! Er hat zu viel genommen!«, rief Karol. Er schlug Damian ins Gesicht. »Schlaf nicht ein! Komm zurück! Hörst du mich?!«

Damians Körper begann, spastisch zu zittern, seine Pupillen rollten nach hinten, das Augenweiß trat zum Vorschein.

»Lass nicht zu, dass er das Bewusstsein verliert!«, rief Karol, lief aus dem Salon und verließ das Haus.

Adam griff Damian unter die Arme und stellte ihn mit einem Ruck auf die Beine, doch sein schlaffer Körper entglitt ihm. Der Schauspieler fiel zu Boden und begann zu röcheln, von neuen Zuckungen geschüttelt. Adam drehte ihn auf den Rücken und begann, rhythmisch auf seinen Brustkorb in der Herzgegend zu drücken. Dann begann er mit der Mund-zu-Mund-Beatmung und setzte die Herzmassage fort.

Karol kam im Laufschritt mit einem Erste-Hilfe-Kasten in der Hand zurück. Adam wich zurück und setzte sich auf den Fußboden. Damian lag mit offenen Augen da. Er rührte sich nicht, und er atmete auch nicht.

Piotr wachte mit dem Gefühl auf, dass etwas Unvermeidbares und Böses geschah, das er verhindern musste. Er war nicht imstande, sich darüber klarzuwerden, ob ihm wirklich eine Gefahr drohte, doch er spürte Angst. Das Licht der Morgendämmerung blendete ihn. Durch die zusammengekniffenen Augenlider sah er die verschwommenen Konturen der vorbeiziehenden Häuser. Er lag unbequem auf dem Rücksitz des Minivans, sein Bein und sein Arm waren unter dem Gips steif geworden und pulsierten vor Schmerz. Nach einer Weile kam die Erinnerung an die letzten Ereignisse zurück: das Verhör am Seeufer, Annas Kampf gegen das Ertrinken, die Bestechung von Bruno. Er hatte gar nichts verhindern können; alle Entscheidungen, die er seit dem Arbeitsbeginn bei East Fund getroffen hatte, waren falsch gewesen. Er hatte zwar sofort erkannt, dass die Investitionen in Afrika und Südamerika aus dubiosen Quellen finanziert wurden und auf Korruption basierten. Aber er akzeptierte die Erklärung, dass es den lokalen Gepflogenheiten entspreche, dass das Bestechen von ganzen Regierungen dort die Regel sei und einzig zählte, welche Firma schneller war.

Als er zum Direktor der polnischen Niederlassung von East Fund ernannt wurde, wies er erneut den Gedanken von sich, dass diese Firma möglicherweise an der Grenze zur Illegalität arbeitete. Von Reichtum und Macht geblendet, ließ er Frau und Tochter in New York zurück, später war er mit der Trennung einverstanden. Die neu entflammte Liebe zu Anna schien die perfekte Ergänzung seines Traums von Glück und Erfolg zu sein. Er reagierte auch nicht, als das Lobbying der Politiker und der Verwaltung immer mehr an das Vorgehen der Firma in Afrika erinnerte. Doch irgendwann begann er Verdacht zu schöpfen, dass der Vorstand von East Fund daran dachte, eine Naturkatastrophe zu provozieren, um sich damit Zugang zum größten polnischen Reichtum zu verschaffen.

Erst dann bekam er Angst und beschloss zu handeln – zu spät und ohne eine Chance auf Erfolg.

Plötzlich wurde ihm bewusst, dass er allein war. Er blickte zur Seite und sah Anna, die mit einer Plastiktüte in der Hand eine Apotheke verließ. Sie kam auf den Wagen zu und bückte sich lächelnd zum offenen Fenster. »Guten Morgen. Wie fühlst du dich?«

»Danke, es geht so. Wo sind wir?«

»In Posen.«

»Und wo ist Bruno?«

Anna öffnete die Tür und setzte sich neben ihn. »Er ist mit einem Taxi weggefahren, um einen Wagen zu mieten.«

»Worauf warten wir dann?«

»Er hat unsere Papiere mitgenommen. Ich habe ihn überzeugt, dass wir auch auf der Flucht sind. Dass wir eine Menge Geld haben, das wir persönlich abheben müssen, und deshalb nicht zur Polizei gehen.«

Piotr sah Anna beunruhigt an. »Du willst doch nicht wirklich mit ihm nach Berlin fahren und ihm das Geld geben?«

»Ich überlege noch.«

»Was denn?«

Anna suchte nach den richtigen Worten. »Die Zeit drängt, er wird gleich zurück sein!«, sagte Piotr ungeduldig und richtete sich mühsam auf. »Hilf mir bitte.«

Anna rührte sich nicht. »Wenn du es der Polizei melden wolltest, warum hast du es nicht gleich getan? Warum hast du mich gebeten, dir bei der Flucht zu helfen?«

Die letzten Worte sagte sie mit Zorn in der Stimme. Piotr sah sie überrascht an, dann griff er nach ihrer Hand. Anna zog sie zurück.

»Wenn ich diesem Gangster vier Millionen Euro gebe, wird es für mich kein Zurück mehr geben«, sagte Piotr. »Niemand wird mir glauben, dass ich das Geld nicht für mich genommen habe. Willst du, dass wir bis an unser Lebensende auf der Flucht sind? Mit einer Milliarde?«

Anna schüttelte den Kopf. Sie sprach langsam, stockend und nach Worten ringend. »Ich weiß nicht. Ich dachte, dass nur das wichtig ist, was wir füreinander empfinden.« Sie verstummte, bat ihn aber mit einer

Geste, sie nicht zu unterbrechen. »Ich kehre nicht zu Karol zurück. Ich weiß aber nicht, ob ich die Kraft habe, Natalia zurückzulassen oder aus der Ferne über Anwälte um sie zu kämpfen. Ich hatte plötzlich das Bedürfnis, glücklich zu sein, mit dir. Ich wollte, dass es wieder so wird wie damals, als du mein erster Freund wurdest, mein erster Mann.«

Piotr hörte bewegt zu. Er wollte etwas sagen, doch Anna hielt ihn wieder zurück. »Als ich erfuhr, um wie viel Geld es sich handelt und dass du es unter deine Kontrolle gebracht hast, dachte ich, dass wir wirklich frei werden könnten. Obwohl ich weiß, dass man mit einer Milliarde nicht fliehen kann.«

»Wie viel soll ich stehlen? Hundert Millionen?«

Anna zuckte zusammen, als hätte er ihr einen Schlag verpasst. Sie zuckte die Schultern und saß einige Sekunden lang schweigend da. Dann legte sie die Hand auf den Türgriff. »Also gut, gehen wir zur Polizei. Gib alles zurück.«

Piotr ergriff mit der gesunden Hand ihren Arm und drehte sie zu sich um. »Verzeih mir.«

Anna sah ihn traurig an. »Was willst du von mir hören?«, fragte sie.

»Dass du selbst dann mit mir zusammen sein willst, wenn ich das Geld zurückgebe.«

»Ich will. Ich werde warten, bis du deine Strafe abgesessen hast. Ich komme schon irgendwie zurecht.«

Piotr schwieg. Anna fuhr fort: »Ich kenne mich mit dem Gesetz nicht aus, aber ich weiß trotzdem, was kommt. Du meldest dich bei der Polizei und wirst verhaftet. Eine klassische Geschichte: Der Direktor einer Firma hat versucht, mit deren Geld zu verschwinden. Da es ihm nicht gelungen ist, erzählt er ein Märchen von einer ökologischen Bedrohung.«

»Ich habe Beweise«, protestierte Piotr.

»Welche? Ein paar Mails? Die Information, dass jemand versucht hat, irgendein chemisches Zeug zu kaufen? Wenn du reale Beweise hättest, wärst du zur Staatsanwaltschaft gegangen.« Sie sprach immer schneller, mit wachsender Wut. »Sie werden aus dir einen Geisteskranken und einen Kriminellen machen! Du wirst gleichzeitig den Staatsanwalt und einen Zivilprozess am Hals haben! Und die Forderung, eine gigantische

Entschädigung an East Fund zu zahlen! Sie werden dich fertigmachen, und nach der Entlassung aus dem Gefängnis wirst du keine Arbeit mehr finden!«

Piotr starrte mit abwesendem Blick durch die Windschutzscheibe. Anna ergriff mit beiden Händen seinen Kopf, drehte ihn zu sich um und zwang ihn, sie anzusehen. »Du willst dich stellen und die ganze Summe zurückgeben? Dann sag mir, dass du an die Ehrlichkeit der polnischen Gerichte, Medien und Politiker glaubst.«

»Ich habe es schon gesagt: Ich beabsichtige, damit zur amerikanischen Staatsanwaltschaft zu gehen«, erinnerte er sie.

»Und dank deiner Aufopferung wird es unter denen, die sich für das Titan interessieren, keine Korruption mehr geben, ja? Angenommen, du kannst der East Fund wirklich etwas beweisen. Was dann? Ihren Platz nehmen ehrliche Firmen ein? Und die ehrlichen polnischen Politiker sorgen dafür, dass die Gesellschaft von diesem Reichtum profitiert? So wie sie in den neunziger Jahren von den Privatisierungen profitiert hat, als das Geld ins Land zurückkehrte, das die Kommunisten gestohlen hatten?«

Piotr war überrascht. »Du interessierst dich für Politik?«

Anna schüttelte den Kopf. »Ich weiß doch, was für Gesetze in diesem kranken Land herrschten. Karol war ja einer von denen, die diese Dreckskerle vor der Wahrheit und der Verantwortung schützten. Dazu waren doch diese ganzen Geheimdienste da. Ungeachtet dessen, welche Partei gerade regierte. Ich konnte mehrmals hören, wie er fluchte und damit drohte, irgendwann öffentlich alles zu sagen, was er wusste. Er verlor langsam die Selbstachtung, das fraß ihn richtig auf. Die Politiker sind unantastbar, weil sie ihre gehorsamen Sklaven haben … solche wie Karol. Du willst dich aufopfern? Bitte, geh zur Polizei.«

Eine Weile schwiegen sie beide. Piotr seufzte. »Ich will dich nicht verlieren. Aber ich kann nicht um den Preis eines Diebstahls mit dir zusammen sein.«

Anna wollte ihm gerade antworten, als die Tür aufging und Bruno sein lächelndes Gesicht hereinschob. »Wir können fahren, Kinder.« Er zeigte stolz auf den daneben parkenden Wagen.

Piotr und Anna sahen den neuen Porsche Cayenne überrascht an.

»Hast du ihn geliehen?«, fragte Piotr.

Bruno grinste zufrieden. »Ich hab ihn aus einem Autosalon, für eine Probefahrt. Wenn er mir gefällt, bezahle ich ihn in Berlin.«

»Du solltest doch nach Frankfurt fliegen«, sagte Anna. »Und dann gleich weiter.«

Bruno zog den Kopf zurück und öffnete die Tür auf Piotrs Seite. »Du wirst mir bestimmt nicht sagen, was ich mit meiner Kohle machen soll. Umsteigen, aber schnell!«

Paweł Jegorowicz stieg aus einem Taxi, überquerte schnell mit einer Mappe in der Hand den Garten und betrat die Villa. In der Tür des Salons stand Professor Jegorowicz und betrachtete den Garten. In den Kronen der Kastanienbäume und im dichten Gebüsch sangen die Vögel. Der Professor drehte sich beim Geräusch der Schritte um und sagte in ruhigem Ton: »Ich fahre nirgendwohin.«

Paweł blieb überrascht stehen. Sein Vater konnte schon immer seine Entscheidungen voraussehen. Er wollte etwas antworten, doch Jegorowicz hielt ihn mit einer Geste zurück. »Es ist der Fink … Tititi, wiwiwi … Gibt es dort singende Finken?«

»Vater …«

»Ich weiß, wann du hinter meinem Rücken etwas ausheckst.«

Paweł legte die Mappe auf den Tisch und entnahm ihr zwei Pässe und zwei Umschläge mit Flugtickets. Jegorowicz verzog das Gesicht. »Ich bin kein Feigling.«

»Wir fahren nicht für immer weg. Wir warten an einem sicheren Ort ab und kommen zurück.«

»Wann?«

Paweł zögerte. »In einem Jahr. Oder in zwei.«

»Oder niemals.«

»Du kontrollierst die Ereignisse nicht mehr«, stellte Paweł fest. »Ich glaube, du hattest sie nie vollkommen unter Kontrolle.«

»Pass auf, was du sagst«, sagte Jegorowicz bestimmt, aber ohne Zorn.

Paweł unterdrückte seine Irritation. Sein Vater wusste, wie er ihn aus der Fassung bringen konnte, und er tat es oft absichtlich – um einen Vorsprung zu haben. Seine Zornausbrüche machten ihn angesichts des kalten Intellekts des Vaters ratlos. Er fühlte sich gedemütigt und entschuldigte sich für die unüberlegten Worte. Jegorowicz pflegte in solchen Momenten zu sagen: »Wenn du scharfe Zähne hast, dann bitte sehr – beiß. Aber wenn nicht, lass es, sonst wirst du lächerlich.« Sein Leben lang fühlte er, dass er nur der Schatten dieses großen Mannes war und dass er ihm nie ebenbürtig sein würde.

Der Professor wartete und sah seinen Sohn mit Ironie in den Augen an.

»Jeden Augenblick kann Siennicki hier auftauchen«, sagte Paweł in ruhigem Ton. »Ich trage dieselbe Verantwortung wie du.«

Jegorowicz lächelte. Sein runzliges Gesicht machte einen beseelten und gleichzeitig einen resignierten Eindruck. Die Jahre seiner Lehre trugen wieder einmal Früchte: Das Schicksal hatte ihm leider einen Sohn mit durchschnittlichem Verstand geschenkt, doch manchmal wusste dieser eher uninteressante Junge so zu schlussfolgern und zu reagieren, wie er es von ihm erwartete.

Paweł setzte sich auf einen Stuhl am Schreibtisch und sah seinen Vater unruhig an. »Wirst du mitkommen?«

Jegorowicz setzte sich in den Sessel am Kamin und heftete den Blick auf die erkaltende Glut. »Die Fakten haben mein Wissen überstiegen. Und meine Absichten. Damals, im Jahr 89, hatte ich überhaupt keine Vorstellung davon, was für gewaltige Kräfte und Mittel die Menschen gehortet hatten, die bereit waren, die Macht abzugeben. Ich war so naiv zu glauben, dass die neu gewonnene Freiheit die Besten und Klügsten bräuchte, die miteinander durch Freundschaft und Treue verbunden wären.« Er verstummte, nickte resigniert und fügte dann hinzu: »Dabei genügten die treuen Apparatschiks, die von Partei, Militär und Sicherheitsdienst hervorgebracht worden waren.«

»Es gab auch solche, die ihr Studium in den USA absolviert hatten«, bemerkte Paweł.

Jegorowicz nickte.

»Das Fullbright-Stipendium, ich weiß. Junge Partei-Karrieristen, ohne Charakter, aber ehrgeizig und gierig. Sie kamen mit ihren Diplomen zurück und warteten wie die Geier darauf, dass die korrumpierten Politiker ihnen die heruntergewirtschafteten Betriebe überließen. Sie kauften sie für die Milliarden, die zuvor gestohlen worden waren – dank der Wechselstuben und aus den Taschen der Polen, denen erlaubt worden war, ihre Brötchen im Westen zu verdienen. Ein widerlicher, aber wirksamer Schachzug der letzten Regierung vor dem Zusammenbruch des Regimes. Weißt du, dass sie damit einen alten Plan von Lavrentij Berija, dem NKWD-Chef, umgesetzt haben? Einen Teil der Macht abgeben, einen freien Markt schaffen und das Kapital kotrollieren. Nach Stalins Tod war das nicht gelungen – die sowjetische Partei hatte es nicht erlaubt, und Chruschtschow ließ Berija liquidieren. Fast vierzig Jahre später kamen die KGB-Leute an die Macht, Tschernenko, Andropow, Gorbatschow und schließlich Oberst Putin. Berijas Traum wurde Wirklichkeit. Und der Westen hatte immer noch nichts verstanden. Dabei bewegten sich die Offiziere unserer Sicherheits- und Geheimdienste auf einem längst ausgetretenen Pfad.«

Jegorowicz verstummte, öffnete eine Glasvitrine und zog eine Flasche Cognac hervor. Er kam auf den Schreibtisch zu, goss zwei Gläser ein, nahm eines davon und reichte es Paweł. »Weißt du, worin mein Fehler bestand?«, fragte er, und ohne auf eine Antwort zu warten setzte er seinen Monolog fort: »Ich habe für keine Seite Partei ergriffen. Dabei hätten sie uns alle mit offenen Armen empfangen – die Kommunisten, die Solidarność, die Kirche. Ihr seid eine Gruppe talentierter, hervorragend ausgebildeter junger Leute gewesen, deren Gehirne man steuern konnte.«

Paweł trank seinen Cognac nicht, sondern saß nur da und sah seinen Vater mit fragendem Blick an. Jegorowicz lächelte. »Du willst sagen, dass ihr Karrieren gemacht habt? Ja, ihr habt euch gegenseitig unterstützt. Und ich habe euch dabei geholfen, wann immer es mir möglich war.« Er machte wieder eine Pause, sein Gesicht verdüsterte sich. »Mein zweiter Fehler aber bestand darin, dass ich euch Menschen überlassen habe, die nicht nur unehrlich, sondern auch klein waren. Die immer in der zweiten Reihe standen, im Schatten blieben. Und sie haben euer Talent vergeudet.«

Paweł erstarrte. Er bekam gerade das zu hören, was er am meisten befürchtet hatte. »Du meinst die nicht verifizierten Offiziere des Sicherheitsdienstes und der Spionage?«

Der Professor schüttelte den Kopf. »Vereinfache es nicht. Die Verteilung der Kräfte war viel komplizierter. Es gab nicht nur eine Konstellation, wie Menschen von oberflächlichem Wissen und Paranoiker uns glauben machen wollen. Eine Freiheit, die plötzlich ausbricht, ist wie eine Leere, ein schwarzes Loch. Es entstanden viele Interessengruppen. Ex-Kommunisten und Solidarność-Leute gingen neue Verbindungen ein. Die einen hatten Geld und Informationen, die anderen richtige Lebensläufe und Legalität zu bieten. Und hinter ihnen standen verbrecherische Gruppierungen, die bereit waren, schmutziges Geld zu waschen und Gehorsamkeit zu erzwingen.«

»Sagst du mir, an wen du dich gebunden hast?«, fragte Paweł. »Und uns?«

Jegorowicz dachte über die Antwort nach, doch nach einer Weile schüttelte er den Kopf. »Es ist besser für dich, es nicht zu wissen. Und mir können sie nichts mehr tun – ich bin ein alter Verlierer.«

Paweł nickte enttäuscht und sah auf die Uhr. »In zwei Stunden müssen wir am Flughafen sein.«

Jegorowicz breitete die Arme aus. »Die besten Köpfe emigrieren. Bist du nicht neugierig, wie das Ganze endet? Ob die beiden Rebellen, Karol und Adam, die größte Affäre in der Geschichte der Dritten Polnischen Republik verhindern? Oder ob General Kowal mit ihnen kurzen Prozess macht? Alles hat sich verkompliziert, seitdem ihr angefangen habt, gegeneinander aufzutreten.«

Paweł erhob sich. »Deine Methode war krank.«

»Sie war genial«, stellte Jegorowicz ruhig fest. »Aber ich musste im Verborgenen agieren. Wenn ich in den Staaten im Auftrag der CIA oder in der Sowjetunion gearbeitet hätte, hätte ich einen neuen Menschen erschaffen. Bei uns gelingt alles nur halb. Kleine Verbrechen, falsche Pläne, unnötiges Heldentum. Wir sind eine Nation von zögernden Individualisten, ewig zerstritten und mit einem Gewissen voller Geschwüre. Regiert von intellektuellen und ethischen Nullen. Platon hatte recht: Die Demokratie wählt Menschen mit kleinem Gehirn und schwachem Charakter aus. Nur eine aufgeklärte Diktatur kann einen Staat zu großen Aufgaben führen.«

»Aufgeklärte Diktatur?«, wiederholte Paweł mit Skepsis. »Ist das nicht ein Paradoxon?«

Der Professor schüttelte den Kopf. »Weißt du, wann das Christentum seine Chance hatte, eine ideale Staatlichkeit zu schaffen?« Er wartete einen Moment mit der Antwort. »Im 12. und 13. Jahrhundert – in Südfrankreich, in der Provinz Languedoc.«

»Die Albigenser«, ergänzte Paweł.

»Richtig«, lobte ihn Jegorowicz. »Anders gesagt: die Katharer. Von der siegreichen Kirche als Häretiker angesehen.«

»Das war aber keine Diktatur.«

»Doch. Es war eine Diktatur weiser, aufgeklärter Männer, die regierten, richteten und lehrten. Rein und asketisch, ohne materielle und körperliche Versuchungen, nur im Dienste der Allgemeinheit. Ein idealer, reicher Staat, bewohnt von glücklichen Menschen. Deshalb wurde er auf Anweisung des Papstes vernichtet – von den Franzosen aus dem barbarischen Norden und ihren Königen, Philipp und Louis. Zur Schande des Christentums.« Er machte eine Pause, dann sagte er etwas leiser, resigniert: »Von so einem Staat, durch solche Menschen regiert, habe ich in meiner Naivität geträumt. Eure Gehirne wurden auf die Machtübernahme vorbereitet. Und gesteuert, damit ihr keine Fehler macht. So wie Dionysios, der Diktator von Syrakus, von Platon vorbereitet wurde.«

»Wir wurden von einem aufgeklärten Mann vorbereitet? Von dir?«, fragte Paweł und sah seinen Vater an wie ein Psychiater, der einem Patienten zuhört.

Jegorowicz hob das Glas mit dem Cognac. »Auf meine Niederlage.«

»Ich verschiebe den Abflug um zwei Tage«, sagte Paweł. »Dann lasse ich dich zurück und fahre allein weg.« Er stand auf und ging in Richtung Tür.

Der Professor verfolgte ihn mit seinem Blick. Dann setzte er sich in den Sessel am Schreibtisch und leerte das Cognacglas. »Zwei Tage … eine Ewigkeit«, murmelte er vor sich hin.

Anna beobachtete durch die Fensterscheibe des Porsches die blau-weiße Glasfassade der Credit Suisse am Berliner Kurfürstendamm. Piotr und Bruno hatten die Bank vor über einer Stunde betreten.

Sie fing an, sich Sorgen zu machen, dass man Piotr womöglich verhaftet hatte. Die East Fund hätte sich ja bei der Staatsanwaltschaft einen Haftbefehl besorgen können. Allerdings war die Chance, dass alle Banken darüber informiert waren und sofort die Polizei rufen würden, eher gering. Und Piotr hatte ihr erklärt, dass eine Schweizer Bank bestimmt nicht so schnell handeln würde, selbst wenn die Direktion erfahren sollte, dass nach ihm gefahndet wurde. Über dreihundert Millionen Euro auf dem Konto würden einem Kunden in den Augen der Schweizer die Immunität sichern.

Je weiter sie sich von Polen entfernte, desto stärker spürte sie, dass sie weder die Trennung von Natalia verkraften, noch mit Piotr glücklich werden würde – sie würde dieses Glück mit ihrem obsessiven Kampf um die Tochter vergiften, der sich über Jahre hinziehen könnte, zumal sie eine Mutter war, die ihre Familie verlassen hatte und geflohen war. Die Polizei würde ihr Verschwinden mit Piotr in Verbindung bringen, weil die Überwachungskameras im Krankenhaus und in der Klinik VITA-MED registriert hatten, wie sie ihm zweimal zur Flucht verholfen hatte. Karol würde von ihrem Verhältnis erzählen. Und sie würde als Komplizin eines Verbrechers gelten, was für das Gericht der nächste Grund wäre, sie um ihre Mutterrechte zu bringen.

Da fiel ihr ein, dass sie, falls Piotr sich entscheiden sollte, von dem Geld der East Fund eine große Summe einzubehalten, eine Detektei engagieren könnte, die Natalia problemlos kidnappen würde. Sie verwarf den Plan allerdings sofort wieder – auf diese Weise würden sie sich beide verstecken müssen, und Natalia könnte ihren Vater nicht mehr sehen. Karol würde Himmel und Erde in Bewegung setzen, seine Kontakte bei Interpol und anderen Diensten nutzen und sie bis an ihr Lebensende verfolgen. Und sie würde nicht nur sich, sondern auch Piotr in Gefahr bringen.

Sie heftete ihren Blick auf den Bankeingang. Durch die verglaste Tür kam Piotr heraus, auf Bruno gestützt. In der Mitte des Gehsteigs aber ließ der Gangster Piotrs Arm los und begann herumzuspringen, als wäre er von einem Wespenschwarm angegriffen worden. Anna begriff, dass das ein Freudentanz war. Sie öffnete die Tür, stieg aus dem Wagen und ging Piotr entgegen.

Bruno bemerkte sie, lief auf sie zu und umarmte sie stürmisch. »Meine Königin! Ich werde den Rest meines Lebens für dich beten!«, rief er, während er gleichzeitig versuchte, sie auf den Mund zu küssen.

»Hör auf! Es reicht!« Anna stieß ihn angewidert weg. Sie hakte sich bei Piotr unter. Zusammen gingen sie zum Porsche zurück, den sie am Kurfürstendamm Ecke Uhlandstraße geparkt hatten. Hinter ihnen hüpfte der aufgeregte Bruno und redete ununterbrochen weiter: »Schluss mit dem Gangstersein! Schluss mit Marcos! Jetzt ist Bruno der Chef! Ich kaufe mir die beste Nutte von Warschau und verziehe mich in die Karibik!«

Piotr drehte sich zu ihm um. »An deiner Stelle würde ich mich in Polen nicht mehr blicken lassen.«

Bruno wurde ernst. »Ich glaube, du hast recht …«, gab er zu. »Ich amüsiere mich hier ein bisschen, und dann bye, bye – ich verschwinde!«

Piotr streckte ihm die gesunde Hand entgegen. »Und denk an unsere Abmachung. Falls du erwischt wirst, kein Wort über uns!«

»Keine Sorge, Alter. Ein solcher Bulle muss erst geboren werden. Soll ich euch irgendwo absetzen?«

»Wir kommen schon zurecht«, sagte Piotr.

Bruno ergriff beidhändig Annas Hand und schüttelte sie kräftig. »Ich wünsche euch viel Glück! Wirklich!«

Er stieg in den Cayenne, ließ den Motor an, winkte ihnen durchs Fenster fröhlich zu und hupte laut zum Abschied.

Adam schwieg während der ganzen Fahrt, die etwa eine Viertelstunde dauerte. Das Amphetamin, das er von Karol bekommen hatte, bewirkte, dass ihm seine Gedanken und Gefühle intensiver vorkamen, ohne ihn gleichzeitig sonderlich zu berühren – er verfolgte sie gleichsam von der Seite, neugierig und ohne Furcht. Er fühlte sich von Damians Tod verunsichert und war gleichzeitig dankbar, dass er deswegen nicht litt. Damians Selbstmord schien ein Zeichen zu bergen, das nur für ihn bestimmt war und das er dennoch mit seinem Gehirn nicht erfassen konnte.

Die Polizisten, die Karol gerufen hatte, wollten sie bis zur Ankunft des Ermittlungsteams festhalten. Siennicki erklärte ihnen aber, dass sie aus Gründen, die für die nationale Sicherheit wichtig seien, sofort fahren müssten. Sie vereinbarten, dass sie sich bei der Polizei melden würden, um wegen Damians Tod auszusagen.

Der Passat fuhr schnell in Richtung Warschau. Adam betrachtete die vorbeiziehenden Lichter der Häuser und Autos, die zu einem funkelnden Energiestrom zusammenflossen. Der Himmel im Osten hellte sich auf. Er hatte das Gefühl, ihn mit seinem Blick durchdringen und die dahinter verborgenen Geheimnisse sehen zu können. Er hatte bislang nie Drogen genommen, von ein paar Joints abgesehen. Jetzt wurde ihm bewusst, wie gefährlich sie für Menschen waren, die mit der kranken Zivilisation nicht zurechtkamen und deshalb um jeden Preis Hilfe suchten.

»Hast du etwas von Damians Worten verstanden?«, fragte er und fügte gleich hinzu, obwohl er Karols Antwort ahnte: »Wurdest du je von Professor Jegorowicz angerufen?«

»Mehrmals.«

»Hat er dich nach deiner Karriere gefragt? Deiner Familie?«

Karol nickte.

»Kam es dir nicht seltsam vor, dass er so an uns hing?«

Karol dachte über eine Antwort nach.

»Hat er dich nie um etwas gebeten?«

»Und dich?«

»Nein.«

Adam beobachtete weiter den rosaroten Horizont, an dem in wenigen Augenblicken die Sonnenstrahlen aufflammen würden. Es kam ihm in den Sinn, dass er mit seiner Willenskraft die Zeit anhalten könnte. Er lächelte bei diesem Gedanken und fuhr fort: »Die Auserwählten, die Begabtesten unseres Jahrgangs … ein experimentelles System … Er lehrte uns, wie man aus einer schwierigen Situation herauskommt, den Stress bewältigt oder sich zum Handeln motiviert. Was noch?«

»Wir werden ihn danach fragen«, antwortete Karol.

»Ich habe seit langem diesen einen Traum: Wir stehen in einem Betonbunker ohne Fenster. Zehn Männer, vielleicht etwas mehr. Ich fühle mich erschöpft wie nach einem Training, bei dem ich lange in einem Gummianzug gelaufen bin. Ich leide unter akutem Sauerstoffmangel, bin schweißgebadet, mir tun alle Muskeln und der Kopf weh, ich kann nichts sehen. Wie in einem Albtraum.«

»Sensorische Deprivation«, sagte Karol.

Adam nickte. »Ich könnte aus diesem Bunker hinauskommen, und der Albtraum wäre vorbei, doch dazu müsste ich etwas Schreckliches tun. Etwas, wovor mein Körper und mein Gehirn zurückschrecken.«

»Töten.«

»Träumst du das auch?«

Karols Blick blieb an der Landstraße haften. »Der blaue Vogel. Das Kreieren eines doppelten Bewusstseins«, sagte er mit leiser Stimme.

»Was ist das?«

»Der Titel eines Buches des amerikanischen Psychiaters Colin Ross: *Bluebird,* der blaue Vogel. Ein Programm zur Gehirnkontrolle, das 1950 vom Direktor der CIA zur Umsetzung freigegeben wurde. Drei Monate vor dem Koreakrieg.«

»Was hat das mit uns zu tun?«

»Die Russen wurden erst 1983 aus dem Weltverband für Psychiatrie rausgeworfen. Glaubst du, sie hätten nicht mit den gleichen Methoden experimentiert?«

»Die Steuerung des Unterbewusstseins?«

»Psychiater, die für die CIA arbeiteten, verteilten Drogen an Kinder in Grundschulen und Gymnasien. LSD, Kokain, Peyote … jahrelang. Versuche an Studenten und Soldaten dauerten bis in den Kalten Krieg hinein. Ich wette, dass sie immer noch durchgeführt werden. Der Unterschied besteht wohl nur darin, dass diejenigen, die diesen Experimenten heute unterzogen werden, ihre Einwilligung geben müssen.«

»Früher geschah es ohne ihr Wissen und ihren Willen? So wie in unserem Fall?«

Karol nickte. »Hast du den Film *The Manchurian Candidate* gesehen? Denzel Washington, gesteuert wie ein Roboter, bereit, zu foltern und zu morden, ohne Beteiligung seines Bewusstseins. Professor Ross behauptet, *Manchurian Candidate* sei der echte Name eines Forschungsprogramms der CIA. Er hat in Texas mit Leuten gesprochen, die daran teilgenommen hatten. Sie waren sechzehn, achtzehn Jahre alt. Hypnose, Drogen, körperliche und sexuelle Nötigung, sensorische Deprivation. Deine Träume sind sehr genau. Und ich habe noch einen Film gesehen … Ein Mann, der auf einem Laufband in einem Atomschutzanzug und mit einer Brille mit zugeklebten Gläsern rennt. Bis er ohnmächtig wird.«

»Sind wir Roboter? Tun wir etwas, ohne eine Ahnung zu haben, dass wir es tun?«

»Ich weiß es nicht. Laut Ross hat Professor Estabrook von der Universität Colgate im Bundesstaat New York ein Programm des Persönlichkeitsaustausches durchgeführt, im Auftrag der Armee und an Marinesoldaten. Einer der Soldaten, sagen wir John, verlor, sobald er ein Codewort hörte, seine Persönlichkeit und sein Gedächtnis und wurde jemand anderer, zum Beispiel Ted. Dann wurde Ted eine Information anvertraut und John seine Identität zurückgegeben. John wurde nach Tokio geschickt. Derjenige, der ihn dort empfing, sagte das Codewort. John wurde wieder zu Ted und richtete die Information aus. Dann gab ihm ein weiteres Wort Johns Identität zurück, und er kehrte in die Staaten zurück.«

Adam nickte anerkennend. »Nicht schlecht. Mit Foltern hätten sie nichts aus ihm herausbekommen … weil John von nichts wusste.«

»Ja. Er konnte auch im Auftrag töten. Als Ted.«

Beide verstummten.

»Woher weißt du, dass in Polen solche Experimente auch durchgeführt wurden?«, fragte Adam nach einer Weile.

»Wenn der sowjetische Bruderstaat sie befahl?«

Adam spürte, dass seine durch die Droge ausgelöste Distanz schwand; sein Gehirn verlangte nach Wahrheit. »Jegorowicz sagt während eines harmlosen Gesprächs ein Codewort, und wir werden zu Teds? Es läuft einem kalt über den Rücken, wenn man daran denkt.«

Karol zuckte die Schultern. »Wenn es so wäre, hätte er Damian nicht einsetzen müssen. Er oder jemand, der das Codewort von ihm bekommen hat. Und die Leute wären nicht aufgetaucht, die Agata und Rafał entführt haben. Er hätte mich benutzt. Du, ich und Piotr passen irgendwie nicht zu diesem Puzzle … Wir kommen jemandem in die Quere …«

»Glaubst du, dass der Professor für East Fund arbeitet?«

»Wäre möglich. Es können aber auch völlig andere Dinge sein. Oder es handelt sich einfach um eine ganz gewöhnliche Verbrecherorganisation, die versucht, das von Lasota versteckte Geld zu übernehmen.«

Karol nickte. Einen Moment lang fuhr er schweigend. »In meinen Träumen befiehlt mir jemand, einen Menschen zu erschießen«, sagte er schließlich. »Und ich tue es ... Es ist eine richtige Exekution.«

»Hör auf«, bat Adam, sichtlich beunruhigt.

»Dann versuche ich es zu vergessen«, fuhr Karol unbarmherzig fort. »Ich bin bereit, alles zu tun ... nur um mein Gedächtnis zu verlieren. Diese Träume sind etwas verschwommen, aber ich weiß, dass sie die Wahrheit widerspiegeln.«

»Genug!«, rief Adam. »Halt an!«

Karol bremste. Adam sprang aus dem Wagen, lief einige Meter und krümmte sich in einem heftigen Brechreiz.

Die aufgehende Sonne spiegelte sich in den oberen Fenstern des Gebäudes der Betriebszentrale. Darunter prangte die große Aufschrift: BROMBERG. Auf einem der Nebengleise unterhalb des Kontrollturms stand ein langer Güterzug mit drei Zisternen am Ende. Aus dem Wald hinter der Bahnstation tauchte mit einem Warnsignal ein Expresspersonenzug auf und donnerte am Güterzug vorbei.

Ein junger Gehilfe des Lokführers kam aus der Betriebszentrale heraus, zündete sich eine Zigarette an, ging auf die E-Lok zu und kletterte in die Kabine. Der Lokführer war ein untersetzter Mann über fünfzig. Müde von der nächtlichen Fahrt, sah er schweigend dem Gehilfen zu, der die Dokumente auf dem Steuerpult ausbreitete.

»Zuerst düsen wir mit den Zisternen nach Suwałki«, sagte der Gehilfe.

»Wohin?«, wunderte sich der Lokführer.

»Sage ich doch: Bahnstation Suwałki. Wir hängen die drei Tonnen ab und fahren weiter, an die Grenze. Und danach – achtundvierzig Stunden frei!«

Der Lokführer nickte und schaltete den Motor der E-Lok ein. Der Gehilfe streckte sich, setzte sich auf seinen Platz am Pult und fing an, an einem Sandwich zu kauen. »Ich kenne Suwałki, mein Schwager stammt von dort. Und ich denke mir, dass sie dort keine Fabrik haben, die drei solche Tonnen schlucken könnte. Es gibt nur eine Möbelfabrik und eine Kabelfabrik. Und die brauchen nicht so viel Chemie.«

»Das ist sicher irgendein giftiges Zeug, das sie für wenig Geld im Wald vergraben«, antwortete der Lokführer, während er den Hebel verschob, der die Umdrehungen des riesigen Motors beschleunigte.

Die E-Lok passierte den Kontrollturm, wackelte kurz an einer Weiche und kam auf das Hauptgleis. Der Gehilfe nahm einen kräftigen Schluck Kaffee zu seinem Sandwich und sagte mit vollem Mund: »Und wenn wir das jemandem melden würden? Vielleicht der Bahnpolizei?«

»Sollen sie sich doch alle mit dem Scheißzeug vergiften«, murmelte der Lokführer. »Misch dich da nicht ein.«

Die Lok fuhr an einem schwarzen BMW vorbei, der am Ende der Bahnstation, hinter einem Zaun aus Betonplatten, parkte.

Trotyl, der hinter dem Steuer seines Wagens schlief, wurde vom lauten Klingeln eines Mobiltelefons geweckt. Er griff neben sich und tastete nervös nach seinem Handy. »Hallo«, sagte er mit heiserer Stimme.

Aus einem Fenster der Betriebszentrale sah ein Bahnangestellter auf ihn hinunter; er hielt einen Telefonhörer am Ohr. »Schlafen Sie?«

»Dumme Frage«, antwortete Trotyl und richtete sich auf. »Ja, ich sehe es.«

Hinter dem Zaun fuhren gerade die drei an einen Güterzug angehängten Zisternen vorbei. Trotyl schaute ihnen mit vom Schlafmangel geröteten Augen nach. Er nahm die Thermoskanne vom Beifahrersitz, öffnete sie und neigte sie über einen Plastikbecher. Die Kanne war leer. Trotyl fluchte und stieg aus dem Wagen. Er öffnete den Kofferraum und holte eine Reisetasche hervor. Dabei fiel sein Blick auf zwei Metallkisten, die im hinteren Teil des Kofferraums standen. Der Deckel der einen war offen. Trotyl betrachtete eine Weile die dicht nebeneinander geschichteten Stangen Sprengstoff, Klebebänder, Kabelrollen und Zünder. Dann schloss er den Deckel und schlug die Kofferraumtür zu.

Er setzte sich wieder ans Steuer, öffnete die Tasche und zog einen Plastikbeutel mit weißem Pulver hervor. Er schüttete ein wenig davon auf die Hand und sog es durch die Nase ein. Dann hustete er, rieb energisch an seiner Nase und erstarrte – er wartete auf die Wirkung der Droge. Nach einigen Sekunden stieß er zufrieden einen tiefen Seufzer aus. Er ließ den Motor des BMW an, legte den Rückwärtsgang ein, fuhr ein Stück zurück und bog auf der schmalen Landstraße in dieselbe Richtung ab, in die der Zug mit den Zisternen gefahren war.

Das Taxi hielt vor einem kleinen Terminal des Airports Schönefeld. Der Taxifahrer, ein junger Türke, stieg aus, um Piotr beim Verlassen des Wagens zu helfen. Die ganze Fahrt über hatte Piotr weder über den Besuch bei der Bank noch über das Ziel ihrer Reise gesprochen. Anna war ihm dankbar dafür. Die Notwendigkeit, eine Entscheidung zu treffen, schien dadurch weiter weg, und sie konnte sich länger über die Illusion der Freiheit freuen.

Sie hielten sich bei den Händen und redeten über die Vergangenheit. Anna hatte ein besseres Gedächtnis für Eindrücke und Empfindungen, Piotr – für Fakten. Manche Ereignisse hatten sie anders in Erinnerung, stritten darüber, wer recht hatte, und lachten über sich selbst. Der Türke verstand sie nicht, aber er schnappte einzelne polnische Wörter auf und mischte sich in ihr Gespräch ein, indem er sie wiederholte und freundlich lachte.

Nachdem sie das Gebäude des Terminals betreten hatten, schlug Piotr ein Mittagessen im dortigen Restaurant vor. Er bestellte eine Flasche Wein. Sie tranken und erinnerten sich an ihre Schulliebe – die gegenseitige Faszination, den ersten Kuss und die erste Nacht. Dann verstummten sie für eine Weile; sie hatten die Gegenwart vergessen, fühlten sich glücklich und erfüllt. Die Entscheidung schoben sie immer noch von sich weg.

Plötzlich sah Piotr auf die elektronische Uhr der Abflughalle und sagte: »Es wird Zeit für uns.«

Anna wartete angespannt. Sie wusste schon, was sie ihm sagen würde: Er solle allein fliegen, sie müsse zurück. Sie versuche, den Prozess um das Sorgerecht für Natalia zu gewinnen, und komme dann mit ihr zusammen zu ihm. Sie hoffe, dass er auf sie warten wolle, selbst wenn es lange dauern sollte.

Piotr zeigte auf die Tafel, die die Abflüge anzeigte. Die nächsten gingen nach Paris, Frankfurt, Bukarest und Warschau. Anna erriet, was er sagen wollte. Sie schüttelte den Kopf. »Du kannst nicht zurück.«

Piotr berührte ihre Hand.

»Sie könnten schon einen Steckbrief rausgeschickt haben«, fuhr Anna beunruhigt fort. »Man würde dich noch am Flughafen verhaften.«

»Die von East Fund wissen, was ich dann publik machen könnte. Und das Geld haben sie zurückbekommen.«

»Wieso? Wann? Und die Überweisung an Bruno?«

»Sie haben den Code geknackt und sich das meiste Geld selbst wiederbeschafft – bis auf vierzehn Millionen Euro, die ich auf einem anderen Konto deponiert habe. Um handlungsfähig zu bleiben. Auf dem, von dem du hunderttausend abgehoben hast. Vier hat Bruno bekommen, den Rest gebe ich zurück, wenn sie von ihren Katastrophenplänen abrücken.«

Stille trat ein. Anna senkte den Blick, um ihre Enttäuschung zu verbergen. »Warum hast du dann gefragt, wie viel du stehlen sollst? Was war das? Ein Test?«

Piotr nickte.

»Idiot!«, sagte Anna wütend. »Als ich zu dir ins Krankenhaus kam, hatte ich doch keine Ahnung von dem Geld!«

Piotr lächelte. »Im alten Griechenland hatte jeder freie Mensch die Pflicht, am Leben der Gemeinschaft teilzunehmen. Diejenigen, die sich nicht daran hielten, wurden *idiotes*, Privatpersonen, genannt.«

Anna schenkte sich Wein ein und trank ihn aus. Sie wurde ruhiger. »Und East Fund wird dich nicht verklagen, du Privatperson?«

»Sie werden nicht zur Staatsanwaltschaft gehen. Eher hoffen sie, dass ich stillhalten werde.«

Anna war immer noch skeptisch; Piotrs Argumente überzeugten sie nicht. »Bruno fängt an, mit dem Geld um sich zu werfen, und sie finden ihn. Wenn nicht heute, dann morgen«, sagte sie. »So kommen sie darauf, dass wir versucht haben zu fliehen.«

»In den nächsten zwei Tagen werden Kozlowski und Hilarewicz überlegen, ob sie den Vorstand in New York benachrichtigen sollen, dass sie schon wieder die Kontrolle über mich verloren haben. Ich bin mir sicher, dass der Plan, die Naturkatastrophe auszulösen, von Hilarewicz stammt. Das geht aus den Dokumenten hervor, auf die ich gestoßen bin. Das solltest du dir für den Fall merken, dass mir etwas passiert.«

»Sag das nicht, bitte.« Anna schüttelte den Kopf. Sie sah in dem Moment wie ein kleines Mädchen aus, das der Realität das Recht verweigert, über sie als Person zu verfügen.

Piotr lächelte unwillkürlich und fuhr fort: »Die in New York wissen nicht, dass Hilarewicz das Ziel der Firma durch eine gesteuerte Naturkatastrophe erreichen will. Er hat hohe Kredite aufgenommen, lebt über seine Verhältnisse. Hat eine Residenz in Konstancin bei Warschau gebaut und ein Ex-Model geheiratet. Sein Vertrag sichert ihm Anteile an der Titan-Förderung zu. Wenn East Fund nicht an die Vorkommen bei Suwałki herankommt, ist Hilarewicz erledigt. Die Firma macht die Niederlassung in Polen dicht und entlässt die, die für den Misserfolg verantwortlich sind.«

»Vergiss sie … Flieg irgendwohin, weit weg von hier, und warte dort auf mich«, bat Anna.

Piotr schüttelte den Kopf mit einem Lächeln. »Ich lasse dich nicht allein. Ein zweites Mal mache ich diesen Fehler nicht.«

Adam und Karol tranken Kaffee in einer um diese Zeit leeren Starbucks-Filiale. Die Wirkung des Amphetamins ließ langsam nach und wich einem Gefühl von Stumpf- und Fremdheit. Adam schaute durchs Fenster auf die ersten Passanten. Es kam ihm so vor, als würde er Lebewesen einer anderen Gattung betrachten. Oder selbst von einem anderen Planeten stammen.

Als Karols Telefon vibrierte, sah er aufs Display und zeigte es Adam. Auf dem Bildschirm stand »Piotr«. Beide waren sofort konzentriert. Karol zog aus der Tasche einen kleinen Quader und schloss ihn an das Telefon an. Er stellte das Handy auf laut. »Wo bist du?«

»Was ist mit Adams Frau und seinem Sohn?«, fragte Piotr zurück.

»Sie sind in Sicherheit. Adam ist bei mir, er kann dich hören.«

»Es tut mir leid, dass ich euch da hineingezogen habe. Hast du den Fahrschein noch?«

»Jemand ist uns zuvorgekommen und hat das Konto blockiert«, antwortete Adam. »Wie geht es dir?«

»Gut.«

»Wo ist Anna?«, fragte Karol.

»Wir sind zusammen.«

Karol verstummte für einen Augenblick. »Ich möchte mit ihr reden.«

Einen Moment lang wurde es still.

»Nicht jetzt«, sagte Piotr schließlich. »Sie ruft dich an.«

Karols nächste Frage kam so schnell, als wollte er damit seine Enttäuschung über das Nein kaschieren: »Hat jemand von East Fund die Gangster angeheuert, die dich zusammengeschlagen haben?«

»Ich fürchte, ja«, sagte Piotr.

»Hast du einen Beweis?«

Piotr schwieg.

»Hörst du mich?«, fragte Karol nach.

»Ja, ich höre.«

»Wir wissen, dass es um die Titan-Vorkommen bei Suwałki geht. Auf welche Weise will East Fund das Verbot von *Natur 2000* umgehen?«

»Sie haben ein alternatives Naturschutzprogramm vorbereitet ...«, begann Piotr.

»Hör auf«, unterbrach ihn Karol. »Hast du das Geld der Firma versteckt, um sie aufzuhalten?«

»Ich wollte Zeit gewinnen.«

»Weil du welchen Verdacht hast?«

Piotr zögerte. »Ich schwärze meine Firma nicht an, solange ich keine Gewissheit habe.«

Karols Stimme bekam einen harten Klang. »Zwei Polizisten, einer meiner Leute und der Vizechef der Spionageabwehr sind ums Leben gekommen. Wenn East Fund dahintersteckt, wird das Vertuschen von Fakten als Mittäterschaft gewertet. Schick mir deine Adresse, jemand holt dich ab. Du wirst ein volles Geständnis ablegen.«

»Ich habe aber kein Vertrauen zu dir.«

»Wovon sprichst du? Auf wen willst du dich dann verlassen?«

Piotr schwieg einige Sekunden lang. »Mach's gut, Karol.«

»Warte!«, sagte Adam schnell. »Hat Jegorowicz dich angerufen? In New York?«

»Ja. Wieso?« Piotrs Stimme war anzumerken, dass er überrascht war.

»Ist dir an dem Gespräch nichts seltsam vorgekommen?«, fuhr Adam fort.

Piotr zögerte die Antwort hinaus. »Nur die Tatsache, dass er mich gefunden hat.«

Adam und Karol tauschten Blicke.

»Wann war das? Es ist wichtig«, fragte Adam weiter. »Nachdem du die Nominierung zum Direktor der East Fund in Polen angenommen hattest oder davor?«

»Ich bin mir nicht sicher. Warte ...« Piotr überlegte einen Moment. »Vor der Nominierung.«

»Worüber habt ihr gesprochen?«, fragte Karol.

»Über meine Ehe. Mir ist dabei bewusst geworden, wie wenig mich mit meiner Frau verbindet. Sie ist Japanerin ... Mentalitätsunterschiede.«

»Die dich früher nicht gestört hatten?«

Piotr verstummte, dann sagte er zögernd: »Ich habe wieder angefangen, an Anna zu denken ... an Gefühle, die nie erloschen sind ... sorry, Karol.«

»Die letzte Frage. Denk gut nach«, setzte Adam die Befragung fort.

»Sag schon.«

»Hattest du nicht das Gefühl, dass Jegorowicz etwas von dir wollte«?

»Nein, er hat nur angerufen, um ein paar Erinnerungen auszutauschen. Wir sind ihm schließlich etwas schuldig.«

»Was?«

»Vor einer Woche hätte ich gesagt, dass ich ihm meinen Erfolg verdanke. Jetzt weiß ich nicht mehr, wie ich es nennen soll. So, das war es. Viel Glück, was immer ihr vorhabt.«

Die Verbindung war beendet. Adam zeigte auf das Gerät, das an Karols Telefon angeschlossen war. »Hast du ihn geortet?«

Karol schüttelte den Kopf. »Sie haben uns nicht geortet.«

In der kleinen Straße, in der nur ein paar Villen standen, herrschten Stille und Reglosigkeit. Die tief stehende Sonne warf grüne Schatten durch die Äste der alten Kastanienbäume. Karol stieg aus dem Wagen, ging auf ein Gartentor zu und drückte auf die Klingel. Adam schloss sich ihm an.

»Du hast doch nicht die Absicht, ihn zu foltern?«, fragte er.

Karol seufzte. »Ich werde den Professor nicht anrühren.«

Er drückte wieder auf die Klingel. Die Gegensprechanlage schwieg, aus der Villa drang kein Geräusch. Karol kletterte auf das Tor und sprang in den Garten.

»Willst du einbrechen?« Adam sah sich reflexartig um.

Karol ging an dem Haus entlang und betrachtete die Fenster. Adam stieg auch über das Gartentor und folgte ihm. Die Terrassentür im hinteren Teil der Villa war geschlossen. Karol sah durch die Scheibe hinein, zog ein Taschenmesser aus seiner Jackentasche, klappte dessen spitzeste Schneide aus und schob sie ins Schloss. Adam beobachtete die Fenster der Nachbarhäuser. »Er schläft oder ist nicht da. Lass uns von hier verschwinden«, drängelte er.

»Ich sehe mich ein wenig um, und dann warten wir auf ihn«, antwortete Karol, während er am Schloss hantierte.

Nach einer Weile gab er auf und steckte das Taschenmesser wieder ein. Er zog seine Pistole aus dem Halfter, lud sie durch und richtete sie auf das Türschloss.

»Karol, verdammt!«, rief Adam.

In dem Moment wurde ein Vorhang zur Seite geschoben, und hinter der Terrassentür erschien Paweł Jegorowicz. Er hatte gerötete, verweinte Augen. Ohne ein Wort zu sagen öffnete er die Tür und trat beiseite. Karol steckte die Pistole ein und ging in den Salon. Adam folgte ihm.

Auf dem Teppich lag Professor Jegorowicz. Seine linke Gesichtshälfte war eingefallen, aus seinem offenen Mund lief Speichel. Er war halb bewusstlos und hatte trübe Augen, die sich beim Anblick von Karol und Adam abwandten. Er stammelte etwas Unverständliches.

»Es war ein Schlaganfall«, sagte Paweł. »Ich kam vor einer halben Stunde nach Hause … Er lag da und hielt das Telefon in der Hand. Ich warte auf den Notarzt.«

»Warum hast du nicht aufgemacht?«, fragte Karol.

»Ich habe gehofft, dass ihr verschwindet.«

»Hat er etwas gesagt?«

»Er hat es versucht … aber er kann nicht sprechen, das siehst du doch.« Paweł versagte die Stimme.

»Wo steht das Telefon?«

Paweł zeigte auf einen kleinen Tisch an der Wand. Karol hob den auf der Tischplatte liegenden Hörer auf und drückte die Wiederwahltaste. Nach einer Weile ertönte eine überaus freundliche Frauenstimme: »East Fund Management Corporation, guten Tag. Wie kann ich Ihnen helfen?«

»Verbinden Sie mich bitte mit dem Mitarbeiter, der mit dieser Nummer gesprochen hat.«

»Hier ist die Rezeption, mit wem möchten Sie sprechen?«, sagte die Frau.

»Über die Nummer, von der ich anrufe, wurde ein Gespräch geführt. Ich möchte den Gesprächsteilnehmer feststellen. Hier spricht Oberst Siennicki vom Innenministerium. Wenn Sie mir nicht helfen, komme ich mit einem Gerichtsbeschluss.«

In der Leitung herrschte kurz Stille, dann sagte die Rezeptionistin mit nervöser Stimme: »Ich bin nicht befugt, solche Informationen zu geben.«

Die Verbindung wurde beendet. Jegorowicz stöhnte etwas undeutlich. Paweł kniete sich hin und ergriff seine Hand. »Sag nichts, Vater … Der Arzt wird gleich da sein.«

Karol beugte sich über den Professor und zeigte ihm den Telefonhörer. »Geben Sie mir bitte ein Zeichen, wenn Sie mich verstehen. Haben Sie mit East Fund zusammengearbeitet?«

Jegorowicz bestätigte es mit den Augen. Karol zog ein kleines Notizbuch und einen Kugelschreiber hervor.

»Mit wem haben Sie gesprochen? Ich schreibe die einzelnen Buchstaben, damit es kein Missverständnis gibt.«

Der Professor unternahm eine Anstrengung, doch aus seinem Mund kam nur ein unartikuliertes Stöhnen.

»Geht hinaus!«, sagte Paweł bestimmt. »Siehst du nicht, dass er leidet?«

Karol schrieb schnell die fünf ersten Buchstaben des Alphabets. Er schob das Notizbuch ganz nahe an Jegorowicz' Augen und zeigte mit dem Kugelschreiber den ersten Buchstaben, dann den zweiten. »A? B? C?«

»Willst du ihn umbringen?!«, schrie Paweł und stieß Karol von dem Liegenden weg.

Siennicki packte Pawełs Arm und verrenkte ihn so, dass dieser sich auf den Fußboden legen musste. Dann zog er seinen zweiten Arm heran und legte ihm am Rücken Handschellen an.

»Was machst du da?! Lass los!«, rief Paweł mit vom Schmerz gedämpfter Stimme.

»Bleib ruhig liegen«, sagte Karol. »Dein Vater bekam den Schlaganfall, als er mit jemandem von East Fund sprach. Ich muss wissen, mit wem.«

»Wovon sprichst du?! Ich werde dich für den Tod meines Vater verantwortlich machen!«

»Du auch? Interessant? Da sind schon einige Menschen gestorben, für deren Tod man mich verantwortlich machen will«, entgegnete Karol. Er hockte sich neben Jegorowicz hin und zeigte ihm das Notizbuch. »D? E? F?«

Die Augen des Professors starrten regungslos. Karol schrieb die nächsten Buchstaben und schob ihm das Notizbuch wieder hin. »G? H?«

Jegorowicz schloss die Augen und öffnete sie gleich wieder. Er sah Karol angespannt an.

»H? Hilarewicz? Vizedirektor Hilarewicz?«

Der Professor bestätigte es erneut mit den Augen; sein Atem wurde schneller.

»Wer noch? Lasota?«, fragte Karol.

Jegorowicz versteifte sich, sein Kopf fing an zu zittern, seine Augen flohen nach hinten, bis nur noch das Augenweiß zu sehen war. Nach einigen Sekunden beruhigte er sich; seine Muskeln wurden schlaff, seine Augenlieder fielen zu.

»Du bist ein Mörder!«, schrie Paweł. »Ich klage dich eines Mordes an, hörst du?!«

Karol prüfte mit den Fingern den Pulsschlag an Jegorowicz' Hals und steckte das Notizbuch ein. »Er lebt, er hat nur das Bewusstsein verloren.«

»Nach einem Schlaganfall ist jede Anstrengung verboten!« Paweł wurde wieder laut. »Das weißt du sehr gut!«

Adam schob seinen Stuhl so an Paweł heran, dass er ihm direkt gegenübersaß. »Worin bestanden die Experimente deines Vaters?«, fragte er.

»Ich weiß es nicht. Nehmt mir diese Handschellen ab!«

»Damian behauptet, dass wir getötet haben. Auf seinen Befehl hin«, fuhr Adam fort.

Paweł verzog verächtlich das Gesicht. »Damian … die Phantasie eines Schauspielers und einer schwachen Psyche.«

»Er hat letzte Nacht Selbstmord begangen«, sagte Karol. »Vor seinem Tod hat er euren Namen erwähnt.«

Paweł sah Karol voller Angst an und wandte den Blick ab.

»Hat dein Vater Damian befohlen, mich und meine Familie an die Bande auszuliefern?«, fragte Adam.

»Erzähl keinen Quatsch!«, antwortete Paweł scharf.

»Wer hat es dann getan?«, fragte Karol.

»Ich habe keine Ahnung! Vater hat schon vor langer Zeit die Kontrolle über sein Programm an irgendwelche Leute abgegeben.«

»An wen? An Hilarewicz?«

»Ich weiß es nicht! Hörst du?! Ich kenne diesen Namen nicht! Ich weiß gar nichts!«, schrie Paweł mit brechender Stimme.

»Beruhige dich und antworte auf die Fragen«, sagte Karol.

Paweł sah ihn hasserfüllt an. Er atmete schwer. »Wenn du mir die Handschellen abnimmst.«

»Hat Artur Kowal auch an dem Programm des Professors teilgenommen?«, fragte Adam.

Paweł schwieg. Karol half ihm hoch, führte ihn zu einem Sessel an der Wand und zwang ihn, sich zu setzen. Dann zog er das Kabel einer Lampe aus einer Steckdose, schnitt es mit dem Taschenmesser durch und legte schnell etwa zwanzig Zentimeter der Kupferdrähte frei.

»Was machst du da?«, fragte Adam beunruhigt.

»Wir haben keine Zeit«, antwortete Karol.

Er beugte sich über Paweł und packte ihn am Ohr.

»Du machst wohl Witze!«, rief Paweł und riss den Kopf zur Seite. »Au!«, schrie er vor Schmerz, als Karol den Griff nicht lockerte.

Adam ging auf die beiden zu. »Du hast versprochen: ohne Folter.«

Karol umwickelte den Ansatz von Pawełs Ohr mit einem der Kupferdrähte. »Es liegt an ihm«, sagte er und konzentrierte sich wieder auf Paweł: »Für wen hat dein Vater gearbeitet?«

Paweł verzog das Gesicht zu einer Grimasse, die Bedauern ausdrücken sollte. »Du bist ein Narr. Mein Vater ist ein hervorragender, ein genialer Psychiater. Er hat das aus euch gemacht, was ihr heute seid. Ohne ihn wärst du eine Null. *Das* weiß ich über sein Programm! Na? Eine schmerzhafte Wahrheit?«

»Warst du sein Helfer?«, fragte Adam. »Wir waren Freunde, und es hat dir nichts ausgemacht, uns zu belügen?«

Paweł zuckte die Schultern und wandte den Blick ab. Karol umwickelte sein zweites Ohr mit dem Draht und bückte sich mit dem Stecker in der Hand über eine Steckdose. Paweł sah ihn erschrocken an und sagte schnell: »Warte! Was willst du wissen? Ich habe meinen Vater geliebt und bewundert … Ich wollte so sein wie er. Alles habe ich für ihn geopfert … Familie, Kinder … Wusstet ihr, dass meine Frau geflohen ist? Sie ist mit den Mädchen nach Australien ausgewandert, ich habe keinen Kontakt mehr zu ihnen … Das ist seine Schuld.« Aus seinen Augen flossen Tränen, seine Stimme versagte. Gleichzeitig sprach er immer schneller und chaotischer. »Ich wollte, dass er alt und hilflos wird … auf mich angewiesen … Ich betete darum, mit ihm das machen zu können, was er mit mir gemacht hat. Mein Leben hat jeden Sinn verloren … Ich hasse ihn! Er gehört mir, nur mir! O Gott … mein Vater! Rettet ihn, bitte!« Ein Schluchzen durchzuckte seinen Körper, er konnte nicht mehr sprechen.

Adam sah Paweł bewegt an. Karol wartete; er hatte den Stecker nur halb in die Steckdose geschoben.

»Haben wir während der Experimente Menschen getötet?«, fragte Adam.

Paweł sah seinen Vater schweigend an. Die Augen des Professors waren geschlossen, er atmete flach. »Er stirbt«, flüsterte er. »Sein verdammtes Gehirn …«

»Hat man uns befohlen zu töten?«, wiederholte Adam mit Nachdruck.

Paweł schaute ihn mit glasigen Augen an. »Mein Vater hat immer gesagt, der größte Reichtum in der heutigen Welt sei nicht das Erdöl oder das Gold, sondern das menschliche Gehirn.«

»Damian sprach von einer Exekution, in irgendeinem Bunker. Warst du auch dort?«

Paweł nickte. »Es war unsere … Reifeprüfung.«

»Etwas klarer, bitte«, sagte Adam.

»Willst du wissen, wie viele Menschen du getötet hast?« Pawełs Stimme bekam einen scharfen und ironischen Klang. »Mehrere, innerhalb von ein paar Monaten. Erinnerst du dich nicht? Die blutüberströmten Körper an der Wand … Wirst du von Albträumen geplagt? Hast du Angstzustände?«

Adam schwieg einige Sekunden lang. »Das glaube ich nicht«, sagte er schließlich mit erstickter Stimme.

Paweł sah ihn mit Genugtuung an. »Doch, das tust du. Du hast sie in deinen Träumen gesehen, viele Male.« Er drehte den Kopf in Karols Richtung. »Du auch, Oberst … Du hast fünf Opfer auf dem Gewissen. Hörst du?«

Karol schwieg. Paweł sprach mit wachsender Zufriedenheit: »Bitte, da habt ihr die ganze Wahrheit! Es ging darum, im Zustand eines hypnotischen Schlafs ein Trauma zu erzeugen. Nach einem Training, das eure psychische Widerstandskraft brechen sollte. Und die physische auch. Jemand, der seine Anfälle von Angst und Gewissensbissen kontrollieren kann, hat eine große Macht über andere Menschen.«

»Wie viele sind wir?«, fragte Adam.

»Von denen, die getötet haben? Zwölf. Einige sind gestorben oder verschwunden. Ein paar Selbstmorde … na und dann solche Irren wie Damian. Meinem Vater gelang nicht immer ein Superman.« Paweł sprach immer schneller. »Außerdem gab es solche, die plötzlich, nach Jahren, den Kontakt abbrachen. Wie du und Karol. Die menschliche Psyche ist ein richtiger Dschungel. Vater konnte nicht alles voraussehen … Aber er hatte seine Theorie des Anpassungsgens. Euch betrifft sie allerdings nicht.« Paweł verstummte und ließ seinen Blick mit einem geheimnisvollen Lächeln zwischen Adam und Karol hin und her schweifen.

»Was meinst du damit?«, fragte Karol.

»Habe ich endlich dein Interesse geweckt? Das Anpassungsgen bedeutet eine vererbte Neigung zum Gehorsam. Die Töchter und Söhne von Menschen, die der kommunistischen Nomenklatur angehörten, waren in dieser Hinsicht ein besseres Material als andere.«

Adam schüttelte den Kopf. »Quatsch. Unter den Oppositionellen gab es auch viele Kinder von Kommunisten.«

»Denk logisch«, sagte Paweł in überheblichem Ton. »Mein Vater beschäftigte sich doch nicht gerade mit denen. Und außerdem, wie hoch war denn der Prozentsatz dieser Oppositionellen? Zwei, drei Prozent?«

»Wie viele Jahrgänge?«, fragte Karol.

Paweł überlegte eine Weile. »Sieben. Von 1982 bis 1990. Es war ja klar, dass das Regime zusammenbrechen würde.«

»Wer dachte das?«, fragte Adam.

»Menschen, die in Vaters Programm investiert hatten.«

»Wer?« Karol wollte es genau wissen.

Paweł konzentrierte sich, als würde er nach einer Antwort suchen. Einen Moment lang kämpfte er mit sich selbst, dann schüttelte er ratlos den Kopf.

»Vater hat es aus meinem Gedächtnis gelöscht. Ich habe ihn oft danach gefragt.«

Karol drückte den Stecker in die Steckdose. Paweł heulte vor Schmerz auf, spannte sich im Sessel an und riss die Augen weit auf.

»Hör auf!«, rief Adam. »Er hat doch angefangen zu reden!«

Karol reagierte nicht; er sah nur gebannt auf den von Stromschlägen hochgepeitschten Paweł. Adam riss an dem Kabel, und der Stecker sprang aus der Steckdose. Paweł fiel in den Sessel zurück, schwer keuchend.

»Mit wem arbeitete dein Vater zusammen«, fragte Karol.

Über Pawełs Gesicht lief der Schweiß, seine Augen waren blutunterlaufen, er sprach mühsam. »Ich weiß es nicht … Du kannst mich töten, du Dreckskerl. Ich habe als Erster an dem Programm teilgenommen …

wie eine Versuchsratte. Es war kaum auszuhalten. Erinnerungen, ausgelöst durch einen Schwellenreiz, an der Grenze zur Bewusstlosigkeit. Vater konnte bewirken, dass man zuerst Erleichterung empfand und dann völlig gehorsam wurde. Es genügte, dass der Reiz anfing zu wirken.«

»Was für ein Reiz?«, fragte Adam.

»Ein Klang, ein Wort, ein Gegenstand, irgendwas. Ich habe gesehen, wie das wirkt – ein unangenehmer Anblick. Ein erwachsener Mann zitterte wie ein Kind und weinte vor Angst.« Er schüttelte kraftlos den Kopf. »Mit mir war es genauso … ist es bis heute.«

»Was verband deinen Vater mit East Fund?«, fragte Karol.

Von weitem erklang die Sirene eines Krankenwagens. Paweł wandte den Blick ab. »Das System begann zu versagen«, sagte er mit leiser Stimme.

»Ich habe dich nach East Fund gefragt«, sagte Karol.

»Ich weiß nicht, was das ist.«

Karol riss das Kabel aus Adams Hand und bückte sich zur Steckdose in der Wand.

»Warte, ich sage es!«, rief Paweł erschrocken. »Als Erster ist Damian aus der Reihe getanzt. Er fing an, Drogen zu nehmen und auszurasten. Dann Artur … ein Selbstmordversuch. Es gab auch andere … Menschen in hohen Positionen. Ein Abgeordneter floh nach Südamerika und verschwand. Vater versuchte, die Kontrolle zu behalten, und schickte mich zu den Leuten, die schwach wurden. Ich bin schließlich Doktor der Psychiatrie. Ich gab Ratschläge, verschrieb Medikamente …« Er hielt inne und ließ resigniert den Kopf hängen. Nach einigen Sekunden sagte er: »Ihr habt keine Menschen getötet, es waren nur Scheinopfer. Sie fielen nach den Schüssen um, hatten aber Blutkapseln unter der Kleidung. Es sah wie eine echte Exekution aus. Es war in einem Atombunker, auf einem Truppenübungsplatz. Ich schwöre es, niemand ist ums Leben gekommen.«

Adam atmete erleichtert auf. Karol warf das Kabel auf den Fußboden. Beide standen schweigend da und sahen Paweł und Jegorowicz an, als es an der Tür klingelte. Paweł riss den Kopf hoch. »Der Krankenwagen! Nimm mir die Handschellen ab!«

Karol ging in den Flur.

»Die Handschellen!«, rief Paweł und sprang vom Sessel auf.

Adam zwang ihn durch einen Stoß in die Brust, sich wieder hinzusetzen. Paweł heftete einen wütenden Blick auf ihn. »Willst du auch für den Tod meines Vaters verantwortlich sein? Karol ist ein Psychopath. Du musst aber nicht …«

Er wurde vom lauten Knall eines Pistolenschusses unterbrochen. Nach einem Sekundenbruchteil ertönten gleichzeitig eine Schussserie und das Klirren zerbrochenen Glases. Adam lief in den Flur hinaus.

Karol lag an der offenen Haustür und gab in Richtung Straße einen Pistolenschuss nach dem anderen ab. »Versteck dich!«, rief er. »Komm nicht heraus!«

Adam ließ sich auf den Fußboden fallen. Die nächsten Kugeln schlugen gegen die Wand über ihm. Er duckte sich, den Kopf mit den Händen schützend; von der Wand fiel der Putz herunter.

Karol wartete ab, bis es still wurde, dann eröffnete er wieder das Feuer. Nach einigen Schüssen bemerkte er zwei Gestalten in schwarzen Helmen, die über die Straße in Richtung eines parkenden Motorrads liefen.

Er richtete sich auf und sprang, immer weiterschießend, die Eingangstreppe hinunter. Einer der weglaufenden Angreifer drehte sich um und gab eine Serie aus seiner kurzen Maschinenpistole ab. Karol warf sich direkt hinter der niedrigen Gartenmauer auf den Boden.

Die Serie brach ab. Karol lehnte sich hinaus, zielte und drückte zweimal ab. Die erste Kugel schlug gegen den Tank des Motorrads. Die zweite durchbohrte den Helm eines der Männer, der sich gerade gebückt hatte.

Der Getroffene fiel zusammen mit dem Motorrad zu Boden und blieb reglos liegen. Der zweite Angreifer rief etwas mit scharfer Stimme, sprang hinter einen Baum und eröffnete wieder das Feuer. Der Tank des Motorrads explodierte mit einem lauten Knall.

Karol presste sich an die Gartenmauer. Die Kugeln flogen über ihn hinweg und schlugen gegen die Hauswand. In dem Moment bog in die Straße ein Krankenwagen mit heulender Sirene ein; er bremste scharf und verdeckte Karol die Sicht.

Der Mann mit der Pistole riss sich von dem Baum los, lief auf den Krankenwagen zu, öffnete die Tür und zerrte den Fahrer auf die Straße.

Auf der anderen Seite sprangen der Arzt und der Sanitäter heraus. Der Angreifer setzte sich ans Steuer, und der Krankenwagen fuhr los.

Karol lief durch das offene Gartentor hinaus. Der Krankenwagen bog in seine Richtung ab, sodass er durch die Windschutzscheibe den Mann im schwarzen Helm sehen konnte. Er schoss zweimal und wich auf den Gehsteig aus.

Der Krankenwagen krachte seitlich in den geparkten Passat. Karol rannte auf die Straße und gab mehrere Schüsse ab, auf die Reifen zielend. Der Wagen beschleunigte und bog scharf in eine Querstraße ein.

Karol stürzte auf seinen Passat zu. Eine Tür und ein vorderer Kotflügel waren zerquetscht, das Blech drückte das Rad nieder. Der Fahrer, der Arzt und der Sanitäter, die auf dem Gehsteig lagen, hoben vorsichtig die Köpfe.

»Rufen Sie die Polizei«, schrie Karol und lief auf den getöteten Angreifer zu.

An dessen Helm war die Einschussspur einer Kugel zu sehen, auf den Gehsteig sickerte Blut. Karol zog ihm vorsichtig den Helm vom Kopf und erstarrte beim Anblick des Gesichts einer jungen Frau. Er erkannte sie – sie hatte General Kowal erschossen.

Er holte sein Handy hervor und machte ein Foto der Getöteten. Neben dem brennenden Motorrad entdeckte er einen verkohlten, ledernen Aktenkoffer. Er verschob ihn mit dem Fuß an eine sichere Stelle, bückte sich und riss ihn auseinander. Ins Gras fielen Asche, verbrannte Papiere und dicke Bündel angekohlter Euroscheine.

Der Arzt zog sein Handy aus der Tasche und wählte eine Nummer. »Hier spricht Doktor Kowalczyk. Wir wurden überfallen, und unser Wagen befindet sich in den Händen der Banditen. Schick einen zweiten Krankenwagen in die Korczak-Straße 20. Und benachrichtige die Polizei, es gab eine Schießerei.«

Adam kam die Treppe herunter, überquerte die Straße und blieb neben Karol stehen. Er warf einen Blick auf Maricas Gesicht.

»Schon wieder diese Frau«, sagte er erstaunt. »Sie hat den General erschossen und mir den Fahrschein weggenommen. Was sie wohl von Jegorowicz wollten?« Er bemerkte das herumliegende Geld. »Haben sie es für den Professor gebracht? Als Honorar von der East Fund?«

Karol schüttelte skeptisch den Kopf. »Dann hätten sie nicht auf mich geschossen.«

»Sollte Jegorowicz beseitigt werden?«

Karol warf ein angekohltes Bündel Scheine zu den anderen. »Einen Killer kann man für ein paar Tausend mieten. Dieses Geld war für etwas anderes bestimmt.«

»Was machen wir jetzt?«, fragte Adam.

In der Eingangstür des Hauses erschien Paweł und rief dem Arzt zu: »Kümmern Sie sich um meinen Vater! Bitte! Er hatte einen Schlaganfall!«

Der Arzt ging auf die Leiche der Frau zu und legte die Finger an ihre Halsschlagader. Paweł lief ungeschickt, mit den am Rücken gefesselten Händen, die Treppe hinunter und rief mit verzweifelter Stimme: »Worauf warten Sie?! Ich bin derjenige, der den Krankenwagen gerufen hat!«

»Auf den Krankenwagen«, antwortete der Arzt ruhig.

Karol packte Paweł am Arm und zog ihn an die getötete Frau heran. »Kennst du sie?«

»Nein!«

»Was glaubst du, was wollten die hier?«

»Ich weiß es nicht! Wie oft soll ich es noch sagen?«, schrie Paweł. »Mein Vater liegt im Sterben! Nimm mir die Handschellen ab!«

Karol öffnete die Handschellen. Paweł ergriff den Arm des Arztes. »Mein Vater ist Professor der Psychiatrie! Sein Name ist Witold Jegorowicz! Schnell!«

Er zog den Arzt in Richtung Haus, der Sanitäter folgte ihnen. Karol wählte eine Nummer an seinem Handy. »Kannst du sprechen?«

»Gleich«, sagte Stefan und unterbrach die Verbindung. Nach etwa fünfzehn Sekunden meldete er sich wieder. »Ja, sprich. Jetzt bin ich allein.«

»Zwei bewaffnete Angreifer sind zum Haus von Professor Jegorowicz, in die Korczak-Straße 20, gekommen. Eine Frau und ein Mann. Es kam zu einer Schießerei, ich habe die Frau erschossen. Ich schicke dir ein Foto. Der Mann ist mit dem Krankenwagen geflohen, Kennzeichen: WX 10K. Das Motorrad ist abgebrannt, zusammen mit einem Aktenkoffer, in dem Dokumente und mehrere Tausend Euro waren. Gleich kommt die Polizei. Versucht, aufgrund der Nummern festzustellen, von welcher Bank das Geld stammt. Und wer in letzter Zeit einen solchen Betrag abgehoben hat.«

»Alles klar«, antwortete Stefan. »Aber ich werde es Nowicki sagen müssen, wenn wir deinen Gangster verfolgen sollen.«

»Ich weiß«, antwortete Karol. »An die Arbeit.«

»Warte«, sagte Stefan mit aufgeregter Stimme. »Ich weiß, wer die getötete Frau ist. Sie wurde Marica genannt. Sie gehörte zu einem Gangster mit dem Pseudonym Marcos. Ich schicke dir die Akten, sie haben so einiges zusammen gemacht.«

»Sie hat auch Kowal erschossen. Sikora wird es bestätigen.«

»Was hast du jetzt vor?«, fragte Stefan. »Du kannst dich nicht ewig verstecken.«

»Ich brauche Unterstützung. Kannst du kommen?«

»Unmöglich. Nach dem Tod des Generals ist Nowicki ganz außer sich. Er beschuldigt mich, an deinen Verbrechen beteiligt gewesen zu sein.«

»Schickst du mir jemanden?«

»Krzysztof ist in der Stadt«, antwortete Stefan. »Ich denke mir eine Aufgabe für ihn aus.«

»Ich schicke dir die Adresse. Danke, Stefan.«

»Mach's gut, ich muss Schluss machen.«

Karol schaltete das Handy aus und ging auf den Passat zu. Er öffnete den Kofferraum, nahm den Wagenheber heraus und hob mit dessen Hilfe das Blech ab, das eines der Vorderräder blockierte.

»Sagst du mir, wie es weitergeht?«, fragte Adam.

Karol legte den Wagenheber zurück, schlug den Kofferraum zu und setzte sich ans Steuer. Er sah Adam an. »Kommst du? Es würde mich nicht wundern, wenn du endgültig genug hättest.«

Nina schloss den Koffer und schaute sich in ihrem Appartement um. Es war klein, doch ihr war es wie das Paradies vorgekommen, als sie es zwei Jahre zuvor von dem Geld, das ihr East Fund geliehen hatte, gekauft hatte. Hilarewicz konnte sie hier besuchen, ohne das Risiko, das ein Hotel mit sich brachte – dass ihr Verhältnis entdeckt wurde.

Der Vizedirektor war nicht großzügig, er hatte ihr diese Wohnung nicht geschenkt, doch für sie war es trotzdem ein unvorstellbarer Sprung: aus einer Kleinstadt in die große Welt. Sie hatte auch einen Mercedes-Sportwagen zu ihrer Verfügung bekommen, und ihre Reisen in die Karibik oder nach Thailand in Begleitung des Vizedirektors verbuchte die Firma als Schulungskosten.

Sie hatte für ihre Zukunft gut vorgesorgt. Hilarewicz war so eingebildet zu glauben, dass sie sich in ihn verliebt hatte. Sie hatte sein Vertrauen gewonnen und begonnen, Informationen zu sammeln. Sie empfahl ihm Waldi, ohne zu sagen, dass er ihr Bruder war. Und sie erfuhr es sofort, als Waldi ihn mit Marcos zusammenbrachte. Sie kannte jeden Schritt von Hilarewicz, alle seine Pläne. Jetzt sollte er für dieses Liebesverhältnis teuer bezahlen.

Sie hatte nicht die Absicht gehabt, sich von East Fund so schnell zu trennen, aber das Schicksal wollte es offenbar anders. Entschieden hatten ein alter Mann, der ihr vor das Auto lief, und ein Promille Alkohol zu viel, das sich in ihrem Blut befand. Dann tauchte dieser Kerl von der Spionageabwehr auf und begann, sie zu erpressen. Sie hatte einen fatalen Fehler begangen und musste dafür bezahlen.

Doch das Leben ging weiter. Sie war jung, attraktiv, regte die Phantasie der Männer an. Und sie hatte Hilarewicz in der Hand, worauf ihr Plan basierte: Sie wird anfangen, ihm seine eigenen Mails zu schicken – seine Pläne, das Gebiet, auf dem das Titanerz liegt, zu vergiften. Dann wird sie ihm den Preis für ihr Schweigen nennen. Wenn es stimmt, dass die Firma daran Milliarden verdienen soll, dann wird sie Multimillionärin werden.

Es tat ihr plötzlich leid, dass sie nie wieder hierher zurückkehren würde. Sie hatte diese Wohnung und ihr Leben hier gerngehabt. Sie zwang sich, nicht mehr daran zu denken, stellte den Koffer energisch auf die Räder und zog ihn zum Ausgang. Sie öffnete die Tür und blieb überrascht stehen: Im Treppenhaus stand Marcos. Er hatte Verbrennungsspuren im Gesicht, seine Kleidung war von Feuer versengt. Er schob Nina beiseite, betrat die Wohnung und schloss die Tür.

»Was ist passiert?«, fragte sie erschrocken.

Marcos zeigte mit einer Kopfbewegung in Richtung Bad. Seine Gesichtszüge waren angespannt – vor Schmerz, aber auch, wie sie sofort spüren konnte, vor psychischem Leid.

»Hast du etwas gegen Verbrennungen?«, fragte er.

»Einen Schaum.«

»Gib her.«

Nina betrat als Erste das Bad. Sie öffnete ein Schränkchen und nahm eine Dose und einen Verband heraus. Marcos blieb vor dem Spiegel stehen. Vor Schmerz zischend zog er die Jacke und das T-Shirt aus. Die Haut des rechten Arms und eine Gesichtshälfte waren rot und von kleinen Blasen übersät. Nina begann vorsichtig, die verbrannten Stellen mit dem Schaum zu besprühen.

»Ein Unfall?«, fragte sie nach einer Weile.

Marcos antwortete nicht. Nina hatte seinen verbrannten Arm verbunden und sagte: »Wir nehmen nicht das Flugzeug, es ist zu riskant. Hilarewicz ist außer sich vor Wut, jeden Augenblick kann alles zusammenbrechen.«

Marcos reagierte nicht, doch sein Gesichtsausdruck gefiel ihr nicht. Sie klebte ein Pflaster ans Ende des Verbands.

»Sagst du endlich etwas?«

»Ich brauche neue Kleidung.«

»Ich habe nur Damensachen.«

Marcos hob wortlos sein T-Shirt und seine Jacke auf und zog sich langsam wieder an. Nina sah ihm verwundert zu. »Sag schon, was passiert ist«, forderte sie ihn in scharfem Ton auf.

»Marica.«

»Was Marica? Hat man sie geschnappt?«

Marcos verneinte mit einer Kopfbewegung.

»Sie ist tot«, erriet Nina.

Marcos ging wortlos ins Bad. Nina holte ihn ein und drehte ihn zu sich um. »Wolltest du etwa, dass wir zu dritt wegfahren? Ich, du und sie?«, fragte sie mit aufgeregter Stimme. »Du hast versprochen, dass du mit dieser kleinen Schlampe Schluss machst!«

Marcos' Augen blitzten gefährlich auf. Nina wich erschrocken zurück. »Wenn es dir nicht gefällt, kannst du hierbleiben!«, fauchte sie wütend.

Marcos nahm sich zusammen und senkte den Blick. »Siennicki lebt. Ich habe die Dokumente verloren. Ich kann Hilarewicz nicht erreichen, und die Kohle hab ich auch nicht.«

»Wie wäre es dann mit einem etwas freundlicheren Ton?«, sagte Nina. Sie griff zu einem kleinen Beutel, den sie sich um den Hals gehängt und unter der Bluse versteckt hatte, und zog einen USB-Stick hervor. »Hier ist alles, jeder Schritt von East Fund. Rechnungen, Kontonummern, Überweisungen. Minister, Abgeordnete, Geschäftsleute, Firmen. Und die Spezifikation des Zuges mit dem Gift. Alles!«

Marcos sah den USB-Stick überrascht an.

»Ich hab dir nur die Fotokopien der Dokumente, die von Hilarewicz unterschrieben waren, gegeben«, fuhr sie triumphierend fort. »Das, was ich habe, genügt, um Millionärin zu werden. Außer, East Fund will verschwinden. Aber so einfach ist es nicht, sie werden schon zahlen.«

Marcos sah weiterhin den USB-Stick an. Nina schüttelte mit einer verächtlichen Grimasse den Kopf. »Der Zugang ist codiert, denk nicht mal daran. Du hättest meine Fotokopien nicht verlieren sollen«, sagte sie trocken und versteckte den USB-Stick in ihrem Beutel. »Jetzt verteile ich die Karten. Und ich habe die Kohle für die Reise. Das Geld reicht für ein halbes Jahr.«

Marcos' Blick wanderte zum Fenster. Nina ließ ihn nicht aus den Augen. »Du bist schon mal gesprächiger gewesen. Es geht doch nicht um diese Marica?« Sie presste die Lippen zusammen und zog die Autoschlüssel aus der Tasche. »Fahr den Wagen vor. Geh, worauf wartest du?«

Marcos drehte sich um und verließ die Wohnung. Nina stand reglos da. Die Wut in ihrem Gesicht vermischte sich mit Enttäuschung und Traurigkeit.

Das Schwingtor der Tiefgarage ging auf, und Ninas Mercedes-Sportwagen fuhr auf die Straße hinaus. Er blieb neben der Siedlungseinfahrt stehen. Marcos öffnete die Tür und wollte gerade aussteigen, doch beim Anblick eines schwarzen Passats mit seitlich eingedrückter Karosserie, der auf ihn zukam, erstarrte er. Von der anderen Straßenseite näherten sich zwei junge Männer in Sportjacken.

Marcos tat so, als würde er ins Handschuhfach greifen, und versteckte das Gesicht hinter dem Armaturenbrett. Er zog seine Pistole hervor und lud sie durch. Durch die offene Tür hörte er deutlich, wie der Passat in der Nähe stehen blieb.

»Sie ist in der Wohnung«, sagte eine Männerstimme.

Eine Tür ging auf und wurde wieder zugeschlagen, dann ertönten Schritte. Marcos richtete sich vorsichtig auf und spähte durch die Windschutzscheibe hinaus. Zwei Männer gingen zum Haus, einer von ihnen war Siennicki. Zwei weitere postierten sich neben der Siedlungseinfahrt.

Marcos erriet, dass sie Nina abholen wollten. Er startete den Wagen und fuhr langsam an. Als er an den Männern am Tor vorbeifuhr, drehte er das Gesicht weg. Er holte sein Telefon hervor und wählte eine Nummer. »Sie kommen dich holen, Siennicki mit einem Agenten. Flieh nach oben, vielleicht lässt dich jemand in seine Wohnung hinein. Nimm den USB-Stick nicht mit, sag nur, wo du ihn versteckst.«

Karol drückte schon zum dritten Mal die Türklingel. In der Wohnung ertönte aber jedes Mal nur ihr Klang, danach wurde es wieder still.

»Vielleicht rufst du sie an«, schlug Adam vor.

Karol zog sein Handy hervor und wählte Ninas Nummer. Irgendwo ließ sich eine leise Melodie vernehmen. Er überquerte die Halle und stieß die Tür auf, die zum Treppenhaus führte. Die Melodie wurde lauter, dann brach sie ab. An der Wand leuchtete ein Knopf auf, und sie vernahmen das Summen des Fahrstuhls.

»Sie flieht mit dem Aufzug!«, rief Adam.

Karol stürzte ins Treppenhaus und rannte nach unten. Der Fahrstuhl ging im Erdgeschoss auf, und Nina lief schnell in die Eingangshalle hinaus. Beim Anblick des auf sie zukommenden Karol blieb sie stehen.

»Wir müssen uns unterhalten«, sagte Karol.

Nina nickte, schob eine Hand in die Tasche, zog einen Behälter hervor und sprühte ihm Gas ins Gesicht. Karol versuchte, sie am Arm zu packen, doch sie wich aus und lief auf den Ausgang zu. In dem Moment kam Krzysztof ins Haus, und Nina richtete den Gasbehälter auf ihn. Er bückte sich, um der Sprühwolke zu entkommen, und schlug ihr auf den Arm.

Der Behälter flog ihr aus der Hand. Krzysztof packe sie in der Taille und warf sie zu Boden. Sie schrie laut auf und versuchte, ihn mit den Fäusten zu schlagen und zu beißen. Nur mit Mühe konnte er die Handschellen um ihre Gelenke schließen.

Eine Viertelstunde später saß Nina schweigend auf ihrem Sofa und massierte mit verbissenem Gesichtsausdruck ihre Handgelenke. Karol, dessen Augen vom Gas gerötet waren, ging im Zimmer auf und ab und sprach, ohne sie anzuschauen: »Sie haben zwei Möglichkeiten. Die erste: Sie sagen alles und werden in den Zeugenstand gerufen. Ich informiere das Gericht, dass Sie die Dokumente als Beweise gesichert haben, weil Ihnen die Pläne von East Fund Angst gemacht haben.«

Adam und Krzysztof saßen Nina gegenüber und beobachteten ihre Reaktionen. Karol wartete einen Moment ab, blieb am Fenster stehen und sah hinaus. Hoch am Himmel kreiste langsam ein schwarzer Vogel. Er spürte, dass er am liebsten diese Wohnung verlassen und alles hinschmeißen würde. Immer öfter wurde ihm bewusst, dass er diesen verdammten Beruf gewählt hatte, ohne eine Ahnung zu haben, was seine Entscheidung wirklich bedeutete. Als hätte jemand für ihn entschieden. Er drehte sich um. »Die zweite Möglichkeit: Sie schweigen und werden für die Teilnahme an Hilarewicz' Verbrechen verurteilt. Und für das tödliche Überfahren eines Passanten mit Alkohol im Blut. Macht zusammen mindestens fünfzehn Jahre.«

In Ninas Augen erschienen Tränen, sie begann zu zittern. Er setzte sich neben sie aufs Sofa und zeigte auf den neben der Tür stehenden Koffer.

»Wovor sind Sie geflohen? Was haben Sie über East Fund nicht gesagt?«

»Ich weiß wirklich nichts, ich schwöre es«, antwortete sie mit leiser Stimme.

Karol schüttelte den Kopf.

»Ich glaube Ihnen nicht.«

Er stand auf und drehte sich um. Sie sollte den Eindruck haben, dass er sie aufgab und einem entmenschlichten System überließ – keine Verständigung, null Mitgefühl. Sie war diejenige, die sich Mühe geben musste.

Er wandte sich an Krzysztof: »Bring Frau Hawruk bitte zur Staatsanwaltschaft. Sie wird verdächtigt, an der Tötung der Polizisten und des Vizechefs der Spionageabwehr beteiligt gewesen zu sein.«

Krzysztof erhob sich.

»Warten Sie!«, rief Nina, die ganz blass geworden war.

Karol sah sie fragend an.

»Welche Garantie habe ich, dass Sie mich nicht schon wieder belügen?«, fragte sie.

»Wie gesagt: Sie können als Kronzeugin behandelt werden«, antwortete er kühl.

Nina sah Karol angstvoll an. »Ich habe nur Beweise gesichert … um sie der Polizei zu übergeben.«

Karol grinste. »Deswegen sind Sie geflohen. Wer ist Ihnen zuvorgekommen?«

»Niemand.«

»Wollten Sie East Fund erpressen?«

Nina sah ihn kurz an und wandte den Blick ab.

»Genug, wir haben keine Zeit!«, sagte Karol in ungeduldigem Ton und zeigte Krzysztof mit einer Geste, dass er sie wegbringen solle.

Nina presste die Lippen zusammen; einen Moment lang kämpfte sie mit sich, fand aber nicht genug Kraft, um Widerstand zu leisten. Sie stand auf, ging auf ihren Koffer zu und öffnete ihn. Sie nahm einen kleinen Laptop heraus, legte ihn auf den Tisch und schaltete ihn ein. Dann zog sie unter ihrer Bluse den an einer Kette hängenden Beutel hervor, entnahm ihm den USB-Stick und schloss ihn an den Laptop an.

Adam kam näher und warf einen Blick über ihre Schulter. Nina öffnete eine der Dateien – es war eine auf Englisch geschriebene E-Mail.

»Was ist das?«, fragte Karol.

Nina holte ein Feuerzeug und eine Schachtel Zigaretten hervor. Sie zündete sich eine an, ihre Hände zitterten. »Mails von Hilarewicz an den Vorstand in New York. Ich habe sie decodiert. Eine Liste der Namen polnischer Politiker und Geheimdienstoffiziere, die von East Fund bezahlt werden. Ihre Kontonummern. Und Mails an irgendwelche Leute in Deutschland mit der Spezifikation eines Zugtransports.«

»Zeigen Sie mir diese Datei mit dem Zug«, befahl Karol.

Nina öffnete sie. Karol überflog den Text und wandte sich an Krzysztof: »Es ist auf Deutsch.«

Krzysztof kam näher und sah auf den Bildschirm. »Transit durch Polen in die Oblast Kaliningrad. Zwei Spezifikationen. Die eine besagt, dass sich in den Zisternen Stickstoff befindet.«

»Die falsche, für den Zoll«, sagte Nina.

»In der zweiten wird Simazin genannt«, erklärte Krzysztof.

Karol warf einen beunruhigten Blick auf den Bildschirm. »Ein gefährliches Herbizid, das in großer Konzentration die Pflanzenwelt vernichtet und das Wasser verseucht.«

Krzysztof las und erklärte weiter: »Methylisocyanat. Bestimmt ein Gift. Und zwei Zisternen mit Butan. Starke Sprengkraft. Wenn das Datum auf dieser Spezifikation stimmt, kommt der Zug heute Nacht in Suwałki an. Die drei Zisternen sollen dort abgehängt werden. Gekauft von der Firma Biotonex. Ich wette, dass sie fiktiv ist.«

»Die Titan-Vorkommen erstrecken sich nördlich von Suwałki«, sagte Karol.

Einen Moment lang herrschte Stille.

»Der Film der Militärs über Verseuchungen!«, fiel es Adam wieder ein. Er sah Nina ungläubig an. »Ihr wollt damit Tausende von Menschen töten?!«

Nina riss vor Entsetzen die Augen weit auf. »Ich? Ich bin doch nicht der Firmendirektor!«, sagte sie wütend. »Ohne mich würdet ihr von gar nichts wissen!« Sie zog den Zigarettenrauch ein und begann zu husten.

Krzysztof sah die nächsten Dateien durch. »Hier gibt es auch eine Landkarte … Man sieht darauf den Bahnhof von Suwałki. Und im Norden sind die Dörfer Krzemianka, Jeleniewo und Szurpiły markiert.«

»Kannst du versuchen, den Premierminister zu erreichen?«, fragte Karol.

»Ein Kumpel von mir ist Personenschützer und gehört zu seinen Leibwächtern«, antwortete Krzysztof.

Karol zog sein Smartphone hervor und gab es ihm. »Du wirst sofort hinfahren und dem Premierminister meine Aufnahme übergeben. Auf dem Truppenübungsplatz in Orzysz sind unsere Fallschirmjäger. Die Einheit von der Küste kann ihnen einen Hubschrauber schicken. Sie werden blitzschnell handeln müssen.«

»Klar.«

»Gib mir deine Waffe und die Munition.«

Krzysztof reichte Karol eine Pistole und drei Magazine. Karol zeigte auf Nina.

»Unterwegs lieferst du sie in einem Polizeikommissariat ab. Sie sollen sie für vierundzwanzig Stunden einsperren. In einer Einzelzelle. Niemand darf mit ihr reden. Sag, dass es sich um eine nationale Sicherheitsangelegenheit handelt.«

»Scheiße, Sie haben mich schon wieder belogen!«, stieß Nina hervor und sprang vom Sofa auf.

Krzysztof zwang sie, sich wieder hinzusetzen. »Bleib auf deinem Arsch sitzen! Oder soll ich dich fesseln und knebeln?«

Nina presste die Lippen zusammen und wandte den Kopf in Richtung Fenster.

Krzysztof schaltete die Kamera im Smartphone ein. Karol überlegte kurz, dann begann er, mit einer gleichmäßigen, ruhigen Stimme zu sprechen: »Herr Premierminister, ich heiße Karol Siennicki und bin Oberst der militärischen Spionageabwehr. Ich sehe es als dringend nötig an, Sie über Material in Kenntnis zu setzen, das im Laufe der Ermittlungen, die ich seit einigen Monaten leite, in meine Hände gefallen ist. Mein Vorgesetzter, der Verteidigungsminister, wird Sie informieren, dass es einen Gerichtsbeschluss gibt, nach dem ich festgenommen werden soll. Ich werde verdächtigt, mit einer Verbrechergruppe zusammenzuarbeiten und an dem Mord an General Artur Kowal beteiligt gewesen zu sein. Diese Beschuldigungen sind gegenstandslos, doch sie sind nicht das Thema dieser Aufnahme …«

Als Vizedirektor Hilarewicz an diesem Morgen in die Tiefgarage des Bürohochhauses fuhr, hatte er das Gefühl, die Welt gehöre ihm. Er hatte fast anderthalb Milliarden Euro wiederbeschafft und der Firma zurückgegeben. Und er war gleichzeitig der Einzige, der wusste, dass er in Wirklichkeit die ganze gestohlene Summe gefunden hatte. Er hatte Lasotas PIN benutzt und konnte nun behaupten, dass die fünf Überweisungen, die sich auf insgesamt hundert Millionen Euro beliefen, von diesem selbst getätigt wurden. Niemand würde darauf kommen, dass eine beträchtliche Summe auf seinem Konto gelandet war. Sein Wort gegen das Wort Lasotas, eines kompromittierten Betrügers. Es fehlten noch vierzehn Millionen Euro, doch die würde er aus Lasota auch noch herauspressen, sobald er Zeit fände, sich um ihn zu kümmern. Dieses Geld sollte auch ihm gehören.

Er parkte den Wagen, stieg in den Fahrstuhl und fuhr, seinen Aktenkoffer in der Hand, in das oberste Stockwerk. Er begrüßte die Sekretärin mit einem breiten Lächeln und betrat das Arbeitszimmer des Generaldirektors. Kozlowski saß mit düsterer Miene an seinem Schreibtisch und rauchte die obligatorische Zigarre. Er nickte dem Hereinkommenden wortlos zu und bot ihm den Stuhl auf der anderen Seite des Schreibtisches an.

Hilarewicz setzte sich, stellte den Aktenkoffer auf den Fußboden und sah Kozlowski vorwurfsvoll an. »Ich habe mir eine wärmere Begrüßung erwartet. Nach dem, was ich vollbracht habe!«

»Auf welche Weise hast du das Geld zurückbekommen?«, fragte Kozlowski.

Der Vizedirektor lächelte und öffnete den Mund, um zu antworten, als plötzlich hinter ihm eine Männerstimme ertönte: »Erpressungen, Folter, Auftragskiller. Mehrere Leichen, darunter Polizisten und Agenten der Spionageabwehr. Alle Geheimdienste haben East Fund jetzt im Visier, und der Versuch des Lobbyings, oder besser der Korruption, wird mit der größten Affäre in der Geschichte der Dritten Polnischen Republik enden. Das ist die Bilanz des Herrn Vizedirektors.«

Hilarewicz drehte sich überrascht um. An einem kleinen Gästetisch, verdeckt durch die hohe Lehne seines Sessels, saß Piotr Lasota. Er hatte einen verbundenen Kopf und blaue Flecken im Gesicht. Sein linkes Bein und seine Hände wurden durch Kunststoffschienen gestützt; an seinem Sessel lehnte eine Metallkrücke. Hilarewicz nahm sich zusammen und richtete den Blick auf Kozlowski. »Was macht er hier?«

»Behauptet, dass er von Gangstern zusammengeschlagen wurde – in deinem Auftrag. Was hast du dazu zu sagen?«, fragte Kozlowski.

Der Vizedirektor presste die Kiefer zusammen, erhob sich und griff nach dem Hörer des Telefons auf dem Schreibtisch. »Das ist eine Lüge. Er will damit seinen Diebstahl rechtfertigen. Ich rufe die Polizei.«

»Erzähl ihnen von dem Plan der Katastrophe bei Suwałki«, schlug Piotr vor.

Hilarewicz erstarrte, warf den Hörer auf die Telefongabel, wandte sich zu Piotr um und begann sofort zu schreien: »Was ist das für ein Gespinst, das dein krankes Gehirn ausgebrütet hat?! Vielleicht erklärst du uns lieber, wieso du unser Geld versteckt hast?! Und was du mit vierzehn Millionen Euro gemacht hast?!«

»Lasst uns reden«, sagte der beunruhigte Kozlowski. »Von was für einer Katastrophe sprichst du?«

»East Fund hat über eine fiktive Firma drei Zisternen mit einem gefährlichen chemischen Stoff gekauft. Die Ladung ist schon unterwegs und wird jeden Augenblick in der Nähe der Titan-Vorkommen sein. Hilarewicz will damit das Programm *Natur 2000* außer Gefecht setzen. Seine zehn Prozent der Beteiligung an den Einnahmen sind ihm das Leben Tausender Menschen wert. Und die Zerstörung der Umwelt.«

Kozlowski sah Hilarewicz fragend an. Der Vizedirektor erhob sich, umkreiste den Schreibtisch und stützte sich an ihm ab, dicht am Stuhl des Chefs von East Fund. »Der Plan ist perfekt«, sagte er leise. »Niemand wird zu Schaden kommen. Nur ein Stück Wald wird zerstört, und den Boden wird man nicht mehr bebauen können. East Fund wird danach saubermachen und alles wieder in Ordnung bringen. Du bekommst einen Orden vom Präsidenten, und wir fangen an, das Titan zu fördern. Und außerdem … wird sowieso niemand glauben, dass du den Plan nicht gekannt hast«, beendete er mit Nachdruck.

Kozlowski schwieg eine Weile. »Und wenn herauskommt, dass wir es waren?«, fragte er schließlich genauso leise.

Hilarewicz schüttelte den Kopf und zeigte mit den Augen auf Piotr. »Nur er weiß davon. Es genügt, ihn stillzustellen.«

»Wie meinst du das?«

»Überlass ihn mir«, antwortete Hilarewicz mit von Hass blitzenden Augen.

Sein Blick hatte Kozlowski Angst gemacht. »Du willst ihn doch nicht…« Er sprach den Satz nicht zu Ende.

»Ich werde ihm kein Haar krümmen.«

Kozlowski zögerte, und Hilarewicz spürte, dass er die Oberhand gewann. »Ruf den Sicherheitsdienst.«

Kozlowski nickte und richtete sich auf. Beide sahen Piotr an.

»Sollte mir etwas zustoßen, werden die Dokumente mit dem Plan der Katastrophe der Staatsanwaltschaft zugestellt«, drohte Piotr.

Hilarewicz verzog verächtlich das Gesicht. »Du willst auch noch in das Nest scheißen, das dich ernährt? Ist es nicht genug, dass du uns bestohlen hast?«

»Sag die Aktion in Suwałki ab. Und gib die hundert Millionen zurück«, sagte Piotr. »Ich zahle zehn Millionen wieder ein. Vier Millionen hat mich die Befreiung aus den Händen deiner Gangster gekostet. Wir verbuchen es auf deine Art – als laufende Kosten. Du bekommst drei Gehälter als Abfindung, und wir wollen dich nicht mehr sehen. Und dir bleibt das Gefängnis erspart.«

Hilarewicz lachte laut auf. »Sieh dir diesen verdammten Hurensohn an… Er will noch Bedingungen stellen! Du kommst aus dem Knast nicht mehr raus, du Dieb! Das verspreche ich dir!«

Kozlowski drückte einen unter der Schreibtischplatte versteckten Knopf, drei Sicherheitsmänner in schwarzen Uniformen betraten das Zimmer. Hilarewicz zeigte auf Piotr. »Herr Lasota ist nicht länger Direktor dieser Firma, er hat sie bestohlen. Durchsuchen und im Magazin einsperren!«, befahl er.

»Holen Sie die Polizei!«, sagte Piotr.

Die Sicherheitsmänner blieben stehen, unsicher, wie sie reagieren sollten.

»Ich wiederhole: ins Magazin mit ihm!«, brüllte Hilarewicz, während er vom Sessel aufsprang. »John, sag etwas, verfluchte Scheiße!«

Kozlowski nickte widerwillig und wandte den Kopf zum Fenster hin. Die Sicherheitsmänner gingen auf Piotr zu.

»Ich wiederhole: Das ist ein Fall für die Polizei«, sagte Lasota.

Die drei Sicherheitsmänner packten ihn und hoben ihn vom Sessel hoch. Piotr drehte sich zu Kozlowski um. »Wenn in Suwałki Menschen ums Leben kommen, bekommst du lebenslänglich. Zusammen mit diesem Spinner.«

»Es reicht. Abführen!«, schrie Hilarewicz.

Die Sicherheitsmänner führten Piotr hinaus, und die Tür fiel hinter ihnen zu. Hilarewicz ließ sich mit einem Seufzer in einen Sessel fallen. »Dieser Psychopath war bereit, die Firma zu ruinieren.«

Kozlowski ging zur Bar, öffnete eine Flasche Whiskey und holte zwei Gläser hervor. Er blieb mit dem Ärmel an der Bar hängen, seine Hand zitterte.

Hilarewicz beobachtete ihn aufmerksam. Er versuchte einzuschätzen, ob er auf ihn zählen konnte. Sollte er ihm noch mehr Angst einjagen oder ihn vielleicht doch lieber bestechen? Er wusste, dass der Generaldirektor ein schwacher Mensch war und die Nominierung für diesen Posten nur seiner Verfügbarkeit verdankte. Er war als Frontmann der Firma so lange nützlich, bis sie die Konzession in der Tasche hatten. Der Vorstand in New York hatte ohnehin längst auf ihn, Hilarewicz, gesetzt. Allerdings konnte ein Mann ohne Charakter, der zu sehr unter Druck stand, unberechenbar werden.

»Mit Eis«, sagte er in einem Befehlston.

Kozlowski griff in den Kübel, und die Eiswürfel fielen klirrend ins Glas. Hilarewicz wartete, bis der Generaldirektor es vor ihn gestellt hatte. Er musterte ihn mit einem harten Blick. »Denkst du, dass der Vorstand von unserem Plan nichts ahnt? Einige Mitglieder der polnischen Regierung wissen auch Bescheid, obwohl sie es niemals zugeben würden. Die ganze Nation wird uns für das Titan danken. Und die Medien werden den Unfall mit den drei Zisternen und die paar Opfer schnell vergessen.«

Er trank einen Schluck Whiskey und beendete seinen Gedanken, während er das Eis im Glas umrührte: »Du weißt sehr gut, dass das Leben von einigen Tausend arbeitsloser Analphabeten viel weniger zählt als das eines Menschen in deiner Position. So ist diese Welt nun mal.«

Der Passat hatte die vorabendlich verstopfte Stadtausfahrt verlassen und beschleunigte auf einer Straße, die in den Süden führte. Nach einer Stunde bog er in eine Nebenstraße ab. Hier war der Verkehr um diese Zeit gering. Karol fuhr sehr schnell; das auf dem Dach seines Wagens flackernde Blaulicht und das eingeschaltete Fernlicht halfen ihm, die wenigen Autos zu überholen. Einige Kilometer weiter hielt er auf dem Parkplatz eines modernen Bürogebäudes, hinter dem mehrere Fabrikhallen zu sehen waren. Er stieg aus und wandte sich zu Adam um: »Sag kein Wort, ich stelle dich als Offizier vor. Ich will nicht, dass er dich an deiner Stimme erkennt.«

»Warum?«

»Er hasst die Medien, sie hätten ihn beinahe fertiggemacht.«

»Kannst du noch zwischen Wahrheit und Fiktion unterscheiden?«

»Manchmal.«

Sie betraten das Bürogebäude. Karol beugte sich zum Fenster des Portiers hinunter. »Oberst Siennicki. Wir sind mit dem Direktor verabredet.«

Der Portier nickte und drückte auf den Türknopf. Sie fuhren mit dem Fahrstuhl in den zweiten Stock. Im Flur wartete schon die Sekretärin. Sie stieß ihre Sätze hervor, als wäre es eine Tonbandaufnahme: »Guten Tag, mein Name ist Lewicka. Ich bin die Sekretärin des Herrn Direktors. Ich weiß, dass Sie in Eile sind. Herr Direktor empfängt gerade Gäste aus China, aber er hat gesagt, er würde etwas Zeit für Sie finden. Bitte folgen Sie mir.«

Sie öffnete mit einer Magnetkarte eine weitere Tür und führte sie durch einen verglasten Korridor. Sie blieb vor einem Konferenzraum stehen und bat sie mit einem Lächeln hinein. Nach einer Weile erschien ein beleibter, sich energisch bewegender Mann um die fünfzig, in einem gut geschnittenen Anzug. »Servus«, sagte er zu Karol und gab ihm die Hand. »Was ist los?«

Karol zeigte auf Adam. »Das ist Hauptmann Wierzba.«

Der Direktor drückte seine Hand. »Staroń, angenehm. Setzt euch und sagt mir möglichst schnell, was Sache ist – ich habe vier Chinesen aus Shanghai am Hals. Wir haben zwar eine Dolmetscherin von der Uni geholt, aber sie bestehen darauf, Englisch zu sprechen, und ich kann sie kaum verstehen. In wenigen Minuten fliegen wir in die neue Fabrik.«

»Ich brauche aber deinen Hubschrauber dringend«, sagte Karol. »Ich habe angerufen und gefragt, ob er frei sei.«

Staroń schüttelte den Kopf. »Die Sekretärin hatte keine Ahnung, dass die Chinesen die Fabrik sehen wollen. Sorry, Karol, heute nicht. Aber morgen gern.«

»Heute.«

Das Gesicht des Fabrikdirektors erstarrte. »Ich soll meine Investoren verlieren, weil du irgendeinen Gangster verfolgst? Du weißt, wie die Chinesen sind: Sie sind schon beleidigt, wenn du in ihre Richtung niest. Das kann ich mir nicht leisten. Was ist los? Könnt ihr euch kein Benzin mehr leisten? Sind alle Maschinen des Innenministeriums kaputt?«

»Ich bin draußen«, sagte Karol. »Aber das erzähle ich dir, wenn alles vorbei ist. Es geht um eine Katastrophe, bei der Tausende Menschen ihr Leben verlieren könnten. Weißt du vielleicht etwas über Methylisocyanat?«

Staroń sah Karol beunruhigt an. »Ich habe es bei der Produktion von Gummidichtungen benutzt, dann aber die Technologie geändert. Methylisocyanat, C_2H_3NO. Ein furchtbar giftiges Zeug, Isocyansäure mit Methanol. Will das etwa jemand in Polen freisetzen?«

Karol nickte. »Zusammen mit Simazin«, fügte er hinzu. »Und zwei Zisternen Butan.«

Staroń schüttelte ungläubig den Kopf. »Jemand will entweder Kunstdüngemittel produzieren oder in großem Stil Menschen und Umwelt vergiften. Wie 1984 in Bhopal, wo mindestens fünfundzwanzig Tonnen Methylisocyanat in die Atmosphäre gelangten. Wisst ihr noch? Es gab über viertausend Tote. Das war die größte Industriekatastrophe des vergangenen Jahrhunderts.«

Eine junge Frau betrat den Konferenzraum und kam auf Staroń zu. »Verzeihen Sie bitte, Herr Direktor, unsere Gäste werden ungeduldig.«

»Haben sie angefangen, Chinesisch zu sprechen?«, erkundigte sich Staroń.

»Kantonesisch.«

»Ausgezeichnet. Vielleicht werde ich endlich etwas erfahren. Sagen Sie ihnen auf Kantonesisch, dass der Hubschrauber defekt ist.«

Die Dolmetscherin nickte und verließ den Saal. Staroń stand auf. »Also gut. Nimm du die Maschine, der Pilot wartet schon. Pass aber mit dem Methylisocyanat gut auf, es siedet bei einer Temperatur von dreißig Grad. Solltet ihr in die Nähe kommen, seid ihr garantiert tot. Und es ist ein unangenehmer Tod … Lungenödeme, Lähmung des Nervensystems. Schick mir den Piloten zurück, sobald alles vorbei ist. Sein Name ist Jerzy. Und bring ihn nicht in Gefahr, er hat zwei Kinder. Du schuldest mir eine Erklärung. Viel Glück!«

Fünfzehn Minuten später startete ein kleiner Hubschrauber vom Hof zwischen den Fabrikhallen. Karol zeigte dem Piloten das Ziel auf einer elektronischen Landkarte. Adam warf einen letzten Blick auf das Bürogebäude und bemerkte hinter dessen Glaswand vier Chinesen und Staroń, der ihnen etwas erklärte. Der Hubschrauber stieg höher, drehte um und machte sich auf den Weg nach Nordosten, in Richtung des immer dunkleren Horizonts.

»Herr Direktor, sagen Sie ein paar Worte über die Wurzeln der Firma«, bat eine junge Journalistin, die neben ihrem Kameramann stand. Die Pressekonferenz der East Fund Management Corporation, zu der sich im großen Konferenzraum der Firma mehrere Dutzend Journalisten versammelt hatten, war in vollem Gange. Die Information über die geplante Förderung der Titan-Vorkommen war in allen Medien zur Nachricht des Tages geworden.

Kozlowski beugte sich zum Mikrofon hinunter und sagte mit amerikanischem Akzent: »East Fund ist vor fünfzehn Jahren als ein Joint Venture entstanden, dank des Kapitals zweier Banken und eines Investmentfonds. Wir sind zu hundert Prozent eine amerikanische Firma, die in die Förderung von Bodenschätzen investiert – in Afrika, Südamerika und Asien. Unsere größte Investition aber planen wir in Polen.«

»Das Titan«, gab ihm dieselbe Journalistin das Stichwort.

Kozlowski nickte mit einem Lächeln. »Ja, das Titan … das Metall der Zukunft. Einer der wichtigsten Rohstoffe der Welt. Leichter als Aluminium, härter als Eisen. Der große Bodenschatz eures Landes. Unser Ziel ist es, euch zu helfen, ihn zu fördern. Und natürlich mit Gewinn zu verkaufen.«

»Darf ich raten, Herr Direktor?«, sagte ein anderer Journalist. »Die Aktien von East Fund werden heute noch in den Himmel steigen?«

Der neben dem Generaldirektor sitzende Hilarewicz lächelte und kam näher ans Mikrofon: »Über den Himmel hinaus.«

Die Menschenmenge im Saal reagierte lebhaft, viele Hände schossen in die Höhe. Der Moderator zeigte auf einen weiteren Journalisten. »Erwartet die Firma eine Änderung des Gesetzes über natürliche Vorkommen? Nach dem jetzt gültigen dürfen die polnischen Bodenschätze nur von staatlichen Firmen gefördert werden.«

»Es ist nicht ganz so, wie Sie sagen«, antwortete Kozlowski. »Es gibt schon private Firmen, die sich an der Förderung der polnischen Kohle beteiligen. An einem Gesetz über das Schiefergas wird auch bereits gearbeitet. Wir wissen, dass die jetzige Regierung die Kosten der Titan-Förderung realistisch beurteilt. Und dass sie unsere Erfahrung und unser finanzielles Angebot ernsthaft in Erwägung zieht. Wir sprechen von einer Investition von über fünf Milliarden Euro.«

Eine weitere Journalistin erhob sich von ihrem Platz. »Ist das Verschwinden von Direktor Lasota aufgeklärt worden?«

Hilarewicz gab Kozlowski mit einem Blick zu verstehen, dass er die Frage beantworten würde. »Die Meldungen der Medien über das Verschwinden von Direktor Lasota beruhen auf Informationen, die von verantwortungslosen Reportern in Umlauf gebracht wurden. Herr Lasota hatte einen Autounfall, befindet sich in der Rekonvaleszenz und fühlt sich gut. Wir haben diese Nachricht den Medien vorenthalten, um die Privatsphäre von Direktor Lasota und seiner Familie zu schützen.«

Ein leises Gemurmel im Saal deutete darauf hin, dass Hilarewicz' Erklärung akzeptiert wurde. Der Moderator zeigte auf einen weiteren Journalisten. »Und was ist mit den Protesten der Ökologen? Mit *Natur 2000*?«

Die untergehende Sonne warf lange Baumschatten auf das rote, aus dem 19. Jahrhundert stammende Bahnhofsgebäude. Der Güterzug aus Neubrandenburg stand auf dem Hauptgleis der Bahnstation Suwałki. Der Lokführer und sein Gehilfe sahen durch das Fenster der E-Lok auf die drei Zisternenwaggons, die von einer kleinen Lokomotive auf einem Nebengleis weggezogen wurden.

»Ich glaube, mich trifft gleich der Schlag«, sagte der Gehilfe und spuckte in Richtung der Zisternen. »Um dicke Kohle zu machen, würden sie die eigenen Eltern vergiften. Ich sage es meinem Schwager, er soll rausfinden, wo sie dieses Teufelszeug vergraben wollen.«

Der Lokführer sah ihn mit den Augen eines lebenserfahrenen Menschen an. »Aber ja, ruf ihn am besten gleich an. Er soll sich nur nicht wundern, wenn sie ihn dann fertigmachen.«

Die Ampel schaltete von Rot auf Grün. Der Lokführer zog sich in die Kabine zurück und betätigte den Schalthebel. Der sich langsam drehende Motor beschleunigte mit lautem Brummen. Die Lok ruckelte an den Waggons und fuhr los. Der Gehilfe lehnte sich aus dem Fenster hinaus und betrachtete immer noch die drei Zisternen. »Der Schlag soll sie treffen«, sagte er leise.

Kurze Zeit später fuhren hinter dem roten Bahnhofsgebäude drei Zisternen-Lkws vor und blieben an der Güterrampe stehen. Hinter ihnen tauchte ein schwarzer BMW auf, dem Marcos, Trotyl und zwei Männer in Straßenarbeiter-Westen entstiegen.

Trotyl öffnete den Kofferraum, die Männer zogen weiße Schutzanzüge heraus und begannen, sich umzuziehen. Marcos sah in Richtung der Zisternenwaggons, die von der kleinen Lokomotive an die Rampe gebracht worden waren. Sein Gesicht war zusammengekniffen, er hatte Ringe unter den Augen, an seiner Stirn und seinen Wangen waren rote Verbrennungsflecken zu erkennen.

»Vorsichtig«, warnte Trotyl. »Ich habe gesehen, wie ein Kerl von diesem Zeug in drei Sekunden getötet wurde.«

»Es soll töten, dann tötet es eben«, antwortete einer der Männer und grinste geringschätzig.

Er setzte die Kapuze des Schutzanzugs auf und ging auf den ersten Zisternenwaggon zu. Marcos sah ihm schweigend zu.

»Wir sollten besser zur Seite gehen«, sagte Trotyl.

Marcos reagierte nicht, und Trotyl hatte nicht den Mut, seinen Vorschlag zu wiederholen. Stattdessen stieg er in den Wagen und fuhr zum Bahnhofsgebäude. Dort parkte er und betrat das Büro des Vorstehers. Die Menschen vor dem Bahnhof und auf den Gleisen bewegten sich im langsamen Tempo einer Provinzbahnstation. Niemand beachtete die Zisternen oder die Lkws an der Rampe. Die Männer in Schutzanzügen zogen einen Gummischlauch an einen der Lkws heran. Einer von ihnen schloss dessen Ende an den Auslauf der Zisterne an und drehte das Ventil auf.

Eine Stunde später ging die Sonne hinter den Gewitterwolken am Horizont unter, und der Himmel über der Bahnstation verdunkelte sich. Die drei Zisternen-Lkws verließen die Rampe, fuhren schnell am Bahnhofsgebäude vorbei und nahmen Kurs nach Norden. Die beiden Männer legten die weißen Schutzanzüge in den Kofferraum des BMW, in dem Marcos und Trotyl warteten, und stiegen ein. Der Wagen folgte den Lkws.

Der Hubschrauber verringerte die Flughöhe, als er über eine schmale Landstraße kam, die zwischen sanfte Hügel führte. Auf beiden Seiten zogen sich Felder und Wiesen hin. Sie flogen auf einen See zu, dessen Wasserfläche im Mondlicht wie eine Lache ausgelaufenen Quecksilbers glänzte. Karol und Adam hielten nach den Zisternen-Lkws Ausschau; sie hatten dafür vom Piloten ein Nachtsichtgerät bekommen – es konnte ja sein, dass die Lkws irgendwo mit ausgeschalteten Scheinwerfern standen.

Eine halbe Stunde vorher waren sie neben der Bahnstation in Suwałki gelandet und hatten von den Bahnarbeitern erfahren, dass der Inhalt der auf einem Nebengleis stehenden Zisternenwaggons auf drei Lkws verladen worden sei und diese sich auf den Weg in unbekannte Richtung gemacht hätten. Und dass sich bis jetzt niemand gemeldet hätte, um die leeren Zisternen abzuholen. In der Spezifikation, die dem Bahnhofsvorsteher vorliege, seien Chemikalien genannt, die man zur Produktion von Kunstdüngern benutze, und das Butan. Als Empfänger fungiere die Firma Biotonex. Die Lkws seien vor einer knappen Stunde weggefahren.

Karol wies den Bahnhofsvorsteher an, eine Militäreinheit zu holen, die für chemische Verseuchungen zuständig sei – bis dahin dürfe niemand in die Nähe der Zisternen kommen.

Von Suwałki aus flogen sie über der Landstraße nach Norden, passierten das Dorf Jeleniewo, drehten nach Westen und, als sie das Dorf Krzemianka erreichten, wieder nach Norden. Der Pilot zeigte auf seine Navigationsgeräte, die, wie er sagte, unter dem Einfluss der Metallerze im Boden verrücktspielen würden.

Karol wurde immer unruhiger. Die Gangster konnten jeden Augenblick das Butan explodieren lassen und alles im Umkreis von vielen Kilometern verseuchen. »Wenn Krzysztof den Premierminister erreicht hat, können wir mit der Unterstützung der Militärs rechnen. Dieser Einheiten hier.« Er zeigte mehrere Punkte auf der Landkarte.

»Vorausgesetzt, der Premierminister erklärt dich nicht zu einem Verräter auf der Flucht«, bemerkte Adam.

Der Pilot warf ihnen einen beunruhigten Blick zu. Alle drei trugen Helme und unterhielten sich über eine Intercom, die Mikrofone dicht am Mund. Sie kamen über einen See, der in einer Mulde zwischen zwei Hügeln lag. Die glänzende Wasseroberfläche erschwerte die Sicht. Der Pilot änderte den Winkel der Kamera, doch auf dem Bildschirm rührte sich nichts. Karol zeigte eine Stelle auf der Landkarte. »Fliegen Sie fünf Kilometer Richtung Osten und biegen Sie dann nach Süden ab. So kommen wir noch einmal über das Dreieck. Sie müssen irgendwo hier sein.«

Der Pilot nickte und legte die Maschine stark zur Seite. »Das Benzin reicht nur noch für eine halbe Stunde Flug und die Rückkehr nach Warschau. Um diese Zeit kann ich nirgendwo tanken.«

Adam zeigte plötzlich auf einen Wald am Südufer des Sees. »Seht dorthin!«

Karol wandte den Blick von der Landkarte ab und blickte zur Seite. Das Mondlicht spiegelte sich kurz in drei länglichen Gegenständen und verschwand.

»Wir drehen um!«, rief er dem Piloten zu und setzte ein Fernglas an die Augen. »Gehen Sie auf die Entfernung von hundert Metern.«

Der Pilot bewegte den Steuerknüppel, und der Hubschrauber flog in einem breiten Bogen zum See zurück. Nach einer Weile tauchten unten drei helle Zylinder auf, die auf einer schmalen Straße zwischen den Bäumen standen.

»Da sind sie! Ziehen Sie die Maschine auf zweihundert Meter hoch und beschleunigen Sie«, befahl Karol. »Wir steigen hinter diesem Waldstreifen aus.« Er zeigte eine Stelle auf der elektronischen Landkarte.

»Es ist weit«, bemerkte Adam. »Wie stellst du dir das vor?«

»Weiß ich noch nicht. Das entscheide ich, wenn wir angekommen sind«, antwortete Karol und markierte die Position der Lkws im Smartphone. »Sie haben uns gehört und auch schon gesehen. Sie sollen denken, dass wir uns nicht für sie interessieren.«

»Und wenn sie das Butan explodieren lassen?«, fragte Adam.

Karol verzog das Gesicht. »Bete, dass sie damit warten. Im Moment gibt es keinen Wind. Nach dem Wetterbericht soll aber in der Nacht eine Tiefdruck-Front kommen, und es wird Nordwestwind geben. Diese Dreckskerle haben sich nördlich der Lagerstätten postiert, und jetzt warten sie. Der Wind soll das Gift über die Gebiete mit dem Titan hinüberwehen.«

Der Hubschrauber stieg höher und flog über den Wald. Einige Kilometer weiter landete er im Schutz eines baumbewachsenen Hügels.

»Finden Sie eine Landestelle etwa fünfzehn Kilometer von hier und warten Sie auf meinen Anruf«, sagte Karol. »Wenn Sie eine Explosion sehen, fliegen Sie sofort weg.«

Der Pilot nickte sichtlich erleichtert. Karol und Adam legten ihre Helme ab und sprangen aus der Maschine. Gebückt unter dem sich drehenden Rotor, liefen sie in Richtung der dunklen Waldlinie. Sie blieben unter einer hohen Kiefer stehen. Karol überprüfte ihren Standort auf seinem Smartphone und rief eine Nummer an. »Wir sind angekommen. Hast du meine Nachricht weitergeleitet?«

Aus dem Lautsprecher des Telefons ertönte Krzysztofs Stimme. »Der Premierminister ist im Nationaltheater, schaut sich die Premiere einer Oper an. Der Kerl vom Personenschutz hat versprochen, ihm die Nachricht in der Pause auszurichten.«

»Krzysztof, was redest du da?! In was für einer Pause?! Die Gangster haben das Zeug schon in die Zisternen-Lkws verladen. Wenn sie das Butan explodieren lassen, ist hier die Hölle los! Ruf diesen Kerl an und mach ihm klar, dass ein Viertel der Suwałki-Seenplatte gleich vernichtet und verseucht wird! Ich schicke dir die Position.«

»Ich versuch es.«

»Fahr ins Theater und zeig dem Premierminister meine Aufnahme. Er soll sofort Elitesoldaten schicken!«

»Verstanden. Ich rufe gleich an und fahre hin. Ich melde mich.«

Karol schaltete das Telefon aus und zog eine Pistole aus seinem Gürtel hervor. »Es ist eine Glock. Kommst du damit klar?«

»Ich lade sie durch, entsichere sie, ziele und drücke ab.«

»Du zielst, drückst aber nicht ab. Du bist kein Psychopath – ein normaler Mensch ist nicht imstande, kaltblütig zu töten.«

»Was soll ich dann tun? Hier bleibe ich nicht.«

Karol zögerte mit der Antwort. »Ich versuche, sie so lange aufzuhalten, bis die Elitesoldaten kommen. Das sind keine Selbstmörder, sie werden die Zisternen nicht hochgehen lassen, bevor sie nicht auf eine sichere Distanz weggefahren sind. Du wirst genau das tun, was ich dir sage, und an dem Ort sein, den ich dir zeige. Du wirst nur aus einem Versteck hinter den Bäumen schießen, ohne ein Risiko einzugehen. Sie haben bestimmt Pkws dabei, wir versuchen, sie zu beschädigen. Du darfst auf keinen Fall eine der Zisternen treffen.«

Adam nickte und steckte die Pistole ein. Sie gingen los, der Weg führte durch einen lichten Wald. Karol ging einige Schritte voran und sah immer wieder auf der Landkarte am Telefon nach. Adam konnte nur mühsam mit ihm Schritt halten; sein verletzter Oberschenkel tat ihm immer mehr weh.

Nach einer halben Stunde Marsch kamen sie an den Rand einer kleinen Anhöhe. Sie blieben hinter dem breiten Stamm einer alten Eiche stehen. Hier senkte sich der Wald sanft hinab und endete an einer schmalen Landstraße. Zwischen den Bäumen waren drei Zisternen und zwei Pkws, ein BMW und ein Mercedes, zu sehen. An den Zisternen standen sechs Männer und unterhielten sich rauchend. Zwei von ihnen trugen weiße Schutzanzüge. Karol zeigte auf ein paar Kiefern, die fünfzig Meter von der

Straße entfernt wuchsen. Sie gingen langsam auf sie zu, tief gebeugt und darauf achtend, nicht auf einen trockenen Zweig zu treten. Sie erreichten die erste Kiefer und knieten hinter deren Stamm nieder.

Adam zog die Glock hervor und lud sie vorsichtig durch. Er spürte die schnellen Pulsschläge in seinen Schläfen. Er hatte Angst und hätte am liebsten sofort gehandelt, um sie zu unterdrücken. Er dachte, so müssten sich Soldaten vor einer Aktion fühlen. Je schneller ihre Aktion begann, desto besser – am schlimmsten war das Warten. Er sah Karol an, der die Männer an den Zisternen beobachtete, und bewegte sich unruhig. »Was machen wir?«, flüsterte er.

»Es sind zu viele«, antwortete Karol leise.

»Wollen wir sie angreifen?«

Siennicki drehte sich um und sah ihn wütend an. »Ich kann zwei … vielleicht drei erledigen, bevor sie anfangen zu schießen. Aber du? Mit deinem kaputten Bein kannst du nicht einmal laufen.«

Adam wich zurück und setzte sich ins Moos. Karol hob ein kleines Fernglas an die Augen. Nach einer Weile zog er sein Telefon hervor, fand das Material, das Stefan ihm geschickt hatte, und vergrößerte eines der Fotos.

»Es ist Marcos«, sagte er.

»Welcher?!« Adams Frage klang fast wie ein Schrei.

Er stand auf und sprang an den Stamm der nächsten Kiefer.

»Leiser! Beruhige dich!« Karol packte ihn am Arm und drückte ihn zu Boden. Er reichte ihm das Fernglas. »Der Größte, der in der grauen Jacke.«

Adam legte die Pistole weg und hob das Fernglas an die Augen. »Dieser Dreckskerl ist so gut wie tot«, flüsterte er wütend.

»Bist du für die Todesstrafe?«

Adam sah Karol erstaunt an. »Wovon sprichst du? Du hast doch diese Frau erschossen.«

»Zufällig, ich habe auf ihren Arm gezielt. Ich bin nicht der Anführer eines Todeskommandos, ist das klar? Warte, sie bewegen sich!«

Marcos und Trotyl warfen ihre Zigaretten weg und gingen auf den Mercedes zu. Als sie sich umdrehten, hielt Trotyl eine kurze Maschinenpistole in der Hand. Ihr Lauf spuckte Feuer, und eine lange Serie traf die vier anderen Männer und warf sie zu Boden. Trotyl hörte nicht auf zu schießen, sodass die Körper der am Boden Liegenden von immer neuen Kugeln hochgeworfen wurden. Schließlich trat Stille ein. Marcos näherte sich den Verletzten mit einer Pistole und schoss jedem von ihnen in den Kopf.

Adam und Karol sahen reglos der Exekution zu. Adam war blass, er drehte sich auf den Rücken um und schnappte mit offenem Mund nach Luft.

»Atme tief … ganz ruhig«, sagte Karol. »Wir haben weniger Arbeit. Und wenig Zeit.«

Er sah beunruhigt zum Himmel. Die Sterne verschwanden hinter dunklen Wolken; der erste Windstoß bewegte die Äste. Er zeigte auf die Bäume und ein dickes Gebüsch. »Schieß und ändere dabei möglichst oft deine Position. Sie sollen denken, dass sie von einer ganzen Abteilung angegriffen werden. Beweg dich so, dass das Gebüsch dich immer schützt, und halt den Kopf tief unten. Du hast siebzehn Patronen, lass dir Zeit. Falls ich erwischt werde, zieh dich zurück und warte auf die Elitesoldaten. Sollten die beiden die Zisternen explodieren lassen, flieh nach Norden, gegen den Wind. Und pass auf, dass du mich nicht triffst. Hast du verstanden?«

Adam nickte. Er stand auf und presste den Körper an den Stamm der Kiefer, die Pistole in der Hand. Karol bemerkte seine vor Aufregung zitternde Hand und zeigte auf die Waffe. »Halt sie mit beiden Händen fest. Und entsichere sie.«

Adam verschob den Sicherheitsriegel.

Karol lief in Richtung Straße, vorsichtig von Baum zu Baum wechselnd. Dreißig Meter von der Straße entfernt legte er sich hinter einen umgestürzten Baumstamm und zielte auf den BMW, der in einiger Entfernung von der letzten Zisterne stand.

»Lasst die Waffen fallen! Polizei! Ihr seid umzingelt!«, rief er laut.

Marcos und Trotyl fielen auf den Boden und krochen blitzschnell hinter die Räder der Zisterne. Karol gab einen Schuss ab, seine Kugel durchlöcherte einen Reifen des BMW. Er richtete den Pistolenlauf auf den Mercedes-Geländewagen und schoss erneut. Der getroffene Reifen verlor schnell an Luft.

Marcos und Trotyl eröffneten das Feuer in Richtung Wald. Eine Serie aus der Maschinenpistole schlug gegen die Baumstämme, direkt neben Karol.

Adam zielte auf den BMW, schoss zweimal, lief hinkend zum nächsten Baum und schoss wieder.

Sekundenlang fielen Schüsse, dann wurde es still. Unter den Motorhauben der beiden Wagen begann Rauch hervorzusteigen.

»Ergib dich, Marcos!«, rief Karol.

»Verpiss dich, du Scheißbulle!«, brüllte Trotyl. Er drückte ein neues Magazin in seine Maschinenpistole und eröffnete wieder das Feuer. Marcos fuhr hoch, lief die Zisterne entlang, sprang in die Fahrerkabine und ließ den Motor an. Trotyl schoss in kurzen Serien, wodurch er Karol zwang, hinter dem Baum zu bleiben. Die Zisterne setzte zurück und krachte gegen den BMW. Trotyl sprang ebenfalls in die Kabine, und die Zisterne umfuhr die beiden anderen und beschleunigte. Karol lief hinter den Bäumen hervor und schoss auf die Fahrerkabine. Trotyl lehnte sich hinaus und feuerte eine lange Serie aus seiner Maschinenpistole ab. Die Kugeln zerwühlten die Erde vor Karols Füßen, sodass er zur Seite springen musste, um nicht getroffen zu werden. Der Lkw kam in eine Kurve und verschwand hinter den Bäumen.

Adam hinkte die Anhöhe hinunter und blieb an einer der zurückgebliebenen Zisternen stehen. Karol war schon dort und betrachtete aufmerksam eine Sprengladung, die über der Stoßstange, hinter einem Stahlnetz, befestigt war. Er zeigte auf ein Mobiltelefon und eine Metallschachtel, die sich über der Ladung befanden. »Ein Zünder, angeschlossen an ein Handy. Sie müssen einen Kilometer wegfahren, sonst würden sie sich immer noch in Reichweite der Butanexplosion befinden.«

»Wie viel Zeit haben wir? Eine Minute? Anderthalb?«, fragte Adam unruhig.

»Höchstens. Diese Zisterne enthält bestimmt Butan, die andere – Simazin und Methylisocyanat«, fuhr Karol fort, während er aufmerksam das Handy und den Sprengzünder ansah.

Adam schob reflexartig den Jackenärmel zurück und sah auf die Uhr. Er hatte das Gefühl, dass sich der Sekundenzeiger plötzlich schneller bewegte. Er spürte, dass seine Lippen rissig und sein Hals trocken waren; in seinem Kopf hörte er eine Stimme schreien: »Du musst leben, flieh!« Nur mit Mühe beherrschte er sich, um es nicht wirklich zu tun. »Kannst du ihn entschärfen?«, fragte er.

»Ich versuche es«, antwortete Karol mit ruhiger Stimme.

»Worauf wartest du?! Zieh die SIM-Karte aus dem Handy!«

»Sie haben daran gedacht … Es ist zugeschweißt.«

Adam warf einen Blick auf den Sekundenzeiger. Er wollte aufwachen. Jetzt, sofort! »Eine Minute, dreißig Sekunden«, sagte er mit erstickter Stimme.

Karol betrachtete die Würfel der Sprengladung und den Zünder, dabei sprach er leise mit sich selbst: »Trotyl, an die fünf Kilo … Sprengkapsel außerhalb der Reichweite … Gut, dass sie die Kabel nicht versteckt haben …«

»Karol, um Gottes willen, eine Minute!«

»Ja, ja … stör mich nicht. Leuchte mir lieber.«

»Womit, verdammt?! Mit den Augen?!«

»Mit deinem Handy. Beruhige dich und leuchte.«

Adam riss sein Smartphone aus der Tasche, schaltete mit zitternden Händen die Displaybeleuchtung ein und richtete das Telefon auf die Bombe. Karol klappte an seinem Schweizer Taschenmesser die Schere aus. »Die Schweizer wissen sich zu helfen, was?«, murmelte er in Richtung Bombe. »Tiefer, unter das Handy, auf den Sprengzünder.«

Adam näherte das Telefon dem Zünder; er konnte das starke Zittern seiner Hände kaum unterdrücken. Karol schob die geschlossene Schere zwischen die Stahlnetzmaschen, öffnete sie und positionierte deren Klingen auf beiden Seiten eines der zwei dünnen Kabel, die das Handy mit dem Zünder verbanden. Adam hielt den Atem an, in seinem Kopf pulsierte nur noch ein Gedanke: ob es wehtat, wenn man in Stücke gerissen wurde. Er sah plötzlich Agata vor sich; sie war so nah und real, dass er sie hätte berühren können.

»Sie reicht nicht hin«, sagte Karol leise.

Agata verschwand, die ruhige Stimme des Freundes holte ihn in die erschreckende Realität zurück. Er konnte auch selbst sehen, dass die Klingen der Schere über einen Zentimeter von den Kabeln entfernt waren.

»Und wenn es eine Falle ist? Du schneidest sie durch, und es gibt eine Explosion?«

»Fallen stellt man mit Bomben, die bei einer Erpressung helfen sollen. An öffentlichen Orten. Das hier sollte ein einfacher Job sein«, antwortete Karol, während er mit der Schulter das Stahlnetz anschob. Er drückte dessen Maschen an den Zünder, und die Scherenklingen umfassten mit ihren Enden das Kabel.

»Bist du sicher, dass es das richtige ist?«, fragte Adam. »Beide sind schwarz … Sollte nicht eines rot sein?«

»Du hast zu viele Filme gesehen. Und im Physikunterricht nicht aufgepasst«, sagte Karol. »Das eine Kabel bedeutet plus, das andere minus. Klingelt da was bei dir?«

Adam warf einen Blick auf sein Handgelenk und sah sofort wieder den Sekundenzeiger, der sich in großen Sprüngen auf die römische Zwölf zubewegte.

»Gott, ja! Schneid es durch! Noch zehn Sekunden!«

Karol drückte auf den Griff der Schere, und die beiden Klingen durchschnitten das Kabel. Das Handy hinter dem Netz klingelte laut. Adam sprang erschrocken zurück, stolperte und fiel um. Karol schob einen Finger durch das Netz hindurch und drückte auf die Empfangstaste.

»Hallo, Marcos. Du kommst zu spät«, sagte er laut in den Apparat und beendete die Verbindung. Stille trat ein.

»Der Teufel soll dich holen«, flüsterte Adam. Er spürte, dass er verschwitzt und müde war. Er sah kurz die vier blutüberströmten Leichen an, dann wandte er den Blick ab und erhob sich schwer. »Was jetzt?«

Karol zog sein Telefon hervor und wählte eine Nummer. »Du kannst auf die Elitesoldaten warten, ich verschwinde. Der Haftbefehl gegen mich gilt immer noch, und ich habe große Lust, den Leuten von East Fund einen Besuch abzustatten.«

»Ich fliege mit«, erklärte Adam.

»Es würde mich auch wundern, wenn du eine bessere Idee hättest«, stellte Karol fest und konzentrierte sich auf das Telefonat: »Die Zisterne mit den Giftsubstanzen ist unter Kontrolle. Marcos und ein zweiter, nicht identifizierter Gangster fliehen nach Norden mit einer der Zisternen mit dem Butan. Man muss vorsichtig sein, es ist eine Bombe auf Rädern.«

»Verstehe«, sagte Krzysztof. »Der Premierminister ist benachrichtigt, er hat seine Anweisungen gegeben. Die Elitesoldaten werden jeden Augenblick einen Hubschrauber haben.«

»Warte einen Moment.« Karol sah die Landkarte im Telefon genauer an. »Viel Polizei gibt es hier nicht, aber vielleicht gelingt es, die Straßen im Dreieck Suwałki – Kowale Olęckie – Puńsk zu sperren. Die Gangster werden jeden Augenblick irgendeinen Autofahrer überfallen, um an ein ziviles Fahrzeug zu kommen. Stefan soll das Satellitensystem der Zielverfolgung aktivieren und versuchen, die Zisterne zu orten.«

»Ich richte es ihm aus«, bestätigte Krzysztof.

»Bestell eine Spezialeinheit zur Bekämpfung chemischer Verseuchung, Bombenentschärfer und die Feuerwehr. Und einen Transport für vier Leichen. In unser Laboratorium! Überlass sie nicht der Polizei. Welche Oper hat der Premierminister versäumt?«

»Puccinis *Tosca,* den letzten Akt.«

»Ich werde ihm eine Platte mit Plácido Domingo als Cavaradossi schicken. Das ist alles.« Karol beendete die Verbindung und wählte die nächste Nummer. »Jerzy, hören Sie mich? Sie können uns jetzt abholen, es wird keine Explosion geben. Wir kommen am Südrand des Waldes hinaus.«

Der Hubschrauber verringerte die Flughöhe über den dunklen Fabrikhallen; das Lichtbündel der Scheinwerfer traf den Landeplatz auf dem Innenhof. Der Pilot setzte die Maschine auf den Boden und schaltete den Motor aus. Trotz des Fluglärms hatten Adam und Karol den ganzen Weg über geschlafen. Steif von der unbequemen Haltung und gezeichnet von Erschöpfung stiegen sie mühsam aus der Kabine. Sie bückten sich unter den sich immer langsamer drehenden Rotorblättern und steuerten auf das Bürogebäude zu. In dem Moment fuhren von beiden Seiten des Hofs drei Autos heran; starke Scheinwerfer erleuchteten den Hubschrauber, aus einem Megafon ertönte eine laute Stimme: »Oberst Siennicki, Sie sind festgenommen! Legen Sie sich auf den Boden und strecken Sie die Arme aus! Keine Tricks! Herr Wierzbicki, das gilt auch für Sie! Sofort, auf den Boden!«

Karol und Adam blieben überrascht stehen. Hinter den Scheinwerfern waren Beamte in Anti-Terror-Uniformen zu erkennen, die aus ihren Maschinenpistolen auf sie zielten. Vor der Motorhaube des nächststehenden Wagens erschien Major Nowicki mit einem Megafon und einer Pistole. »Ich habe mich wohl klar ausgedrückt: auf den Boden!«

Karol gab Adam mit einem Kopfnicken zu verstehen, dass er den Befehl befolgen solle. Sie legten sich mit ausgestreckten Armen hin. Nowicki gab ein Handzeichen, und zwei Polizisten liefen auf die beiden zu, gefolgt von den anderen, die weiterhin ihre Waffen auf sie richteten. Sie durchsuchten Karol und Adam, nahmen ihnen die Pistolen weg, legten ihnen Handschellen an und stellten sie auf die Beine.

»Wer hat diesen Befehl gegeben? Was wird mir vorgeworfen?«, fragte Karol.

»Der Militärstaatsanwalt, mit Einverständnis des Verteidigungsministers«, entgegnete Nowicki. »Sie werden verdächtigt, an der Entführung und Ermordung von General Artur Kowal beteiligt gewesen zu sein.«

Karol zuckte die Schultern. »So ein Blödsinn.«

Nowicki kam ganz nah an Karol heran und sah ihn mit Genugtuung an. »Eine bessere Erklärung haben Sie nicht? Die Bänder aus den Überwachungskameras des Jachtklubs und der Siedlung sind unanfechtbare Beweise. Sie stecken ganz schön in der Scheiße, Herr Oberst.«

Einer der Polizisten reichte Nowicki die Pistole, die er Adam weggenommen hatte; er hielt sie mit einem Gummihandschuh, wie ein Beweisstück. Der Major schaute Adam an. »Ich nehme an, eine Genehmigung für dieses Spielzeug haben Sie nicht? Hat der Oberst sie Ihnen gegeben?«

Adam versuchte ruhig zu sprechen. »Wenn Oberst Siennicki nicht gewesen wäre, hätten heute viele Menschen ihr Leben verloren. Überprüfen Sie das in Ihrem Ministerium. Haben Ihre Vorgesetzten Sie nicht informiert, was auf der Suwałki-Seenplatte passiert ist?«

»Lass es sein, Adam«, sagte Karol. »Siehst du nicht, mit wem du es zu tun hast?«

»Mit einem Offizier der Spionageabwehr im Dienst«, gab Nowicki zurück, der immer noch Adam ansah. »Beide abführen!«, sagte er zu den Beamten und steuerte auf seinen Wagen zu.

Karol wandte sich zu Nowicki um: »Hinter dem Versuch, eine Naturkatastrophe hervorzurufen, steht East Fund, ein amerikanischer Investmentfonds. Informieren Sie wenigstens darüber den Minister, damit man die Büroräume der Firma sichert. Man darf nicht zulassen, dass sie die Spuren verwischen.«

Nowicki setzte sich neben seinen Fahrer und sagte durch die offene Tür: »Interessant. Und wie erklären Sie den Tod von General Kowal?«

Der Beamte, der Siennicki eskortierte, blieb am Wagen des Majors stehen..

»Er hatte Verbindungen zu den Verbrechern«, sagte Karol. »Und ich hatte leider keine Zeit, genug Beweise zu sammeln. Aber ich weiß, wie man es machen muss.«

»Ich höre.«

»Wollen Sie, dass ich jetzt alle Ermittlungsschritte analysiere, Herr Major?«

»Wie Sie wünschen«, sagte Nowicki und schlug die Tür zu.

Die Beamten setzten Karol und Adam auf den Rücksitz eines Jeeps.

»Warum sagst du ihm nicht alles?«, fragte Adam leise.

»Er hat für Kowal gearbeitet«, antwortete Karol.

Nowicki ließ die Fensterscheibe hinunter und rief den Polizisten verärgert zu: »Was ist los mit euch?! Doch nicht beide in einen Wagen! Wierzbicki zu mir!«

Zwei Beamte zogen Adam schnell aus dem Jeep heraus und setzten ihn auf den Rücksitz von Nowickis Wagen. Alle drei Autos fuhren los und verließen mit eigeschalteten Sirenen das Fabrikgelände. Nowicki drehte sich zu Adam um. »Welche Rolle spielen Sie eigentlich in dieser Geschichte? Wozu hat Siennicki Sie mitgeschleppt?«

»Kennen Sie das Gesetz über die Pressefreiheit? Meine Quellen – meine Angelegenheit.«

Der Major schüttelte mitleidig den Kopf. »An Ihrer Stelle würde ich mir überlegen, ob ich für die Verrücktheiten eines Freundes die Verantwortung tragen will. Die Pressefreiheit hat ihre Grenzen, und Sie werden sich bald davon überzeugen können.«

Die drei Wagen fuhren schnell und mit Blaulicht in Richtung Warschau; die Landstraße war um diese Zeit so gut wie leer. Plötzlich tauchten hinter einer Kurve zwei Geländewagen auf. Als sie etwa hundert Meter entfernt waren, besetzten sie die ganze Straßenbreite und schalteten ihre Fernlichter und Dachscheinwerfer ein. Nowicki rief dem Fahrer mit scharfer Stimme zu: »Bieg ab, das ist eine Falle.«

Der Fahrer bog scharf ab, direkt vor den heranfahrenden Geländewagen. Er fuhr in einen Graben und kam auf ein offenes Feld, gefolgt von den beiden Wagen der Polizei. Die Geländewagen führten das gleiche Manöver aus. Nowicki riss seine Pistole aus dem Halfter, schaltete das Funkgerät ein und rief in den Hörer: »Zentrale?! Hier Major Nowicki … Wir werden angegriffen! Landstraße Nummer hundertsieben, dreißig Kilometer hinter Nadarzyn, Abzweigung von der Schnellstraße nach Kattowitz! Zwei Autos. Ich weiß nicht, wer die Angreifer sind. Wir brauchen sofort Verstärkung!«

»Hier Zentrale, ich habe verstanden! Ich sehe euch … und die Autos der Angreifer auch. Die Landstraße hundertsieben!«, krächzte der Lautsprecher. »Ich schicke Verstärkung! Zwei Hubschrauber und zwei Wagen der Einheit in Grójec!«

Der aufgeregte Nowicki drehte sich zu Wierzbicki um. »Was für Gangster hat Siennicki diesmal geholt? Sagen Sie es!«

»Das war nicht Karol«, antwortete Adam.

»Sondern wer? Der Heilige Geist? Verdammt, schneller!«, schrie Nowicki den Fahrer an. Er löste den Gurt, ließ die Fensterscheibe hinunter, lehnte sich hinaus und zielte mit der Pistole auf die Wagen der Verfolger. Ein Sprung über ein Schlagloch warf ihn hoch, sodass er mit dem Nacken an den Fensterrand stieß. Er stöhnte vor Schmerz und zog sich in die Kabine zurück.

Die beiden Geländewagen überholten die Autos der Polizei, versperrten ihnen den Weg und blieben plötzlich stehen. Der Fahrer von Nowickis Wagen bremste abrupt. Der Major fiel nach vorn und schlug mit dem Kopf am Armaturenbrett auf.

Die Lichtbündel der Scheinwerfer erfassten die Polizisten, die mit Pistolen in den Händen aus ihren Autos sprangen. Nowicki warf sich durch die offene Tür auf den Boden und kroch hinter seinen Wagen. Er fasste sich an die blutende Nase und rief gleichzeitig seinen Leuten zu: »Nicht schießen! Auf meinen Befehl warten!«

Aus einem der Geländewagen ertönte eine Megafon-Stimme: »Hier spricht Major Średni vom Personenschutz! Wir müssen reden! Geben Sie Ihren Leuten den Befehl, die Waffen nicht mehr auf uns zu richten!«

»Woher soll ich wissen, dass das stimmt?«, rief Nowicki. »Und mit welchem Recht hindern Sie mich an der Ausübung meiner Dienstpflichten?!«

»Ich komme zu Ihnen, Major Nowicki!«, antwortete die Megafon-Stimme. Im Licht der Scheinwerfer erschien eine kräftig gebaute Gestalt in ziviler Kleidung und einer Kugelweste. Hinter den beiden Geländewagen kamen langsam sieben Männer hervor, in Helmen und mit langen Maschinenpistolen. Nowicki erhob sich und gab den Polizisten ein Zeichen. Major Średni blieb vor ihm stehen.

»Weisen Sie sich aus«, sagte Nowicki, während er versuchte, sein Nasenbluten zu stoppen. Średni reichte ihm seinen Dienstausweis. Nowicki sah ihn genau an und gab ihn dem Major zurück. »Sind Sie verletzt?«, erkundigte sich Średni. »Das tut mir leid.«

Nowicki verzog das Gesicht. »Ist Ihnen klar, dass diese Bonanza-Nummer tragisch enden hätte können? Warum haben Sie mich nicht über die Zentrale kontaktiert?«

»Ich habe es versucht, doch mir wurde gesagt, Ihr Funkgerät sei ausgeschaltet. Ich habe die Anweisung des Premierministers, Ihre Gefangenen, Oberst Siennicki und Redakteur Wierzbicki, zu übernehmen.«

Major Średni zog ein Papier aus der Tasche. Nowicki zeigte aber kein Interesse, das Dokument zu lesen. »Des Premierministers? Das ist wohl ein Scherz. Ich habe einen Befehl, der vom Militärgeneralstaatsanwalt unterschrieben ist. Ich muss meine Vorgesetzten kontaktieren.«

»Ich schlage vor, Sie kontaktieren Ihren Minister. Er müsste schon darüber informiert sein.«

»Was Sie nicht sagen! Was für intelligente Leute doch beim Personenschutz arbeiten«, sagte Nowicki in bissigem Ton und zog sein Handy aus der Tasche. Er drehte Major Średni den Rücken zu. »Hier spricht Major Nowicki. Ich möchte mit dem Herrn Minister sprechen, wenn das um diese Zeit möglich ist. Ach so, natürlich … Ich warte.«

Aus einem der Autos stiegen Karol und der ihn bewachende Beamte.

»Und wo wollt ihr hin? Zurück in den Wagen!«, rief Nowicki in scharfem Ton.

Der Polizist führte Karol zu seinem Platz zurück. Von der Landstraße näherte sich über die Schlaglöcher rumpelnd ein Pkw. Als Krzysztof ausstieg, starrte ihn Nowicki mit weit aufgerissenen Augen an. »Was machen Sie denn hier?« Plötzlich wurde er rot vor Zorn. »Haben Sie diese Leute geholt?! Sie haben damit Ihren Eid und einen Befehl Ihres Vorgesetzten gebrochen. Sie werden sich dafür verantworten müssen!« Fast im selben Moment richtete er sich auf, nahm die Habtachtstellung an und sagte in einem Dienstton ins Telefon. »Es meldet sich Major Nowicki, Herr Minister!« Er hörte eine Weile zu. »Jawohl, Herr Minister, ich habe verstanden. Wir einigen uns gerade.«

Krzysztof ging auf Karol zu, der wieder aus dem Wagen stieg, diesmal ohne Handschellen. »Sorry, dass ich so spät komme. Der Minister wartet auf dich. Es sind Informationen von der Polizei in Suwałki gekommen – die Zisternen sind gesichert. Die Polizisten haben keine Ahnung, wer die Gangster erledigt hat. Sie fragen, ob es eine Antiterroreinheit war und warum sie vor ihrer Ankunft verschwunden ist. Gratuliere.«

Karol schüttelte den Kopf. »Die Gangster haben ihre vier Kumpels selbst exekutiert. Dann genügte ein Bluff, bei dem Adam mir geholfen hat. Was ist mit den beiden, die geflohen sind?«

Krzysztof breitete die Arme aus. »Stefan hat die Zisterne geortet. Doch als die Polizei dort ankam, waren die Gangster schon weg. Du hattest recht – eine halbe Stunde später meldete sich ein Autofahrer, dem sie seinen Wagen geklaut hatten. Wir haben das Kennzeichen verschickt, bis jetzt gibt es aber keine Spur.«

Karol ging mit Krzysztof zu dessen Wagen. Unterwegs nickte er Nowicki zu, doch der tat so, als hätte er es nicht bemerkt. Adam stieg aus dem Auto des Majors und schloss sich ihnen an.

»Wer hat Nowicki gesagt, wo ich bin?«, fragte Karol. »Woher wusstest du es?«

»Sie haben dich während des Gesprächs mit Staroń geortet«, antwortete Krzysztof. »Der Geheimdienst hat in seiner Fabrik einen Maulwurf, seitdem er von den Medien beschuldigt wurde, den Chinesen Elektronik zu verkaufen, die von den Militärs eingesetzt wird. Die Information hat Nowicki schnell erreicht, aber er hat es vor eurem Abflug nicht geschafft.«

Karol nickte. »Er hat uns so eine Falle gestellt, als würde er Bin Laden jagen.«

»Und ich habe mir Zugang zu Nowickis Handy verschafft«, sagte Krzysztof lächelnd.

»Geht es bei euch immer so zu? Alle werden von allen belauscht und geortet?«, fragte Adam.

»Willkommen im 21. Jahrhundert«, sagte Karol. »Beeilen wir uns.«

Sie stiegen in Krzysztofs Wagen. Nach einer Weile fuhren sie und die zwei Geländewagen des Personenschutzes in Richtung Landstraße und wirbelten eine Staubwolke auf. Nowicki wedelte mit der Hand den Staub weg und sagte zornig in Richtung der wartenden Beamten: »Ende der Vorstellung. Ab in die Autos!« Er stieg in seinen Wagen, drückte ein Taschentuch an seine blutende Nase und griff nach dem Funkgerät. »Hallo Zentrale, die Aktion ist beendet. Ich rufe die Unterstützung zurück.« Er hielt kurz inne und fügte dann hinzu: »Und das nächste Mal, du Idiot, ruf mich auf meinem Handy an, wenn der Funk nicht antwortet.«

Der Premierminister, leger in Jeans und Pullover gekleidet, ging in seinem Arbeitszimmer auf und ab und sah dabei immer wieder auf einen großen Bildschirm an der Wand. Er war zwei Stunden zuvor gekommen, geweckt durch den Anruf des Verteidigungsministers. Am Konferenztisch saßen Karol, Adam, der Verteidigungsminister, der Innenminister und zwei Berater des Premiers. Auf dem Bildschirm, auf einer Fläche, die von starken Scheinwerfern erleuchtet war, konnte man drei Zisternen-Lkws und mehrere Autos der Polizei, der Armee und der Feuerwehr sehen. Überall liefen Polizeifunktionäre und Militärs herum. Die Lampen der polizeilichen Fotoapparate blitzten.

Der Premier blieb stehen und sah die am Tisch Sitzenden an. »Wie kommt es, dass die Medien noch nicht dort sind?«

»Für die Aktion gilt die höchste Geheimstufe, Herr Premierminister«, erklärte der Verteidigungsminister und warf einen Blick auf Adam. »Der einzige Journalist, der sich dort zufällig aufhielt, ist Herr Wierzbicki. Wir zählen aber auf sein Verantwortungsbewusstsein.«

»So ganz zufällig war es nicht, soviel ich weiß«, stellte der Premier fest.

Der Verteidigungsminister wollte etwas antworten, doch der Regierungschef wandte sich an Karol. »Simazin und Methylisocyanat? Eine teuflische Idee. Nach so einer Katastrophe wäre es schwierig gewesen, gegen industrielle Investitionen in dieser Gegend zu protestieren. Und darum ging es ihnen, nicht wahr?«

»So scheint es, Herr Premierminister«, kam einer der beiden Berater Karol zuvor. »Ein solcher Investor würde jedenfalls in der Rolle des Wohltäters auftreten. Das erinnert an die Methoden Rockefellers. Die angeheuerten Gangster jagten die Fabrik des Konkurrenten in die Luft, dann erschien Rockefeller wie der barmherzige Samariter, und sein Standard Oil Trust gab den Familien der Opfer Arbeit.«

Der Premierminister sah Karol und Adam an. »Dank Ihnen sind wir einer unvorstellbaren Tragödie entronnen.«

»Ich habe nur meine Pflicht getan, Herr Premierminister«, sagte Karol.

»Doch Sie waren gezwungen, im Alleingang zu handeln, nur auf einen Freund angewiesen. Und unter dem Druck einer schweren Beschuldigung. Ich sorge dafür, dass der Minister Sie entsprechend belohnt.« Der Premier wandte sich an Adam: »Und Ihre Belohnung soll darin bestehen, dass Sie in Zukunft die Exklusivrechte an dieser Geschichte bekommen.«

»In Zukunft, Herr Premierminister?«

»Ich möchte Sie bitten, sich noch zurückzuhalten. Bis geklärt ist, wer die Verantwortung dafür trägt«, antwortete der Premierminister.

»Und was ist mit der Liste der korrumpierten Politiker?« Adam zeigte auf die Ausdrucke auf dem Tisch. »Sie wurde von der Assistentin des Vizedirektors von East Fund zusammengestellt, die sie auch in meiner Gegenwart bestätigt hat.«

»Wir haben diese Liste überprüft«, sagte der andere Berater. »Die Konten stimmen nicht. Und die persönlichen Daten, also Vornamen, Funktionen und so weiter, sind alle durcheinander.«

Adam und Karol sahen einander überrascht an.

»Sie verdächtigen uns doch nicht, einen so primitiven Trick anzuwenden?«, fragte der Innenminister.

»Nein, Herr Minister«, antwortete Karol. Adam schwieg.

Der Premierminister setzte sich an den Tisch und suchte kurz nach Worten. Dann legte er die Hand auf die Ausdrucke. »Sie sind sich doch im Klaren darüber, was passieren würde, wenn sich das als die Wahrheit entpuppte? Das wäre ein Erdbeben! Entlassung der Regierung und vorzeitige Parlamentswahlen. Jemand hat eine große Provokation geplant, aber auf schwachen Angaben basierend.«

»Vielleicht wurden die Informationen absichtlich vermischt? Vielleicht ist es eine Art Chiffre?«, begann Adam. »Wenn ich sie einsehen dürfte …«

Er wurde vom Verteidigungsminister unterbrochen. »Trauen Sie unseren Analytikern und ihrem Urteilsvermögen nicht?«

»Das habe ich nicht gesagt. Aber es sind ernste Vorwürfe, die nach Offenlegung der Quellen verlangen.«

Der Premierminister tauschte Blicke mit den Ministern und Beratern und nickte. »Sie werden Kopien bekommen«, versprach der Innenminister. »Wir hoffen wirklich, dass Sie verantwortungsvoll sind und nicht versuchen, sie vor der Verifizierung ihrer Glaubwürdigkeit zu publizieren.«

»Natürlich, Herr Minister«, sagte Wierzbicki.

Der Premierminister erhob sich, ging auf ihn zu und drückte ihm die Hand. »Noch einmal vielen Dank. Sie sehen müde aus. Ruhen Sie sich aus und denken Sie über alles nach. Ich bin immer für Sie da.« Er nickte Karol zu. »Bitte, Herr Oberst.«

Karol stand auf und folgte dem Premierminister, der die Tür zum nächsten Raum öffnete. Nachdem sie hinausgegangen waren, sahen alle anderen Adam an; ihre Blicke hatten etwas Hartes an sich. »Wenn diese

Dokumente vor der Verifizierung das Tageslicht erblicken, müssen Sie mit ernsthaften Gerichtsprozessen rechnen«, warnte ihn einer der Berater.

»Und nach der Verifizierung?«, fragte Adam.

»Das hängt davon ab, ob sie als geheim eingestuft werden.«

»Wegen der nationalen Sicherheit«, fügte der Innenminister hinzu.

Der Premierminister und Karol betraten ein kleines Kabinett. Bei ihrem Anblick erhob sich aus einem Sessel ein schlanker Mann von Anfang fünfzig in einem eleganten, grauen Anzug. »Herr Wladimir Bodenskij, der Erste Sekretär der Botschaft der Russischen Föderation«, stellte ihn der Premierminister vor. »Oberst Karol Siennicki.«

Der überraschte Karol gab dem Russen die Hand. Der Premier setzte sich in einen der vier Sessel und lud Karol und den Sekretär mit einer Geste ein, auch Platz zu nehmen. Bodenskij sagte in fließendem Polnisch: »Der Investmentfonds East Fund wurde in Südafrika von russischen Staatsbürgern gegründet, genauer von ehemaligen ranghohen KGB- und GRU-Offizieren. Dann verlegten sie die Firma in die Staaten. Ihre Tätigkeit wurde von Andrej Butrym finanziert, einem Multimillionär, der sein Vermögen durch den Waffenhandel mit südafrikanischen Staaten gemacht hatte. In Russland wird er seit einigen Tagen steckbrieflich gesucht. Es gibt Hinweise, dass er sich in Polen verstecken könnte. Er hat hier seine Leute und auch genug Mittel, die er offenbar im Zusammenhang mit einer geplanten Investition bereithält.«

»In unser Titan«, fügte der Premier hinzu.

»Seit einigen Tagen steckbrieflich gesucht?«, fragte Karol nach. »Darf ich fragen, warum?«

Bodenskijs Stimme bekam einen kühleren Ton. »Das ist eine Frage an den Generalstaatsanwalt der Russischen Föderation, Herr Oberst.«

»Die russische Botschaft hat uns Dokumente überlassen, in denen die Pläne von East Fund offenbart werden«, sagte der Premierminister. »Die Russen und wir haben die Aktiva der Firma eingefroren. Wir haben uns auch an die Amerikaner gewandt, damit sie dasselbe tun. Die Russen bitten um den Zugang zu den Ergebnissen unserer Ermittlungen und um die

Möglichkeit, die Festgenommenen zu verhören. Ich möchte Sie also bitten, mit dem Herrn Sekretär zusammenzuarbeiten.«

»Haben Ihre Vorgesetzten erst dann Schritte unternommen, als unsere Ermittlungen die Schuld von East Fund erwiesen hatten?«, fragte Karol.

Diesmal reagierte Bodenskij mit einem Lächeln. »Sie werden nicht lockerlassen, was? Der Austausch von Informationen zwischen unseren Nachrichtendiensten war zweifellos hilfreich. Doch wir hatten die East Fund schon seit einem Jahr im Visier, wir haben nur auf einen auffälligen Schachzug gewartet.«

Karol ließ sich nicht anmerken, ob er die Erklärung des Sekretärs glaubte. Er wandte sich an den Premier: »Wenn Sie erlauben, Herr Premierminister, würde ich die Ermittlungen im Fall East Fund gerne leiten. Man muss Durchsuchungen vornehmen, Dokumente und Datenträger sichern. Ich würde auch Elitesoldaten losschicken, damit sie die Vorstandsmitglieder der Firma in ihren Wohnungen verhaften.«

»Einverstanden, Herr Oberst. Obwohl Sie sich einen Urlaub wirklich verdient haben. Der Minister hat mich informiert, dass die Anordnungen der Staatsanwaltschaft schon unterwegs sind«, sagte der Premier und stand auf. »Vergessen Sie bitte nicht, meine Herren, dass dieses Treffen einen informellen Charakter hatte.«

Das Bürohochhaus lag im Dunkeln, nur in den Fenstern der zwei oberen Stockwerke brannte noch Licht. Auf dem Dach drehte sich eine riesige Neonreklame mit dem Logo der Firma East Fund. Marcos stieg aus einem Taxi und drückte auf den Knopf der Gegensprechanlage. Er nickte dem Portier zu, der ihm die Glastür der Eingangshalle geöffnet hatte, und stieg in den Fahrstuhl. Im obersten Stock traf er auf drei Sicherheitsmänner in schwarzen Uniformen. Er antwortete auf ihre Begrüßungsgesten mit einem Kopfnicken und durchquerte das leere Foyer, das nur von kleinen Fußboden-Halogenlampen erleuchtet war. Er öffnete eine Tür und betrat das Arbeitszimmer des Vizedirektors.

Hilarewicz saß mit Kozlowski an seinem Schreibtisch und skypte mit jemandem. Bei Marcos' Anblick versuchte er, sich seine Überraschung nicht anmerken zu lassen, und sagte auf Englisch zu seinem Gesprächspartner: »Wir müssen kurz unterbrechen. In wenigen Minuten machen wir weiter.« Er klappte den Deckel des Laptops zu, erhob sich aus seinem Sessel und wandte sich an Marcos: »Die Medien bringen nichts über die Katastrophe …«

Marcos ging direkt zur Bar, suchte eine Flasche Wodka aus, goss sich ein Glas ein und nahm einen kräftigen Schluck.

»Ich rede mit dir!«, ereiferte sich Hilarewicz.

Marcos kehrte mit dem Glas in der Hand zum Schreibtisch zurück und setzte sich in einen Sessel, den beiden Direktoren gegenüber. Er sah sie schweigend an. Kozlowski wollte etwas sagen, doch der Vizedirektor hielt ihn mit einer Handbewegung zurück. »Hast du den Auftrag ausgeführt?«

Marcos stellte das halbleere Glas auf dem Schreibtisch ab. »Ihretwegen ist Marica ums Leben gekommen«, sagte er leise.

»Deine Schlampe geht mich nichts an.« Hilarewicz stützte sich am Schreibtisch ab und sah Marcos direkt an. »Ich habe dir eine Frage gestellt.«

Marcos zuckte zusammen, in seinen Augen blitzte Zorn auf. »Sie haben hier einen Maulwurf. Siennicki hat schon auf uns gewartet.«

»Siennicki? Du solltest ihn doch beseitigen! Wofür bezahle ich dich?«

Kozlowski bewegte sich unruhig. Marcos fuhr mit leiser Stimme fort: »Nina Hawruk hat die ganze Zeit Kopien aller Dokumente und Mails gemacht. Und sie hat Sie bei der Polizei verpfiffen. Das Sperma hat Ihnen den Verstand geraubt.«

Der Vizedirektor wurde rot vor Wut. Er beugte sich über den Schreibtisch, nahm das Glas mit dem restlichen Wodka und schmiss es gegen die Wand. »Halt dein Maul, du Mistvieh! Lasota ist dir entkommen! Siennicki war zu gut für dich! Und eine Ladung für dreihunderttausend Euro hast du vergeudet! Du bist ein Feigling und ein Volltrottel! Und jetzt versuchst du, mich zu belehren! Scher dich raus!« Er zeigte mit ausgestreckter Hand auf die Tür. Marcos saß reglos da, mit zusammengepressten Lippen.

»Vielleicht ginge es etwas ruhiger …«, sagte Kozlowski in einem versöhnlichen Ton.

Hilarewicz stand auf, kam auf Marcos zu und beugte sich über ihn. Er kochte vor Wut. »Geh hinaus, hörst du?!«, sagte er. »Du bekommst keinen

Cent! Ich will nichts mehr von dir hören! Du hast Glück, dass ich dich am Leben lasse!«

Kleine Tropfen der Spucke aus seinem Mund trafen Marcos' Gesicht. Dieser wischte sie mit dem Handrücken ab, zog einen Zettel aus der Tasche und legte ihn auf den Schreibtisch. »Überweisen Sie bitte diesen Betrag. Das ist meine neue Kontonummer.«

Hilarewicz nahm den Zettel, zerknüllte ihn wütend und warf ihn auf den Fußboden. Dann setzte er sich in einen Sessel, der neben dem Schreibtisch stand, und wandte sich an Kozlowski: »Ruf den Sicherheitsdienst. Sie sollen diesen Penner wegbringen, bevor ich mich übergebe.«

»Ich gehe von allein hinaus«, sagte Marcos.

Er hob den zerknüllten Zettel auf, beugte sich über den Schreibtisch und zeigte mit dem Finger auf ein Papiermesser mit Perlmuttergriff. »Darf ich es mir ausleihen?«

»Bitte«, stimmte der überraschte Kozlowski zu.

Marcos nahm das Messer und bügelte mit dessen Klinge den auf den Schreibtisch gelegten Zettel glatt. Dann ging er auf Hilarewicz zu und streckte ihm das Papier entgegen. »Machen Sie die Überweisung?«

Der Vizedirektor schüttelte den Kopf mit einer verächtlichen Grimasse und sagte zu Kozlowski: »Wo bleibt der Sicherheitsdienst?«

Marcos packte mit einer Hand Hilarewicz' Kopf, legte die Messerklinge seitlich an seinen Hals und stieß sie langsam hinein. Die Augen des Vizedirektors quollen vor Angst und Schmerz über. Er röchelte und umklammerte krampfhaft die Hand mit dem Messer. Marcos stieß es noch tiefer hinein, bis der Griff die Haut berührte. Die Klinge kam auf der anderen Seite des Halses heraus, und aus beiden Wunden floss Blut.

Kozlowski sprang erschrocken auf. Hilarewicz öffnete weit den Mund und rang verzweifelt nach Luft. Marcos sah ihm aus der Nähe in die Augen. »Das Messer ging neben der Halsschlagader durch … So kannst du noch überleben. Wenn ich es herausziehe, verblutest du. Hast du verstanden?«

Hilarewicz bestätigte mit den Augen; sein Gesicht wurde kreidebleich. Marcos wandte sich an Kozlowski: »Gehen Sie so auf die Website der Bank, dass ich es sehen kann. Und ohne dumme Tricks, sonst stirbt er.« Er streckte die Hand mit dem Zettel aus. »Hier sind die Daten für die Überweisung.«

Kozlowski kam auf ihn zu, ohne den erschrockenen Blick von dem Messer im Hals des Vizedirektors abzuwenden. Er nahm den Zettel, kehrte zum Schreibtisch zurück, öffnete mit zitternden Händen den Laptop, drehte ihn in Marcos' Richtung und begann zu tippen. Marcos beobachtete aufmerksam den Bildschirm, auf dem die Seite der Bank of America Merrill Lynch mit dem Firmenkonto von East Fund erschien.

»Um eine solche Summe zu überweisen, braucht man die elektronischen Unterschriften von zwei Vorstandsmitgliedern«, sagte Kozlowski mit zittriger Stimme.

Marcos sah Hilarewicz an, der dies bestätigte, indem er die Augen zusammenkniff. Das Blut hatte den Kragen und den Brustteil seines Hemdes rot gefärbt und tropfte auf den Fußboden. »Ich flehe dich an, hol den Notarzt ... Ich verblute gleich«, stieß er mit Mühe hervor.

»Sei still, sonst beschädigst du dir die Luftröhre«, sagte Marcos und wandte sich wieder an Kozlowski. »Machen Sie die Überweisung.«

Kozlowski begann schweigend die Daten abzutippen; seine Finger zitterten noch stärker.

»Grzegorz Marecki?«, vergewisserte er sich, während er vom Zettel ablas. »The Central Bank of the Bahamas. Eine Million Dollar.«

Marcos nickte. Kozlowski füllte das Formular aus, dann zog er aus der Schublade einen Monitor, der wie ein Tablet aussah, und schaltete ihn ein. Auf dem Monitor erschien die Seite der Bank of America Merrill Lynch mit einem leeren viereckigen Feld unten.

»Was ist das?«, fragte Marcos misstrauisch.

»Ein Monitor für elektronische Unterschriften«, erklärte Kozlowski bereitwillig. »Feste Verbindung zur Bank. Hundertprozentig sicher.« Um zu beweisen, dass er die Wahrheit sagte, hob er ein Kabel hoch, das an den Monitor angeschlossen war und dessen Ende in einer Steckdose in der Wand steckte. Kozlowski zog aus der Halterung am Monitor eine elektronische Feder und setzte unter die Überweisung sorgfältig seine Unterschrift. Dann ging er, das Kabel hinter sich herziehend, auf Hilarewicz zu, hielt ihm den Monitor hin und reichte ihm die Feder. Der Vizedirektor schrieb mühsam seinen Namen. Nach einer Sekunde wurde die Unterschrift vom System abgelehnt, und das Logo der Bank verschwand. Marcos drückte auf das Messer, das in Hilarewicz' Hals steckte. »Was ist?«, sagte er in scharfem Ton. »Streng dich an, sonst werdet ihr beide sterben!«

»Noch zwei Versuche … Dann wird das Konto von der Bank blockiert«, flüsterte Kozlowski. Er sah Hilarewicz flehentlich an, der Schweiß floss ihm über die Stirn und die Augenbrauen. Er ging zum Schreibtisch zurück und füllte das Formular der Überweisung erneut aus. Auf dem Monitor tauchte wieder das Logo der Merrill Lynch auf, unten öffnete sich das Unterschriften-Viereck. Kozlowski kam mit dem Monitor zu Hilarewicz zurück und reichte ihm die Feder. »Ich bitte dich …«, flüsterte er.

Der Monitor lag zu tief und zitterte in Kozlowskis Hand. Hilarewicz hielt den Atem an; er hatte Angst, den Kopf oder den Hals zu bewegen, zeigte ihm also nur mit den Augen, dass er den Monitor höher halten solle. Dann griff er nach der Feder und unterschrieb langsam das Formular. Kozlowski und Marcos starrten auf den Laptop. Auf dem Bildschirm erschien auf Englisch die Information: »Überweisung erfolgt«. Die Feder fiel aus der Hand des Vizedirektors auf den Fußboden. »Du hast das Geld … Lass mich in Ruhe«, stöhnte er. Aus seinem Mund floss aufgeschäumtes, helles Blut – offenbar hatte die Klinge doch die Luftröhre beschädigt.

»Bitte sehr«, sagte Marcos und riss das Messer mit einem Ruck heraus.

Der erschrockene Hilarewicz griff sich an den Hals, zwischen seinen Fingern spritzte Blut. Röchelnd glitt er kraftlos aus dem Sessel auf den Fußboden.

»Hilfe …«

Marcos betrachtete ihn eine Weile, dann sah er zu Kozlowski hinüber. Dieser trat schnell ein paar Schritte zurück, hob beide Hände in einer Verteidigungsgeste und stammelte: »Ich habe Sie nie gesehen … Ich weiß gar nichts … Bitte, ich flehe Sie an!«

Marcos legte das Papiermesser auf den Schreibtisch, drehte sich um und verließ das Zimmer.

Hilarewicz kroch in Richtung Tür, leise winselnd. Auf dem Teppich blieb eine breite Blutspur. Kozlowski ging schnell zur Bar, ergriff mit zitternder Hand eine Flasche und goss sich ein volles Glas Whiskey ein. Als er ihn trank, klirrte das Glas gegen seine Zähne, doch er machte es gleich wieder voll. Er leerte es erneut, zog ein weißes Tuch aus der Tasche und wischte sich sorgfältig den Schweiß von der Stirn ab. Dann drehte er sich um.

Hilarewicz lag auf dem Rücken inmitten des Zimmers; um ihn herum war eine Blutlache. Seine Augen starrten den Luster an der Decke an. Er war ganz ruhig, spürte weder Schmerz noch Angst. Der letzte Gedanke erlosch langsam, verschwand zwischen den Lichtreflexen der Kristallzapfen. Sein Leben war sinnlos gewesen, jetzt würde er es klüger gestalten. Wenn man ihm nur eine zweite Chance gäbe. Langsam schloss er die Augen.

Kozlowski sah ihn fasziniert an. Der Whiskey begann zu wirken – er hörte auf, vor Angst zu zittern. Er hatte erkannt, dass es mit dem Vizedirektor zu Ende ging. »In deiner Situation ist es wohl besser, tot zu sein«, sagte er mit Überzeugung. Er ging auf den Schreibtisch zu und drückte auf den Knopf unter der Tischplatte. Nach wenigen Sekunden stürzten die drei Sicherheitsmänner von draußen herein. Kozlowski zeigte auf die blutüberströmte Leiche. »Direktor Hilarewicz wurde ermordet. Bringt ihn vorläufig ins Magazin. Das ist kein Fall für die Polizei. Die Firma wird selbst entscheiden, wie es weitergehen soll. Ich bitte euch also um absolute Diskretion, ihr werdet dafür großzügig belohnt.«

»Im Magazin sitzt Direktor Lasota«, sagte einer der Sicherheitsmänner unsicher.

»Das macht nichts«, antwortete Kozlowski. »Und wechselt den Teppich aus«, ordnete er an, während er auf die Blutflecken zeigte.

Die Sicherheitsmänner packten Hilarewicz an Händen und Füßen und trugen ihn aus dem Zimmer. Kozlowski atmete erleichtert auf, rückte sich in seinem Sessel zurecht, und streckte die Beine aus. »Glück gehabt, John!«, sagte er zu sich selbst. »Für dein Schweigen bekommst du seine zehn Prozent.«

Drei Wagen der Polizei, zwei Streifenwagen und ein Minibus, hielten hinter einer Straßenecke, ohne Sirenen und Warnblinker. Aus dem Minibus sprangen zwölf Elitesoldaten in Helmen und kugelsicheren Westen, mit Schutzschilden und Langwaffen. Die Polizisten waren ebenfalls mit Westen und Maschinenpistolen ausgerüstet. Die wenigen Menschen, die auf einen Nachtbus warteten, sahen sie erstaunt an. Karol und Adam stiegen aus dem ersten Wagen; auch Krzysztof war bei ihnen. Die Soldaten und Polizisten umkreisten Siennicki, der auf den erleuchteten letzten Stock des Bürohochhauses zeigte.

»Wir gehen ganz leise hinein. East Fund mietet die beiden obersten Stockwerke. Wir wissen nicht, wie viele Menschen sich in den Büros befinden und ob sie bewaffnet sind. Die Ultraschallsensoren zeigen die Anwesenheit von mehreren Personen an. Vier Soldaten kommen mit mir, die anderen folgen Krzysztof. Wir nehmen die Mitarbeiter der Firma fest – wenn möglich, ohne Waffengebrauch. Die Polizisten sichern das Erdgeschoss und die Straße. Keiner geht hinein oder heraus. Alles klar?«

Die ganze Gruppe bestätigte mit Kopfnicken. Karol wandte sich an Adam: »Du bleibst unten.«

»Aber …«, protestierte Wierzbicki.

»Keine Diskussion«, schnitt Karol ihm das Wort ab. Adam nickte resigniert. Siennicki und Krzysztof machten sich an der Spitze der Abteilung in Richtung Kreuzung auf. In dem Moment hielt am Gehsteig ein Wagen, aus dem Stefan, Ewa und Janusz heraussprangen – in Westen, mit kurzen Maschinenpistolen. Sie kamen auf Karol zu.

»Du hattest doch nicht vor, es ohne uns zu Ende zu bringen?«, fragte Stefan.

Karol nickte ihnen zufrieden zu. »Danke.« Er zeigte auf die Lichter im obersten Stock. »Die Ratten debattieren.«

»Stoff haben sie genug«, fügte Ewa hinzu.

Die Abteilung erreichte die Straßenecke und steuerte auf den Eingang des Bürohochhauses zu. Die Polizisten rollten ein Absperrband aus, hielten den Straßenverkehr an und umstellten das Gebäude. Adam gelang es im letzten Moment, die Absperrung zu überwinden.

Die Elitesoldaten blieben auf beiden Seiten des Eingangs stehen. Durch die Glaswand war ein Sicherheitsmann zu sehen, der die Rezeption verließ und beunruhigt auf die Tür zukam. Karol legte den auseinandergefalteten Haftbefehl des Staatsanwalts an die Scheibe. »Militärpolizei, machen Sie bitte auf!«

Der Sicherheitsmann nickte zum Zeichen, dass er es verstanden hatte. Er drehte sich um und ging zur Rezeption zurück. Auf einmal kam aus dem Fahrstuhl ein Mann in grauer Jacke heraus. Beim Anblick der Elitesoldaten blieb er stehen.

»Das ist Marcos!«, schrie Adam.

Der Sicherheitsmann sprang hinter die Rezeptionstheke. Marcos riss seine Pistole hervor und rannte zur Tür, die ins Treppenhaus führte. Karol rief einem der Elitesoldaten zu: »Los! Spreng!«

Der Soldat lief auf die Glastür zu, klebte unten eine Sprengladung an und sprang zurück. Die ganze Einheit tat es ihm nach. Die Ladung explodierte, die Tür zerfiel mit lautem Knall des zerberstenden Glases.

Karol lief als Erster durch den vom Rauch verhüllten Eingang, hinter ihm Stefan, Krzysztof und die Elitesoldaten. Einer von ihnen warf eine Rauchgranate ins Treppenhaus. Ewa, Janusz und einige Soldaten rannten zu den Fahrstühlen.

Auch Adam wollte in die Eingangshalle gelangen, doch einer der Polizisten packte ihn am Arm und zog ihn hinter das Absperrband zurück.

»Ich gehöre zu Oberst Siennicki!«, protestierte Adam.

»Treten Sie bitte zurück! Und stören Sie nicht«, sagte der Beamte mit fester Stimme.

Die Explosion im Erdgeschoss erschütterte die oberen Stockwerke. Kozlowski fuhr erschrocken hoch, lief auf den Gang hinaus und rief in Richtung der Sicherheitsmänner, die sich wieder am Fahrstuhl postiert hatten: »Was war das?«

»Eine Antiterroreinheit, Herr Direktor!«, rief einer der Männer zurück. »Sie kommen hierher! Der Kollege von der Rezeption hat uns gerade Bescheid gesagt!«

Kozlowski erstarrte für eine Sekunde. »Bringt Hilarewicz wieder her! Den Teppich auch! Alles soll so aussehen wie vorher!«

Die Sicherheitsmänner rührten sich nicht, sie sahen ihn nur verblüfft an. »Schneller, verdammt!«, brüllte Kozlowski. »Und holt Lasota!«

Die drei Männer kamen wieder zu sich und rannten los. Sie erreichten die Tür am Ende des Gangs. Im Magazin, auf einem Stuhl, saß Piotr Lasota, gefesselt und geknebelt. Auf dem Fußboden lag die blutüberströmte Leiche des Vizedirektors. Zwei Sicherheitsmänner packten den leblosen Körper an Händen und Füßen und schleppten ihn auf den Gang hinaus. Der dritte riss das Klebeband von Lasotas Mund und begann, das Kabel zu entzerren, mit dem er gefesselt war.

Kozlowski war in der Zwischenzeit an seinen Schreibtisch gegangen und sprach nun mit aufgeregter Stimme in den Telefonhörer: »Der Vizedirektor Hilarewicz wurde ermordet! Sein Mörder könnte sich noch im Gebäude befinden! Er ist bewaffnet und gefährlich! Schicken Sie uns bitte eine Antiterrorgruppe!«

Die Tür ging auf, und die beiden Sicherheitsmänner zogen Hilarewicz herein, wobei sie eine Blutspur auf dem Fußboden hinterließen. Kozlowski beendete das Telefonat und zeigte, wo sie die Leiche hinlegen sollten. »Dorthin! Jetzt den Teppich! Und wischt diese Blutspuren weg! Schneller!«

Die Sicherheitsmänner liefen auf den Gang hinaus.

Karol rannte die Treppe hoch, überholt von Elitesoldaten mit Schutzschilden und gefolgt von Stefan und Krzysztof. Die Soldaten überprüften in jedem Stockwerk die Gänge und die geschlossenen Türen der Büros, dann liefen sie weiter. Schließlich erreichten sie den letzten Stock und blieben keuchend im Foyer vor den Fahrstühlen stehen. Ewa, Janusz und zwei weitere Soldaten standen über den an der Wand sitzenden Sicherheitsmännern. Ewa zeigte auf eine Glastür mit dem Logo der East Fund.

»Marcos ist im Arbeitszimmer des Vizedirektors, er hat zwei Geiseln: Piotr Lasota und John Kozlowski, den Generaldirektor der Firma. Es gibt eine Meldung der Bezirkskommandantur, der zufolge Kozlowski die Polizei gleich nach unserer Ankunft anrief. Er sagte, es habe einen Überfall gegeben, und Hilarewicz sei ermordet worden. Er kenne den Angreifer nicht.«

Karol schaute Ewa überrascht an. »Piotr Lasota hier, bei East Fund? In welchem Zustand?«

Die Frau breitete die Hände aus. »Die Nachricht kam über die Sicherheitsmänner.«

»Herr Direktor Lasota hat ein gebrochenes Bein und eine gebrochene Hand«, mischte sich einer der Sicherheitsmänner ein. »Wir haben damit nichts zu tun. Oder mit dem Gangster.«

»Die Forderungen von Marcos?«

»Ein Wagen zum Flughafen, ein vollgetankter Jet und ein Pilot«, sagte Janusz. »Er hat gedroht, in einer Viertelstunde Lasota zu erschießen, dann Kozlowski.«

»Auf welcher Seite des Flurs ist dieses Zimmer?«

Janusz zeigte es mit der Hand. Karol ging zum Fenster und warf einen Blick auf das benachbarte Hochhaus. »Zwei Soldaten dorthin, in den letzten Stock. Das Foto von Marcos auf ihre Handys. Kurze Verbindung, nur mit mir. Sobald sie Marcos im Visier haben, sollen sie ihre Bereitschaft melden. Ziel – grün. Schussbefehl: ausführen.«

Stefan holte ein Funkgerät hervor und trat zur Seite, um die Befehle weiterzugeben. Karol zog seine Pistole aus dem Halfter und reichte sie Krzysztof. Er sah auf die Uhr an seinem Handgelenk. »Wir warten drei Minuten.«

Die Elitesoldaten würden nach fünf Minuten vor Ort sein, wenn sie sofort in die Fahrstühle des anderen Hochhauses gelangten. Er wusste, dass sie im Notfall die geschlossene Tür des Büros im letzten Stock aufbrechen würden. Sie warteten schweigend. Stefan unterhielt sich in einer Ecke mit dem Chef der Eliteeinheit.

»Geh kein Risiko ein«, sagte Ewa leise zu Karol.

Er sah sie an. In ihrem Helm, mit konzentriertem Gesichtsausdruck und glänzenden Augen, war sie noch hübscher als sonst. Sie hatte er auch verloren, genau wie Anna. Seine Arbeit nahm ihm alles weg, was ihm teuer war. Wenn es Natalia nicht gäbe, würde er den Gangster überzeugen, ihn als Geisel zu nehmen – in so einer Situation war es nicht schwierig, einen Kopfschuss zu provozieren.

Er beendete das Zählen der Minuten, stieß die Glastür auf und betrat den Flur. Durch den Kopfhörer im Ohr hörte er Stefans Stimme und die Antworten der Elitesoldaten, die bereits im anderen Hochhaus warteten. Die verglaste Schiebetür zum Konferenzraum stand offen. Er blieb an der Wand stehen und rief: »Hier ist Oberst Karol Siennicki! Ich bin unbewaffnet!«

Nach einem Moment der Stille hörte er Marcos' Stimme: »Noch acht Minuten!«

»Du kriegst kein Flugzeug!«, antwortete Karol. »Es gibt aber andere Optionen! Lass mich herein!«

Wieder trat Stille ein.

»Komm rein!«, rief Marcos schließlich. »Hände auf den Kopf!«

Karol legte die Hände an den Hinterkopf und betrat den Konferenzraum. An der rechten Seite bemerkte er die offene Tür eines Arbeitszimmers.

Dort, auf zwei nebeneinanderstehenden Sesseln, saßen Piotr Lasota und John Kozlowski, beide mit gesenkten Köpfen. Hinter ihnen stand Marcos und drückte eine Pistole an Lasotas Kopf. Auf dem Fußboden lag eine blutüberströmte Männerleiche, mit dem Gesicht zum Teppich.

Karol machte ein paar Schritte nach vorn, doch sobald er die Zimmertür erreichte, ertönte Marcos' Stimme: »Halt!«, rief er. »Du bis der Typ, der Marica umgebracht hat!«

Karol blieb stehen. Er versuchte, Marcos' Position einzuschätzen. Der Gangster stand mit dem Rücken zu einem riesigen Glasfenster, dahinter aber erstreckte sich eine große Terrasse, und es war möglich, dass die Elitesoldaten das Innere des Arbeitszimmers nicht sehen konnten.

»Lass Piotr Lasota frei, dann reden wir.«

»Zuerst mich!«, rief Kozlowski.

Marcos schlug ihm mit dem Pistolenlauf auf den Kopf. Kozlowski stöhnte vor Schmerz und verstummte.

»Ich wusste nicht, dass es Marica war«, begann Karol. »Ich wollte ihren Tod nicht. Einer meiner Männer ist auch umgekommen. Es wurde schon genug getötet, lass uns reden!«

Marcos schwieg; seine Augen waren hasserfüllt. Karol sprach weiter, dabei versuchte er seiner Stimme einen kraftvollen und entschlossenen

Klang zu geben: »Soviel ich weiß, hat Hilarewicz euch engagiert.« Er zeigte auf die Leiche des Vizedirektors. »Seinetwegen ist Marica ums Leben gekommen. Von ihm stammte auch der Plan der Katastrophe in Suwałki. Du bekommst den Status eines Kronzeugen. Deine Aussagen helfen festzustellen, wer von East Fund noch die Verantwortung trägt.«

»Ich habe von gar nichts gewusst«, sagte Kozlowski schnell. »Es war Lasota … er und Hilarewicz. Sie haben es zusammen ausgeheckt!«

»Noch sechs Minuten«, sagte Marcos. »Ein Wagen zum Flughafen, ein vollgetankter Jet und ein Pilot.«

»Gott, nein … Ich habe eine Frau und zwei Kinder.« Kozlowskis Augen füllten sich mit Tränen, und er zeigte mit einer hilflosen Geste ein Foto auf seinem Schreibtisch.

»Die Eins und die Zwei auf Positionen. Ziel – grün«, ertönte in Karols Ohr die Stimme eines Elitesoldaten.

Aus dem Augenwinkel sah er einen Lichtblitz in den offenen Fenstern. Das Hochhaus war etwa zweihundert Meter entfernt. Aus dieser Entfernung konnten sie nicht danebenschießen.

»Lasota braucht einen Arzt. Nimm mich an seiner Stelle, und ich garantiere dir, dass du hier lebendig rauskommst. Du bekommst eine neue Identität, und nach dem Prozess erlauben wir dir, Polen zu verlassen.«

Marcos zögerte; er hob die Pistole und richtete sie auf Karol. »Ich will es schriftlich haben. Mit der Unterschrift des Generalstaatsanwalts. Und des Premierministers.«

Karol schüttelte den Kopf. »Unmöglich um diese Zeit. Wir bleiben hier, und in der Früh bringen meine Leute das unterschriebene Dokument. Ehrenwort eines Offiziers.«

Marcos verzog verächtlich das Gesicht. »Sie haben mit East Fund Geschäfte gemacht, dann sollen sie jetzt ihre Direktoren retten.«

Einen Moment lang taxierten sie sich schweigend. »Ich versuche es«, sagte Karol schließlich. »Dazu muss ich aber mein Handy hervorholen.«

Marcos hielt den Pistolenlauf noch höher und zielte auf Karols Kopf. »Langsam …«

Karol starrte in die schwarze, runde Öffnung. Wie ist das? – schoss es ihm durch den Kopf. Ein kurzer Blitz, den Knall hört man nicht mehr.

Stille. Er schob die Hand in die Tasche, zog sein Handy hervor und wählte eine Nummer. »Hier Siennicki. Verbinden Sie mich bitte mit dem Sekretär des Premierministers.«

In seinem Ohr erklang plötzlich eine Männerstimme, die in entschlossenem Ton sagte: »Ausführen!«

»Neeein!«, schrie er, duckte sich und sprang in Richtung des Gangsters.

Marcos drückte auf den Abzug. Karol wurde von einem Blitz geblendet und hörte hinter sich einen Knall. Nach einem Sekundenbruchteil erklangen das Geklirr des zerbrochenen Glases und der nächste Knall.

Zwei Kugeln größeren Kalibers trafen Marcos in Kopf und Rücken. Sein abgerissener Hinterhauptlappen und Teile seines Gehirns klatschten gegen die Wand. Der Körper des Gangsters fiel schwer zu Boden, vor Karols Füße. Der letzte Krampf eines Fingers betätigte den Abzug. Die Pistole feuerte ab, die Kugel durchbohrte Kozlowskis Bein. Der Generaldirektor von East Fund fiel mit einem Schmerzschrei um, direkt neben Hilarewicz' Leiche.

Karol beugte sich über Marcos, der zusammengekrümmt auf dem Fußboden lag, und drehte ihn auf den Rücken. Seine Augen starrten ihn leblos an, die Hälfte seines Schädels war zertrümmert.

»Wer hat den Schussbefehl gegeben?«, fragte er in scharfem Ton.

»Wir dachten, Sie, Herr Oberst …«, hörte er die verlegene Stimme eines der Elitesoldaten. »Wir waren ja nur mit Ihnen verbunden.«

Kozlowski öffnete die Augen, stieß Hilarewicz' Leiche angewidert weg und griff sich stöhnend mit beiden Händen an den blutenden Schenkel. »Ich brauche Hilfe! Rufen Sie einen Krankenwagen!«

Karol beachtete ihn nicht, stattdessen sah er Piotr an. In dem Moment betraten Ewa und Stefan schnell das Zimmer. Hinter ihnen waren Krzysztof und die Elitesoldaten zu erkennen. Alle schauten schweigend die leblosen Körper von Marcos und Hilarewicz an.

»Du hast zwei Leichen und keinen Zeugen«, sagte Piotr ruhig. »Außer, diese Giftschlange weiß etwas.«

Er zeigte mit einer Kopfbewegung auf Kozlowski, der sich sofort vor Empörung schüttelte.

»Pass auf, was du sagst. Wer hat anderthalb Milliarden gestohlen? Du und Hilarewicz habt alles geplant! Ich war ja gar nicht da!«

»Führt ihn ab«, befahl Karol.

Zwei Elitesoldaten halfen dem stöhnenden Generaldirektor beim Aufstehen und führten ihn aus dem Zimmer. Karol wandte sich an Stefan: »Wer hat den Schussbefehl gegeben?«

»Ich dachte, du«, antwortete dieser überrascht.

»Nein. Haben wir es auf Band?«

»Ich glaube, ja.«

Karol sah Ewa an. »Überprüf es. Wenn ja, sichere das Band. Stell fest, wer außer mir Zugang zu der Verbindung gehabt haben könnte. Versuch, die Stimme zu identifizieren. Gib es nicht an die Techniker von der Zentrale weiter.«

»Mache ich«, sagte Ewa, und fügte mit weicherer Stimme hinzu: »Du solltest dich ausruhen.«

Karol reagierte nicht. Ewa verließ das Zimmer, gefolgt von Stefan. Stille trat ein. Allen war klar, dass jemand den potenziellen Kronzeugen liquidiert hatte und dass das nur ein Befehlshaber höchsten Grades gewesen sein konnte.

Piotr erhob sich aus seinem Sessel. »Bin ich festgenommen?«, fragte er.

»Verlass das Land nicht«, sagte Karol. »Und sprich mit niemandem von den Medien über das, was passiert ist. Zur Sicherheit der Ermittlungen und zu deiner eigenen. Du bekommst eine Vorladung und gibst eine Erklärung ab.« Er wandte sich an Janusz: »Der Fahrer soll Herrn Lasota an die von ihm genannte Adresse bringen. Personenschutz rund um die Uhr, zwei Leute.«

Piotr machte ein paar Schritte, gestützt von Janusz. Dann blieb er vor Karol stehen und streckte die Hand aus. »Danke. Und … Verzeihung.«

Karol gab ihm seine Hand nicht. Piotr zögerte kurz, als wollte er noch etwas sagen, dann drehte er sich um und ging mit Janusz hinaus. Im Konferenzraum entstand ein Durcheinander, weil die Elitesoldaten jemanden nicht hereinlassen wollten. Karol stellte schnell fest, dass es Adam war. »Lasst ihn durch!«, befahl er.

Adam ging an den Soldaten vorbei und blieb an der Schwelle des Zimmers stehen. Er sah die beiden blutüberströmten Leichen an und wandte den Blick ab. »Was ist passiert? Hast du sie erschossen?«

Karol schüttelte den Kopf. »Hilarewicz ist von Marcos erschossen worden. Wer befohlen hat, Marcos zu beseitigen, weiß ich nicht.«

Adam sah zum Fenster und bemerkte die beiden Einschusslöcher. »Waren es die Elitesoldaten?«

»Sie drücken nur auf den Abzug«, antwortete Karol.

Agata öffnete Adam die Tür und umarmte ihn wortlos. Zusammen betraten sie den Salon, wo Rafał vor dem Fernseher saß. Auf dem Bildschirm war gerade Major Nowicki zu sehen, der, in eine kugelsichere Weste gekleidet, vor dem Hintergrund der mit Polizeischeinwerfern erleuchteten Eingangshalle des Bürohochhauses stand und die Fragen einer Reporterin des Fernsehsenders TVN 24 beantwortete.

»Nach ersten Erkenntnissen wurde der Warschauer Sitz der amerikanischen Korporation East Fund von einer nicht identifizierten Verbrechergruppe angegriffen. Danach brachten die vereinten Kräfte des Militärs und der Polizei die Büros der Firma unter ihre Kontrolle.«

»Wir haben gesehen, wie zwei Leichen hinausgetragen wurden«, sagte die Reporterin. »Können Sie uns sagen, wer getötet wurde?«

Adam richtete die Fernbedienung auf den Fernseher und schaltete ihn aus.

»Papa!«, protestierte Rafał. »Du warst dort und hast nicht angerufen, also lass mich wenigstens schauen!«

Adam setzte sich schwer aufs Sofa und lächelte Rafał an. »Ich habe seit drei Nächten nicht geschlafen. Die Version von Major Nowicki kann ich mir sparen.«

Rafał war sichtlich aufgeregt. »Hast du ihn kennengelernt? Dieser Kerl hat persönlich die Aktion der Elitesoldaten geleitet! Alle Sender sprechen darüber! Hast du ihm gesagt, dass ich den Code entschlüsselt habe?«

»Ich bin mir nicht ganz sicher. Aber ich weiß, dass die Gangster dadurch das Geld gefunden haben.«

»Wieso?« Rafał starrte seinen Vater mit weit aufgerissenen Augen an.

»Es ist nicht deine Schuld. Du hast dich prima geschlagen. Aber behalte es lieber für dich. Und weißt du was? Diese Schule in Großbritannien ist keine schlechte Idee. Je weiter weg von hier, desto besser.«

Agata setzte sich neben Adam und nahm seine Hand. »Ist jetzt alles vorbei?«

Er nickte und wollte etwas sagen, doch bevor er auch nur ein Wort hervorbringen konnte, schlief er ein.

Zofia öffnete die Tür ihrer Wohnung. Sie stand an der Schwelle und sah Karol schweigend an. Er ahnte, was dieser Blick zu bedeuten hatte, und hielt sie mit einer Handbewegung zurück, als sie etwas sagen wollte. Aus dem Zimmer am Ende des Flurs war Natalias Stimme zu hören:

»Ich habe mir ausgedacht, dass er Ali Baba sein soll. Und er hat es seinem Vater gesagt … Und dann hat Papa diesen Wołowiec verprügelt … Nein, zuerst hat Papa ihn verprügelt, und dann sagte Bronek, dass er Ali Baba ist und ich im Sesam sitze.«

Zofia ging beiseite, und Karol betrat die Wohnung. Er überquerte den Flur und blieb in der Zimmertür stehen.

»Doch Papa hätte mich nicht gefunden, wenn ich nicht angefangen hätte, mit dem Fuß gegen …«

Natalia stand auf dem Bett in ihrem Nachthemd und spielte die erzählte Szene. Plötzlich brach sie mitten im Satz ab und drehte den Kopf zur Tür. Neben ihr saß Anna. »Papa!«, rief Natalia. Sie sprang vom Bett, lief auf ihn zu und fiel ihm um den Hals. Er fing sie mit beiden Händen auf. Sie küsste ihn auf die Wangen und redete gleichzeitig: »Du warst furchtbar lange weg … Mama ist wieder da, siehst du?! Und sie hat gesagt, dass ich bei ihr wohnen kann! Aber ich will, dass du auch bei mir und Mama wohnst. Also was machen wir? Du lässt dir bestimmt etwas einfallen. Nicht wahr, Papa?!«

Karol stellte sie auf den Fußboden, doch sie ergriff seine Hand und rief: »Du gehst nirgendwohin! Du versöhnst dich jetzt mit Mama, und alles wird so sein wie früher!«

Anna erhob sich. »Papa und ich sind nicht zerstritten, Liebling«, erklärte sie mit sanfter Stimme. »Erwachsene Menschen entscheiden aber manchmal, dass es für sie besser ist, getrennt zu wohnen.«

»Blablabla!« rief Natalia. Einen Moment lang wusste sie nicht, was sie sagen sollte. Sie presste die Lippen zusammen, nur mit Mühe die Tränen zurückhaltend. Dann drehte sie sich um, lief auf die am Gang stehende Zofia zu und nahm sie bei der Hand. »Papa hat bestimmt Hunger. Ich gehe mit Tante Zofia in die Küche, um etwas zu essen zu machen. Und ihr versöhnt euch!«

Sie zog Zofia hinter sich her und schloss die Tür. Karol stand reglos da. Anna griff nach ihrer Handtasche und zog eine Schachtel Zigaretten und ein Feuerzeug hervor. Eine der Zigaretten schob sie sich in den Mund.

»Rauch hier nicht«, bat Karol.

»Sag mir nicht, was ich machen soll«, sagte sie mit aufgeregter Stimme. Sie legte die Zigarette in die Schachtel zurück und steckte sie in die Handtasche. »Erlaubst du mir, Natalia mitzunehmen? Ich verreise.«

»Piotr wird das Land eine Zeitlang nicht verlassen können«, antwortete Karol. »Bis die Ermittlungen abgeschlossen sind. Dann kann das Gericht von ihm verlangen, bis zum Ende des Prozesses zu bleiben.«

Anna erhob sich vom Bett und ging einmal im Zimmer auf und ab. Dann setzte sie sich wieder aufs Bett und faltete die Hände im Schoß. Ihre Stimme war ruhig, doch ihre Hände zitterten. »Das ist alles so verdammt schwierig«, klagte sie.

Karol sagte nichts mehr. Anna sah ihn gereizt an, als würde sie sein Schweigen als Provokation deuten. »So willst du das also lösen?«

Karol schüttelte den Kopf. »Die Ermittlungen dauern an, und Piotr ist ein wichtiger Zeuge. Ich habe keinen Einfluss darauf.«

Anna suchte nach den richtigen Worten; ihr Blick ruhte dabei auf dem Fenster, hinter dem der Himmel langsam heller wurde. »Gut, ich bleibe, solange es nötig ist. Und was dann?«

Karol wollte ihr antworten, doch er konnte keinen Laut hervorbringen. Er fühlte sich plötzlich sehr müde und setzte sich auf einen Stuhl an der Wand. »Natalia braucht eine Mutter«, antwortete er. Es kam ihm so vor, als würde jemand an seiner Stelle sprechen, gegen seinen Willen.

Anna bewegte sich leicht und sah ihn hoffnungsvoll an. »Du könntest sie mir wegnehmen. Jedes Gericht würde dir das Sorgerecht zusprechen.«

»Das ist keine Sache des Gerichts«, antwortete er.

Anna atmete flach; sie hielt die Anspannung nur noch mit Mühe aus. Gerade entschied sich die wichtigste Sache ihres Lebens. Sie wusste, dass Karol sein Wort halten würde. Und dass die Trennung von Natalia ihm das Herz bräche. Sie durfte kein Mitgefühl zeigen. Doch je mehr er nachgab, desto schlechter fühlte sie sich.

»Natalia liebt dich sehr«, sagte sie mit leiser Stimme.

»Ich dich auch.«

Anna seufzte ratlos. Sie wusste, dass sie schnell hinausgehen musste, sonst würde sie zu dem Leben zurückkehren, mit dem sie Schluss machen wollte. Sie stand auf, ging zur Tür und wandte sich zu Karol um. »Geben wir ihr etwas Zeit. Sie soll selbst entscheiden, bei wem sie bleiben will. Vorläufig wird sie bei dir wohnen, einverstanden?«

»Ja«, stimmte Karol zu.

»Du wirst eine Babysitterin engagieren müssen … bei deinem Arbeitsstil …«

»Ja, ich weiß.«

Sie hielt kurz inne. »Ich …« Sie verstummte. »Verzeih mir.« Sie öffnete die Tür und verließ das Zimmer.

In dem Moment klingelte Karols Mobiltelefon. Er reagierte nicht, doch das Handy in seiner Tasche klingelte und vibrierte weiter. Er nahm es heraus und legte es ans Ohr. »Ja?«

»Ewa hat rausgefunden, wer Zugang zu deiner Verbindung mit den Elitesoldaten hatte«, sagte Stefan.

»Wer?!«

»Unser Minister, der Chef der Spionageabwehr und das Büro des Premierministers.«

»Und wer hat den Befehl gegeben?«

Stefan schwieg eine Weile. »Ich konnte diese Frage nicht stellen. Du bist der Chef der Einheit.«

»Ja, danke«, sagte Karol und beendete das Gespräch.

Die Stadt erstickte fast vor Hitze. Aus den im Stau stehenden Autos stiegen giftige Dämpfe und blieben über den glühenden Straßen hängen. Karol verfluchte in Gedanken den Mechaniker, der seit einer Woche versprach, die Klimaanlage in seinem Passat zu reparieren. Der auf Hochtouren laufende Ventilator pumpte die aufgeheizte Luft herein. Er hatte eine lange Fahrt durch das vollgestopfte Stadtzentrum vor sich. Natalia, von einem Sicherheitsmann von der Schule nach Hause gebracht, wartete schon in seiner Wohnung. Die Babysitterin sollte erst am Abend kommen, kurz vor seinem Aufbruch zum Flughafen.

In einem Spielkasino in Hamburg war ein Mann festgenommen worden, der ausgesagt hatte, für Marcos gearbeitet zu haben. Und der nicht erklären wollte, woher die riesige Geldsumme stammte, die er verspielt hatte. Karol flog hin, um ihn zu verhören. Laut Dienstordnung mussten aber bei einem Verhör zwei Agenten anwesend sein. Als Ewa ihn gebeten hatte, sie mitzunehmen, war er also einverstanden.

Er warf einen ungeduldigen Blick auf die Uhr und schaltete das Radio ein. Im Wagen erklang Adams Stimme: »Unser heutiger Gast im Studio ist Piotr Lasota, der ehemalige Direktor des amerikanischen Investmentfonds East Fund Management Corporation.«

»Guten Tag«, sagte Piotr.

Karol heftete seinen Blick auf das Radio. »Tu es nicht, Adam«, murmelte er.

»Seit drei Monaten warten wir auf die Aufklärung der Ereignisse, die in der Nacht vom fünften auf den sechsten Mai in den Büroräumen von East Fund stattgefunden haben«, fuhr der Journalist fort. »Vor einem Monat hat der Ministerpräsident den Verteidigungsminister und den Innenminister entlassen, ohne den Grund dafür zu nennen. Beide Ministerien halten daran fest, dass den Überfall auf den Sitz der Firma und den Mord an Vizedirektor Hilarewicz der Verbrecher verübt habe, der infolge der Aktion einer Antiterrorgruppe ums Leben gekommen ist. Und dass seine Motive nach wie vor unklar seien. Inzwischen wurde aber die Firma East Fund von der polnischen Börse genommen, und ihr Generaldirektor verließ das Land noch vor dem Ende der Ermittlungen. Du musst zugeben, Piotr, dass das alles einen merkwürdigen Eindruck macht. Du hast die polnische Niederlassung der Firma geleitet und bist einige Tage vor dem Überfall auf East Fund verschwunden. Gibt es einen Zusammenhang zwischen dieser Tatsache und den Plänen, mit der Förderung des polnischen Titans zu beginnen? Welche Rolle haben die genannten Minister und die ihnen unterstehenden Organe dabei gespielt? Wer hat den Befehl gegeben, den besagten Verbrecher – Grzegorz Marecki alias Marcos – zu erschießen, und warum? Soviel ich weiß, warst du bei seinem Tod anwesend.«

»Viele Fragen auf einmal«, stellte Lasota fest. »Womit soll ich anfangen?«

»Entscheide selbst.«

Einen Moment lang herrschte Stille.

»Die Ermittlungen dauern noch an, ich darf also über gewisse Fakten nicht reden«, sagte Piotr schließlich. »Ich denke aber, wenn die ganze Wahrheit über East Fund ans Licht kommt, könnte das die Grundfesten der politischen Szene in Polen erheblich erschüttern.«